중국고전문예이론

이 저서는 2018년 대한민국 교육부와 한국연구재단의 지원을 받아 수행된 연구임
(NRF-2018S1A6A4A01028894)

중국고전문예이론

최재혁

역락

머리말

스물 서른 마흔 쉰, 마음은 고전古典인데
오늘 내일 모레 글피, 필묵은 고전苦戰하리
화끈화끈 부끄러움 여전하나 간직하니
두근두근 설렘 영원토록 가없어라

학문의 길에서 훌륭한 스승들에게서 사사師事하고 만날 수 없는 분들과는 도서와 작품을 통해 사숙私淑하며 옛 원전 속에서 상우尙友하였으니 여러모로 많은 축복을 받았다. 과거의 내가 받은 훈육이 있었기에 현재의 내가 있고 미래의 내가 있을 것이다.

대학 시절 모자란 제자에게 항상 격려와 채찍을 마다하지 않으셨던 은사 세 분이 계셨다. 그분들은 자신이 공부했던 경험과 노하우를 듬뿍 내려주셨다.

한 분은 수업에서 배운 내용을 모두 외우게 하셨다. 그 수업 전이면 본문을 외우느라 애썼던 기억이다. 당송시唐宋詩 30수를 2시간 동안 끙끙거리며 외워 썼던 기억이 난다.

한 분은 수업에서 배운 내용을 모두 쓰게 하셨다. 본문을 세 번 쓰고 주음부호 또는 한어병음을 세 번 적고 해석도 한 번 썼던 기억이다.『삼국지연의』를 필사하면서 중국어를 깊이 알게 되었다고 하셨다.

한 분은 수업에서 많은 작품을 보게 하셨다. 한 편의 작품을 외우고 쓰는 시간에 열 편의 작품을 읽는 게 낫다고 하셨다. 산의 정상을 바라보면서 빙빙 돌아 오르는 길이 더딜 순 있지만 남이 보지 못하고 지나간 수목과 암석을 보는 즐거움이 있었다.

그러고 보면 공부의 길에 지름길이란 애초에 없다. 대단한 요령이 있을 수 없다. 그래서 맹자가 "길은 가까운 데 있지만 먼 곳에서 찾는다(道在爾, 而求諸遠)"라고 질타했는지도 모른다. 내가 있는 이곳에서 꾸준히 실천해나가면 '치致'하는 것이지, 요령으로 '구求'한다 한들 내 것이 되겠는가! 여전히 묘수를 찾는 제 모습을 보면서 은사님들께 송구할 따름이다.

신미자 선생님, 손예철 선생님, 오수형 선생님께 심심한 감사의 마음을 전합니다. 이제는 모두 학교를 떠나셨고 이 세상을 떠나 더 이상 뵐 수 없는 선생님도 계신다. 생전에 늘 뵙고 싶은 마음뿐, 찾아뵙지 못하고 있다. 이 지면을 통해 용서를 빕니다. 제가 지금 이렇게 살고 있는 것도 그분들이 제 젊은 시절 함께 해주셨기 때문이다.

대학을 거쳐 석사, 박사과정을 밟으며 모셨던 교수님들 역시 제 미천한 학문적 토양에 많은 거름을 부어주셨다. 그 기간 여러 대학에 계신 교수님들의 수업도 들을 기회가 많았다. 지금도 기억에 생생한 수업은 서울대학교 이병한 교수님과 고려대학교 이동향 교수님의 특별한 수업이었다. 그 수업으로 인해 느슨해진 정신을 바로잡을 수 있었다. 이병한 교수님께서는 매주 자신이 공부한 것 중에서 석박사반 학생들과 나누고 싶은 비평 글귀와 생각을 한 장에 담아오게 하고는 십여 명의 학생들과 그 인원만큼의 자료를 들고 자유로이 얘기하고 서로의 생각을 밝히도록 하셨다. 내 것 하기도 벅차던 때에 다양한 전공의 연구자들의 생각들을 내 안에 담을 수 있었다. 무미건조하게 그냥 보던 공부에서 공유할 것을 찾아가는 긴장이 좋았다. 이동향 교수님께서는 매주 당송唐宋 시기의 산문을 윤독하는 수업이었는데, 평범치 않았다. 수업전 하루이틀을 꼬박 그 수업 준비로 보냈던 기억이다. 매주 6편의 녹록치 않은 산문을 선정하여 한 편당 3명의 석박사반 학생들에게 원문과 해석, 각주를 달아오게 하셨는데, 그 6편 산문에 대한 18명의 해석을 대조하여 그다음 주에 오역을 지적하고 누구의 번역이 더 나은지를 판별할 수 있도록 유도하셨다. 매주 내가 번역할 문장 1편을 만들어야 했고 전주에 받은 18명의 해석된 문장을 보며 체크해서 수업에 참여해야 했다. 수업은 매주 3시간인데 그 수업 준비는 그 몇 배였다. 대만 국립정치대학國立政治大學에서 나종도羅宗濤 교수님을 만난 건 축복이었다. 어디로 가야 할지 허둥대던 제자에게 정확한 방향을 인도해주셨다. 귀국 후 시간을 내어 찾아뵈려 했으나 살아생전 뵙지 못한 것이 송구할 따름이다. 항상 감사의 마음을 잊지 않고 살고 있다.

역사 시기를 고대와 근대로 나누는 잣대는 여럿 있을 것이다. 문자 창제는 민족의 정체성을 인식했다는 증거이다. 920년 요나라에서 반포한 거란문자, 1036년 서하西夏의 국자國字로 공포된 서하문자, 1119년 금나라의 국자로 공포된 여진문자, 1204년 칭기즈 칸이 반포한 몽골문자, 1443년 조선에서 창제된 훈민정음이 있었다. 오랜 세월 언어는 서로 달랐으되 문자만은 한자를 공용으로 쓰던 중국의 서북방지역의 민족들에게 민족의식이 싹트기 시작했고, 고유의 문자 창제는 바로 독자적인 민족의식이 정립되었음을 표현하는 상징이다. 이때는 시기적으로 송宋나라 시기와 맞물린다. 조금 더 구체적으로 적시하면 문자 창제의 시발은 북송(960-1127)과 남송(1127-1279) 시기 중 북송 시기에 해당한다.

7세기 목판인쇄로 국가에서 정한 중요 서적에 한정하여 출간해오다가 11세기 중기(북송 경력연간慶曆年間, 1041-1048) 필승畢昇의 활자인쇄 개발로 인하여 서적을 대량으로 찍어낼 수 있게 되었다. 한정된 목판본으로는 수요를 따라

가지 못해 필사하는 경우가 많았다. 하지만 활자인쇄가 개발되면서 활자본이 필사본을 대체하였고 정통 귀족문학의 전유물이자 공공재였던 서적에 대한 인식을 완전히 바꿔놓았다. 그전까지 사람들은 서적을 공공자산으로 여겼기에 사마천이 『사기』를 썼다고 해서 그 책이 저자 사마천 개인의 소유물이라고 인식하지 않았다. 하지만 활자인쇄로 대량의 서적 출판이 가능해지자 시장 논리에 의해 흥미와 재밋거리를 주었던 통속소설들이 득세하고 베스트셀러 작가군이 등장하여 서적에 대한 사적 판권 소유가 가능해졌다. 개인의 취향과 의지에 따라 돈만 있다면 이전의 서적들을 편집하고 선정하여 서적을 만들기가 쉬웠고 개인의 생각을 적은 필기가 시화詩話, 사화詞話, 필기소설筆記小說로 둔갑하여 손쉽게 대중들의 손에 쥐어졌다. 그때가 바로 북송에서 남송으로 넘어가던 시기였다.

북송 시기의 동시대를 살았던 소식蘇軾(1037-1101)과 황정견黃庭堅(1045-1105) 두 인물의 작품세계를 살펴보면 소식은 활자인쇄가 활발해지기 전까지의 정통문학의 정점에 멈춰 서 있는 듯하고, 황정견은 활자인쇄의 이점을 살려 법고창신法古創新과 점철성금點鐵成金을 주장하면서 새로운 길을 향해 한 발 내딛는 듯하다. 이렇게 『중국고전문예이론』의 연구범위가 정해졌다.

중국 고전 속 문예이론이 담긴 문장을 살펴보노라면 창작자와 문인들이 자신의 포부와 이상, 감정을 언어와 그림으로 정확하게 표현하지 못해 애를 먹고 이를 극복하기 위해 여러 가지 처방을 내리거나 몸소 터득한 비법을 우리에게 전해주고 있다. 이를 정리해보니, 동서양의 문예 창작을 바라보는 태도와 관점, 비결은 비슷한 것도 많지만 다른 결도 있음을 발견한다. 최근 문예 창작 연구자, 예술인, 과학연구자, 비평가 등 다양한 분야에서 출간된 도서를 통해 창작 방법, 창의성, 창조성, 예술가의 다양한 생각 등을 접할 수 있었다. 본서를 읽다 보면 이들의 주장을 곳곳에서 산견散見할 수 있다.

『중국고전문예이론』을 겁 없이 내놓은 데에는『중국고전문학이론』(역락출판사, 2005)과『소식문예이론』(소명출판, 2015) 두 권을 출간했기에 가능했다. 그 두 권의 책을 씨줄과 날줄로 삼아『중국고전문예이론』을 직조織造할 수 있었다. 성긴 부분은 여전하고 영글지 못한 부분 역시 많다. 그럴 때마다 풍성한 선행 연구들이 있어 많은 도움을 받을 수 있었다. 내 안에서 제대로 소화해서 내 식으로 풀어내야 함에도 날 것으로 삼킨 곳도 많다. 내 자신의 불찰과 무지함에 대하여 강호 제현들의 꾸지람을 겸허히 받고자 한다. 아낌없이 질정해주시고 가르쳐주시길 바란다. 애오라지 학양學養으로 정진하여 시나브로 치지致知하기를 희구한다.

지난 길을 반추하자니 힘들었던 과거의 일들이 이제 추억으로 남았다. 굽어진 길마다 어머니의 기도는 나를 다시 일어서게 하였다. 천국에 계신 할머니의 끝없는 사랑 무엇으로 보답하리. 천국 소망 이루어 하늘나라에서 다시 뵙기를 바란다. 곁에서 힘이 되어주는 아내가 있고 집안의 기쁨이요 웃음꽃인 서영, 해영 두 딸이 있다. 나는 행복한 사람이다. 주님이 늘 나와 함께 하심을 느낀다. 하나님께 감사드린다.

이 한 권의 책은 새 길을 여는 이정표가 될 것이다. 이 보잘것없는 책의 출판을 흔쾌히 맡아주신 역락출판사 이대현 사장님과 이태곤 편집이사님께 감사드린다. 그리고 본서가 나오는 데 정성을 다해 편집과 교정을 해주신 권분옥 편집팀장님께 고마움을 표한다.

2023년 1월.
방배골 연구실에서 저자 씀.

차례

제1장 서론 • 13

제2장 중국문예이론의 범주 • 27

   1. 문예전반의 범주 특성 ························· 28
     (1) 정체성 ································· 32
     (2) 대칭성 ································· 42
     (3) 중화성 ································· 54
   2. 심미대상의 구조·유형 범주 ················ 69
   3. 문예창작의 동인 범주 ····················· 96

제3장 작가 수양 • 139

   1. 독서 학문 ································· 148
   2. 관찰 탐구 ································· 162
   3. 습작 체험 ································· 182

제4장 심미 구상 • 203

   1. 관조 ···································· 206
   2. 상상 ···································· 223
   3. 영감 ···································· 244

제5장 창작 구현 • 269

1. 이미지와 구성 …………………………………………………… 270
2. 문체와 수사 …………………………………………………… 291

제6장 미학 경계 • 337

1. 자연미 …………………………………………………………… 338
2. 함축미 …………………………………………………………… 354

제7장 이론 비평 • 381

1. 이론 개관 ……………………………………………………… 382
2. 비평 총술 ……………………………………………………… 425

제8장 결론 • 463

참고문헌 • 479
찾아보기 • 485

제1장 서론

문예 창작은 작자가 현실 생활에서 느낀 바를 언어나 그림 등으로 정련하여 문예 형상을 만들어 독자나 관람자에게 감상할 만한 문예 작품을 만드는 행위이다. 문예 작품은 누군가에게 이미지나 형상을 던져서 자신이 주목하는 어떤 세계로 끌어들이고 자신과 하나로 몰입하게 하고 쌍방이 서로 소통하는 창구이다. 이것은 창작활동을 하는 사람이라면 누구나 고민하고 골몰하는 공통된 숙원이며 가장 큰 난제일 테다. 그래서 작자는 모종의 수련 과정을 필요로 한다. 뚜렷한 문예적 소신이 뒷받침되지 않으면 작품 하나를 시작해서 마침표를 찍기까지의 멀고 먼 거리를 완주하지 못한다.

오랜 세월을 걸쳐 수많은 사람들이 창작의 경험을 축적해왔고 그것을 작품에 고스란히 투영하였다. 선진先秦시대부터 사람들은 문학의 '물상에 기대어 작자의 뜻을 말하는(托物言志)' 특징에 주목한다. 진晉나라 육기陸機는 창작 경험을 통해 창작의 어려움은 언어가 대상을 완벽하게 표현하지 못하고, 표현 언어가 의도에 적확한 의미로 전달하지 못하는 데 있다고 단정하였다. 그는 창작 주체와 대상 객체의 관계, 내용과 형식의 관계 등의 문제를 제출하였고, 자연 물상, 작자의 사상 감정, 작품 표현, 이 삼자의 관계에 주목하고 창작 중의 구상과정을 세밀하게 논술하였다. 제량齊梁 시기 유협劉勰은 『문심 조룡文心雕龍』에서 창작론을 문예이론 체계의 중요한 구성요소로 삼았다. 그 는 「신사神思」 편 중에서 창작 과정 중의 '신여물유神與物遊(정신이 물상과 함께 노닒)'의 사유 특징을 끄집어내고 「정채情采」 편 중에서 '감정 때문에 글을 짓는다(爲情而造文)'라는 창작원칙을 내세우고, 「물색物色」 편 중에서는 '적은 것으로 많은 것을 총괄하고 감정과 모양 어느 것 하나 버릴 게 없다(以少總多, 情貌無遺)'라는 문예이론의 총론을 제기하였다. 그는 이외에도 창작의 많은 문 제를 언급하면서 창작이론 연구의 영역을 활짝 열었다.

문예이론의 모형은 서양에서 왔다. 그렇다고 해서 중국 문예이론 연구에 서양 문예이론의 틀과 방식을 무턱대고 수용해서는 안 된다. 한 국가나 한 민족이라도 지역에 따라 그 문예이론은 그 나름 고유의 특색이 있고 그 독특 한 심미사유방식은 제각기 '개성個性'이 된다. 그 독특한 심미사유방식이 지 닌 개성을 잃어버리는 순간 그건 논윗거리에서 젖혀진다. 다만 철학사유와 논리방식은 동서의 구분 없이 공통분모가 있는데, 이를 '공성共性'이라고 한 다. 공성이 있어야 개성도 두드러진다. 우리가 한 국가나 한 민족, 혹은 한 시대의 심미사유를 연구하려면 그 개성과 공성을 함께 살펴보아야 한다.

서양 문예이론에서 문예는 현실의 모방이며 현실에 대한 모방은 작자의 도덕관에 제한을 받지 않는다. 작자의 학문 역량이 그다지 중요치 않다는 말이다. 결국 서양에서는 작자의 상상력과 감수성, 언어구사능력을 매우 중 시한다. 서양의 창작 주체론에서 '상상', '정감', '천재' 등을 자주 언급하는 것도 이 때문이다. 중국 고대 창작 주체론 역시 '천재'를 중시한다. 이는 서양 창작 주체론과 공통분모라 하겠다. 동서양을 막론하고 창작자는 모두 언어구 사, 표현력 등의 재능 문제에 직면한다. 하지만 중국과 서양 문예이론 사이에 는 역시 다른 곳이 존재한다. 중국 문예이론 중의 '재才'에는 '학식學識'의 능력을 포함하는데, 이것이 바로 서양의 '천재'론과 다른 점이다. 중국 문예이론에서 문예는 감정과 포부를 표현하는 것이 주목적이다. 여기서 감정과 포부는 도덕규범과 반드시 부합하여야 한다. '문이재도文以載道(문장으로 성현의 도를 밝힌다)'라는 말이 있는 것을 보면, 작자는 도덕수양을 최우선에 두었고 문장이 천하에 떨치려면 평범치 않은 식견이 있어야 했다. 중국 고대 문인들에게 학문이란 '글을 짓는 재료(行文之材料)'였다. '양덕養德(덕을 배양함)'이니 '연식煉識(견식을 연마함)'이니 하는 것은 배움이 당연히 수반되어야 한다. 작자는 배움을 자연스레 수양임무의 하나로 삼았다. 이는 자연스레 작품보다 작자를 중시한다. 일반적으로 창작과 현실의 관계를 설명할 때 크게 모방설摹倣說과 표현설表現說로 양분할 수 있다. 서양 고전 문예이론은 대상·객체Object에 초점을 맞춘 모방설을 위주로 하는 데 비해, 중국 고전 문예이론은 주체·자아Subject에 초점을 맞춘 표현론을 주로 하고 있고, 이론전개에 있어서도 창작의 주체에 중점을 두고 있으며, 특히 작자의 사상 수양과 도덕 품성 내지는 정신 상태 등에 대하여 규범적인 준칙과 요구를 제시한다.

중국 고전 문예이론 중에서 '품品'의 개념을 제시하고 또 자주 언급하는 것은 바로 중국 고전 문예이론이 창작의 주체인 작자에 대한 관심을 그만큼 적극적으로 표시하고 있음을 나타내는 것이라 할 수 있다. 문예이론 용어로 '품品'자가 본격적으로 사용되기 시작한 것은 위진魏晉 이후부터이나 실은 동한東漢 이래로 인물을 품평品評하던 사회 기풍이 그대로 문예영역에까지 파급된 것이라고 할 수 있다. 그리고 인물품평人物品評에서 시작하여 작가품평作家品評으로 발전한 점으로 미루어보아 중국 고전 문예이론이 작가론을 중심으로 한 주체적 성격을 띠고 있음을 쉽게 알 수 있다.

서양 문예이론의 방식과 용어를 수용한 중국 문예이론 연구자료들을 고찰하다보면, 용어의 혼용으로 이해가 쉽지 않은 경우를 종종 맞닥뜨린다. 청淸

나라 말기, 중국은 서양의 과학기술을 급속히 흡수하면서 서양의 문학예술에
도 점차 관심을 갖는다. 문예방면에서 이른바 '이론theory'과 '비평critic' 등의
용어도 이때 중국에 들어온 말이다. '비평'이라는 용어는 중국의 전통적 이론
의 실제와는 잘 맞아떨어지지 않는다. 원래 'criticism'이란 말은 어원상으로
는 '분석하다', '판단하다'라는 의미를 지니고 있으며, '문학비평'의 영어 표기
인 'literary criticism'의 본의는 '문학재판文學裁判'이고, 문학재판은 일정한
비평원리批評原理나 비평이론批評理論에 근거하여야 한다. 그런데 '문학재판'
은 과거에 축적되어 온 문학작품을 대상으로 하는 작업이므로 시간적으로
작품의 창작활동 이후에 발생하는 것이고, '비평이론'은 문학재판을 지도하
는 것을 목적으로 하는 것이어서 그 기능이 다분히 간접적이며, '문학이론'
내지 '창작이론'은 미래의 문학 창작활동을 지도하는 것이 목적이므로 그
발생 시기는 당연히 문학 작품이 생산되기 전이며, 창작 이전에 선행해야
할 지침에 해당한다. 그런데 과거 중국 비평의 역사를 살펴보건대 다분히
'재판'보다는 '이론'에 치중하였음을 알 수 있다. 이에 현대 문학예술방면에
종사하는 중국 문인과 학자들이 근대 서양이론과 비평 관념을 쉽게 수용한
데 반해, 고대 문학예술분야를 연구하는 학자들은 서양 이론비평 자체를 그
대로 적용하기 어려워했다. 문예비평은 문예 창작자와 문예 작품을 대상으로
하며, 문예 이론비평은 작자의 창작체험과 작품의 축적 및 그 역사적 발전단
계를 배경으로 전개된다. 그리고 나라마다 그 문예의 특질과 문예학사의 발
전상황에 따라 나름대로의 문예이론비평의 역사를 형성한다.

　서양에서 유래한 '모티브motif' 같은 용어는 중국에서 '모제母題'라고 음역
하여 사용하는 경우에는 별탈이 없고, '콘텍스트context'라는 말도 '배경背景'
또는 '어경語境'이라 의역하여 써도 별문제가 없다. 문제는 예전부터 사용하
던 용어를 그대로 서양이론 용어의 대체어로 활용하는 경우이다. '심벌

symbol', '이미지image' 등의 용어를 '상징象徵', '의상意象', '형상形象', '상상想像' 등으로 혼용하는 것이 바로 그러한 경우이다. 이러한 원인에는 『주역周易』의 괘상卦象 중에 '심벌'과 '이미지'가 혼재하는 점도 하나의 이유가 되겠고, 한자漢字의 특성상 단어이전에 개별자個別字의 의미가 상존하는 점도 왕필王弼이 「명상明象」에서 말한 '상징象徵'의 의미가 서양의 '상징'과 다를 수밖에 없는 또 하나의 이유가 되겠다.[1] 이는 점차 '심벌'를 '상징'으로, '이미지'를 '의상'으로 규정하고 있지만 논자에 따라 여전히 혼용되어 그 범위가 다른 경우가 있어 자못 주의해야 한다. 서양의 '알레고리allegory'와 '메타포metaphor'를 수용하면서 '풍유諷喩', '비유比喩', '암유暗喩', '은유隱喩' 등으로 혼용하여 쓰고 있는 것 역시 마찬가지다.

중국 문인들은 오래전부터 '문류文類', '문체文體', '풍격風格'등의 용어를 사용해왔다. 여기에 서양의 '스타일style'을 중역中譯하면서 '풍격'이니 '문체'이니 하면서 동서고금이 한데 뒤엉켰다. 예를 들어 서복관徐復觀은 '장르genre'를 '문류'로, '스타일style'을 '문체'로 설명하고 있다.[2] '풍격' 개념에 대한 정확한 이해는 결코 간단한 문제가 아니다. 풍격의 개념에 대해 많은 사람들이 정의를 시도하고 있으나 그들 사이에는 쉽게 해소될 수 없는 시각의 편차가 존재한다.[3] 일부 독특한 견해를 표명한 경우도 있으나 대체적인 경향은 풍격을 작자의 개성이라고 주장하는 부류와 작품 자체의 미적 특성이라고 주장하는

---

1   『中國語文學誌』(중국어문학회, 2004) 제15권, 최재혁, 「주역 상징 고찰」, 1-23쪽 참조.
2   『中國文學論集』, 徐復觀, 「文心雕龍的文體論研究」, 1-26쪽 참조. 그는 '體'자를 오늘날 우리가 사용하는 '風格'이란 용어에 어울린다고 생각했다. 하지만 이러한 사용방식은 광의적 풍격의 의미이고 전통적인 '문체'관념을 풍격으로 대체할 수 없다. 이 때문에, 그는 '文體'라는 용어의 원래 의미를 회복시키려고 시도하였다. 그는 '體'자를 '體裁', '體要', '體貌' 세 가지 단계로 나누고 문체는 체재에서 체요로, 다시 체모로 가는 승화과정을 총괄하는 용어라고 주장하였다.
3   『중국고전문학 풍격론』(팽철호, 사람과 책, 2001) 참조.

두 부류로 나누어지는데, 대체로 작자의 개성이라는 설을 지지하는 경향이 우세하다. 주영지朱榮智는 "문학관점으로 말하자면, 풍격이란 작가의 개성 인격이며 내용과 형식상의 종합적 표현을 가리킨다."[4]라고 주장했는데, 이것이 가장 일반적으로 받아들이는 풍격의 개념정의일 것이다. 이처럼 풍격의 개념 규정이 학계에 유행할 수 있었던 데에는 대체로 두 가지 이유가 있다. 그 중 하나는 서양 문예용어인 '스타일'을 '풍격'으로 번역한 데에서 비롯한다. 풍격 개념이 학계에 널리 퍼진 계기가 바로 서양 문예이론 중의 '스타일'을 번역하면서부터인 것이다. 하지만 이는 의미상 중국 고유의 '풍격' 함의와 다소 다르다. 또 다른 하나는 중국문학계에서 풍격론을 연구하던 출발점과 관련이 있다. 풍격이라는 말이 본래는 인물을 품평品評하던 용어였는데 후대에 문학비평에도 원용되었다는 점에서 비롯되어, 학자들은 풍격비평의 주된 관심사가 문학창작의 주체인 작자에 집중되었고 풍격비평을 작가중심으로 이해하려는 경향이 생겼다. 여기에 덧붙여, 근세에 들어 서양문학의 영향을 받아 자신들의 풍격비평을 학문적인 안목으로 되돌아보기 시작하였다.[5] 동서양은 서로 다른 문예비평전통을 줄곧 가져왔다.

서양문예이론에서 '스타일'은 대체로 작품의 언어결구 측면의 해석을 강조하는 경향이다가 미들턴 머리J. Middleton Murry(1889-1957)가 20세기 초에 '인위조작artificiality'이라는 의미를 풍격 관념에 포함시켰고, 엘리어트T. S. Eliot(1888-1965)같은 이는 '무아無我'의 창작을 주장하면서 풍격과 작자 사이의

---

4 『文氣與文章創作關係研究』(朱榮智, 臺北: 師大書苑, 1988년), 153쪽. "自文學觀點言之, 所謂風格, 是指作者的個性與人格, 在內容與形式上的一種綜合表現. 作品的風格, 可以從兩方面加以探討, 其一是作者所使用的材料和表現的方式, 對風格的影響; 其二是作者的生命才調, 對風格的影響. 作者的文學技巧, 固然影響作品的風格, 作者的生命才調, 對作品的風格, 更有絕對的影響."

5 『文心雕龍綜論』(中國古典文學研究會主編, 臺北: 臺灣學生書局, 1988년), 蔡英俊, 「風格的界義及其與中國文學批評理念的關係」, 348쪽.

관계를 나누었다. 특히, 근대 서양문예이론은 형식주의에서 구조주의로 발전하면서 언어 해석이 매우 중요해졌다. 이 때문에, 풍격 연구의 영역은 응용언어학의 '문체연구stylistics'를 출현시켰다. 중국 고대 문예이론 중에는 문체文體와 문기文氣로 풍격의 의미를 설명한다. 서로 다른 두 문화 아래, 서양 근대문예이론의 '스타일리스틱스stylistics'를 '문체론'으로 번역하고 '스타일style'을 '풍격'으로 번역하면서 더욱 혼란을 야기하게 되었다. 이처럼 동서양 문예비평용어는 번역에서부터 혼란스럽다.

물론, 중국문예이론에도 풀어야할 숙제가 많다. 우선, 중국 문인들이 제기한 주장들은 '발분저서發憤著書', '불평즉명不平則鳴', '궁이후공窮而後工' 이론처럼 대부분 문구로 문예비평용어가 정립되었는데, 이를 어떻게 각자의 특징을 세분하면서 하나의 통발에 담아내느냐이다. 그 다음으로, 서양문예이론과 중국문예이론의 차이를 어떻게 극복하여 공존하느냐이다. 이러한 난제들이 해결되면 더 성숙한 토론이 순리적으로 진전될 수 있을 것이다. 여기서 한 걸음 더 나아가 중국문예이론의 다양성을 계승하면서 서양문예이론의 명확성으로 부족한 부분을 메울 수 있어야 한다. 이것이 바로 현대적 의미의 '통변通變'이다.

중국 문인들이 예로부터 흔히 사용해왔던 용어들에 대해서 어떻게 오늘날 정의할 것인가 역시 동서양간에 서로 합일시키고자 하는 시도가 있어야 한다. '흥興'은 시의 표현방법에 따르면 '부비흥賦比興'이라 말하고 시의 효용측면에 의하면 '흥관군원興觀群怨'이라 말한다. 이에 대해, 하안何晏은 "흥은 감흥을 일으키는 것(興, 起也)"이라고 말했고, 공안국孔安國은 "흥은 비유를 끌어다가 유사한 부류를 연잇는 것(興, 引譬連類)"이라고 했고, 주희朱熹는 "의지意志를 느껴 발하는 것(感發志意)"이라고 했다. 흥에 대해서 지금까지 분분한 논의가 있어왔고 비유, 영감, 연상聯想 작용 등 다양한 견해가 제시되었다.

중국 역대 문인들이 개진한 문예이론은 제각기 시대적 배경이 달라서 주제에 따라 다의성多義性을 지닌다. 조비曹丕가 제창한 '문기설文氣說'의 '기氣'에 대한 이해가 사람에 따라, 시대에 따라 달랐다는 점이 그 한 예라 할 수 있다. 육궐陸厥은 그의 「심약에게 보낸 서신與沈約書」에서 '기氣'를 성률聲律의 뜻으로 이해하였고, 이덕유李德裕는 그의 「문장론文章論」에서 '기氣'를 기세氣勢로 하였는데 이들의 이와 같은 이해의 차이는 곧 그들이 살았던 시대적 상황이나 사회풍조와 밀접한 관련이 있다. 육궐의 해석은 성률설聲律說이 성행하던 때에 나왔고, 이덕유李德裕는 당대唐代 고문운동古文運動이 전개되던 때에 살았던 탓으로 그 영향을 받아 '기氣'를 문장에 있어서의 기세氣勢로 보았던 것이다.

일정한 역량을 발휘한 작자라면 문예의 내용과 형식에 대해 고민이 없을 수 없으며 오랜 숙고와 단련을 통해 그 자신만의 고유한 이론을 형성한다. 문도文道는 바로 이에 대한 근본적인 고찰이다. '문文'이란 '문장文章'을 가리키며 포괄적인 문예의 형식, 즉 시문서화詩文書畵로 대변되는 '문예작품'을 지칭한다. '도道'는 그 작품 속에 내재된 '도덕 품질'을 가리킨다. 즉, '문文'이란 작품의 형식이며, '도道'는 그 내용이다.

이한李漢은 "문文이란 도道를 관통하는 그릇(文者貫道之器也)"[6]라는 말로 그 스승인 한유韓愈를 표현했었는데, 이 말은 당대唐代 사람들의 설법이자 고문가古文家들의 설법이 되었다. 주돈이周敦頤는 "문文이란 도道를 싣는 방법(文所以載道也)"[7]이라고 주장하였는데, 이는 송대宋代 사람들의 설법이자 도학가道學家들의 설법이 되었다. 당송唐宋의 시대적 구분이라는 점에서만 보면, '관도貫道'와 '재도載道'는 단지 도에 대한 이해 정도의 차이일 뿐이다. 그리고 이전의 고문

---

6   『韓昌黎文集校注』(馬其昶 校注, 上海古籍出版社, 1987년), 「昌黎先生集序」.
7   『周子通書·文辭』(宋·周敦頤 撰, 四部備要本, 台北: 中華書局, 1966년), 6쪽.

가들이 모두 유가儒家의 도를 기치로 내걸다보니, 도학가들이 말하는 도와 성질상의 차이를 분간하지 못하였을 뿐이다. 고문가들이 말하는 '도'와 도학가들이 말하는 '도'는 다만 '도'라는 표현만 같을 뿐 사실은 다른 것이다. 이는 마치 맹자孟子와 순자荀子의 '성性'에 대한 논쟁을 연상시킨다. 맹자는 성선性善을 주장하고 순자는 성악性惡을 주장하면서 양극단에 섰다. 하지만 그 내면을 들여다보면, 맹자의 성性은 사람의 '본질적 의미'인 'Essence'를 가리키고 순자의 성性은 '사실적 의미'인 'Nature'를 가리킨다.[8] '도'에 관한 이전의 견해 역시 '성'의 관념과 마찬가지로 문론가들이 말한 '도'의 범위는 각양각색이다. '문'과 '도'는 본래 동전의 앞뒷면처럼 실체는 하나이지만 역대 문론가들의 관념 속에서 제각기 변해왔다.

우리가 서양문예이론을 언급할 때 우리가 지칭하는 것은 시학서이지 산문집이 아니다. 반대로 중국문예이론을 말할 때 우리들이 제기하는 것은 바로 개인문집 속의 시문관이다. '문론文論'과 '시학poetics'이라는 용어는 중국과 서양의 차이를 극명하게 보여준다. 서양에서는 문론文論 또는 시학詩學이라 구분하여 칭하지만, 중국에서는 문론文論과 시론詩論이 구분 없이 통칭한다.

흄Hulme(1883-1917)은 산문과 시를 정의하면서, 산문은 연계성을 갖춘 말들이 물질적인 또는 물체적인 것과 직접 연관되지만 신택스syntax에 의한 메시지는 오히려 처음부터 끝까지 독자층을 몰아붙여 독서를 추상적인 과정으로 전환시킨다고 보았고, 시는 직관直觀과 연계되어 눈을 통해 구체적인 사물을 만들고 시종일관 물질적인 것을 보도록 한다는 점을 내세워 시와 산문의 근본적 대별점으로 삼았다.[9] 이 말이 꼭 시와 산문의 정의에 합치하는 것은

---

8   『新編中國哲學史』(勞思光, 台北: 三民書局, 1990년), 165쪽;『中國哲學原論-原性篇』(唐君毅, 台北: 台灣學生書局, 1991년), 7쪽.

9   『Harvard Journal of Asian Studies』(1971년), vol.31, 高友工·梅祖麟,「Syntax, Diction, and

아니지만, 서양에서는 이처럼 분리하려는 의식이 줄곧 유지되어왔다는 점이다. 하지만 이와 달리, 중국에서 보이는 특성 중 하나는 바로 '모든 문체는 두루 통합(諸體兼通)'이다. 문체의 다양성을 인정하면서 상호간에 밀접한 관련이 있다는 것으로, 이는 시문서화詩文書畫는 결국 하나로 귀결된다는 말과도 일맥상통한다. 결국 중국에서 시론詩論이란 문론文論이라 해도 별반 그 작가의 이론을 규정함에 큰 제약이 뒤따르지 않는다. 서양에서는 찾아볼 수 없는 논의임에 분명하다.

문예이론의 생성은 무엇보다 이러한 이론이 나올 수 있게 만든 실제 창작과 밀접한 관계가 있겠지만, 당시 사회의 정치·철학·예술 등의 영향 또한 무시할 수 없다. 그렇기 때문에 종합적인 연구를 통해 각 시대의 문예이론을 생성케 한 갖가지 요인에 대한 고찰을 병행해야만 그 역사를 정확하게 드러낼 수 있다. 만약 몇몇 인물의 개별적인 논점에 대해 총체적인 고찰 대신 고립적인 연구를 한다면 당시 문예이론의 형성과 발전 그리고 전체적인 풍격風格의 실제를 드러낼 수 없다.

지금은 중국문예이론의 전통을 오늘날의 의미로 되새기는 과정 속에 있으며 서양이론의 분석방법을 어떻게 하면 중국문예이론의 전통과 연계하느냐에 고심해야 한다. 중국문예이론의 특징이랄 수 있는 다의성을 그대로 살리면서 서양문예이론의 명확성을 잘 보완해야 하겠다.

중국고전문예이론의 시기를 재단할 때 두 가지 태도를 가지고 고전시기를 정하고자 한다. 먼저 아속雅俗의 구분에서 시문詩文을 중심으로 한 아문학雅文學 이론을 중국고전의 정통으로 보고 본서에서는 소설小說과 희곡戱曲 등의

Imagery in T'ang Poetry」, 52-53쪽.

속문학俗文學 이론은 배제하였다. 그 다음으로 염두에 둔 점은 남송에 이르러 인쇄술의 발달로 인하여 서적이 대량으로 쏟아지면서 텍스트와 작가를 대하는 관점이 변모한 것이다.

활자 인쇄술은 송나라 때 필승畢昇이란 기술자가 경력經歷(1041-1048) 연간에 발명했다고 전해진다. 활자 인쇄술이란 글자 단위로 활자를 만들어 인쇄하는 것을 말한다. 이때까지의 인쇄술은 목판 인쇄술, 즉 책의 한 면을 통째로 나무(목판)에 새겨 종이에 찍는 것이었다. 목판 인쇄는 책을 찍을 때마다 목판 수백 장을 새로 만들어야 했기 때문에 무척 비효율적이었고, 다양한 종류의 책을 발간하기에는 적합하지 않았다. 그러나 활자가 발명되면서 미리 만들어 놓은 활자를 조합하면 어떤 문서라도 손쉽게 인쇄할 수 있게 됐다. 활판 인쇄술의 보급으로 송나라에서는 다양한 종류의 서적과 문서가 대량으로 유통되기 시작됐다. 서민들이 인쇄된 책을 값싸게 살 수 있게 되면서 소설 등의 대중 문학이 유행했고, 정부의 각종 칙령이 빠르게 전국으로 복사되면서 송나라 특유의 중앙 집권적인 관료제가 단단하게 뿌리내렸다. 지식이 활발하게 유통되면서 과학과 철학도 발전해 나침반과 물레 등 새로운 발명품이 쏟아져 나오고 '송학'이라 불리는 정교한 유학 이론들이 등장했다.

따라서 인쇄술이 보편화되지 않았던 북송 때까지는 서적을 읽고자 해도 그 책을 구해 읽는다는 것은 매우 힘들었을 것이다. 남송 이후로 인쇄술의 발달과 보급으로 인하여 여러 지역에서 책을 인쇄할 수 있게 되면서 서적 구입이 매우 용이해졌다. 이는 결과적으로 폭넓은 독자층을 갖게 되는 계기가 되었다. 인쇄술의 발달은 기억을 통한 재생이 아닌 서적을 통한 통찰이 가능하게 되면서 시문 창작뿐 아니라 개인 시화詩話 등의 저술이 많아지기 시작했다. 인쇄술의 발달은 남송을 지나면서 속문학이 전면에 나서게 되었고 문인들이 장악하던 문단에 삽시간에 직업 작가들이 등장하는 변혁이 일어났다. 그 이전에는 저자의 정체가 아니라 텍스트의 사회교화적 내용이 중요하였다. 지식은 개인이 독점할 수 있는 소유가 아니라 인류가 보편적으로 공유하는 진리로 간주되었던 것이다. 그러한 텍스트가 인쇄술이 발달하면서 작품은 사고팔 수 있는 지식 상품이 되었다. 인쇄술의 발달은 남송대부터 청대에 이르기까지 무수한 시문선詩文選, 시화詩話와 사화詞話 등이 범람하는 계기가 되었다.

중국 고전문예이론의 내용이 대부분 시문과 관련된 것이고 소설과 희곡에 관한 것이 적으며, 그 서술방식이 매우 간결한 것도 그것이 전문화된 비평가에 의하여 행하여지지 않고 학자, 정치가, 시문작가, 이론비평가 등의 다양한 성격을 지닌 일반 지식인에 의하여 행하여졌던 것과 관련이 있다.

중국고전문예이론 속의 시론, 문론, 서예론, 화론을 살펴보면 '이름은 다르나 실체는 같다(異名同實)'고 말해도 손색이 없다. 서양은 글은 펜으로, 그림은 붓으로 써서 표현도구조차도 구별했지만 중국은 붓으로 글과 그림을 다 표현했기에 표현도구도 글과 그림을 하나로 보았다. 따라서 시문서화詩文書畵를 구분하기보다는 시문서화의 전 문예영역에 걸쳐 언급된 문예에 관한 견해를 총괄하여 보아야만 중국고전문예이론의 줄기를 제대로 탐색할 수 있다.

고대古代 시문詩文에 관한 평론 중에는 체계가 완전한 저술로 문예에 관한 심도 깊고 전반적인 논술을 한 것도 적지 않지만, 대부분의 논저는 어떤 사실이나 형세에 입각하여 사물이나 사람의 득실을 논하는 것에 치우쳐 개별 작가나 작품에 대한 단편적이고 산발적인 연구를 위주로 하여 보다 체계적인 분석과 서술이 부족하다. 그렇기 때문에 문예이론사의 전체 흐름을 파악하는 데에는 어려움이 뒤따른다. 명청明淸시기에 이르러, 중국문예이론은 비로소 시, 사, 희곡, 소설 등으로 구분되어 고찰되기 시작했다. 그렇다면, 명청 이전에는 진정한 의미의 문예이론이 없었나? 일견 그렇다고 말할 수 있겠지만 자세히 들여다보면 유협劉勰의 『문심조룡文心雕龍』 같은 이론서적을 제외하고도 중국 고대 문인이나 학자들은 개인문집 속 여러 글 속에 다양한 문예관을 뒤섞어 논술하고 있음을 알 수 있다. 우리는 중국 고대 문예관점들을 오늘날의 문예이론 체계 안에서 재조명할 필요가 있다.

게다가 고대 문인文人들이 시문詩文을 평할 당시에는 당연히 그들 나름의 공통된 언어 체계가 존재했지만, 시대가 변함에 따라 그들의 언어 가운데 어떤 것들은 우리에게 생소한 것이 많으며 때로는 단어의 개념이 혼동을 일으킬 때도 있다. 그렇기 때문에 현대문예이론에서 통용되는 명사名詞나 술어術語를 사용하여 중국 고전작품을 평가하려는 틀에 갇혀서는 안 된다. 현대문학이론에서 통용되는 각종 개념들은 대개 서양의 문학이론, 특히 소설이나 희곡 위주의 문예창작에서 산출되어 온 경험의 총괄인 바, 시가詩歌나 산문散文을 위주로 한 중국고대문학이론의 문제에 그 개념을 무조건 적용하게 된다면 부적절한 경우가 생긴다. 이러한 문제를 해결하기 위해서는 우선 옛 것에 너무 치우치는 경향을 극복하는 한편, 지나치게 현대화하는 경향도 탈피해야 한다.

기존 국내의 문학이론, 문예이론 저서들은 대부분 서양이론에 근간을 두고 있다. 이렇게 서양이론이 국내 문예이론에서 주류를 형성하고 있는 데에는 동양이론이 서양이론에 비해 종합적이고 체계적이지 못하기 때문이다. 동양이론은 개별적이고 부분적인 주장들이 여러 글 속에서 산재한다. 근래에 중국에서 문예이론을 문예원론, 작가론, 창작론, 감상론 등의 체계적인 틀에서 고찰한 연구가 나오고 있다.[10] 하지만 국내에는 여전히 찾아보기 어렵다.

오랜 기간 문예이론이 체계화되지 못하였고, 그에 따른 거시적이고 전체

---

10   『中國古代文學原理』(祁志祥, 學林出版社, 1993), 『範疇論』(汪涌豪, 復旦大學出版社, 1999), 『原人論』(黃熙, 復旦大學出版社, 2000), 『方法論』(劉明今, 復旦大學出版社, 2000).

적인 조망보다는 개별 이론을 소개하고 분석하는 정도에 그쳤다는 점이 지금
까지의 연구상황이라 하겠다. 근대화과정 속에서 쏟아지는 서양문물에 의해
동양적 자정능력은 상실되었고 그 고유한 특성마저 망실되었다. 우리 사회의
여러 분야에서 지금까지도 그런 점은 크게 바뀌지 못하고 있는 현실이다.

중국고전문예이론을 연구할 때 우리는 서양의 문학이론을 무시한 채, 단
순히 자구나 해석하는 종래의 훈고의 태도로 접근하는 것 역시 경계해야
함은 물론이다. 훈고 작업은 분명 연구의 전제조건이지만 이를 충분하다고
여겨 멈춰버려선 안 된다. 또한 중국고전문예이론을 서양 문학이론의 틀에
억지로 집어넣어 그 나름의 고유한 문화적 개성을 말살해서도 안 된다. 그러
자면 중국고전문예이론가의 논점과 시대적 상관관계 속의 이론적 위상을
최대한 파악해야 한다. 텍스트의 원의에 대해 이해해야 하고 그것이 생성된
시대의 문화 환경에 대해 정확히 이해해야 한다. 그래야 그 이론의 깊고 정교
한 형태와 내용들을 밝혀낼 수 있다. 고인古人을 주체로 삼고 그들을 충분히
존중하며 오늘날의 사상을 가지고 그들의 사상을 함부로 왜곡하여 설명하지
않는 것 역시 중요한 자세이다. 현재 우리의 생각을 고인의 사상과 억지로
융합시키지 않아도, 고인에게 현대의 복장을 입히지 않아도, 반복적 교류,
소통을 통하여 고금의 융합을 실현시켜 새로운 사상과 결론을 이끌어내면
새로운 형태의 문예이론이 고금의 중화과정에서 점진적으로 완성된다.

제2장 중국문예이론의 범주

　일상에서 우리는 별개의 대상을 하나의 이름으로 부르곤 한다. 그 이유는 그것들이 무엇인가 공통점을 갖기 때문이다. '사과'와 '포도'를 생김새의 차이에도 불구하고 모두 '과일'이라고 부르는 것처럼, '과일'이라는 개념이 갖는 속성을 '사과'와 '포도'가 공유하는 것으로 보아 둘 모두를 '과일'의 범주에 포함시킨다. 이는 개념이 범주화의 기능을 한다는 것을 보여준다. 그렇다면 개념과 범주는 무엇일까? 개념은 하나의 사물을 나타내는 여러 관념 속에서 공통적이고 일반적인 요소를 추출하고 종합하여 얻은 관념을 말하고, 범주는 동일한 성질을 가진 부류나 범위라고 말할 수 있다.

개념 범주의 위계적 구조

범주화란 특정한 집단을 하나로 묶어 일반화해서 하나로 판단하는 경우를 말한다. 범주화는 위계적으로 이루어지는데, 예를 들어 하위 범주인 '부사'는 상위 범주인 '사과'의 부분 집합이 되며, '사과'는 보다 높은 상위 범주인 '과일'의 부분 집합이 되는 식이다. 이러한 범주화는 인간이 사물과 현상을 변별하고 이해하고 추론하고 기억하는 데 많은 도움을 준다. 범주화는 주위에서 일어나는 사물이나 현상들을 의미 있는 단위로 분할하여 이해하고 설명하며, 그 사물이나 현상들과 관련 있는 이후의 일들을 예상할 수 있게도 해 준다. 중국고전문예분야에 나오는 수많은 개념과 용어들을 제각기 이해하기보다는 이들을 범주화하여 설명한다면 중국고전문예이론을 보다 잘 이해할 수 있다.

중국고전문예이론의 개념과 용어를 범주화해보면 두드러진 특성을 발견할 수 있다. 여기서는 직관적 사유로 인한 정체성과 상생 논리에 기반한 대칭성, 그리고 화합과 조화를 강조한 중화성으로 구별하여 중국고전문예이론 개념에 두드러진 범주 특성을 살펴보고 나서 심미대상의 구조·유형 범주, 문예창작의 동인 범주로 나누어 중국고전문예이론의 범주를 설명하고자 한다.[11]

1. 문예전반의 범주 특성

세상의 모든 가치 관념은 예나 지금이나 동일하게 생성되지 않고 특정한 사회 경제 조건 속에서 제각기 다르게 발현된다. 따라서 사회적, 경제적 조건

---

11   본 장은 『중국고전문학이론의이해』(童慶炳 저, 배득렬 역, 충북대학교출판부, 2014, 9-119
　　쪽)와 『중국미학사』(張法 저, 신정근 외 2인 역, 성균관대학교출판부, 2019, 995-1026쪽)
　　두 권의 책을 참고하여 기술하였다.

및 사회 심리와 연관시켜 관념의 추이를 해석해야 한다. 동서양 문예 관념과 범주의 차이 또한 동서양 정치·경제·문화의 다름으로부터 비롯되었다는 점을 먼저 인식하고서야 비로소 정확하고 깊이 있는 해석을 얻어낼 수 있다.

서양 문화의 본원인 그리스는 지리적으로 바다와 접해 있다 보니 서양 고대 그리스의 철학자인 소크라테스, 플라톤, 아리스토텔레스는 여러 섬들을 드나들면서 바다에 대한 흥미를 지녔다. 반면에, 중국은 대륙 국가이다. 고대 중국인은 중국을 '사해지내四海之內'라고 이해했다. 비록 중국 역시 긴 해안선을 갖고 있지만 고대 사상가들은 바다에 대해 그다지 흥미를 느끼지 않았다. 중국은 예로부터 인구가 주로 황하와 장강 유역에 집중되어 있었다. 이러한 지리적 조건은 중국 경제를 장기간 자연 농업 경제 위주로 만들었다. 따라서 중국인은 농업을 상업보다 더 중시할 수밖에 없었고 토지를 생명의 근원으로 여겼다. 중국 농민은 대대로 한 지역에서 생활하며 평생 토지를 경작했다. 부자, 형제, 부부 등의 인륜 관계로 맺어진 가족을 마음대로 바꿀 수 없는 것처럼 군신, 붕우와 같은 사회관계 역시 가족 관계의 연장으로 이해되었다. 군신의 관계는 부자의 관계에 의해, 붕우의 관계는 형제의 관계에 따라 규범화되었다. 가정은 중국 농업 경제의 핵심적 사회 조직이다. 농업 경제 아래에서 만들어진 가족 관계는 '화和' 관념으로 결속되었다. 한 가정 내에 부자, 형제, 부부 등의 다양한 관계가 있어도 모두 '화'의 협력 관계로 협력하고 상호 조화를 이루었다. 이러한 협력은 풍년을 이루고 의식을 풍족히 할 수 있었기에 중국은 '이화위귀以和爲貴(화합을 귀하게 여김)'의 도덕 관념을 중시해왔다.

고대 서양을 대표하는 그리스는 해양 국가였기에, 그곳은 상품 경제가 다른 지역에 비해 발달하였고 상인의 지위가 대단히 높았다. 상인의 성향은 한 곳에 정착하기보다는 유동적이며 여행과 모험을 즐긴다. 그들은 자연환경에 대해 친화적이기보다는 도리어 경제활동을 막는 장애물이나 제약조건으로 여겨 불행과 비극를 조성하는 원인 제공처로 여겼다. 이로 인해 그리스로 대변되는 서양인들은 눈앞의 자연을 대항하거나 정복하려는 욕망을 가질 수밖에 없었다. 그리고 서양은 안정된 상업 활동을 도모하기 위해 성벽으로 둘러싸인 도시국가제도를 유지하였다. 도시국가제도의 가장 두드러진 특징은 바로 평등 경쟁이다. 상업 활동이나 정치 활동이나 모든 이들이 타인과의 대립과 충돌 속에서 타인을 누르고 성공을 이루려 하였다. 그들의 윤리도덕 내면에는 계약 관념이 스며들었고, 그들의 문예이론에는 희비喜悲의 서사와 승리자를 높이고 실패자를 깎아내리는 스토리라인을 통해 충돌을 아름다움으로 여기는 관념이 반영되었다.

중국과 서양은 이처럼 완전히 다른 환경 속에서도 도덕과 정신과 같은 형이상학을 추구한 공통점이 있다. 중국인은 초탈超脫, 소요逍遙, 체도體道를 높이 받들었을 뿐만 아니라 윤리 도덕, 경세치용經世致用의 학문도 중시하였다. 서양인은 과학과 이성의 정신을 추앙하면서도 하나님을 믿고 윤리를 중시하며 우주와 인생의 본체적 의의를 추구하였다.

서양의 문예이론이 과학 이성, 도구적 이성과 밀접한 관련이 있다면, 중국의 전통적인 문예이론은 초탈, 소요, 체도體道의 학문정신과 더욱 밀접한 관계를 맺고 있다. 그 원인은 중국과 서양이 문예에 대한 가치와 지위를 서로 다른 시각으로 보았기 때문이다. 서양에서는 인간의 정신적 자유를 종교의 영역, 신의 영지로 귀결시켰지만, 문예는 그 축에 끼지 못했기에 대단한 발전을 이루지는 못했다. 지고지순한 위치에 놓였던 신성神性에 비해 문예창작과 그 문예이론은 상대적으로 저평가되어 낮은 위치에 있었다. 급기야 플라톤 Plato(B.C.427-B.C.347)은 문학과 예술은 진실과 3단계의 격차가 있는, 모방의 모방, 그림자의 그림자이기에 진리가 될 수 없으며, 인성의 저속한 부분과 영합한 것이기에 시인을 유토피아에서 추방해야 한다고 주장하기도 했다. 플라톤의 이러한 사상은 후대의 서양에 커다란 영향을 미쳤다. 독일의 대표적인 철학자 헤겔Georg Wilhelm Friedrich Hegel(1771-1831)은 문학과 예술이 이념보다 저급하고 단지 이성적 감성만 드러난 것이라 그 진실성 또한 이념에 비해 낮고 변증법적 발전 과정에서 문학과 예술은 모두 절대적 진리를 가진 철학에 의해 대체될 수 있다고 주장하였다. 결론적으로 서양 학자들은 대부분 문예이론을 과학 이성과 도구적 이성의 영역으로 귀속시켰으며, 진리성, 진실성과 같은 비교적 현실적 문제를 서양 문예이론의 핵심 명제로 삼았다. 비록 실러Friedrich Schiller(1759-1805), 니체Friedrich Nietzsche(1844-1900) 등은 문학과 예술이 종교를 대체할 수 있고, 진실성은 문예이론의 중요한 문제가 아니라고도 주장하였으나 주류를 이루었던 시각은 여전히 서양 문예이론을 진실성, 그리고 이와 관련된 형상성과 전형성을 중심 범주로 삼고 있었다. 당연히 그들도 미美와 선善, 상상과 상징을 언급했지만 미와 선은 반드시 진眞을 기초로 삼아야 하고, 상상과 상징 역시 진실한 품격을 가지고 있어야 한다고 여겼다. 서양인이 시종 중시했던 것은 실재實在였지 허무虛無가 아니었다.

중국문화는 간단함에서 복잡함으로, 원시사회에서 하夏·상商·주周에 이르기까지, 미는 모두 통일되어 있었다. 원시 이래로 하나였던 도는 선진양한先秦兩漢시대부터 대칭적 상생구조로 생성되다가도 육조六朝 이후로는 심미 유형이 중요한 문제로 대두되었고 송대宋代 이후로는 심미 이상이 중요한 화두가 되었다. 중국 문예이론은 이러한 일련의 과정 속에서 보완하고 화합하여 대일통大一統으로 귀결되는 중화미中和美를 구현하였다. 『노자』 42장에는 "도(무無)가 하나를 낳고, 하나가 둘(음양陰陽)을 낳고, 둘이 셋(화합和合)을 낳고, 셋이 만물을 낳았다."12라고 기재되어 있다. 이 말은 세상 만물의 현상이 모두 도에서 비롯되었으며, 따라서 도가 만물 형성의 근원이라는 의미이다. 이 말에

근거하여 중국고전문예이론의 범주 특성을 도道라는 정체성, 음양으로 대표
되는 대칭성, 조화롭게 화합하는 중화성으로 나누어 소개하고자 한다.

(1) 정체성

아리스토텔레스Aristotle(B.C.384-B.C.322)가 "전체는 부분의 합보다 크다.(The
whole is more than the sum of its parts.)"[13]라는 주장을 제기했었으나, 이 사상은
오랫동안 서양 사람들로부터 주목받지 못했다. 오히려 분자론적 분석주의가
서양의 사상과 문화를 지배하였고 17세기 서양에서 공업이 흥기하고 커다란
발전을 이룩한 이래로 서양 사람들의 일상적 사유방식이 되었다. 사실상 분
석주의와 이성주의가 서양의 모든 것을 주재하였다고 단언해도 과언이 아니
다. 19세기 초에 들어와 실용주의에 기반한 과학 발전 속에 분석주의가 시들
해지자, 사람들은 다시 아리스토텔레스의 "전체는 부분의 합보다 크다."라는
말을 반추하면서 전체를 중심으로 하는 구조주의, 계통론, 현상학, 원형심리
학 등이 차례로 흥기하였다. 서양의 분자론과 이성주의는 서양의 문예창작이
론에 영향을 미치지 않을 수 없기에 문예작품의 세밀한 분석은 자연스럽게
스며들었다. 문예창작이론 중의 재현론, 표현론, 형식론은 모두 작품의 심미

---

12 『老子校釋』(朱謙之, 中華書局, 1984), 174쪽. "道生一, 一生二, 二生三, 三生萬物." 역자는 "여기
서 一은 無이고, 二는 陰陽, 三은 화합을 이른다."라고 注하였다. 『王弼集校釋』(樓宇烈 校釋,
台北: 華正書局, 1992), 『老子道德經注』 下篇 42장, 117쪽.

13 "The whole is greater than the sum of the parts."라는 유명한 표현은 "the whole is
something besides the parts."라는 글을 연역한 것이다. 『The metaphysic of Aristotle』,
Aristotle; translated by W. D. Ross, New York: Random House. "In the case of all
things which have several parts and in which the totality is not, as it were, a mere
heap, but the whole is something besides the parts, there is a cause; for even in bodies
contact is the cause of unity in some cases, and in others viscosity or some other
such quality."

적 특징에 편중된 분자론적 분석 논리의 산물이다.

고대 중국의 사상과 문화는 정체성, 모호성, 유동성 등의 세 가지 특징을 지녔지만 서양의 분자론적 분석과 논리적 추리에 대해서는 중시하지 않았다. 고대 중국인들은 세계의 근본인 '도'를 숭상하였다. 노자老子(B.C.6세기경 활동)는 '도'의 특징에 대해 "만물이 혼재하여 이루어졌는데 천지보다도 앞서 생겨났고(有物混成, 先天地生.)"[14], "도라 하는 물은 연계할 꼴이 없듯 어슴푸레하고 흐릿하다(道之爲物, 惟恍惟惚.)"[15]라고 설명하였다. "만물이 혼재하여 이루어진 것"이라는 말은 '도'가 객관적으로 존재하되 이론적으로 고려하기 전에 발생한 정체라는 것을 의미한다. "어슴푸레하고 흐릿한 것"이라는 말은 '도'가 명징하지 않아 애매모호하다는 것을 의미한다. 그래서 장자莊子(B.C.4세기경 활동)는 도에 대해 처음부터 경계가 없는 것이라고 말하였다. 훗날 '도'에 대한 해석이 분분했지만 '도'를 우주와 세계의 본원으로 규정하는 것, 말로는 표현할 수 없는 성질을 가지고 있는 것 등은 기본적으로 일치하였다. 유가도 역시 본원성本原性, 즉 천도天道를 언급하면서 "천도는 멀고, 인도는 가깝다(天道遠, 人道邇.)"[16]고 하였는데, 가까운 것은 매일 사용하는 것이라 명백하게 설명할 수 있으나 '천도'는 멀어 말로 표현하기 어렵다고 여겼다. 이렇게 '도'에 대해 명확한 판단을 내리기 어려워했던 것처럼 고대 중국인들은 사물의 원소를 분석하는 것은 불가능하다고 여겼다. 만에 하나 분석을 한다고 해도 사물의 내부 깊숙한 곳까지 들어갈 수 없을 뿐만 아니라 고립적인 분석은 사물을 파괴하거나 사물 자체에서 멀어질 수밖에 없다고 생각하였다. 중국인들은 우선 정체에 대해 직관적인 깨달음이 수반되어야 하고 그 가운데 사물과

---

14   『王弼集校釋』(樓宇烈 校釋, 台北: 華正書局, 1992), 『老子道德經注』 上篇 25장, 63쪽.

15   『王弼集校釋』, 『老子道德經注』 上篇 21장, 52쪽.

16   『左傳·昭公十八年』, 『十三經注疏』(台北: 藝文印書館, 1997년) 제6책, 841쪽.

합일될 수 있고 통섭할 수 있다고 생각하였다.

중국에서 말하는 '도'는 실체적 존재가 아닌 비논리적인 정체적 존재이며, 유·무 사이에 지극히 높은 지위를 지닌 천지만물의 본원이다. 이러한 사유방식은 서양인의 사유방식과 완전히 달랐다. 서양인의 사유방식은 분석적이라 사물의 원소 구성을 중시한다. 서양인은 숲을 보기보다는 나무를 면밀히 분석하기 때문에 정체의 파악을 소홀히 하기도 한다. 이러한 분자론적 분석사유에 입각한 서양의 문예이론은 원소의 구성을 중시할 뿐만 아니라 원소의 체계적 구성을 판단의 기준으로 삼을 수밖에 없다. 이에 반해, 중국의 사유방식은 '오도悟道(도를 깨달음)'라는 말처럼 직관적이고 정체적이며 숲에서 나무를 짐작한다. 이러한 사유방식에 기초한 중국의 문예이론은 정체성이나 모호성을 강조하고 '신회神會(정신적 만남)', '영오靈悟(심령의 깨달음)' 등을 중시한다. 이것은 중국 문예이론의 중요한 특징이다.

『장자』 안에서 정체성과 모호성으로 가득한 중국인의 사유를 만날 수 있다.

(실체적 존재가 아닌 정체적 존재인) 도는 환히 비추는 정황과 생생한 진실이 있어도 행위나 형체가 없다보니 고요하면서 눈에 들어오지 않기 때문에 고금을 통하여 전할 수 있으나 손으로 주고받을 수 없으며, 몸으로는 체득할 수 있지만 눈으로 볼 수 없다. 태곳적 아직 하늘과 땅이 없을 때에도 본디 존재하였다. 귀신과 상제上帝를 신령하게 하고 하늘과 땅을 생겨나게 하였다. 태극太極보다 앞서 있어도 높지 않고, 육극六極 밑에 있어도 깊지 않으며, 천지보다 먼저 생겨났으나 오래되었다고 할 수 없고, 상고시대보다 먼저 살아있었으나 늙었다고 여겨지지 않는다.[17]

17　『莊子集釋』(郭慶藩 集釋, 台北: 貫雅文化, 1991), 內篇第六 「大宗師」, 246-247쪽. "夫道有情有

고금을 관통하는 도는 시간과 상관없이 늘 존재하고 어디에나 없는 곳이 없다. 하지만 도는 이해할 수는 있으나 말과 글로 제대로 전달할 수는 없다. 도란 형체가 없는 만물의 본원이다. 여기서 말하는 태극보다 앞서 있다는 말은 시간의 개념이기보다는 논리적 개념으로 이해해야 한다. 도가 먼저이고 만물을 창조한 뒤에 사라진다는 의미로 보아서는 안 된다. 도는 '규율規律'과 흡사하며 영원한 원리라 말할 수 있다. 도가는 바로 이러한 도의 개념에서 비롯되었다. 도가의 사상가들은 이 세상이 돌아가는 데 이러한 도가 작동하고 우리는 부지불식간에 도의 지배를 받으며 일체의 것들이 모두 자연에 복종하고 순응하게 되어 있어서 어떠한 인위적인 조작 없이도 잘 다스려진다고 생각하였다. 이러한 자연적인 규율이 작동하는 세상 속에서 인위적인 것은 자연과는 어긋나 도에 위배될 수밖에 없다. 무리한 인위적인 조작 행위는 괜한 고생만 하고 일을 망치는 결과를 초래한다. '무위無爲, 무불위無不爲(아무 것도 하지 않지만 이루어지지 않는 것이 없음)'라고 강조한 노장老莊의 도가道家는 자연의 도리를 따르지 않은 '인위人爲'를 반대하고 '성인을 멀리하고 지식과 단절하라(棄聖絶智)'고 주장하면서 문예에 반대하는 입장을 고수하였다. 하지만 도가의 저술 속에서 자연 본위의 관념을 에둘러 중시해왔기에 도리어 그들의 자연 중시 사상은 후대의 문예이론에 많은 영향을 주었다. '천악天樂'[18]이니 '응지자연應之自然(자연에 순응함)'이니 하는 표현도 바로 노장의 자연 본위의 문예 관념에서 비롯된 것이다. 수많은 시인 묵객은 자연 본위의 관념을 받아들여 자연을 숭상하고 인공적 조탁을 멀리하는 창작 경향을 고수하였다. 『노

信, 无爲无形; 可傳而不可受, 可得而不可見; 自本自根, 未有天地, 自古以固存; 神鬼神帝, 生天生地; 在太極之先而不爲高, 在六極之下而不爲深, 先天地生而不爲久, 長於上古而不爲老."

18　『莊子集釋』, 外篇第十三「天道」, 458쪽. "사람과 화합하면 人樂이라 일컫고 하늘과 화합하면 天樂이라 일컫는다.(與人和者, 謂之人樂; 與天和者, 謂之天樂.)"

자』에서 "최고의 소리는 궁상宮商이 혼재하여 기교나 분별이 없어 귀로 가려 들리지 않고 최고의 형상은 온한溫寒(더위와 추위)이 통합하여 형체가 없어 몸으로 식별되지 않는다."[19]라고 하고『장자』에서 "최고의 즐거움은 세상 속 즐거움이 없고 최고의 명예는 세속에서 일컫는 명예가 없다."[20]라고 하는 주장들은 후대인들에게 문예 창작 활동을 포함한 생활 전반에 걸쳐 허와 실의 관계에 대해 특별한 관심을 갖게 하였다. '득의망언得意忘言(작자의 의중을 얻으면 작자의 말을 잊음)'이니 '언부진의言不盡意(작자가 표현한 말로는 작자의 의중을 완벽히 다 전할 수 없음)'이니 하는 사상은 바로 자연을 강조하고 인위를 부정한 데에서 비롯되었고, 이는 '언외지의言外之意(언어 밖에 있는 의미)', '상외지상象外之象(표현된 대상 너머의 형상)', '현외지음弦外之音(현이 낸 소리 밖의 소리)', '화외지의畫外之意(표면적 그림 너머의 의미)' 등의 표현으로 발전하면서 문예 작품의 함축미에 대한 중요성을 더욱 부각시켰다. 인위人爲를 내세운 유가의 시교詩敎에 바탕을 둔 온유돈후溫柔敦厚의 문예관만큼이나 무위無爲를 강조한 도가의 문예관 역시 중국 고전 문예이론 방면에 미친 영향은 매우 심대하다. 유가 사상이 주로 시가의 외부적 규율에 영향을 미쳤다면, 도가 사상은 시가의 내부적 규율에 영향을 미쳤다.

장자가 말한 도와 그 체득과정은 창작자의 정신상태, 즉 직접적 이해관계나 공리功利를 초월한 정신, 망아忘我(자신조차 망각함)의 정신, 득도의 경지에 이른 정신과 일맥상통한다. 다른 게 있다면 창작자는 이를 통해 창작에 공을 들였지만 장자는 이를 통해 달인의 인생 경지에 이르렀다는 점이다. 이에 대하여 서복관徐復觀(1903-1982)은 다음과 같이 말하였다.

---

19   『王弼集校釋』,『老子道德經注』下篇 41장. 113쪽. "大音希聲, 大象無形."
20   『莊子集釋』, 外篇第十八「至樂」, 611쪽. "至樂无樂, 至譽无譽"

　　노장사상가들은 도를 우주 창조의 기본동력으로 간주하였고 사람은 바
로 도에 의해 창조되었기에 도는 인간의 근원적 본질을 이룬다고 하였다.
사람 자체에 대해서 말할 때, 그들은 먼저 '덕德'이라 칭하였고 뒤에 '성性'이
라 칭하였던 것이다. 이러한 이론적인 구조와 내용으로 말한다면 '도'는
예술과 전혀 관계가 없다. 그러나 그들의 사변적이고 형이상학적인 방법으
로 살피지 않고 다만 그들이 수양에 들인 노력과 시간을 통해 도달한 인생
의 경계로만 살펴본다면, 그들이 거기에 들인 노력과 시간은 바로 한 위대
한 예술가가 수양에 들인 노력과 시간과 일치한다. 그들이 거기에 쏟은
노력과 시간을 통하여 도달한 인생의 경계는 본디 예술에 전혀 마음을 쓰지
않았지만 생각지도 않게 오늘날 말하는 예술정신으로 저절로 귀착되었다.
장자가 관념적 각도에서 그에 의해 언급된 도를 묘사해서 우리도 관념적
각도로만 파악해 나가는 지경에 이른다면 이 도는 바로 사변적이며 형이상
학적인 성격을 띠게 된다고 말할 수 있다. 그러나 장자가 도를 인생의 체험
으로 진술해서 우리들도 이러한 인생 체험에 응대하여 깨달음을 얻는 상황
에 도달한다면 이 도는 바로 철두철미한 예술정신이라고 말할 수 있다.[21]

　　우리가 장자의 도를 이해하는 과정을 관념적으로만 볼 것이 아니라 삶의
구체적 체험과 체득과정으로 파악한다면 도를 이해하는 과정에서 예술정신
을 분명하게 이해할 수 있다. 『장자』안에는 몇 가지 우언을 예시로 들어

21　『中國藝術精神』(徐復觀, 台北: 臺灣學生書局, 1966-1992년), 50쪽. "他們只把道當作創造宇宙的
　　基本動力; 人是道所創造, 所以道便成爲人的根源的本質; 克就人自身說, 他們先稱之爲'德', 後稱
　　之爲'性'. 從此一理論(指'道'之理論)的間架和内容說, 可以說'道'之與藝術, 是風馬牛不相及的. 但
　　是, 若不順着他們思辨地形上學的路數去看, 而只從他們由修養的工夫所到達的人生境界去看, 則
　　他們所用的工夫, 乃是一個偉大藝術家的修養工夫; 他們由工夫所達到的人生境界, 本無心於藝術,
　　却不期然而然地會歸於今日之所謂藝術精神之上. 也可以這樣的說, 當莊子從觀念上去描述他之所
　　謂道, 而我們只從觀念上去加以把握時, 這道便是思辨地形而上的性格. 但當莊子把它當作人生的
　　體驗而加以陳述, 我們應對於這種人生體驗而得到了悟時, 這便是徹頭徹尾地藝術精神."

도를 체득하는 과정을 구체적으로 기술하였다. '포정해우庖丁解牛'가 좋은 예라 하겠다.

포정庖丁이 문혜군文惠君을 위해 소를 가르는데, 손으로 대보고 어깨에 의지하고, 발로 땅을 딛고 무릎에 의지하였다. 썩썩 살 바르는 소리가 향음하고, 칼을 움직여 획획 갈라버렸다. 이는 상商나라 탕왕湯王의 춤곡 <상림桑林>의 춤사위에 맞고 또한 요堯임금의 음악 <경수經首>의 리듬에 맞았다. 문혜군이 "아! 훌륭하도다! 기술이 어찌 여기까지 이를 수 있단 말인가?"라고 말하였다. 포정이 칼을 놓고서 "제가 좋아하는 바는 도입니다. 이는 기술보다 진보한 것입니다. 제가 소를 처음 잡을 때는 보이는 거라곤 온전한 소 아닌 게 없더니, 3년이 지나서는 온전한 소를 본 적이 없게 되었습니다. 오늘에 와서는 저는 정신으로 대하지 눈으로 보지 않습니다. 감각에 의해 움직이는 지각능력이 멈추고 신욕神欲(손이 가는 대로 내버려두어도 무심히 체득한 경지)이 행해집니다. 천리天理에 따라 그 살결대로 그 틈을 열어 큰 공간으로 들어가 그 소의 진실로 그러한 바를 따라갑니다. 그래서 경락과 뼈와 힘줄이 붙은 살에 일찍이 조금도 막힌 적이 없었습니다. 하물며 큰 뼈에 있어서야! 훌륭한 백정은 1년에 한 번 칼을 바꾸는데 그 이유는 살을 자르기 때문이고, 일반적인 백정은 한 달에 한 번 칼을 바꾸는데 그 이유는 뼈를 자르기 때문입니다. 지금 저의 칼은 19년 동안 수 천 마리의 소를 잡았지만 칼날은 숫돌에 새로 간 듯합니다. 저 마디엔 틈이 있고 칼날은 두껍지 않으니, 두께가 없는 것으로 틈에 넣는 것이어서 여유로움은 그 칼날이 노닒에 반드시 여지가 있는 것입니다. 이 때문에 19년 동안 사용하였지만 칼날이 숫돌에 새로 간 듯한 것입니다. 비록 그러하나 매번 그 근육과 신경이 한데 엉킨 곳에 이르러서는 저도 그 하기 어려움을 알아 조심스럽게 경계하고 살펴보는 것을 멈추고 행동을 천천히 합니다. 칼 놀림을 매우 미세하게 하면 뼈와 살이 획하고 분해되니 마치 흙덩이가 땅에 떨어지는 것과 같습니다. 칼을 들고 서서 사방을 둘러보고 주저하다가 만족스러워지면 칼을 닦아 칼집에 집어넣습니다."라고 대답하였다. 문혜군이 "훌륭하도다! 나는 포정의 말을 듣고서 양생養生의 도를 얻었노라."라고 말하였다.[22]

포정은 소 잡는 일을 업으로 삼던 사람으로 백정이다. 그러나 포정은 소 잡는 일반적인 기술을 '도를 체득하는' 과정으로 승화시켜 그 분야에서 최고 경계에 도달한 달인이었기에, 그는 대뜸 "제가 좋아하는 것은 도입니다."라고 말했던 것이다. 단순한 기술의 사용이 아닌 도를 체득하는 과정에서 "소가 보이지 않았습니다."라는 언급은 노동의 체험학습과정을 통해 주체와 객체, 마음(心)과 사물(物)의 대립 관계가 하나로 융화되었음을 의미한다. 이 과정에서 포정이 도달한 "감각에 의해 움직이는 지각능력이 멈추고 신욕神欲이 행해진다"는 경계는 인간의 손과 마음의 거리가 없어져 행위나 기술이 마음을 옭아매지 않아 무념무상의 아무런 장애를 받지 않는 자유 상태로 진입하여 이전에는 느껴보지 못한 정신적 해방감을 얻었음을 의미한다. 소 잡는 일을 다 마친 포정이 만족스럽게 칼을 칼집에 넣고 정리하는 모습을 통해, 우리는 그가 정신적 자유뿐만 아니라 심미적 경지에 도달하였다는 것을 알 수 있다.

---

22 『莊子集釋』, 內篇第三「養生主」, 117-124쪽. "庖丁爲文惠君解牛, 手之所觸, 肩之所倚, 足之所履, 膝之所踦, 砉然響然, 奏刀騞然, 莫不中音. 合於桑林之舞, 乃中經首之會. 文惠君曰, '譆, 善哉! 技蓋至此乎?' 庖丁釋刀對曰, '臣之所好者道也, 進乎技矣. 始臣之解牛之時, 所見無非全牛者. 三年之後, 未嘗見全牛也. 方今之時, 臣以神遇而不以目視, 官知止而神欲行. 依乎天理, 批大郤, 導大窾, 因其固然. 枝經肯綮之未嘗, 而況大軱乎! 良庖歲更刀, 割也; 族庖月更刀, 折也. 今臣之刀十九年矣, 所解數千牛矣, 而刀刃若新發於硎. 彼節者有間, 而刀刃者無厚; 以無厚入有間, 恢恢乎其於遊刃必有餘地矣, 是以十九年而刀刃若新發於硎. 雖然, 每至於族, 吾見其難爲, 怵然爲戒, 視爲止, 行爲遲. 動刀甚微, 謋然已解, 如土委地. 提刀而立, 爲之四顧, 爲之躊躇滿志, 善刀而藏之.' 文惠君曰, '善哉! 吾聞庖丁之言, 得養生焉!'"

이러한 구체적 노동을 통한 체득과정은 자연스럽게 주체와 객체의 대립
관계를 해소하고 정신적 자유 속에서 심미적 경계에 도달한다. 이는 진정한
창조적인 문예 창작 과정과 완전히 일치한다. 장자는 득도의 경지를 장인의
기예技藝경지와 동등하게 대하였다. 그는 도의 신비성을 체득한 뒤 구체적인
예시를 통해 추상적인 도를 설명하였다. 생생한 예시를 통한 설명방식은 그
대로 후대에도 영향을 미쳐 후대의 문예이론에서 더욱 개진되고 발전되었다.
이외에도 『장자』에는 많은 우언이 기재되어 있다. 재경梓慶(목수 경)이 나무를
조각하여 거鐻(악기 걸이)를 만드는 고사에서, "(그 밖의 일이 모두 사라질 정도
가 된) 다음에야 산속으로 들어가서 나무를 찾습니다. 그래야 나무 본래의
자연 성질이 있는 훌륭한 재목을 살펴볼 수 있습니다. 그 다음에는 마음속에
만들려는 악기 걸이의 모양을 그 나무에 그려보고 나서야 나무에 손을 댑니
다. 만약 뜻대로 안 되면 하던 일을 멈춥니다. 이렇게 하면 나무의 천성과
제 천성이 하나로 합해집니다."[23]라고 하였는데, 여기서 '이천합천以天合天(나
무의 천성과 제 천성이 하나로 합해짐)'이란 자신의 자연적 본성과 사물의 자연적
본성이 하나가 되는 것을 말한다. 뛰어난 목공의 노동과정과 창작자의 창작
과정은 서로 일맥상통한다. 이는 바로 창작과정 속에서도 작자가 주체적으로
자연의 진리를 유지하면서 객체인 생활 속 자연 물상에 호응하여 주체와
객체가 서로 하나가 되면 창작의 최고 경지에 오를 수 있다는 것이다. 『장자』
의 '구루승조痀僂承蜩(꼽추의 매미 잡기)'[24] 등과 같은 주체와 객체가 하나가 된다

---

23   莊子集釋』, 外篇第十九 「達生」, 658-659쪽. "然後入山林, 觀天性; 形軀至矣, 然後成見鐻, 然後加
手焉, 不然則已. 則以天合天.'"

24   莊子集釋』, 外篇第十九 「達生」, 639-641쪽. "중니(仲尼)가 초나라로 가는 길에 어떤 숲속으로
나가다가 곱사등이 노인이 매미를 마치 물건을 줍는 것처럼 손쉽게 잡는 것을 보았다. 중니
가 '재주가 좋군요. 무슨 비결이라도 있습니까?'라고 물었다. 이에 노인이 '비결이 있지요.
대여섯 달 동안 손바닥 위에 둥근 구슬 두 개를 포개놓아도 떨어뜨리지 않을 정도가 되면
매미를 잡을 때 잡는 경우보다 놓치는 경우가 적어지고, 구슬 세 개를 포개놓아도 떨어뜨리

는 고사는 창작자들에게 매우 커다란 자극을 주었다.

중국에서 유가 철학은 사회 철학이다. 유가의 이상적 사회 조직은 "임금은 임금답고 신하는 신하다우며, 아버지는 아버지답고 아들은 아들다운"[25] 예禮에 합당한 세계이다. 유가는 이상적 사회 조직을 이루는 데 관심을 가졌다. 그러한 정통 유가 학설 분위기 속에서 시가는 '사무사思無邪(정도正道를 벗어나지 않아 사악함이 없음)'[26]해야 하고, "감정에서 감발感發하였어도 그 정도定度가 지나치지 않고 예의禮義에서 멈추어야"[27] 하였다. 유가는 시가와 사회의 관계를 중시할 뿐만 아니라 '인위적' 개입과 조종을 강조하였다. 사회 참여를 중시하는 유가라면 창작할 때에도 목적과 의도가 강할 수밖에 없다. 이러한 유가와는 달리, 도가 철학은 자연 철학이며, 그 이상은 모든 사람, 사물, 시간, 장소가 자연스레 도에 합치하는 것이다. 도는 체험과 체득을 통해 알 수 있지만 억지로 구한다고 해서 구해지는 것이 아니다. 따라서 도가의 이상사회는 '무위이치無爲而治'가 실현된 사회였다. 이러한 철학에 기반한 도가의 문예관은 자연을 그 중심 가치로 삼았다. 그들에게 가장 훌륭한 작품은 신비하고 오묘

지 않을 정도가 되면 매미를 잡을 때 놓치는 경우가 열 번에 한 번 정도가 되고, 구슬 다섯 개를 포개놓아도 떨어뜨리지 않을 정도가 되면 마치 땅에 떨어진 물건을 줍는 것처럼 매미를 잡게 됩니다. 그때 나는 내 몸을 나무 그루터기처럼 웅크리고 팔뚝은 시든 나무의 가지처럼 만들어서 비록 천지가 광대하고 만물이 많지만 오직 매미 날개만을 알 뿐입니다. 나는 돌아보지도 않고 옆으로 기울지도 않아서 만물 중 어느 것과도 매미 날개와 바꾸지 않으니 어찌하여 매미를 잡지 못하겠습니까!'라고 대답했다. 공자가 제자들을 돌아보며 '뜻을 한 가지 일에 집중하여 꼭 귀신과 다를 것이 없는 사람은 바로 이 곱사등이 노인을 두고 한 말일 것이다.'라고 말했다.(仲尼適楚, 出於林中, 見痀僂者承蜩, 猶掇之也. 仲尼曰 : '子巧乎, 有道耶?' 曰 : '我有道也. 五六月累丸二而不墜, 則失者錙銖; 累三而不墜, 則失者十一; 累五而不墜, 猶掇之也. 吾處身也, 若橛株拘; 吾執臂也, 若槁木之枝. 雖天地之大, 萬物之多, 而唯蜩翼之知. 吾不反不側, 不以萬物易蜩之翼, 何爲而不得! 孔子顧謂弟子曰 : '用志不分, 乃凝於神. 其痀僂丈人之謂乎!')

25 『論語·顏淵』, 『十三經注疏』(台北: 藝文印書館, 1997년) 제8책, 108쪽. "君君臣臣, 父父子子."
26 『論語·爲政』, 『十三經注疏』 제8책, 16쪽.
27 『詩經·關雎』, 「毛詩序」, 『十三經注疏』 제2책, 17쪽. "發乎情, 止乎禮義."

한 자연에 대해 '이천합천'을 통해 깨달음을 얻은 작품이다. 그들은 자연을 본받은 창작을 최고로 여겼고 자연을 위반한 '인위人爲'를 반대하였다. 출세出世 지향적인 도가의 문예창작은 시가 자체의 내부 규율이 주된 관심사이자 지향이었기 때문에 유가의 문예관처럼 정의사회 구현 등의 그 어떤 목적도 가지고 있지 않았다.

서양의 고전 문예이론이 대부분 형식논리와 분자론적 영향을 받아 어느 한 범주에 대하여 흔히 가장 정확한 규정을 내리려 하는 데 반하여, 중국의 고전 문예이론은 비록 세밀한 정의를 쉽게 내리려 하지는 않으나 문예창작을 하나의 유기체 내지는 정체整體로 보고 그 전체적인 면에서의 통일성과 조화를 추구한다. 서양인은 부분을 잘 관찰하고 동양인은 전체를 잘 조망한다는 말도 이와 연관된 것일 것이다.[28] 다시 말해서, 서양은 미시적인 측면에서 세부적으로 발전한 데 비해, 중국은 거시적인 측면에서 총체적으로 통일미를 추구했다고 하겠다.

(2) 대칭성

중국 고전 문예이론 범주 특성을 말할 때 대칭성을 빠뜨릴 수 없다. 중국 문예 범주는 대부분 대칭적 개념으로 이루어져 있다. 그 예를 들어 보면 다음과 같은 것들이 있다.

음陰 ↔ 양陽; 천天 ↔ 지地; 문文 ↔ 도道; 예禮 ↔ 덕德; 심心 ↔ 물物;
고古 ↔ 금今; 원源 ↔ 류流; 정情 ↔ 리理; 정情 ↔ 경景; 형形 ↔ 신神;
허虛 ↔ 실實; 강剛 ↔ 유柔; 정情 ↔ 채采; 기奇 ↔ 정正; 통通 ↔ 변變

---

28 『생각의 지도』(최인철 역, 서울: 김영사, 2004년), 83-106쪽.

이상과 같이 중국 문예 범주의 개념들이 대칭을 이루면서 전체를 총괄하는 것을 살펴볼 수 있다.

하나의 문예 창작이 완성되는 과정 속에서 국가, 민족, 시대, 작자 개인 등의 제약을 받을 수밖에 없기에, 철학 관념과 민족의 문화 심리는 고스란히 문예 창작에 영향을 미친다. 중국의 경우, 회화에서는 그림 작품 속의 여백을 중시하였고, 음악에서는 유성有聲보다는 무성無聲의 작용을 중시하였으며, 시가에서는 함축含蓄과 담백淡泊, 적은 것으로 많은 것을 개괄하는 것, 제한된 언어에 무궁한 의미를 담은 것을 중시하였다. 이러한 작품 경향은 문예이론에도 그대로 반영되어 정경情景, 형신形神, 허실虛實, 번간繁簡, 농담濃淡, 은수隱秀 등의 문제가 대두되었다. 훌륭한 작품들에 대해 평한 글을 살펴보면 정경융합情景融合(정과 경이 섞여 합해짐), 형신겸비形神兼備(형과 신이 두루 갖추어짐), 허실상생虛實相生(허와 실이 서로 살아남) 등의 표현이 많이 보이는데, 이러한 대칭 관계 속에서 그중 어느 하나라도 빠져서는 안 된다. 사진처럼 숨김없이 다 드러낸 실경을 통해서는 아무런 감흥이나 여흥이 일지 않는다. 붓으로 표현되지 않은 여백과 함축적인 문자를 통해 감칠맛도 나고 온갖 생각을 펼칠 수 있다. 창작자의 의도와 심리를 투영하면서도 직접적으로 드러내지 않은 작품은 우리에게 표층적으로 드러나는 무언가를 전달할 뿐만 아니라 심층적으로 숨어있는 것도 있어야 한다. 지금 당장 모든 것을 적나라하게 보이기보다는 감상자의 심리와 상황에 따라 그 모습은 같아도 달리 느낄 수 있는 것이다. 수월경화水月鏡花(물에 비친 달이나 거울에 비친 꽃으로, 볼 수는 있어도 만지지 못하는 것을 비유함)처럼 정취情趣에 의취意趣까지 느낄 수 있다면 더 좋을 것이다.

번간, 농담, 은수 등의 대칭 관계 속에서 번간이 조화를 이루고 농담이 서로 적절하게 어우러지고 은수가 서로 잘 배합되어야 한다고 말하기는 하지만, '무無'를 숭상하는 사상의 영향을 받고 시문이 날로 발전하여 정형화되면서 일반적으로 간요簡要, 담백淡泊, 은함隱含을 중시하는 경향이 많았다.

유·무의 대립, 형이상과 형이하의 대응 관계 속에서 기氣, 신神, 운韻, 경境, 미味는 주로 무와 형이상 쪽으로 치우쳐있으며, 유와 형이하의 방면에 있는 사辭, 형形, 체격體格, 정경情景, 함산鹹酸 등과 대립·대응의 관계를 가지고 있다. 이를 그림으로 나타내면 다음과 같다.

무無	→	허虛	→	형이상形而上	→	기氣	→	신神	→	운韻	→	경계境界	→	지미至味
↕		↕		↕		↕		↕		↕		↕		↕
유有	→	실實	→	형이하形而下	→	사辭	→	형形	→	체격體格	→	정경情景	→	함산鹹酸

최고의 경지에 도달하려면 유형의 사辭만 가지고는 안 되고 여기에 형이상의 기氣가 함께 해야 한다. 이고李翺가 "기질이 올곧아지니 문사가 풍성해진다(氣直而辭盛)"[29]라 한 것도 이러한 생각에서 비롯된 것이다. 형形과 신神에서, '형'은 실재의 '유'에 해당하며 구체적으로 인지할 수 있는 것이라 말로도 충분히 전할 수 있다. 그러나 '무'와 관련된 '신'은 내재적인 것이라 말로 제대로 전할 길이 없다.

운과 체격의 관계에서도 마찬가지이다. 체격은 존재하는 것이기에 눈으로 직접 볼 수 있는 유형의 것이지만, 체격 너머의 운은 남송南宋 엄우嚴羽

---

29 李翺, 「答朱載言書」, 『全唐文』 권635. "의미와 언어를 창조하는 것은 모두 스승을 통해 배우지 못한다. 『춘추』를 읽을 때엔 『시경』이 없었던 듯하고, 『시경』을 읽을 때엔 『주역』이 없었던 듯하고, 『주역』을 읽을 때엔 『서경』이 없었던 듯하고, 굴원과 장주의 글을 읽을 때엔 육경이 없었던 듯하였다. 그리하여 뜻이 깊어지니 의미가 멀리까지 가고 의미가 멀리까지 도달하니 이치가 판별되고 이치가 분명하게 판단되니 기질이 올곧고 기질이 올바르게 서니 사어辭語가 풍성해지고 사어가 풍성해지니 문장이 뛰어나게 되었다.(創意造言, 皆不相師. 故其讀春秋也, 如未嘗有詩也; 其讀詩也, 如未嘗有易也; 其讀易也, 如未嘗有書也; 其讀屈原莊周也, 如未嘗有六經也. 故義深則意遠, 意遠則理辯, 理辯則氣直, 氣直則辭盛, 辭盛則文工.)"

(1290-1364)가 "허공에 울려 퍼지는 소리, 형상 속에 깃들어 있는 미묘한 색채, 그리고 물속에 찍힌 달, 거울 속에 비친 형상(空中之音, 相中之色, 水中之月, 鏡中之象)"[30] 이라고 표현한 말처럼, 있는 듯해도 실재로는 감지되지 않아 부재하는 형이상적인 것이다. 허공에 울려 퍼지는 소리나 형상 속에 깃들어 있는 미묘한 색채, 그리고 물속에 찍힌 달, 거울 속에 비친 형상은 모두 우리가 감각기관을 통해 분명히 파악할 수 있는 것들이다. 그러나 물속의 달은 잡으려고 손을 뻗는 순간 흔들려 사라지고 만다. 달의 실체는 하늘에 떠 있고, 물은 그 실체를 투영할 뿐이다. 물속에 녹아 있는 소금도 혀끝으로만 파악할 수가 있어 그 짠맛으로 소금의 성분이 녹아 있음을 알 수 있을 뿐, 소금은 보이지 않는다. 결코 손으로 만지거나 감촉으로는 그 짠맛을 직접적으로 느낄 수 없다. 시인의 정신세계는 하늘의 달이 저만치 떠 있는 것처럼 언어를 통해 수면 위에 그 정신의 그림자를 드리우고 있을 뿐이다. 훌륭한 작품은 독자에게 보고 느껴서 알게 할 뿐이고 억지로 설명하지 않는다.

정경情景과 경계境界의 관계도 '유'와 '무'의 관계로 볼 수 있다. 정경은 작자가 모두 묘사하거나 토로한 것으로 작품에 실재하는 것이지만 정경이 완전하게 하나가 되면 경계의 경지에 올라 그 흔적을 찾을 수 없게 된다. 이는 의미를 파악할 뿐이고 말로 제대로 전할 수 없다. 결국 '무'의 경지에 오른 것이다. '지미至味'란 말도 실재하는 짜고 신 맛이 아니라 맛을 초월한 맛이라 할 수 있다. 있는 듯하지만 실재로는 없는 것이다. 중국 문예 범주 특성 중

---

30 嚴羽, 『滄浪詩話·詩辯』. "성당 시기의 시인들은 흥취가 있었는데, 영양이 뿔을 나뭇가지에 걸어두듯이 자취를 찾을 수 없다. 기가 막힌 시들의 지극히 아름다운 부분은 억지로 꾸밀 수 없는 것이다. 마치 하늘의 음악이나 사물의 색채 같고, 강물 속의 달이나 거울에 비친 형상 같다. 언어 표현은 한계가 있지만 그 속의 깊은 의미는 한이 없다.(盛唐諸人惟在興趣, 羚羊掛角, 無跡可求. 故其妙處, 透徹玲瓏, 不可湊泊, 如空中之音, 相中之色, 水中之月, 鏡中之象, 言有盡而意無窮.)"

하나인 대칭성은 서로 균일한 대칭 구조를 이룬다기보다는 어느 한 쪽에 더 중점이 있다. 그래서 단편적이고 평이한 '유'보다는 측량하기 어려운 '무'를 지향한다.

유가와 도가 양대 철학은 고대 중국의 사상 문화를 주도하였다. 유가 철학은 사회 조직 철학이고 입세入世 철학으로, 유학자들은 사회 현실, 도덕 윤리, 경세치용, 관리가 되어 다스리는 것을 중시하였다. 이에 기반한 유가의 문예이론에서는 '시언지詩言志'[31]와 "감정에서 비롯되었더라도 예의에서 멈추어야 한다.(發乎情, 止乎禮義.)"라고 주장하면서 "부부를 다스리고 효경을 이루며 인륜을 돈독히 하고 교화를 훌륭하게 만들고 풍속을 변화시키는 것"[32]을 중요한 역할로 보았다. 이러한 유가의 문예이론은 '실록實錄(사실적 기록)', '미자美刺(찬미와 풍자)'를 중시하게 되었다. 문학과 예술을 정치 교화의 방편으로 삼아 통치자의 사상과 이익에 결부시키는 방법은 개인감정을 유감없이 펼치기 어려울뿐더러 정신적인 해방감을 가로막을 수밖에 없다. 아무리 좋은 것도 지나치면 반발과 저항이 생기기 마련이다. 사회질서와 도덕규범이 지나치게 강조되자 '출세出世' 철학을 근본으로 하는 도가 철학이 유가 철학을 보완하고 대체하여 '인위'에 반하는 '자연'과 그 근본인 '도'를 중시하였다. 도는 '무無'와 깊은 관계가 있어 "되돌아감은 도의 작동이요, 유약함은 도의 작용이다. 천하 만물은 유有에서 생겨나고, 유는 무에서 생겨난다."[33]라고 주장하였다. 높음

---

31 『尙書·舜典』, 『十三經注疏』 제1책, 46쪽; 『今文尙書考證』(皮錫瑞, 北京: 中華書局, 1998년), 82-84쪽. "시는 마음의 뜻을 말한 것이고 노래는 그 시어詩語를 길게 읊조린 것이고 오성五聲은 길게 읊조린 노래에 기탁된 것이고 십이율十二律은 오성五聲에 화합하는 것이다. 팔음八音이 잘 어우러지고 서로 (법도의) 순리를 어지럽히지 않으면, 이로 말미암아 신령神靈과 사람은 화합하노라.(詩言志, 歌永言, 聲依永, 律和聲, 八音克諧, 無相奪倫, 神人以和.)"

32 『詩經·關雎』, 「毛詩序」, 『十三經注疏』 제2책, 15쪽. "經夫婦, 成孝敬, 厚人倫, 美教化, 移風俗."

33 『王弼集校釋』, 『老子道德經注』 下篇 40장. 109-110쪽. "反者, 道之動; 弱者, 道之用. 天下萬物生於有, 有生於無."

의 기반은 낮음이고 귀함의 근본은 천함인 것처럼, 도는 늘 근본으로 돌아가는 작동 원리를 갖고 있다. 만물의 생성과 소멸이 반복하는 순환 질서를 떠올려 보면, 도가 작동하는 것을 알 수 있다. 도는 무無의 자연법칙을 따른다. 도는 유약해서 억지로 뭔가를 하려 하지 않고 완력을 사용하지 않기에 무를 통해 도가 작용하는 것이다. 모든 세상 만물은 형상을 가지고 있다. 우리는 물질세계, 즉 현상계現象界에서 살고 있다. 이곳의 만물은 유有에서 생겼으나 유의 뿌리가 무인 것처럼, 모든 있음은 없음에서 생겨난다. 현상계를 만들고 떠받치는 유의 근본이 없음인 것이다. 노장의 '무'를 숭상하는 사상은 후세의 문예이론에 커다란 영향을 미쳤다. 장자는 「추수秋水」 편에서 유·무의 상대성을 다음과 같이 설명하고 있다.

> 이제 효용이라는 측면에서 살펴보자. 그 효용이 있다고 보는 견지에서 효용이 있다고 하면 만물 중에 효용이 있지 아니한 것이 없고, 효용이 없다고 보는 견지에서 효용이 없다고 하면 만물 중에 효용이 없지 아니한 것이 없다. 동과 서는 상반되지만 한 쪽이 없어서는 안 된다는 것을 알면 효용의 본분이 분명해진다.[34]

이 예문의 의미는 사물을 '유용有用'의 입장에서 본다면 모든 사물은 하나도 빠짐없이 유용하며, '무용無用'의 관점에서 본다면 모든 사물은 하나도 빠짐없이 무용하다는 것이다. 동쪽과 서쪽의 예를 든다면 동쪽이 있어야 서쪽이 있고, 서쪽이 있어야 동쪽이 있다. 동서는 서로 대립하지만 어느 한 쪽이 없으면 다른 한 쪽도 존재할 수 없는 것처럼 효용의 유무有無가 상대적

---

34 『莊子集釋』, 外篇第十七 「秋水」, 577-578쪽. "以功觀之, 因其所有而有之, 則萬物莫不有, 因其所无而无之, 則萬物莫不无; 知東西之相反而不可相无, 則功分定矣."

임을 분명히 알아야 한다.

중국은 오래전부터 서양의 정반의 변증 논리가 아닌 대칭 속에서 상생하려 했던 조화를 강조하였다. 『상서尙書·순전舜典』에 순舜임금이 기夔에게 문화예술 교육을 담당하는 관직을 수여하며 다음과 같이 말하고 있다.

> 기夔여! 그대에게 명하노니, 음악을 주관하여 장자를 교육하라. 정직하면서도 온화하고, 너그럽고도 엄하며, 굳세나 (이것이 지나쳐서) 가혹하지 않고, 시원시원하면서도 (이것이 지나쳐서) 오만하지 않게 하라.[35]

이 글에서 순임금은 문화예술과 교육을 책임질 관리자에게 양극단에 치우치지 말고 태극太極처럼 상생相生할 것을 강력하게 당부하고 있다. 정직함(直)과 온화함(溫), 너그러움(寬)과 엄함(栗), 강직함(剛)과 가혹하지 않음(無虐), 시원시원함(簡)과 오만하지 않음(無傲)은 일반적으로 함께 잘 어울릴 수 없다. 하지만 "태평한 세상에 처해서는 반듯해야 하고, 난세에 처해서는 원만해야 하며, 보통 세상에 처해서는 반듯함과 원만함을 함께 써야 한다. 착한 사람을 대할 때는 너그러워야 하고, 악한 사람을 대할 때는 엄격해야 하며, 보통 사람을 대할 때는 너그러움과 엄격함을 함께 써야 한다."[36]라는 말이 있는 것처럼, 선악善惡과 정사正邪가 혼재된 사회 속 여러 인간군상과 처세할 때는 이를 잘 혼용하여야 한다. 이러한 논리는 『주역』에서 많이 보인다.

> 그 사물을 지칭한 개념은 작으나 그 동류를 취한 범위는 크다. 그 나타낸

---

35 『尙書·舜典』, 『十三經注疏』 제1책, 46쪽; 『今文尙書考證』, 82-84쪽. "夔! 命汝典樂, 敎冑子: 直而溫, 寬而栗, 剛而無虐, 簡而無傲."

36 『菜根譚·前集 第50條』"處治世, 宜方; 處亂世, 宜圓; 處叔季之世, 當方圓並用. 待善人, 宜寬; 待惡人, 宜嚴; 待庸衆之人, 當寬嚴互存."

뜻은 원대하고 그 표현한 말은 문아文雅하다. 그 언어는 완곡한 듯하지만
사리에 딱 들어맞고 그 기술한 일은 숨김없이 드러낸 듯하지만 은밀하다.[37]

의미로 보자면 작음과 큼, 완곡함과 적확함, 드러냄과 은밀함은 대칭이지
만 큰 틀에서 보면 조화를 이루는 유기적 부속품인 것이다. 이러한 중국의
문예 정신은 지금까지도 면면히 이어지고 있다.

유협劉勰이 『문심조룡文心雕龍·서지序志』에서 역대 작가의 작품을 평함에
있어서 긍정적인 면과 부정적인 면을 함께 지적하면서 그 작품의 일정한
가치를 그대로 유지한 태도 역시 같은 맥락이다. 유협劉勰이 "이소離騷"를 평
함에 풍간의 의의로 보면 "풍아風雅와 같다(同於風雅)"라 하면서도 허황된 문사
로 보면 "경전經典과 다르다(異乎經典)"라고 한다든가, 사마상여司馬相如를 평함
에 "굴원屈原과 송옥宋玉을 모범으로 본받았다(師範屈宋)"라고 하면서 "글 속에
담은 이치가 문사의 화려한 표현만 못하다(理不勝辭)"라고 하거나, 조비曹丕의
『전론典論·논문論文』을 평함에 "구성이 긴밀하나 간간이 빠뜨린 데가 있어
두루 미치지 못하였다(密而不周)"라고 지적한 것 등은 바로 그 좋은 예라고 할
수 있다.[38]

---

37 『周易·繫辭下』, 『十三經注疏』 제1책, 172쪽. "其稱名也小, 其取類也大. 其旨遠, 其辭文, 其言曲
而中, 其事肆而隱."

38 『文心雕龍讀本』(劉勰 著, 王更生 註譯, 台北: 文史哲出版社, 1991년) 상편 제5 「辨騷」, 65-66쪽.
"그 평론들을 조사하고자 한다면 반드시 (굴원 작품에 나오는) 말들을 검증해야 한다. 요임
금과 순임금의 광명정대함을 진술하고 우왕과 탕왕의 공경스러움을 칭한 것은 『상서』 중의
전典과 고誥의 수법이다. 걸·주의 방종한 행동을 비난하고 예羿·요澆의 죽음을 상심한 것은
『시경』의 풍간諷諫의 취지인 것이다. 이무기와 용으로 군자君子를 비유하고 구름과 무지개
로 악인을 비유하니 이것은 비흥比興의 뜻이다. 매번 (자신을) 돌아볼 때마다 눈물을 닦고
임금의 궁궐이 아홉 겹임을 탄식하니 이것은 충원忠怨의 문사이다. 이 4가지 일을 살펴보면
풍아와 같다. 구름과 용에 기탁하여 괴상하고 아득한 것을 말하며 천둥을 주관하는 신 풍륭
豊隆을 부려 복비宓妃를 찾게 하고 맹독 날개를 가진 짐새에게 의지하여 융녀娀女와 중매서
게 하는 것은 궤이한 문사이다. 강회康回가 땅을 기울게 하고 명사수 후예后羿가 해를 쏘며

『논어』 곳곳에서 공자 역시 상극相剋보다는 상생相生하는 대칭 논리를 설파하고 있다.

자공子貢이 "가난하되 아첨함이 없으며, 부유하되 교만함이 없으면 어떻습니까?"라고 묻자, 선생님께서 "괜찮으나 가난하면서도 즐거워하며, 부유하면서도 예를 좋아하는 것보다는 못하다."라고 말씀하셨다. 자공이 "『시경詩經·위풍衛風·기오淇奧』에 '뼈를 절단해 놓은 듯한데도 다시 그것을 간 듯하며, 옥돌을 쪼아놓은 듯한데도 다시 그것을 간 듯하다' 하였으니, 이것을 말함일 것입니다."라고 말하자, 선생님께서 "사賜(자공)와 비로소 함께 『시경』을 말할 만 하구나! 지나간 것을 말해주자 올 것(말해주지 않은 것)을 아는구나."라고 말씀하셨다.[39]

머리가 아홉인 나무꾼과 토백土伯(토지신)의 3개의 눈은 허황된 말이다. 팽함彭咸이 남긴 법칙에 의지하고 오자서伍子胥가 스스로 자결한 것을 따르는 것은 성급하고 편협한 생각이다. 남녀가 섞여 앉아 어지러이 분별이 없는 것을 즐거움이라 여기고, 술을 즐김이 끊임없어 밤낮으로 술에 빠져 사는 것을 기쁨이라 여겼으니 이것은 지나치게 황폐한 뜻이다. 여기에 뽑은 네 가지의 일은 경전의 것들과 다르다.(將覈其論, 必徵言焉: 故其陳堯舜之耿介, 稱禹湯之祗敬, 典誥之體也, 譏桀紂之猖披, 傷羿澆之顚隕, 規諷之旨也, 虯龍以喩君子, 雲蜺以譬讒邪, 比興之義也, 每一顧而掩涕, 歎君門之九重, 忠怨之辭也, 觀玆四事, 同於風雅者也. 至於託雲龍, 說于怪, 駕豊隆, 求宓妃, 憑鴆鳥, 媒娀女, 詭異之辭也, 康回傾地, 夷羿彈日, 木夫九首, 土伯三目, 譎怪之談也, 依彭咸之遺則, 從子胥以自適, 狷狹之志也, 士女雜坐, 亂而不分, 指以爲樂, 娛酒不廢, 沉湎日夜, 擧以爲懽, 荒淫之意也, 摘此四事, 異乎經典者也.)"

『文心雕龍讀本』 하편 제47 「才略」, 319쪽. "사마상여史馬相如는 독서를 좋아하고 송옥宋玉과 굴원屈原을 모범으로 삼아 과장과 화려함을 통찰하여 사부辭賦의 거장이란 이름까지 얻게 되었다. 그러나 그의 작품들의 핵심을 정밀하게 고찰해보면 내용의 이치가 문학적 수사를 이기지 못한다.(相如好書, 師範屈宋, 洞入夸豔, 致名辭宗. 然覈取精意, 理不勝辭.)"

『文心雕龍讀本』 하편 제50 「序志」, 382쪽. "조비曹丕의 『전론典論·논문論文』은 구성이 긴밀하나 간간이 빠뜨린 데가 있어 두루 미치지 못하고, 조식曹植의 「양덕조에게 보낸 서신與楊德祖書」은 변론하였으나 마땅하지 못하고, 응창應瑒의 『문질론文質論』은 화려하나 간략하여 성기고, 육기陸機의 『문부文賦』는 문장수사가 정교하나 내용이 산만하여 난잡하고, 지우摯虞의 『문장유별론文章流別論』은 내용은 정밀하나 실효성이 부족하고, 이충李充의 『한림론翰林論』은 평이하나 글의 요점이 부족하다.(魏典密而不周, 陳書辯而無當, 應論華而疏略, 陸賦巧而碎亂, 流別精而少功, 翰林淺而寡要.)"

자하子夏가 "'예쁜 웃음에 보조개가 예쁘며 아름다운 눈에 눈동자가 선명함이여! 그 바탕에 화장을 하는구나!'라고 하였는데, 무엇을 말한 것입니까?"라고 묻자, 선생님께서 "그림 그린 후에 흰 칠을 한다."라고 말씀하셨다. (자하가) "예禮가 (덕德보다) 뒤이겠군요?" 하고 말하자, 선생님께서 "나를 일으킬 자가 상商(자하)이로구나! 이제야 비로소 함께 『시경』을 말할 만하다."라고 말씀하셨다.[40]

첫 번째 글에서는 가난과 아첨, 부유와 교만을 대비한 문구를 통해서 전인全人의 모습을 이해하기 쉽게 그려내었다. 두 번째 글에서는 예禮(예법, 화장)와 덕德(품성, 바탕)을 상치하는 듯하지만 완벽한 미인이 갖추어야 할 덕목으로 삼았다. 이러한 대칭 구조는 바로 공자의 문文과 질質에 대한 논의로도 이어진다.

선생님께서 "질박한 바탕이 문식文飾을 가한 꾸밈보다 두드러지면 거칠어 적나라해서 촌스럽고, 꾸밈이 질박함보다 지나치면 형식에 치우쳐 진심이 없이 겉만 번지르르하기 쉽다. 질박함과 꾸밈이 잘 조화되어야 군자라고 할 수 있겠다."라고 말씀하셨다.[41]

---

39 『論語·學而』, 『十三經注疏』 제8책, 8쪽. "子貢曰: '貧而無諂, 富而無驕, 何如?' 子曰: '可也 ; 未若貧而樂, 富而好禮者也.' 子貢曰: '詩云 ; 如切如磋, 如琢如磨, 其斯之謂與?' 子曰: '賜也, 始可與言詩已矣, 告諸往而知來者'."

40 『論語·八佾』, 『十三經注疏』 제8책, 26-27쪽. "子夏問曰: '巧笑倩兮, 美目盼兮, 素以爲絢兮. 何謂也?' 子曰: '繪事後素.' 曰: '禮後乎?' 子曰: '起予者商也! 始可與言『詩』已矣'." '회사후소(繪事後素)'에 관하여, 두 가지 해석이 있다. 한대漢代 정현鄭玄은 옛 화법畵法에 기초하여 여백과 그림의 윤곽을 보다 명확히 나타내기 위하여 그림선과 여백 사이에 먹물을 뺀 붓으로 덧칠을 하였다는 의미에서 "그림 그린 후에 흰 칠을 한다."라고 하였고, 송대宋代 주희朱熹는 예전에는 제지술製紙術이 발달하지 못하여 종이에 틈이 많아서 그림을 그리려면 먼저 종이에 흰 바탕칠을 하고서야 그림을 그릴 수 있었다는 의미에서 "그림 그리는 일은 흰 바탕을 칠하고 나서 하는 것이다."라고 하였다. 본 해석은 정현의 해석을 따랐다.

군자는 반드시 질박함과 꾸밈을 모두 가져야 한다. 질박함이 꾸밈보다 두드러진다는 말은 문학적 재능이 없거나 문학적 재능이 부족하여 문장이 거칠고 투박하다는 것이니, 함축적이지 않아 깊은 맛이 없을 테니 좋지 않을 것이 당연하다. 마찬가지로 꾸밈이 질박함보다 두드러진다는 말 역시 내용은 공허한데 단지 화려한 수사기교로 문장을 화려하게 꾸몄다는 것이니, 이 또한 좋지 않다. 공자 사상의 핵심은 인仁과 예禮이다. 공자는 "자신의 욕심을 버리고 예를 따르는 것을 인仁이라 한다."[42]라고 설명하였다. 군자에게 있어 인仁은 군자의 '질質'이고 예禮는 군자의 '문文'이다. '문질빈빈文質彬彬'은 결국 내재적 인과 외재적 예의 결합이며, 둘 중 하나를 폐할 수 없다는 의미이다. 『논어·안연顏淵』 편에서 '문질'의 문제에 대해 다음과 같이 말하였다.

> 극자성棘子成이 "군자는 본바탕만 좋으면 그만이지 꾸밈이 무슨 소용이 있겠습니까?"라고 말했다. 자공子貢이 "애석하도다! 그대의 군자에 대한 말씀. 혀로 내뱉은 말은 사마駟馬(네 필의 말)로도 쫓아갈 수 없답니다. 꾸밈도 본바탕처럼 중요하고 본바탕도 꾸밈처럼 중요합니다. 호랑이와 표범의 털을 없애면 그 가죽은 개와 양의 가죽과 다를 게 없습니다.[43]

여기서도 위나라 대부가 자공에게 군자는 그저 소박하면 되지 꾸밈은 필요 없다고 말하자 자공이 군자는 반드시 문질文質을 모두 갖추어야 하며, 만일 호랑이와 표범, 개와 양의 털을 없애면 가죽을 구분할 수 없다고 반박한

---

41 『論語·雍也』, 『十三經注疏』 제8책, 54쪽. "子曰: '質勝文則野, 文勝質則史. 文質彬彬, 然後君子'."
42 『論語·顏淵』, 『十三經注疏』 제8책, 106쪽. "克己復禮爲仁."
43 『論語·顏淵』, 『十三經注疏』 제8책, 107쪽. "棘子成曰: '君子質而已矣, 何以文爲?' 子貢曰: '惜乎, 夫子之說君子也! 駟不及舌. 文猶質也, 質猶文也. 虎豹之鞹猶犬羊之鞹.'"

것이다. 『논어』 속의 '문질' 문제는 비록 윤리학적 문제로 비롯된 말이지만 문예이론으로 충분히 전환해볼 수 있다.

양웅揚雄(B.C.53-18)은 『태현경太玄經·현영玄榮』 편에서 문질의 문제가 문예 이론의 문제임을 명확하게 언급하였다.

> 꾸밈은 질박함에서 드러나고, 문사는 감정에서 찾아볼 수 있는 법이다.
> 따라서 문사를 보면 가슴 속의 욕망까지도 알아챌 수 있다.[44]

여기서 양웅은 문질 문제를 창작의 문제로 전환하였다. '문文(꾸밈)'과 '사辭 (문사)'의 방면, '질質(질박함)'과 '정情(감정)'의 방면, 이 두 방면은 서로 대응 관계 에 있다. 문과 질을 모두 갖춘다는 것은 감정의 소박함만이 필요한 것이 아니 라 문사의 아름다움도 필요하다는 말이다. 양웅의 이러한 관점은 당연히 공 자의 '문질빈빈'을 본받은 것이지만 이러한 계승과 발견은 문예이론에 있어 중요한 발전이라 하겠다. 유협劉勰(465-520)은 『문심조룡·정채』 편에서 진일 보한 관점을 보여주고 있다.

> 성현의 글을 총괄하여 문장文章이라 일컫는데 문채가 아니면 무엇이겠는
> 가! 물의 성질은 공허한지라 잔물결이 맺히고, 나무의 체질은 건실한지라
> 꽃받침을 떨치니, 문채가 본질에 덧붙는 것이다. 호랑이나 표범에게 무늬가
> 없다면 가죽은 개나 양과 같고, 무소나 외뿔 들소는 가죽이 있어도 색은
> 붉은 옻칠에 의지하니, 본질이 문채를 기다린 것이다.[45]

---

44 『太玄經·玄榮』. "文以見乎質, 辭以睹乎情. 觀其施辭, 則其心之所欲見矣."
45 『文心雕龍讀本』 하편 제31 「情采」, 77쪽. "聖賢書辭, 總稱文章, 非采而何! 夫水性虛而淪漪結, 木體實而花萼振, 文附質也. 虎豹無文, 則鞹同犬羊; 犀兕有皮, 而色資丹漆; 質待文也."

유협이 「정채」 편에서 제기한 문질文質 문제에 대한 논술의 성취는 바로 작품의 정情과 채采라는 두 요소를 충분히 인정한 데 있다. '정'은 '질'이고, '채'는 '문'에 해당하고, 정채 즉 문질의 적절한 결합이 가능해야 비로소 창작이 극치에 도달할 수 있는 의미이다. 오직 '문질빈빈'만이 '문'과 '질'을 아름답게 하여 내용과 형식을 통일시킬 수 있으니, 비로소 군자가 글을 짓는 준칙이 될 수 있다. 공자가 요구한 '문질빈빈'은 '문질'이 겸비된 문예사상의 대칭 범주를 조화롭게 구현한 것이다.

(3) 중화성

서양에서는 고대 그리스 시기부터 문명 간의 또는 국가 간의 '대립', '충돌', '투쟁'이 이어졌다. 최초의 서양문명을 이룬 고대 그리스 세계는 지중해를 중심으로 한 발칸반도 남단과 그 인근지역을 가리킨다. 기원전 3000년부터 기원전 2000년까지 이어진 크레타와 미케네에 의한 에게문명이 종식되고 나서 수립된 고대 그리스 문명은 전제군주체제에 입각해 있던 아시아와는 달리 민주제에 입각한 '폴리스'라는 국가형태를 이루었다. 그리스인들은 자신들을 그 주변 지역의 사람들과 구분하였는데, 이로부터 '해뜨는 동쪽' 즉 '오리엔트'(동양)와 '해지는 서쪽' 즉 '옥시덴트'(서양)라는 개념이 생겨났다. 당시 그리스인들은 발칸반도 이서지역을 서양, 그 동쪽 지역을 동양이라고 불렀다. 그리스를 중심으로 한 동서 간의 대표적인 충돌은 기원전 13세기 중엽에 일어난 미케네와 트로이 사이에서 벌어진 트로이전쟁과 기원전 5세기에 일어난 페르시아전쟁, 그리고 유럽과 소아시아, 이집트지역을 통합함으로써 그리스 문화 확산의 대전기를 마련한 기원전 4세기 말엽 마케도니아 왕 알렉산더의 대제국 수립을 예로 들 수 있다. 이렇게 헬레니즘 문화가 지중해 전

영역으로 확장하였다. 헬레니즘 시대를 통하여 그리스 문화는 그리스라는 국한된 지역의 문화 혹은 폴리스라는 소규모 공동체의 문화라는 성격에서 탈피하여 지중해의 국제적인 문화로 탈바꿈했고, 국제적인 그리스문화는 후일 지중해 세계를 지배하는 대제국으로 성장한 로마제국으로 발전하였다.

서양은 대립과 투쟁을 통해 낡은 것을 없애고 새로운 것을 건설해 왔다. 고대 그리스의 변증법적 철학도 이러한 투쟁 과정을 통해 형성되었다. 이러한 문화 배경 속에서 서양의 문예이론은 너무나 자연스럽게 '비悲', '희喜', '숭고崇高', '비하卑下', '미美', '추醜' 등의 대립적 의미의 범주를 제기하였다. 서양인들 역시 화해를 말하지만 강조점은 대립 투쟁의 전환에 있다. 서양에서 예술은 아폴론적 이성보다는 디오니소스적 광기에 더 관심이 쏠리고 희극보다는 비극적 쾌락에 더 열광한다. 빈틈없이 절제된 것보다는 빈틈 많은 불완전한 것들에 친근감을 느낀다.

대립과 투쟁을 강조하는 서양 문화와 달리, 중국에서는 일찍부터 '화和'를 강조하였다. 『국어國語·제어齊語』에 서주 말기 태사太史 사백史伯이 한 말이 다음과 같이 기록되어 있다.

> 화합은 실로 만물을 만들지만, 동화는 지속되지 못한다. 다른 것으로 다른 것을 고르게 하는 것을 화합이라 한다. 따라서 성대하게 자라게 하고 만물로 귀의할 수 있게 한다. 같은 것을 같은 것에 더하면 결국은 버리고 만다.[46]

화합은 만물을 낳을 수 있으나 단순한 동화로는 지속될 수 없다. 따라서

---

[46] 『國語』(左丘明 撰, 韋昭 注, 台北: 漢京文化事業有限公司, 1983년) 卷十六 「鄭語」, 515쪽. "夫和實生物, 同則不繼. 以他平他謂之和, 故能豊長而物歸之. 若以同裨同, 盡乃棄也."

인간과 인간, 사물과 사물 사이는 상호 화합을 이뤄야 하고 단순히 동화하지는 말아야 한다. 화합과 동화는 서로 다른 것이다. 서로 다르고 서로 반대되는 것만이 화합을 이룰 수 있고, 완전히 똑같은 것들은 그저 단조로운 것만 만들어낼 뿐이다. 오음五音이 조화를 이루어 음악이 된다. 만약 모두 똑같은 음이라면 계속 들을 수 없을 것이 자명하다. 밥도 오미五味가 조화를 이루어야 맛이 있다. 매일 똑같은 생선과 고기를 푸짐하게 차려놓고 먹는다면 금방 질릴 것이 분명하다. 무슨 일이든 차이가 있어야 현실감이 있고 단조롭지 않을 수 있다. 화합은 사물의 차이를 인정하는 전제 아래 서로 만나 새로운 사물을 낳을 수 있다. 동화는 같은 모양의 사물이 중복되는 것이라 계속 이어 나가기가 어렵다. 따라서 "화합은 실로 만물을 만든다"라는 말속에는 긍정적인 의미가 있고 "동화는 지속되지 못한다"라는 말속에는 부정적인 의미가 있다. 후에 안자晏子(?-B.C.500), 공자, 장자 등은 이와 같은 사상을 더욱 발전시켰다. 안자의 화합과 동화에 대한 언급은 『좌전』에 보인다.

> 제후齊侯가 사냥에서 돌아왔을 때 안자晏子가 천대遄臺에서 모시고 있었더니, 자유子猶(양구거梁丘據)가 수레를 달려 천대에 이르자, 제경공齊景公이 "오직 양구거梁丘據만이 나와 화합하는구나."라고 말하니 안자가 "양구거 또한 동화(뇌동雷同)하는 자이니 어찌 화합이라고 할 수 있겠습니까?"라고 대답하였다. 경공景公이 "동同(동화, 뇌동)과 화和(화합)가 다르냐?"고 묻자, 안자가 "다릅니다. 화합은 국을 끓이는 것과 같으니, 물과 불, 식초와 육장肉醬, 소금과 매실로 어육魚肉을 조리하여 불을 때어 익히고서 재부宰夫(요리사)가 간을 맞추어 짜고 신 맛을 알맞게 조절하여 모자라면 소금과 매실을 첨가하고 지나치면 물을 더 부어 짜고 신 맛을 줄이는데, 군자君子가 이 국을 먹고서 그 마음을 화평하게 합니다. 군신君臣 사이도 이와 같아서, 임

금이 '가하다'고 말하더라도 그중에 불가한 점이 있으면 신하는 그 불가한 점을 말하여 그 가한 것을 이루게 하고, 임금이 '불가하다'고 말하더라도 그중에 가한 점이 있으면 신하는 그 가한 점을 말하여 그 불가한 것을 버리게 합니다. 그러므로 정치가 화평하여 서로 침범하는 일이 없어서 백성들도 쟁탈하는 마음이 없어집니다. ……그런데 지금 양구거는 그렇지 못하여, 임금님께서 옳다고 하는 것은 양구거도 옳다고 하고, 임금님께서 그르다고 하는 것은 양구거도 그르다고 하여 마치 물로써 물을 조리하여 맛 내는 것과 같으니 누가 그것을 먹으려 하겠으며, 금슬琴瑟이 오로지 한 소리만 내는 것과 같으니 누가 그것을 들으려 하겠습니까? 동화(뇌동雷同)해서는 안 되는 것이 이와 같습니다."라고 대답하였다.[47]

화합은 동화(뇌동雷同)와 다르다. 화합은 서로 다름(異)을 인정하는 것이고, 동화는 하나의 가치에 매몰되는 것이다. 다름을 염두에 두지 않으면, 화합이 아니라 동화일 뿐이다. 화합하기 위해서는 다름에 대한 이해와 인정이 있어야 한다. 다름을 인정하지 않을 때 거기에는 강요와 폭력이 있게 된다. 이것이 동화의 논리인데 동화로는 참된 질서를 건설하지 못한다. 화합은 천상과 지상, 땅과 바다, 자연과 인간 사이의 교호交互로도 표현할 수 있다. 화합은 차별 없는 평등을 원하지 않는다. 화합은 서로 다른 악기들이 협연하는 오케스트라이다.

공자는 "군자는 남과 화합하되 부화뇌동附和雷同하지 않고, 소인은 남의

---

47 『左傳·昭公二十年』,『十三經注疏』 제6책, 858-861쪽. "齊侯至自田, 晏子侍于遄臺, 子猶馳而造焉, 公曰: 唯據與我和夫. 晏子對曰: 據亦同也, 焉得爲和. 公曰: 和與同異乎. 對曰: 異, 和如羹焉, 水火醯醢鹽梅, 以烹魚肉, 燀之以薪, 宰夫和之, 齊之以味, 濟其不及, 以洩其過, 君子食之, 以平其心. 君臣亦然, 君所謂可, 而有否焉, 臣獻其否, 以成其可, 君所謂否, 而有可焉, 臣獻其可, 以去其否, 是以政平而不干民無爭心. ……今據不然, 君所謂可, 據亦曰可, 君所謂否, 據亦曰否, 若以水濟水, 誰能食之, 若琴瑟之專壹, 誰能聽之, 同之不可也如是."

의견에 부화뇌동하면서 화합할 줄 모른다."[48]라고 지적하였다. 군자의 참된 정신은 남의 의견에 찬동하면서 화합하지 않는 게 아니라 화합하되 부화뇌동하지 않는 것이다. 화합은 사리에 거슬리고 어그러지는 마음이 없는 것이지만, 동화(부화뇌동)는 알랑거리고 아첨하는 기색이 역력한 것이다. 화합은 상대방의 생각이 나와 다를지라도 조화를 이루기 위해 자신의 주관을 지키면서 상대방의 생각도 존중해주는 것을 말한다. 부화뇌동은 이익을 추구하기 위해 자신의 주관을 버리고 완전히 상대방에게 동화되는 것을 말한다.

군자는 자신의 중심 사상으로 좌우의 모순된 의견을 화합시키면서도 자신의 중심 사상은 전혀 흔들리지 않는다. 하지만 소인은 남의 영향을 잘 받을 뿐만 아니라 사람에 따라 자신의 중심 사상이 흔들리기 때문에 이해관계에 따라 의견이 불일치하고 서로 함께 지내도 어울리지 못해 화합하지 못한 채 부화뇌동할 뿐이다. 군자는 서로의 생각을 조절하여 화합을 이루기는 하지만 이익을 얻기 위해 주관을 버리고 상대방에게 뇌동하지는 않는다. 소인은 이익을 얻기 위하여 주관을 버리고 상대방에게 뇌동하기는 하지만 서로의 생각을 조절하여 화합을 이루지는 못한다. '화이부동和而不同'은 나와 다른 가치를 인정하고, 억지로 나의 가치만을 주장하지 않는 것이니, 원효元曉가 말하는 '융이이불일融二而不一', 곧 '서로 다름을 융합하되 다름 가운데 어느 하나를 주장하지 않는' 경계를 말한다.

『장자』에는 노담老聃이 막 머리를 감고 머리를 풀어 헤친 채 꼼짝도 하지 않고 햇빛에 말리고 있는 모습을 공자가 보고는 사람이 아니라 마른 나무 같다고 하자 노담이 만물이 나던 태초의 경지에서 마음을 노닐고 있다고 하였고, 이에 대해 반문하자 노담이 다음과 같이 말했다고 기록되어 있다.

48　『論語·子路』, 『十三經注疏』 제8책, 119쪽. "君子和而不同, 小人同而不和."

지극한 음기陰氣는 엄숙하니 차갑고 지극한 양기陽氣는 번쩍이니 뜨겁다. 이 엄숙하여 차가운 음기는 하늘로부터 나오고 번쩍이며 뜨거운 양기는 땅으로부터 나온다. 이 두 가지 기운이 서로 뒤섞여 화합을 이루어 그 속에서 만물이 생겨난다. 뭔가가 만물의 기강이 되는 것 같지만 그 형체는 드러나지 않는다. 사라지기도 생겨나기도 하며 가득 차기도 텅 비기도 하며, 때로는 어두워졌다가 때로는 밝아졌다가도 하면서 날로 바뀌고 달로 변화하여 날마다 작용하고 있지만 그 공적(만물을 창조하고 변화시키는 조화의 공적)이 보이지 않는다. 생장에는 싹이 트는 단계가 있고 사멸에는 돌아가는 귀착점이 있어서 시작과 종말이 아무 단서가 없는 데서 서로 순환하지만 아무도 그 궁극의 끝을 알지 못합니다. 이것이 아니면 도대체 무엇이 만물의 주재主宰가 될 수 있겠소![49]

상반된 속성을 지닌 음양의 화합은 자연스럽게 모든 만물의 운동력과 생명력의 원리가 된다. 음양은 어떤 상반된 두 존재가 대립과 부조화, 흑백논리, 투쟁 관계로만 파악해서는 안 되고 서로 간의 화합과 조화, 상생의 관계로 파악하여야 한다. 우주 만물의 생성과 사멸은 음양의 어느 한쪽이 일방적으로 주도하는 것이 아니라 서로 균형을 맞춰 음양이 동시에 작동하는 것이다. 음양의 조화로운 공존이야말로 우주 만물의 자연 그 자체라 하겠다.

이상의 글에서 본 것같이, 중국에서는 유가와 도가를 불문하고 만물이 서로 대립하고 충돌하는 것이 아니라, 완전히 같지는 않지만 서로 다른 사물이 서로 보완하고 도우며 조화와 통일을 이룬다고 인식하고 있었음을 알 수 있다. 철학 사상과 깊은 연관성이 있는 '화和(화합)'와 관련하여 사람과 사람

---

49 『莊子集釋』, 外篇第二十一 「田子方」, 712쪽. "至陰肅肅, 至陽赫赫; 肅肅出乎天, 赫赫發乎地; 兩者交通成和而物生焉, 或爲之紀而莫見其形. 消息滿虛, 一晦一明, 日改月化, 日有所爲, 而莫見其功. 生有所乎萌, 死有所乎歸, 始終相反乎无端而莫知乎其所窮. 非是也, 且孰爲之宗!"

사이의 인륜에 있어서 유가는 '인仁(사랑)'을 주장하였다. 인이란 "다른 사람을 사랑하는 것이다."[50]라고 하고 "내가 하고 싶지 않은 일을 남에게 시키지 말라."[51]라고 언급하였다. '인'이란 유가와 중국 고대 사회에서 강조한 인간관계의 분명한 원칙이다. 고대 중국인은 인간과 인간 사이의 대립과 투쟁을 언급하지 않고, 오히려 화해가 중요하다고 주장하였다. 즉 인간과 인간 사이에는 우호와 화해가 자리해야 한다는 것이다. 인간은 태어나면서 존비, 귀천의 구분이 불평등을 전제로 하기에, 공자가 언급한 사랑과 화합은 "임금은 임금다워야 하고, 신하는 신하다워야 하며, 아비는 아비다워야 하며, 자식은 자식다워야 한다."[52]는 관념을 가지고 있었다. 공자는 인간과 인간 사이에 화합을 중시해야 한다는 원칙 아래에서 모든 사람은 서로 아끼고 사랑해야 하며 분쟁을 없애고 함께 화해해야 한다고 주장하였다.

'화합'에 관한 유가와 도가의 관점은 서로 보충적이고 보완적이다. 유가가 인간과 인간 사이의 사랑과 화해를 중시했다면, 도가는 인간과 자연 사이의 조화와 합일을 중시했다. 중국의 도가 철학자들은 대자연과 인간을 대립 관계로 보지 않았고 인간이 천지 만물과 하나가 되어 융화되는 것을 최고의 영예로 여겼다. 이에 장자는 "홀로 천지의 정신과 왕래하면서 만물 위에서 오만하게 흘겨보지 아니하며, 시비를 따져 추궁하고 견책하지 아니하여, 세속과 더불어 살았고"[53], "하늘과 땅이 나와 함께 살아가고, 모든 것이 나와 하나가 되었다."[54]라고 말했다. 장자는 '도'란 천지 만물 속에 자리하며, '도'

---

50 『論語·顔淵』, 『十三經注疏』 제8책, 110쪽. "樊遲問仁, 子曰愛人."

51 『論語·顔淵』, 『十三經注疏』 제8책, 106쪽. "己所不欲, 勿施於人."

52 『論語·顔淵』, 『十三經注疏』 제8책, 108쪽. "君君臣臣, 父父子子."

53 『莊子集釋』, 雜篇第三十三 「天下」, 1098-1099쪽. "獨與天地精神往來而不傲倪萬物, 不譴是非, 以與世俗處."

54 『莊子集釋』, 內篇第二 「齊物論」, 79쪽. "天地與我並生, 而萬物與我爲一."

는 "천지를 생성하는 대미大美(공을 지칭함)"라고 강조하였다. 인간은 대자연의 품속으로 몸을 던져 자연과 친구가 되거나 심지어는 대자연과 하나가 되어야 인간의 흉금이 끝없이 넓어져 마음을 만물의 시초에서 노닐게 하여 "아무것도 하지 않으나 이루지 못함이 없는(無爲無不爲)" 완전한 자유와 해방의 경계 속에서 지극한 아름다움과 즐거움을 체득할 수 있다. 인간과 자연은 대립적인 관계가 아니라 서로 화합을 이루는 관계이다.

유가와 도가의 문예 관념은 서로 대립하는 측면이 있다. 유가 사상이 현세적, 현실적, 적극적, 사회적이라면, 도가 사상은 탈속적, 초현실적, 소극적, 개인적이다. 유가는 인륜 도덕의 정의, 예교적 구속을 중시하여 도덕과 효용을 시가 창작의 기본 지침으로 삼았다. 도가는 진성眞性의 보존, 무위의 지향을 중시하여 시는 자연미를 중시하여 붓이 가고 멈추는 것이 자연 순리에 따라야 한다고 주장하였다. 유가의 문예관은 옥기처럼 원형 상태의 옥돌에 절차탁마한 인위적 가공미를 강조하고, 도가의 문예관은 도기처럼 자연 성질을 최대한 유지하면서 인위적 속박을 거부하는 순수한 자연미를 강조한다. 양자는 상반되면서도 서로 도우며 중국 문예이론의 특징을 형성하였다.

유가와 도가가 모두 '화합'을 중시한다는 점에서 '화합'은 유가와 도가의 합일점이다. 유가는 인간관계에서의 화합을 중시한다. 도가는 인간과 자연의 관계에 있어서 "천지 만물과 서로 왕래한다(與天地萬物往來)"라고 주장하면서 화합을 중시한다.

유가와 도가에서 화합을 강조하는 이유는 무엇일까? 이는 유가와 도가가 생성된 선진시대라는 시대적 배경과 깊은 관련이 있다. 중국은 지리적으로 대단히 긴 해안선을 가지고 있긴 하지만 수천 년 동안 황하 유역을 중심으로 경작 활동을 생활 방편으로 삼은 농업 국가이다. 한 해 농사의 결실이 좋고 나쁨에 따라 그들의 생활 형편이 결정되었기에, 어떻게 자연을 보호하면서 농민을 효과적으로 조직하느냐가 어느 시대를 막론하고 국가를 경영하는 지도자들의 공통된 관심사였다.

도가는 토지와 자연을 중시하였다. 토지와 자연은 농민에게는 없어서는 안 될 자산이다. 만일 자연이 파괴된다면 농민은 그 생활 터전을 잃는다. 도가에서는 '소국과민小國寡民(작은 나라, 적은 국민)'을 이상으로 여겼다. 작은 나라라면 인구도 적을 테니, 각종 규제나 기구가 있더라도 사용할 필요가 없고, 먼 곳으로 이주할 생각이 없으니 배와 수레가 있어도 타고 다닐 필요가 없으며, 무기가 있어도 이를 사용할 필요가 없을 것이다. 정치가 이 경지에 이르면 백성들은 맛있는 음식을 먹고 좋은 옷을 입고 편안한 삶을 영위하게 될 것이다. "이웃 나라와 마주 보며, 이웃의 닭이나 개소리가 들리기도 하지만 백성들은 늙어 죽을 때까지 서로 번거롭게 왕래하는 일도 없다."[55]라는 표현은 바로 이러한 상황을 묘사한 말이다. 이것이 바로 도가에서 말하는 '무위이치無爲而治'이다. 유가는 토지를 가지고 있는 소유 지배층과 이 토지 위에서 노동하는 농민에 대하여 깊은 관심을 가졌다. 국가나 사회가 유지되려면 그 근간이 되는 토지를 가지고 있거나 이 토지 위에서 노동하는 사람들을 잘 조직해야 한다. 여기서 비롯된 사회적 이상 슬로건이 '오상五常'인데, 즉 부자유친父子有親, 군신유의君臣有義, 부부유별夫婦有別, 장유유서長幼有序, 붕우유신朋友有信을 일컫는다.

또 한 가지 주의할 점은 공자, 노자, 장자, 맹자를 중심으로 하는 제자백가는 모두 춘추 말기 혹은 전국시대에 활약했던 인물이라는 점이다. 당시는 주나라의 기틀인 예악이 무너진 시기였다. 주周 왕조王朝의 통치력이 쇠락하

---

55 『王弼集校釋』, 『老子道德經注』 下篇 80장. 190쪽. "小國寡民, 使有什伯之器而不用, 使民重死而不遠徙. 雖有舟輿, 無所乘之; 雖有甲兵, 無所陳之; 使人復結繩而用之. 甘其食, 美其服, 安其居, 樂其俗. 鄰國相望, 鷄犬之聲相聞, 民至老死不相往來."

면서 춘추시대에 제후국들은 중원의 패권을 잡기 위해 끝없는 전쟁을 벌였고 전국시대에 가서는 하극상이 벌어지며 천하의 왕좌를 차지하기 위해 다투었기 때문에, 백성들의 고통이란 말로 표현할 수 없었다. 유가와 도가는 모두 시대의 분위기를 파악하고 사회 문제의 해결과 인심을 안정시킬 수 있는 이데올로기를 찾았다. 그들의 학설은 모두 동일한 사회 조건에서 찾아낸 대응책이라 말할 수 있다. 그들이 내놓은 대응책의 핵심은 놀랍게도 '화和(화합)'로 귀결되었다. 유가와 도가가 제창한 '화'의 의미가 동일하지는 않았지만 그들이 어지러운 사회 환경 속에서 사회 기반인 토지와 농민을 위하여 제기한 해결책의 지향만큼은 같았다.

'화'에 기반한 그들의 문예이론은 강직함보다는 부드러움을 중시하였다. 유가의 시교詩敎가 '온유돈후溫柔敦厚'인 것처럼, 유가는 시가의 효용 가치가 원망하지만 화내지 않고(怨而不怒), 즐겁지만 음란하지 않고 슬프지만 아파하지 않아야(樂而不淫, 哀而不傷) 한다고 주장하였다.[56] 도가에서 '청신淸新', '진취眞趣', '초탈超脫'을 강조하는 것도 그 이면에 '화'가 자리 잡고 있기 때문이다. 자신의 감정을 펼치는 시인은 열정과 냉정 사이에서 적절한 조화를 이루어야 하는데, 이것이 바로 '온유돈후'의 정신이고 '청신'과 '진취'의 경지일 것이다. 지나친 열정은 사람을 자극하고 그 열정이 지나치면 분에 넘치는 일을 자행할 수 있다. 지나친 냉정은 냉담으로 흘러 경직된 분위기를 조성할 수 있다. 결국 지나친 열정과 냉정은 중도를 잃어 주체의 회복탄력성을 떨어뜨린다. '온유돈후', '청신', '진취'는 주체인 작자에게 정신적인 안정감과 휴식처를

56　『國語·周語』. "厲之亂, 宣王在邵公之宮, 國人圍之. 邵公曰: '昔吾驟諫王, 王不從, 是以及此難. 今殺王子, 王其以我爲懟而怒乎? 夫事君者險而不懟, 怨而不怒, 況事王乎?' 乃以其子代宣王, 宣王長而立之."
　　『論語·八佾』, 『十三經注疏』 제8책, 30쪽. "子曰: 關雎, 樂而不淫, 哀而不傷."

제공한다.

중국의 농업 중심의 고대 사회에서 두드러진 또 하나의 특징은 '무無'에 대한 숭상이다. 농사는 처음엔 아무것도 없던 개간지에 파종하고 나면 나중엔 풍성한 결실을 거두어들이는 일련의 과정이다. '무無'는 풍요의 기초이자 근본이다. 부지런한 농부는 항상 봄이 오면 밭두렁에 나가 방금 파종하여 푸른 잎사귀 하나도 없는 밭을 바라보면서 가을이 오면 황금색으로 고개를 숙인 곡식을 상상하고 회심의 미소를 지을 것이다. 본 것은 '무'이지만 '유'를 상상해서이다. '무'는 과거에 없었고 현재에도 없으며 미래에도 없지만, 무에서 유로, 없는 듯하지만 실제로는 있는 것으로 무에서 유가 생겨난다.

음악과 회화에도 이런 관념이 반영되어 최고의 소리는 궁상宮商이 혼재하여 귀로 들을 수 없고 최고의 형상은 더위와 추위가 뒤섞여 몸으로 느낄 수 없다고 한 것이다.[57] 문학에서 함축含蓄을 숭상하여 "한 글자도 붙이지 않았어도 풍류를 다 터득했다. 말은 자기에게 관련되지 않으나, 근심을 견디지 못하는 것 같다. 거기에는 진정한 주재가 들어 있어, 그와 더불어 나타났다 사라졌다 한다. 가득히 술 걸러 놓고서, 꽃 핀 정경을 오히려 수심겨워 하는 듯하다. 한정 없는 공중의 먼지, 잠시 꺼져 가는 바다 물거품, 얇고 깊고 모이고 흩어지고 하는 데서, 만萬에서 하나를 취해 들인다."[58]라고 하거나 공령空靈을 강조하여 '절반이 전체보다 많다(半多于全)'라고 하고 '허실이 상생한다(虛實相生)'라고 하고 '묘사하지 않아도 이루어낸 묘사(不寫之寫)'라는 말도 모두 여기서 비롯된 것이다. 여기서 어렵지 않게 공령의 아름다움(空靈美), 담백한 아름다움(淡白美) 등이 나타났는데, 이러한 근원은 농업 경제에서 찾을 수

---

57 『王弼集校釋』,『老子道德經注』下篇 41장. 113쪽. "大音希聲, 大象無形."

58 『二十四詩品·含蓄』. "不著一字, 盡得風流. 語不涉己, 若不堪憂. 是有眞宰, 與之沉浮. 如淥滿酒, 花時返秋. 悠悠空塵, 忽忽海漚. 淺深聚散, 萬取一收."

있다.

중국은 예로부터 농업 경제 중심의 사회였던 데 반해, 상업 경제 중심의 사회였던 서양은 상인 계층이 사회의 중요한 구성원이었다. 상인은 회계에 능수능란해야 하는 직업이기에 제일 먼저 숫자를 중요시했고, 그다음으로 물류 유통업무의 핵심인 구체적 물품을 중요시했다. 그들은 추상적 숫자를 통해 구체적 실상을 파악하려고 노력했고, 이로 인하여 서양은 숫자와 논리적 추리가 발전하였다. 그들의 추상적 사유방식 안에는 분석과 사변으로 가득 찼다. 서양의 문예이론은 작품 구성요소의 분석을 중시하고, 진선미眞善美의 재현과 표현 및 내용과 형식 등의 구별 등을 중요하게 생각하였다.

상업 경제는 비록 추상적 숫자를 중시해도 숫자의 배후에는 실재의 물질이 내포되어 있다. 상인은 무궁한 욕망을 가지고 벌고 또 벌며, 많아도 더 많은 부를 추구한다. 상인의 이러한 심리 상태가 철학에 반영된 것이 '유有'에 대한 숭상이다. 서양 문예이론에는 형상, 진실과 전형 등 비교적 실재적인 아름다움을 주로 다룬다.

문예관에 구현된 유가와 도가의 상호 보완은 현실 생활 속의 사회 심리적 수요를 반영하고 있음을 반드시 인식해야 한다. 중국의 봉건 사회에서 시인까지 포함한 지식인은 줄곧 조야朝野의 부침浮沈이 있었다. 그러나 과거제도의 발전 및 다른 원인으로 인하여 조정에 있던지, 혹은 재야에 있던지 고정적인 것은 아니었으며, 조야 사이의 유동성 또한 부단히 커졌기 때문에 모든 사람은 시기에 따라 모두 "궁하면 혼자서 자신을 수양하고, 출세하면 천하를 선하게 하는"[59] 서로 다른 처지에 있었기에 입신과 처세 또는 가치관 등을 결정하는 경우 서로 다른 선택을 하게 된다. 따라서 유가와 도가가 각기 제공

---

59 『孟子·盡心上』, 『十三經注疏』 제8책, 230쪽. "窮則獨善其身, 達則兼善天下."

한 사상적 체계와 가치 취향은 사람들에게 새로운 상황에 적응할 수 있는 교묘한 정신적 능력을 제공하여 환경변화 속에서도 심리적 평형을 유지할 수 있게 하였다.

중국 철학자 풍우란馮友蘭(1895-1990)은 "유가 때문에 '나라 안에서 노닐게 되니', 도가에 비해 보다 입세적入世的이게 되고, 도가 때문에 '나라 밖에서 노닐게 되니', 유가에 비해 보다 출세적出世的이게 된다. 이러한 두 가지 추세는 서로 대립하면서도 보완하는 작용을 하였다. 양자는 일종의 힘의 평형을 익히도록 하였다. 이는 중국인으로 하여금 입세와 출세에 대한 좋은 평형감각을 지니게 만들었다."[60]라고 말했다. 이는 중국인들의 대단히 중요한 사회 심리로 중국의 시학 관념에 영향을 주었다. '시란 뜻을 읊는 것'이라는 강령은 풍부한 내용을 포함하고 있다. 즉 '흥관군원興觀群怨'과 '미자美刺' 등의 유가적 심미 관념을 내포하고 있으며, '유遊', '허정虛靜', '완미玩味' 등의 도가적 심미 관념도 포함하고 있다. 이 두 관념은 상호 대립하지만 연계, 소통의 관계를 가지고 있다.

유가와 도가의 상호 보완성은 종종 복잡한 상황을 만들어낸다. 어떤 이는 관료가 되어서도 마음은 산림山林에 가 있고, 어떤 이는 몸은 산림에 있으나 마음은 출세욕으로 가득하다. 또한 벼슬에 나갔을 때는 풍자를 중심으로 한 작품을 쓰고, 벼슬에서 벗어났을 때는 산수시, 전원시를 지으며 자신을 위로했다. 중국 시인들은 항상 시에서 자신의 위치를 찾아내어 평형 상태를 유지했다.

몇몇 연구에서는 유가의 문학관을 '실용'으로만 결론지으면서 지나치게

---

60 『中國哲學簡史』(馮友蘭, 北京大學出版社, 1985), 29쪽. "因为儒家游方之内, 显得比道家入世一些; 因为道家游方之外, 显得比儒家入世一些. 这两种趋势比此对立, 但是也互相补充. 两者演习着一种力的平衡. 这者使得中国人对的于入世和出世有良好的平衡感."

유가의 '정치 교화'만을 강조할 뿐 유가의 이상적 인격의 추구 가운데 시성詩性의 추구도 있었음을 제대로 보지 못했다. 유가에도 초탈과 소탈의 일면이 분명히 있다. 바로 이러한 까닭에 유가와 도가의 심미적 예술 관념과 불가의 '이심위본以心爲本(마음으로 근본을 삼음)'의 예술 관념은 상통과 보완의 관계를 가지고 있다. 중국문화는 항상 '화'를 그 특징으로 한다. 이것이 바로 중국 문예이론의 문화적 뿌리다.

중국 전통문화 속에 내재되어 있는 '화'는 유가와 도가에서도 서로 일치된 의견을 가지고 있다. 옛 사람들의 입장에서 본다면 "희로애락이 밖으로 드러나지 않은 것을 '중中'이라 하며, 밖으로 드러났으나 절제를 이룬 것을 '화和'라 한다. '중'은 천하의 거대한 근본, '화'는 천하의 통달한 도리이다. '중화'에 이르러야 천지가 제자리에 서고 만물이 자라난다."[61] 중화를 아름다움으로 여기는 이러한 사상이 시교詩敎에 구현된 것이 '온유돈후溫柔敦厚', '낙이불음, 애이불상樂而不淫, 哀而不傷'이며, 구체적으로 시가 창작에 구현하려면 당唐나라 승려 교연皎然(730-799)이 『시식』에서 다음과 같이 주장한 것처럼 해야 한다.

> 기상은 높되 성내지 마라. 성내면 풍류를 잃어버린다.
> 힘은 굳세되 드러내지 마라. 드러내면 도끼날에 다친다.
> 감정은 다정다감하되 어둡지 마라. 어두우면 서툴고 무딘 데로 넘어진다.
> 재주는 넉넉하되 성글지 마라. 성글면 맥락이 손상된다.[62]

---

61 『禮記·中庸』, 『十三經注疏』 제5책, 879쪽. "喜怒哀樂之未發謂之中, 發而皆中節謂之和. 中也者, 天下之大本也, 和也者, 天下之達道也. 致中和, 天地位焉, 萬物育焉."

62 皎然, 『詩式』. "氣高而不怒, 怒則失之風流. 力勁而不露, 露則傷於斤斧. 情多而不暗, 暗則蹶於拙鈍. 才贍而不疏, 疏則損於筋脈."

교연은 시를 지을 때 기상(氣)과 힘(力), 감정(情)과 재주(才)가 중도를 벗어나 지나쳐서는 안 되고 적절히 조절해야 한다고 주장하였다. 서양 문예이론이 정경의 충돌이라는 기정 사실 위에 그 충돌의 해결을 아름다움으로 여겼다면 중국 문예이론은 정경의 중화에 뿌리를 두었다. 중화의 아름다움, 즉 중화미 中和美는 중국 문예이론의 특성이라 하겠다.

중국 철학에서는 '하나(一)'의 범주를 대단히 중요시하였다.

> 도는 하나를 낳고, 하나는 둘을 낳고, 둘은 셋을 낳고, 셋은 만물을 낳는다. 만물은 음을 등에 짊어지고 양을 가슴에 끌어안고 있으며, 텅 빈 기운으로 조화를 이룬다.[63]

하나는 '혼돈' 또는 '태극'이다. 혼돈이든 태극이든, 음양이 분화되기 전의 모든 기운이 혼합된 통일체統一體라 말할 수 있다. 이 혼합된 하나에서 둘이 나왔는데, 즉 음과 양이다. 세상은 이렇게 하늘과 땅, 추위와 더위, 남자와 여자, 강함과 약함의 구분이 생겨났다. 이렇게 분화된 음과 양은 서로 교합交 合하여 '화기和氣(제3의 기)'가 만들어져 셋을 낳는다. 이렇게 만들어진 셋이 감마들며 잉태한 결과가 바로 세상 만물이다. 또 다음과 같은 언급도 있다.

> 태초에 하나를 터득한 것이 있었다. 하늘은 하나를 터득하여 청명하고, 땅은 하나를 터득하여 안녕하고, 신神은 하나를 터득하여 영묘靈妙하고, 골짜기는 하나를 터득하여 가득하고, 만물은 하나를 터득하여 생육하고, 임금은 하나를 터득하여 세상을 바르게 다스린다.[64]

---

63 『王弼集校釋』,『老子道德經注』 下篇 42장, 117쪽. "道生一, 一生二, 二生三, 三生萬物. 萬物負陰 而抱陽, 沖氣以爲和."

64 『王弼集校釋』,『老子道德經注』 下篇 39장, 105-106쪽. "昔之得一者, 天得一以清, 地得一以寧,

여기서 말하는 '하나'는 세상 모든 것들의 근원으로, 전부, 정체, 통일 등을 의미한다. 만일 이 하나를 잃으면 본질을 잃은 것이다. 하늘이 청명할 수 있고 땅이 안녕할 수 있고 신이 영묘할 수 있고 골짜기가 가득할 수 있고 만물이 생육할 수 있고 임금이 세상을 바르게 다스릴 수 있는 까닭은 바로 하나를 갖고 있기 때문이다.

중국 문예이론의 범주 특성이 대대적對待的 화합和合에 기반한 정체성, 대칭성, 중화성에 있다면, 서양 문예이론의 특성은 이율배반적二律背反的 모순矛盾에 기반한 원소성, 충돌성에 있다. 동서의 각기 다른 문예이론의 특성은 그 사회의 경제 기반이 농업인지 상업인지에 따라 형성되었다. 고대 중국의 농업 경제를 기반으로 형성된 대륙문화의 심리는 중국 고대 문예이론의 두터운 토양이라 하겠다.

2. 심미대상의 구조·유형 범주

중국 고전 문예이론에 제기되는 개념들은 심미 대상의 구조 범주와 유형 범주 방면으로 살펴볼 수 있다. 먼저 심미 대상의 구조 범주는 두 가지 부류에서 시작되었다. 즉, 위진魏晉 명사들의 인물 품평, 위진 현학玄學과 당대唐代 불교사상의 철학사유이다. 이를 중심으로 심미 대상의 구조 범주를 살펴보고자 한다.

첫 번째 구조 범주는 위진시대 명사들에게서 비롯된 인물 품평이다. 그들의 구조 범주는 인체구조를 모형으로 삼았는데, 신神·골骨·육肉 등 셋으로

神得一以靈, 谷得一以盈, 萬物得一以生, 侯王得一以爲天下貞."

귀결된다. 유협은『문심조룡·부회附會』에서 인체구조에 빗대어 창작을 다음과 같이 말하고 있다.

> 재능 있는 아이가 글쓰기 기술을 배우고자 할 때 가장 먼저 체제를 올바르게 해야 한다. 이는 반드시 감정과 사상을 신명으로, 사실과 뜻을 골격으로, 언어 표현을 근육조직 및 피부로, 언어의 음률을 목소리와 기운으로 삼아야 한다. 그런 연후에 채색을 베풀 듯 문장의 수사를 다듬고 조화로운 운율을 도모하여, 쓸 것은 쓰고 버릴 것은 버려서 가장 이상적인 상태에 이르게 한다. 이것이 부회附會를 통하여 생각을 엮는 영원한 방법이다.[65]

작가의 사상, 감정과 작품의 소재가 결합하여 작품의 내용을 이룬다. 인간에게 중추신경과 기본 골격이 있어야 하듯이, 작품에도 주도적인 역할을 하는 중심 요소가 있어야 한다. 작품의 문장 수사와 작품의 성률이 결합하여 작품의 형식을 만든다. 사람의 몸 밖에는 피부와 용모, 그리고 목소리가 있듯이, 작품에도 보좌 역할을 하는 부차적인 요소가 있어야 한다. 유협은『문심조룡·풍골』에서도 "문사가 기다려야 할 '골骨'은 신체를 똑바로 서게 하는 뼈와 같다. 감정이 머금어야 할 '풍風'은 형체가 내포하고 있어야 할 '기氣'와 같다."[66]라고 하여, 풍골을 살아있는 사람의 신체에 비유하고 있다. 문장을 수사로 꾸밀 때 골격을 필요로 하는 것은 마치 사람이 온전히 서게 하는 뼈대와 같고, 감정을 표현할 때 풍격을 필요로 하는 것은 마치 몸속에 불어넣은 생기와도 같다. 서예이론에서 '육'과 '골'을 함께 거론하는 것도 모두 예술작품을 살아 움직이는 사람 혹은 사물로 간주하였기 때문이다.

65 　『文心雕龍讀本』하편,「附會」제43, 243쪽. "夫才童學文, 宜正體製: 必以情志爲神明, 事義爲骨鯁, 辭采爲肌膚, 宮商爲聲氣; 然後品藻玄黃, 摛振金玉, 獻可替否, 以裁厥中, 斯綴思之恒數也."
66 　『文心雕龍讀本』하편,「風骨」제28, 35쪽. "辭之待骨, 如體之樹骸; 情之含風, 猶形之包氣."

　신체기관으로 범주화한 방식은 예술품을 아예 살아있는 사람으로 간주하고 문예비평 전반에 널리 운용하였다. 전종서錢鍾書(1910-1998)는 이에 대해 다음과 같이 말하였다.

　시문평에서 말하는 '신운설神韻說'은 단지 회화의 품목을 모방하여 문장의 품목을 세운 것이 아니라, 시문을 아예 생생하게 살아 움직이는 사람으로 간주한 것이다. 대개 인간들은 사물을 보는 두 가지 습성이 있다. 하나는 무생물을 생물로 간주하는 것이요 다른 하나는 사람이 아닌 것을 사람으로 보는 것이다. 그림이든 문장이든 한결같이 이러한 방법으로 감상하거나 품평한다. 그림에 근육과 골격과 기운이 있다면 시문이라 해서 어찌 그렇지 않을 수 있겠는가? 『포박자抱朴子』 외편外篇 「사의辭義」에는 "번지르르하고 허황되어 증거가 불충분하므로 피부만 탱탱하고 윤기가 있을 뿐 뼈대는 매우 약하다."라고 쓰여 있다. 『안씨가훈顏氏家訓·문장文章』에서도 "문장은 이치理致로 심신心腎을 삼고 기조氣調로 근골筋骨을 삼으며 전고典故로 피부皮膚를 삼고 화려함으로 관면冠冕을 삼아야 한다."라고 하였다. 이치李鴟는 『제남집濟南集』 제8권 「답조사무덕무선의론홍사서答趙士舞德茂宣義論弘詞書」에서 "문장에 없어서는 안 될 것이 네 가지가 있다. 첫째는 체體요, 둘째는 지志요, 셋째는 기氣요, 넷째는 운韻이다. 문장에 체體가 없는 것은 사람으로 비유하자면 이목구비가 없기에 사람이라 할 수 없는 것과 같다. 문장에 지志가 없는 것은 비록 이목구비를 갖추었다 하더라도 보지도 듣지도 냄새 맡지도 맛보지도 못하여 마치 나무인형과 같다. 사람의 형태는 갖추었다 할지라도 아무런 쓸모가 없는 것과 마찬가지다. 문장에 기氣가 없는 것은 비록 지각, 시각, 청각, 후각, 미각을 갖추었다 하더라도 혈기가 충분하지 못해 수족을 제대로 쓸 수 없어 마치 숨만 겨우 붙어 골골대는 병자나 다름없어 생기라곤 전혀 없는 산송장이나 다름없다. 문장에 운韻이 없는 것은

사나이가 허우대도 멀쩡하고 기골도 장대하나 씩씩한 기상이 결여되어 언
동이 흐리멍텅한 것이 비속한 범부와 다름없는 것과 마찬가지일 따름이다."
라고 말하였다. 이것으로 볼 때 문예를 논하면서 '운韻'을 말한 자의 마음속
에는 살아있는 사람의 용모와 행동거지, 풍모와 도량을 염두에 두고 '신운神
韻', '기운氣韻'을 말한 것과 다를 바 없다. 괴테의 소설을 보면 남자 주인공이
여주인공에게 이렇게 말하는 대목이 있다. "인간은 가장 자아도취증에 걸
리기 쉽지. 눈에 보이는 것이면 모두 자기 모습을 거울에 비추듯 바라본단
말이야" 그러므로 동식물을 보든 천지사방 만물을 대하든 모두가 자기의
심성과 기질을 닮는다. 이 말은 사물을 연구하는 것뿐만 아니라 예술을
논할 때도 통용되는 말이다. '기운'이니 '신운'이니 하는 말은 모두가 감상
하고 분석할 때, 거울 속의 사람이 자기 모습을 들여다보고 도취하는 것과
같은 이치에서 나온 용어이다.[67]

잘못된 문장에 대해 비판하면서 생기가 없다거나 뼈대가 없다거나 하는
말을 종종 보게 된다. 전종서의 언급처럼 이러한 구조 범주는 중국 고전 문예

---

67 『管錐編』(錢鍾書, 台北: 書林出版有限公司, 1990년) 제4책, 1357-1358쪽; 敏澤, 『中國文學理論
批評史』(상), 吉林教育出版社, 1993년, 191-192쪽 재인용. "詩文評所謂'神韻說'匪僅依傍繪畵之
品目而立文章之品目, 實亦逕視詩文若活潑剌之人. 蓋吾人觀物, 有二結習: 一、以無生者作有生看
(animism), 二、以非人作人看(anthromorphism). 鑑畵衡文, 道一以貫. 圖畵得具筋骨氣韻, 詩
文何獨不可. 『抱朴子』外篇「辭義」已云: '姸而無據, 證援不給, 皮膚鮮澤而骨鯁迥弱'; 『顔氏家訓‧
文章』亦云: '文章當以理致爲心腎, 氣調爲筋骨, 事義爲皮膚, 華麗爲冠冕.' ……李廌『濟南集』卷八
「答趙士舞德茂宣義論弘詞書」: '凡文之不可無者有四: 一曰體, 二曰志, 三曰氣, 四曰韻. ……文章
之無體, 譬之無耳目口鼻, 不能成人. 文章之無志, 譬之雖有耳目口鼻, 而不知視聽臭味之所能, 若土
木偶人, 形質皆具而無所用之. 文章之無氣, 雖知視聽臭味, 而血氣不充於內, 手足不衛於外, 若奄奄
病人, 支離憔悴, 生意消削. 文章之無韻, 譬之壯夫, 其軀幹枵然, 骨强氣盛, 而神色昏瞀, 言動凡濁,
則庸俗鄙人而已.' 觀此可識談藝僅道'韻'者, 意中亦有生之人容止風度在, 無異乎言'神韻'、'氣韻'
也. 歌德小說中男角二人告女角曰: '人最顧影自憐, 雖處觸目, 莫不如對鏡而照見己身焉'(aber der
Mensch ist ein wahrer Narzis; er bespiegelt sich überall gern selbst); 故其觀動植兩類,
地火水風四大等, 皆肖己之心性氣質. 斯言也, 不特格物爲爾, 談藝亦復如是, '氣韻'、'神韻'即出於
賞析時之鏡中人自相許矣."

이론의 근간이 되었다.

인체의 신·골·육 및 그것이 개별적 예술 장르로 확장되어 사용된 범주를 하나로 귀결시키면 아래처럼 열거할 수 있다.

1. 신神, 기氣, 정情, 의意, 풍風, 운韻, 취趣, 세勢, 자姿, 태態, 상象, 력力
2. 골骨, 체體, 질質, 근筋, 격格, 식式
3. 육肉, 형形, 색色, 성聲, 조調, 모貌, 필筆, 묵墨, 사辭, 문文, 언言

세 층위 중 세 번째 층위는 '외형'에 속한다. 이는 인체의 외형과 여러 가지 예술의 외형, 즉 문학의 언어, 서예의 먹, 회화의 색, 음악의 소리를 포괄한다. 두 번째 층위는 형에서 드러난 내용 중 실질적이어서 확실하게 파악할 수 있는 것이다. 첫 번째 층위는 내용을 통해 느낄 수 있는 비실체적인 것이다. 이것은 정신으로 이해할 수 있지만 형체로 찾기 어렵고, 뜻으로 얻을 수 있지만 말로 표현하기 어렵다. 그것은 심미 대상의 핵심이다. 이러한 세 층위의 구분에서 한 층위 안의 여러 범주는 서로 교차하고 삼투하며 복합적인 범주를 이룰 수 있다.

제1층위에 속한 각 범주는 신기神氣, 의기意氣, 풍기風氣, 신정神情, 풍신風神, 풍정風情, 정의情意, 기운氣韻, 기세氣勢, 기력氣力, 신태神態, 신운神韻, 신자神姿, 정운情韻, 정취情趣, 정태情態, 의운意韻, 의취意趣, 의태意態, 풍취風趣, 풍운風韻, 풍자風姿 등으로 묶어볼 수 있다. 세 층위 사이에도 서로 조합될 수 있다. 예를 들면 기는 기골氣骨, 기질氣質, 기체氣體, 기격氣格, 기색氣色, 형기形氣, 성기聲氣, 필기筆氣, 묵기墨氣, 문기文氣 등으로 조합될 수 있다. 이런 이유로 중국 심미 대상의 구조는 유기적 정체성으로 파악할 수 있고 그 특정한 조건과 운용에 따라 적절한 범주로 표현된다.

장회관張懷瓘(8세기 초중경 활동)은 『화단畫斷』을 쓰면서 앞 시대 사람들의 평론을 기초로 하여 고개지顧愷之, 육탐미陸探微, 장승요張僧繇 3명의 화가가 가지고 있는 각각의 장점을 다음과 같이 결론 내렸다.

> 사람을 그리는 아름다움에 있어서 장승요는 그 육肉을 얻었고 육탐미는
> 그 골骨을 얻었으며 고개지는 그 신神을 얻었는데, 신묘하여 짝할 만한 사람
> 이 없는 것은 고개지를 으뜸으로 친다.[68]

장회관은 이들이 제각기 장점을 갖고 있지만 고개지의 성취가 더욱 높다고 평가하면서도 이 세 명의 화가들의 예술적 표현에 대한 장점을 각각 신, 골, 육의 묘를 얻었다고 주장하였다. 신, 골, 육으로 그림을 논하는 방식은 일종의 척도로 전환되어 회화뿐 아니라 서예에서도 즐겨 쓰고 있다. 장회관은 서예에 대해 다음과 같이 말하였다.

> 무릇 말은 근육이 많고 살이 적은 것을 상품으로 치고 살이 많고 근육이
> 적은 것은 하품으로 치는데 글씨도 또한 그러하다.[69]

> 의식意識을 가지고 있는 것은 모두 뼈와 살이 서로 알맞아 신모神貌가
> 흡족하고자 한다. 만약 근육과 뼈가 그 기름과 살을 당해내지 못하면 말의
> 경우 굼뜬 말이 되고 사람의 경우 육질肉疾이 되며 글씨의 경우 묵저墨猪가
> 된다.[70]

68　張懷瓘, 『畫斷』, 顧愷之: "象人之美, 張得其肉, 陸得其骨, 顧得其神, 神妙無方, 以顧爲最."
69　『中國美學史資料選編』(北京大學 哲學系 美學敎硏室 編, 北京: 中華書局, 1980년) 上冊 참조.
　　『書法鉤玄』권2, 「張懷瓘評書」. "評書藥石論云, 夫馬筋多肉少爲上, 肉多筋少爲下, 書亦如之."
70　위와 같음. "至如馬之群行, 驥子不出其外, 列拖銜策, 方知逸足, 含識之物, 皆欲骨肉相稱, 神貌洽
　　然. 若筋骨不任其脂肉, 在馬爲駑駘, 在人爲肉疾, 在書爲墨猪."

신은 신사神似, 신운神韻을 가리키고 골과 육은 형체의 묘사, 즉 형사形似의 문제를 가리킨다. 하지만 신, 골, 육이 명확히 나뉠 수 있는 것은 아니다. 장회관은 육탐미의 그림을 논하면서 다음과 같이 말하였다.

> 빼어난 골과 맑은 모습이 마치 살아 움직이는 듯하여 사람으로 하여금 마치 신명을 대한 듯 두렵게 한다.[71]

장회관은 골과 신을 연관시켰고, 후대 송나라 사람들은 주방周昉(730?-800?)의 회화를 평하여 "살이 풍만하고 골이 빼어나다(豊肌秀骨)"라고 했는데, 골과 육은 인물의 정신을 표현하는 데 있어서 중요한 기준이자 척도였다. 두보杜甫(712-770)는 다음과 같은 시를 읊었다.

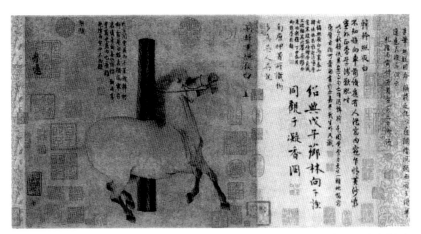

한간韓幹, 「조야백도照夜白圖」, 당대唐代, 종이에 채색, 30.8×33.5cm, 뉴욕 메트로폴리탄미술관

---

71   張懷瓘, 『畫斷』, 陸探微: "秀骨淸象, 似覺生動, 令人凜凜然若對神明."

제자 한간韓幹이 일찍이 오의奧義를 전수 받아
또한 말 그림에 뛰어나 갖가지 모습을 다 해냈는데
한간은 오직 살을 그렸을 뿐 골을 그리지 않아
태연히 천리마의 기가 시들어 없어졌네.[72]

두보는 위 시에서 한간(715?-781?)이 조패曹霸(8세기 중반 활동)의 말 그리는 법을 배웠지만 단지 말의 살을 그리는 데 중점을 두었을 뿐 말의 골을 그리는 데 중점을 두지 않았기 때문에 말의 신기를 해치게 되었다는 것인데, 이는 골을 그리는 것이 말의 신을 표현하는 데 있어서 매우 중요하다는 것인 듯하다.

신, 골, 육에 대한 평론 기준이 세워진 이후, 이것은 당송대 사람들의 논쟁거리가 되었다. 두보는 회화에 대해 골을 갖출 것을 요구했는데 그는 서예를 논하면서도 마르고 굳센 것을 귀하게 여겼다. 이러한 신, 골, 육에 대한 평론 기준은 당대에 이미 서예와 회화예술에 대한 공통된 심미 기준이 되었다. 하지만 장언원張彦遠(815-875)은 두보와 다른 입장을 취하였다.

두보가 어찌 그림을 아는 사람이었겠는가? 한갓 한간의 말이 비대한 것을 가지고 드디어 육을 그렸다고 꾸짖었다.[73]

소식도 두보의 의견에 동의하지 않았다.

두보가 글씨를 평하는 데 마르고 굳센 것을 귀하게 여겼지만

---

72 杜甫,『杜少陵集詳註』권13,「丹青引: 贈曹將軍霸」."弟子韓幹早入室, 亦能畫馬窮殊相. 幹惟畫肉不畫骨, 忍使驊騮氣凋喪."

73 張彦遠,『歷代名畫記』권9,「唐・韓幹」."彦遠以杜甫豈知畫者? 徒以幹馬肥大, 遂有畫肉之誚."

이 논은 아직 공론이 아니니 나는 이에 의지하지 않으리.

짧고 길고 찌고 말라 각각의 모습이 있나니

풍만한 양귀비楊貴妃와 날씬한 조황후趙皇后를 누가 감히 싫어하리?[74]

글씨는 반드시 신, 기, 골, 육, 혈이 있어야 하니, 다섯 가지 중에서 하나만 빠뜨려도 글씨가 되지 않는다.[75]

이상을 통해 볼 때, 소식은 미인의 모습이 제각각이듯 그 나름의 장점이 있다는 것을 강조하면서 신, 기, 골, 육, 혈 다섯 가지 중에 하나라도 빠져서는 안 된다는 전제를 두고 있음을 알 수 있다. 한간의 말 그림이 현재까지 전해지는 작품이 있기 때문에 두보의 평론의 타당 여부를 연구해볼 수 있다. 여하튼 이와는 별개로 장회관의 신, 골, 육에 대한 회화비평기준은 문예이론에 매우 커다란 영향을 미쳤다.

두 번째 구조 범주는 철학적 사유로부터 비롯된 의미·물상·언어의 삼자 관계이다. 의미(意), 물상(物), 언어(言)의 관계에 대해 가장 먼저 제기된 것은 『장자莊子』이다. 이름인 언어와 그것의 대상이 되는 물상의 관계에 대해, 장자는 "이름은 실질의 손님이다."[76]라고 말한다. 중요한 것은 실질이고, 이름은 부차적인 것이라 손님에 불과하다는 말이다. 장자는 "말로는 수박 겉핥기처럼 사물을 조야하게 논할 수밖에 없지만, 뜻으로는 사물을 정미精微한 데까지 이를 수 있다."[77]라고 하여, 조야한 말로는 정미한 의미를 표현할 수 없다

---

74 蘇軾, 「孫莘老求墨妙亭詩」. "杜陵評書貴瘦硬, 此論未公吾不憑, 短長肥瘦各有態, 玉環飛燕誰敢憎?"

75 蘇軾, 『東坡題跋』 권4, 「論書」. "書必有神氣骨肉血, 五者闕一, 不爲成書也."

76 『莊子集釋』, 內篇第一 「逍遙遊」, 24쪽. "名者實之賓也."

고 주장하였다.『장자』안에는 의미·물상·언어의 삼자 관계에 대해 다음과
같이 설명하고 있다.

세상에서 도를 얻기 위해 소중히 여기는 것은 책이다. 그러나 책은 말을
늘어놓은 것에 지나지 않으나 말에는 소중한 데가 있다. 말이 소중하게
여겨지는 것은 뜻 때문이다. 뜻에는 가리키는 바가 있다. 뜻이 가리키는
것을 말로는 전할 수가 없다. 그런데도 세상에서는 말을 소중히 여기기
때문에 책을 역시 소중하게 전하고 있다. 세상이 아무리 소중히 여긴다고
해도 그것은 소중하게 생각할 만한 것이 못 된다. 그들이 소중히 여기는
것이란 정말로 소중하지는 않다. 도대체 눈으로 보아서 보이는 것은 사물의
형체와 색깔이고 귀로 들어서 들리는 것은 사물의 이름과 음성이다. 슬프구
나! 세상 사람들은 그 형체·색깔·이름·음성으로 도의 참모습을 터득할 수
있다고 생각하다니. 그 형체·색깔·이름·음성으로는 도저히 도의 참모습을
터득할 수 없다. 그러니까 "참으로 아는 자는 말하지 않고 말로 설명하는
자는 아는 것이 없다"고 한다. 그런데 세상에 이 사실을 누가 과연 알고
있단 말인가![78]

통발은 물고기를 잡기 위해 있으니 물고기를 잡고 나면 통발을 잊어야
한다. 올가미는 토끼를 잡기 위해 있으니 토끼를 잡고 나면 올가미를 잊어
야 한다. 말은 생각을 전하기 위해 있으니 생각하는 바를 알고 나면 말을
잊어야 한다.[79]

---

77   『莊子集釋』, 外篇第十七「秋水」, 572쪽. "可以言論者, 物之粗也; 可以意致者, 物之精也."

78   『莊子集釋』, 外篇第十三「天道」, 488-489쪽. "世之所貴道者, 書也. 書不過語, 語有貴也; 語之所
      貴者, 意也. 意有所隨; 意之所隨者, 不可以言傳也. 而世因貴言傳書, 世雖貴之, 我猶不足貴也. 爲
      其貴非其貴也. 故視而可見者, 形與色也; 聽而可聞者, 名與聲也. 悲夫! 世人以形色名聲, 爲足以得
      彼之情. 夫形色名聲, 果不足以得彼之情, 則知者不言, 言者不知, 而世豈識之哉?"

79   『莊子集釋』, 雜篇第二十六「外物」, 944쪽. "筌者所以在魚, 得魚而忘筌; 蹄者所以在兔, 得兔而忘

사람들이 객관 사물을 부리고 기예에 정통하려면 반드시 그 사물들에 내재된 도를 파악해야 하며 주관적인 망상에 빠지면 안 된다. 사람들이 그 규율을 제대로 장악하면 그 기예에 관한 한 '득심응수得心應手'의 경지에 도달할 수 있다. 이것은 달리 표현하면 '신화神化의 경계'에 도달한 것이라 하겠다. 이러한 도는 말로 전할 수 있는 것이 아니다. 언어는 단지 형체·색깔·이름·음성 등의 가시적인 현상만을 표현하는 것이기에, '뜻이 따르는 바의 도(意之所隨)'는 설명할 수 없는데다가 사물의 정밀한 곳에 있어서는 마음속으로만 깨달을 뿐이지 설명할 수 없는 것이다. 이렇듯 '신화의 경계'는 말로 전수되는 것이 아니라 꾸준한 실천을 통한 숙련과 집중적인 정신 연마를 거쳐 얻어지는 것이다. 두 번째로 인용한 『장자·외물』편의 내용은 언어와 의미에 대한 논쟁에 불을 붙였다. 왕필王弼(226-249)은 『주역周易』을 풀이할 때 '의미를 얻으면 말은 버린다(得意忘言)'라는 논리를 확장하여 '의미를 얻으면 괘상卦象은 버린다(得意忘象)', '괘상을 얻으면 언어는 버린다(得象忘言)'라는 명제를 이끌어냈다.

당唐나라 때에 수입된 불교 전적 역시 장자의 이러한 관점을 이용하여 불법佛法을 천명하였다. 법장法藏(643-712)이 "진심은 허공같이 크고 넓어 언어도 표상도 통발과 올무로 인해 끊어졌다."[80]라고 언급한 것처럼, 물고기를 잡으면 통발을 버리고 짐승을 잡으면 올무를 버려야 하고, 뜻을 얻으면 언어와 형상을 버려야 한다. '통발과 올무(筌蹄)'의 비유는 바로 『장자·외물外物』에서 비롯한 말이다. 승조僧肇(384-414)의 『조론肇論』에서는 "불법佛法에는 정해진 상相이 없다(法無定相)"에 대해 다음과 같이 말하고 있다.

말에는 말로 할 수 없는 것이 있고, 자취에는 잡히지 않는 자취가 있다.

蹄; 言者所以在意, 得意而忘言."
80 「大乘起信論義記」. "夫眞心寥廓, 絶言象於筌蹄."

이에 말을 잘하는 자는 말로 할 수 없는 것을 말하려 하고, 자취를 잘 표현하는 사람은 표현할 수 없는 것을 표현하려 한다. 지극한 이치는 현허玄虛하여 마음으로 헤아리려고 하면 이미 틀렸다. 하물며 말로 표현할 수 있겠는가?[81]

불교의 이치가 '현허玄虛'하여 설명하기 어려운 사상이라고 말하는 부분은 분명 『장자·제물론齊物論』[82]의 표현 기술로부터 발전한 것이다. 위와 같은 글을 통해 노장사상이 초창기 불교에 얼마나 많이 융합되었는지 짐작할 수 있고 언어·물상·의미에 관한 이론 방면에도 많은 영향을 주었음을 알 수 있다. 작자가 사용한 문예 수단은 언어이고 대상은 물상이다. 하지만 작자는 결코 물상을 표현하기 위해 물상을 대상화하지 않고 물상을 통해 작자의 사상을 표현하려 한다. 육기陸機는 "문의文意가 물상物象을 완벽하게 표현하지 못하고 문사文辭가 문의文意에 제대로 도달하지 못함을 항상 걱정하였다."[83] 라고 하였듯이, 뜻은 사물을 정확히 표현할 길이 없고 글은 생각만큼 제대로 표현되지 못하는 것이 늘 문제였고 걱정거리였다. 언어·물상·의미의 관계에서 언어가 의미에 이르고 의미가 물상에 부합하여, 이 세 가지가 합치되기를 바란 것이다. 작가는 늘 이러한 고통을 마다하지 않고 감내한다.

위진 이후 일어난 형상이론도 이와 맥을 같이 한다. 문학이 발전하면서

81 　「大乘大義章」. "言有所不言, 迹有所不迹. 是以善言言者, 求言所不能言; 善迹迹者尋迹所不能迹. 至理玄虛, 擬心已差, 況乃有言?"

82 　『莊子集釋』, 內篇第二 「齊物論」, 63쪽. "夫言非吹也, 言者有言. 其所言者特未定也. 果有言邪? 其未嘗有言邪? 其以爲異於鷇音, 亦有辯乎? 其無辯乎? 道惡乎隱而有眞僞? 言惡乎隱而有是非? 道惡乎往而不存? 言惡乎存而不可? 道隱於小成, 言隱於榮華. 故有儒墨之是非, 以是其所非而非其所是. 欲是其所非而非其所是, 則莫若以明."

83 　『文賦集釋』(張少康 集釋, 陸機 撰, 台北: 漢京文化事業有限公司, 1987), 1쪽. "恒患意不稱物, 文不逮意."

축적된 풍부한 경험과 불교의 유입, 위진 현학玄學의 흥기는 문학과 예술의
형상이론에 직접적인 영향을 주었다. 범엽范曄은『후한서後漢書·교사지郊祀志』
에서 불교를 소개하면서 "넓고 커다란 언행을 즐겨서 구하는 바를 한 몸(一體)
의 안에 두고 밝히는 바를 보고 듣는 바깥에 두고 현미玄微에 귀의하는 것은
참으로 심오하여 헤아리기 힘들다."[84]고 했다. 여기서 언급한 '상외象外'의
문제는 그 이후의 역사서에서 꾸준히 제기된다.

> 미묘한 이치는 물상으로 드러낼 수 있는 것이 아닙니다. 지금 '상을 세워
> 뜻을 다 드러낸다'고 하셨는데 이것은 뜻을 넘어선 데에까지 통하는 게
> 아니며, '거기에 계사繫辭하여 말을 다한다'고 하셨는데 이것은 문자를 넘어
> 선 말을 말하는 것은 아닙니다. 이는 바로 상을 넘어선 뜻(象外之意)이요
> 계사하여 밖으로 밝힌 말(繫表之言)이니, 진실로 온축蘊蓄하고 있어 밖으로
> 드러나지 않는다는 것입니다.[85]

> 형상은 이치가 기탁된 것으로, 형상에 사로잡히면 미혹되어 이치를 잃는
> 다. 언어적 가르침은 교화가 연유된 바로 언어적 가르침에 얽매이면 어리석
> 게 하여 교화를 잃게 된다.[86]

> 오묘한 절주를 희음希音에서 어루만지고 심오한 언사言辭를 상외象外에서
> 펼친다.[87]

---

84 『廣弘明集·歸正篇第一』(道宣 撰, 臺北: 新文豐出版, 1986),「後漢書郊祀志四, 出范曄漢書」"善
    爲宏闊勝大之言, 所求在一體之內, 所明在視聽之表, 歸依玄微, 深遠難得而測"
85 『三國志·魏書·荀彧傳』注에서 何劭의「王粲傳」인용함. "斯則象外之意, 系表之言, 固蘊而不出
    矣."
86 『全宋文』권63에서 慧琳의「竺道生法師誄」인용함. "象者理之所假, 執象則迷理. 教者化之所因,
    束教則愚化"(『廣弘明集』,『大正藏』52, 265下.)
87 『全晉文』권165, 僧衛「十住經合注序」. "撫玄節于希音, 暢微言于象外."

사물의 진실을 끝까지 조감하고 진여의 이치를 극진히 하여 사상事象 밖의 담론에 이른다.[88]

이상은 모두 위진魏晉 현학玄學의 '망언취의忘言取意(말을 잊고 뜻을 취함)'의 사유 방식이다. 이글들은 불교의 진의眞義를 형상에 가탁假托하여 전달한다는 내용이다. 위진 시기에는 비록 직접적으로 '상 밖에서 취한다'는 이론을 제기하지 않았을 뿐이고 상외象外 문제를 정확하게 인식하고 있었다. 예를 들어 육기는 「문부」에서 "형태가 있는 것과 없는 것 그 모두를 힘쓰고, 뜻이 얕고 깊은 것 그 모두를 남에게 양보하지 않는다. 비록 선을 긋는 직자와 원을 그리는 곱자를 멀리하고 피한다 해도, 형태와 모양을 다 그려내기를 바란다."[89] 라고 하였고, 범엽范曄은 「생질들에게 보낸 옥중서신」에서 "문장을 지을 때 걱정하는 것은 사건 기술하느라 다 드러나게 묘사하는 것이다."[90]라고 했는데, 이는 사물을 모조리 다 형용한다고 해서 밖에 드러난 자태와 그 아름다움을 죄다 묘사해냈다 할지라도 훌륭하다고 할 것이 못 되며 '형形' 밖에는 '상외象外'가 있어야 함을 말한 것이다. 유협은 "명장名匠의 독창적인 생각으로 의상意象을 엿보아 기교를 드러낸다. ……생각밖에 나타난 섬세한 뜻과 문장밖에 나타난 완곡한 뜻에 이르게 되면, 언어로 형용하지 못한다면 붓을 놓을 수밖에 없게 된다. 붓은 진실로 그 그치는 바를 안다. ……정신은 물상을 이용하여 서로 통하니, 정감의 변화가 잉태된다. 물상은 모양으로 구하고

---

88 『全梁文』권164, 僧肇 「般若無知論」. "窮心盡智, 極象外之談."

89 『文賦集釋』, 71쪽. "在有無而僶俛, 當淺深而不讓. 雖離方而遯員, 期窮形而盡相"

90 『宋書』(沈約 撰, 北京: 中華書局, 1997년), 권69 「列傳第二十九·范曄」, 1830쪽에서 「獄中與諸甥侄書」 인용함. "문장을 지을 때 걱정하는 것은 사건 기술하느라 다 드러나게 묘사하는 것이고, 감정 표현하느라 (문식보다 시급해) 문장 수사는 뒷전으로 제쳐놓는 것이고, 전고의 의미에 매달리다가 작가의 취지를 견강부회하는 것이고 운율의 지나친 고려가 작가의 의도를 전이하는 것이다.(文患其事盡於形, 情急於藻, 義牽其旨, 韻移其意.)"

마음은 이치로 적응한다."[91]라고도 말하였다.

삼현三玄(역易·노老·장莊)이 융합한 위진 현학과 불교 철학은 현실 속의 모든 현상이 마음에서 생겨났거나 가짜에 속한 것으로, 그 연유가 인식의 결핍에 있었음을 일깨우고자 했다. 크게 두 가지 방면으로 정리할 수 있다. 첫째로 『주역』의 언어·형상·의미의 이론이고, 둘째로 불교의 경계 이론이다. 위진 현학과 불교 철학의 이론적 힘은 심미 대상 구조 이론으로 승화되었고, 또 당 제국의 예술적 번영을 누렸다. 『주역』 철학은 구조의 시각에서 변증법적인 언어·형상·의미의 삼층 구조를 낳았다.

> 공자孔子선생님께서는 "글로는 말을 다 전하지 못하고 말도도 속내를 다 전하지 못한다. 그렇다면 성인聖人의 뜻을 알 수 없다는 말인가?"라고 반문하시고는 "성인은 형상을 세워 생각을 다 전달하며, 괘卦를 베풀어 진위眞僞를 다 드러내며 괘효사卦爻辭로 엮어 그 말을 다 표현한다. (형상으로) 변통變通시켜 그 이로움을 천하에 다 베풀고, 고무鼓舞시켜 그 뛰어난 작용을 천하에 다 드리운다."라고 말씀하셨다.[92]

이 글에서 제기된 '입상진의立象盡意'의 의미는 제한된 말로 무한한 뜻을 다할 수 없기에 형상으로 성인의 무한한 뜻을 전달한다는 것이다. 송나라 휘종 때 화제畫題를 내어 걸고 화가들에 그림을 그리게 했던 '입상진의立象盡意' 풍조에도 영향을 미쳤다.[93]

---

91 『文心雕龍讀本』 하편 제26 「神思」, 4-5쪽. "獨照之匠, 闚意象而運斤. ……至於思表纖旨, 文外曲致, 言所不追, 筆固知止. ……神用象通, 情變所孕. 物以貌求, 心以理應."

92 『周易·繫辭上』, 『十三經注疏』 제1책, 157-158쪽. "子曰: '書不盡言, 言不盡意. 然則聖人之意, 其不可見乎?' 子曰: '聖人立象以盡意, 設卦以盡情僞, 繫辭焉以盡其言. 變而通之以盡利, 鼓之舞之以盡神'."

93 북송 휘종徽宗은 역사적으로 뛰어난 황제로 평가받지는 못하지만 훌륭한 화가였고 그림을

'의意'와 '상象'에 대하여, 왕필王弼(226-249)은 『주역약례周易略例·명상明象』
편에서 좀 더 구체적으로 설명하였다.

> 괘상卦象이란 성인의 본의를 나타낸 것이고, 괘효사卦爻辭는 괘상을 밝힌
> 것이다. 성인의 본의를 다 나타내는 데에는 괘상 만한 것이 없고, 괘상을
> 다 밝히는 데에는 괘효사 만한 것이 없다. 괘효사는 괘상에서 생겨났기에
> 괘효사를 통해 괘상을 알 수 있고, 괘상은 성인의 본의에서 생겨났기에
> 괘상을 통해 성인의 본의를 알 수 있다. 따라서 괘효사는 괘상을 밝힌 것이
> 기에 괘상을 체득했다면 괘효사를 잊고, 괘상은 성인의 본의를 간직한 것이
> 기에 성인의 본의를 체득했다면 괘상을 잊어야 한다.[94]

왕필은 역상易象을 견강부회하여 풀이하는 한대漢代의 기풍을 반대하면서
『역』에서 가장 중시해야 할 점은 일사일물一事一物에 얽매이는 것이 아니라
바로 '득의得意'하는 데 있음을 밝혔다. 이것이 바로 그의 '득의망상得意忘象'이
다. 불교 철학에 관심을 가졌던 쇼펜하우어Schopenhauer(1788-1860)는 세계를
도덕적 의지Wille와 가공된 표상Vorstellung으로 바라보았는데, 그가 말하는 의
지와 표상은 왕필의 '의意'와 '상象' 사유와도 동일하지는 않지만 일맥상통하

아주 사랑한 사람이었다. 그와 관련된 일화로 유명한 것들이 바로 "꽃을 밟고 돌아가니
말발굽에서 향기가 난다(踏花歸路馬體香)"와 "어지러운 산이 옛 절을 감추었다(亂山藏古寺)"
라는 화제畵題로 그림대회를 연 것이었다. 맡을 수 없는 향기를 그린다는 것과 없는 절을
어떻게 표현하느냐에 궁중 화가들이 전전긍긍하고 있을 때 젊은 화가가 그린 것이 말 한
마리가 달려가는데 그 말발굽을 나비 떼가 뒤쫓아 가는 그림이었고 또 한 그림은 물동이를
이고서 올라가는 스님의 모습을 그린 것이다. 보이지 않는 향기지만 나비를 통해 향기 있음
을, 깊은 산속의 오솔길에서 물을 길으러 온 스님을 통해 근처에 절이 있음을 극적으로
표현한 것이다.

94 『王弼集校釋』,『周易略例·明象』, 609쪽. "夫象者, 出意者也. 言者, 明象者也. 盡意莫若象, 盡象
莫若言. 言生於象, 故可尋言以觀象; 象生於意, 故可尋象以觀意. 意以象盡, 象以言著. 故言者所以
明象, 得象而忘言; 象者所以存意, 得意而忘象."

는 면이 있다.[95]

　왕필은 '형상(괘상)'은 '의미(성인의 본의, 즉 사상)'를 나타낸 연장이며 '언어(괘효사)'는 '형상'을 밝힌 연장이라고 설명하였다. 자기가 가진 최선의 능력을 발휘하려면 이 연장들을 잘 갖춰놓아야 한다. 의미의 전달은 형상을 통해야 하며, 형상을 명확히 밝히자면 언어를 통해야 한다. 언어(괘효사)는 바로 『역』의 괘상으로부터 생겨난 것이다. 괘효사의 내용을 통해 형상의 의미를 이해할 수 있다. 성인이 일정한 함의로 형상을 만든 것이기에, 형상의 암시를 통해 성인이 형상을 만든 본의를 궁구할 수 있는 것이다.

　왕필은 이 삼자 관계를 통해, 언어란 형상을 설명하는 연장에 불과하므로 '득상得象'하였다면 그 과정 속의 언어를 잊어야 하고, 형상이란 성인의 본의를 설명하는 연장에 불과하므로 '득의'하였다면 마찬가지로 그 과정 속의 형상을 잊어야 한다고 주장하였다. 왕필이 말한 '망상忘象'은 결코 '상'을 경시하는 것이 아니라 구체적인 '상'에 집착하여 그 속의 본의를 파악하지 못하는 것을 경계한 말이다.

　왕필의 의상론意象論은 『주역』을 노장老莊 철학의 '언부진의言不盡意(언어문자

95　쇼펜하우어에게 있어서 '의지'란 개념은 일반적인 의미의 뜻뿐만이 아니라 인간의 다른 맹목적인 감성인 '욕망', '갈구함', '추구', '노력', '고집'까지 포괄하는 개념이다. '표상'이란 단어는 영국 경험주의철학과 칸트 등이 쓰고 있는 용어로서, 마음 밖에 있는 어떤 물체나 대상에 대해 가지는 심상(Sensory Image)을 표현하는 말이다.

로는 성인의 본의를 다 드러내지 못함)'에 접목한 것이며, 그의 '득의망상得意忘象(본의를 얻으면 괘상을 잊음)'과 '망상구의忘象求意(괘상을 잊고 본의를 구함)'의 논점은 위진현학魏晉玄學의 인식론적 관점이지만, 의중을 묘사해야 한다는 '사의寫意'론을 형성시켜 후대 의상론이 '상외지의象外之意'·'상외지상象外之象'의 경계를 추구했던 데에 직접적인 영향을 주었다. 왕필의 '명상明象'은 심미적 범주에 들어가진 못한 것이지만 그 선성先聲이 되었다.

전종서錢鍾書는 "철학가들이 본의를 얻으면 언어를 잊으려 하고 본의를 얻으면 형상을 잊으려 한 것은 때마침 문인들이 장구章句를 찾고 꽃을 음미할 때 바로 이와 같았다"[96]라고 분석하였다. 이는 반박할 수 없는 이론이기에 철학의 개념과 동등하게 간주하거나 서로 혼돈해서는 안 된다. 창작에서 비흥比興을 포함한 모든 기법의 운용은 형상을 떠날 수 없다. 언어와 형상을 버리고 본의를 추구해야 한다는 철학가들의 견해와 언어·형상을 감정이 귀착하는 은둔처로 삼아야 한다는 창작자들의 주장은 그 취지가 다르다. 언어·형상을 버리면 작품이 탄생할 수 없다. 그러나 다른 각도에서 보면 철학가들의 이러한 견해는 문예 창작자들에게 계시를 준 것도 사실이다. 즉 문예 창작자가 묘사한 형상과 사용한 언어는 단지 그것이 묘사한 언어와 형상 자체에 그칠 것이 아니라 심오한 의미를 기탁해야 한다는 것이다. 뜻이 언어 밖에 남아 있어야 하고 뜻이 형상 밖에 흘러넘쳐야 한다는 것이다. 바로 이 점에서 언어와 형상에 대한 담론은 후세의 문예이론 발전에 많은 계시를 주었고, 또한 상외象外 및 이미지 등과 같은 이론이 형성되는 데에 커다란 영향을 미쳤다.

『주역』에서 이 삼자 관계를 설명한 글은 문학 형상의 '작은 것으로 큰

---

96 『管錐編』(錢鍾書, 台北: 書林出版有限公司, 1990년) 제1책, 14-15쪽. "哲人得意而欲忘之言, 得言而欲忘之象, 適供詞人之尋章摘句, 含英咀華, 正若此矣."

것을 나타냄(以小見大)'·'적은 것으로 많은 것을 총괄함(以少總多)'이라는 문학의 함축성과 통한다.

위진시대에는『주역』이 노장사상과 결부되어 현학으로 발전하고 인도로부터 불교가 수입되어 사상적으로 더욱 발전한다. 불교 이론은 객관의 경치와 다른, 즉 주관적인 참여를 통해 주관과 객관이 하나로 융합되는 '경계'에 이르게 하였다.

유협은 정情의 기원이 외물外物에 대한 감응에서 비롯된 것임을 재차 강조하였고「신사神思」편에서 '정신精神이 사물과 논다(神與物遊)'라는 형상사유形象思惟의 특징을 논하였다. 그는 '의미는 작가사유에서 부여받고 언어는 의미에서 부여받는다.'라고 하면서 작가사유·의미·언어의 관계에 대한 문제를 제기하였다. 작가사유는 '신여물유神與物遊'의 '사리思理' 혹은 '문사文思'이고, 의미는 '신여물유'로 인해 생겨난 예술적인 상상 혹은 의미이며, 언어는 예술적으로 표현된 언어이다. 이 언어를 잘 사용하면 '긴밀하여 간격이 없고' 잘못 사용하면 '천리나 되는 차이가 생겨난다'라고 하였다. 유협은「용재鎔裁」편에서 '삼준三準', 즉 '정情에 따라 체제體制를 결정하고(設情以位體)', '사事를 헤아려 사례를 취하며(酌事以取類)', '사辭를 선택하여 요점을 드러내야 한다(撮辭以體要)'라고 말한 후, 동시에 작가사유·의미·언어로 육기陸機의 물상·의미·언어를 대체하였다. 물상 대신 작가사유를 쓴 것은 창작과정 중에 처리해야 할 물상이 이미 작자의 주관적 감정과 무관한 독립적인 외물外物이 아니라 작자의 감정 및 사유와 밀접한 관계가 있는 물상, 즉 '신여물유'의 물상이라는 것임을 말한 것이다. 이 물상은 작자의 사유·정감과 외물 사이에 간격이 존재하지 않는 결합이며 주관과 객관의 일치인 것이다. 이러한 인식의 변화는 창작활동이 계속 이어지면서 창작의 특색과 규율에 대한 인식이 점차 명확해졌음을 나타낸다. '신여물유'라는 창작의 기본 특징 역시 왕창령王昌齡의 '신회우물神會于物(정신이 사물과 만남)', 소식蘇軾의 '신여물교神與物交(정신이 사물과 교유함)'처럼 후세에 심원한 영향을 주었다.

시문론에서 상을 취하는 문제를 명확하게 제기하여 시문론과 화론의 발전 과정 중에 나타난 격차를 없애버린 것은 당나라 때 일이었다. 이와 관련된 글을 살펴보면 다음과 같다.

> 상象에서 구하고 심心은 경境으로 들어간다.[97]

> 상외象外에서 기이함을 구한다.[98]

> 말을 잊고 뜻을 숭상한다. ……정情은 언외言外에 있다. ……상象을 빌어 의義를 드러낸다.[99]

> 형상 밖으로 추월하여 그 공령空靈한 묘리妙理를 얻는다.[100]

이상의 글들은 후세에 큰 영향을 준 이론으로, 그 중 교연皎然과 사공도司空圖가 이 이론들을 집중적으로 발전시켰다.

당唐나라 육지陸贄(754-805)는 "말은 반드시 마음과 조응照應해야 하고 마음은 반드시 사물과 꼭 들어맞아야 하니, 이 세 가지는 딱 들어맞아야지 서로 어긋나서는 안 된다."[101]라고 하였다. 오대五代시기 두광정杜光庭(850-933)의 위

---

97   王昌齡, 『唐音癸簽』 권2. "搜求于象, 心入于境."
98   皎然, 『詩議』. "采奇于象外."
99   皎然, 『詩式』. "廢言尙意. ……情在言外. ……假象見義."
100   司空圖, 『二十四詩品·雄渾』. "超以象外, 得其環中."
101   『全唐文』 권469 「奉天論赦書事條狀」. "言必顧心, 心必副事, 三者符合, 不相越逾."

작위作으로 여겨지는 『관윤자關尹子・삼극三極』에서는 "마음에서 얻은 것을 손으로 딱 맞게 표현하고, 손으로 얻은 것을 사물의 모습에 그대로 부합시킨다."[102]라고 하였다.

불교가 극성했던 당나라에 이르면 시가 실천은 사람에게 언어 예술의 경계로 들어서게 하였다. 이에 예술을 기초로 하는 의경 이론을 형성시켰다.

『주역』과 불교에 바탕을 둔 심미 대상의 구조 범주는 3층 구조로 되어 있다. 이 구조는 인체학(정신神, 골격骨, 근육피부肉)에 바탕을 둔 3층 구조와 다른 두 가지 특징이 발견된다. 그 하나는 언어와 형상에는 현실과 다른 예술성을 갖추고 있고, 현실의 경景(경치)과 예술의 경境(경계)을 구분하고 있다는 점이고, 다른 하나는 가장 높은 층(신神, 정情, 기氣, 운韻)의 비현실성, 즉 형상 너머의 형상, 경계 너머의 경계, 의미 너머의 의미를 더욱 뚜렷하게 부각시키고 있다는 점이다.

구조로 보면 의미・표상・언어 이론은 정신・골격・근육피부 이론과 같아서, 의미・표상・언어 범주를 정신・골격・근육피부의 층위에 그대로 배열할 수 있다. 의경 이론이 정신・골격・근육피부의 구조로 들어갈 때, 정신・골격・근육피부 이론이 미학적 측면으로 상승할 수 있다. 첫째, 현실의 경과 예술의

---

102 『關尹子・三極』. "得之心, 符之手; 得之手, 符之物."

경을 분명히 구분 짓고, 둘째 운韻 너머의 정취를 강조했다. 위진 시대에는
예술 구조를 인체구조에 견주었는데, 인체의 현실미는 예술미의 특징을 약간
모호하게 할 수 있다. 당 제국 이후, 의경 이론을 통해 인체 이론을 돌이켜보
게 되자, 인체 이론 자체도 심미적 상승 작용이 일어났다. 의경 이론이 인체
이론과 융합하면서 심미 대상의 구조 이론도 하나의 총체가 되었다.

심미 대상의 유형은 다른 범주 계열을 형성하여 복잡함에서 간단함으로,
간단함에서 복잡함으로 이르는 구조를 드러냈다. 그것은 중국문화에서 수數
의 규칙을 배경으로 하고 정체 기능을 방식으로 하여 자신의 유형을 전개한
다. 예컨대 간명해야 할 때 8종, 4종, 2종으로 줄이고, 확대해야 할 때 24종,
36종, 108종으로 늘릴 수 있다. 2분법 유형은 종영鍾嶸이 『시품詩品』에서 안연
지顔延之의 시를 중품中品으로 분류하면서 평한 말로, 색깔을 칠하고 금박을
입힌 '착채루금錯采鏤金'과 물에서 피어난 연꽃과 같은 '부용출수芙蓉出水'가
있다.[103] 이 두 가지 유형 중 전자는 유가의 미인데, 유가는 문식文飾을 중시한
다. 후자는 도가의 미인데, 도가는 자연을 숭상한다. 이후 청淸나라 때 요내姚
鼐는 심미 대상을 양강陽剛과 음유陰柔로 양분했다. 양강의 미는 유가의 미를,
음유의 미는 도가의 미를 대표한다.

4분법 유형은 조비의 『전론·논문』에서 언급된 주의奏議, 서론書論, 명뢰銘
誄, 시부詩賦로 문체를 구분한 것에서 비롯되었다. 이 네 가지는 바로 아雅(아

---

103 『南史』(李延壽 撰, 北京: 中華書局, 1997년) 권34, 「列傳第二十四·顔延之」, 881쪽. "안연지顔延
之가 포조鮑照에게 자신과 사령운謝靈運의 우열을 물은 적이 있다. 이에 포조가 '사령운의
오언五言은 갓 피어난 연꽃 같이 자연스러우면서도 가히 아름답다. 반면에, 당신의 시는
비단을 깔고 수를 놓은 것 같을 뿐 아니라, 또한 다듬고 수놓은 무늬가 눈에 가득 찬다.'라고
대답하였다.(延之嘗問鮑照己與靈運優劣, 照曰: 謝五言如初發芙蓉, 自然可愛. 君詩若鋪錦列繡,
亦雕繢萬眼.)" 이를 종영은 『시품』에서 안연지를 평할 때 그대로 받아들여 썼다.

정), 리理(이치), 실實(실리), 려麗(화려)라는 네 가지 풍격 유형이다.[104] 4분법에서 가장 많은 것은 사계절의 경치로 구분하는 것이다. 이에 대해 왕유王維는 「화학비결畫學秘訣」에서 다음과 같이 말했다.

봄날 경치는 안개 자욱한데 긴 연기가 하얗게 피어오르고 물이 쪽빛으로 물든 듯하고 산빛이 점점 푸르러진다. 여름날 경치는 고목古木이 하늘을 덮고 푸른 물은 파도 없이 잔잔하고 폭포는 구름을 뚫고 그윽한 정자가 강가에 가까이 있다. 가을날 경치는 하늘이 마치 물빛 같고 숲은 우거져 빽빽하고 기러기가 가을 강 위를 날고 갈대가 모래밭에 무성하다. 겨울날 경치는 대지에 눈이 덮이고 나무꾼은 땔감을 등에 지고 고기잡이배는 강기슭에 매여 있고 수심이 얕아 모래가 드러나 있다.[105]

왕유는 봄, 여름, 가을, 겨울의 사계절의 정경 특징을 마치 4폭의 동양화 병풍을 보여주는 것처럼 자연을 빌려 작자의 정취와 자연 의경을 말하였는데, 이는 사계절의 경치로 구분한 사분법의 전형적인 예이다.

8분법 유형은 유협의 『문심조룡·체성』에 나오는 팔체가 있다.

첫째는 전아典雅(아정한 작품), 둘째는 원오遠奧(오묘한 작품), 세째는 정약精約(정제한 작품), 네째는 현부顯附(직설적 작품), 다섯째는 번욕繁縟(농염한 작품), 여섯째는 장려壯麗(장중한 작품), 일곱째는 신기新奇(신기한 작품),

---

104 『六臣注文選』(蕭統 編, 北京: 中華書局, 1987년) 下冊, 권52 『典論·論文』(曹丕), 967쪽. "주의奏議는 아정雅正해야 하며, 서론書論은 이치에 맞아야 하며, 명뢰銘誄는 실질을 높여야 하며, 시부詩賦는 화려해야 한다.(奏議宜雅, 書論宜理, 銘誄尚實, 詩賦欲麗.)"

105 『王右丞集箋注』 卷之二十八論畫三首. "春景則霧鎖煙籠, 長煙引素. 水如藍染, 山色漸青. 夏景則古木蔽天, 綠水無波, 穿雲瀑布, 近水幽亭. 秋景則天如水色, 簇簇幽林, 雁鴻秋水, 蘆島沙汀. 冬景則借地爲雪, 樵者負薪, 漁舟倚岸, 水淺沙平."

여덟째는 경미輕靡(경미한 작품)이다. 전아典雅란 경전과 훈고를 용해하여 법도로 삼아 유가의 도를 모방하여 좇은 것이다. 원오遠奧란 채식이 복잡하고 문사에 곡절이 있으며 현학玄學을 종주로 삼은 것이다. 정약精約이란 문자를 핵실하게 하고 구문을 살펴 아주 작은 것도 해부하거나 분석하는 것이다. 현부顯附란 사의辭義가 곧장 펼쳐져서 마음을 적절하게 만족시킨 것이다. 번욕繁縟이란 비유를 널리 쓰고 문체를 농후하게 하여 지엽적인 부분까지 화려하게 꾸민 것이다. 장려壯麗란 이론의 차원이 높고 제재가 넓어 남다른 풍채로 탁월한 빛을 발한 것이다. 신기神奇란 옛것을 물리치고 새로운 것을 다투니 편벽된 것을 고상하다고 여기고 궤이詭異한 것을 추향하는 것이다. 경미輕靡란 문장이 부유하고 뿌리가 약해서 황홀하게 세속에 부합하는 것이다. 고로 아정함과 기이함은 반대가 되고 오묘함과 드러남은 다르며 번잡함과 간략함은 이지러지고 장중함과 경미함은 반대가 된다. 문사의 내용과 형식은 이 범주에 속한다.[106]

여덟 가지 종류에는 서로 상대되는 네 가지 조합이 있다. 네 가지 조합은 분명히 양대 종류로 나눌 수 있다. 아정함, 직설적임, 농염함, 장중함 등 네 가지는 양陽에 속한다. 신기함, 오묘함, 정제함, 경미함 네 가지는 음陰에 속한다. 이는 『주역』의 분류 방식과 흡사하다. 『주역』은 팔괘로 여덟 가지의 기본 물질을 대표한다. 우주 만물은 바로 이 여덟 가지 기본 유형이 진화해온 결과이다. 8괘와 64괘, 그리고 384효는 우주 만물을 상징한다. 8괘도 둘씩 서로 짝하여 4조로 이루어지고, 다시 정련하여 음양 2효로 수렴된다. 유협의 팔체

---

106 『文心雕龍讀本』하편 제27 「體性」, 21쪽. "一曰典雅, 二曰遠奧, 三曰精約, 四曰顯附, 五曰繁縟, 六曰壯麗, 七曰新奇, 八曰輕靡. 典雅者, 鎔式經誥, 方軌儒門者也; 遠奧者, 馥采曲文, 經理玄宗者也; 精約者, 覈字省句, 剖析毫釐者也; 顯附者, 辭直義暢, 切理厭心者也; 繁縟者, 博喻釀采, 煒燁枝派者也; 壯麗者, 高論宏裁, 卓爍異采者也; 新奇者, 擯古競今, 危側趣詭者也; 輕靡者, 浮文弱植, 縹緲附俗者也. 故雅與奇反, 奧與顯殊, 繁與約舛, 壯與輕乖, 文辭根葉, 苑囿其中矣."

는 8·4·2의 조합으로 훗날 동성파桐城派 요내姚鼐의 양강과 음유 이론과 조합을 이룬다.

이후 사공도는 『시품』에서 24분법으로 설명했다. 24시품 중에는 12·8·4·2·1을 포함하는 동시에 36·72·108로 확대 가능하다는 점에 주목할 필요가 있다. 이는 곧 24시품을 통해 중국 미학 전체 속의 개별적 분류의 호환성을 직접적으로 이해할 수 있다는 것이다. 이런 점에서 24시품은 기능성이 뛰어나며 다양한 방식의 구분을 받아들일 수 있고 다양한 가변성의 조합을 진행할 수 있으며 품목과 품목을 분리할 수도 있고 결합할 수도 있다. 이처럼 기본적 질서가 상존하면서도 변화하여 고착되지 않으니 중국범주이론의 형식을 잘 갖추고 있다.

이상의 논의를 종합하면 중국 심미대상의 유형 범주는 세 가지로 정리할 수 있다. 첫째, 양강과 음유는 우주 천지로부터 전체적으로 분류한 것이다. 둘째, 사계절의 경치는 우주 사이에 있는 천·지·인의 상호 삼투와 운동으로 분류한 것이다. 셋째, 구분법의 전개는 2분법에서 출발하여 4·8·24를 단위로 확대 또는 축소가 가능한 것이다.

심미 대상의 구조 범주와 유형 범주는 모두 중국 우주관, 즉 기-음양-오행을 기초로 하면서 양강·음유의 유형과 정신·골격·근육피부의 구조를 총체적으로 파악하고 있다. 심미 대상의 구조는 하나이지만 유형은 다양하다. 유형의 다양화는 하나의 구조 위에서 만들어진 것이다. 하나의 구조에서 심미 대상을 세밀하게 나누어 각각의 유형과 풍격을 파악하려면 대상의 각 층위에서 드러나는 특징을 제대로 분석해야 한다.

고대 사회가 계급 사회인 것처럼 심미 유형에도 등급 구분이 있다. 문화 철학에는 총체적 지향점이 있기에 심미 유형의 등급 구분에도 총체적인 경향이 있다. 이것이 바로 양강·음유로 반영되었다. 유협의 팔체는 아정雅正을 제일로 치고 양강을 중시한다면, 사공도의 24시품은 웅혼함을 제일로 치고 여전히 양강을 중시한다. 문화에서 양은 하늘이 되고 음은 땅이 되고, 군주는 양이고 신하는 음이기 때문이다.

심미 대상의 유형 구분은 높고 낮음의 등급 평가와 좋고 나쁨의 가치 평가를 포함한다. 양자는 통일되어 있다. 종영이 『시품』에서 칭찬하는 유형은 다음과 같다.

심深(깊다), 연淵(넓고 깊다), 원遠(멀다), 고高(높다), 일逸(자유롭다), 한閑(한가롭다), 담淡(담박하다), 아雅(우아하다), 전典(전아하다), 고古(예스럽다), 정淨(깨끗하다), 청淸(맑다), 진眞(참되다), 화염華艶(화려하고 곱다), 화기華綺(화려하고 아름답다), 연야姸冶(예쁘고 꾸미다), 유량流亮(맑고 밝다), 기밀綺密(곱고 치밀하다), 미섬美贍(아름답고 풍성하다), 풍요豐饒(풍부하고 넉넉하다), 번부繁富(복잡하고 부유하다), 표병彪炳(뚜렷하고 빛나다), 총청葱菁(푸르고 무성하다), 선명鮮明(뚜렷하고 밝다)

비판하는 유형은 다음과 같다.

천淺(얄팍하다), 눈약嫩弱(여리고 약하다), 경교輕巧(가볍고 교묘하다), 질직質直(투박하고 곧다), 범속凡俗(평범하고 속되다), 평미平美(밋밋하게 아름답다), 비촉鄙促(비천하고 급하다), 비직鄙直(비천하고 곧다), 미만靡曼(문드러지고 길게 끈다), 번무繁蕪(번잡하고 거칠다), 준절峻切(엄격하고 끊는다), 숙궤淑詭(맑은 듯 속인다)

좋은 범주 등급은 『시품』에서 상품, 중품, 하품으로 나눈다. 북송 시대 미술평론가인 황휴복黃休復(954-1017)은 『익주명화록益州名畵錄』에서 네 가지 품격으로 우열을 나누었다. 네 가지 품격은 능격能格, 묘격妙格, 신격神格, 일격逸格을 가리킨다. 능격은 그리고자 하는 대상의 모습이 그림에 온전히 표현되어 있는 것이고, 묘격은 온전한 형상과 더불어 작가의 성품·마음·표현의도가 전해지는 것을 의미한다. 신격은 대상의 형상과 작가의 정신을 모두 갖추었으되 그 경지가 높은 작품이라고 파악하였다. 일격은 붓질이 간략해도 형태는 갖추어지며 자연스레 얻은지라 흉내 내거나 본뜰 수 없으며 유법有法을 넘어 예상 밖에서 나오는 걸작이라고 보았다. 그림으로 평하자면 좋은 작품은 능격에서 출발하여, 그 위에 묘격, 그 위에 신격, 그 위에 일격이 있는 것이다. 이를 통해 능격은 묘격의 원인이 되고, 묘격은 신격의 원인이 되어 있음을 알 수 있다. 제대로 그리지 못하는 자가 묘격의 그림을 드러낼 수 없고, 기묘함을 그려내지 못하는 자가 신격의 그림을 그려낼 수 없는 것이다. 신격에는 기묘함과 능함이 겸비되었고 묘격에는 능함을 갖추었다는 말이니, 능격·묘격·신격을 하품, 중품, 상품으로 품평할 수 있다. 그렇다면 일격은 최상품이라고 평가할 수 있겠다. 일격은 능격·묘격·신격과 같이 대상을 정밀하게 표현하는 차원을 벗어나 능격의 간략함 속에 형상과 자연스러움을 갖추면서도 본뜰 수 없는 경지에 오른 그림이다.

이외에도 유형 범주를 나눌 때 세 가지로 분류하는 경우도 있는데, 대표적으로 당나라 문예 창작의 세 경계를 들 수 있다. 이백李白의 시가, 오도자吳道子의 회화, 장욱張旭의 초서는 호방하고 자유로운 미이다. 두보杜甫의 시가, 한유韓愈의 문장, 안진경顏眞卿의 해서는 법도가 광대한 미이다. 왕유王維의 시와 일단의 수묵 화가는 담백하고 한가로운 미이다. 이러한 유형 구분은 형상으로 나눈 것이다. 심미 구조로 말하면 신神은 유가이고, 일逸은 도가이고, 묘妙는 불교 선종이다. 유가 미학은 신을 제일로 치고 도가 미학은 일을 제일로 치고 불교 선종은 묘를 제일로 친다.

3. 문예창작의 동인 범주

심미 대상은 왜 생겨나는가? 심미 대상은 어떻게 생겨나는가? 사람은 심미 대상을 어째서 만드는 걸까? 창작 동인 범주는 바로 여기서 시작된다. 은번殷璠(약 713-약 762)은 "문장에는 입신의 경지에 이른 자연스러운 것, 선천적인 기질에 의해 독특한 풍격이 형성된 것, 마음속의 희로애락이 담긴 것 등이 있다."[107]라고 말하였다. 은번은 정신, 기질, 감정에 비롯되어 창작이 이루어진다고 보았다. 여기서는 중국의 창작 동인 범주를 도덕교화(의지意志), 울분격발(분기憤氣), 정신수양(성정性情)으로 나누어 기술하고자 한다.

첫 번째는 공리적 목적을 위한 도덕교화를 드러내는 것이다. 이는 가장 이른 시기에 나온 '시언지詩言志'로 설명할 수 있다. 여기서 '지志(뜻)'는 유가의 정치적 목적을 위한 바람이다. 창작 주체인 사람은 외재적인 사회의 이익을 위해 기여하고자 한다. 선진先秦 시대의 문물로 선한 덕을 밝혀 더욱 빛나게 한다는 '문물소덕文物昭德'(『좌전左傳·환공桓公2년』), 한유韓愈의 문이 도를 실어야 한다는 '문이재도文以載道', 유종원柳宗元의 문이 도를 밝혀야 한다는 '문이명도文以明道', 백거이白居易의 '군주와 백성과 때와 일을 위해 문을 지어야 한다(爲君爲民爲時爲事而作)'는 주장들은 모두 뜻을 말하고 도를 실어 나르는 '언지재도言志載道' 계열로 귀결될 수 있다. 이러한 부류의 창작을 평가하는 기준은 사회적 효용성에 있다.

---

107 『河嶽英靈集·序』. "夫文有神來、氣來、情來." 조선의 문인 이수광李睟光은 王維와 高適, 孟浩然이 각각 세 가지 풍격에 해당된다고 보았다. 『지봉유설芝峯類說』 권8, 「문장부1」, <文>, "殷璠曰, '文有神來氣來情來, 有雅體野體鄙體俗體. 能審察諸體, 委詳所來, 方可定其優劣.' 余謂於詩亦然. 以盛唐言之, 如王維是神來, 高適是氣來, 孟浩然是情來. 宋以下詩, 未知所來, 而體多鄙俗, 看得自可耳."

대표적 공리주의자인 묵자는 말과 글이 반드시 효용이 있어야 한다고 주
장하였다.

선생님 묵자께서 말씀하셨다. "(말에는) 반드시 표준을 세워야만 한다.
말을 하면서도 표준이 없다면 마치 회전하는 녹로轆轤 위에 해시계를 세우
는 것과 같은 짓이다. 옳은 것인지 그른 것인지 이로운 것인지 해로운 것인
지 분명히 알 수 없을 것이다. 그러므로 말에는 반드시 세 가지 표준이
있어야 한다. 무엇을 세 가지 표준이라 하는가?" 선생님 묵자께서 말씀하셨
다. "근본을 마련하는 게 있어야 하고, 근원을 따지는 게 있어야 하고, 활용
할 수 있는 게 있어야 한다. 무엇에다 근본을 마련하는가? 위로는 옛날
성왕들의 일에 근본을 둔다. 무엇에서 근원을 따지는가? 아래로는 백성들
의 귀와 눈으로 듣고 본 사실에서 근원을 따져야 한다. 무엇에 활용을 하는
가? 그것을 발휘하여 형정刑政을 시행하고 국가와 백성과 인민의 이익에
부합할 수 있는가를 보아야 한다. 이것이 이른바 말에는 세 가지 표준이
있어야 한다는 것이다."[108]

묵자는 글이 갖는 실용적 기능을 매우 중시하여 '삼표법三表法'을 주장하였
다. 실용주의적 관점을 지녔던 묵자는 의론을 담은 실용문에 갖춰야 할 세
가지 원칙을 제시하였다. '근본(本之)'은 과거의 증거를 중시하여 효용의 근거
根據로 삼은 것으로, 언어는 고대古代 성왕聖王의 언행을 근거와 준칙으로 삼
아야 한다는 것이다. '근원(原之)'은 현재의 증거를 중시하여 효용의 대상對象

---

108 『墨子閒詁』(孫詒讓, 臺北: 華正書局, 1995년), 「非命上」, 240-241쪽. "子墨子言曰: 必立儀. 言而
毋儀, 譬猶運鈞之上而立朝夕者也, 是非利害之辨, 不可得而明知也. 故言必有三表. 何謂三表?" "子
墨子言曰: 有本之者, 有原之者, 有用之者. 於何本之? 上本之於古者聖王之事. 於何原之? 下原察百
姓耳目之實. 於何用之? 廢以爲刑政, 觀其中國家百姓人民之利. 此所謂言有三表也."

으로 삼은 것으로, 의론을 담은 글은 백성의 실제 체험에 의거하여야 한다는
것이다. '활용(用之)'은 미래의 증거를 중시하여 효용의 성적成績으로 삼은 것
으로, 의론을 담은 실용문은 객관적으로 정치에 대한 실제 효과를 고려하여
야 한다는 것이다. 묵자의 이러한 주장은 중국 어느 시대나 늘 강조하고 통용
되었던 문장의 효용적 가치를 그대로 보여준다.

『상서尙書』에서 처음 제기한 '시언지詩言志'에서도 중국인의 문예 관념에
관한 실마리를 찾아볼 수 있다. '시언지' 학설은 고대 중국인들이 시의 본질
에 대하여 가졌던 관념이다.

> 시는 마음의 뜻을 말한 것이고 노래는 그 시어詩語를 길게 읊조린 것이고
> 오성五聲은 길게 읊조린 노래에 기탁된 것이고 십이율十二律은 오성五聲에
> 화합하는 것이다. 팔음八音이 잘 어우러지고 서로 (법도의) 순리를 어지럽히
> 지 않으면, 이로 말미암아 신령神靈과 사람은 화합한다.[109]

이러한 관점은 춘추전국春秋戰國시기에 상당히 보편적으로 통용되었다.[110]

---

109 『尙書·舜典』,『十三經注疏』제1책, 46쪽;『尙書·堯典』,『今文尙書考證』(皮錫瑞, 北京: 中華書
　　局, 1998년), 82-84쪽. "詩言志, 歌永言, 聲依永, 律和聲, 八音克諧, 無相奪倫, 神人以和."

110 예를 들어, 『좌전左傳·양공襄公 27년』에는 조문자趙文子가 숙향叔向에게 "시를 통하여 (자
　　신의) 뜻을 말한다(詩以言志)."라는 글귀가 기재되어 있고, 『장자莊子·천하天下』편에는 "시
　　를 통하여 뜻에 달한다(詩以道志)"라는 말이 있고, 『순자荀子·유효儒效』편에는 "시가 말하
　　는 것은 바로 성인聖人의 뜻이다(詩言是其志也)"라는 말이 있다. 그러나 이 책들에서 말한
　　'시언지'의 의미는 의미하는 바가 모두 다르다. 어떤 것은 당시 유행하던 '부시언지賦詩言志
　　(『시경』의 시구를 부여하여 자신의 뜻을 말함)', 즉 단장취의斷章取義를 지칭한 것인데,『좌
　　전』에서 말한 "시언지"가 바로 여기에 해당한다. 「요전」에 보이는 '시언지'의 의미는 "시는
　　시인의 뜻을 말한다."라고 정의할 수 있다. 여기서 말하는 '지志'란 사상, 지향, 포부 등을
　　가리키지만 또한 그 가운데에 '유정有情'의 의미를 포함하고 있다는 것을 부정할 수는 없다.
　　같은 시기 『예기禮記·악기樂記』에서도 이미 "감정은 마음에서 움직여 소리로 형용된다(情
　　動於中, 故形於聲)"라고 했던 것처럼, 당시에는 시와 음악은 불가분의 관계가 있었다고 할
　　수 있다. 따라서 「요전」의 '시언지' 역시 시와 음악을 함께 제기한 것이라 할 수 있다.

'시언지'는 시가詩歌가 작가의 사상과 감정을 표현한다는 점을 염두에 두고서 시詩의 인식 작용에 대해 언급한 말이다. 사람들은 '지志'가 담긴 시를 통하여 시가로 표현된 사회를 간접적으로 인식할 수 있었다. 이를 통해, 고대 중국인 들은 시가의 현실 반영에 대하여 명확하게 논술하지는 않았어도 시가의 사회 적 작용에 대해 인식하고 있었음을 짐작할 수 있다.

> 태사大師에게 명하여 시詩를 모아 민풍民風을 관찰하게 하였다.[111]

> 『상서』에서 "시詩는 마음의 뜻을 말한 것이고 노래는 그 말을 길게 읊조 린 것이다."라고 하였다. 슬프고 즐거운 심정心情이 느껴지면 노래 소리가 발하게 되니, 말을 읊으면 '시'라 하고 소리를 읊조리면 '노래'라고 한 말이 다. 그래서 예로부터 채시관采詩官이라는 직책이 있었는데, (이들이 채집한 시를 통하여) 왕이 풍속을 살펴 (정치의) 득실을 알아서 스스로 올바름을 고찰하고자 하는 목적에서다.[112]

이상의 글을 통해, 고대 중국인은 '시언지'의 인식 아래 "시를 채집하여 뜻을 살핀다(采詩觀志)."라는 점에 일찌감치 주의하였고 현실을 반영하는 시의 작용을 충분히 활용하여 통치자의 정치를 위해 이바지하려 하였음을 알 수 있다.

'시언지'의 효용 가치에는 사회적 작용뿐만 아니라 교육적 기능도 가지고 있다. 시인의 사상 감정인 '지志'가 담긴 시는 반드시 시인과 독자들이 도덕규

---

111 『禮記·王制』, 『十三經注疏』 제5책, 226쪽. "命大師陳詩以觀民風."

112 『漢書』(班固 撰, 顏師古 注, 北京: 中華書局, 1997년), 권30 「藝文志」第十, 1708쪽. "書曰: '詩言 志, 歌詠言.' 故哀樂之心感而歌詠之聲發. 誦其言謂之詩, 詠其聲謂之歌. 故古有采詩之官, 王者所 以觀風俗、知得失, 自考正也."

범을 실천하는 데에 영향을 미칠 수 있어야 한다는 것이다. 고대 통치자들은 시의 이러한 교육적 기능을 파악하고는 시에 담긴 '지志'를 매우 중시하였다. 이러한 이유로 인하여, 공자孔子 역시 시는 '사무사思無邪(정도正道를 벗어나지 않음)'[113]라고 말한 것이며, "감정에서 감발感發하였어도 그 정도定度가 지나치지 않고 예의禮義에 그친다(發乎情, 止乎禮義)."라고 한 것이다.

이외에도 「요전堯典」에서 "제가 경쇠를 세게 치기도 하고 가볍게 두드리기

---

113 '사무사思無邪'라는 말은 공자孔子가 제기한 시가를 평가하는 표준으로,『논어論語·위정爲政』에 "『시삼백詩三百』을 한 마디로 정의하자면 정도正道에 벗어남이 없다.(『詩三百』, 一言以蔽之, 曰: 思無邪.)"라고 한 데에서 연유하였다. 내용이 순전히 바르고 예교禮敎에 부합하는 시를 '사무사'라 칭했으니, 이는 공자가 문예의 사상적 의의와 사회작용을 중시한 말이다. 다만 공자가 '사무사'로『시경』전체의 내용을 개괄한 데에는 문제가 있다.『시경』의 내용은 광범위하니, 공덕功德을 노래하는 찬미시讚美詩는 진정 '사무사'의 표준에 부합한다고 하지만, 적지 않은 시가 현실을 폭로하는 반항적인 풍자시諷刺詩이며, 또 적지 않은 시가 남녀의 관계를 묘사한 애정시愛情詩이다. 이러한 시들은 확실히 예교에 부합하지 않는 '사시邪詩'일진데, 어찌 '사무사'라 할 수 있겠는가?『시경』의 시를 모두 '사무사'라고 말하는 것은『시경』의 우수한 시가의 내용에 대한 곡해이다. 모든 연가戀歌와 풍자시를 곡해하여 예교에 부합시키고 '무사'라는 문학지침에 억지로 합치하도록 하여『시경』을 예교를 선양하는 공구로 만들었다. 한대漢代에는『모시毛詩』를 대표로 하는 일파가『시경』을 이런 식으로 해석하였는데, 마땅히 그들의 해석은 공자의 지향에 억지춘향이식으로 예교에 결부시킨 것이라 하겠다. 어찌 되었든 공자의 사회적 공리성을 강조한 문예정신은 중국고전문예작의 발전과정 중에 면면히 이어져 문예창작정신에 매우 커다란 영향을 미쳤다. '사무사' 3자는 원래『시경詩經·노송魯頌·경駉』의 마지막 장에서 나오는 말이다. 진환陳奐의『시모씨전소箋毛氏傳疏』주注에 의거하면, '사思'자는 어기사語氣詞로 뜻이 없다. 원래의 시구인 '무사無邪' 역시 단지 목동이 방목할 때 전심을 다하는 태도를 묘사한 것으로 깊은 뜻은 없다. 공자는 이 구를 차용하여 시를 평가하는 표준으로 삼았다. 이는 당시 유행했던 '단장취의斷章取義'의 방식으로, 시구의 원의原意를 자신의 생각대로 바꾸어 전체『시경』의 내용을 평가한 것으로, 새로운 뜻을 '사무사'에 부여한 것이라 하겠다. 원구原句에서 뜻이 없는 '사思'자를 공자가 썼는데, 어떤 이는 허자虛字라 해석하고 어떤 이는 실사實詞라 하는데, 어떻게 보든 모두 가능하다. '무사'는 변하여 정치·도덕적인 내용을 담고 있는 시가의 정치사상을 평가하는 하나의 표준이 되었다. 하안何晏의『논어집해論語集解』에서는 포함包咸의 설을 인용하여, '무사'를 "정正으로 돌아간다"(歸于正)라고 해석하였고, 유보남劉寶楠의『논어정의論語正義』에서 "공功을 논하고 덕德을 칭송한 것이나 편벽됨과 사특함을 금하는 것이 대체로 모두 정正으로 돌아가니 이 한 구절에 이르러 마땅해졌다(論功頌德, 止僻妨邪, 大抵皆歸于正, 于此一句可以當之也)."라고 하였다.

도 하면서 연주하니, 온갖 짐승이 이에 맞추어 춤을 추더이다."[114]라는 글을 보면, 문학 발전 초기 단계에 시가, 음악, 무용 등이 긴밀하게 연관되어 있었음을 알 수 있다. 인류문명 초창기의 문예활동이 벌어졌던 때의 상황을 살펴보면, 일반적으로 노동의 리듬에 맞춰 음악이 생겨났을 테고 이로 인해 노랫말이 생겨났을 것이다. 그 당시 음악과 시가는 '언지言志'와 교육 작용을 똑같이 지녔을 것이다. 그래서 『순자荀子·악론樂論』에서는 "군자君子는 북을 울려 뜻을 말한다."[115]라고 말하였고, 『주례周禮·대사악大司樂』에서는 "노랫말로 국자國子들을 교육시킨다."[116]라고 하였던 것이다. 시가와 음악은 훗날 각기 독립하여 음악은 소리를 중심으로, 시는 뜻을 중심으로 발전한다. 『여씨춘추呂氏春秋』에서도 시가, 음악, 무용의 긴밀한 연관성에 대해 "옛날 갈천씨葛天氏의 음악은 세 사람이 소꼬리를 잡고 발을 동동 구르며 여덟 마당을 노래했다."[117]라고 하였다. 이 글은 『요전』의 후반부 내용에 대한 좋은 증거이며, 문예활동의 기원에 대한 중요한 역사 자료이기도 하다.

한대漢代에 이르러 '시언지'의 의미가 서정抒情으로까지 확대되면서도 그 효용성만큼은 유지되었다.

시라는 것은 가슴속의 뜻이 겉으로 드러난 바이다. 마음속에 담아두면 뜻이 되고, 말로 표출하면 시가 된다. 감정이 마음속에서 움직여 말로 표현되지만, 말로 충분하지 못하니 감탄하게 되고, 감탄해도 충분하지 못하여

114 『尚書·舜典』, 『十三經注疏』 제1책, 46쪽; 『尚書·堯典』, 『今文尚書考證』, 84쪽. "予擊石拊石, 百獸率舞."
115 『荀子集解』, 『諸子集成』(北京: 中華書局, 1954-1993년) 제2책, 「樂論篇」 제20, 254쪽. "君子以鐘鼓道志."
116 『周禮·大司樂』, 『十三經注疏』 제3책, 337쪽. "以樂語教國子."
117 『呂氏春秋』, 『諸子集成』 제6책, 卷第5 「仲夏紀·古樂」, 51쪽. "昔葛天氏之樂, 三人操牛尾, 投足以歌八闋."

그것을 길게 노래하고, 길게 노래해도 충분하지 못하니 결국 손이 춤추고 발이 구르는 줄도 모른다. 감정은 소리로 나타나 그 소리가 문文을 이룰 때, 그것을 '음音(가락)'이라 일컫는다. 세상이 잘 다스려질 때의 음악이 안정되고 즐거운 것은 그 정치가 화목한 까닭이고, 세상이 어지러울 때의 음악이 원망스럽고 성내는 것은 그 정치가 어그러진 탓이요, 망한 나라의 노래가 슬프고 상심하는 것은 그 백성들이 곤궁한 까닭이다. 고로 잘못한 것을 바로잡고 천지를 움직이며 귀신을 감동시키는 것에 시만한 것이 없다. 선왕先王께서는 시를 사용하여 부부의 도를 다스리시고 효도와 공경을 이루시며 인륜을 두터이 하시고 교화를 잘하시며 풍속을 바꾸셨다.[118]

「시대서詩大序」는 『예기·악기』의 관점을 계승하여 의지와 감정을 병행하였고 시와 음악과 춤을 통해 세상을 교화한다고 여겼다. 시와 노래와 춤이 혼합된 상태의 원초적인 예술의 단계에서 그 발생의 계기를 말하고 있는데, 시는 결국 노랫말에 해당하는 것이다. 노랫말과 가락과 춤을 '사辭'·'조調'·'용容'으로 나타내기도 한다. 『상서尚書』에는 '시언지詩言志'니 '가영언歌永言'이니 하는 말이 나오고, 『예기禮記·악기樂記』에도 악가樂歌의 발생 과정을 「시대서」의 그것과 거의 같게 설명한 말이 나온다. 「시대서」는 결국 그러한 전래의 시설詩說을 종합해서 위와 같이 요약한 것이다. 그 다음으로 시와 음악이 하나가 되어 정교政教와의 연관관계를 말하고 있는데, 공문시학孔門詩學의 정교에 관한 기능을 말한 것을 확대시키고 시의 실용적 가치를 극도로 높인 것이다.

---

118 『詩經·關雎』, 『十三經注疏』 제2책, 「詩大序」, 13-15쪽. "詩者, 志之所之也, 在心爲志, 發言爲詩. 情動於中而形於言, 言之不足故嗟嘆之, 嗟嘆之不足故永歌之, 永歌之不足, 不知手之舞之, 足之蹈之也. 情發於聲, 聲成文謂之音. 治世之音安以樂, 其政和; 亂世之音怨以怒, 其政乖; 亡國之音哀以思, 其民困. 故正得失, 動天地, 感鬼神, 莫近於詩. 先王以是經夫婦, 成孝敬, 厚人倫, 美敎化, 移風俗."

중국문학 발전과정 중에서 '지志'를 오랫동안 예교규범禮教規範의 사상에 합치시켜 해석하고 '정情'을 정교와 대립시키기도 하였지만 대부분의 이론가들이 '언지言志'와 '연정緣情'을 하나로 연계하였다. 예를 들어 당唐의 공영달孔穎達도 '언지'와 '연정'을 본질적으로 구별 짓지 않았다.

> 시란 사람의 뜻이 가는 바이다. 비록 가는 바가 있더라도 아직 입으로 발설하지 않고서 마음속에 쌓아두었다면 '지志(뜻)'라 말하고, 말로 드러내 보인다면 '시'라 명명한다. 시를 짓는 것은 마음속의 울분을 풀어내어 결국 노래하게 된 것을 말한다. 그래서『상서尚書·우서虞書·요전堯典』에서 '시언지'라고 한 것이다. 만 가지 생각들을 가슴속에 넣어두면 그것을 이름하여 '심心(마음)'이라 하고, 만물에 감화하여 움직이면 비로소 '지'가 된다. '지'가 가게 되면 이에 외계 사물이 감화된다. 즐거운 뜻을 말하면 화락함이 일어나 칭송의 소리가 지어지고, 근심 어린 뜻을 말하면 슬픔이 일어나 원망함이 생겨난다.『예문지藝文志』에서 "슬프고 즐거운 성정이 느껴지면 노랫소리가 발하게 된다."라고 말하였는데, 바로 이를 두고 한 말이다.[119]

이러한 주장이 나온 까닭은 시가가 반드시 교육 작용을 발휘해야 한다고 여겨 어떠한 정치사상이나 견해가 작품에 반영되기를 원하였기 때문이다. 결국 한대漢代에 이르러서야 사람들은 '시언지'에 대한 인식이 넓어져 시가 사람의 사상뿐 아니라 감정까지도 표출할 수 있다는 점을 글로 시인한 셈이다.

---

119 『詩經·關雎』.『十三經注疏』제2책,「詩大序」疏의 正義부분, 13쪽. "詩者, 人志意之所之適也. 雖有所適, 猶未發口, 蘊藏在心, 謂之爲志. 發見於言, 乃名爲詩. 言作詩者, 所以舒心志憤懣, 而卒成於歌詠. 故虞書謂之詩言志也. 包管萬慮, 其名曰心 ; 感物而動, 乃呼爲志. 志之所適, 外物感焉. 言悅豫之志則和樂興而頌聲作, 憂愁之志則哀傷起而怨刺生. 藝文志云 : '哀樂之情感, 歌詠之聲發', 此之謂也."

유가儒家의 창시자인 공자가 '문'보다 '덕德'을 더욱 중시했음은, "행하고 남은 힘이 있으면, 곧 학문에 힘쓰라"[120]에서 알 수 있다. 그는 학문의 목적이 덕행을 드러내고 국가와 사회에 이바지하는 것이라고 생각했다. 공자는 자공子貢, 자하子夏 등의 제자들과 『시삼백詩三百』 중 몇 편을 토론할 때, 문학작품을 도덕 강령 내지는 윤리 규범으로 삼았다. 그는 『시삼백』을 '사무사思無邪'로 귀결시켰는데, 이는 문학예술에 대한 자신의 요구를 투영한 것이다. 공자는 모든 문학작품을 그가 선양하는 '인仁'과 '예禮'의 요구에 부합시켰다. 그는 시와 도덕 수양은 불가분의 관계에 있다고 여겨서, 후에 『예기禮記·공자한거孔子閒居』에서는 한층 연역하여 "뜻이 이르는 곳에 시도 역시 이르고, 시가 이르는 곳에 예도 여기에 이르고, 예가 이르는 곳에 즐거움도 이르고, 즐거움이 이르는 곳에 슬픔 또한 이른다."[121]라고 밝혔다. 유가는 『시삼백』을 사회적 예의범절 기능에 더해 희로애락의 감정표현까지도 가능하다고 여겼다.

공자는 문학예술의 사회적 공리성을 매우 중시하여, "시는 감흥을 일으킬 수 있고 정사政事를 관찰할 수 있으며 무리 지을 수 있고 원망할 수 있다."[122]

---

120 『論語·學而』, 『十三經注疏』 제8책, 7쪽. "行有餘力, 則以學文."

121 『禮記·孔子閒居』, 『十三經注疏』 제5책, 860쪽. "志之所至, 詩亦至焉; 詩之所至, 禮亦至焉; 禮之所至, 樂亦至焉."

122 『論語·陽貨』, 『十三經注疏』 제8책, 156쪽. "詩可以興, 可以觀, 可以群, 可以怨." '흥관군원'은 이는 공자가 문예의 사회적 역할에 대해 전면적으로 논술한 말이다. '흥興'에 대하여, 공안국孔安國의 주注에는 "흥은 비유를 끌어 같은 무리를 연잇는 것(興譬連類)"이라고 하였고, 주희朱熹의 주에는 "의지意志를 감발感發하는 것(感發意志)"이라고 하였다. 이는 시가가 '비흥比興'의 방법을 사용하여 독자의 감정을 불러 일으켜, 이로 인해 독자의 의지에 영향을 주는 것을 말하는 것이다. '관觀'에 대하여, 정현鄭玄의 주에는 "풍속의 성함과 쇠함을 관찰한다(觀風俗之盛衰)."라고 하였고, 주희의 주에는 "득실得失을 살펴보는 것(考見得失)"이라고 하였다. 말하자면 시가는 사회 현실 생활을 반영하는 것이기 때문에 시가를 통하여 독자가 풍속의 성쇠盛衰와 정치의 득실을 인식하는 데에 도움을 줄 수 있다는 것이다. '군群'에 대하여, 공안국의 주에는 "무리가 거하며 서로 갈고 닦는다(群居相切磋)."라고 하였고, 주희의 주에는 "중화中和하여 잘못된 곳으로 흐르지 않는다(和而不流)."라고 하였다. 곧 시는 사람 사이에 감정을 교류하며 서로 갈고 닦게 하므로, 수양을 높이는 데 도움이 된다는

라고 말했다. 문학예술작품 속에는 감화력이 있어서 마음속의 뜻을 드러낼 수 있다. 사람들의 의지와 감정을 계발하고 인성을 도야할 수 있는데, 이것이 바로 '흥興'이다. 독자들은 문예작품을 통해서 정치의 득실得失이나 풍속의 성쇠盛衰를 살필 수 있으니, 이것이 바로 '관觀'이다. '군群'은 "무리 지어 기거하며 서로 갈고 닦아(群居相切磋)" 서로 계발하고 서로 독려하여 수양하는 데 도움을 주는 것을 가리킨다. '원怨'은 좀 더 적극적인 의미에서 "윗사람의 정치를 원망하여 풍간諷諫하는 것"으로, 즉 정치적 개선改善을 촉구하는 것을 가리킨다. 이를 통해, 공자가 문학예술의 사회적 공리성에 대해 어떠한 견해를 지니고 있었는지를 미루어 짐작할 수 있다. 이는 후대 문예이론이 발전하는 데에 사상적 토대를 제공하였다. '흥관군원'은 문예의 사회적 기능에 대한 개괄이며 문학예술이 가진 미감美感작용 및 교육적 기능을 강조한 말이다. 공자의 '흥관군원'설은 후대에 깊은 영향을 끼쳐 사마천司馬遷으로부터 역대의 많은 이론가들이 모두 이 사상을 이어받았다.

공자는 시와 음악을 논함에 있어 '중화지미中和之美'를 중시하여 다음과 같이 말하였다.

「관저關雎」는 즐거우나 그 정도定度를 지나쳐 음란하지 않고, 슬프지만 그 정도를 지나쳐 (마음을) 상하게 하지 않는다.[123]

것이다. '원怨'에 대하여, 공안국의 주에는 "임금의 정치를 원망하고 풍자한다(怨刺上政)."라고 하였다. 이는 시를 통해 위정자의 실정失政을 비평하고 가혹한 정치에 대해 원망을 발할 수 있다는 것이다.

123 『論語·八佾』, 『十三經注疏』 제8책, 30쪽. "關雎樂而不淫, 哀而不傷." 『논어집해論語集解』에서는 공안국의 주를 인용하여, "즐거우나 지나침에 이르지 않고 슬프나 몸을 상함에까지 이르지는 않으니, 이는 바로 중화中和로움을 일컫는 것이다(樂不至淫, 哀不至傷, 言其和也)."라고 하였다. 주희의 『시집전서詩集傳序』에서는 "음淫이란 즐거움이 지나쳐 그 바름을 잃는 것이고, 상傷이란 슬픔이 지나쳐 중화함을 해치는 것이다(淫者, 樂之過而失其正者也 ; 傷者, 哀之過而害于和者也)."라고 하였다. 공안국과 주희의 해석은 공자의 원의에 부합한다. 공자는

'낙이불음, 애이불상樂而不淫, 哀而不傷' 이 말은 『시경·관저關雎』 편에 대한 공자의 평어評語로, 그의 중요한 문예비평원칙인 '중화지미中和之美'를 나타내고 있다. 이는 이 시에 대한 평가일 뿐 아니라 공자의 중요한 문예사상인 '중화지미'를 나타낸 말이다. '중화지미'는 철학의 '중용지도中庸之道'가 문예사상에 반영된 것이다.

공자는 아악雅樂은 중화中和한 것이고 정성鄭聲은 음성淫聲이라 규정짓고서 아악을 숭상하고 정성을 내칠 것을 주장하였는데, 이러한 사상은 '온유돈후溫柔敦厚'로 기본이 되는 시교詩教로 이어진다. '온유돈후'라는 말은 『예기禮記·경해經解』에서 처음 보인다.

> 온유돈후溫柔敦厚는 시교詩教이다. ……사람 됨됨이가 온유돈후하면서 우둔하지 않다면 시에 깊이 통달한 자이다.[124]

유가는 온유돈후를 제기하여 『시경』의 작품들이 주로 도덕윤리의 규범이 되어 작품을 감상하는 데 그치지 않고 사회적 교화 작용을 이루고자 하였다. 사람들에게 예교를 강조하여 국가를 다스리는 근본적인 방편으로 삼았던 것처럼, 온유하고 공손하여 반항의 이미지가 없는 시를 지어서 사람의 선심善心을 감화시키고자 하였다. 이에 대해, 당唐나라 때 공영달孔穎達은 좀 더 구체적으로 풀이하고 있다.

「관저」가 남녀간의 애정을 쓴 시로, 님에 대한 그리움으로 잠 못 이루고 뒤척이는 것을 쓴 것이라 여겼으며, 기쁨과 즐거움을 금슬을 타고 종과 북을 울리는 것으로 표현했다고 여겼다. 그는 이 시가 온갖 슬픔과 즐거움을 잘 그려내면서도 유가의 예의·도덕에도 부합되어 음탕하거나 화정和正을 상하게 하는 폐단에까지 이르지 않았다고 여겼다.

124 『禮記·經解』, 『十三經注疏』 제5책, 845쪽. "溫柔敦厚, 詩教也, ……其爲人也, 溫柔敦厚而不愚, 則深於詩者也."

'온유돈후는 시교이다'라고 한 까닭은 '온溫'은 얼굴빛이 따뜻하고 화기 和氣가 있다고 여겼고 '유柔'는 성정性情이 조화롭고 부드러워진다고 여겼기 때문이다. 시는 풍간諷諫이 명확하지 아니하고 그 일을 확실하게 가리키지 않는다. 그래서 온유돈후는 바로 시교라고 이른 것이다.[125]

이를 통해, 고대 중국인들이 시를 읽음으로써 성정이 조화롭고 부드러워 지기를 희망하였음을 알 수 있다. 이는 예교禮敎를 거스르지 말 것을 요구하는 것으로, 주희朱熹가 "원망하나 노하지 않는다(怨而不怒)"라는 말과 통한다. 온유돈후의 시교 원칙은 후세 유학자들이 시를 해설할 때 강조하는 원리 중 하나가 되었다.

유가의 시교 역시 시가의 풍간諷諫 작용으로 원망하여 풍자할 수 있고 감정 을 드러내 윗사람을 풍자할 수 있지만 반드시 예의에서 그쳐야 하고 너무 과도해서는 안 되며 중화中和의 태도를 유지하여 완곡婉曲과 함축含蓄의 방식 으로 풍간의 뜻을 담아내야 한다고 주장하였다. 이것은 온유돈후의 시교가 시가의 순수한 감정의 드러냄보다는 시가를 통한 윤리규범을 강화하려는 데 있었음을 정확히 시사한다.

이러한 문예정신은 중국 고대 문예창작과 문예이론에 있어서 적극적이기 보다는 소극적인 태도를 불러일으켰고, 중국 시가이론에서 최고의 가치 규범 이 되어 시가 발전에 장애가 되기도 하였다. 그러나 온유돈후의 시교가 '주문 휼간主文譎諫(꾸민 문사를 주로 하여 넌지시 간함)'을 중시하였기 때문에 함축 수법을 많이 활용하였다. 이는 비흥比興 수법이 발전하는 데 역시 촉진제

---

125 『禮記·經解』, 『十三經注疏』 제5책, '溫柔敦厚'이하 문장에 대한 疏의 正義부분, 845쪽. "溫柔 敦厚詩敎也者, 溫, 謂顔色溫潤, 柔, 謂情性和柔. 詩依違諷諫, 不指切事情, 故云溫柔敦厚是詩敎 也."

역할을 하기도 하였다. 이 때문에 유협劉勰은 예술 수사 방면에서 온유돈후를 바라보았다. 그는 "『시경』은 감정을 말하는 것을 주로 삼고 훈고는 『상서』와 같고 풍아송風雅頌의 체재를 펴고 부비흥賦比興의 수사를 마름질하여 문사를 아름답게 꾸미고 풍유를 넌지시 제시한다. 온유돈후가 시를 음송하는 가운데에 있는 고로 속 깊은 충심衷心에 잘 부합한다."[126]라고 하여 온유돈후의 예술적 특징을 강조하였고 시가의 함축성을 강조하였다.

중국 고전 문예이론에서는 문학과 정치교화政治敎化와의 관련성, 문학의 사회 공리주의적 역할을 중시하고 문학의 정치를 위한 봉사를 요구한다. 공자孔子의 '홍관군원興觀群怨'의 시론詩論 및 '사무사思無邪', '온유돈후溫柔敦厚'의 시교詩敎는 모두 문학의 실용성을 강조한 것이고, 문학이 일정한 도덕규범에 따라야 한다고 주장한 내용들이다.

공자가 『시경』을 평가한 근본적 함의는 '사무사'·'중화지미'의 비평 원칙에 있다. 이는 사실상 다양한 내용을 담고 있는 『시경』의 진면목을 제대로 드러낼 수 없다. 현실 생활에 고통받는 일반 서민의 노래가 있기도 하고 통치자의 공덕功德을 기린 찬가가 있기도 하다. 또한 남녀간의 애정을 묘사한 작품이 있는가 하면, 통치자의 죄과를 폭로하는 작품도 있다. 내용상 이렇게 일치하지 않고 심지어 대립된 작품에 대해, '사무사'라던가 '낙이불음, 애이불상'이라는 한 마디 말로 단언할 수 있겠는가? 사실상 『시경』의 수많은 애정시 가운데는 '낙이불음'이 아닌 과도한 애정표현이 있기도 하며, 「석서碩鼠」 같은 작품은 불합리한 현실에 대해 매우 신랄하게 원망하고 있기도 하다. 하지만 '중화지미'의 문예비평 원칙은 공자의 '중용지도'에 근간을 둔 것으로, 결국 공자는 문학과 예술을 그가 규정한 도덕적 틀 안에 포함시키고자

---

126 『文心雕龍讀本』 상편 제3 「宗經」, 34쪽. "詩主言志, 詁訓同書, 摛風裁興, 藻辭譎喩, 溫柔在誦, 故最附深衷矣."

한 것이었다.

이러한 미학 사상은 후세에 미친 영향이 매우 컸다. 「모시서毛詩序」는 『시경』의 대다수 작품에 대해 본래의 시의를 벗어나 그 의미를 견강부회하여 곡해하였는데, 이러한 왜곡들은 명백히 "낙이불음, 애이불상"의 후과後果라 하겠다. 그래도 중화지미의 비평 원칙은 과도한 것을 제거하고 지나침과 미치지 못함을 막는 데 있었다. 유협劉勰이 "신기함을 흡수하면서도 그 곧음을 잃지 않고, 화려함을 즐겨보면서도 그 실질을 놓치지 않는다"[127]라고 주장한 것은 바로 이 중화지미의 원칙과 그대로 일치한다.

사마천도 역사적 사실 기록의 중요성을 강조하면서 문예의 효용성에 대해 다음과 같이 말하였다.

> 『춘추』는 위로 삼왕三王의 도를 밝히고 아래로 인간사의 기강을 분별하여 의심스러운 것을 가리고 옳고 그름을 판명하며 유예된 것을 결정하고 선한 것을 좋아하고 악한 것을 미워하며 현명한 자를 존중하고 불초한 자를 천시하여 망해 가는 나라를 보존하고 끊어진 세상을 이으며 헤진 것을 보충하고 쓰러진 것을 일으켜 세웠다. 이것이 왕도의 중요한 일이다. 『역』은 천지天地·음양陰陽·사시四時·오행五行을 기록하니 변화에 대한 서술이 뛰어나고, 『예』는 인륜을 다스리니 행함에 뛰어나며, 『서경』은 선왕의 일을 기록하니 정치에 뛰어나고, 『시경』은 산천山川·계곡溪谷·금수禽獸·초목草木·빈모牝牡·자웅雌雄을 기록하니 풍속에 뛰어나며, 『악경樂經』은 예가 바로 선 바를 즐거워하니 화락和樂함에 뛰어나고, 『춘추』는 시비를 변별하니 사람을 다스림에 뛰어나다. 이런 까닭에 『예기』로 사람을 절도 있게 하고 『악경』으로 화락和樂함을 발하며 『서경』으로 사실을 말하고 『시경』으로 뜻을 전

---

127 『文心雕龍讀本』 상편 제5 「辨騷」, 66쪽. "酌奇而不實其貞, 翫華而不墜其實"

달하고 『역경』으로 변화를 말하고 『춘추』로 의리를 말한 것이다. 난세를
다스리고 돌이켜 바로잡는 것은 『춘추』보다 더 나은 것이 없다.[128]

사마천은 『춘추』 같은 역사서의 중요성과 자신이 『사기』를 써야 하는 당
위성을 강조하면서 육경六經의 효용 가치를 드러내고 있다.

순자荀子가 처음 제기하여 유협劉勰이 완성한 '명도明道', '징성徵聖', '종경宗
經'의 사상도 바로 문학이 나아가야 할 기본방향을 명확하게 규정한 것이라
고 할 수 있다. 당송唐宋 때의 '문이명도文以明道', '문이재도文以載道'의 관념도
모두 문학의 정치교화 작용에 그 근거를 둔 것이다.

한대漢代 양웅揚雄은 한부漢賦가 사물을 쭉 펼쳐 나열하고 사조辭藻를 조각
하고 꾸미는 것이 마치 학동이 충서를 조각하는 듯하여 자그마한 기술이고
하찮은 도라서 장부는 하지 않는다고 비평하였다. 양웅은 정치교화적인 효용
성이 없는 한부에 대해 격렬한 비평을 가하였다.

양웅은 부를 짓는 목적이 장차 풍간諷諫하기 위한 것이라 여겼다. 반드시
비슷한 유를 들어 말하고 매우 곱고 화사한 문사文辭를 궁구窮究해야 한다.
너무 지나치게 늘여 써서 결국 사람들에게 풍간을 더할 수 없게 되었다.
이때서야 올바른 상태로 되돌렸으나, 부를 보는 사람은 이미 (풍간하는 것
을) 간과하게 되었다. 옛날에 한漢 무제武帝가 신선神仙을 좋아하자 사마상여
는 「대인부大人賦」를 지어 풍간하고자 하였으나, 무제는 도리어 속세를 떠

---

128 『史記會注考證』(司馬遷 撰, 瀧川資言 考證, 台北: 天工書局, 1989년) 제6책, 권130 「太史公自序」,
5600-5601쪽. "夫春秋, 上明三王之道, 下辨人事之紀, 別嫌疑, 明是非, 定猶豫, 善善惡惡, 賢賢賤
不肖, 存亡國, 繼絶世, 補敝起廢, 王道之大者也. 易, 著天地陰陽四時五行, 故長於變; 禮, 經紀人倫,
故長於行; 書, 記先王之事, 故長於政; 詩, 記山川溪谷禽獸草木牝牡雌雄, 故長於風; 樂, 樂所以立,
故長於和; 春秋, 辯是非, 故長於治人. 是故禮以節人, 樂以發和, 書以道事, 詩以達意, 易以道化,
春秋以道義. 撥亂世, 反之正, 莫近於春秋."

나려는 뜻을 더 갖게 되었다. 이로 말미암아 말하자면, 부는 권할 뿐이지 멈추게 하지 못한다는 것이 분명하다. 또한 부 짓는 행위는 배우들과 매우 비슷해서 순우곤淳于髡·우맹優孟의 무리 같았으니, 법도가 존재하는 현인賢人·군자君子의 올바른 시부詩賦가 아니었다. 이리하여 그만두고 다시는 부를 짓지 않았다.[129]

또한 『법언法言·오자吾子』에는 "어떤 이가 '부賦도 풍자할 수 있습니까?'라고 묻자, '풍자? 풍자할 수 있다면 그만이지요. (그러나) 풍자할 수 없을뿐더러 권장하는 것을 면치 못할까 우린 걱정입니다'라고 말하였다."[130]라는 글이 보인다. 교화를 강조한 유가의 문학관을 지녔던 양웅은 부를 짓는 행위는 본래 풍자와 비판 작용을 발휘하기 위한 것이라 여겼지만 한부의 화려한 문사文辭를 즐겨 나열하여 쓰는 예술형식으로는 오히려 권장하는 부작용을 일으켰다고 보았다. 그는 사마상여의 부가 풍간하려다가 도리어 권하게 된 결과에 불만을 품고서 직접 「우렵부羽獵賦」·「감천부甘泉賦」 등을 짓고 그 서문에서 특별히 풍간諷諫의 뜻을 강조하고 있지만 역시 그 목적을 이루지 못하였다. 이에 관한 기록이 왕충王充이 쓴 『논형論衡』에 보인다.

한漢 성제成帝가 궁실을 넓히는 것을 좋아하자 양웅이 「감천부」를 올려 신묘함을 '신괴神怪'라 칭하여 마치 사람의 힘으로는 능히 할 수 없는 것이고 귀신의 힘으로 할 수 있다고 말하였는데, 황제는 깨닫지 못하고 그것을

---

129 中華書局本 二十四史 『漢書』(班固 撰, 顔師古 注, 北京: 中華書局, 1997년), 권87下 「揚雄傳」第五十, 3575쪽. "雄以爲賦者, 將以風也, 必推類而言, 極麗靡之辭, 閎侈鉅衍, 競於使人不能加也; 旣乃歸之於正, 然覽者已過矣. 往時武帝好神仙, 相如上大人賦, 欲以風, 帝反縹縹有凌雲之志. 繇是言之, 賦勸而不止, 明矣. 又頗似俳優淳于髡·優孟之徒, 非法度所存, 賢人君子詩賦之正也, 於是輟不復爲."

130 『法言·吾子』. "或曰: 賦可以諷乎? 曰: 諷乎? 諷則已. 不已, 吾恐不免于勸也."

행함에 그치지 않았다.[131]

양웅은 본인 자신과 다른 사람의 창작과정을 통해 부가 이미 풍간 작용을 잃어버렸다고 단정하고는 이는 유가의 문학관에 합치하지 않는다고 여겼다. 그리고 부 짓는 이들이 당시 사회적 지위가 매우 낮아 거의 배우와 같은 대접을 받았기에, 현인군자의 기풍을 고대하지 않았고 그 작품 또한 시부詩賦의 올바름을 생각하지 않았다는 점도 유념할 필요가 있다. 이것이 바로 양웅으로 하여금 한부漢賦에 대한 태도를 바꾸게 하여 부 짓는 행위를 어린이가 충서蟲書나 각부刻符를 새기고 그리며 노는 것과 같아서 장부는 하지 않는다고 비판한 것이다. 양웅이 한부에 대해 지녔던 관점은 후세 부를 논하는 사람이라면 찬성여부를 막론하고 그 영향을 받지 않은 이가 없었다. 『한서漢書·예문지藝文志』에서는 "한漢이 흥하자 매승枚乘·사마상여 아래로 양웅에 이르러 마침내 꾸밈이 화려하고 풍부하고 아름다운 말이 되어 그 풍자하여 비유하는 뜻이 없어졌다."[132]라고 하였다.

유협劉勰은 『문심조룡·전부詮賦』에서 다음과 같이 말하고 있다.

그러나 말초적인 것만 추구하는 이들은 그 본질을 멸시하여 버려 비록 천 편의 부를 읽는다고 하더라도 요체要諦를 얻지 못하고 어리둥절하게 될 뿐이다. 이리하여 꽃이 지나치게 피어서 가지를 손상시키고 기름진 음식으로 몸을 해치는 것처럼, 풍간을 귀하게 여기지 않으면 권계勸戒에 아무런 도움을 주지 못한다. 이러한 점은 바로 양웅이 자질구레한 솜씨로 된 부에

---

131 『論衡集解』(王充 撰, 劉盼遂 集解, 台北: 世界書局, 1990년) 上册, 第十四卷 「譴告」第四十二, 298쪽. "孝成皇帝好廣宮室, 揚子雲上甘泉賦, 妙稱神怪. 若曰非人力所能爲, 鬼神力乃可成. 皇帝不覺, 爲之不止."

132 『漢書·藝文志』. "漢興, 枚乘司馬相如, 下及揚子雲, 竟爲侈麗閎衍之辭, 沒其風諭之義."

회한悔恨을 느끼고 비단결처럼 고운 부에 대해 비난하였던 까닭이다.[133]

또한 송대宋代 소식蘇軾도 「답사민사서答謝民師書」에서 다음과 같이 말하였다.

> 양웅이 어렵고 난해한 문사文辭를 짓기 좋아하여 얕고 쉬운 말에 문식文飾을 하였다. 만약 그것을 올바로 말한다면 모든 사람이 다 알 것이다. 이것은 바로 조충전각雕蟲篆刻이라고 말하는 것으로, 그의 『태현太玄』·『법언法言』 등이 모두 이러한 유類이다. 그러나 홀로 부에 대해 후회하였으니, 그 까닭은 무엇인가? 평생 문자를 다듬다가 홀로 그 음절을 바꾸고도 그것을 '경經'이라고 말한다면 타당한 말인가? 굴원屈原이 『이소경離騷經』을 지었는데, 아마도 풍아風雅가 또다시 바뀐 것으로, 일월日月과 빛을 다툰다고 하더라도 가하다. 굴원의 작품이 부와 비슷하다 해서 충서蟲書를 새기는 놀이라 헐뜯어도 될까? ……양웅의 비루鄙陋함이 이와 같았으니, 그런 예를 들자면 너무나 많다.[134]

역사상 양웅이 한부를 조충전각이라고 비판한 것에 대해 찬성하는 이도 있고 반대하는 이도 있다. 오늘날 많은 이들이 양웅의 비판이 한부가 내용을 홀시한 채 사조辭藻만을 숭상하는 형식주의 경향에 대해 정곡을 찔렀다고 생각한다. 하지만 이를 두고 양웅이 지나치게 부의 풍간 작용을 강조하여 한부의 유미적인 문학성을 말살한 것으로 문학의 예술성에 대한 인식이 부족

---

133 『文心雕龍讀本』 상편, 제8 「詮賦」, 134쪽. "然逐末之儔, 蔑棄其本. 雖讀千賦, 愈惑體要, 遂使繁華損枝, 膏腴害骨, 無實風軌, 莫益勸戒. 此揚子所以追悔於雕蟲, 貽誚於霧縠者也."

134 『蘇軾文集』 제4책 권49, 「與謝民師推官書」, 1418쪽. 「答謝民師書」. "揚雄好爲艱深之辭, 以文淺易之說 ; 若正言之, 則人人知之矣. 此正所謂雕蟲篆刻者, 其太玄法言皆是類也 ; 而獨悔于賦, 何哉? 終身雕蟲, 而獨變其音節, 便謂之經, 可乎? 屈原作離騷經, 蓋風雅之再變者, 雖與日月爭光可也, 可以其似賦而諂之雕蟲乎? ……雄之陋如此, 比者甚衆."

하고 '문이치용文以致用'적인 문학관에 지나치게 치우쳤기 때문이라고 여길
수 있다. 하지만 중국 고전문예이론에서 효용성을 매우 강조하고 있다는 점
을 주목한다면 양웅도 그 맥을 그대로 이어가고 있다고 보아야 한다.

　한漢나라 때 왕충王充(27-97?)은 「초기超奇」에서 작자란 뚜렷한 자신의 창작
개성이 있어야 한다고 주장했다. 그는 「초기」에서 작자의 고하高下를 따지는
기준은 독서량의 많고 적음이 아니라, 작자가 얼마나 깨달아 실용화할 수
있느냐에 달렸다고 여겼다. 당시에는 '머리가 흴 때까지 경經을 공부하는(皓首
窮經)' 것이 일종의 유행이었다. 그래서 많은 유생儒生들이 책에만 매달려 경전
을 풀이하는 데 치중한 데 반하여, 왕충은 문학의 실용성을 강조하였다. 그는
유생들이 수천 권의 책을 읽고도 실용화하는 데 이르지 못하는 것을 다음과
같이 말하였다.

　　학문을 좋아하여 노력하고 기억하는 것이 많은 사람은 세상에 많이 있으
나 글을 쓰고 고금의 일을 논할 수 있는 사람은 만 명 중에 한 명도 힘들다.
그렇다면 글을 쓸 수 있는 사람은 넓은 지식을 운용할 수 있는 사람이다.
산에 들어가서 나무를 보면 그 길이를 모를 사람이 없고, 들에서 풀을 보면
그 크기를 모를 사람이 없다. 그러나 나무를 베서 집을 짓지 못하고 풀을
채취해서 약을 배합할 수 없는 자는 풀과 나무는 식별하지만 이를 운용할
수 없는 사람이다. 통인通人은 견문이 넓고 많지만 자신의 견문으로 논술할
수 없으니, 이런 사람은 장서가이며 공자孔子가 말하는 "시 삼백 수를 암송
하지만 정사를 맡기면 운용하지 못하는" 사람이다. 이는 풀과 나무는 알고
있으나 베어내고 캐서 운용할 줄 모르는 사람들과 같은 경우다. 공자는
노魯나라 역사책인 『사기史記』를 얻어서 『춘추』를 지었는데, 그 의미를 독
창적으로 밝혀서 칭찬할 사람은 칭찬하고 비난할 사람을 비난할 때 노나라
역사책인 『사기』를 답습하지 않았으니, 바로 깊은 사고를 거쳐 가슴속에서

뱉어낸 것이다. 겨우 읽고 암송할 줄만 알면 시나 경서를 천 편 이상 읽어도 앵무새가 말 흉내 내는 것과 마찬가지이다. 고서의 의미를 해석해서 아름다운 표현을 쓰는 것은 탁월한 재주가 없으면 감당할 수 없다. 두루 견문을 갖춘 사람은 세상에 드러나 보이지만 제대로 글을 쓸 수 있는 사람은 드물다.[135]

이와 같이 왕충은 "세상에 보탬이 되는 글은 백 편을 써도 무해無害하지만 세상에 보탬이 되지 않는 글은 한 문장이라도 덧붙여서는 안 되며"[136], 형식적인 아름다움만을 추구하는 글은 쓰지 말아야 한다고 강조하였다. 왕충은 실용성을 강조하여 수동적인 읽기보다 능동적인 쓰기를 더욱 강조하였다.

조비曹丕(187-226)는 '문이치용文以致用'의 정신에 기초하여 문장의 실용성을 강조하였다.

문장은 나라를 다스리는 대업大業이요 썩지 않는 성사盛事이다. 수명壽命은 때가 되면 다하고 영락榮樂도 그 몸에서 그친다. 이 두 가지는 반드시 정해진 시간에 이르므로, 문장의 무궁함보다는 못하다. 그래서 옛날의 작자들은 몸을 글 짓는 일에 깃들이고 뜻을 서책에 나타내었다. 훌륭한 역사가의 뛰어난 수사를 빌리지 않고 날고뛰는 권세에 빌붙지 않았어도, 그 이름은 저절로 후세에 전해졌다. 그러므로 서백西伯은 감옥에 갇혀서 『주역周易』

---

135 『論衡集解』 상책, 第十三卷 「超奇」第39, 280쪽. "好學勤力, 博聞强識, 世間多有; 著書表文, 論說古今, 萬不耐一. 然則著書表文, 博通所能用之者也. 入山見木, 長短無所不知; 入野見草, 大小無所不識; 然而不能伐木以作室屋, 採草以和方藥, 此知草木所不能用也. 夫通人覽見廣博, 不能掇以論說, 此爲匿生書主人, 孔子所爲'誦詩三百, 授之以政, 不達'者也; 與彼草木不能伐採, 一實也. 孔子得『史記』以作『春秋』; 及其立義創意, 褒貶賞誅不復因『史記』者, 眇思自出於胸中也. 凡貴通者, 貴其能用之也. 卽徒誦讀, 讀詩諷術, 雖千篇以上, 鸚鵡能言之類也. 衍傳書之意, 出胷腴之辭, 非俶儻之才, 不能任也. 夫通覽者, 世間比有; 著文者, 歷世希然."

136 『論衡集解』 하책, 第三十卷 「自紀」第85, 588쪽. "爲世用者, 百篇無害, 不爲用者, 一章無補."

의 팔괘八卦를 육십사괘六十四卦로 늘렸고 주공周公은 세상에 현달顯達하여 『예기禮記』를 제정하였다. 궁곤하다고 하여 힘을 안 쓰지 않았고 안락하다고 하여 저술에 대한 생각을 버리지 않았던 것이다. ……해와 달은 하늘 위에서 유유히 지나가고 형체는 땅 아래에서 사그라져서 홀연히 만물과 더불어 사라지니, 이것이 뜻있는 이들이 크게 통탄한 연유일 테다.[137]

조비 위문제魏文帝는 정치적으로 자신의 뜻을 실현시켰기 때문에 문장이 정치를 보좌하고 불후의 사업이 될 수 있다고 생각했다. 조비는 문학을 사공事功과 병립하는 지위까지 격상시키고 아울러 창작의 중요성을 강조하였다. 조비는 시간과 육체의 제한을 넘어 문장만은 후세에까지 전해질 수 있으니, 불후의 가치가 있다고 주장하였다. '삼불후三不朽'라 하여 예로부터 '입덕立德'·'입공立功'·'입언立言'을 지칭하였는데, 그는 문학을 '입언'의 수단으로 삼아 '입덕'과 '입공' 아래로 평가하였다. 이는 조비의 문학관이 유가적인 태도를 취한 데에 기인한 것이다.

이후 육기陸機(261-303)는 "그림의 융성함은 아송雅頌의 저술에 견줄 만하니 대업의 꽃다운 향기를 아름답게 한다. 사물을 밝히는 데는 말보다 큰 것이 없고, 형상을 담는 데는 그림보다 좋은 것이 없다."[138]라고 평하면서 회화의 위상을 문학과 동등하다고 보았다. 육기는 회화 창작을 『시경』의 아송과 같이 논하면서 회화가 위대한 사업을 아름답게 하여 그 아름다운 명성이 오래

---

137 『六臣注文選』(蕭統 編, 北京: 中華書局, 1987년) 下册, 권52 『典論·論文』(曹丕), 967-968쪽. "蓋文章, 經國之大業, 不朽之盛事. 年壽有時而盡, 榮樂止乎其身, 二者必至常期, 未若文章之無窮. 是以古之作者, 寄身於翰墨, 見意於篇籍, [不]假良史之辭, 不託飛馳之勢, 而聲名自傳於後. 故西伯幽而演『易』, 周旦顯而制『禮』, 不以隱約而弗務, 不以康樂而加思. ……日月遊於上, 體貌衰於下, 忽然與萬物遷化, 斯志士之大痛也."

138 張彦遠, 『歷代名畫記』 권1, 「敍畫之源流」. "陸士衡云, 丹青之興, 比雅頌之述作, 美大業之馨香. 宣物莫大於言, 存形莫善於畫."

남을 수 있게 한다고 생각했다. 문예의 작용을 이렇게 높이 평가한 사람은 육기 이전에는 겨우 조비만이 있었을 뿐인데, 조비는 단지 문학만을 언급했었다. 육기가 이렇게 대담하게 회화의 작용을 평가한 점은 주목할 만하다. 후세 사람들은 비록 회화에 대해 육기만큼 높이 평가하지는 않았지만, 예술은 정치에 종속된다는 대전제를 벗어나지 않았다. 사물의 이치를 밝히는 데 가장 효과적인 것은 문자와 언어이고, 형상을 보존하는 데 가장 좋은 방법은 회화이다. 무릇 모든 문예 창작은 형상을 묘사한다. 문학작품의 형상은 언어로 표현된 것인데, 독자는 상상을 통해 머릿속에 그 형상을 그려볼 수 있다. 회화의 특징은 그 가시적인 형상에 있기에, 독자는 직접 화선지 위에 묘사된 모든 것을 볼 수 있다. 육기는 회화가 지닌 형상성은 문학이 대체할 수 없다는 것을 명확히 인식하였다. 그래서 그는 문학과 회화의 작용을 동등하게 보고 우열을 가리지 않았다.

수대隋代 왕통王通(584?-618)은 문예의 효용가치를 다음과 같이 말하였다.

> 선생께서 장안長安에 계실 때, 양소楊素·소기蘇夔·이덕림李德林이 모두 뵙기를 청했다. 선생께서 이들과 말씀을 나누시고는 돌아와서 근심스런 빛이 있었다. 문인들이 선생께 묻자, 선생께서 말씀하셨다. "양소는 나와 하루종일 얘기를 하는데 정치를 얘기하면서도 왕화王化에 미치지 못하고, 소기蘇夔는 나와 하루종일 얘기를 하는데 음악을 얘기하면서도 아정雅正함에는 미치지 못하고, 이덕림李德林은 나와 하루종일 얘기를 하는데 문장을 얘기하면서도 문리文理에 미치지 못하더라." 문인門人들이 여쭈었다. "그렇다고 한들 어찌 근심하십니까?" 선생께서 말씀하셨다. "(내가 근심하는 연유를) 너희들이 아는 바가 아니다. 저들은 모두 조정에서 정치에 참여하여 논의하는 사람들이다. 지금 정치를 얘기하면서 왕화王化에 미치지 못하는 것은

천하에 예의가 없다는 것이요, 음악을 얘기하면서 아정雅正함에 미치지 못하는 것은 천하에 음악이 없다는 것이요, 문장을 얘기하면서 문리文理에 미치지 못하는 것은 천하에 문장이 없다는 것이다. 그럼 왕도王道가 어디서 일어나겠는가? 이것이 바로 내가 근심하는 것이다.[139]

이백약李伯藥이 선생을 뵙고 시를 논하였으나, 선생께서 아무런 답변을 하지 않으셨다. 이백약이 물러나 설수薛收에게 "내가 위로는 응탕應瑒과 유정劉楨을 펼쳐내고 아래로는 심약沈約과 사조謝朓를 언급하면서 사성四聲·팔병八病과 강유剛柔·청탁淸濁을 나눔에 제각기 두서가 있고 그 가락도 훈지 소리처럼 조화롭더라고 말했는데, 선생께서 응답하지 않은 것은 제가 아직 통달하지 못해서입니까?"라고 말하자, 설수가 말하였다. "제가 일찍이 선생께서 시를 논하시는 것을 들어본 적이 있는데, 위로는 삼강三綱을 밝히고 아래로는 오상五常에까지 달하시더이다. 이로 말미암아 (시를 통해) 존망存亡을 찾고 득실을 가려내기에, 소인小人은 시를 노래하여 그 풍습을 알리고 군자君子는 시를 펴서 그 포부를 드러내고 성인은 시를 거두어들여 그 변화를 살펴본다고 하셨습니다. 그대가 성률聲律에 치중하는 말류末流에서 왔다 갔다 하며 내달리셨는데, 이는 선생께서 애통해하시는 바입니다. 아무런 답변을 하지 않으신 것도 이유가 있다 하겠습니다." ……선생께서 말씀하셨다. "학자들은 널리 읽을지어다! 그러면 반드시 도를 관통하리니. 문인들은 진정으로 글을 지을지어다! 그러면 반드시 의義를 이룰 것이다."[140]

---

139 (隋)王通,『中說·王道』. "子在長安, 楊素·蘇夒·李德林皆請見. 子與之言, 歸而有憂色. 門人問子, 子曰: 素與吾言終日, 言政而不及化; 夒與吾言終日, 言聲而不及雅; 德林與吾言終日, 言文而不及理. 門人曰: 然則何憂? 子曰: 非爾所知也. 二三子皆朝之預議者也, 今言政而不及化, 是天下無禮也; 言聲而不及雅, 是天下無樂也; 言文而不及理, 是天下無文也. 王道從何而興乎? 吾所以憂也."

140 (隋)王通,『中說·天地』. "李伯藥見子而論詩, 子不答. 伯藥退, 謂薛收曰: 吾上陳應·劉, 下述沈·謝, 分四聲八病, 剛柔淸濁, 各有端序, 音若塤箎, 而夫子不應, 我其未達歟? 薛收曰: 吾嘗聞夫子之論詩矣, 上明三綱, 下達五常. 於是徵存亡, 辯得失, 故小人歌之以貢其俗, 君子賦之以見其志, 聖人采之以觀其變. 今者營營馳騁乎末流, 是夫子之所痛也, 不答則有由矣. ……子曰: 學者博誦云乎哉!

왕통의 글을 통해 중국의 고대 문인들이 문예 작품에서 찾고자 했던 가치
를 이해할 수 있다. 음악을 들으면서 아정함에 도달하려고 했고 문장을 통해
서는 문리에 도달하려고 하였다. 여기서 문리는 형식적인 수사 기교를 지칭
하는 것이 아닌 삼강오륜과 정치교화를 담은 불변의 세상 이치를 가리킨다.

공영달孔穎達(574-648)은 「모시정의서毛詩正義序」에서 전통적 유가의 시교詩
敎에 근거하여, 시의 사회적 역할과 효용, 특징에 대해 다음과 같이 말하였다.

> 시는 공덕을 찬양하는 노래이며 사악함을 막는 가르침이다. 비록 인위적
> 으로 하지 않고 저절로 나온 것이지만 백성들에게 유익하다. 육정六情은
> 마음속에서는 고요하나 온갖 사물이 바깥에서 뒤흔들어놓으면 감정은 사
> 물을 따라 움직이고 사물은 감정을 느껴 문한文翰으로 옮겨진다. 정치가
> 잘 행해지면 즐거움이 온 나라를 덮고 시대가 비참하고 더럽혀지면 원망과
> 풍자가 노래에 나타난다. 시를 짓는 이는 마음속 응어리와 분노를 풀어내
> 고, 시를 듣는 사람은 잘못을 막고 올바름을 좇을 수 있다. 성정에서 나와
> 성률로 조화를 이루기에 "사람을 감동시키고 귀신을 움직이는 데는 시만한
> 것이 없다"라고 한 것이다. 이것이 바로 시의 효용이니, 그 유익이 참으로
> 크다.[141]

공영달은 찬미와 풍자라는 시가의 사회적 역할을 강조하였다. 또한 찬미
와 풍자는 시대·정치와 밀접한 관계를 지녀야 하고, 시가란 반드시 성정에서
나와서 마음속 응어리와 분노를 펼쳐내는 특징을 지녀야 한다는 점도 강조하

必也貫乎道; 文者苟作云乎哉! 必也濟乎義."

141 『詩經』.『十三經注疏』 제2책, 「毛詩正義序」, 3쪽. "夫詩者, 論功頌德之歌, 止僻防邪之訓, 雖無爲
而自發, 乃有益於生靈. 六情靜於中, 百物盪於外, 情緣物動, 物感情遷. 若政運醇和, 則歡娛被於朝
野; 時當慘黷, 亦怨刺形於詠歌. 作之者, 所以暢懷舒憤; 聞之者, 足以塞違從正. 發諸情性, 諧於律
呂. 故曰: '感天地, 動鬼神, 莫近於詩.' 此乃詩之爲用, 其利大矣."

였다. 그는 시가가 지방의 민심을 살피는 중앙정부의 문화정책이라는 기능을 수행했기 때문에 시가의 사회적 역할을 중시하였고, 예술적인 방면에서도 "성정에서 나와 성률로 조화를 이룬다"는 특징을 중시하였다. 공영달의 이러한 주장은 당나라 시기뿐 아니라 후대에까지 커다란 영향을 미쳤다. 두보와 백거이 등도 시가 창작의 사회적 역할과 효용에 큰 의미를 두고 있었다.

문예창작의 동인 범주의 두 번째 부류는 울분격발(분기憤氣)이다. 이는 개인의 심리적 평형을 위해서라고 할 수 있다. 사마천司馬遷이 분노를 쏟아내어 책을 쓴 것은 개인의 심리적 평형을 위한 목적이었다. 길게 노래하다 그것으로도 모자라 통곡하는 '장가당곡長歌當哭', 평탄하지 않으면 운다는 '불평즉명不平則鳴', 시로 감정을 불러내는 '시이빙정詩以聘情', 곤궁해진 후에야 시문이 공교로워진다는 '궁이후공窮而後工', 광기를 드러내며 크게 울부짖는 '발광대규發狂大叫', 이들은 모두 감정을 밖으로 쏟아내는 '울분격발'의 형태로 귀결될 수 있다. 그 철학적 기초는 굴원屈原의 「이소離騷」에서 찾을 수 있다.

> 사람마다 일일이 찾아가 얘기할 수도 없는데,   衆不可戶說兮,
> 누가 우리 진정을 헤아려주랴?   孰云察余之中情?
> 세상에선 서로 추켜 패거리 짜기 좋아하는데,   世並擧而好朋兮,
> 어찌 혼자서만 외로이 내 말 듣지 않는가?   夫何煢獨而不予聽?[142]

사실 문예창작이 작자의 포부나 희망에 앞서 희로애락 등의 감정을 표현한다는 것을 여러 문헌에서 살펴볼 수 있다.

---

142 『楚辭補注』(洪興祖 撰, 台北: 漢京文化事業有限公司, 1983년), 「離騷經第一」(屈原) 其五, 20쪽.

굶주린 자는 먹을 것을 노래하고, 힘든 이는 일을 노래한다.[143]

고원高遠한 뜻을 두고 의혹됨을 풀 데 없어 남몰래 시를 읊어 그 뜻을 밝히려네.[144]

가슴에 맺힌 원한 어디다 하소연하리. 이내 속 진정을 시로 엮어 풀어 보네.[145]

위와 같은 내용을 통해 볼 때, 시는 현실 생활 가운데서 감정을 표현하는 좋은 도구임을 알 수 있다.

중국 고대 사회 환경 속에서, 창작 주체의 신분은 문사철文史哲을 겸비한 문인·학자이자 관직에도 나갔던 사대부 계층이었다. 현실정치를 지향하는 의식구조는 불우한 처지를 만날 가능성을 배제할 수 없다. 따라서 정치현실 속의 불우한 처지와 유배 등의 시련은 문인들의 심리에 많은 영향을 미쳤으며 자신의 궁박한 처지에 대한 심리상태를 작품 속에 표출할 수밖에 없었다. 작자의 이러한 시련은 고대 사회에서 당연히 극복해야 할 인생 담론이었다. 창작은 감정을 글로 표현하는 것으로, 그 감정의 생성은 바로 현실 생활과 맞닿아 있다. 작자가 어떠한 정치적 환경 속에 살아왔느냐가 바로 어떠한 사상 감정을 지니게 되느냐에 중요한 역할을 한다.

인생고초를 겪어봐야 진한 국물이 나온다는 말이 있는 것처럼, 작자는 잃은 만큼 얻는다.[146] 옛 중국 문인들은 자신의 궁박한 처지를 그 작품 속에

---

143 『春秋公羊傳·宣公十五年』,『十三經注疏』제7책, "什一行而頌聲作矣"문장 아래 何休의 解詁부분, 208下쪽. "飢者歌其食, 勞者歌其事."

144 『楚辭補注』, 「九章第四·悲回風」(屈原), 157쪽. "介眇志之所惑兮, 竊賦詩之所明."

145 『楚辭補注』, 「哀時命第十四」(莊忌), 259쪽. "志憾恨而不逞兮, 抒中情而屬詩."

어떻게 표현하고 있을까?

사마천은 「태사공자서太史公自序」에서 고대 성현들의 저술에 대한 본질적 특징을 '발분저서'라는 말로 설명하였다.

『시경』·『서경』이 말은 간략하나 뜻이 깊어 불분명한 것은, 그 뜻을 전하려고 함에서이다. 옛날 서백西伯이 유리羑里에 구속되었을 적에 『주역』을 연역하였고, 공자가 진陳·채蔡 등지에서 고생하면서 『춘추』를 지었고, 굴원屈原은 쫓겨나자 『이소離騷』를 지었고, 좌구명左丘明은 실명하고서야 『국어國語』가 있게 되었고, 손자孫子는 빈형을 당하고서야 병법을 논하였고, 여불위呂不韋가 촉蜀으로 좌천되고서야 『여씨춘추呂氏春秋』가 세상에 전해지게 되었고, 한비韓非가 진秦나라에 갇히고서 「세난說難」·「고분孤憤」편이 알려졌으며, 『시詩』 삼백 편은 대개 성현들이 발분하여 지은 것이다. 이 사람들은 모두 뜻에 있어서 맺혀 응어리진 바가 있으되 그 도를 통할 수가 없어

---

146 『삶은 어떻게 예술이 되는가』(김형수, 아시아, 2015년), 42-43쪽. "좋은 작품을 쓰려 할 때 좋아 죽겠거나, 미워 죽겠거나 하는 어떤 간절한 것이 아니면 존재의 무게감이 얹히지 않습니다. 그러니까 삶의 무게를 얹으려고 해야 한다는 것인데, 여기에서 상기할 것이, 아무리 실력이 있는 권투 선수도 어깨 힘만으로는 상대를 쓰러뜨릴 수 없다고 해요. 어깨 힘으로만 남을 쓰러뜨릴 수 없다면 몸무게를 실어야겠지요. 어깨 힘으로 때리는 것과 몸무게를 싣는 것, 그게 어떤 차이겠는가 생각해 보십시오. 어깨 힘으로 때리는 자는 상대가 맞지 않아도 자기가 쓰러지지 않습니다. 그러나 몸무게를 싣게 되면 상대가 쓰러지지 않으면 자기가 쓰러집니다. 상대를 쓰러뜨리려면 자기가 쓰러질 각오를 해야 하는 거죠. ……죽음 앞에 서본 자만이 삶의 소중함을 압니다. 사랑을 잃어본 사람만이 그것의 고귀함, 소중함, 간절함을 알아요. 이별이 만남을 알게 만들어요. 도스토예프스키의 문학적 비밀을 '죽음 앞에 서본 자'에서 찾는 이유가 여기에 있어요. 한국문학에서도 그런 사례가 많아요. 『부초』를 쓴 한수산은 곡마단에서 2년을 살았다고 합니다. 베트남전쟁 때 월남 파병의 고통을 겪은 박영한이 『머나먼 쏭바강』을 썼으며, 공단지역 노동자로 위장 취업했던 황석영이 『객지』를 쓸 수 있었어요. 전태일의 죽음과 황석영의 『객지』가 같은 해에 일어난 사건임을 상기하면 그 문학적 치열성이 현실과 얼마나 밀접히 맞물려 있었는지 알 수 있어요. 이문구는 묘지기 생활을 5년 했다고 해요. 『장한몽』의 작가임이 분명해지는 대목입니다. 이렇게 삶으로 지불하지 않은 사람은 글로 얻을 게 없어요. ……서정시는 한때의 눈물만으로는 해결치 못하고 지속적으로 현재진행형으로 신산고초의 복판에 서 있어야만 합니다."

지난 일을 서술하여 후인들이 뜻을 알아주길 바랐다.[147]

주 문왕, 공자, 굴원, 좌구명, 손자, 여불위, 한비자 등은 자신의 불우한 처지에 대한 한탄과 울분을 자양분으로 삼아 성공적인 작품을 저술하였다. '발분저서'설은 사마천이 몸소 경험한 일에 대한 사실적 표현일 뿐 아니라 구차한 삶을 감내하며 『사기』를 완성한 정신적 버팀목이기도 했다. 사마천은 사관史官의 집안에서 태어나 어릴 때 부친 사마담司馬談을 따라 명산대천을 두루 다니면서 해박한 문화지식과 풍부한 생활경험을 갖출 수 있었다. 이러한 경험은 『사기』 창작시 견실한 기초가 되었다. 하지만 전력을 다해 『사기』를 집필하던 때에 이릉李陵을 변호한 일로 뜻하지 않게 부형腐刑을 당하였다. 몸소 체험한 불행한 정치적 현실은 그의 창작에 커다란 영향을 미쳤다.

사마천은 「굴원열전屈原列傳」에서 '발분저서'한 굴원의 문학정신을 높이 추숭하고 『이소』의 작품에 대해서도 그 가치를 높이 샀다.

> 인간이 곤궁한 지경에 이르면 근본을 돌이키게 마련인지라, 힘들고 피곤함이 극에 달하면 하늘에 하소연하지 않을 자가 없고, 병에 걸려 아프고 슬플 때에 부모를 부르지 않을 자가 없다. 굴원은 정도正道를 곧게 행하고 충성과 지혜를 다하여 임금을 섬겼으나 간신奸臣이 그를 이간질하여 곤궁한 지경에 이르렀다. 믿음직했건만 의심을 당하였고 충직했지만 비방을 당했으니, 원망이 없을 수 있겠는가? 굴원이 지은 「이소」는 아마도 원망에

---

147 『史記會注考證』 제6책, 권130 「太史公自序」, 5606-5607쪽. "夫詩書隱約者, 欲遂其志之思也. 昔西伯拘羑里, 演『周易』; 孔子厄陳蔡, 作『春秋』; 屈原放逐, 著『離騷』; 左丘失明, 厥有『國語』; 孫子臏脚, 而論兵法; 不韋遷蜀, 世傳『呂覽』; 韓非囚秦, 「說難」·「孤憤」; 『詩』三百篇, 大抵賢聖發憤之所爲作也. 此人皆意有所鬱結, 不得通其道也. 故述往事, 思來者."

서 생겨난 것이리라. 「국풍」은 색色을 좋아하지만 음란하지 않고, 「소아」는
원망하여 비방했지만 어지럽지 않았다. 「이소」 같은 작품은 이 두 가지를
겸비했다고 하겠다. 위로는 제곡帝嚳을 찬미하고 아래로는 제환공齊桓公을
언급하였으며 중간에는 탕왕湯王과 무왕武王을 서술하여 세상사를 풍자하
였다. 도덕의 넓고 숭고함과 치란성쇠治亂盛衰의 조리 있고 일관됨을 밝혀
다 드러내지 않은 것이 없다. 그 문식文飾은 간략하고 그 문장은 자세하며
그 뜻은 정결하고 그 행함은 청렴하며, 그 일컫는 문장은 작지만 그 지향점
은 크고, 끌어들인 비유는 천근하나 드러낸 뜻은 심원하다. 그 지망志望이
정결하니 그 일컫는 사물이 향기롭다. 그 행동이 청렴하니 죽어서도 스스로
소원해지는 것을 용납하지 않았다. 더러운 진탕 속에 있었지만 더러운 때에
물들지 않아 티끌과 먼지 밖에서 노닐고 세상의 더러움에 더럽히지 않아
진창 속에서도 고결하여 때가 끼지 않았다. 이러한 뜻을 미루어보면, 비록
일월日月과도 가히 밝음을 다툴 만하다.[148]

사마천은 『사기·굴원열전』에서 중국 역사상 처음으로 굴원의 생애와 사
상에 비추어 그의 작품을 평가하였다. 이는 맹자의 '지인논세知人論世'이론과
맥을 같이 한다. 사마천은 유안劉安의 말을 인용하여 굴원의 사상·언행·문사
의 예술성을 긍정적으로 평가하였다.

굴원이 「이소」를 지은 동기에 대해서, 사마천은 '원怨'에 귀결시켜 "굴원이
지은 「이소」는 아마도 원망에서 생겨난 것이리라."라고 말하였다. 사마천이

---

148 『史記會注考證』 제5책, 권84 「屈原賈生列傳」, 4235-4237쪽. "人窮則反本, 故勞苦倦極, 未嘗不
呼天也; 疾痛慘怛, 未嘗不呼父母也. 屈平正道直行, 竭忠盡智, 以事其君, 讒人間之, 可謂窮矣. 信
而見疑, 忠而被謗, 能無怨乎? 屈平之作「離騷」, 蓋自怨生也. 「國風」好色而不淫, 「小雅」怨誹而不
亂. 若「離騷」者, 可謂兼之矣. 上稱帝嚳, 下道齊桓, 中述湯武, 以刺世事. 明道德之廣崇, 治亂之條
貫, 靡不畢見. 其文約, 其辭微, 其志絜, 其行廉, 其稱文小而其指極大, 擧類邇而見義遠. 其志絜,
故其稱物芳. 其行廉, 故死而不容自疏. 濯淖汙泥之中, 蟬蛻於濁穢, 以浮游塵埃之外, 不獲世之滋
垢, 皭然泥而不滓者也. 推此志也, 雖與日月爭光可也."

언급한 '원'은 개인의 사사로운 원한이 아니라, 정도正道를 곧게 행하고도 핍박받아 생겨난 것을 가리킨다. 사마천은 '궁窮'과 '원怨'으로 자신의 '발분저서'설을 드러내었다.

한유韓愈는 사마천의 '발분저서'설을 한층 더 발전시켰다.

> 무릇 만물은 그 평정을 얻지 못하면 운답니다. 초목은 소리가 없지만 바람이 그것을 흔들어 소리 나게 하고, 물은 소리가 없으나 바람이 그것을 동요시켜 소리 나게 합니다. 물이 위로 튀는 까닭은 무언가가 물을 격동시켰기 때문이며, 그 빨리 흐르는 까닭은 무언가가 막았기 때문이며, 그 끓는 까닭은 무언가가 물을 불로 지폈기 때문입니다. 쇠와 돌(종鐘·경磬 등의 악기들)은 소리가 없으나 무언가가 그것을 쳐서 소리를 내게 하는 것이니, 사람의 말에 있어서도 역시 그러합니다. 부득이함이 있은 연후에야 말하게 되니, 그 노랫소리에는 그리움이 있고 그 울음소리에는 품은 바가 있습니다. 그렇다면 무릇 입에서 나와 소리가 되는 것들은 그 모두가 불평함이 있기 때문인가요? ……사람이 내는 목소리의 정수를 '말'이라 하고 문사文辭는 말 중에서도 그 정수이니, 더욱 그중 잘 우는 시인을 골라 그들을 빌려 울게 하는 것입니다. [149]

한유의 '불평즉명不平則鳴'설은 사마천의 '발분저서'설을 한층 발전시킨 것이다. 한유가 말한 '불평'이란 말은 바로 사마천이 언급한 '발분'의 의미를 지니지만 결코 사마천의 이론에 얽매이지 않았다. 한유는 불우한 사람뿐 아

---

[149] 『韓昌黎文集校注』, 「送孟東野序」. "大凡物不得其平則鳴, 草木之無聲, 風撓之鳴; 水之無聲, 風湯之鳴. 其躍也, 或激之, 其趨也, 或梗之, 其沸也, 或炙之. 金石之無聲, 或擊之鳴, 人之於言也亦然. 有不得已者而後言, 其歌也有思, 其哭也有懷, 凡出乎口而爲聲者, 其皆有弗平者乎? ……人聲之精者爲言, 文辭之於言, 又其精也, 尤擇其善鳴者, 而假之鳴."

니라 포부를 실현한 사람도 "부득이함이 있은 연후에야 말하게 되니, 그 노랫소리에는 그리움이 있고 그 울음소리에는 품은 바가 있다."라고 하였다. 한유의 '불평즉명'에는 노래·울음·슬픔·기쁨이 있다. 사람의 심경은 본래 평정한데 무언가에 부딪혀 희로애락의 감정이 일어 울게 된다.

그는 작자의 시대적 환경과 인생 부침浮沈이 문예에 미치는 영향을 강조하여 창작의 원동력을 제시하였다. 작자가 즐거울 때 감흥이 일면 술에 취한 듯이 떨리는 손으로 붓을 잡고 써 내려가지만, 울분에 차 있을 때는 고통을 감내하며 속내를 토해낸다. 이 불평한 상태에서 토해낸 작품은 그 시대를 대표하며 그 시대정신을 반영한다. 이러한 점들이 사마천의 '발분저서'를 발전시켰다. 특히 사람이 부귀공명을 누릴 때에는 문학적 감수성이 풍부하지 못하지만 힘든 나날을 겪을 때 그 감정은 더욱 진솔할뿐더러 다른 사람들이 느끼지 못한 바를 느낄 수도 있어서 한유는 "화평한 소리는 담박하고 근심스런 소리는 미묘하며 기뻐하는 말은 뛰어나기 어렵고 고난한 말은 훌륭해지기 쉽다."[150]라고 말하였다. 한유가 생각한 불후의 작품은 나그네 되어 초야에서 생활하며 지은, 즉 근심 걱정이 응어리져서 만들어진 것들이다. 한유는 어려서부터 곤궁한 생활을 해온데다가 벼슬길에 오른 후에도 오랜 기간 하급 관료로 생활했기에 자신의 포부를 펼칠 수 없었다. 그 후 두 차례 유배를 당했으니 그 불우한 처지가 결국 '불평즉명'을 주장하게 된 것이다.

송대宋代 구양수歐陽脩는 한유의 "고난한 말은 훌륭해지기 쉽다(窮苦之言易好)"라는 인식을 "시는 곤궁해진 후에야 공교로워진다(詩窮而後工)"라는 말로 개괄하였다. 구양수는 이러한 현상을 다음과 같이 말하였다.

---

150 『韓昌黎文集校注』, 「荊潭唱和詩序」. "夫和平之音淡薄, 而愁思之聲要妙; 歡愉之辭難工, 而窮苦之言易好也."

군자의 학문을, 어떤 이는 그것을 정치적 사업에 펼치기도 하고 어떤
이는 그것을 문장에 드러내기도 한다. 그러나 두 가지 다 겸하기 어려움을
항상 걱정한다. 때를 만난 선비는 그 업적이 조정에 드러나고 그 명예가
역사에 기록되어 빛나기에 그들은 늘 문장 짓는 일을 지엽적인 것으로
여겼다. 그들 가운데에는 문장 짓는 일에 종사할 겨를이 없거나 문장을
써낼 만한 능력이 없는 경우도 있었을 것이다. 하지만 뜻을 잃은 사람의
경우에 있어서는 곤궁하게 은거하면서 골똘히 마음을 쏟고 생각을 극도로
정밀하게 하여 그 느낀 바의 울분과 세상에 펼 수 없었던 것을 다 한결같이
문사에 기탁하였다. 그래서 곤궁한 사람의 말은 공교로워지기 쉽다고 말하
는 것이다.[151]

나는 세상 사람들이 시인들 중에 부귀영달한 자는 거의 없고 대부분
곤궁했다고 말하는 것을 들었다. 대체 어찌 그러한가? 세상에 전해지는
시詩는 대부분 옛날 궁박한 사람들의 문사文辭에서 나온 것이다. 선비가 자
신이 가진 바를 쌓았으나 세상에 베풀 수 없게 되는 경우에 대부분 산 정상
과 강가에 자신을 내버려두기를 좋아하니, 밖으로는 벌레·물고기·풀·나
무·바람·구름·새·짐승의 형상을 보고 종종 그 기괴함을 탐구하며, 안으로
는 근심·그리움·느낌·분개의 울적함이 있어, 그것이 원망과 풍자로 일어나
이를 통해 외지로 나가 있는 신하나 남편을 멀리 떠나보낸 과부가 한탄하는
바를 말하고 인정으론 표현하기 어려운 것을 쓴다. 대개 곤궁하면 할수록
작품은 더욱 공교로워진다. 그러한즉 시가 능히 사람을 곤궁하게 할 수
있는 것이 아니라, 아마도 곤궁해진 후에 작품이 공교로워졌을 것이다.[152]

---

151 『歐陽脩全集』(北京: 中國書店, 1986-1992년), 『居士集』 권44, 「薛簡肅公文集序」, 305쪽. "君子
之學, 或施之事業, 或見於文章, 而常患於難兼也. 蓋遭時之士, 功烈顯於朝廷, 名譽光於竹帛, 故其
常視文章爲末事, 而又有不暇與不能者焉. 至於失志之人, 窮居隱約, 苦心危慮, 而極於精思, 與其有
所感激發憤, 惟無所施於世者, 皆一寓於文辭, 故曰窮者之言易工也."

시인들 중 극소수만이 세상에 자신의 뜻을 펼쳤던 사람들이었고 대다수 그 뜻을 이루지 못하고 곤궁했던 사람들이었다. 구양수는 이러한 절박한 상황이 그들에게 강렬한 창작역량을 가져다주어 뛰어난 작품들이 나왔다고 여겼다. 그들은 모두 재학才學과 정치적 포부를 지녔지만 세상에 뜻을 펼치지 못하자 자연 경물에 자신의 마음을 담아 심경을 토로할 수밖에 없었다. 특히 문인 사대부들은 경세제민經世濟民의 포부를 품었지만 불우하여 다만 그 울분을 시에 기탁할 수밖에 없었다.

'궁이후공窮而後工'의 '궁窮'자는 두 가지 의미를 내포한다. 즉 물질적 '빈곤'과 정신적 '곤경'인데 그 중에서도 '빈곤'의 의미보다 '곤경'의 의미가 더 강하다. 구양수의 '궁이후공'설은 사마천의 '발분저서'설을 받아들여 '궁窮'으로부터 '공工'에 이르는 특징을 포착하였다. 문인들이 곤궁에 처해지는 까닭은 그들이 자신의 이상을 견지했기 때문이며, 그로 인해 어떤 이는 유배당하고 어떤 이는 세상을 떠돌았다. 그러한 가운데 작자는 자신의 울적한 마음을 시문에 토해낸다.

구양수와 관계를 맺었던 소식 역시 '궁이후공'을 몸소 실천한 문인이다. 그는 남다른 창작 능력을 지녔을 뿐 아니라 고상한 풍절風節을 지녔고 세상을 구제하고자 하는 뜻을 가졌으며 독창적인 정치적 견해를 가졌다. 다만 그는 당쟁이 격렬하여 조정이 하루라도 바람 잘 날이 없었던 때에 살았으며, 이때 그의 정견은 왕안석王安石의 신당파에도 받아들여지지 않았고 사마광司馬光의 구당파에서도 뜻을 이루지 못하였으며 학술적으로도 촉당파蜀黨派에

---

152 『歐陽脩全集』, 『居士集』 권42, 「梅聖兪詩集序」, 295쪽. "予聞世謂詩人少達而多窮. 夫豈然哉? 蓋世所傳詩者, 多出於古窮人之辭也. 凡士之蘊其所有, 而不得施於世者, 多喜自放於山巓水涯, 外見蟲魚草木風雲鳥獸之狀類, 往往探其奇怪; 內有憂思感憤之鬱積, 其興於怨刺, 以道羈臣寡婦之所嘆, 而寫人情之難言; 蓋愈窮則愈工. 然則非詩之能窮人, 殆窮者而後工也."

속해서 당시 이정二程으로 대표되는 낙당파洛黨派와 첨예하게 대립하고 있었다. 그러하다보니 그의 정치역정은 수차례 악의적인 곤혹을 치러 일생동안, 아니 사후에도 부침이 일정하지 않았다. 어찌되었든지 소식의 정치적 불행과 실패는 그에게 문학적으로는 아주 큰 결실을 가져다주었다.

작자가 처한 환경이 그 작품에 미치는 영향에 대해 소식 역시 중시하였다. 소식은 직접적으로 "시가 능히 사람을 곤궁하게 하는 것이 아니라 곤궁해지면 시가 비로소 공교로워진다. 이 말은 진실로 헛되지 않으니, 나는 취옹醉翁 구양수선생에게서 이 말을 들었다"[153]라고 하면서 구양수의 '궁이후공'설을 받아들였다.

> 부귀·빈천·장수·요절은 하늘의 뜻이다. 현명한 자가 반드시 부귀하고 어진 자가 반드시 오래 살아야한다는 것은 사람들이 희구하는 바이다. 시의 적절하게도 하늘의 뜻과 서로 합치하기가 실제론 어려워서 비유를 들자면 목수가 산에 가서 '거鐻'(악기 틀)를 얻은 것과 같으니, 어찌 늘 그리 될 수 있겠는가? 이로 인하여 때마침 서로 제대로 일치하면 항상 그렇다고 책망하니, 이것이 바로 사람들이 많이 원망하면서도 제대로 이해하지 못하는 까닭이다. 문인의 경우에 있어서도, 그들이 곤궁한 까닭도 진실로 마땅한 바가 있다. 마음을 수고로이 하면서 정신을 소모하고 자신의 기운을 지나치게 성대히 하다가 도리어 만물의 뜻을 거스른다. 이에 아직 늙지도 않았으나 쇠약해지고 병들고 악의가 없는데도 죄를 짓게 되니 그 심정을 시문으로 표현하지 않을 자가 없을 것이다. 하늘의 뜻과 사람의 바라는 바가 서로 일치하기가 이미 어려운데다가 사람 역시 자신을 해침이 이러하니, 비록 곤궁하지 않으려 한들 그리 할 수 있겠는가?[154]

---

153 『蘇軾詩集』(蘇軾 撰, 淸·王文誥 輯註, 孔凡禮 校點, 北京: 中華書局, 1982-1992년) 제2책 권12, 「僧惠勤初罷僧職」. 577쪽.

사람마다 모두 부귀와 장수를 바라지만 현실은 그렇지 않은 경우가 많다. 오히려 곤란을 겪거나 궁지에 몰리기도 한다. 소식은 자신으로 인해 고초를 당한 친구의 시집 서문에 다음과 같이 쓰고 있다.

> 지금 왕정국王定國은 내 일로 죄를 지어 바다 건너 유배된 기간이 3년이었다. 그동안 한 아들이 유배지에서 죽고 한 아들은 가택에서 죽고 왕정국 역시 병으로 거의 죽을 지경이었다. 나는 내심 나를 원망함이 심하리라 여겨 감히 서신을 통해 서로 소식을 전하지를 못하였다. 그러나 왕정국은 유배지에서 돌아오는 길에 강서江西에 이르러 영남嶺南지역에서 지은 시 수백 수를 나에게 보내주었는데, 그 작품들이 모두 태평하고 풍성하여 치세지음治世之音으로 가득해 그 말은 뜻을 얻어 도를 행한 자와 결코 다르지 않았다. ……왕정국의 시는 더욱 공교로워져서 술을 마셔도 쇠하지 않고 도달한 곳에서 빙빙 돌며 날아 자유로이 다니다가 산수의 승경을 다했으니 정치적 곤궁함과 신체적 노쇠함까지도 그의 풍도風度를 바꾸지는 못하였다.[155]

왕정국은 소식의 오대시안烏臺詩案에 연루되어 많은 고충을 당했다. 하지만 그 곤궁한 처지가 오히려 양질의 거름이 되어 그에게 더 훌륭한 작품을 창작

---

154 『蘇軾文集』(孔凡禮 校點, 北京: 中華書局, 1986-1992년) 제1책 권10, 「邵茂誠詩集敍」, 320쪽. "貴、賤、壽、夭, 天也. 賢者必貴, 仁者必壽, 人之欲也. 人之所欲, 適與天相値實難, 譬如匠慶之山而得成鐻, 豈可常也哉. 因其適相値, 而貴之以常然, 此人之所以多怨而不通也. 至於文人, 其窮也固宜. 勞心以耗神, 盛氣以忤物, 未老而衰病, 無惡而得罪, 鮮不以文者. 天人之相値旣難, 而人又自賊如此, 雖欲不困, 得乎?"

155 『蘇軾文集』제1책 권10, 「王定國詩集敍」, 318쪽. "今定國以余故得罪, 貶海上三年, 一子死貶所, 一子死于家, 定國亦病幾死. 余意其怨我甚, 不敢以書相聞. 而定國歸至江西, 以其嶺外所作詩數百首寄余, 皆淸平豐融, 藹然有治世之音, 其言與志得道行者無異. ……而定國詩益工, 飮酒不衰, 所至翶翔徜徉, 窮山水之勝, 不以厄窮衰老改其度."

하는 데 보탬이 되었다. 이 점에 주목한 소식은 다음과 같이 말하였다.

시가 사람을 곤궁하게 할 수 있다는 말이 있어온 지 오래되었고 제 경우
에 있어서도 특히 심합니다. 지금 그대가 유독 믿지 않으시고 시가 사람을
곤궁하게 할 수 없고 이 때문에 더욱 힘을 들인다고 말씀하셨습니다. 그
시가 나날이 이미 공교로워졌다면 그 곤궁함은 아마도 제대로 측량할 수
없을 것입니다. ……사람을 곤궁하게 할 수 있다고 한 말은 진실로 잘못된
것이지만, 사람을 곤궁하게 할 수 없다고 하는 말 역시 곤궁함을 꺼려하는
의도가 있음을 면하기 어렵습니다.[156]

소식은 한유의 '불평즉명'과 구양수의 '궁이후공'관점에서 출발하여 작자
의 신세와 처지가 작품에 많은 영향을 미친다고 주장하였다. '궁이후공'관점
은 소식의 여러 시구를 통해서도 확인할 수 있다.[157]

해남에 있던 시기에 소식은 도연명陶淵明과 유종원柳宗元의 시문을 특히
애호하였다. 두 사람의 불우했던 환경이 자신의 곤궁한 처지와 흡사하였기
때문일 것이다. 소식의 말년 제자인 갈립방葛立方은 '궁이후공'의 관념을 받아
들여『운어양추韻語陽秋』에서 유종원에 관한 사적을 기술하고 있다.

유종원은 평생 곤궁한 이였다고 말할 만하다. 당唐 순종順宗 영정永貞 초

156 『蘇軾文集』제4책 권49, 「答陳師仲主簿書」, 1428쪽. "詩能窮人, 所從來尚矣, 而於軾特甚. 今足
下獨不信, 建言詩不能窮人, 爲之益力. 其詩日已工, 其窮殆未可量. ……云能窮人者固繆, 云不能窮
人者, 亦未免有意於畏窮也."

157 『蘇軾詩集』제1책 권6, 「次韻張安道讀杜詩」, 266쪽. 「詩人例窮苦, 天意遣奔逃」; 제2책 권9,
「僧淸順新作垂雲亭」, 452쪽. 「天憐詩人窮, 乞與供詩本」; 제2책 권11, 「和柳子玉喜雪次韻仍呈述
古」, 527쪽. 「詩成就我覓歡處, 我窮正與君彷彿」; 제6책 권33, 「次韻仲殊雪中遊西湖二首(之一)」,
1750쪽. 「秀語出寒餓, 身窮詩乃亨」; 제6책 권35, 「次韻徐仲車」, 1871쪽. 「惡衣惡食詩愈好, 恰是
霜松囀春鳥」; 제6책 권35, 「九日次定國韻」, 1906쪽. 「黃金散行樂, 淸詩出窮愁」 등 참조.

에 예부원외랑禮部員外郞이 되었으나 얼마 되지 않아 유배되어 영주사마永州
司馬가 되었고 좌천되어 지낸 시간이 11년이 되던 해 헌종憲宗 원화元和10년
에 다른 사람과 같은 예에 따라 불러들여 서울에 이르자 기뻐 노래를 지었
다. ……이미 서울에 이르렀으나 다시는 쓰이지 않고 유주柳州로 가게 되었
다. 영주永州에서 서울까지 이미 4천리요, 서울에서 유주柳州로 가니 다시
6천리라, 왔다갔다한 것이 1만 리는 될 것이다. 그래서 「증유몽득贈劉夢得」
시에서 "십 년 만에 초췌하게 서울에 올라왔는데, 누가 알았으랴 도리어
영외嶺外로 출행하게 될 줄을"이라 하였고, 「증종일贈宗一」 시에서 "한 몸이
나라를 떠난 지 6천리, 만 리 밖에 황량한 들판에 떨어진지 12년"이라 한
것이 바로 이것이다. 슬프다! 유종원이 이리도 곤궁함이 지극하였구나!
……끝내 살아 돌아오지 못하고 온갖 뱀들이 득실거리고 전염병이 창궐하
는 곳에서 삶을 마쳤으니, 이루 다 탄식할 수 있을 소냐! 그래서 한유가
"유종원의 유배기간이 길지 않고 곤궁함이 극한까지 치닫지 않았다면 비록
출중한 재주가 있었더라도 그 문학과 사장詞章은 자력으로는 후세까지 전
해지기는 불가능하였을 것이다. 이러한 생각은 지금에 이르러서도 의심할
바 아니다"라고 말한 것이다. [158]

갈립방은 유종원의 평생 거쳤던 관직 인생을 매우 곤궁했다고 평가하였다.
다만 그의 이러한 불행한 환경은 공교롭게도 그 일생의 뛰어난 문학을 창출
하는 밑거름이 되었다. 그와 비교하건대, 소식의 곤궁한 처지는 더욱 비참한

---

158 (宋)葛立方,『韻語陽秋』.『歷代詩話』(北京: 中華書局, 1981년) 하책. "柳子厚可謂一世窮人矣. 永
貞之初, 得一禮部郞, 席不暖卽斥去爲永州司馬. 在貶所歷十一年, 至憲宗元和十年, 例召至京師, 喜
而成詠. ……旣至都, 乃復不得用, 以柳州去. 由永至京已四千里, 京徂柳又復六千, 往返殆萬里矣.
故「贈劉夢得」詩云: "十年憔悴到秦京, 誰料反爲嶺外行". 「贈宗一」詩云: "一身去國六千里, 萬里
投荒十二年"是也. 嗚呼, 子厚之窮極矣! ……然竟不生還, 畢命於蛇虺瘴癘之區, 可勝嘆哉! 韓退之
有言曰: "子厚斥不久, 窮不極, 雖有出於人, 其文學詞章, 必不能自力以致必傳於後, 如今無疑也"."

것이었다. 소식이 유배지에서 보낸 세월은 도합 14년이었고, 저 멀리 해남도海南島에까지 귀향을 떠났음에도 불구하고 오히려 그의 작품은 초연광달하였으며 결국 66세의 나이에 사면을 받아 해남도를 벗어나 북으로 돌아오기에 이르렀다. 소식은 멀고도 먼 해남도에서 구사일생으로 살아 돌아와 금산金山에 이르러 지은 「자제금산화상自題金山畫像」에서 "너의 평생 공적이 무어냐고 묻는다면 황주와 혜주 그리고 담주라고 말하겠다."[159]라고 말하였다. 그는 자신이 조정에서 한림학사翰林學士와 예부상서禮部尙書 등을 지내던 때를 그의 인생에 있어서 황금기라고 여겼던 것이 아니라 유배 시기를 그의 공적이라 여겼는데, 그 말속엔 다분히 자조적인 느낌을 주는 것도 사실이지만 유배생활을 그 일생 가운데에서 끄집어낸 것은 그만큼 그에게 있어 의미가 있었음을 알 수 있다.

문예창작의 동인범주의 세 번째 부류는 정신수양(성정性情)이다. 이는 정신수양을 통한 정화작용, 카타르시스 또는 개인적 흥취에 초점이 있다고 말할 수 있다. 육기陸機의 시는 정을 따라 나와 곱고 화려하다는 '시연정이기미詩緣情而綺靡'에서 송나라의 글쓰기를 즐거움으로 삼는 '사서위락寫書爲樂'에 이르기까지 모두 개인의 흥취를 드러내는 것을 창작 동기로 정형화시켰다. 육기의 경우 개인을 중심으로 하지만 꼭 가슴에 가득 찬 응어리를 어쩔 수 없이 쏟아내는 것이 아니라 평화로운 가운데에 온유한 사랑의 마음에서 창작이 일어날 수 있고, 생활의 한가로운 정감에서 창작이 기원할 수 있다고 보았다.

개인의 흥취로 인한 창작 동인으로는 감정을 풀어내는 서정抒情, 먹을 가지고 회롱하는 희묵戱墨, 뜻을 풀어내는 사의寫意, 고요한 뜻의 염지恬志, 한적한

159 『蘇軾詩集』 제8책 卷48, 「自題金山畫像」, 2641쪽. "問汝平生功業, 黃州、 惠州、 儋州."

마음의 적심適心, 글을 가지고 노는 완문玩文 등이 있다. 이들은 모두 정을 표현하고 뜻을 묘사하는 자연스러운 감정의 발로 형태로 귀결시킬 수 있다. 송나라 문인의 취미를 바탕으로 생겨난 고아한 일기逸氣에 해당할 수도 있는데, 이는 도가 또는 불교 혹은 선종의 취향에 속한다.

문예 작품 속에는 작자의 진정이 담겨 있다. 문예 작품을 창작하는 일에 세상을 위하고자 하는 거창한 포부를 담아내지 못한다고 해도 자신의 진정을 표현하지 않을 수 없는 감정 표출은 일종의 카타르시스katharsis를 작자에게 안겨줄 수 있다. 훌륭한 문장을 읽으면 사람을 즐겁게 하고 아픔을 치료한다. 그래서 소식은 "오늘 새벽에 일어나 옷을 가벼이 입었다가 머리가 아팠지만 그리 심하지는 않았다. 유장여劉壯輿의 문집을 취하여 읽다보니 두통이 말끔히 사라졌다. 조조曹操가 말한 바는 진실로 헛된 말이 아니었다."[160]라고 말하기도 하였다.

스티브 킹Stephen King(1947-)은 창작은 작자 자신, 더 나아가 독자의 삶을 풍요롭게 하고 행복하게 하는 데 있다고 하면서, "글쓰기의 목적은 살아남고 이겨내고 일어서는 것이다. 행복해지는 것이다. ……글쓰기는 마술과 같다. 창조적인 예술이 모두 그렇듯이, 생명수와도 같다. 이 물은 공짜다. 그러니 마음껏 마셔도 좋다. 부디 실컷 마시고 허전한 속을 채우시기를."[161]이라고 말하였다.

뛰어난 작품이란 모두 작자 개인이 진지한 감정을 제대로 잘 토로한 것이다. 진정眞情이 담겨야 생활의 정조를 묘사해낼 수 있다. 문장은 자신의 폐부肺腑로부터 나온 것이어야 비로소 참될 수 있다. 소식은 맹교孟郊의 시를 "시詩

---

160 『蘇軾文集』 제5책 권66, 「題劉壯輿文編後」, 2074쪽. "今日晨起, 減衣, 得頭風病, 然亦不甚也. 取劉君壯輿文編讀之, 失疾所在. 曹公所云, 信非虛語."

161 『유혹하는 글쓰기』(스티브 킹, 서울: 김영사, 2002년), 332쪽.

가 폐부로부터 나오고, 시어가 입 밖으로 나올 때마다 폐부를 우수에 젖게 한다. 황하의 물고기가 기름을 내어 자신을 삶는 것 같구나."[162]라고 평가하였다. 그는 "저는 평생토록 문자와 언어로 세상에 알려지게 되었고, 또 이 때문에 사람들에게 질시를 받기도 하였다. 득실을 서로 따져보면 글을 짓지 않고 편안히 지내는 것만 못하였다. 이 때문에 항상 지필묵을 태우고 벙어리가 되고자 하였다. 그러나 오래도록 몸에 밴 습관인지라 아직까지 다 씻어내지 못하였다."[163]라고도 말하였다. 글 때문에 고통 받았기에 글 짓지 않고 편안히 지내는 것이 분명 낫건만 글 짓는 습관이 오래도록 몸에 밴 것이라 어쩌지 못하며, 남의 질시보다는 벙어리로 사는 것이 더 어렵다고 말하였다. 글짓기는 자신의 진정을 서술해야 하고 설사 남에게 질시를 당한다고 해도 말하지 않으면 안 된다. 따라서 그는 연이어 "저는 곤궁한지라 본래 지은 글 때문에 연좌되어 육신을 베고 지식을 버리려 해도 그렇게 할 수 없는 자입니다. 그런데 어린 아들 소과蘇過의 문장이 나날이 뛰어나서 해남도海南道에서 외롭고 무료한 나날을 보낼 때 소과가 때때로 재미삼아 글 한 편을 꺼내 보여주면 나는 며칠이고 기뻐서 먹고 자는 게 다 재미있었습니다. 이를 통해 문장이 금은보화처럼 쉽게 버리지 못하는 것임을 알게 되었습니다."[164]라고 말하였다. 그 아들 소과蘇過의 문장이 뛰어나서 오락거리로 즐길만하였다고 언급하였다. 문학예술의 가치가 사회교화 같은 효용성에만 그치는 것이 아니라 개인적 취향을 담보로 한 심미성에도 있다고 하겠다.

---

162 『蘇軾詩集』 제3책 권16, 「讀孟郊詩二首(之二)」, 797쪽. "詩從肺腑出, 出輒愁肺腑. 有如黃河魚, 出膏以自煮."

163 『蘇軾文集』 제4책 권49, 「答劉沔都曹書」, 1429쪽. "軾平生以文字言語見知於世, 亦以此取疾於人, 得失相補, 不如不作之安也. 以此常欲焚棄筆硯, 爲瘖默人, 而習氣宿業, 未能盡去."

164 『蘇軾文集』 제4책 권49, 「答劉沔都曹書」, 1430쪽. "軾窮困, 本坐文字, 蓋願剗形去智而不可得者. 然幼子過文益奇, 在海外孤寂無聊, 過時出一篇見娛, 則爲數日喜, 寢食有味. 以此知文章如金玉珠貝, 未易鄙棄也."

문예 작품이 사람들에게 특수한 수요를 만족시킬 수 있는 까닭은 그것이 사람들에게 정신적인 향수를 누릴 수 있게 하여 문예 작품을 감상하면서 정신적으로 기쁨과 미적 감각을 불러일으키게 하는 데 있다. 문예 작품은 작가가 일정한 예술적 창조 규율을 준수하면서 사람들의 심미적 요구에 맞추어 작가의 주체적 심미 이상을 표현하였기 때문이다. 그래서 문예 작품은 감정으로 감동시키고 형상으로 빠져들게 하여 문예 작품을 감상하는 가운데 미적 경계에 빠져들게 하여 정신적 만족감과 기쁨을 향유할 수 있게 된다. 문예를 통한 교육 작용과 인식 작용은 바로 이러한 심신을 즐겁게 하는 미적 작용에 의해서 충분히 발휘할 수 있게 된다.

문예 작품 속에는 작자의 '진정眞情'이 담겨야 하며 작자의 현실적 태도와 평가가 있어야 한다. 사회 각 방면의 문제와 사상 관념은 모두 문예 작품을 통해 독자에게 영향을 미친다.

송대 소옹邵雍(1011-1077)이 말년에 수양의 어려움을 은유한 「감사음感事吟(어떤 일에 느낌이 일어 읊다)」이라는 작품이 있다.

난초는 심어도 꽃 피우지 못하고	芝蘭種不榮
가시덤불 베어내도 사라지지 않네	荊棘剪不去
이 둘을 어찌하지 못하고	二者無奈何
머뭇대며 서성이다 한 해가 저무네	徘徊歲將暮

여기서 현자의 덕을 상징하는 난초와 자신에게 내재된 가시덤불이 서로 대비되고 있는 설정을 통해 정신수양의 어려움을 짐작하게 한다. 소옹은 죽을 때까지 자신의 수양 부족을 한탄했다고 한다. 인간인 이상 완벽은 없다. 부족함을 메우려는 그의 성실함이 빛을 발하는 까닭이다. 버트런드 러셀

Bertrand Russell(1872-1970)이 "이 시대의 아픔 중 하나는 자신감을 가진 이는 무지하고, 이해력이 풍부한 이는 의심하고 주저한다는 점이다."라고 말한 적이 있는데, 이는 그 시대만의 아픔만은 아니라 시공을 초월한 모든 시대의 아픔일 것이다. 무능하면 자신감이 충만하고 지혜가 차면 스스로를 의심한다. 문예창작자는 바로 그 경계 사이에서 늘 고뇌하는지도 모른다.

이를 종합하면 문예창작의 동력은 유가적 정치교화, 굴원의 울분격발, 도가적, 불교적, 도학가풍의 성정수양 등에서 나왔다고 할 수 있다. 이것들은 주체 심미 심리의 움직임에서 달라져 구별된다. 즉 유가의 포부나 지향을 말하는 의지, 굴원의 분노를 쏟아내는 울분, 도가와 선종, 도학가풍의 정감을 펼치는 성정 등이 그것이다.

의지, 울분, 성정은 중국 고전문예이론의 창작 동인범주로 볼 수 있다. 주체의 동인은 어떻게 생겨나는가? 유가의 전통에는 '흥興'이 있고, 도가 전통에는 만나는 '우遇'가 있고, 불교의 전통에는 '연緣'이 있고, 굴원의 「이소」 전통에는 밖으로 드러내는 '발發'이 있고, 민간 전통에는 제각기 느끼는 '감感' 이 있다. 이들 범주가 모두 창작 사유가 생겨나는 그 순간을 말하고 있다. 이때는 기본적으로 심리의 문제이지 심리의 사상적 동인의 문제가 아니다. 이러한 범주들은 그 유래와 기원이 있다고 하더라도 그것을 사용한 뒤에 결코 어떤 학파나 어떤 유파의 표지 없이 서로 통용할 수 있다.

문예창작의 동인 범주를 세 가지로 정리하면서 다음과 같은 사실을 알 수 있었다. 도덕교화(의지)는 목적성, 즉 의도하는 바가 있을 때 창작한다는 점에 주목한 것이다. 일반 대중과 국가사회를 위해 자신의 포부를 드러내어 세상 사람 아니 최고위 권력자에게 보이기 위해 창작했다는 것이다. 울분격발(분기)은 불만과 불평이 생겨 감정을 드러낼 때 창작한다는 점을 주목한 것이다. 상대에게 내 마음을 알아주기를 바라며 자신과 관계있는 자에게 보이기 위해 창작했다는 것이다. 정신수양(성정)는 개인의 정신수양과 인격도야를 위해 창작한다는 점에 주목한 것이다. 자신의 수양을 고즈넉이 펼칠 때 진정한 자기 자신을 위해 창작했다는 것이다.

제3장 작가 수양

　세상에서 내로라하는 문예 창작자들이 모두 창작자로서 갖추어야 할 재능을 천부적으로 타고났다면 작가 수양은 공언에 불과하겠지만 실상은 그렇지 않다. 작자들은 독서와 여행 등의 다양한 방식으로 자신의 창작력을 높이기 위해 애쓴다.

　중국 고전 문예이론 중에서 작가 수양에 대한 논의의 실마리를 제공한 이는 조비曹丕이다. 그는 천부적인 기질을 타고나야만 뛰어난 작품을 만들 수 있다고 주장하였다.[165] 조비의 문기설文氣說은 사실 천부론天賦論이기에 엄

165　曹丕는 『典論·論文』에서 "文章은 氣를 위주로 하는데, 氣의 맑고 흐림에는 그 본체가 있는 것이라 억지로 이루려해선 안 된다. 음악으로 비유하자면, 曲度가 같고 節奏하는 법도가 같다 하더라도 사람마다 그 氣를 끌어들임이 같지 않은 데에 이르는 것과 같다. (음악에 대한) 능숙함과 서투름은 타고나는 것이라, 父兄이라 하더라도 子弟에게 옮겨줄 수 없다.(文以氣爲主, 氣之淸濁有體, 不可力强而致. 譬諸音樂, 曲度雖均, 節奏同檢, 至於引氣不齊, 巧拙有素, 雖在父兄, 不能以移子弟.)"라고 하였다. 그는 作家의 氣質과 個性은 각자의 독특한 風格을 형성하기 때문에 각각 장점을 가지게 되며 모든 부분에서 특출하기란 어렵다고 생각하였다. 그러나 作家의 材性을 지나치게 강조한 나머지 作家의 風格이 사회 실천과 예술 수양의 결과라는 점을 깨닫지 못하였으니, 관점이 여전히 충분하지 못하다. "文以氣爲主"에서 文氣란 氣의 文體에 대한 작용으로 文學적 個性과 藝術性을 氣로서 반성하자는 데서 제기된 理論인데, 氣가 文學에 작용될 때 文學은 생명적인 감각과 예술적인 효과를 나타내게 되므로 文體는 作者의 천부적인 氣에 의해 자연히 형성됨을 지적한 말이라 하겠다. 따라서 孟子가

밀히 말해서 작가 수양론이라고 할 수 없다. 조비의 주장은 작품 창작에 앞서 그 주체인 작자에 대해 인지했다는 점에서 가치가 있고 작가 수양으로 이어지는 계기가 되었다는 데 그 의의가 있다. 진정한 의미의 수양론의 선성先聲은 육기陸機로부터 시작한다. 육기는 "우주 가운데 우두커니 서서 자세히 살피고 고적에서 마음을 기르노라. 사계절을 따라 감탄이 일어나고 온갖 물상을 바라보니 생각이 분연히 일어나네"[166]라고 하여, 작자는 창작에 들어서기 전에 반드시 세상 물정을 관찰하고 인류가 만든 수많은 문예 작품들을 깊이 연구해야 한다고 여겼다. 육기는 관찰과 독서 외에도 고결한 성품을 품고 있어야 한다고 주장했다. 그는 만물을 관찰하면 지식이 풍부해지고 고적을 깊이 연구하면 간접 경험을 쌓을 뿐더러 선인의 풍부한 수사와 마음 씀까지 얻을 수 있기 때문에, 작자 자신의 창작 기교를 높일 수 있다고 생각했다. 이상과 본질을 2차 해석하고 모방하여 본질을 왜곡하는 시인을 추방해야 한다는 서양의 플라톤식 논지와는 전혀 다르게, 유가의 정통이념인 『예기·대학』의 지향이 3강령(명명덕明明德, 신민新民, 지어지선止於至善)과 8조목(격물格物, 치지致知, 성의誠意, 정심正心, 수신修身, 제가齊家, 치국治國, 평천하平天下)이라는 점을 직시한다면 육기가 고결한 성품을 품는 것을 주목한 것은 전혀 이상할 것이 없다. 그는 고결한 성품은 바로 '회상지심懷霜之心(정결한 마음)'이고 '임운지지臨雲之志(상상력 있는 포부·회포·의도)'라 하여, 창작의 전제적 요건임을 강조하였다. 그는 이세 방면에 대한 준비가 되어야 비로소 창작과정에 들어간다고 주장하였다.

중국은 예로부터 작자와 작품을 하나로 보았기 때문에, 작자의 인품이 이러하므로 그 작품의 풍격 또한 당연히 이러하다는 말을 자주 해왔다. 작자의

말한 생명력에서 발생되는 氣인 '浩然之氣'와는 다르다 하겠다.

166 『文賦集釋』(陸機 撰, 張少康 集譯, 臺北: 漢京文化事業公司, 1987년), 14쪽. "佇中區以玄覽, 頤情志於典墳. 遵四時以嘆逝, 瞻萬物而思紛."

인품이 작품에 그대로 반영된다는 논리이다. 공자孔子는 "덕을 갖춘 자는 반드시 훌륭한 말을 하지만 훌륭한 말을 하는 사람이라 해도 꼭 덕을 갖춘 자라 할 수는 없다"[167]라고 하였으며, 한유韓愈는 "어질고 의로운 사람은 그 말이 온화하다"[168]라고 하였다. 이외에도 작자의 도덕수양 방면에 관한 내용은 매우 많다.[169] 소식蘇軾도 자신의 동생인 소철蘇轍의 작품세계를 평가하면서 "그 문장은 그 사람 됨됨이와 같다"[170]라고 하였다. 청대淸代 섭섭葉燮도 "시는 그 사람의 인품과 같다"[171]라고 하였고, 유희재劉熙載 역시 "시품詩品은 인품에서 나온다(詩品出於人品)"[172]라고 하였다. 중국 문인들은 작품의 풍격이 작자의 개성에 의해 직접적으로 영향을 받는다고 여겼다. 일반적으로 문예 작품은 그 작가 수양의 정도를 가늠한다고 여겨왔다.

작품이 작자와 불가분의 관계란 점에서, 작가 수양은 창작의 가장 기본적인 초석이다. 이에 맹자, 한유, 소철은 수양을 중시하였다.[173] 작가 수양은

---

167 『論語·憲問』, 『十三經注疏』 제8책, 123쪽. "有德者必有言, 有言者不必有德."
168 (唐)韓愈, 「答李翊書」. 『韓愈全集校注』(屈守元、常思春 主編, 成都: 四川大學出版社, 1996년) 제3책, 1455쪽. "仁義之人, 其言藹如."
169 예로 들자면, 揚雄은 『揚子法言·君子』(『諸子集成』, 北京: 中華書局, 1993년 제7책, 37쪽)에서 "䢸中而彪外"라고 하였고, 梁肅은 「常州刺使獨孤及集後序」(『全唐文』, 淸·董誥等撰, 上海古籍出版社, 1990년, 卷518)에서 "必先道德而後文學"라고 하였고, 裴行儉은 "先器識而後文藝"(『舊唐書』, 二十四史本, 北京: 中華書局, 1997년, 卷190上, 「列傳第一百四十上·文苑上·王勃」, 1278쪽)라고 하였다.
170 『蘇軾文集』 제4책 卷49, 「答張文潛縣丞書」. 1427쪽. "其文如其爲人."
171 (淸)葉燮, 『原詩·外篇下』. 『淸詩話』(丁幅保 編, 台北: 明倫出版社, 1971년), 602쪽. "詩如其人之品也."
172 『藝槪』(劉熙載, 台北: 漢京文化事業公司, 1985년) 卷2, 「詩槪」, 82쪽.
173 『孟子·萬章下』에서 "天下의 선한 선비를 벗삼기로는 충분하지 않기에, 또한 거슬러 올라가 옛 사람을 논한다. 그들의 詩를 읊고 그들의 글을 읽고도 그 사람됨을 모른다는 게 가능한 일인가? 그래서 그들의 세상을 논하는 것이며 거슬러 올라가 옛사람과 벗하는 것이다.(以友天下之善士爲未足, 又尙論古之人. 頌其詩, 讀其書, 不知其人, 可乎? 是以論其世也, 是尙友也.)"라고 하였다. 이러한 견해는 일리가 있으며 孟子가 제시한 '知人論世'는 修身과 매우 관련이 있다 하겠다. 후세의 수양론은 韓愈의 「答李翊書」에서 말한 '氣'와 '言'의 관계 그리고 蘇轍

창작의 선행활동으로서 심미 구상과 실제 창작에 못지않게 중요하다. 작자의 독서를 통한 인지 학습과 온갖 사물과 사실에 대한 관찰 탐구 그리고 부단한 습작 훈련은 작자의 창작 근간이다. 작가 수양 공부가 그 작품의 전모일 순 없지만 작자의 인품이 그 작품에 그대로 반영된다고 여겨왔던 중국 문인들의 사고 앞에서는 이미 그 작품의 주요 성분이 된다고 하겠다. 따라서 작가 수양 은 바로 그 문예 창작과 매우 밀접한 관련이 있다.

　사람에게는 기질이 제각각 있듯 그 사람의 글 역시 그 나름의 스타일이 있다. 우리의 언어와 기질에 관하여 맹자는 처음으로 다음과 같이 말하였다.

　　맹자 선생님께서는 "나는 상대방의 말을 듣고 그 사람의 감정이 추향趣向 하는 바를 알 수 있고, 나는 우리가 지닌 호연浩然한 대기大氣를 잘 기른다." 라고 말씀하셨다. "감히 묻건대 '호연지기浩然之氣'란 무엇입니까?"라고 묻 자, 맹자 선생님께서는 "(지대지강至大至强하나 잘 드러나지 않기에) 설명하 기 어렵다. (그 기氣는) 지극히 크고 지극히 강하여 정의正義로 기르면서 사사邪事로 조장하여 해치지 않는다면, 천지간에 가득 차게 된다. 그 기라는 것은 도덕道德의 근본인 인의仁義와 음양陰陽의 도道와 짝이 되어 함께 행해 진다. (이에 항상 오장五臟을 충만시킨다.) 그래서 이 기가 없다면 사람이 굶주린 사람처럼 주리게 된다. 이는 의義가 모여서 생겨난 것이지, 의가 외부로부터 엄습하여 취해진 것이 아니다. 행함에 있어 마음에 만족함이 없으면 굶주리게 된다."라고 말씀하셨다. ……"무엇을 지언知言이라고 합니 까?"라고 묻자, 맹자 선생님께서는 "그럴싸하게 편벽된 말에 있어 그 가려 진 바를 알고, 정도定度를 지나친 음란한 말에 있어 그 빠진 바를 알고, 정도正道를 벗어난 사악한 말에 있어 그 떨어진 바를 알며, 회피하는 말에

─────────

의 「上樞密韓太尉書」에서 말한 체험과 문학의 관련으로 더욱 발전한다.

있어 그 궁한 바를 아는 것이다."라고 말씀하셨다.[174]

맹자의 '지언양기知言養氣'는 본래 도덕 수양의 문제를 가리킨 말이다. 그러나 후대의 이론가들은 이를 작가 수양의 한 방법으로 제시하였다. 호연지기를 기르기 위해서는 '의義'와 '도道'의 결합으로 부단히 노력하여야 지대지강至大至剛의 경지에 이를 수 있다. 그리고 뒤이어 언급한 '지언知言'은 '양기'를 기반으로 해서 편벽된 말, 정도定度를 지나친 말, 정도正道를 벗어난 말, 회피하는 말을 가려낼 수 있음을 말한다. 사람이 인격을 수양하여 호연지기浩然之氣를 기른다면 자연스레 언사言辭를 변별할 수 있는 능력을 갖추게 된다. 인격 수양을 통해 호연지기를 기를 수 있을뿐더러 이를 통해 문예 창작에도 영향을 미칠 수 있는 것이다.

호연지기를 기른다고 해도 조비曹丕(187-226)는 타고난 기질은 있기 마련이어서 어떤 기질은 부자지간이나 형제지간에도 나눌 수 없다고 여겼다.

> 문장文章은 기氣를 위주로 하는데, 기의 맑고 흐림에는 체體가 있어서, 억지로 그것을 얻을 수가 없다. 음악에 비유하면, 동일한 음악이라 가락이 같고 리듬이 같아도, 연주자마다 기를 끌어들임이 같지 않고 능숙함과 서투름이 타고나기에, 부형父兄이라 하더라도 자제子弟에게 옮겨줄 수 없다.[175]

작자의 기질과 개성은 각자의 독특한 풍격을 형성하기 때문에, 작자마다

---

174 『孟子·公孫丑上』, 『十三經注疏』 제8책, 54-55쪽. "曰: '我知言; 我善養吾浩然之氣.' '敢問何謂浩然之氣?' 曰: '難言也. 其爲氣也, 至大至剛, 以直養而無害, 則塞于天地之間. 其爲氣也, 配義與道; 無是, 餒也. 是集義所生者, 非義襲而取之也. 行有不慊於心, 則餒矣.' ……'何謂知言?' 曰: '詖辭知其所蔽, 淫辭知其所陷, 邪辭知其所離, 遁辭知其所窮'."

175 『六臣注文選』 下冊, 권52 『典論·論文』(曹丕), 967쪽. "文以氣爲主, 氣之淸濁有體, 不可力强而致. 譬諸音樂, 曲度雖均, 節奏同檢, 至於引氣不齊, 巧拙有素, 雖在父兄, 不能以移子弟."

나름의 장기나 특기를 지니며 팔방미인처럼 모든 부분에서 뛰어나기란 어려운 법이다. 작자의 기질이 글과 그림으로 승화되는 순간, 문예 작품은 활기찬 생동감과 뛰어난 예술효과를 드러낸다. 이때 풍격 또는 스타일이 작자의 천부적인 기질에 의해 저절로 형성된다. 조비의 '문기' 주장은 작자에겐 각자 타고난 스타일이 있어서 천부적으로 결정되기에 인력으로는 바꿀 수 없다는 점을 강조한 것이다. 조비가 작자의 천재성을 지나치게 강조한 나머지 작자의 풍격이 사회 실천과 예술 수양의 결과라는 점을 소홀히 한 점은 아쉽다.

유협劉勰(465?-532?)은 문풍文風, 문골文骨, 문기文氣에 대해 다음과 같이 말하였다.

> 『시경』은 육의六義로 총괄하며 풍風이 육의의 맨 처음이다. 그래서 곧 감화의 근원이며 마음의 징표이다. 그러므로 원망하고 탄식하여 감정을 서발抒發하는 것은 반드시 '풍風'에서 시작된다. 깊이 생각에 잠겨 읊조려 문사를 펼치는 것은 '골骨'보다 먼저인 것이 없다. 문사가 기다려야 할 '골骨'은 신체를 똑바로 서게 하는 뼈와 같다. 감정이 머금어야 할 '풍風'은 형체가 내포하고 있어야 할 '기氣'와 같다.[176]

작품의 구현에 앞서 작자의 기풍과 골격이 온전히 갖추어지지 않으면 사상누각과 같아 겉은 멀쩡해도 내실이 튼튼하지 않기 때문에 언제 무너질지 모른다. 작자의 소양이 영근 상태가 아니기에 작품의 결과가 늘 엉성한 상태로 마무리될 수밖에 없다. 그래서 작자는 자신의 문예적 기질을 끌어올리기 위해 노력해야 한다.

---

176 『文心雕龍讀本』 하편, 「風骨」 제28, 35쪽. "詩總六義, 風冠其首, 斯乃化感之本源, 志氣之符契也. 是以怊悵述情, 必始乎風; 沈吟鋪辭, 莫先於骨. 故辭之待骨, 如體之樹骸. 情之含風, 猶形之包氣."

유협은 이전의 문론들을 총괄하여 작자의 선천적 조건과 후천적 요건에 대하여 다음과 같이 말하였다.

재능에는 평범함과 뛰어남이 있고, 기질에는 굳셈과 부드러움이 있으며, 학식에는 비천함과 심오함이 있고, 지역적 습속과 개인적 습성에는 아정雅正함과 비속卑俗함이 있다. 또한 선천적인 성정에 의해 녹이고 후천적인 도야와 감염에 의해 응결된다. 이로 말미암아 산문의 구역은 구름처럼 움직이고 운문의 정원은 파도처럼 일렁인다. 이리하여 문리에는 평범함과 뛰어남이 있는데 (작품 수준이 평범한데 작자의 재능은 오히려 뛰어난 경우처럼) 그 재능이 반대로 뒤집힐 수 없고, 풍격에는 굳셈과 부드러움이 있는데 (작품의 풍격이 강건한데 작자의 성품은 정반대로 온유한 경우처럼) 혹여라도 그 기질이 바뀌지 않는다. 문의文義에는 비천함과 심오함이 있는데 (작품의 문의가 비천한데 작자의 학식은 오히려 깊은 경우처럼) 그 학식이 반대로 어그러졌다는 말을 들은 적이 없다. 체식體式에는 아정함과 비속함이 있는데 (작품의 체식이 비속한데 작자의 습속과 습성이 정반대로 아정한 경우처럼) 그 습속과 습성이 뒤바뀐 경우가 거의 없다. 제각기 '성심成心(이미 형성된 마음)'을 스승으로 삼는데, 그것은 마치 각자의 얼굴이 다른 것과 같다.[177]

작품의 밑바탕이 되는 기초를 면밀히 살핀 유협은 작자의 재능과 기질은 선천적으로 타고난 성정에 의해 형성되고, 학식과 습속·습성은 후천적 감염에 의해 배양된다고 보았다. 유협은 이 글을 통해 작품을 규정 짓는 요인으로

---

177 『文心雕龍讀本』하편, 「體性」제27, 21쪽. "才有庸儁, 氣有剛柔, 學有淺深, 習有雅鄭; 並情性所鑠, 陶染所凝, 是以筆區雲譎; 文苑波詭者矣. 故辭理庸儁, 莫能翻其才; 風趣剛柔, 寧或改其氣; 事義淺深, 未聞乖其學; 體式雅鄭, 鮮有反其習; 各師成心, 其異如面."

크게 두 가지를 거론하였다. 하나는 창작자 본인의 사상과 입장, 생활 방법, 예술적 재능과 개성 등이 영향을 미쳤을 것임은 당연하고, 그 외에도 창작자가 살던 시대적 조건, 생활환경, 사회풍속과 예술적인 전통 등이 작자에게 영향을 주었을 것이다. 유협은 창작자의 선천적이고 천부적인 재능과 기질의 중요성을 인정하면서도 후천적인 학식과 습성의 영향력을 강조하였다.

이러한 측면에 주목한 후대 문예이론은 '기'와 '언言', 수양과 문학과의 관련성에 대해 논하기 시작하였다. 한유韓愈의 「답이익서答李翊書」, 소철蘇轍의 「상추밀한태위서上樞密韓太尉書」 등에서 작가 수양이 작품에 미치는 영향을 살필 수 있다.

> '기氣'(학문의 수양 또는 문장의 기세)란 물과 같고, 말이란 물 위에 떠 있는 물체와 같습니다. 물이 광대하면 그 위에 떠 있는 물체는 크거나 작거나 할 것 없이 모두 뜨게 마련입니다. '기'가 말과 함께 함에 있어서도 이와 같아서, '기'가 성대하면 즉 말(문구)의 장단과 소리(성률)의 억양 등의 지엽적인 부분들이 다 마땅하게 됩니다.[178]

> 저는 천성적으로 글 짓는 것을 좋아하여 이에 대해 매우 깊이 생각해보았습니다. 글이란 기운이 표현된 것이라고 생각합니다. 그러나 글은 배워 능할 수 없지만 기氣는 존양存養하여 성취할 수 있다고 생각합니다. 맹자孟子는 "나는 나의 호연지기를 잘 존양한다"라고 말하였습니다. 지금 그의 글을 살펴보니, 넓고 두터우며 크고 두루 미쳐서 천지간에 가득 차 그 기의 큼을 헤아릴 수 있었습니다. 사마천司馬遷은 천하를 다니면서 천하의 명산대천名山大川을 두루 둘러보고 연燕지역과 조趙지역의 호걸들과 교유하였습니다.

---

178 『韓愈全集校注』제3책, 「答李翊書」, 1455쪽. "氣, 水也; 言, 浮物也. 水大而物之浮者大小畢浮. 氣之與言猶是也, 氣盛則言之短長與聲之高下者皆宜."

이 때문에 그 글은 호탕하며 자못 뛰어난 기가 있었습니다. 이 두 사람들이 어찌 붓을 잡던 처음부터 이와 같은 글을 배웠겠습니까? 그 기가 마음속에 충만하고 그 외양에 넘쳐나고 그 말에 움직이고 그 글에 드러난 것이며, 이는 그 자신도 모르게 이루어진 것입니다.[179]

한유韓愈는 맹자孟子의 '양기養氣'설을 그대로 이어받아 기를 광대하게 키우면 글 짓는 것은 절로 마땅해진다고 하면서 학문수양과 창작을 연관 지었고, 소철蘇轍은 사마천司馬遷처럼 역사현장을 직접 방문하고 명산대천을 두루 유람하고 다량의 독서 활동을 통해 직접 겪지 못한 것들을 간접적으로 이해하고 당대의 명사들을 직접 만나 자신을 성장시키는 것이 결국 창작기초가 되어 글로 드러난다는 점을 강조하였다.

이외에도 창작을 위한 습작 체험과정은 작가 수양에서 빼놓고 얘기할 수 없다. 습작이란 예술작품 등을 표현할 때 사용할 기법, 작법을 익히려고 연습하는 활동을 의미한다. 아무리 뛰어난 예술 분야의 장인이라도 하나의 작품을 만들어내기 위해서는 습작 체험을 통해 연습하여야 더 정교하게 최종 작품을 만들어낼 수 있다. 창작은 창작 행위로만 익힐 수 있다. 습작 체험과정에는 치열한 퇴고 후 독자의 피드백도 포함한다. 혼자만 만족하는 글쓰기는 독자를 아우르기 어렵다. 습작 체험과정은 작가에게 또 다른 관찰이며 경험이고 기록이며 정리이다.

소는 끔찍할 정도로 느릿느릿 씹어 먹지만, 그 느릿느릿함이 없으면 맛있

---

179 『蘇轍集』(陳宏天·高秀芳 校點, 北京: 中華書局, 1990년) 제2책, 권22 「上樞密韓太尉書」, 381쪽. "轍生好爲文, 思之至深, 以爲文者, 氣之所形, 然文不可以學而能, 氣可以養而致. 孟子曰: '我善養吾浩然之氣.' 今觀其文章, 寬厚宏博, 充乎天地之間, 稱其氣之小大. 太史公行天下, 周覽四海名山大川, 與燕、趙間豪俊交游, 故其文疏蕩, 頗有奇氣. 此二子者, 豈嘗執筆學爲如此之文哉? 其氣充乎其中而溢乎其貌, 動乎其言而見乎其文, 而不自知也."

는 우유는 만들어지지 않는다고 한다. 작자는 이렇게 인생의 온갖 체험 수양을 받아들이면서 자연스럽게 문예의 분수가 펑펑 솟구치기를 바라며 문예 창작의 마중물을 묵묵히 붓는다.

1. 독서 학문

　작자는 끊임없는 독서 과정을 통해서 정확한 지식을 쌓아야만 사리 판단을 분명히 하고 자신의 직접 체험에 대해서도 정확하게 평가할 수 있다. 게다가 작자는 많은 서적 속에 담겨있는 풍부한 언어 구사를 통해 자신의 어휘력을 키울 수도 있고, 그 안에서 적절한 형상 또는 이미지를 찾아내어 적당한 수사기법을 동원해 문장을 지어 자기 생각을 피력할 수도 있다.

　중국의 작가 수양은 도덕 수양 방법과 같이 주로 독서를 통해 '도道'를 깨달았다. 책을 많이 읽으면 이를 통해 사물을 구별하는 변별력을 갖추게 된다. 이러한 변별력은 저절로 작품의 시비를 감별하는 능력으로 치환된다. 창작은 어떠한 사물의 형상 또는 이미지를 통해 작자 자신의 의중을 내비칠 뿐 아니라 전고典故를 통해 자신의 학문적 성취를 드러내기도 한다. 따라서 창작의 주체인 작자는 다량의 독서를 통해 지식을 습득해야 한다. 『주역』에서 "군자는 옛 성현의 말씀과 지나간 행실을 많이 알아서 이를 통해 그 덕을 기른다."[180]라고 하였다. 공자孔子가 "배우기만 하고 생각하지 않으면 헛되이 사라지고, 생각만 하고 배우지 않으면 아슬아슬 위태롭다."[181]라고 한 말을 되새겨볼 때, 훌륭한 작품을 창작하려면 심도 있는 '배움(學)'과 '생각(思)'이

180　『周易·大畜·象』, 『十三經注疏』 제1책, 68쪽. "君子以多識前言往行, 以畜其德."
181　『論語·爲政』, 『十三經注疏』 제8책, 18쪽. "學而不思則罔; 思而不學則殆."

정말 중요하다. 이를 통해서 자신이 쓰고자 하는 내용을 충실히 전달할 수 있기 때문이다. 훌륭한 창작이 나오기 위해서는 평소 다량의 독서를 통해 지식을 쌓고 사고력을 길러야 한다. 이렇게 해야만 글을 쓰려는 마음이 절로 생겨나고 자신의 주장을 제대로 표현할 수 있다. 창작은 텍스트Text와 콘텍스트Context의 조화로 만들어진 결과이다. 자기 안에서 텍스트를 이해하다 보면 누구나 콘텍스트의 제약을 받을 수밖에 없다. 작자는 텍스트에 맹목적으로 몰입하지 않으면서도 자신의 콘텍스트의 제약을 뛰어넘으려 노력해야 한다.

맹자도 이러한 점을 주목하여 독서의 중요성을 '이의역지以意逆志'설로 강조하였다.

> 함구몽咸丘蒙이 "순舜임금은 요堯임금을 신하 삼지 않았음을 저는 이미 들어 알고 있습니다. 『시경詩經·소아小雅·북산北山』에 '온 천하가 왕의 땅이 아닌 것이 없고, 온 땅의 끝까지 왕의 신하가 아닌 자가 없다'라고 하였습니다. 순임금께서는 이미 천자가 되셨거늘, 감히 묻건대, 고수瞽瞍가 신하가 아닌 것은 어찌 된 것인지요?"라고 말하였다. "이 시는 그런 것을 이르는 것이 아니라, 왕의 일에 수고로우니 부모를 봉양할 수 없다는 것을 이른다."라고 말하였다. 그래서 '왕의 일이 아닌 것이 없으니, 나 홀로 힘들이는구나'라는 뜻이다. 이런 고로 시를 말하는 자는 단장취의斷章取義하듯 개별 글자를 빼내어 그 문구를 곡해하지 않고, 미사여구를 표면적으로 해석하여 작품의 원의를 왜곡하지 않아야 한다. 또한 독자의 의중으로 작자의 포부를 받아들여 이것으로 시를 알 수 있다. 만약 말로만 할 따름이라면, 『시경·대아大雅·운한雲漢』이라는 시에 '주周나라에는 남은 백성이 하나도 없네'라는 시구가 있는데 이 말대로라면 주나라에는 백성이 전혀 없다는 뜻이 된다."라고 말하였다.[182]

이 글에서 맹자는 독자가 책을 읽으면서 자신의 마음으로 작자의 포부를
헤아려야 한다고 말하고 있다. '이의역지以意逆志'에서 '지志'란 작자의 포부
및 창작의도를 가리키며, '의意'란 작품을 이해하는 독자의 속마음을 가리킨
다.[183] 맹자는 시를 이해할 때 시어詩語 하나하나에 구애받기보다는 전편全篇
의 의미에 근거하여 작품을 분석하고 작자의 의도를 파악하여야 그 시가의
본의本義를 이해할 수 있다고 주장하였다. 작품을 평론하는 사람은 작품 속
작은 부분에 구속받지 않아야 할 뿐 아니라 자신의 구미에 맞게 단장취의斷章
取義하여 작품의 진정한 뜻을 왜곡하지 않아야 한다. '단장취의'하지 않아야
작품의 실제 요구에 근거하여 시의를 제대로 파악할 수 있으며, 또한 작품의
전체에 착안하여 작자의 의도를 추구하여 작품의 내용을 제대로 분석해낼

182 『孟子·萬章上』, 『十三經注疏』 제8책, 164쪽. "咸丘蒙曰: '舜之不臣堯, 則吾旣得聞命矣. 詩云:
普天之下, 莫非王土, 率土之濱, 莫非王臣. 而舜旣爲天子矣, 敢問瞽瞍之非臣, 如何?' 曰: '是詩也,
非是之謂也, 勞於王事而不得養父母也. 曰: 此莫非王事, 我獨賢勞也. 故說詩者, 不以文害辭, 不以
辭害志 ; 以意逆志, 是爲得之. 如以辭而已矣, 「雲漢」之詩曰: 周餘黎民, 靡有孑遺. 信斯言也. 是周
無遺民也'."

183 '이의역지'에 대한 풀이는 역대로 '의意'에 대한 엇갈린 이해로 인하여 주로 두 가지로 나뉜
다. 한대漢代 경학가經學家와 송대宋代 이학가理學家들은 대체로 '의'란 시를 말하는 자기
자신의 '의'라 인식하였다. 따라서 조기趙歧의 『맹자주孟子注』를 보면 "자신의 '의'로 시인
의 '지'를 맞이한다."라고 하였고, 주희 또한 "자기의 '의'로 작자의 '지'를 영접하면 이내
그것을 얻을 수 있다."라고 풀이하였다. 이러한 풀이는 현대까지 이어져 주자청朱自淸 역시
"이의역지란 자신의 '의'와 '지'로 작자의 '지'를 미루어 짐작하는 것이다."라고 이해하였다.
(『詩言志辯』 참조) 그러나 이러한 독법은 작품을 감상하는 사람에 따라 제각기 '의'가 다르
기 마련이라 결과적으로 객관적이지 못하고 주관을 억지로 끌어다 붙인 꼴이 되기 때문에
적절한 이해가 되지 못한다. 청대淸代에 이르러, 몇몇 사람들은 이러한 해석과는 상반된
견해를 제시하였다. 오기吳淇는 「육조선시정론연기六朝選試定論緣起」에서 "(이의역지는)
고인古人의 '의'로 고인의 '지'를 구하는 것으로, 바로 시를 가지고 시를 논한다는 것이다(以
古人之意求古人之志, 乃就詩論詩)."라고 하였다. 그 후 왕국유王國維 또한 같은 견해를 가졌
었다. 이러한 해석의 관건은 "시를 가지고 시를 논한다(就詩論詩)."라는 점에 있다. 즉, 작자
의 작품으로 작품을 논한다는 것은 작품의 실제를 가지고 작자의 사상을 분석하고 추구해
나간다는 것에 의거한 것으로, 이러한 해석은 맹자가 말한 본래의 '의'와 합치된다. 하지만
청나라 이전의 중국고대문인들이 따랐던 풀이는 독자 자신의 마음으로 작자의 포부를 거슬
러 추적한다고 보았기에, 그 의미를 따랐다.

수 있다. 맹자는 "주周나라에 남은 백성들은 하나도 남지 않았네."라는 시구를 예로 들면서 이는 단지 당시 가뭄이 심하였음을 강조하여 표현한 말에 불과하며 글자 그대로 실제 한 사람도 남지 않았다는 뜻이 아니라는 점을 지적하였다.

여기에 더해 맹자는 '지인논세知人論世(사람을 알고 시대를 논함)'설로 독서의 중요성을 조금 더 강화하였다.

> 맹자께서 만장萬章에게 일러 "한 마을의 선한 선비는 한 마을의 선한 선비를 벗 삼고, 한 나라의 선한 선비는 한 나라의 선한 선비를 벗 삼으며, 천하의 선한 선비는 천하의 선한 선비를 벗 삼는다. 천하의 선한 선비를 벗 삼는 것으로도 충분하지 않기에 위로 거슬러 올라가 옛사람을 논한다. 그들의 시를 읊고 그들의 글을 읽고도 그 사람됨을 모른다는 게 가능한 일인가? 이 때문에 그들의 세상을 논하는 것이며 거슬러 올라가 옛사람과 벗하는 것이다."라고 말씀하셨다.[184]

맹자는 자신의 포부의 크기만큼 세상에서의 역할도 결정되는 것처럼 교우관계도 그 안에서 형성된다고 주장하면서 가슴에 품은 뜻이 큰 사람은 동시대를 살아가는 사람과 교유하는 것으로도 충분하지 않아서 고전 속 옛사람을 찾아 교유한다는 취지에서 '지인논세知人論世'를 주장하였다. 사람이 자신과 가정 걱정만 하면서 살게 되면 그 사람은 가정의 가장이나 어른만큼 밖에 자라지 못하지만, 항상 내 직장을 위하고 이웃을 걱정해주는 사람은 직장과 지역사회의 지도자로 성장할 수 있다. 같은 사람이라도 언제나 국가와 민족

---

184 『孟子·萬章下』, 『十三經注疏』 제8책, 188쪽. "孟子謂萬章曰: '一鄉之善士, 斯友一鄉之善士; 一國之善士, 斯友一國之善士; 天下之善士, 斯友天下之善士. 以友天下之善士爲未足, 又尙論古之人. 頌其詩, 讀其書, 不知其人, 可乎? 是以論其世也, 是尙友也'."

을 걱정하면서 노력하는 사람은 자신도 모르는 동안에 국가와 민족의 지도자로 자랄 수 있다는 것이다.[185]

맹자의 이 주장에 대하여, 주자청朱自淸(1898-1948)은 "시를 해설하는 방법이 아니라 수신修身의 방법이다. '시 외우기', '독서' 그리고 '지인논세知人論世'는 원래 세 가지가 병렬된 것으로, 모두 사람이 되는 도리이자 '상우尙友(거슬러 올라가 옛사람과 교유함)'의 도리이다."[186]라고 하였다. 주자청의 주장대로 맹자가 제시한 '지인논세'가 수신과 매우 관련이 깊은 것은 사실이다. 하지만 그렇다고 해서 작자 이해와 작품 평가와 전혀 관계가 없다고는 말할 수 없다. 역대로 많은 사람들이 '지인논세'를 기반으로 문학작품을 평론하는 중요한 방법으로 여겨왔다. 앞서 언급한 맹자의 "지언양기知言養氣"만 보더라도 맹자는 작품과 시대 그리고 작가 수양과 작품과의 긴밀한 관계에 대하여 남다른 안목이 있었음을 알 수 있다.

또한 그는 "왕자王者의 자취가 사라지자 태평성대를 노래한 희망 섞인 시詩가 없어졌고 그런 후에 혼란한 시기에 춘추春秋가 지어져 제각기 자국 입장의 사필史筆로 역사를 기술하였다."[187]라는 관점으로 문학의 성쇠盛衰와 시대와의 관계를 인식하였다. 이렇게 하려면 그의 '지인논세'하는 독서 방법이 기본적으로 선행되어야 한다. 작품을 평하려면 당연히 '지인논세'하지 않을 수 없다. 왜냐하면 작자의 작품은 작자 본인의 생활과 사상 그리고 그 태어난 시대와 긴밀하게 연관되어 있기 때문이다. 그리고 작품을 진정으로 이해하려

---

185 『백년을 살아보니』(김형석, 서울: 알피스페이스, 2016년), 85쪽. 김형석 교수의 언급은 『맹자』의 문장에서 확장된 사유일 것이다.

186 『詩言志辨』(朱自淸 著, 開明書店, 1947년), 24쪽; 『시언지변』(朱自淸 지음, 이욱진 옮김, 서울: 한국학술정보, 2020년), 61쪽. "至於'知人論世', 並不是說詩的方法, 而是修身的方法; '頌詩' '讀書'與'知人論世'原來三件事平列, 都是成人的道理, 也就是'尙友'的道理."

187 『孟子·離婁下』, 『十三經注疏』 제8책, 쪽. "王者之迹熄而詩亡, 然後春秋作."

면 작자의 출신, 경력, 사상 감정, 사람의 품성과 덕성을 이해해야 하며 동시에 작자가 처한 시대적 환경을 이해해야 한다. 이러한 원칙에 대하여 장학성章學誠(1738-1801)은 『문사통의文史通義·문덕文德』 편에서 "고대인의 세상을 모르면 고대인의 문사文辭를 함부로 논하여서는 안 된다. 설령 그 시대상을 안다 쳐도 고대인의 처지를 모른다면, 그 또한 고대인의 글을 성급하게 논해서는 안 된다."[188]라는 명확한 논법을 내놓았다. 노신魯迅(1881-1936) 또한 이러한 원칙을 견지하여 "세간에 '일을 가지고 일을 논하는(就事論事)' 방법이 있듯이, 현재의 '시를 가지고 시를 논하는(就詩論詩)' 방법이 전혀 무방한 경우도 있다. 하지만 나는 논문을 둘러보는 가장 좋은 것은 전편全篇을 구석구석 살피는 것이라 생각해왔다. 아울러 그 작자를 살펴보고 아울러 그가 처했던 사회상황을 살피는 것이다. 이렇게 해야 비로소 확실하다고 할 만하다. 그렇게 하지 않는다면 이는 꿈을 이야기하는 것에 가까워지기 쉽다"[189]라고 하였다. 이는 '지인논세'에 대한 보다 명확한 설명이라 하겠다.

맹자는 '이의역지'와 '지인논세'라는 이 두 가지 주장을 연계하여 설명하지는 않았지만 중국 고대 문인들은 작품을 통해 작자의 사상 감정과 작자가 살던 시대 풍조를 읽었음을 짐작할 수 있다. 따라서 '이의역지'하기 위해서는 작자의 생애와 사상 그리고 그 당시 시대적 환경에 대한 고찰이 전제되어야 하며, 이러한 조건 아래에서 작품을 분석해야 작품세계를 정확하게 이해할 수 있다.

---

188 『文史通義校注』(章學誠 撰, 葉瑛 校注, 臺北: 漢京文化事業有限公司, 1986년) 권3 「內篇三·文德」, 278-279쪽. "不知古人之世, 不可妄論古人文辭也; 知其世矣, 不知古人之身處, 亦不可以遽論其文也."

189 『且介亭雜文二集·"題未定"草(六至九)(之七)』, 『魯迅自編文集』(北京聯合出版公司, 2014년) 권18, 179쪽. "世間有所謂'就事論事'的辦法, 現在就詩論詩, 或者也可以說是無礙的罷. 不過我總以爲倘要論文, 最好是顧及全篇, 并且顧及作者的全人, 以及他所處的社會狀態, 這才較為确鑿. 要不然, 是很容易近乎說夢的."

육기陸機는 "고적에서 마음을 기른다"[190]라고 말하여, 가장 일찍 고대 경전이 작자에게 글을 짓고자 하는 창작 충동을 불러일으킨다는 점을 제기하였다. 그 후 유협劉勰은 작자의 문학작품이 독서를 통해 학문과 학식을 함양하여 만들어지는 것이지만 작자의 문학적 재능만큼은 천부적인 자질에 달려 있다고 주장하면서도 작자의 재능과 학식이 적절히 그 작품 속에 녹아들 때 그 작품은 절로 아름답고 뛰어날 것이라고 주장하였다.[191] 유협은 문학적 재능이 천부적인 자질에 있다고 하면서도 동시에 다음과 같은 점을 강조하였다.

경전의 뜻은 깊고 심원하며 그 수량 또한 광범하니, 실로 무수한 언어로 가득 찬 심오한 영역이요 기발한 생각으로 이루어진 신비로운 언덕이다. 양웅揚雄과 반고班固 이후로 그 서적의 도움을 취하지 않은 이가 없었으니, 힘 가는 대로 밭 갈고 김매며 마음대로 사냥하고 물고기를 낚았으며, 칼을 집어 능히 가를 수 있었고 반드시 기름진 부분을 잘라낼 수 있었다. 그러므로 장차 재력을 풍부히 하고자 한다면, 견문을 넓히는 데 힘써야 한다. 여우 겨드랑이 가죽이라도 한 조각만으로는 능히 몸을 따뜻하게 하지 못하며,

---

190 『文賦集釋』, 14쪽. "頤情志於典墳"

191 『文心雕龍讀本』하편, 「事類」제38, 169쪽. "생강과 계피는 똑같이 땅에 의지하여 자라지만 매운맛은 본성에 있고, 문장은 배움으로부터 말미암지만 능력은 천부적인 자질에 있다. 재능은 저절로 안에서 일어나고 배움은 외재적 노력으로 이루어진다. 그래서 어떤 경우에는 배움은 넘치나 재능이 빈약하고, 혹은 재능은 풍부하나 배움이 빈약하다. 학식이 빈약한 자는 전고典故를 사용함에 어려움을 겪고, 재능이 빈약한 자는 서정을 문사로 펼쳐냄에 수고롭다. 이것이 내적 재능과 외적 학식 간의 차이이다. 이 때문에 마음에 기탁하여 문사를 세우고 마음과 붓이 도모하는 것이나, 재능이 맹주가 되고 학식이 보좌가 된다. 군주가 되는 재능과 신하가 되는 학식이 덕으로 합일되면 문채文采는 반드시 세상을 제패한다. 재능과 학식 중 어느 하나에 편협되면 비록 찬미할 순 있지만 세상에 공업을 세우는 것은 거의 불가능하다.(夫薑桂因地, 辛在本性, 文章由學, 能在天資. 才自內發, 學以外成, 有學飽而才餒, 有才富而學貧. 學貧者, 迍邅於事義, 才餒者, 劬力勞於辭情; 此內外之殊分也. 是以屬意立文, 心與筆謀, 才爲盟主, 學爲輔佐; 主佐合德, 文采必霸, 才學褊狹, 雖美少功.)"

닭 발바닥은 반드시 수천 개라야 배부를 수 있다.[192]

　　창작의 구상단계에서 반드시 고려할 근심거리가 두 가지 있다. 생각이
막혀있는 사람은 내용의 빈곤함으로 인해 고생하고, 문사가 넘쳐나는 사람
은 늘 난잡해지는 어려움이 있다. 그렇다면, 식견을 넓히는 일은 내용의
빈곤함을 구할 수 있고, 전체를 하나로 꿰뚫는 요령의 장악은 난잡함을
치료할 수 있다. 만약 식견이 광박하면서도 하나로 꿰는 요령을 지니고
있다면 창작의 구상에 커다란 도움이 될 것이다.[193]

　　고대 중국인들은 우수한 고전들을 통해 단기간에는 그 수사 기교와 문장
풍격을 배울 수 있을뿐더러 장기적으로는 학식을 풍부히 하고 작가 수양을
도야하고 문학적 재능을 증진할 수 있었다. 누구나 고대의 고전들을 깊이
연구하고 비판적으로 수용한다면 적지 않게 보탬이 될 것이다. 후천적으로
쌓은 폭넓은 학식은 천부적인 자질을 보좌하여 작자의 역량을 증강시킬 것
이다.
　　문예 작품은 작자의 후천적인 꾸준한 노력으로 이루어지는 결실이다. 따
라서 작가 수양은 창작 이전의 과정이라 드러나진 않지만 무시할 수 없는
가장 근본적인 문예이론의 출발선이다.
　　유협은 『문심조룡』에서 "학식을 얻는 방식은 폭넓은 데 달려 있고, 사실을
인용하는 방법은 간결함을 귀히 여긴다. 교정하고 제련하는 퇴고 방법은 정밀

192　『文心雕龍讀本』하편, 「事類」제38, 170쪽. "夫經典沈深, 載籍浩瀚, 實群言之奧區, 而才思之神皐
　　也. 揚班以下, 莫不取資, 任力耕耨, 縱意漁獵, 操刀能割, 必列膏腴. 是以將瞻才力, 務在博見, 狐腋
　　非一皮能溫, 雞蹠必數千而飽矣."
193　『文心雕龍讀本』하편, 「神思」제26, 5쪽. "是以臨篇綴慮, 必有二患: 理鬱者苦貧, 辭溺者傷亂; 然
　　則博見爲饋貧之糧, 貫一爲拯亂之藥, 博而能一, 亦有助乎心力矣."

함에 힘써야 하고, 이치를 습득하는 논리 구성은 반드시 핵실覈實하여야 한다. 이렇게 모든 아름다움이 바큇살처럼 한 명의 작자에게 모이게 될 때 작자의 내면 재능과 외부 학식이 훌륭하게 발휘될 것이다"[194]라고 주장하였다.

한유는 자신의 독서 경험을 토대로 독서의 중요성을 다음과 같이 강조하였다.

본성이 학술을 좋아하는 데다 곤경과 슬픔을 고할 길이 없어 마침내 경전과 역사서와 백가의 학설을 깊이 연구할 수 있었으니, 그 의미에 침잠하고 반복하여 문구를 읽었으며 사업에서 단련하고 문장에 힘껏 펼쳐냈습니다.[195]

선생님께서는 입으로는 끊임없이 육경의 글을 읊고, 손으로는 백가의 책을 쉬지 않고 펼치셨습니다. 사실을 기록한 것은 반드시 그 요점을 들어내고, 사상을 펼친 것은 반드시 그 심오한 이치를 끄집어내셨습니다. 욕심내어 많은 것을 얻으려고 힘쓰며, 크건 작건 버리지 않으셨습니다.[196]

옛날의 입언立言한 자에 이르기를 바라신다면 너무 빨리 성취하려고 바라지도 말며, 권세權勢와 이록利祿에도 빠지지 마십시오. (나무를 심음에) 그 뿌리를 잘 기르고 나서야 그 열매가 실하기를 고대하는 것이고, (등을 밝힘에) 그 기름을 더하고서야 그 불빛이 밝기를 바라는 겁니다. 뿌리가

---

194 『文心雕龍讀本』하편 「事類」제38, 170쪽. "綜學在博, 取事貴約, 校練務精, 捃理須覈, 衆美輻輳, 表裏發揮."

195 『한유산문선』(오수형 역해, 서울대학교출판문화원, 2010년), 「上兵部李侍郎書」, 88-89쪽. "性本好文學, 因困厄悲愁, 無所告語, 遂得窮究於經傳史記百家之說. 沈潛乎訓義, 反復乎句讀, 礱磨乎事業, 而奮發乎文章."

196 『한유산문선』, 「進學解」, 536-537쪽. "先生口不絶吟於六藝之文, 手不停披於百家之編, 記事者必提其要, 纂言者必鉤其玄. 貪多務得, 細大不捐."

무성한 나무에 그 열매가 뒤따라 여물고, 기름이 풍부한 등잔에 그 빛이
밝게 빛납니다. (그런 것처럼) 어질고 의로운 사람이어야 그 말이 온화하고
돈후하게 되기 마련입니다. 그러나 또한 어려움이 있으니, (그건 바로) 제가
행한 바가 저 자신도 그것이 이르렀는지 아니면 오히려 아직 이르지 않았는
지를 모른다는 겁니다. 비록 그러하나, 그것을 배운 지 어느새 20여 년이
되었습니다. 처음엔 삼대三代(하夏·은殷·주周) 양한兩漢의 글이 아니면 감히
보려고 엄두도 내지 않았으며, 성인聖人의 뜻이 아니면 감히 마음에 두려고
도 하지 않았습니다.[197]

한유는 이상의 글을 통해 꼼꼼한 책 읽기인 정독에 공을 들였음을 알 수
있다. 그는 유가의 인의도덕仁義道德의 수양을 강조하면서도 다방면의 서적을
읽으면서 꾸준히 학습하였다.

유종원은 한유의 언급보다 조금 더 강한 어조로 유가의 경전뿐 아니라
백가의 서적이라도 배움에 도움이 된다면 꺼리지 말고 읽어야 한다고 주장하
였다.

『상서』를 근본으로 삼아 그 질박함을 찾고, 『시경』을 근본으로 삼아 그
영원함을 찾고, 『삼례三禮(예기·주례·의례)』를 근본으로 삼아 그 적법適法
함을 찾고, 『춘추』를 근본으로 삼아 그 단명斷明함을 찾고, 『역경』을 근본으
로 삼아 그 변동變動함을 찾는다. 이것이 제가 도道를 취하는 근원입니다.
『곡량전』을 참고로 하여 그 기세氣勢를 연마하게 하고, 『맹자』·『순자』를
참고로 하여 그 지엽枝葉을 뻗어나가게 하고, 『노자』·『장자』를 참고로 하여

197 『한유산문선』, 「答李翊書」, 210쪽. "將蘄至於古之立言者, 則無望其速成, 無誘於勢利. 養其根而
俟其實, 加其膏而希其光, 根之茂者其實遂, 膏之沃者其光曄. 仁義之人, 其言藹如也. 抑又有難者,
愈之所爲, 不自知其至猶未也. 雖然, 學之二十餘年矣. 始者, 非三代兩漢之書不敢觀, 非聖人之志不
敢存."

그 단서端緖를 제멋대로 펼쳐 나가게 하고, 『국어』를 참고로 하여 그 의취意趣를 넓히게 하고, 『이소離騷』를 참고로 하여 그 유심幽深함을 이루게 하고, 『사기』를 참고로 하여 그 간결함을 드러나게 합니다. 이것이 제가 널리 배워 서로 회통會通시켜서 이를 통해 문장을 짓는 방법입니다.[198]

유종원은 이상의 글을 통해 고전들마다 가지고 있는 제각기 특색을 찾아내어 각 서적에서 뽑아낼 수 있는 이점을 상세히 기술하였다. 이렇게 고전을 읽고 배운다면 창작할 수 있는 소양을 분명 기를 수 있다.

소순蘇洵도 유종원의 주장처럼 독서할 때 어느 한 방면에 치우치지 않는 다양한 서적들을 읽을 것을 주장하였다.

　　지난 시절에 지은 수백 편의 문장을 모두 불태우고, 『논어』, 『맹자』, 한유 및 기타 성현의 문장을 취하여 꼼짝하지 않고서 단정히 앉아 종일토록 그 문장들을 읽은 것이 칠팔 년이 되었습니다. 바야흐로 처음 읽을 때에는 (제대로 이해하지 못해) 그 속에 들어가서는 마음이 불안하여 편치 않았고 그 밖에서 두루 살펴보고서는 화들짝 놀라기도 하였습니다. 독서 기간이 오래되다 보니 읽으면 읽을수록 더욱 정밀해져 가슴속이 확 깨달아 분명해졌습니다. ……독서의 시일이 더 오래 경과하니 가슴속의 말은 나날이 더욱 많아져서 스스로 통제할 수 없게 되어 시험 삼아 가슴속에 담아두었던 말을 내어 글로 써내었습니다. 그 후 여러 차례 반복해서 읽어보니 샘물이 용솟음치듯이 문사文思가 쉽게 도래함을 느낄 수 있었으나 이때까지도 감히 스스로 옳다고 여기지 않았습니다.[199]

198　『柳河東全集』(柳宗元 撰, 楊家駱 主編, 台北: 世界書局, 1999년) 下冊, 권35 「答韋中立論師道書」, 699쪽. "本之書以求其質, 本之詩以求其恒, 本之禮以求其宜, 本之春秋以求其斷, 本之易以求其動: 此吾所以取道之原也. 參之穀梁氏以厲其氣, 參之孟荀以暢其支, 參之莊老以肆其端, 參之國語以博其趣, 參之離騷以致其幽, 參之太史公以著其潔: 此吾所以旁推交通, 而以爲之文也."

몇 년 동안 물러나 초야에 거하며 스스로 세속의 이익을 영원히 버리는 것을 분수라 생각하며 세상과 날로 소원해져서야 그 힘을 문장에 크게 펼 수 있었습니다. 『시경』의 풍부하고도 자유로움, 『초사』의 맑고도 깊음, 『맹자』와 한유 문장의 온화하고도 순후함, 사마천과 반고의 힘차고도 굳셈, 『손자』와 『오자』의 간략하고도 적절함, 마음먹은 바대로 붓을 놀리니 뜻대로 되지 않음이 없었습니다.[200]

소순은 젊은 시기 사방을 돌아다니다가 학문을 게을리하였으나 27세가 되어서야 비로소 깊이 깨달아 옛 서적들을 끊임없이 읽어 마침내 그 뜻을 밝힐 수 있었다. 위의 글들을 통해, 소순이 유가의 경전에만 집착했던 정통 문장가들과는 달리 선진先秦시기의 『시경』, 『초사』, 『손자』, 『오자』, 『맹자』, 양한兩漢의 사마천, 반고, 당대唐代의 한유 등의 문장을 얼마나 온 힘을 다해 읽었는지 알 수 있다.

소식 역시 유협의 이론과 소순의 주장을 승계하여 다음과 같은 글을 썼다.

옛사람들이 재주가 남달라 오늘 사람을 뛰어넘었던 것이 아니다. 그 평상 시 거처함에 자신을 수양하면서 쉽게 등용되어 그 공명을 이루기를 기대하지 않았는데, 그 치학治學 방법이 마치 갓난아기가 잘 성장하기를 조심스럽게 바라는 마음과 똑같았다. 수신함에 취약한 부분이 있다면 잘 보양하여 강하게 하였고, 허약한 부분이 있다면 잘 보양하여 충만하게 하였다. 삼십이

---

199 『嘉祐集』(蘇洵 撰, 台北: 臺灣商務印書館, 1977년), 권11 「上歐陽內翰第一書」, 108-109쪽. "盡燒其曩時所爲文數百篇, 取論語孟子韓子及其他聖人賢人之文, 而兀然端坐, 終日以讀之者七八年. 方其始也, 入其中而惶然, 博觀於其外而駭然以驚. 及其久也, 讀之益精, 而其胸中豁然以明. ……時旣久, 胸中之言日益多, 不能自制, 試出而書之. 已而再三讀之, 渾渾乎覺其來之易矣, 然猶未敢以爲是也."

200 『嘉祐集』, 권10 「上田樞密書」. 104쪽. "數年來, 退居山野, 自分永棄, 與世俗日疏闊, 得以大肆其力於文章. 詩人之優柔, 騷人之淸深, 孟韓之溫醇, 遷固之雄剛, 孫吳之簡切, 投之所向, 無不如意."

되어서야 벼슬길에 나가고 오십이 되어서야 작위를 받았다. 오랫동안 억눌
린 가운데에서 펼쳐내었고 학문의 성취가 지극히 만족스러운 상태가 된
후에 쓰였고 이미 물이 그릇에 넘쳐난 나머지 흘러내렸고 활시위를 팽팽히
잡아당긴 끝에 화살을 쏘았다. 이것이 바로 옛사람들이 남보다 훨씬 뛰어날
수 있었던 연유이자 오늘날의 군자가 거기에 미칠 수 없는 까닭이다.[201]

학문은 결코 쉽게 이루려 해서는 안 된다. 학문에 대한 신중한 자세가
필요하다. 소식은 "두루 살펴두었다가 간략히 취하고, 두터이 쌓아두었다가
엷게 드러낸다."[202]라는 원칙을 제시한다. 이러한 원칙을 고수해야만 학문의
넉넉함을 이룰 수 있다. 소식은 독서를 통해 취약하고 허약한 부분이 있거든
잘 보강하여 충만하게 하라고 하면서 책을 쌓아놓고 보지 않는 태도를 반대
하였다. 물이 그릇에 넘쳐난 나머지 흘러넘치고 활시위를 팽팽히 잡아당긴
끝에 화살을 쏘는 것처럼 자신의 수양이 온전히 갖추어져 충만할 때 비로소
글로 자연히 드러나 훌륭한 문장을 지어낼 수 있다. 그의 이러한 관점은 혜주
惠州 유배지에서 지내던 말년에도 변함이 없었다.

작품을 창작하는 사람이라면 늘그막에 대부분 후회하는 바가 있게 되는
데, 저도 일찍이 젊은 시절 지은 작품을 후회했었습니다. 그러나 일가지언一
家之言(독특한 자신만의 창작)을 이룸에 있어서는 즉 추호도 후회함이 있어
서는 안 되나니, 마땅히 두루 살펴두었다가 간략히 취해야 할 것입니다.
이는 마치 부자가 대저택을 축조함에 그 건축자재들을 쌓아두었다가 (그

---

201 『蘇軾文集』 제1책, 권10 「稼說」, 340쪽. "古之人, 其才非有以大過今之人也, 其平居所以自養而
不敢輕用以待其成者, 閔閔焉如嬰兒之望長也. 弱者養之以至於剛, 虛者養之以至於充. 三十而後仕,
五十而後爵, 信於久屈之中, 而用於至足之後, 流於旣溢之餘, 而發於持滿之末, 此古之人所以大過
人, 而今之君子所以不及也."

202 위와 같음. "博觀而約取, 厚積而薄發."

자재들이) 이미 충분해진 후에야 (대저택을) 완성하고 그리고서야 소유하
게 되는 것과 매 한 가지라 하겠습니다.[203]

소식은 문장가로서 많은 작품을 저술하는 것도 중요하지만 '일가지언一家
之言'을 이루는 것이 더욱 중요하다고 여겼다. 그리고 '일가지언'을 이루려면
먼저 "두루 살펴두었다가 간략히 취해야(博觀而約取)" 한다고 주장하였다. 이는
바로 창작에 앞서 작가는 장기간의 학문적인 축적을 해야 한다는 말과 같다.
쉼 없는 학문수양은 맹자 역시 "마음속에 잊지 말며 억지로 조장하려 하지
말라"[204]라고 말한 것처럼 매우 필수적인 요건이라 하겠다. 작품의 내실을
충실히 하기 위해서 소식은 '박관약취博觀約取'의 방식을 주장하였다. 학습을
통해 축적된 지식은 집을 지을 때 쓰이는 건축자재와 같아서 문의文意를 엮는
훌륭한 재원이 될 수 있다. 소식은 "옛 책은 싫증 내지 말고 백 번을 읽어야
하고 숙독하면서 깊이 생각한다면 그대는 저절로 알게 되리"[205]라고 하면서
다독과 숙독을 통해 학식을 축적할 것을 강조하였다. 이는 바로 왕정덕王正德
이 "소식이 남들을 가르칠 때, 『전국책戰國策』을 읽게 하였는데, 이는 그 안에
보이는 학설의 이로움과 해로움을 알 수 있게 하려고 한 것이고, 또한 『논어』
와 『맹자』 그리고 『예기·단궁檀弓』 등을 숙독해야 한다고 한 것은 포부와
의취意趣를 올바르고 타당하게 하려고 한 것이다. 한유와 유종원의 문장 수
백 편을 읽게 한 것은 글짓기의 면모를 알게 하려고 한 것이다"[206]라고 말한

---

203 『蘇軾文集』 제4책, 권53 「與張嘉父」, 1564쪽. 같은 글이 『經進東坡文集事略』 하책 권47의 799
　　쪽에 「答張嘉父書」로 기재되어 있다. "凡人爲文, 至老多有所悔, 僕嘗悔其所少作矣, 然著成一家
　　之言, 則不容有所悔, 當且博觀而約取, 如富人之築大第, 儲其材用, 旣足, 而後成之, 然後爲得也."
204 『孟子·公孫丑上』, 『十三經注疏』 제8책, 55쪽. "心勿忘, 勿助長也."
205 『蘇軾詩集』 제1책, 卷6 「送安惇秀才失解西歸」, 247쪽. "舊書不厭百回讀, 熟讀深思子自知."
206 『餘師錄』(四庫全書本) 卷4. "東坡敎人讀『戰國策』, 學說利害; 又須熟讀『論語』·『孟子』·「檀弓」,
　　要志趣正當. 讀韓·柳文數百篇, 要知作文體面."

것과 일치한다. 소식이 얼마나 고인의 서적을 두루 읽어 학식을 넓히는 데에 애를 썼고 자신뿐만 아니라 주변 사람들을 가르칠 때에도 이를 매우 강조하였음을 알 수 있다.

창작 방법은 대단한 무엇이 있는 것이 아니라 많이 읽고 많이 배우고 많이 쓰는 것 외에는 별다른 방책이 없다. 작자는 우선 "선인들의 언행을 많이 알아야(多識前言往行)"[207] 창작의 내실을 충만하게 하여 창작 능력을 고양시킬 수 있다. 학문하는 데에도 가장 효과적인 학습 방법은 바로 경전을 두루 섭렵하는 것이다. 경사經史를 두루 읽고 시서詩書를 겸비한다면 작자의 학문 세계는 절로 확 트이고 밝아질 것이다.

2. 관찰 탐구

창작은 외부 자연환경 속에서 무언가 느낌을 받아 일어난다. 세상은 크고 넓고 사건이나 사물 또한 천차만별이다. 세상 물상의 다양한 특징을 제대로 파악하려면 세밀한 관찰이 선행되어야 한다. 이를 통해 작자는 독자에게 선명한 인상을 주어서 책을 읽고 난 후에도 참된 실상을 떠올릴 수 있게 한다. 작자가 그 특징을 제대로 파악하지 못한다면 마치 카메라 렌즈의 초점이 맞지 않은 채 피사체를 찍어 현상한 사진이 흐릿하여 불명확하듯이 결과적으로 작자의 작품을 읽은 독자도 정확한 진상을 파악할 수 없다. 자연경관을 묘사하거나 사실을 기술하거나 모두 세밀한 관찰을 통해 사물의 특징을 파악하는 것은 창작 과정에서 매우 중요한 요건이다.

---

207 劉勰은 「事類」 편에서 『周易』의 大畜卦에 보이는 象辭를 원용하여 학습의 중요성을 강조하였다.

'관찰Observation'이란 객관세계를 직접 이해하고 인식하는 방법으로, 주체가 어떠한 목적을 가지고 외부 세계를 계획적으로 탐색하여 정보를 캐는 지각 활동이다.[208] 사물이나 현상에 대한 관찰은 인식주체가 대상을 능동적이고 목적의식을 가진 태도로 파악해야 가능하다. 자연의 이치와 만물의 정감은 몸소 관찰하여야만 깊이 있는 이해가 있을 수 있기에, 문예 이론가들은 작가 수양을 논할 때 자연스럽게 관찰을 중시하였다. 유협劉勰은 "천 편의 곡목을 연주해 본 연후에 음악을 알 수 있고, 천 개의 칼을 본 연후에 칼의 성능을 알 수 있다고 한다. 이와 마찬가지로 완벽하게 비추어진 물상은 두루 살펴보는 것을 우선해야 한다"[209]라고 말하였다. 창작표현의 숙련도는 풍부한 생활 경험을 철저히 관찰하는 것으로부터 시작한다. 작자는 생활 속 세밀한 관찰을 통해 세상만사의 이치를 헤아리고 탐구하여 옳고 그름을 판단한다.

창작과정을 풍요롭게 하기 위해서는 끊임없이 취재하고 답사하고 사색해야 한다. 결국 관찰하고 탐구해야 한다는 말이다. 창작과정을 풍요롭게 하지 않고 과실만 따려고 하는 것은 마치 감나무 밑에서 홍시가 입 안으로 떨어지기를 기다리는 것과 같다. 어느 세월에 땡감이 익어서 홍시가 될 것이며, 홍시가 된들 그게 어떻게 입 안으로 떨어지겠는가? 이는 수주대토守株待兔와 같은 일이며 헛된 수고이다. 작자 스스로 감나무가 되어 꽃을 피우고 열매를 맺겠다는 생각으로 부단히 취재하고 답사하고 사색해야 한다. 부단히 취재하고 답사하고 사색하는 것은 창작의 필수 조건이다. 그걸 언제까지 해야 할지는 시간과 기간으로 단정할 수 없다. 작자는 글을 쓰는 내내, 무엇보다도 '낡은 나'가 '새로운 나'로 교체되는 것을 경험할 때까지 해야 한다. 창작과정

---

208 王先霈, 「作爲藝術思維方式的體驗」, 『荊州師範學院學報(社會科學版)』(1999년 제3기), 82쪽.
209 『文心雕龍讀本』 하편, 「知音」제48, 352쪽. "凡操千曲而後曉聲, 觀千劍而後識器; 故圓照之象, 務先博觀."

을 통해 작자 스스로 경이로움을 체험하고 다시 태어나는 느낌을 얻지 못하면 좋은 작품을 잉태하는 것은 굉장히 어렵다.[210] 직접 관찰해야 진정한 예술 작품이 탄생한다. 독서나 남의 말을 통해 간접적으로 얻어들은 지식으로는 만들어낼 수 없다. 순식간에 얻은 지식이나 정보로는 한계가 있다. 오래 걸려도 궁금한 점을 풀어내고 알아가는 희열이 진짜 지식을 만든다. 관찰 탐구는 머리뿐 아니라 온몸으로 느끼는 과정이다. 진정한 예술작품은 현실과 직접 부딪쳐 탄생하며, 그렇게 태어난 뛰어난 예술작품들은 사람들에게 인식의 전환을 가져다준다. 예술을 통해서 우리는 인식하는 능력, 해석하는 능력을 키우고 창의성을 창출할 수 있고 동시에 예술작품을 대하는 사람들을 창의적으로 만들 수 있다.[211]

당송唐宋 이후 문인들은 대다수 현실에 관심을 두어 직접 사회에 참가하여 자신의 포부를 실현시키려 하였기에 현실 생활에 대한 관찰을 더욱 강조하였다. 송대宋代 구양수歐陽脩는 다음과 같이 말하였다.

> 배우는 사람들이 처음부터 도道를 터득하려 하지 않은 적이 없었으나 그 경지에 이른 자가 거의 없다. 이는 도가 사람들에게서 멀리 있는 것이 아니라, 배우는 사람들이 무언가에 빠지는 바가 있기 때문이다. 문장이 말을 이룸에 있어, 공교로워 기쁨을 느낄 만큼 되기는 어렵지만 우쭐하여 스스로 만족하기는 쉬운 법이다. 세상의 배우는 사람들은 왕왕 그것에 빠져, 어쩌다 한 가지라도 공교로워지면 곧 "내 배움은 족하다"라고 말한다. 심한 경우에는 온갖 일을 다 내버리고 관심조차 두지 않고서 "나는 문인이니, 문장 짓는 일을 직분으로 삼을 뿐이다"라고 말한다. 이것이 바로 도에

---

210 『삶은 어떻게 예술이 되는가』, 38-40쪽.
211 『예술수업』(오종우, 도서출판 어크로스, 2015년), 49-50쪽.

이른 자가 거의 없는 연유이다. [212]

구양수는 학자들이 도의 경지에 이르지 못한 원인으로 두 가지를 들고 있다. 그 하나는 과거에 급제하여 공명을 얻으면 스스로 만족하고는 더 이상 학문에 진력하지 않는 것이고, 또 다른 하나는 현실 생활에 대해선 전혀 관심을 두지 않고 글 짓는 일에만 전념하는 것이다. 구양수의 관점에서 보자면 문장을 말하거나 도를 논하거나 상관없이 모두 현실 생활에 관심을 두어야 하는 것이다. 어떠한 창작이라도 반드시 풍부한 생활 경험의 축적을 통해야만 독자의 심중에 작자의 진정이 느껴질 수 있다.

중국의 대표적인 문인 소식 역시 다양한 인생 편력을 거쳤다. 그는 한때 황제를 곁에서 모시기도 했지만 또 한편으로는 정쟁의 희생양으로 누추한 신세가 되어 여러 곳을 떠돌면서 다양한 사람들과 교유하기도 하였다. 그의 이러한 풍부한 경험은 창작 활동에 있어서도 직접 경험을 통한 객관성을 담보로 할 수 있었고, 이를 통해 창작의 영감이 용솟음칠 수 있었다.

소식은 "사물은 모두 볼만한 것을 가지고 있다. 진실로 볼만한 것은 모두 즐길만한 것이 있지만 꼭 기괴하고 웅장한 것은 아니다"[213]라고 하면서, 모든 사물은 사람의 욕망을 만족시킬 수 있으며 그 물건이 화려해서도 그렇다고 특이해서 즐기는 건 아니라고 생각했다. 심지어 인사나 정치사회에 관한 일에 있어서도 관찰을 통해 이해득실을 밝혀 사람들에게 내보일 수 있다. 우주

212　(宋)歐陽脩, 「答吳充秀才書」. 『歐陽脩全集』, 『居士集』 권47, 321-322쪽. "夫學者未始不爲道, 而至者鮮. 爲非道之於人遠也, 學者有所溺焉爾. 蓋文之爲言, 難工而可喜, 易悅而自足. 世之學者往往溺之, 一有工焉, 則曰: 吾學足矣. 甚者, 至棄百事, 不關於心, 曰: 吾文士也, 職於文而已. 此其所以至之鮮也."

213　『蘇軾文集』 제2책, 卷11 「超然臺記」, 351쪽. "凡物皆有可觀. 苟有可觀, 皆有可樂, 非必怪奇瑋麗者也."

와 자연의 관찰을 통해서도 작자는 영감을 얻는다. 그래서 「적벽부赤壁賦」에서 "오직 강 위의 맑은 바람과 산 사이에 있는 밝은 달은 귀로 들으면 음악이 되고, 눈으로 보면 아름다운 풍경이 된다. 그것을 가진다해도 누구도 금할 수 없고, 아무리 써도 없어지지 않는다. 이것은 조물주의 다함이 없는 창고이다"[214]라고 한 것이고, 「남행전집서南行前集敍」에서도 "산천 경치의 수려함과 풍속의 질박함 그리고 현인·군자들의 유적들, 눈과 귀로 직접 접하는 모든 것들이 한데 섞이어 마음속에 와 닿아 절로 입을 통해 詩로 발하였다"[215]라고 하여 우주와 인사人事가 작자의 창작에 미치는 영향을 언급하였다.

창작은 생활의 참된 정감을 잘 나타내야 하고 작가의 가슴속 성정까지도 그 작품에 토해내야 한다. 그러기 위해서는 먼저 외적 경물에 대한 각별한 심득心得이 선행되어야 한다. 그래서 유협은 창작이란 바로 작자가 "강산의 도움(江山之助)"을 받아 일구어낸 성과물이라 말하였다.[216]

외부 자연 경물에 대한 관찰 탐구를 창작으로 승화시킨 이는 소나무 그림에 뛰어났던 당대唐代 화가 장조張璪에게로 거슬러 올라간다. 그는 자신의

---

214 『蘇軾文集』제1책, 卷1 「赤壁賦」, 6쪽. "惟江上之淸風, 與山間之明月. 耳得之而爲聲, 目遇之而成色. 取之無禁, 用之不竭. 是造物者之無盡藏也."

215 『蘇軾文集』제1책, 卷10 「南行前集敍」, 323쪽. "山川之秀美, 風俗之朴陋, 賢人君子之遺跡, 與凡耳目之所接者, 雜然有觸於中, 而發於詠歎."

216 『文心雕龍讀本』하편, 「物色」제46, 302-303쪽. "詩人들의 景物에 느껴 이어지는 聯想들이란 너무나 무궁무진하다. 그들은 삼라만상들 가운데서 헤어나지 못한 채 푹 빠져서 눈으로 보고 귀로 들을 수 있는 그 세계 안에서 신음한다. (내용상에 있어) 景物의 안 기운과 바깥 모습을 그려냄에 이미 그 景物에 따라 완곡하게 詩로 표현하는데다가 (형식상에 있어) 아름다운 辭采와 聲律을 입힘에 또한 마음과 더불어 이리저리 떠돈다. ……산과 숲, 고원과 광야는 실로 문학적 상상력의 보고라 할 수 있다. 그러나 언어의 사용이 지나치게 간결하면 묘사가 불충분해질 것이며, 또 지나치게 상세하면 필요 이상으로 번잡해질 것이다. 屈原이 『國風』과 『離騷』에 스며 있는 情態를 철저하게 파악할 수 있었던 것도 自然江山의 도움이 아니었겠는가! (詩人感物, 聯類不窮. 流連萬象之際, 沉吟視聽之區; 寫氣圖貌, 旣隨物以宛轉; 屬采附聲, 亦與心而徘徊. ……若乃山林皐壤, 實文思之奧府, 畧語則闕, 詳說則繁. 然屈平所以能洞監風騷之情者, 抑亦江山之助乎!)"

경험에 비추어 예술 창작은 "밖으로는 자연의 조화로움을 스승 삼고 안으로는 마음의 원천을 체득해야(外師造化, 中得心源)"[217] 한다고 주장하였다. 여기서 '조화造化'란 바로 작자가 생활하는 공간 속의 자연 경물의 조화라 말할 수 있다. 작품이 객관적 사물과 주관적 감정이 서로 작용하여 생겨난 결과물이라 한다면 작자는 객관적 사물에서 섭취한 창작의 원료를 가지고 대상을 묘사하는 데에만 그쳐서는 안 되고 여기서 더 나아가 그가 표현하고자 하는 대상에 대하여 심도 있는 분석과 연구가 선행되어야 한다.

당대唐代에 말 그림으로 유명했던 한간韓幹과 이공린李公麟도 그림의 주 대상인 말 자체에 대한 깊은 심득心得이 있었다. 그들은 살아있는 말을 몸소 관찰하여 그려내었지 판에 박은 듯한 유명 화가나 작품을 보고 흉내 내려고 애쓰지 않았다.[218] 이러한 생활에 기초한 관찰은 대상을 사실적으로 생동감 있게 형상화할 수 있었다. 자연경관을 묘사하는 데에 있어 그 대상을 자세히

---

217 『歷代名畵記』(張彦遠 撰, 臺北: 臺灣商務印書館, 1975년) 권10, 318쪽. "庶子 출신인 畢宏은 대대로 명성을 떨치고 있었는데, 한번은 張璪의 그림을 보고는 경탄해 마지않았다. 특히 畢宏은 단지 끝이 뭉툭한 붓만 사용하고 간혹 가다가 직접 손으로 비단 바탕을 문질러 그리는 것을 기이하게 여겼다. 이로 인하여 張璪에게 어디에서 이런 기술을 배웠는지 물었다. 이에 張璪가 "밖으로는 자연의 조화로움을 스승 삼고 안으로는 마음의 원천을 체득하였다"라고 하자, 畢宏은 그만 붓을 꺾고 말았다. (畢庶子宏, 擅名於代, 一見驚歎之, 異其唯用禿毫, 或以手摸絹素. 因問璪所受? 璪曰: "外師造化, 中得心源". 畢宏於是閣筆.)"

218 『鶴林玉露』(羅大經 撰, 王瑞來 校點, 北京: 中華書局, 1983-1997년) 丙編 卷之六「畫馬」, 343쪽. "唐 玄宗은 韓幹에게 궁궐에 소장한 말 그림을 살펴보라고 명하였다. 이에 韓幹은 "꼭 볼 필요는 없습니다. 폐하의 마구간에 있는 만 필의 말들이 모두 신의 스승입니다."라고 말하였다. 李公麟은 말을 기막히게 잘 그렸다. 曹輔가 太僕卿으로 있을 때이다. 太僕의 마구간에는 나라의 말이 모두 있었다. 李公麟은 매번 이곳을 지날 때면 꼭 종일토록 자유롭게 살펴보았는데, 손님과 말을 나눌 겨를도 없을 지경이었다. 대체로 말을 그리는 화가라면 반드시 먼저 온전한 말이 가슴속에 있어야 한다. 만약 정신을 한 데 모아 그 말의 神俊함을 감상할 수 있고 이 과정을 오래할 수 있다면, 가슴속에 온전한 말이 있게 된다. (唐明皇令韓幹觀御府所藏畫馬, 幹曰: "不必觀也, 陛下廐馬萬疋, 皆臣之師." 李伯時工畫馬, 曹輔爲太僕卿, 太僕廨舍國馬皆在焉, 伯時每過之, 必終日縱觀, 至不暇與客語. 大槪畫馬者, 必先有全馬在胸中. 若能積精儲神, 賞其神俊, 久久則胸中有全馬矣.)"

관찰하여 제대로 그려내고 써낼 수 있는 것이다.

곽희郭熙(1023-1085)는 산수를 관찰하는 방법과 태도에 대해 다음과 같이 말하였다.

> 실제 산수의 시내와 계곡은 멀리서 바라보아 그 외세外勢를 취하고 가까이서 관찰하여 그 내질內質을 취한다.[219]

산수를 관찰하는 가장 중요한 요점은 멀리서 바라보는 것과 가까이에서 관찰하는 것의 결합인데, 산수의 외세外勢와 내질內質을 획득하기 위하여 반드시 거쳐야 하는 길이다. 산수 화가가 자연 경물을 관찰할 때는 반드시 멀리서 본 것과 가까이에서 관찰한 것을 통합하여야만 한다. 그중 하나라도 빠뜨려서는 안 된다. 멀리서 바라보는 목적은 산천 경물의 기개를 알기 위해서, 즉 그 외세를 취하기 위해서이다. 그런데 어떤 자연 경물은 멀리서 바라보지 않으면 그 신神을 얻을 수 없을 뿐만 아니라 그 형形도 알 수 없다.

> 실제 산수의 바람과 비는 멀리서 바라보아야 얻을 수 있지 가까운 것에 눈을 빼앗겨서는 비바람이 섞여 치며 일고 그치는 형세를 살필 수 없다. 실제 산수의 흐리고 비 오는 것은 멀리서 바라보아야 다 얻을 수 있지 가까운 것에 협소하게 막히어서는 그 밝고 어두우며 숨고 나타나는 자취를 얻을 수 없다.[220]

산수를 유람해본 사람이라면 누구나 이러한 이치를 알 것이다. 산속에 떠

---

219 (宋)郭熙·郭思, 『林泉高致』, 「山水訓」. "眞山水之川谷, 遠望之以取其勢, 近看之以取其質."
220 위와 같음. "眞山水之風雨, 遠望可得, 而近者玩習, 不能究錯綜起止之勢, 眞山水之陰晴, 遠望可盡, 而近者拘狹, 不能得明晦隱見之迹."

있는 흰 구름은 멀리서 바라보면 매우 아름답지만 그 속에서 보면 단지 한 조각의 짙은 안개에 불과할 뿐 그 신과 형을 관찰할 수 없다. 자연 경물을 관찰할 때 멀리서 바라보지 않으면 여산廬山의 진면목을 알 수 없다. 이와 반대로 자연 경물을 가까이에서 관찰하는 목적은 자연물의 질감을 연구하기 위한 것이다. 가령 어떤 산은 수성암이나 화성암 또는 석회암으로 형성되어 있고, 어떤 산은 토산土山이나 석산石山 또는 토석산土石山으로 이루어져 있다. 산수화의 수많은 준법은 바로 화가가 여러 가지 산과 돌의 재질이나 겉모습을 표현하는 데 있어서 화법으로 추출해서 정제시킨 것이다. 이러한 현실 모습과 질감을 제대로 손끝으로 지면에 담아내려면 세심한 관찰과 탐구가 담보되어야 한다. 그러한 관찰이 창작자에게 축적되지 않으면 창작은 불가능하다.

곽희는 이외에도 원근에 따른 이동법移動法을 제시하였다.

산은 가까이에서 보면 이와 같고 몇 리 떨어져 보면 또 이와 같으며 십여 리 떨어져 보면 또 이와 같이 매번 멀어질수록 매번 다르니, 이른바 산의 모습은 걸음걸음마다 바뀐다는 것이다. 산은 정면에서 보면 이와 같고 측면에서 보면 또 이와 같으며 뒷면에서 보면 또 이와 같아 매번 볼 때마다 매번 다르니, 이른바 산의 모습은 면마다 보아야 한다는 것이다. 이와 같이 하나의 산이면서 수십, 수백의 산 모습을 겸하고 있으니 가히 자세히 알지 않을 수 있겠는가?[221]

산의 모습이 걸음걸음마다 바뀐다는 말은 산의 가까운 곳에서부터 점차

---

221 위와 같음. "山近看如此, 遠數里看又如此, 遠十數里看又如此, 每遠每異, 所謂山形步步移也. 山正面如此, 側面又如此, 背面又如此, 每看每異, 所謂山形面面看也. 如此是一山而兼數十百山之形狀, 可得不悉乎?"

뒤로 물러나면서 관찰할 때 산이 달라지는 효과이다. 이는 앞에서 말한 멀리서 바라보고 가까이에서 취하는 관찰 방법에 대한 보충이다. 산을 면마다 본다는 것은 앞뒤, 좌우로 두루 보는 방법이다. 이렇게 몇 가지 관찰 방법을 동원하다 보면 수십, 수백의 산 모습을 얻을 수 있을 것이다.

나무 한 그루를 10명의 화가가 그린다면 아마도 제각기 다를 것이 분명하다. 화가마다 보는 관점이 다르고 그들이 살아온 처지와 환경이 다르기에 그 독법 역시 다를 수밖에 없다. 결국 같은 나무를 그려도 모두 다른 그림이 나온다. 그런데 실제 그 나무를 제대로 본 사람이 10명의 화가가 그린 그림을 본다면 그 사람은 그 모든 그림이 하나의 나무를 그렸다는 사실을 알 수 있을 것이다.

소식은 「서림사 벽에 제하다」라는 시에서 "가로로 보면 산줄기, 세로로 보면 봉우리. 멀리서 가까이서 높은 데서 낮은 데서 그 모습 각기 다르다. 여산의 진면목을 알 수 없는 것은, 이 몸이 이 산속에 있는 탓이리."[222]라고 하였다. 소식의 이 시구는 바로 곽희의 이동법에 대한 구체적인 주해라 하겠다.

소식은 관찰에 대한 중요성을 다음 한 편의 글에서 피력하고 있다.

일[상황]에 있어서 눈으로 보거나 귀로 듣지 않고 그 유무有無를 혼자 생각만으로 판단하는 것이 가능한가? 역도원酈道元의 보고 들은 바는 아마도 나와 같으나, 그것을 말하는데 상세치 못하였다. (이발李渤 같은) 사대부들은 끝내 작은 배로 절벽의 아래에 정박해보지 않았기에 (석종산의 명명 유래를) 아무도 알 수 없었다. 그리고 어부와 뱃사람은 비록 알아도 말로 설명할 수 없었다. 이것이 바로 (석종산이라 명명한 유래가) 세상에 전해지

---

222 『蘇軾詩集』 제4책, 권23 「題西林壁」, 1219쪽. "橫看成嶺側成峰, 遠近高低各不同, 不識廬山眞面目, 只緣身在此山中."

지 않은 까닭이다. 그래서 비루한 자들은 도끼로 돌을 두드려서 그것(종소
리와 같은 소리, 즉 석종산이라 명명한 유래)을 구해놓고는, 스스로 그 실제
(석종산이라 명명한 유래의 진실)를 얻었다고 생각하였다. 나는 이「석종산
기石鐘山記」를 써서 역도원酈道元의 간략한 설명을 탄식하고 이발李渤의 비루
한 풀이를 비웃는다.[223]

소식은 석종산石鐘山을 실제 찾아가서야 역도원酈道元의 설명이 너무나 간
략했던 까닭에 급기야 얼토당토않은 비루한 풀이가 끼어들었다는 것을 알았
다. 모든 창작은 직접 보고 듣고서야 제대로 표현할 수 있으며 어떠한 억측으
로 창작활동을 해서는 안 된다. 직접적인 관찰 탐구 과정 없이 간접적인 이해
정도로는 절대로 파악할 수 없다. 소식은 여러 글에서 창작할 때 관찰을 중시
했을 뿐 아니라 문예 감상의 핵심이 바로 관찰을 통한 심득에 있다고 주장하
였다.[224] 깊이 있는 관찰을 통한 심득이 뛰어날수록 문예 창작과 감상에 있어
서도 좋은 토양을 마련해준다. 관찰력이 미흡하면 창작해도 깊이 있게 표현
해낼 수 없고, 감상한다고 한들 자신의 사고 미숙으로 인하여 훌륭한 작품의
묘미를 맛볼 수 없다. 이는 바로 두보杜甫가 "뛰어난 화법畫法 더욱 느끼자니,

---

223 『蘇軾文集』제2책, 권11「石鐘山記」, 371쪽. "事不目見耳聞而臆斷其有無, 可乎? 酈元之所見聞,
殆與余同, 而言之不詳. 士大夫終不肯以小舟夜泊絶壁之下, 故莫能知; 而漁工水師, 雖知而不能言;
此世所以不傳也. 而陋者乃以斧斤考擊而求之, 自以爲得其實. 余是以記之, 蓋歎酈元之簡, 而笑李
渤之陋也."

224 『蘇軾文集』제5책, 권67「題淵明詩二首(之一)」, 2091쪽. "陶靖節云:"平疇返遠風, 良苗亦懷新".
非古之偶耕植杖者, 不能道此語, 非余之世農, 亦不能識此語之妙也."
　　『蘇軾文集』제5책, 권67「書子美雲安詩」, 2102쪽. ""兩邊山木合, 終日子規啼." 此老杜雲安縣
詩也. 非親到其處, 不知此詩之工."
　　『蘇軾文集』제5책, 권67「書司空圖詩」, 2119쪽. ""棋聲花院靜, 幡影石壇高." 吾嘗游五老峰,
入白鶴院, 松陰滿庭, 不見一人, 惟聞棋聲, 然後知此句之工也."
　　『蘇軾文集』제5책, 권68「自記吳興詩」, 2129-2130쪽. "僕游吳興, 有「游飛英寺」詩云:"微雨
止還作, 小窗幽更姸. 盆山不見日, 草木自蒼然." 非至吳越, 不見此景也."

마음 홀로 괴로워라(更覺良工心獨苦)"라고 탄식한 것에 대해, 소식이 마음 씀의 묘미를 온 세상 사람들 가운데 아무도 알아보지 못하니 홀로 괴로워한다고 한 것과 똑같은 이치이다.[225]

한 작품의 감화력이 강렬한지 아닌지를 판별하는 기준은 종종 작자가 풍부하고도 진실한 생활 경험을 몸소 겪고 살펴보았는지에 의해 결정되기도 한다. 만약 깊이 있는 관찰 없이 표현한 작품이라면 거짓으로 흘러 아무런 가치가 없는 것으로 전락하고 만다. 소식은 바로 이러한 예를 두 편의 글에서 다음과 같이 기술하고 있다.

황전黃筌이 날아가는 새를 그렸는데, 목과 발을 모두 펼쳐놓았다. 어떤 이가 "하늘을 나는 새는 목을 수그리면 발을 펴고 발을 쪼그리면 목을 편다. 둘 다 펴는 경우가 없다"라고 말하였다. 이에 직접 관찰해보니 진실로 그러하였다. 그제서야 사물을 자세히 살펴보지 못한 대상이라면 대단한 화가라 해도 능할 수 없다는 것을 알았다. 하물며 대도大道에 있어서야 더 말해 무엇하리![226]

촉蜀지역에 사는 두杜 처사는 서화書畵를 좋아하여 보물처럼 여기는 것이 백여 점이나 되었다. 그 가운데 대숭戴嵩이 그린 한 폭의 소 그림을 유독 애호하여 비단 주머니에 넣고 옥돌로 축을 만들어 항상 휴대하였다. 하루는 서화를 햇볕에 말리는데, 한 목동이 그 그림을 보고는 박장대소를 하며 "이 그림은 소싸움을 그린 것이군요. 한데 소는 싸울 때 힘이 뿔에 있어

---

225 『蘇軾文集』 제5책, 권71 「書林道人論琴棋」, 2250쪽. "元祐五年十二月一日, 游小靈隱, 聽林道人論琴棋, 極通妙理. 余雖不通此二技, 然以理度之, 知其言之信也. 杜子美論畫云: '更覺良工心獨苦.' 用意之妙, 有擧世莫之知者. 此其所以爲獨苦歟?"

226 『蘇軾文集』 제5책, 권70 「書黃筌畫雀」, 2213쪽. "黃筌畫飛鳥, 頸足皆展, 或曰: '飛鳥縮頸則展足, 縮足則展頸, 無兩展者'. 驗之, 信然. 乃知觀物不審者, 雖畫師且不能, 況其大者乎!"

꼬리는 양다리 사이에 집어넣는데, 지금 이 그림은 꼬리를 늘어뜨리고 싸우고 있으니 잘못되었습니다."라고 말하였다. 처사도 웃으며 그렇다고 여겼다. "밭 가는 일은 응당 남자 종에게 묻고, 길쌈하는 일은 마땅히 여자 종에게 물어봐야 한다."라는 옛말이 있는데, 불변의 이치이다. [227]

대숭戴嵩, <투우도鬪牛圖>, 견본수묵, 40X40.8cm, 대북 국립고궁박물원

　창작자가 표현하는 물상에 대해 그 물리를 파악하지 못하는 상황은 바로 대상에 대한 인식 부족과 생활에 기초한 관찰 미숙에 기인한다. 소식은 대숭戴嵩과 같은 이름난 화가라 해도 현실 생활을 정확히 묘사하려면 반드시 직접 관찰해야 한다고 지적하였다. 그렇게 하지 않으면 잘못된 묘사를 할 수 있다.

화가가 그리고자 하는 대상의 물리를 제대로 파악하지 않고서는 결과적으로 대상에 대한 온전한 인식이 결여되기 십상이다. 그 물상에 대한 물리를 제대로 파악하지 못한 채 표현한 작품은 웃음거리밖에는 될 수 없다. 원숭이를 잘 그린 역원길易元吉(11세기 중후반 활동)은 항상 깊은 산 속으로 가 원숭이의 생활을 관찰하였는데 한번 가면 몇 개월씩 머물곤 했다 한다.[228] 시문을 짓는 일이나 그림 그리는 일이나 매일반이다. 모든 창작은 생활 속 직접 관찰과 탐구를 통해 비롯된다.

문예 작품 속에서 인물을 묘사하거나 산천초목을 그려내려면 작자는 그리고자 하는 대상을 밖으로 찾아 나가 자세하고도 세밀하게 관찰해야 한다. 다만 문예 작품이란 결코 대상의 겉모습만 그려내는 데에 그치지 않고 대상의 내부에 존재하는 신기神氣나 운미韻味 혹은 인생의 의미 등을 표현해내야 한다. 송나라 사람들의 새에 대한 관찰의 정밀함은 놀라운데, 소식은 진직궁陳直躬이 그린 기러기 그림에 대한 제시題詩에서 다음과 같이 말하였다.

> 들판의 기러기가 사람을 보면
> 날아가기도 전에 날려는 티가 나게 마련인데
> 그대는 저 기러기를 어디에서 보았기에
> 이리도 사람이 전혀 없는 듯한 태를 얻었나.
> 시들어 말라 버린 나무의 모습이 아니겠는가?
> 사람과 새가 둘 다 자재롭구나.[229]

---

228 『中國古代繪畫理論發展史』(葛路 著, 上海人民美術出版社, 1982년), 118쪽; 『중국회화이론사』(葛路 저, 강관식 역, 서울: 미진사, 1993년), 283쪽.

229 蘇軾, 『蘇軾詩集』 권24, 「高邮陈直躬处士画雁二首其一」. "野雁見人時, 未起意先改. 君從何處看, 得此無人態. 無乃槁木形, 人禽兩自在."

들판에 날아든 기러기가 사람을 보지 못할 때의 모습과 볼 때의 모습이 변화가 없더라도 최소한 눈빛에라도 변화가 일게 마련이다. 기러기가 사람을 보지 못한 경우엔 아무런 반응이 없겠지만, 사람을 보았다면 날아갈 것인가 아니면 그대로 있을 것인가 판단을 해야 할 것이다. 그리고 이 때문에 눈빛에 약간의 변화가 생길 것이다. 하지만 화가가 기러기 자신을 그리고 있음을 아는지 모르는지 기러기는 태연하고 화가도 기러기를 의식하지 않은 자유자재의 경지에서 대상을 그렸다. 소식은 기러기의 일반적 생태를 언급하면서 화가가 기러기를 비범한 관찰력으로 은밀히 표현해냈다고 놀라워했다. 이러한 묘사는 단순하게 관찰에만 의지해서는 제대로 파악하기 어렵다. 우주는 무한하고 세계는 넓어서 우리가 직접 관찰할 수 있는 범주는 결국 유한하다고 하겠다. 사람의 감각기관과 지각 활동은 일정한 한계가 있어서 그 한계를 뛰어넘으면 직접 관찰할 수 없다. 또한 대상의 현상은 관찰할 수 있지만 현상 배후에 잠재하는 어떠한 원리에 대해서는 지각할 수도 없고 관찰할 수도 없다.

관찰을 한다고 해도 현상 속에 잠재하는 원리를 오감으로 섣불리 판단하다가 오판할 수 있기도 하기에 주의 깊게 살펴야 하다. 우리가 흔히 범하는 착시현상만 보아도 시각을 맹신할 수 없는 이유이기도 하다. 착시는 사물을 눈으로 볼 때 사물의 실제 모습과는 다르게 느끼는 현상을 말한다. 시각에 의해서 생기는 착각 때문에 사물을 잘못 보는 현상이다. 우리가 어떤 물건을 볼 때는 물건만 보는 것이 아니고, 그 물건이 있는 배경까지 포함하여 보게 된다. 따라서 배경의 모양이나 색깔 등에 의해서 물체가 혼동되어, 같은 밝기의 색깔이 다른 밝기로 보이기도 하고 같은 크기인데도 더 짧거나 길게 보이기도 한다.

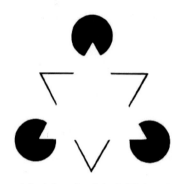

선이 없어도 가운데에 삼각형이 보임

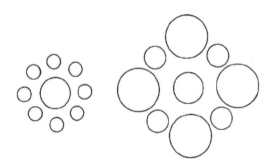

같은 크기의 원(가운데)인데도 왼쪽 원이 더 커 보임

그러하기에, 소식은 진리에 이르기 위한 진일보한 관점을 제시하였다.

나는 예전에 그림을 논했던 적이 있는데, 다음과 같이 생각했었다. 사람·짐승·가옥·기물은 모두 일정한 모습(常形)이 있다. 산·돌·대·나무·강·파도·연기·구름 등은 비록 일정한 모습이 없으나 일정한 이치(常理)가 있다. 상형이 잘못된 것은 사람들이 다 알 수 있다. 그러나 상리가 부당한 것은 비록 그림에 해박한 사람이라 해도 모르는 이가 더러 있다. 그러므로 무릇 세상 사람들을 속여서 허명虛名을 얻으려는 자들은 반드시 상형이 없는 것에 의탁한다. 그러나 상형이 잘못된 것은 잘못된 부분에만 그치고 그 전체를 잘못되었다고 탓할 수는 없지만, 만약 상리가 잘못되었을 때는 그 전체가 무너진다. 왜냐하면 그 모습이 일정하지 않기 때문이다. 그래서 그 이치는 더욱 주의하지 않으면 안 된다. 세상에서 뛰어난 그림을 그린다는 사람들 중에도 간혹 그 모습은 자세하게 그릴 수 있을지는 모르나 그 이치에 있어서만큼은 식견이 뛰어난 사람이 아니면 결코 식별하지 못하는 경우도 있다.[230]

이 글에서 소식은 일정한 모습이 없는 물상 속에 담긴 일정한 이치를 잘 터득해야 한다고 주장하였다. '상형常形'은 정지한 사물의 외재 형태를 가리키고 '상리常理'는 변화하는 사물의 내재 원리를 가리킨다. 여기서 언급된 '상리'는 당시 이학가理學家들이 말하던 이기理氣의 '이理'가 아니라, 자연 생명체 본연의 변화무상한 도리, 즉 물리를 말한다. '상리'는 사물 속에 잠재하는 본질적 특징이어서 아무나 살펴볼 수 있는 것이 아니다. 현상 배후에 숨어있는 본질적 특징을 찾아내는 일은 쉽지 않은 일이기에 반드시 관찰과 탐구를 통해야만 '치致'의 경지에 이를 수 있다.

이에 성공적인 작자가 되려면 응당 사물의 상리를 체득해야 한다. 문동文同은 대나무 그림을 특히 잘 그렸는데, 그 이유는 바로 그가 대나무를 너무 좋아하였기 때문이다. 그가 양주태수洋州太守로 있을 때엔 아예 운당곡篔簹谷에 죽림竹林을 조성하여 정자를 지을 정도여서 "아내와 죽림 가운데를 노닐

---

230 『蘇軾文集』제2책, 권11「淨因院畫記」, 367쪽. "余嘗論畫, 以爲人禽宮室器用皆有常形. 至於山石竹木, 水波煙雲, 雖無常形, 而有常理. 常形之失, 人皆知之. 常理之不當, 雖曉畫者有不知. 故凡可以欺世而取名者, 必託於無常形者也. 雖然, 常形之失, 止於所失, 而不能病其全, 若常理之不當, 則擧廢之矣. 以其形之無常, 是以其理不可不謹也. 世之工人, 或能曲盡其形, 而至於其理, 非高人逸才不能辦."

고 죽순을 익혀 저녁끼니로 먹었다"[231]라고 하니, 대나무의 생장 과정을 누구보다 잘 알고 있었을 것은 자명한 일이다. 그는 각양각색의 대나무를 직접 살펴보면서 대나무의 '도'를 파악했다. 소식은 문동의 대나무 그림에 대해 평하면서 다음과 같이 말하였다.

문동文同, <묵죽도墨竹圖>, 견본수묵,
131.6×105.4cm, 대북 고궁박물원

문동文同만이 홀로 대나무의 깊이를 체득하여 대나무의 어진 까닭을 알 수 있었다. 온화한 얼굴로 담소하고 붓을 휘둘러 먹을 뿌리고 떨쳐 신속하게 그려 대나무의 덕을 곡진히 표현한다. 어리고 장대하며 시들고 늙은 모습이나 쓰러지고 끊어지며 굽고 뻗은 형세를 모두 드러냈다. 풍설이 세찬 겨울에 대나무의 절조를 볼 수 있고, 낭떠러지 암벽 틈새에서 대나무의 절개에 미친다. 뜻[좋은 조건]을 얻어 무성해져도 교만해지지 않고, 뜻을 얻지 못하여 수척해지더라도 욕스럽게 보이지 않는다. 무리 속에 거한다고 해도 의지하지 않고, 홀로 서있어도 두려워하지 않는다. 문동이 대나무를 대함에 있어서 그 정情을 얻어 그 성性을 곡진히 표현하였다 하겠다.[232]

---

231 『蘇軾文集』제2책, 권11「文與可畫篔簹谷偃竹記」, 366쪽. "與其妻游谷中, 燒筍晚食."
232 『蘇軾文集』제2책, 권11「墨君堂記」, 356쪽. "與可獨能得君之深, 而知君之所以賢. 雍容談笑, 揮灑奮迅而盡君之德. 稚壯枯老之容, 披折偃仰之勢. 風雪凌厲以觀其操, 崖石犖确以致其節. 得志, 遂茂而不驕; 不得志, 瘁瘠而不辱. 羣居不倚, 獨立不懼. 與可之於君, 可謂得其情而盡其性矣."

문동은 대나무를 그릴 때 대나무의 모든 성정性情을 깊이 간파하고서야 대나무를 제대로 그려낼 수 있었다. 여기서 언급한 '정情'·'성性'은 작자 자신이 추구하는 이상과 융화되어 대나무를 통해 재현된 것이어서, 화가 문동과 대상물 대나무는 그림을 통해 하나가 될 수 있었다. 가슴속으로 대상물의 전성全性과 상리常理를 체득해야만 그 대상을 제대로 표현하여 '물화物化'의 경지에 이를 수 있으며, 이러한 상태에서 일구어낸 작품이 진정 신사神似·언외지의言外之意의 최고 경계에 오를 수 있다. 소식은 어떤 사물을 그리건 간에 성정을 파악하는 일이 무엇보다 중요하다는 것을 인식하였다.

또 다른 한 편의 글에서, 소식은 대나무를 아무리 사실적으로 그린다고 해도 표면적인 묘사에 그쳤다면 진정한 대나무라고 할 수 없다고 하면서 다음과 같이 말하고 있다.

대나무가 처음 생겨 싹이 조금 자란 것일지라도 벌써 마디와 잎사귀는 모두 갖추어져 있다. 매미의 배 껍질이나 뱀 비늘 같은 죽순에서부터 칼을 뽑은 듯한 80척 길이의 대나무에 이르기까지, 생겨나면 다 잎사귀와 마디가 있기 마련이다. 이제 대나무를 그리는 사람이 마디와 마디를 그리고 잎사귀에 잎사귀를 겹쳐 그려 나간다 해서 어찌 진정한 대나무가 있을 수 있겠는가? 그러므로 대나무를 그리는 사람은 반드시 먼저 가슴속에 완정한 대나무를 얻어야 한다. 붓을 잡아 자세히 살펴본 다음, 자신이 그리고자 하는 바를 찾아냈을 때 그 순간 급히 일어나서 자신이 발견한 것을 쫓아가는데, 붓을 휘둘러 단번에 그려내 그 본 바를 쫓아 표현해내기를 마치 토끼가 머리를 들자 매가 번개같이 아래로 떨어져 낚아채듯이 필세筆勢가 질풍 같았다. 만약 조금이라도 마음을 놓으면 (그 영감은) 저 멀리 사라져 버린다.[233]

실물과 똑같이 그려낼 수 있다고 해도 자연 속의 대나무 그대로를 재현시킬 도리는 없을 것이다. 자연은 한순간도 멈추지 않고 끊임없이 변화하고 있다. 그림을 완성하는 순간에도 그 대상은 벌써 변화되어 있을 것이다. 그러므로 참다운 대나무 그림은 사실적寫實的인 노력에서만 이루어지는 것은 아니다. 오종우는 대상의 진면목을 제대로 파악하려면 관찰 탐구를 통한 전문성과 그 대상을 향한 애착이 형성되어야 한다고 보았다.[234]

이를 통해 작자는 자신의 가슴속에 깨달은 대나무를 그려내야 한다. 이는 대나무의 상리를 파악하여 제대로 체득하고서 자신이 느낀 이미지를 형상화하는 것을 말한다. 이러한 소식의 견해는 심덕잠沈德潛(1673-1769)도 취하여 완정한 대나무를 가슴속에 체득하는 것이 무엇보다 우선하는 일이라고 단정하면서 이 일은 매우 쉽게 이루어질 수 있는 것이 아니라고 부연하였다.[235]

---

233 『蘇軾文集』 제2책, 권11 「文與可畫簹簹谷偃竹記」, 365쪽. "竹之始生, 一寸之萌耳, 而節葉具焉. 自蜩腹蛇蚹以至于劍拔十尋者, 生而有之也. 今畫者乃節節而爲之, 葉葉而累之, 豈復有竹乎! 故畫竹必先得成竹於胸中, 執筆熟視, 乃見其所欲畫者, 急起從之, 振筆直遂, 以追其所見, 如兎起鶻落, 少縱則逝矣."

234 『예술수업』, 18쪽. "진짜 창의성을 갖추기 위해서는 두 가지 전제조건이 꼭 필요합니다. 먼저, 전문성입니다. 피카소가 대상을 보이는 그대로 정밀하게 그리다가 대상의 진실을 확보하기 위해 자기 예술세계를 열었듯이, 우선 이전부터 축적된 능력을 학습하고 익혀서 전문적인 단계에 이르러야 합니다. 다음으로는, 그 대상을 향한 애착입니다. 애정 없이는 어떠한 대상도 제대로 볼 수 없으며, 그 일을 발전시킬 수도 없습니다. 창의성이 기존의 것을 버리고 또 그 일에 애정을 품지 않아야 집착하지 않게 되어 비로소 발현된다고 여기는 일반적인 생각은 거꾸로 창의력을 죽이는 셈입니다. 진짜 창의성의 두 전제조건을 쉽게 이해하기 위해, 인스턴트식품의 대표 격인 라면을 예로 들어볼까요. 아무리 조리하기 간단한 즉석식품이라 해도, 라면을 맛있게 잘 끓이려면 아무렇게나 끓여서는 안 되겠죠. 많이 끓여보고 또한 라면을 좋아해야 어느 누구도 흉내 내지 못할 만큼 맛있는 라면을 끓여낼 수 있는 겁니다. 뭐든 제대로 알고 난 뒤에야 창의성이 나오는 법입니다. 전문성과 애착은 창의력의 기반인 셈이죠. 예술은 늘 새로운 관점을 만들어 세상을 열어내지만, 그러기 위해서 모든 예술가는 언제나 기존에 확립된 규범을 학습하고 수련합니다. 작곡가는 기존 음악의 복잡한 악보를 손쉽게 읽어내면서 자기 음악을 짓기 시작하며, 연주자는 오랜 시간 악기를 타며 훈련합니다. 진정한 예술가는 그러다가 저절로 기존의 것을 넘어서서 창의력을 발휘합니다."

미켈란젤로 부오나로티(피에타) 1498-99, 174×195cm,
대리석, 성베드로 성당, 바티칸

　실제로 '흉중성죽胸中成竹'이란 관점은『장자』에 나오는 '포정해우庖丁解牛'
이야기의 '눈에 온전한 소가 없다는(目無全牛)' 관점과 완전히 일치하며, '재경
위거梓慶爲鐻' 이야기의 "마음속에 만들려는 악기 틀의 모양을 그 나무에 그려
보고 나서야 나무에 손을 댑니다(成見鐻, 然後加手焉)"라는 말과도 합치한다. 높이
는 낮고 너비가 넓어 아무도 관심을 두지 않던 대리석 덩어리에서 <바티칸의

235　(淸)沈德潛,「詩貴意在筆先」. 蘇文擢 詮評,『說詩晬語詮評』 수정재판(臺北:文史哲出版社, 1985
　　년) 卷下 三十二, 440쪽. "대나무를 그리는 사람은 반드시 가슴속에 완전한 대나무를 가지고
　　있어야 한다고 하였는데, 이는 뜻이 붓보다 우선하며 그런 후에 먹을 찍어 그린다는 말이라
　　여겨진다. 이리저리 고심하여 만드는 것은 詩道에서 귀하게 여기는 바이다. 만일 의지가
　　間架하여 아득히 어찌해야 할지 모르다가 문장에 임하여 부연하면서 이것저것 모두 늘어놓
　　으며 완성한다면 어찌 마음으로 얻어 손으로 표현해낸 기교라고 말해질 수 있겠는가? (寫竹
　　者必有成竹在胸, 謂意在筆先, 然後著墨也, 慘淡經營, 詩道所貴. 倘意旨間架, 芒然無措, 臨文敷衍,
　　支支節節而成之, 豈所語於得心應手之技乎?)"

피에타> 작품을 완성하고 나서 미켈란젤로Michelangelo(1475-1564)가 자신의 작품에 찬탄하는 사람들에게 "나는 돌덩어리 속에 있었던 형상을 끄집어낼 뿐이오"라고 답변한 것과도 일맥상통한다.[236] 창작가라면 반드시 현실 생활을 관찰하는 가운데 자신이 표현하려는 대상물의 전모를 철저히 파악해야 한다. 이것이 바로 소식이 문동文同의 대나무 그림에 대해 그 대나무의 이치를 터득했다고 칭찬한 이유이다.

창작이란 장기간의 세밀한 관찰을 거친 후에야 마음속에 한 폭의 분명한 예술 형상을 구현할 수 있으며, 이러한 형상이 일단 무르익으면 그림 속의 사람이 마치 부르면 나올 듯이 너무나도 생동감 있게 표현해낼 수 있다. 자신도 억제할 수 없는 창작 충동에 의해 이루어진 작품은 물과 바람이 이루어낸 물결처럼 형신形神이 겸비된 우수한 작품으로 추앙받는 것이다.

3. 습작 체험

창작자가 자신의 생각과 이상을 글이나 그림으로 구현하려면 습작 훈련이 필요하다. 창작 능력을 발휘할 수 있는 길은 바로 수년에 걸친 끊임없는 습작 연습이다. 손재주가 부족해서 자신의 생각이나 이상을 구현할 수 없다면 부질없고 가치 없는 것이라고 말할 수 있다. 실제로 만들어진 것과 머릿속 공상으로만 남아 있는 것을 구분하는 경계는 바로 손으로 구현하는 솜씨이다. 창작은 결국 솜씨에서 나온다.

---

236 『예술가의 나이듦에 대하여』(이연식 지음, 서울: 플루토, 2018년), 24-25쪽.

　대가다운 실력을 지닌 사람은 수작업을 수행하는 일 자체에서 기쁨을 느끼며, 그 작업은 단순한 노동이 아니라 서서히 축적되어 가는 근원적인 삶의 방식 중 하나일 뿐이다.

　거리를 두고 대상을 살펴보는 관찰과는 달리, '체험'은 중국에서 특별한 의미를 지닌 개념이다.[237] 체험은 단순한 경험이나 일회성 체험을 말하는 것이 아니라 꾸준한 실천을 통해 주변의 사물을 인식하여 체득하는 것이다. 체험은 자신의 감각기관을 모두 동원하여 외부 사물과 교류하여 물아교융物我交融의 상태에 이르는 육체적 활동의 경계를 벗어난 정신활동이다.[238] 체험은 꾸준한 외재적 실천을 통해 이루어진 내재적인 심리 활동으로, 그 내적 심리상태를 거쳐 최종적으로는 한 층 더 높은 단계에서 외부 세계를 느끼는 것이며 가장 깊숙이 자리 잡은 정신세계의 심층부를 파악하는 것이다. 체험

237　중국 고대의 '체험'이론은 일반적인 서양관점과는 완전히 다르다. 일반적으로 말해서 체험은 작가나 예술가가 일상적인 생활굴레를 벗어나 생활 속에서 일반인과 접촉한다는 의미를 지닌다. 체험은 실제적 행위가 저변에 깔린 사유방식이나 심리방식이다. 이 때문에 문예창작의 입장에서 볼 때 현대 서양철학가와 예술가는 단지 일반적으로 통용하는 체험이란 의미를 중시한 것에 불과할 따름이다. 게다가 서양문예심리학방면에서 체험은 보편적인 중시나 충분한 연구를 얻지 못하였을 뿐 아니라 심지어 통용되거나 자주 보이는 술어가 아니라 다만 정서와 유관할 뿐이다. 다만 중국의 체험론이 서양의 체험론과 크게 다른 점이 있다면 이는 '體道'를 강조한 점일 것이다. 즉 최고의 본령을 몸소 깨닫는 것인데, 그 전제조건이 虛靜이며 이는 개체 자신을 초월하는 것이다. 이에 반해 서양의 현대 심리학사상에서 강조하는 것은 자아관조이다. 이는 자신의 내면을 몸소 살피는 것이고 자신의 잠재의식을 살피고 심지어는 모든 사회규범을 위배하는 욕망을 살피는 것이다. 자아를 추구하고 자아를 표현하는 측면이 강함을 알 수 있다. 서양 현대심리학자들은 중국철학자나 작가들과는 달리 주체가 윤리원칙에 따라 자신을 갈고 닦는 것이 아니라 객관적으로 자신을 표현하고 폭로한다. 중국문인들과 학자들이 내세우는 내적 성찰은 사람들이 자신의 내심활동을 진실하게 이해하고 파악하게 하는 것을 억제한다. 이것이 중국문학 속의 심리묘사가 발전하지 못한 원인 중의 하나라고 하겠다. 그래서 중국 고대에서 말하는 체험은 현장 체험 또는 직업 체험 같은 종종 공허하고 오묘하여 파악하기 어렵지만 서양 현대 심리학에서 말하는 체험은 실제조작의 측면을 강조하여 말한 것이다.

238　凌晨光, 「論文學批評家的心理特徵」, 『江海學刊』(南京: 江蘇省社會科學院, 1996년 제4기, 총제 184기), 155쪽.

은 관찰로는 이해할 수 없는 영역을 파악할 수 있게 한다. 세상사 이치나
물리를 이해하는 것도 어려운데, 이보다 더 이해하기 어려운 것이 바로 '도道'
이다. 이렇게 오묘하고 아득한 '도'를 인간의 능력으로 직접 감지하기란 대단
히 어렵고 관찰한다고 파악될 수 있는 것이 아니다. 이러한 정신적 경계를
글이나 그림으로 표현한다는 것은 관찰 이상의 노력이 있어야 한다. 『노자老
子』에서 "집 밖을 나서지 않고서도 천하를 알고 창밖을 내다보지 않고도 천
도天道를 안다"[239]라고 한 것에 대해, 위진魏晉시대 왕필王弼은 "도란 것은 자
세히 보려 한다고 해서 볼 수 있는 것이 아니고 곰곰이 듣는다고 해서 들을
수 있는 것이 아니고 잡으려 한다고 해서 얻을 수 있는 것이 아니다. 만약
그러한 이치를 안다면 집 밖으로 꼭 나갈 필요가 없고, 만약 모른다면 멀리
나갈수록 더욱 미혹될 것이다"[240]라고 풀이하였고, 하상공河上公은 "성인聖人
이 집 밖을 나가지 않고도 천하를 알 수 있는 까닭은 자신의 몸으로 남의
몸을 알고 자신의 집으로 남의 집을 알기 때문이며 이것이 천하를 알 수
있는 방법이다"[241]라고 풀이하였다. 왕필과 하상공의 말대로라면, '도'는 자신
을 돌이켜 자신에게서 구하는 것이지 외래 사물이나 남에게서 구하는 것이
아니다. 이처럼 자신으로부터 돌이켜 깨달아 남에게까지 이르고 결국에는
온 천하에까지 이르게 되는데, 이것이 바로 '체험'인 것이다.[242]

　위진魏晉시대 철학가 왕필王弼은 '체體'를 철학적 사유의 근본이라 여겼다.
『세설신어世說新語』에 의하면, "왕필이 약관의 나이에 배휘裴徽를 방문했을

239　『老子道德經注·47章』, 『王弼集校釋』(樓宇烈 校釋, 台北: 華正書局, 1992년), 125쪽. "不出戶,
　　　知天下; 不窺牖, 見天道."

240　『老子道德經注·47章』王弼注, 『王弼集校釋』, 126쪽. "道, 視之不可見, 聽之不可聞, 搏之不可得.
　　　如其知之, 不須出戶; 若其不知, 出愈遠愈迷也."

241　『老子河上公注·鑒遠第四十七』. 『老子四種』(魏·王弼等 著, 台北: 大安出版社, 1999년), 58쪽.
　　　"聖人不出戶, 以知天下者, 以己身知人身, 以己家知人家, 所以見天下也."

242　王先霈, 「作爲藝術思維方式的體驗」, 『荊州師範學院學報(社會科學版)』(1999년 제3기), 83쪽.

때, 배휘가 '무無라는 것은 진실로 만물의 바탕이 되는 바로서, 성인聖人은 기꺼이 언급하려 하지 않았는데 노자老子는 끊임없이 부연 설명했으니 왜 그러한 것인가?'라고 묻자, 왕필이 '성인은 무無를 체득했고 무는 또한 설명할 수 없는 것이기 때문에 언제나 유有에 대해서만 언급했으나, 노자와 장자莊子는 유有에서 아직 벗어나지 못했기 때문에 항상 그 부족한 바를 설명했던 것입니다'라고 말하였다"[243]라고 기재되어 있다. 이를 통해 왕필은 '무'를 만물의 근본으로 여겨서 '무'에서만이 '체體'할 수 있는 것이라 이미 이를 깨달은 성인은 '무'를 말하지 않았으나 노자는 도리어 '무'를 반복해서 설명하였다고 보았다. '무를 체득하는 것(體無)'은 본래 노장老莊의 사상이지만[244], 왕필에 의해 이론화되었다. 최고의 본체는 바로 '무'이며, 이것은 말할 수도 없고 풀이할 수도 없으며 당연히 살펴볼 수도 없고 다만 체득할 수밖에 없다. 그는 '체'를 현학玄學의 근본적 사유 방식과 심리 방법으로 삼아 노장의 '체무體無'를 더욱 강화하고 심화시켰다. 중국철학에서만 볼 수 있는 독특한 '체'는 그 의미가 무궁무진하다. 일반적인 경험이나 이력을 체험이라 칭하지 않고, 단지 자신의 생명 내부에 깊숙이 파고든 경력만을 체험이란 말에 결부시켰다. '체회體會'·'체찰體察'·'체구體究'·'체징體徵'·'체미體味' 등의 의미에는 모두

---

243 『世說新語箋疏』(劉義慶 著, 劉孝標 注, 余嘉錫 箋疏, 上海古籍出版社, 1993-1996년) 「文學」 第四, 199쪽. "王輔嗣弱冠詣裴徽, 徽問曰: "夫無者, 誠萬物之所資, 聖人莫肯致言, 而老子申之無已, 何邪?" 弼曰: "聖人體無, 無又不可以訓, 故言必及有; 老、莊未免於有, 恆訓其所不足."

244 『莊子』 안에는 방법범주로서의 '體'에 대해 여러 곳에서 언급하고 있다. 「應帝王」說: "无爲名尸, 无爲謀府; 无爲事任, 无爲知主. 體盡无窮, 而遊无朕; 盡其所受乎天, 而无見得, 亦虛而已. 至人之用心若鏡, 不將不迎, 應而不藏, 故能勝物而不傷"(『莊子集釋』, 307쪽). '體无无窮'에 대해, 成玄英은 "體悟眞源, 故能以智境冥會, 故曰皆無窮也"라고 疏하였다. 「知北遊」에서 "夫體道者, 天下之君子所繫焉"(『莊子集釋』, 755쪽)라고 하였고, 「天地」에서 "體性抱神"(『莊子集釋』, 438쪽)라고 하였고, 「刻意」에서 "能體純素"(『莊子集釋』, 546쪽)라고 하였다. 莊子가 말한 '體道'·'體盡無窮'·'體性'·'體純素' 등은 바로 王弼이 말한 '體無'의 근거가 된다. '道'와 '性' 그리고 '無窮'은 모두 풀이할 수 없고 다만 體認할 수밖에 없다.

폐부에까지 깊이 박힌 내재적 체득을 내포한다. 이는 중국의 철학 사유와 예술 사유의 기본방식이 되어 그 문예 창작과 문예 감상에 깊은 영향을 일으켰다.

장기간의 실천 체험이 창조성을 이룬다고 주장한 트와일라 타프Twyla Tharp(1941-)는 "창조성은 습관이며, 최고의 창조성은 훌륭한 작업 습관의 결과다. ……창조성이 습관이 되어야 한다는 개념은 역설적이다. 창조성은 모든 일을 신선하고 새롭게 유지하는 방법인 반면, 습관이라는 말에는 규칙과 반복의 의미가 포함되어 있기 때문이다. 그런 역설은 창조성과 기술이 서로 맞닿아 있다. 당신이 상상하는 것을 세상에 내놓기 위해서는 기술이 필요하다. 사실처럼 보이는 허구의 세계를 창조하기 위해서는 단어를 이용해야 하고, 노을 속의 건초 더미를 표현하기 위해서는 물감의 색과 질감을 선택해야 하며, 맛있는 요리를 만들기 위해서는 다양한 재료를 혼합해야 한다. 그런 기술을 타고나는 사람은 없다. 그것은 연습을 통해, 반복을 통해, 뼈를 깎는 고통과 뿌듯함을 동시에 가져다주는 배움과 반성의 혼합 과정을 통해 발달한다. 아울러 그 일에는 시간이 걸린다. 심지어 모차르트 같은 사람도 그 모든 선천적 재능과 음악에 대한 열정, 아버지의 헌신적인 가르침이 있었는데도 24개의 미숙한 교향곡을 완성한 후에야 후세에 길이 남을 25번 교향곡을 작곡할 수 있었다. 만약 예술이 우리가 우리 마음속에서 보는 이미지를 세상과 연결해주는 다리라면, 기술은 그 다리를 짓는 방법이다."[245]라고 말하였다.

『장자』에는 포정庖丁(백정 정丁)이 소 가르는 이야기에서 장기적 실천 체험을 통해 고도의 진리를 터득한 과정을 자세히 기술하고 있다.[246] 포정이 소를 가르는 이야기에서 소를 가르는 대단한 솜씨가 소를 가른 자신의 구체적인

---

245 『천재들의 창조적 습관』(트와일라 타프 지음, 노진선 옮김, 문예출판사, 2005년), 18-22쪽.
246 주22) 참조.

실천을 통해 터득되었다는 사실을 시사한다. 포정은 수천 마리의 소를 가르는 반복된 실천 가운데 소의 특징과 소를 가르는 규율을 충분히 파악했던 것이다.

장자는 윤편輪扁의 수레바퀴를 만드는 이야기를 통해 장기적 실천을 통한 체험이 아니면 도달하지 못하는 경지에 대해 다음과 같이 말하고 있다.

> 제齊나라 환공桓公이 어느 날 당상堂上에서 책을 읽고 있었다. 윤편輪扁이 당하堂下에서 수레바퀴를 깎아 만들고 있다가, 몽치와 끌을 내려놓고 당상에 올라가 환공에게 물었다. "감히 묻건대, 공께서 읽으시는 책은 무얼 말한 것입니까?" 환공이 "성인의 말씀이니라."라고 대답하였다. "성인이 지금 살아 계십니까?"라고 묻자, 환공이 "벌써 돌아가셨느니라."라고 대답하였다. "그럼 전하께서 읽고 계신 책은 옛사람의 찌꺼기로군요."라고 말하자, 환공이 벌컥 화내며 "과인이 책을 읽고 있는데 바퀴 만드는 목수 따위가 어찌 시비를 건단 말이냐. 이치에 닿는 설명을 하면 괜찮되 그렇지 못하면 죽이겠노라."라고 말하였다. 이에 윤편은 "저는 제 일로 비추어 살펴보겠습니다. 수레바퀴를 만들 때 너무 깎으면 깎은 구멍에 바큇살을 꽂기에 헐거워서 튼튼하지 못하고 덜 깎으면 빡빡하여 들어가지 않습니다. 더 깎지도 덜 깎지도 않는 일은 손짐작으로 터득하여 마음으로 수긍할 뿐이지 입으로 말할 수가 없습니다. 거기에 비결이 있는지라 제가 제 자식에게 깨우쳐 줄 수 없고 제 자식 역시 제게서 이어받을 수가 없습니다. 그래서 70인이 나이인데도 늙어서까지 수레바퀴를 깎고 있는 것입니다. 옛사람도 그 전해줄 수 없는 것과 함께 죽어 버렸습니다. 그러니 임금께서 읽고 계신 책은 옛사람의 찌꺼기일 뿐입니다."라고 말하였다.[247]

---

247 『莊子集釋』外篇第十三「天道」, 490-491쪽. "桓公讀書於堂上. 輪扁斲輪於堂下, 釋椎鑿而上, 問桓公曰, '敢問, 公之所讀者何言邪?' 公曰, '聖人之言也.' 曰, '聖人在乎?' 公曰, '已死矣.' 曰, '然則

『장자』의 '윤편착륜輪扁斲輪'과 같은 우언 이야기에서 장기적인 고도의 숙련 기간을 통해 도달한 달인이 그 쉽지만은 않았을 고생을 담백하게 기술하면서 어느 한 가지 기예를 정통精通하기 위해 어떠해야 하는지를 잘 드러내고 있다. 장자의 견해에 따르면, 객관 사물은 제각기 그 나름의 도를 가지고 있는데 이는 곧 일종의 규율이라 말할 수 있겠다. 장자의 이러한 주장은 문예 창작에도 그대로 적용할 수 있다.

특히 「달생」에서 말한 곱사등이가 매미를 잡는 얘기를 통해 기예의 신묘한 경지에 도달하려면 얼마나 많은 어렵고도 괴로운 노력을 해야만 하는지를 알 수 있다. 곱사등이는 완강한 의지로 생리상의 결함을 극복하고 부지런히 오랫동안 버티면서 어렵고도 괴로운 연습을 수행하여 끝내 손쉽게 줍는 것처럼 매미를 잡는 신통방통한 수준에 도달하였다. 이러한 과정은 물론 그렇게 간단할 수는 없다. 이것은 꾸준하고도 반복된 인식과 실천이 얼마나 중요한지를 설명해준다.

『장자』의 논법을 그대로 받아들인 소식은 직접 체험의 중요성을 다음과 같이 말하였다.

태어나면서부터 눈먼 사람이 해를 인식하지 못하여 눈이 보이는 사람에게 (그것이 어떻게 생겼냐고) 물었다. 어떤 사람이 장님에게 "해의 모양은 동쟁반 같다"라고 알려주었다. 그는 쟁반을 두드려보고는 그 소리를 들었다. 훗날 종소리를 듣고서, 그것이 해라고 여겼다. 어떤 사람은 그에게 "햇빛은 촛불 같다"라고 알려주자, 그는 초를 만져보고는 그 모양을 짐작했다.

君之所讀者, 古人之糟魄已夫!' 桓公曰, '寡人讀書, 輪人安得議乎! 有說則可, 无說則死.' 輪扁曰, '臣也以臣之事觀之. 斲輪, 徐則甘而不固, 疾則苦而不入. 不徐不疾, 得之於手而應於心, 口不能言, 有數存焉於其間. 臣不能以喩臣之子, 臣之子亦不能受之於臣, 是以行年七十而老斲輪. 古之人與其不可傳也死矣, 然則君之所讀者, 古人之糟魄已夫!'"

어느 날 피리를 짚어보고는 이것이 해라고 여겼다. 해는 종과 피리와는 거리가 멀지만, 눈먼 사람은 그 다름을 알지 못한다. 왜냐하면 일찍이 해를 본 적도 없이 남에게서 구하였기 때문이다. 도를 깨닫기 어려움은 눈이 먼 사람이 해를 인식하기 어려움보다 심하고, 사람이 아직 도에 이르지 못함은 장님과 다를 바가 없다. 도에 이른 자가 그것을 알려주려고 비록 뛰어난 비유와 훌륭한 계도啓導를 사용한다고 하더라도 역시 쟁반과 초의 범주를 넘을 수 없다. 쟁반으로부터 종에 이르기까지, 초로부터 피리에 이르기까지, 이리저리 둘러보며 비슷하게 본뜨려 해도 어찌 다할(완벽할) 수 있겠는가? 그러므로 세상에서 도를 말하는 자 중에서, 어떤 사람은 남들이 깨달은 것에 근거하여 해석하고, 어떤 사람은 도를 깨닫지 않고서 억측만 하니, 이러한 경우들은 모두 도를 잘못 구한 것이다.[248]

해를 본 사람이 한 번도 해를 본 적 없는 눈먼 사람에게 태양을 설명해본들 결국 한 측면만을 시사하는 것에 불과하여 눈먼 사람이 그 설명에 따라 제아무리 궁구해본들 태양의 본질과는 괴리가 생길 수밖에 없다. 직접 체험하지 않고 제삼자를 통한 간접 경험으로만 그 지식을 이해하려 한다면 제대로 이해할 수 있겠는가? 결국 간접 경험에 의해 추구한 진리는 장님 코끼리 만지기처럼 본연의 진리와는 상당한 괴리가 발생한다. 진리를 체득하는 것은 감성 경험만으로는 충분하지 않고 몸소 실천하여 여러 번 탐색해야만 가능하다. 창작하려면 작자는 자신이 그려내려는 대상에 대하여 반드시 깊은 이해가 선행하여야 한다. 그래서 곽소우郭紹虞는 물상을 보고 설명하는 사람은

---

248 『蘇軾文集』제5책, 卷64「日喩」, 1980-1981쪽. "生而眇者不識日, 問之有目者. 或告之曰: '日之狀如銅槃', 扣槃而得其聲. 他日聞鐘, 以爲日也. 或告之曰: '日之光如燭', 捫燭而得其形. 他日揣籥, 以爲日也. 日之與鐘, 籥亦遠矣, 而眇者不知其異, 以其未嘗見而求之人也. 道之難見也甚於日, 而人之未達也, 無以異於眇. 達者告之, 雖有巧譬善導, 亦無以過於槃與燭也. 自槃而之鐘, 自燭而之籥, 轉而相之, 豈有旣乎! 故世之言道者, 或卽其所見而名之, 或莫之見而意之, 皆求道之過也."

그 자취에 너무 집착하고 보지도 않고 짐작으로 말하는 사람은 공허한 담론에 빠지는 오류를 저질러 결국 초를 만지고 동쟁반을 두드리는 경우와 다르지 않다고 말하였다.[249]

소식은 잠수하는 것을 비유로 들어 장기적인 체험과정을 통해 문리를 깨칠 수 있음을 밝히고 있다.

> 자하子夏는 "온갖 기능공들은 각자의 작업장에서 그 일을 이루고, 군자는 몸소 배워 그 도를 이룬다."라고 말하였다. 억지로 구하려 하지 않고도 저절로 도달하는 것을 '이르다(致)'라 하는구나! 남방에는 잠수를 잘하는 사람이 많은데, 매일 물과 함께 살기 때문이다. 7세에는 물을 걸어서 건널 수 있고, 10세에는 물에 뜰 수 있으며, 15세에는 잠수할 수 있다. 잠수할 수 있는 사람은 어떻게 그리 될 수 있는 것일까? 틀림없이 물의 성질을 깨달은 자일 것이다. 매일 물과 함께 살아, 15세가 되어서야 그 도를 얻었다. 태어나서부터 물에 대해 인식하지 못하면, 비록 장년이 된들 배만 보아도 두려워한다. 용감한 북방 사람이 잠수할 줄 아는 사람에게 물어서 그 잠수하는 방법을 구하여 그의 말대로 물속에서 잠수를 시도한다면, 물에 빠져 죽지 않을 자가 없을 것이다. 도를 몸소 배우지 않고서 애써 구하려고만 하는 경우는 모두 북방 사람이 잠수하는 방법을 배우는 것과 똑같다.[250]

---

249 『中國文學批評史』(郭紹虞 著, 台北: 文史哲出版社, 1990년), 342쪽. "彼不過與世之言道者─或卽其所見而名之, 或莫之見而意之者, 方法有些不同而已. 其卽其所見而名之者, 論道每泥於跡象; 其莫之見而意之者, 論道又入於虛玄. 這才與捫燭扣槃無異."

250 『蘇軾文集』제5책, 卷64「日喩」, 1981쪽. "子夏曰, '百工居肆以成其事, 君子學以致其道.' 莫之求而自至, 斯以爲致也歟! 南方多沒人, 日與水居也, 七歲而能涉, 十歲而能浮, 十五而能浮沒矣. 夫沒者, 豈苟然哉? 必將有得於水之道者. 日與水居, 則十五而得其道; 生不識水, 則雖壯, 見舟而畏之. 故北方之勇者, 問於沒人, 而求其所以沒, 以其言試之河, 未有不溺者也. 故凡不學而務求道, 皆北方之學沒者也."

이 글은 수영을 배우는 과정에서 제삼자가 아무리 기막힌 설명으로 이해를 시킨다 해도 별반 도움이 되지 않고 결국 물에 들어가서 직접 해봐야 하는 것이 얼마나 중요한지를 생동감 있게 설명해준다. 체험만이 사물에 내재한 섭리를 깨닫고 그 법칙을 파악할 수 있다. 매일 물과 함께 사는 소년은 물의 이치를 절로 깨달아 수영하는 기술을 터득한다. 하지만 간접적으로 전해들은 수영 방법만 믿고 물속에 뛰어든다면 낭패를 보기 십상이다. 도란 말이나 글을 통해 후세에 쉽게 전해질 수 있는 것이 아니다. 직접 체험을 통해야만 그 참된 이치를 터득할 수 있다. 소식이 말하는 도는 허장성세뿐인 도통설道統說과 비교해볼 때 다분히 실천적인 측면을 강조하고 있다.[251] 선천적인 재능과 기질과는 무관하게 장기간의 실천 체험이 얼마나 중요한지를 알 수 있다. '도'라는 것이 격물치지格物致知의 '치致'처럼 체험과정을 통해 이르는 것이지, 억지로 구해지는 것이 아니다. 여기서 말하는 '도'는 형이상학적인 것이 아니라 객관 사물의 규율, 즉 '물리'를 가리킨다. 이는 물리를 터득한 자가 알려준다고 해서 파악할 수 있는 것이 아니라 반드시 장기간의 체험과정을 거쳐야만 그 원리를 깨달을 수 있는 것이다. 그는 오랜 기간을 두고 순차적으로 도달하는 것이지 억지로 구하려 한다고 해서 구해지는 것이 아니라고 주장하였다. 이러한 주장은 윤편輪扁이 수레바퀴 만드는 기술이 꾸준한 수련 끝에 얻어지는 것이라 말로는 절대로 설명할 수 없다고 한 논조와 똑같다.

창조성이 갑자기 솟아났다가 다시 말라버리는 경우도 많다. 그러나 수작업의 솜씨는 일 분 일 분 연습할수록 늘어나기에 시간이 필요하다. 다니자키 준이치로谷崎潤一郎(1886-1965)는 연습을 통해 대가의 실력에 이르는 길을 녹청

---

251 『中國美學思想史』(敏澤 著, 濟南: 齊魯書社, 1989년) 제2책, 397-401쪽.

이 끼면 더욱 아름다워지는 골동품에 끊임없이 윤을 내는 일에 비유했다. 도달해야 할 목표 같은 것은 염두에 두지 않은 채 헌신적으로 추구하고 연습하는 것이다.[252] 손으로 구현하는 실력이 없으면 언뜻 떠오른 영감도 도무지 표현해낼 방법이 없다.

조식曹植(192-232)은 양수楊修에게 보낸 서신에서 글쓰기 과정 중의 수정을 강조하였다. 작자는 우선 세상 사람들의 저술은 결점이 없을 수 없음을 전제하여 다듬는 작업의 필요성을 강조하고, 문예비평을 잘하려면 창작의 실천도 겸해야 하며, 평가는 개인적인 기호와 밀접한 관계가 있다고 보았다.

> 세상 사람들의 저술은 병폐가 없을 수 없다. 나는 다른 사람이 나의 문장을 비평하는 것을 늘 좋아했는데, 좋지 않은 것이 있다면 응당 그때 바로 고쳤습니다. 예전에 정경례丁敬禮가 짧은 글을 짓고는 제게 윤색해달라고 한 적이 있었다. 나는 스스로 재기才氣가 그만 못하다고 여겼기에 사양하고 받아들이지 않았습니다. 그러자 경례가 내게 다음과 같이 말하였다. "그대는 무엇을 어려워하시는가? 나 자신의 문장의 좋고 나쁨은 내가 스스로 잘 알고 있소이다. 후세에 누가 내 글이 당신에 의해 교정되었다는 사실을 알겠는가?" 나는 늘 이 통달한 말에 감탄하며 미담으로 여겼습니다.[253]

윤색이란 꾸준한 습작 활동이 있어야 가능한 것이라 말할 수 있다. 조식은 좋은 글을 쓰려면 습작과 윤색 과정을 거쳐야 한다는 사실을 완곡하게 시사하고 있다. 조식은 처음으로 습작의 중요성을 제기하고 있는데, 습작 과정에

---

252 『무엇이 삶을 예술로 만드는가』(프랑크 베르츠바흐 저, 정지인 역, 불광출판사, 2016년), 191쪽.
253 『六臣注文選』下册, 권42 「與楊德祖書」(曹植), 789-790쪽. "世人[之]著述, 不能無病. 僕常好人譏彈其文, 有不善[者], 應時改定. 昔丁敬禮嘗作小文, 使僕潤飾之. 僕自以才不過若人, 辭不爲也. 敬禮謂僕: '卿何所疑難, 文之佳惡, 吾自得之, 後世誰相知定吾文者邪!' 吾常歎此達言, 以爲美談."

는 치열한 퇴고 후 독자의 피드백도 중요하다는 사실을 상기시킨다. 처음엔 자신만 생각하고 글쓰기를 시작할 순 있다. 하지만 글이란 한 번 쓰고 세상에 나오면 독자가 보게 된다. 그래서 독자까지 염두에 두고 그들을 만족시킬 수 있어야 한다. 습작 체험과정은 작자에게 또 다른 관찰이며 경험이고 기록이며 정리이다.

백거이는 「여원구서與元九書」에서 글쓰기 과정에서 과단성 있는 수정을 거쳐야 한다고 주장하였다.

> 누구나 작문할 때면 사사로이 자신의 글을 훌륭하다고 여겨 차마 빼거나 수정하지 못한다. 어떨 때는 번다해지는 결함을 저지르곤 하지만 그 사이에 좋은지 나쁜지 더욱 미혹되어 스스로 변별하지 못하는 경우가 있다. 그럴 때는 반드시 벗에게 보여주고 공정한 평가를 받아 관용을 베풀지 말고 토론을 통해 삭제해야 한다. 그런 후에야 번잡함과 간소함의 타당여부가 그 적중을 얻을 수 있다.[254]

앞서 조식이 간접적으로 피력한 윤색의 중요성에 대해, 백거이는 자신의 글을 보완하기 위해 주변의 조언을 받아 윤색의 과정을 거쳐야 한다고 주장하였다. 남이 쓴 글에 대해서는 인색하여 신랄하게 비판하지만 본인이 쓴 글에 대해서는 너그러운 것이 사실이다. 그럴 때 주위 사람에게 자신의 글을 보여 잘못되거나 번다한 글귀가 있다면 과감히 삭제해야 한다.

구양수는 「답서교비서答徐校秘書(其六)」에서 다음과 같이 말하였다.

---

254 『白居易集』(白居易 撰, 台北: 漢京文化事業有限公司, 1984년) 第二册, 권45 「與元九書」, 966쪽. "凡人為文, 私於自是, 不忍於割截; 或失於繁多, 其間姸媸, 益又自惑; 必待交友有公鑒無姑息者, 討論而削奪之, 然後繁簡當否, 得其中矣."

글짓기의 체재는 처음엔 내달리고자 하지만 시일이 오래되면 절제해야
함이 마땅하니, 간결하고 진중하고도 엄정하게 한다. 간혹 때때로 자유로이
펼쳐 자신을 풀기도 하지만 일체가 되지 말게 한다면 다 좋습니다.[255]

구양수는 문예 구상을 통해 발산하는 처음엔 마구 쏟아내는 법이라 나중
에 잘 수렴해야 한다고 말하였다. 글을 쓰다 보면 처음엔 성급해서 내달리기
때문에 어느 정도 시간이 경과하고 나면 다듬고 절제해야 한다. 이는 창작활
동 중 무형의 사유가 유형의 글로 나타나는 과정을 여실히 보여준다. 이러한
자유로운 창작 사유의 발산으로 문장을 최종 마무리할 때는 반드시 사유를
집중해서 수렴할 필요가 있다.

왕안석王安石은 한 글자 한 구절을 세심히 퇴고하였는데, 이것과 관련된
시가 있다.

경구京口와 과주瓜洲는 강물 하나 사이요	京口瓜洲一水間
종산鍾山은 몇 겹 산을 격하여 서있도다	鍾山只隔數重山
봄바람 강남 기슭을 또 다시 푸르게 물들이는데	春風又綠江南岸
밝은 달은 그 언제나 돌아갈 날 비추려나	明月何時照我還

위의 시는 왕안석王安石이 고향을 그리며 지은 시다. 홍매洪邁의 『용재속필
容齋續筆』에 따르면, 이 시의 3구 '또 강남 기슭을 푸르게 물들이는데(又綠江南岸)'
가 처음엔 '또 강남 기슭에 이르렀는데(又到江南岸)'라고 되어 있었는데, 왕안석
王安石이 '도到'자 위에 '좋지 않다(不好)'라고 주를 달고는 '과過'자로 고치고,

---

255 歐陽脩, 『歐陽文忠公文集·書簡』 권7. 「與澠池徐宰六通(其六)」, 『歐陽脩全集』 권150, 中華書局,
2474쪽. "作文之體, 初欲奔馳, 久當撙節, 使簡重嚴正; 或時肆放以自舒, 勿爲一體, 則盡善矣."

다시 '입入'자로 고쳤다가 그 다음엔 '만滿'자로 고쳐 놓는 등 이렇게 하기를
십여 차례나 한 끝에서야 '록綠'자로 결정했다고 한다. 봄바람의 빛깔을 초록으
로 해놓고 보니, 다른 글자의 밋밋한 것과는 훨씬 나았던 것이다. 가도賈島도
'퇴推'·'고敲' 두 글자를 가지고 고민하다가 한유韓愈를 찾아가 자문을 구했다
는 데에서 '퇴고推敲'라는 전고가 생겨났기도 했다. 한 글자가 시를 죽이고
살리는 것이다. 창작방법 중에 '먼저 두고 나중에 거둔다(先放後收)'라는 것이
있다. 이는 처음 글을 쓸 때는 제한을 두지 말고 자유로이 써내려가되 나중에
일정한 제한 즉 기본적인 주제와 수사법을 염두에 두고 다듬는다는 것이다.
자신의 생각이나 감정을 얽매이지 말고 다 표현해내야 고루하고 상투적인
말에서 벗어날 수 있다.

습작 활동은 뛰어난 작품을 모의하고 모방하는 데에서 출발할 수 있다.
양웅은 "천 편의 부를 읽어야만 부를 잘 지을 수 있다(能讀千賦則善賦)"라고 강조
하여 모방이론을 제기하였다. 하지만 모방은 자칫하면 표절로 갈 수 있다.
양웅은 이에 대한 경계를 다음과 같이 토로하였다.

> 어떤 이가 "아무개가 스스로 성을 공孔, 자를 중니仲尼라고 하고 그 문에
> 들어가고 그 방에 들어가 그 책상에 앉아 그 옷을 입고 있으면, 중니仲尼라
> 고 할 수 있습니까?"라고 묻자, "그 외양外樣은 맞지만 그 본바탕이 아닙니
> 다."라고 말하였다. "감히 내용을 묻겠습니다."라고 말하자, "양이 호랑이
> 가죽을 입더라도 풀을 보면 기뻐하고 승냥이를 보면 벌벌 떠니, 가죽이
> 호랑이인 것을 잊음이라. 성인은 호랑이 가죽처럼 유별類別하니, 그 문장은
> 빛나는 도다. 군자는 표범 가죽처럼 유별하니, 그 문은 아름답구나. 말 잘하
> 는 사람은 이리 가죽처럼 유별하니 그 문장이 무성하구나. 이리가 변하여
> 표범이 되고 표범이 변하여 호랑이가 됩니다. 글짓기를 좋아하지만 공자에

게서 구하지 않으면 글이 방자하여지고, 말하기를 좋아하나 공자에게서 구하지 않으면 도道에 어긋나게 됩니다. 군자의 말은 부패함이 없고 들어도 방탕하지 않습니다. 썩으면 혼란해지고, 방탕하면 사벽케 됩니다. 정도正道를 말하다가 점점 사악해지는 사람은 있지만, 사악함을 말하면서 점점 바르게 되는 이는 없습니다. 공자의 도는 명백하고도 알기 쉽습니다."라고 말하였다.[256]

양웅은 항상 성인의 도를 계승했다고 자임하였으며, 순자荀子의 학설 중에 이미 초보적이나마 형성되었던 '명도明道'·'징성徵聖'·'종경宗經'의 학설을 새롭게 보충하여 역대 전통사상의 핵심을 이루게 하였다. 이는 후에 유협劉勰, 한유韓愈 등에게로 발전한다.

유협은 실제 창작을 할 때 적절한 조절이 필요하다고 하면서 다음과 같이 말하였다.

창작할 때 반드시 정신이 절제 있게 펼쳐질 수 있도록 심경을 청정하고 평화롭게 유지해야 하며 기운이 조화롭고 막힘이 없도록 해야 한다. 마음이 어수선하면 즉시 생각을 멈추어 사색이 막히지 않도록 하며, 문장의 구상이 무르익으면 붓을 들어 감정을 서술하되, 사리가 잘 펼쳐지지 않으면 붓을 내려놓고 다시 생각하지 말고, 유유자적 소요하며 쌓인 피로를 씻고, 담소로 생기를 되찾아 피곤을 치료해야 한다. 항상 유유자적하는 가운데 창작의 재능을 드러내야 하며 창작 후에도 항상 남아 있는 힘이 있어야 한다. 문장

---

256 『揚子法言』,『諸子集成』제7책,「吾子」卷第二, 5-6쪽. "或曰: '有人焉曰, 云姓孔而字仲尼, 入其門, 升其堂, 伏其几, 襲其裳, 則可謂仲尼乎?' 曰: '其文是也, 其質非也.' '敢問質?' 曰: '羊質而虎皮, 見草而說, 見豺而戰, 忘其皮之虎矣. 聖人虎別, 其文炳也; 君子豹別, 其文蔚也; 辯人貙別, 其文萃也. 貙變則豹, 豹變則虎. 好書而不要諸仲尼, 書肆也; 好說而不要諸仲尼, 說鈴也. 君子言也無擇, 聽也無淫. 擇則亂, 淫則辟. 述正道而稍邪哆者有矣, 未有述邪哆而稍正也. 孔子之道, 其較且易也'."

창작의 구상은 항상 새로 간 칼날처럼 예리하여 소를 잡을 때 뼈에서 갈라
낸 고기의 결에 한점 머뭇거림이 없듯이 사로思路에 막힘이 없어야 한다.
이는 비록 기공氣功과 같은 온전한 기술은 아니라 할지라도 양기養氣의 한
가지 방법이라고 할 수 있다.[257]

유협은 글을 쓰기 위해 애써 힘들이기보다는 그 순간 붓을 내려놓고 착상
이 무르익을 때까지 구상하면서 필력을 기르는 것이 낫다고 주장하였다.
이는 난삽한 글쓰기를 경계한 말이고 올바른 창작 습관을 갖기를 주문한
것이다.

한유韓愈(768-824)는 진정한 창작저술을 위해 갖추어야 할 자세와 창작완성
을 위해 노력해왔던 자신의 노하우를 꼼꼼하게 기술하고 있는데, 그 내용은
다음과 같다.

배운 지 어느새 20여 년이 되었습니다. 처음엔 삼대三代(하夏·은殷·주周)
양한兩漢의 글이 아니면 감히 보려고 엄두도 내지 않았으며, 성인聖人의 뜻
이 아니면 감히 마음에 두려고도 하지 않았습니다. (어찌나 몰두하였던지)
집안에 거처할 때에는 무언가 잊은 듯하고, 길을 나설 때에는 무언가 빠뜨
린 듯하고, 조심스럽고도 엄숙하게는 마치 무언가 깊이 생각하는 듯하고,
어디에 홀린 듯이 망연하게는 마음을 경솔하지 않게 잘 살폈습니다. 마음에
취하여 손으로 쓰려고 할 때에는 다만 진부한 말만을 제거하는 데 힘썼지만
잘 맞아 들어가지 않아 어려웠습니다. 남에게 보여주었을 때는 남들이 비웃
어도 왜 비웃는지 개의치 않았습니다. 이렇게 하기를 또한 수년이 지나고도

---

257 『文心雕龍讀本』하편,「養氣」제42, 233-234쪽. "是以吐納文藝, 務在節宣, 清和其心, 調暢其氣,
煩而即舍, 勿使壅滯, 意得則舒懷以命筆, 理伏則投筆以卷懷, 逍遙以針勞, 談笑以藥倦, 常弄閑于才
鋒, 賈餘于文勇, 使刃發如新, 腠理無滯, 雖非胎息之萬術, 斯亦衛氣之一方也."

여전히 고치지 않았는데, 그리고 나서야 옛글 중 유가儒家의 바름과 도가道家·불가佛家의 거짓을 식별하게 되었고, 또한 순자荀子와 양웅揚雄처럼 비록 올바르나 지극한 경지에는 도달하지 못한 것과도 훤하게 흑백을 나눌 수 있게 되었습니다. 그렇게 힘써 제거하고서야 서서히 얻음이 있었습니다. (그 경지에 이르러) 마음에 취해져 손으로 표현하려 함에 이르러서야, 물살이 급히 쏟아지듯이 거침없이 술술 써 내려가게 되었습니다. 남에게 그 글을 보여주었을 때, 남들이 그것을 비웃으면 기쁨으로 여기고 그것을 칭찬하면 도리어 근심으로 여겼습니다. 왜냐하면 그 글에는 여전히 세인들이 기뻐하는 것이 잔존해 있기 때문입니다. 이렇게 하기를 또 몇 년이 경과하고 나서야 강물이 도도하고 분방하게 흐르듯이 글을 써 내려가게 되었습니다. 나는 그래도 또 불순한 게 있을까 두려워했기에, 받아들이기는 하되 (도道에 합당하지 않으면) 배제하고, 마음을 평정하여 그것을 살폈습니다. 그렇게 그 모든 것이 순수해져야 글을 제 마음껏 펼쳐내게 되는 것입니다. 비록 그렇기는 하더라도, (도덕과 학식을) 함양하는 걸 게을리해선 안 됩니다. 인의仁義의 길에서 행하고 (고대 유가의 경전經典인)『시경』과『상서尙書』의 샘에서 노닌다면, 그 길을 잃지 않을뿐더러 그 샘도 끊길 턱이 없으니, (이를) 내 몸이 다할 때까지 할 따름입니다.[258]

이 글을 통해, 중국 고대 문인들이 글을 쓰기 위해 어떤 노력을 했는지를

---

258 『한유산문선』,「答李翊書」, 210쪽. "將蘄至於古之立言者, 則無望其速成, 無誘於勢利. 養其根而竢其實, 加其膏而希其光, 根之茂者其實遂, 膏之沃者其光曄. 仁義之人, 其言藹如也. 抑又有難者, 愈之所爲, 不自知其至猶未也. 雖然, 學之二十餘年矣. 始者, 非三代兩漢之書不敢觀, 非聖人之志不敢存. 處若忘, 行若遺, 儼乎其若思, 茫乎其若迷. 當其取於心而注於手也, 惟陳言之務去, 戛戛乎其難哉! 其觀於人, 不知其非笑之爲非笑也. 如是者亦有年, 猶不改, 然後識古書之正僞, 與雖正而不至焉者, 昭昭然白黑分矣. 而務去之, 乃徐有得也. 當其取於心而注於手也, 汩汩然來矣. 其觀於人也, 笑之則以爲喜, 譽之則以爲憂 ; 以其猶有人之說者存也. 如是者亦有年, 然後浩乎其沛然矣. 吾又懼其雜也, 迎而距之, 平心而察之 ; 其皆醇也, 然後肆焉. 雖然, 不可以不養也. 行之乎仁義之途, 遊之乎詩書之源, 無迷其途, 無絶其源, 終吾身而已矣."

미루어 짐작할 수 있다. 한유의 의도는 문예이론의 관점에서 기술한 것은 아니다. 하지만 이 글은 창작을 하려면 독서 이후의 습작 체험 이상의 작가 수양이 얼마나 중요한 것인지를 새삼 실감할 수 있게 한다. 한유는 습작 연습을 할 때 전일專―함을 강조하였다. 그는 창작의 구체적인 방법을 제시하면서 타인의 비판에 기울지 않는 독립적인 기준을 가질 것과 과거급제를 통한 등용에 급급해하지 않으며 여유를 갖고 20여 년 고행과도 같은 자신의 습작 체험과정을 고스란히 적고 있다. 그런데도 그는 여전히 유가의 인의仁義 사상과 『시경』·『서경』 등의 경전을 중심으로 성인의 도를 설파하려고 노력하는 중이라고 말하였다.

유종원柳宗元(773-819)은 「답위중립론사도서答韋中立論師道書」에서 실제 창작에 있어 집중과 성실을 강조하였다.

애초 제가 어리고 젊을 때에는, 문장을 짓는 것은 문사文辭를 잘 다듬어 멋지게 만드는 것이라 여겼습니다. 장성해서야 비로소 '문文'이란 '도道'를 밝히는 것이라는 걸 알게 되었습니다. 이는 물론 단지 휘황찬란하게 채색采色에 힘쓰고 성률聲律을 지나치게 과장하기만 하고서는 문장에 능하다고 여긴 것이 아니었습니다. ……제가 매번 문장을 지을 때면, 한 번도 경솔한 마음으로 붓을 놀린 적이 없었는데, 이는 가볍고 재빨라서 (여운餘韻을) 남기지 못할까 두려웠기 때문입니다. 그리고 한 번도 안이한 마음으로 글을 쉽게 다스린 적이 없었는데, 이는 방종하여 근엄하지 못할까 두려웠기 때문입니다. 또한 한 번도 혼미한 기운으로 생각을 표출한 적이 없었는데, 이는 어두운 곳에 빠져 난잡하게 될까 두려웠기 때문입니다. 게다가 한 번도 자랑하는 기운으로 문장을 지은 적이 없었는데, 이는 젠체하며 교만해질까 두려웠기 때문입니다. 글을 지을 때에 (함축미를 위해) 억제함은 심오해지기를 바라서이고 (명확한 전달을 위해) 드날림은 명백해지기를 바라서이고,

(확 트인 문기文氣를 위해) 성김은 통해지기를 바라서이고 (간결한 언어 구
사를 위해) 아낌은 절제하기를 바라서이고, 세찬 물결처럼 격렬히 터져 나
옴은 속되지 않고 청아淸雅해지기를 바라서이고 저수지의 물처럼 굳건히
보존함은 가볍지 않고 장중해지기를 바라서입니다.[259]

이상의 글을 통해, 유종원 자신이 어떠한 자세와 태도로 글쓰기를 하였고
여러 상황에서 어떻게 절제하고 제어하려 했는지를 알 수 있다.

소순蘇洵은 「상구양내한서上歐陽內翰書」에서 자신의 습작 체험과정을 다음
과 같이 말하였다.

저는 젊은 시절에 배우지 않다가 25세에 비로소 글공부를 알게 되었지만
선비들을 따라 이곳저곳을 돌아다녔습니다. 나이가 이미 많은데다가 의행
意行을 탁마琢磨하는 데에도 이르지 못하였지만 고인古人처럼 되기를 스스로
바랐습니다. 그러나 저와 동렬同列인 자들이 저보다 못함을 보고는 드디어
할 수 있다고 여겼습니다. 그 후로 곤궁함이 더욱 심해졌으나, 그런데도
고인古人의 문장을 취하여 읽으니 비로소 그 나오는 말과 쓰인 뜻이 제
자신과 크게 다름을 깨달았습니다. 그럴 때마다 다시 안으로 살피고 스스로
자신의 재능을 생각해보니 여기에 이를 수 없을 것 같았습니다. 이로 말미
암아 지난 시절에 지은 수 백 편의 문장을 모두 불태우고, 『논어論語』, 『맹자
孟子』, 한유韓愈 및 기타 성인聖人과 현인賢人의 문장을 취하여서 움직이지
않고서 단정히 앉아 종일토록 그 문장들을 읽은 것이 7,8년이 되었습니다.

---

259 『柳河東全集』下冊, 권35 「答韋中立論師道書」, 698-699쪽. "始吾幼且少, 爲文章, 以辭爲工. 及
長, 乃知文者以明道. 是固不苟爲炳炳烺烺, 務采色, 夸聲音而以爲能也. ……故吾每爲文章, 未嘗
敢以輕心掉之, 懼其剽而不留也; 未嘗敢以怠心易之, 懼其弛而不嚴也; 未嘗敢以昏氣出之, 懼其昧
沒而雜也; 未嘗敢以矜氣作之, 懼其偃蹇而驕也. 抑之欲其奧, 揚之欲其明, 疏之欲其通, 廉之欲其
節, 激而發之欲其淸, 固而存之欲其重."

처음엔 그 속에 들어가서는 당황하여 어쩔 줄 몰랐고 그 밖에서 두루 살펴
보고는 깜짝 놀랐습니다. 그렇게 하기를 오래 흐르자, 그것들을 더욱 꼼꼼
히 읽게 되면서 흉중에 탁 트이며 밝아졌습니다. 그러한 사람들의 말이
진실로 당연하게 느껴졌지만 아직 감히 스스로 자신의 말을 내뱉지 못하였
습니다. 시일이 이미 더 오래 지나자 흉중에 하고자 하는 말이 날로 더욱
많아져 스스로 억제하지 못하게 되어 시험 삼아 글로 표현하였습니다. 얼마
후 여러 차례 읽어보니 깊고 커서 글 짓는 일이 쉬워졌음을 느끼게 되었지
만 옳다고는 감히 생각하지는 못하였습니다.[260]

창작은 수많은 서적을 읽고 삼라만상의 신비로운 현상을 살펴보고 다양한
인생 체험을 겪었다고 해서 이루어지는 것이 아니라 여기에 더해 끊임없는
습작 체험과정을 해야 자신의 사상과 포부를 온전히 펼쳐낼 수 있다. 썼다가
버린다. 다시 쓴다. 그리고 또 버린다. 이러한 과정이 문예활동이다. 그렸다가
버린다. 다시 그린다. 그리고 또 버린다. 이러한 과정 속에서 작가의 마음이
흡족해지는 순간, 작품은 완성된다.

유협이 「지음知音」에서 언급한 논지는 작가 수양의 독서 학문와 관찰 탐구,
그리고 습작 체험을 두루 언급한 것으로 이해할 수 있다.

---

260 『嘉祐集』, 「上歐陽內翰書」. "洵少年不學, 生二十五歲始知讀書, 從士君子遊. 年旣已晚, 而又不遂
刻意厲行, 以古人自期; 而視與己同列者, 皆不勝己, 則遂以爲可矣. 其後困益甚. 然後取古人之文而
讀之, 始覺其出言用意與己大異. 時復內顧, 自思其才, 則又似夫不遂止於是而已者. 由是盡燒其曩
時所爲文數百篇, 取論語孟子韓子及其他聖人賢人之文, 而兀然端坐, 終日以讀之者七八年. 方其始
也, 入其中而惶然, 博觀於其外而駭然以驚. 及其久也, 讀之益精, 而其胸中豁然以明. 若人之言固當
然者, 然猶未敢自出其言也. 時旣久, 胸中之言日益多, 不能自制, 試出而書之. 已而再三讀之, 渾渾
乎覺其來之易矣, 然猶未敢以爲是也."

천 개의 악곡을 연주해본 다음에라야 비로소 음악을 이해할 수 있고, 천 개의 검을 관찰해본 다음에라야 비로소 보검을 식별할 수 있게 된다. 그러므로 어떤 대상을 객관적으로 관찰하는 방법은 무엇보다 먼저 많이 보는 것이다. 높은 산을 보게 되면 언덕이 작다는 것을 깨닫게 되고, 큰 바다를 보게 되면 개천이 얕다는 것을 깨닫게 된다. 때로는 경시하고 때로는 소중히 여기는 사심이 없어야만, 그리고 때로는 증오하고 때로는 사랑하는 편견이 없어야만, 비로소 우리는 저울처럼 공정하게 내용상의 높낮이를 판단할 수 있고, 거울처럼 상세하게 표현상의 아름다음과 추함을 관찰할 수 있게 될 것이다.[261]

유협은 편견에서 벗어나기 위해 '박관博觀'을 주장하였다. '박관'이란 온갖 세상 것을 두루 살펴봐야 한다는 것이다. 그 속엔 독서도 당연히 포함된다. 다독을 중시하는 것은 바로 감상을 중요시한 것이라고 볼 수 있다. 많이 읽으면 비교가 가능하다. 태산과 조그마한 언덕의 차이를 인식하고 큰 바다와 작은 냇물을 구분할 수 있게 되어, 편견의 병폐를 피할 수 있다. '박관'의 의미는 음악을 듣는 것만으로 끝나는 것이 아니고 음악을 연주할 수 있어야 하며, 문학작품을 감상하는 것으로 끝나는 것이 아니고 직접 창작 실천에 종사해야 한다는 것을 강조한 말이다. 많이 읽으면 편견을 바로잡는 데 유리하다. 이를 통해 자기를 숭상하고 남을 헐뜯는 것, 그리고 잘못된 것을 믿고 바른 것을 왜곡시키는 병폐를 줄일 수 있다.

---

261 『文心雕龍讀本』하편, 「知音」제48, 352쪽. "凡操千曲而後曉聲, 觀千劍而後識器; 故圓照之象, 務先博觀. 閱喬岳以形培塿, 酌滄波以喩畎澮, 無私於輕重, 不偏於憎愛, 然後能平理若衡, 照辭如鏡矣."

제4장 **심미 구상**

작자는 실생활에 바탕을 둔 소재로부터 주도면밀한 사고를 통해 어떠한 문예 형식으로 표현할지를 결정한다. 본격적인 창작에 앞서 이루어지는 구상 과정은 문예 창작의 승패를 결정짓는 관건이다.

구상이란 창작자가 작품을 만드는 과정에서 내용과 형식 두 방면으로 진행하는 총체적 사유 활동을 가리킨다. 어떠한 창작자라도 일상생활에서 소재를 채택하고 표현할 내용을 결정하고 내용에 따라 표현할 형식을 재차 결정하여 문예 창작의 실제 효과에 이르러야 한다.

창작자라면 반드시 겪는 시련이 있다. 처음에 무엇인가를 쓰고 싶어서 붓이나 펜을 들어 머릿속에서 가물거리는 그 내용물을 몸으로 느껴서 능력 발휘를 하려고 고개를 숙이면 아뿔싸, 머리에 있던 것이 금방 사라져 버린다. 그러다 다시 고개를 쳐들고 눈을 감으면 어렴풋이 살아났다가도 쓰려고 하면 허망하게 사라진다. 구상은 바로 이 문제에 대한 출발이다. 창작에서 제일 중요한 것이 결과를 낳는 것이다. 출산은 어머니가 아기를 낳는 것일까, 아니면 아기가 스스로 나오는 것일까? 흔히 어머니가 아기를 낳는다고 생각하면 작품도 작가가 낳는다고 생각하기 쉽지만, 사실은 아기가 스스로 태어나듯이 작품도 스스로 태어나는 것이다. 어머니의 의지나 약속으로 아기를 낳는 게 아니라 아기가 어머니의 생각과는 별개로 나오기 때문이다. 그럼, 여기서 낳는다는 것은 무엇이고 어머니의 역할은 무엇이며, 작품이 스스로 쏟아져 나오는 것이라면 작가의 역할은 무엇인지 의문이 생긴다. 이에 대해, 오에 겐자부로大江健三郞(1935-)도 다음과 같은 생각을 펼친 적이 있다.

> 원래 일반적인 의미에서 '구상'이라는 말은 영어의 'conception'에서 온 말로 보인다. 같은 말이 임신을 뜻하기도 하는 것은 말이라고 하는 구조체 속에 있는 유기적인 뜻의 전개에 비추어 매우 흥미 있는 점이다. 임신. 자신 속에 정자를 받아들이고, 자신 속에 있는 난자가 그것과 어울려 자신 전체 가 임신한다. 태아를 몸속에서 기르는 것에는 틀림이 없지만 오히려 태아 스스로 자라는 힘이 있어서 임신하고 있는 당사자의 의사로도 제어할 수가 없다. 임신하고 있는 인간의 생명을 뱃속의 태아가 위기로 몰아넣는 일도 흔하다. ……구상은 분명히 작가가 하는 행위지만, 머릿속으로 구상을 하고 전개하는 것에 의해, 오히려 작가 자신이 객체화되는 경우도 있다. 그리고 그 극점에서는 작가의 주체가 위기에 처하는 일조차 있다는 소설의 구상이 라는 행위, 그 독자적인 성격도 새롭게 조명될 수 있다고 보인다.[262]

훌륭한 산모가 배 안의 아기를 잘 지키듯 작가도 그래야 한다. 머릿속에 있는 걸 바깥으로 옮겨놓으려 하니 사라졌다고 하면 그건 구상의 초기 상태 여서일 것이다. 그것이 영글기 위해서는 시간이 필요하다. 창작에서 어찌 보면 가장 중요한 때일 수 있다. 무르익을 때까지, 작은 물방울이던 것이 눈과 코와 귀와 손가락, 머리카락까지 모양을 갖출 때까지, 작품이 쏟아져

---

262 『소설의 방법』(오에 겐자부로 지음, 노영희·명진숙 옮김, 서울: 도서출판 소화, 2003년), 39쪽; 『삶은 어떻게 예술이 되는가』(김형수, 아시아, 2015년), 83-85쪽 재인용 참조.

나올 때까지 말이다. 작자가 어느 순간 정신을 차릴 수 없는 지경에 이르게 되는데, 바로 줄지어 나올 때, 형상이 와르르 밀려 나올 때, 바로 작품이 태어나려 해서 다른 일을 할 수 없는 상황이 올 때이다. 이때가 작품을 받아내야 하는 시점이다. 바로 이때까지 붓을 들지 않고 작품을 배태하는 때이고 바로 그때가 구상인 것이다.

문예 창작은 심령의 표현이지 현실 모방이 아니다. 따라서 현실의 외계 사물은 문예의 본원이 아닌 문예의 대상이며 심령을 자극하는 격발 도구에 불과하다. 창작자가 표현하고자 하는 것은 그 대상 자체가 아니라 그것에 의해 점화된 심령의 불꽃이다. 외계 사물은 심령의 불꽃으로 타올라 그 사명을 완수하고 나면 문예 표현의 무대 뒤로 물러난다.

중국에서 중시하는 심미 구상은 크게 관조, 상상, 영감 등의 세 가지 단계로 나누어 살펴볼 수 있다.[263] 관조란 허정虛靜한 마음으로 세상을 마주하는 것으로, 달이 무심하게 만물을 비추는 것과 같다. 관조는 주관적 생각이 난립하는 것을 배제한다. 관조는 바로 구상의 첫 단계로서 모든 구상과정에서 빠뜨려서는 안 되는 것이다. 허정虛靜한 마음으로 세상을 관조할 때 창작자는 만물과 교유交遊하는 상상 단계로 들어간다. '상상'은 '신사神思'를 가리키며 지나친 공상이나 황당무계한 생각은 그 범위에 들어가지 않는다. '신여물유 神與物遊(작가정신이 객관 사물과 노닒)'의 상상은 공상의 의미가 내포된 서양의 상상 개념과는 다르다. 중국 고대의 상상은 주객主客의 교유交遊를 중시한다.

---

263 祁志祥은 『中國古代文學原理』(上海: 學林出版社, 1993년)에서 이 세 가지 외에 '物化'를 더 언급하였지만 '물화'는 심미구상 외에도 실제 창작자가 작품을 창작하는 과정에서도 중요한 부분이고 창작자나 감상자가 작품을 감상하는 과정에서도 빼놓을 수 없는 중요한 부분이다. '물화'는 심미구상의 첫 단계보다 작품완성의 마지막 단계에 더 초점이 있다고 보았다. 鄧艷斌은 소식의 문예창작관을 논하면서 '胸中成竹'과 같은 '물화' 관점을 배제하고 '靜空관, '遊於物外', 영감론 등의 관점으로 蘇軾의 창작사유론을 정리하였다. 「簡論蘇軾的文藝創作觀」, 『郴州師範高等專科學校學報』(제24권 제3기, 2003년 6월), 35-38쪽.

이러한 단계를 거쳐 마지막 단계인 창작구상 중의 '영감'에 도달해야 한다. 작품의 성패는 어찌 보면 '영감'을 얻느냐 억지로 짜내느냐에 달려있는지도 모른다. 심미구상 중 '영감'은 매우 중요한 가치를 지닌다. 영감이 없이 억지로 만들어낸 작품에는 자연스러움이 없어져 예술적 흥취가 일지 못한다.

1. 관조

창작자가 허정虛靜한 정신 상태를 유지하는 것으로부터 구상은 시작된다. 모든 움직임은 정적인 상태에서 출발한다. 분주함 속에서 마음의 갈피를 잡기란 어려운 일이다. 영글지 않은 생각 주머니에 스스로 간섭당하지 않고 창작자의 오감을 사로잡는 객관적 환경에 의해 제약받지 않아야 한다. 문예창작은 거저 오는 것이 아니라 이렇게 온 마음을 하나로 모을 수 있는 정신적 경지에 이르러야 이루어지는 것이다. 작자가 오직 허정한 정신 상태에서야만 '얼음 병처럼 맑고 수경水鏡처럼 깊어서 살결이 환히 비치고 터럭 끝까지도 자세히 관찰한다'[264]라는 단계에 진입할 수 있다. 허정은 정사靜思, 공정空靜,

---

264 『中國古代文學創作論』(張少康, 台北: 文史哲出版社, 1991), 6쪽. 明代의 吳寬은 『書畫筌影』에서 唐代의 저명한 시인이자 화가인 王維의 창작을 구체적으로 분석하면서 "王維의 시에는 '전생에는 잘못하여 詞客이었고 전신은 화가였으리.'라고 하였는데, 자신을 두고 한 말일 것이다. 王維의 시는 李白, 杜甫와 나란히 하고 그의 그림은 吳道子를 뒤쫓아 짝하여 畢宏, 韋偃 같은 화가는 감히 똑바로 보지도 못했다. 지금까지도 王維의 시를 읽는 사람들은 소리 있는 그림이라고 하고 王維의 그림을 보는 사람들은 소리 없는 시라고 말한다. 내 입장에서 논하자면, 王維는 가슴속이 灑脫하여 속에 막힌 데가 없으니, 얼음 병처럼 맑고 水鏡처럼 깊어서 살결이 환히 비치고 터럭 끝까지도 자세히 관찰하기 때문에, 붓을 댔다 하면 세속의 기운이 없었다. 누가 그림과 시의 길이 합치하지 않는다고 말했던가?(右丞詩云: '夙世謬詞客, 前身應畫師'. 蓋自道也. 右丞詩與李杜抗行, 畫追配吳道子, 畢宏, 韋偃弗敢平視. 至今讀右丞詩者則曰有聲畫, 觀畫者則曰無聲詩. 以余論之, 右丞胸次灑脫, 中無障礙, 如冰壺澄澈, 水鏡淵渟, 洞鑒肌理, 細觀毫髮, 故落筆無塵俗之氣, 孰謂畫詩非合轍也.)"라고 평하였다.

징심澄心, 징회澄懷, 응심凝心 등으로도 불렀는데, 뜻은 모두 주관적 혹은 객관적인 요소의 간섭도 받지 않고 마음을 전일專—하고 뜻을 다하는 정신 상태를 지칭한다. 심리학자 프랑크 베르츠바흐Frank Berzbach(1971-)도 "창조적 작업 중에서도 고도로 집중해야 하는 단계에 꼭 필요한 조건은 바로 방해받지 않는 것이다. 진지한 상황에서는 고요함이 요구된다. 창조성이란 무로부터 창조해내는 것, 무에서 무언가가 생겨나는 것을 의미한다. 이는 결코 사소하거나 일상적인 일이 아니다."[265]라고 말하였다.

중국에는 문학, 회화, 서예를 막론하고 모든 문예 창작에서 허정을 중시하였다. '관조'는 노자老子의 '허정虛靜'에서 비롯되었다.

> 마음이 텅 빈 상태를 극도에 이르게 하고 고요함을 지키는 일을 독실히 해야 한다. 만물은 아울러 생겨나고 있지만, 우리는 그 모두가 그 근원으로 되돌아감을 관조한다.[266]

노자에게 있어서 도란 꾸준한 단련과 연마를 통한 체험과 실천을 통해 어느 순간 절로 터득하는 것일 뿐이고 절대로 체계적 학습을 통해 구할 수 있는 일이 아니다. 노자가 허정을 중시했던 것은 바로 '관觀(관조觀照)'을 이루기 위해서였다. 노자는 내심의 안정安靜을 보존해야 사물의 진상을 인지할 수 있음을 알았던 것이고 이를 깨우쳐주고자 했다.[267]

---

265 『무엇이 삶을 예술로 만드는가』, 101쪽.
266 『王弼集校釋』, 『老子道德經·16章』, 35-36쪽. "致虛極, 守靜篤. 萬物並作, 吾以觀復" 이에 대해, 王弼은 '靜'을 근본으로 삼고 '動'을 말엽으로 삼고 '無'를 體로 삼고 '有'를 用으로 삼아서, 無로 有를 통합하고 靜으로 動을 제어한다고 강조하였는데, 윗글 아래에 "무릇 모든 존재하는 것은 허함에서 생겨나고, 움직임은 고요함에서 일어난다. 만물이 모두 함께 움직이더라도 마침내는 虛靜에 복귀한다. 이것이 바로 사물의 극도로 이르고 독실히 함이다.(凡有起於虛, 動起於靜, 故萬物雖並動作, 卒復歸於虛靜, 是物之極篤也.)"라고 注하였다.

노자의 "마음이 텅 빈 상태를 극도에 이르게 하고 고요함을 지키는 일을 독실히 해야 한다"라는 말을 이어받아 장자는 다음과 같이 더욱 발전시켰다.

성인의 고요함은 만물이 고요히 하는 것이 좋다고 말하기 때문에 고요히 하는 것이 아니다. 만물이 그의 마음을 어지럽게 할 수 없기 때문에 고요한 것이다. 물이 고요하면 수염과 눈썹을 분명하게 비춰볼 수 있고, 평평하여 수준기에 맞으면 큰 장인이 그것을 본받는다. 물이 고요해도 또한 분명하게 비춰볼 수 있는데 하물며 정신임에랴! 성인의 마음이 고요함에랴! (그러므로 성인의 마음이 고요하면) 천지를 비춰볼 수 있고 만물을 살펴볼 수 있는 것이다. 허정하며 담담하며 적막하며 무위하는 것은 천지가 이렇게 평평하고 도덕이 이렇게 지극하기 때문이니, 제왕과 성인들이 이 지극히 선한 경지에서 쉬는 것이다.[268]

그는 허정에 도달할 수 있으면 마치 물이 고요해져 먼지가 아래로 가라앉고 지극히 맑아져서 일체를 비춰볼 수 있다고 보았다. 마음이 고요해져 온갖 잡념을 물리치면 거울처럼 맑고 분명하게 천하의 만물을 비춰볼 수 있다. 『장자』 안에는 허정을 통해 달인의 경지에 도달한 우언 고사가 상당수 기재되어 있다. 그 글들은 허정이 그 작업공정 속에서 얼마나 적극적이고 주도적으로 작용하는지에 대해 언급하고 있다. 『장자·달생達生』에는 재경梓慶(목수 경慶)이 나무를 깎아 종이나 북 같은 악기를 거는 나무틀을 만드는 이야기가 등장한다.

---

267 『中國哲學史新編』(馮友蘭, 台北: 藍燈文化事業公司, 1991년) 제2책, 55-57쪽.
268 『莊子集釋』, 外篇第十三「天道」, 457쪽. "聖人之靜也, 非曰靜也善, 故靜也. 萬物无足以鐃心者, 故靜也. 水靜則明燭鬚眉, 平中準, 大匠取法焉. 水靜猶明, 而況精神! 聖人之心靜乎! 天地之鑑也, 萬物之鏡也. 夫虛靜恬淡寂漠无爲者, 天地之平而道德之至, 故帝王聖人休焉."

노魯나라 목수 재경梓慶이 나무를 깎아 거鐻(악기 틀)를 만들었는데, 거가
완성되자 그것을 본 사람들은 귀신 같다고 놀라워했다. 노후魯侯가 이를
보고는 "네가 어떤 기술로 만든 것이냐?"라고 묻자, 재경이 "저는 한낱 장인
에 불과한 데 무슨 기술이 있겠습니까? 비록 그러하나 터득한 바가 하나
있긴 합니다. 제가 거를 만들 때는 정신을 다른 곳에 소모하지 않고 반드시
재계齋戒하여 마음을 안정시킵니다. 3일을 재계하면 상이나 벼슬을 얻으려
는 마음이 감히 침범하지 못하며, 5일을 재계하면 비난과 칭찬, 뛰어남과
졸렬함에 대한 잡생각이 들지 않으며, 7일을 재계하면 꿈쩍도 안 하니 손발
과 육체가 있는지도 한순간 잊어버립니다. 이 때에 이르면 저는 조정朝廷도
생각나지 않고 그 기교에만 전일專一할 뿐이고 그 밖의 일이 모두 사라질
정도가 된 다음에야 산속으로 들어가서 나무를 찾습니다. 그래야 나무 본래
의 자연 성질이 있는 훌륭한 재목을 살펴볼 수 있습니다. 그 다음에는 마음
속에 만들려는 악기 걸이의 모양을 그 나무에 그려보고 나서야 나무에 손을
댑니다. 만약 뜻대로 안 되면 하던 일을 멈춥니다. 이렇게 하면 나무의 천성
과 제 천성이 하나로 합해집니다. 제가 만든 거가 귀신 솜씨 같다고 하는
까닭도 이로 말미암은 것입니다."라고 대답하였다.[269]

재경이 귀신같은 재주로 악기 틀을 만들어낼 수 있었던 까닭은 그가 재계하
며 자신의 마음을 고요하게 하였기 때문이다. 바로 허정의 경지에 도달한 것
이다. 그가 악기 틀을 통해 얻을 수 있는 사리사욕을 품지 않았기에 사심이나
잡념에 빠지지 않았고, 게다가 악기 틀 완성에 대한 온갖 칭찬과 비난, 잘잘못

---

269 莊子集釋』, 外篇第十九「達生」, 658-659쪽. "梓慶削木爲鐻, 鐻成, 見者驚猶鬼神. 魯侯見而問焉,
曰: '子何術以爲焉?' 對曰: '臣工人, 何術之有! 雖然, 有一焉. 臣將爲鐻, 未嘗敢以耗氣也, 必齊以靜
心. 齊三日, 而不敢懷慶賞爵祿; 齊五日, 不敢懷非譽巧拙; 齊七日, 輒然忘吾有四枝形體也. 當是時
也, 无公朝, 其巧專而外骨消, 然後入山林, 觀天性; 形軀至矣, 然後成見鐻, 然後加手焉, 不然則已.
則以天合天, 器之所以疑神者, 其是與!'"

을 마음에 두지 않았기에 주관적인 선입견에도 휘둘리지 않았다. 그가 자신의 육체적 존재조차도 잊어버리고 나니 더 이상 구체적인 사물 인식의 제한에 얽매이지 않고 한 차원 높은 인식의 단계에 도달하여 나무의 천성과 악기 틀 제작 규율을 깊이 파악할 수 있었다. "마음속에 만들려는 악기 걸이의 모양을 그 나무에 그려보고 나서야 나무에 손을 댑니다." 그의 기술 경지가 드디어 '사람의 천성으로 나무의 천성에 합치시키는' 수준에 도달한 것이다.

『장자』안에는 많은 기예의 신화神化 경계에 도달한 우언 고사가 수록되어 있다. 이 이야기들은 일체의 인식과 실천을 버려야만 비로소 사물의 객관 규율을 인식하고 파악할 수 있다고 말하고는 있지만, 역설적이게도 사물에 대한 최고의 인식을 얻으려면 무수히 반복되는 구체적 인식과 실천을 통해야만 비로소 달성될 수 있다는 점을 시사하고 있다.『장자·양생주養生主』에 나오는 '포정해우庖丁解牛'고사는 포정庖丁(백정 정丁)이 소를 가를 때 칼날을 여유롭게 놀리는 경지에 도달할 수 있었던 까닭은 그가 정신적으로 허정 상태에 들어가 모든 감각기관의 기능을 버려두고 '도'와 합일하는 주관적 정신의 지휘에만 의지했기 때문에 신묘하게 소를 가를 수 있었다고 서술하고 있다. 그의 눈에 보이는 것은 온전한 소가 아니었다. 그는 소의 내부 구조를 대번에

간파하여 소의 힘줄과 뼈, 살, 경맥, 가죽 등에 대하여 명확히 인식하여 어떻게 손을 대야 칼날이 가는 대로 가를 수 있는지를 알았다.

장자莊子의 '허정'은 노자로부터 이어져 그 철학의 중요한 근간이 되었다. 그는 "참된 도는 오직 공허함 속에 모인다. 이 공허가 곧 '심재心齋(마음의 재계)'이다."[270]라고 말하였는데, '심재'란 바로 몸과 마음을 재계한 상태에서 도달한 심경이며 '허정'을 가리킨다. 장자는 천지 만물의 간섭을 배제하고 자신을 허정한 심리상태에 두어야만 그의 마음이 평정한 물처럼 천지 만물의 본래 모습을 비출 수 있고 눈과 귀로 감지할 수 없는 것까지 인식할 수 있다고 보았다. 이는 몸소 겪어내야 이를 수 있지만 아무런 수고 없이 거저 구할 순 없는 일이다. 득도得道란 '치致'로 말미암는 것이지 '구求'로 말미암는 것이 아니다.

공자孔子 역시 "지혜로운 자는 거침없는 강물처럼 동적이고 어진 자는 꿈적 않는 산처럼 정적이다."[271]라고 말하였다. 선진先秦 유학儒學의 핵심은 '인仁'이고, 공자는 '정靜'을 '인자仁者'의 특징으로 삼았다. 순자荀子는 공자의 이러한 취지를 이어받아 노장老莊 사상과 결합하여 '허일이정虛壹而靜(텅 비고 한결같고 고요한 마음 상태)'이라는 설을 주장하였다.[272] 그는 마음이 사심이나 잡념이

---

270 『莊子集釋』, 內篇第四 「人間世」, 147쪽. "唯道集虛. 虛者, 心齋也."

271 『論語·雍也』, 『十三經注疏』 제8책, 54쪽. "知者動, 仁者靜."

272 『荀子集解』(淸·王先謙 撰, 北京: 中華書局, 1992년) 하책, 「解蔽篇」 제21, 395-397쪽. "사람들은 무엇으로 道를 아는가? 마음이라고 말하겠다. 마음은 어떻게 道를 알 수 있는가? 마음이 텅 비고 한결 같아지고 고요해지는 것으로 알 수 있다고 말하겠다.(人何以知道? 曰: 心. 心何以知? 曰: 虛壹而靜)" "마음이 이미 쌓여있는 것들 때문에 새로 받아들이려는 것들이 방해를 받지 않는 것, 그것을 텅 빈 상태라 한다. ……저쪽의 하나 때문에 이쪽의 하나가 방해받지 않는 것, 그것을 한결같은 상태라 한다. ……물상이나 번거로운 생각 때문에 지각이 어지러워지지 않는 것, 그것을 고요한 상태라 한다.(不以所已藏害所將受謂之虛, ……不以夫一害此一謂之壹, ……不以夢劇亂知謂之靜)" "마음이 텅 비고 한결 같아지고 고요한 것, 이를 크게 맑고 밝은 상태라고 이른다.(虛壹而靜, 謂之大淸明)"

없고 어떠한 간섭도 받지 않아야 한다고 강조하였다. 문예 창작자는 전일專一한 정신 상태를 유지하고 고도로 주의를 기울여 관찰하고 어떠한 외계 사물에도 간섭받지 않아야 '도道'를 체득할 수 있고 그런 상태에서 최고의 작품을 이룰 수 있다. 창작의 시작은 정해진 방향이 없이 사유가 진행되다가 일정한 심미 대상에 정신을 집중하는 과정이다. 어느 한 곳에 정신을 집중하기 위해서는 '허일이정虛壹而靜'의 심리적 제어가 필요하다.

'허정'은 만물을 포용하고 만물을 생장시키는 근본이다. 「악기樂記」에서 "사람이 태어나서 고요한 것은 천성天性이요, 외계 사물에 감화되어 움직이는 것은 천성의 욕구이다."[273]라고 말한 것처럼, '정靜'은 중국인의 심층적 심리 구조 속에 오래전부터 침착되어 형성된 것이다.[274] 이는 중국인의 심리 구조에 영향을 주었고 중국 문예미학에서 관조의 심리상태를 형성하여 최고의 심미경계에 진입하게 한다.

허정의 운용은 구체적인 지식과 학문을 배척하지 않을 뿐만 아니라 이러한 지식과 학문의 구상과정 중의 작용을 충분히 발휘할 수 있도록 하기 위한 것이기도 하다. 예술가는 허정의 정신 상태에서 평소 쌓아놓은 풍부한 생활 경험을 집중시켜 깊이 사색하고 종합과 분석을 수행하여 자신의 상상력을 발휘함으로써 생동적인 예술 형상을 창조해낼 수 있다.

『서경잡기西京雜記』에는 사마상여司馬相如(?-B.C.118)가 「자허부子虛賦」, 「상림

---

273 『禮記·樂記』, 『十三經注疏』 제5책, 666쪽. "人生而靜, 天之性也; 感於物而動, 性之欲也."
274 생리적으로 중국인들은 '靜'이라는 심리적 특징을 지니고 있다. 중국미학은 '靜'으로 '動'을 쫓고 '柔'로 '剛'을 이긴다는 태도를 주지하고 있다. '自然無爲'의 사상은 중화민족의 심리적 요인, 민족성, 민족문화, 전통심미관념 등에 깊은 영향을 미치고 있으며 중국 전통 심미관의 근본적 특징이 되었다. 그래서 朱光潛은 "서양인들은 '動'을 애호하기에 英雄(Hero)을 이상적 인물로 보았고, 중국인들은 '靜'을 애호하기에 聖人을 이상적 인물로 보았다.(西方民族性好動, 理想的人物是英雄; 中國民族性好靜, 理想的人物是聖人.)"라고 말하기도 하였다. 「長篇詩在中國何以不發達」, 『朱光潛全集』(合肥: 安徽教育出版社, 1993년) 제8권, 352-357쪽.

부」를 창작한 상황을 기록하고 있다.

> 사마상여는 「자허부」, 「상림부」를 짓는데, 뜻이 한산하여 더 이상 바깥
> 일과는 상관하지 않았고 하늘과 땅을 인용하고 고금을 섞어 모아 홀연 잠이
> 든 것 같다가 환히 깨어 일어나 거의 백 일이 지난 후에 완성하였다.[275]

사마상여는 어떤 주관적 욕망이나 잡념을 끊고 일체의 외계 사물에도 마음을 기탁하지 않은 허정의 상태에서 자신의 예술적 재능을 충분히 발휘할 수 있었고, 이를 통해 평소 쌓아놓은 지식과 학문, 생활 경험을 동원하여 예술적 형상과 심미 구상의 중요한 토대를 이룰 수 있었다.

위진남북조魏晉南北朝에 이르러, 종병宗炳(375-443)과 왕미王微(415-443) 등은 산수山水를 그려내기 시작하였고, 사령운謝靈運(385-433)과 도연명陶淵明(365-427) 등은 산수시山水詩를 흥기시켰으며, 자연미를 분석한 이론 문장으로 종병의 「화산수서畵山水序」와 유협劉勰(465?-522?)의 「물색物色」 등이 탄생하였다.

남제南齊시대 사혁謝赫은 『고화품록古畵品錄』에서 유송劉宋시기 화가 고준지顧駿之가 "항상 다락집을 지어 그림을 그리는 장소로 삼았다. 비바람이 몰아치거나 폭염으로 무더울 때는 일부러 붓을 잡지 않았다. 날씨가 화창하고 공기가 상쾌한 날에야 비로소 붓을 적셨다. 누각에 올라가면 사다리를 치워버렸기 때문에 아내나 아들도 만나기 힘들었다."[276]라고 하였다. 고준지가 높은 누각 안에 숨어서 집안사람들까지도 보려고 하지 않은 이유는 바로 자신의 심기를 평화롭게 보전하여 어떠한 간섭도 받지 않는 허정의 정신

---

275 『西京雜記』 권2. "司馬相如爲上林·子虛賦, 意思蕭散, 不復與外事相關, 控引天地, 錯綜古今, 忽然如睡, 煥然乃興, 幾百日而後成."

276 (南齊)謝赫, 『古畵品錄·第二品』. "常結構層樓, 以爲畵所. 風雨炎燠之時, 故不操筆. 天和氣爽之日, 方乃染毫. 登樓去梯, 妻子罕見."

상태여야 문예 심미구상 과정으로 들어가기에 유리하였기 때문이다. 『딥 워크』의 저자인 칼 뉴포트Cal Newport(1982-)는 인지능력을 한계까지 밀어붙이는 완전한 집중의 상태에서 수행하는 직업적 활동을 '딥 워크Deep Work'라고 규정하면서, 주변 환경에 의해 정신 상태를 산만하게 하지 않고 딥 워크를 촉진하기 위해 몽테뉴Montaigne(1533-1592)는 대저택의 돌담을 지키는 남쪽 탑에 마련한 서재에서, 카를 융Carl Gustav Jung(1875-1961)은 숲속에 만든 돌집에서, 마크 트웨인Mark Twain(1835-1910)은 본채에서 나팔로 식사 시간을 알릴 정도로 멀리 떨어진 오두막에서 집필활동을 하였다고 한다.[277]

동진東晉시대 서예가 왕희지王羲之(303-361)는 "글씨를 쓰려는 사람은 먼저 벼루와 먹을 말려 놓고 정신을 집중시키고 생각을 가라앉혀 글자 형태의 크고 작음, 눕고 우러러봄, 평평함과 곧음, 떨침과 움직임을 미리 생각하고 힘줄과 맥이 이어지게 하고, 뜻은 붓 앞에 둔 다음에 글자를 만들어야 한다."[278]라고 하였다. 이것은 서예도 역시 허정의 정신 상태를 유지해야 함을 설명한 것이다.

문예 창작자들이 허정한 마음으로 산수山水를 관조하기 시작하자, 중국 예술은 더욱 자연미를 추구하면서 인공이 아닌 천연을 강조하게 되었다. 심혈을 기울여 무리하게 작품을 다듬다 보면 천연의 맛을 잃게 된다. 육기陸機(261-303)와 유협劉勰은 '허정'을 심미 구상과정 중의 가장 중요한 내심 상태로 간주하였다. 육기가 "마음을 맑게 하고 생각을 집중한다."[279]라고 말한 것과 유협이 "문장의 구상을 연마함에 있어 허정함을 귀하게 여긴다."[280]라고 말한

---

277 『딥 워크』(칼 뉴포트 지음, 김태훈 옮김, 서울: 민음사, 2017년), 9-10쪽.
278 (東晉)王羲之, 『題衛夫人筆陣圖後』. "夫欲書者, 先乾研墨, 凝神靜思, 預想字形大小、偃仰、平直、振動, 令筋脉相連, 意在筆前, 然後作字."
279 『文賦集釋』, 43쪽. "罄澄心以凝思."
280 『文心雕龍讀本』 下篇,「神思」제26, 3쪽. "陶鈞文思, 貴在虛靜."

것은 작가가 우선 허정한 마음 상태를 유지하고서야 가장 뛰어난 작품구상단계에 진입한다는 것을 알았기 때문이다.

창작자가 독서와 관찰, 체험 등의 수양을 거치고 나면 본격적인 창작을 위한 마중물이 완성되었다고 할 수 있다. 창작으로 들어가는 첫 단계 문에서부터 창작자가 어떠한 과정과 심경을 거치는지에 대해 육기陸機(261-303)는 『노자』에서 언급된 '현람玄覽'이라는 허정에 이르기 위해 다음과 같이 말하였다.

그 처음엔, 아무것도 보지도 듣지도 말며 심사숙고하여 널리 물어 구하라. (그러면) 정신은 사방 천지로 치달아 오르고 마음은 만 길을 노닐게 된다네. 그 이름엔, 감정은 해돋이처럼 점점 더욱 선명해지고 물상은 점점 밝아지며 번갈아 나간다네. 여러 말들의 진액에 귀를 기울이고 육예六藝의 향기롭고 윤택함으로 입을 헹군다네. 하늘의 못에 떠서 편안히 흘러도 보고, 지상의 강물에 몸을 씻다가 깊게 잠겨 빠져도 보네. 이에 가라앉았던 말이 발끈 기쁘게 떠오름은 마치 노닐던 물고기가 낚싯바늘에 물려 깊고 깊은 못에서 밖으로 튀어나오듯 하고, 떠다니던 미사여구가 끊임없이 날갯짓하며 내려옴은 마치 날던 새가 주살에 감겨 층층이 높은 구름에서 떨어지듯 하구나. 백세百世동안 몰라 빼놓고 사용하지 않은 문자를 모으고 천 년 동안 남들이 버려두고 쓰지 않은 시운詩韻을 뽑네. 이미 활짝 핀 아침 꽃을 사별하고 아직 떨치지 않은 저녁 꽃을 계도하네. 잠깐 사이에 고금古今을 살펴보고 한순간에 온 세상을 어루만지네.[281]

육기는 이 글에서 시적 언어를 사용하여 생동적이면서도 구체적으로 예술

---

281 『文賦集釋』, 25쪽. "其始也, 皆收視反聽, 耽思傍訊, 精騖八極, 心遊萬仞. 其致也, 情曈曨而彌鮮, 物昭晰而互進, 傾群言之瀝液, 漱六藝之芳潤, 浮天淵以安流, 濯下泉而潛浸. 於是沈辭怫悅, 若遊魚銜鉤, 而出重淵之深, 浮藻聯翩, 若翰鳥纓繳, 而墜曾雲之峻. 收百世之闕文, 採千載之遺韻, 謝朝華於已披, 啓夕秀於未振, 觀古今於須臾, 撫四海於一瞬."

창작의 전 과정을 설명하고 있다. 먼저 허정한 가운데 창작 욕구가 일면 곧이어 예술적 상상의 나래를 펴야 한다. 정신이 사방 천지로 내달리고 마음이 깊은 곳까지 간다거나 은하수에 의지해 편안히 흘러도 보고 강물에 의탁해 부유해본다고 한 것, 그리고 고금의 시간과 천지사방의 공간을 한 번에 살펴본다는 표현들은 예술 상상이 시공간을 초월하여 지극히 높고 먼 곳까지 달려가고 고금의 한계를 깨버린 것을 말한다. 그런 상태가 되면, 감정이 해돋이처럼 선명해지고 온갖 자연 물상이 환히 밝아져 본격적인 창작과정으로 들어선다. 작자는 드디어 자연 물상을 선택하고 개괄하여 자신의 본의를 잘 표현할 소재들을 고른다. 예술 소재에 대해서 작자는 다양한 시도를 하여야 하며, 최후에는 그것을 구체화시켜 새로운 형상을 창조해야 한다.

육기는 '형상사유形象思惟(주관적 예술 사유)'란 말을 쓰지는 않았지만, 구상에 대한 형상화의 묘사를 통해서 하나의 사상을 표현했다. 창작과정은 실제로 사유를 형상화하는 과정이라 말할 수 있다. 상상력이 풍부해지면 글은 막힘없이 써진다. 그는 창작의 본질적인 문제를 제기했다. 육기는 예술구상에 대해 독창적인 정신을 발휘해야 한다고 여겼다. 그래서 그는 내용과 형식전 방면에 걸쳐 전인前人들이 만들어놓은 꽃을 사양하고 자신이 만들어갈 독창적인 꽃봉오리를 개화할 것이라고 말하였다.

유협은 『장자』의 표현법을 빌려 허정이 심미 구상을 수행하는 가장 중요한 전제조건이라고 보았다.

> 문장의 구상을 연마함에 있어 허정함을 귀하게 여기는 것이니, 오장五臟을 소통시키고 정신을 씻어 맑게 한다.[282]

---

[282] 『文心雕龍讀本』下篇, 「神思」제26, 3쪽. "陶鈞文思, 貴在虛靜, 疏淪五藏, 澡雪精神." 이 말은 『莊子·知北遊』에서 "孔子가 老聃에게 '오늘 편안하고 한가로우시니 감히 지극한 도를 묻고

유협은 노장사상의 허정을 받아들여 심미 구상과정으로 편입시켰다. 작자는 심미 구상과정 중 지혜가 해와 달을 비추고 우주를 환하게 비춰보는 고도의 분명한 정신 상태가 있어야 하고, 모든 외계의 사물과 내적 잡념으로 간섭받지 않아야 하고 현실을 객관적으로 인식하여 온 정신을 쏟아 창작활동을 해야 한다. 작자는 객관세계를 인식하고 이해해야 하는 것이기에, 창작은 어렵고 고단한 정신노동이다. 그 일이 고되다고 해서 구체적인 인식과 실천을 거부한다면 창작은 이루어질 수 없다. 장자의 철학 체계 속에서 허정을 가져온 것이지만 장자가 허정으로 기예 창조를 논한 것에 깊은 영향을 받아 문예이론의 심미 구상으로 탈바꿈한 것이다.

이후 허정은 불가의 '공정空靜'으로 융합되면서, 문예 창작에 있어서 유가, 도가, 불가를 막론하고 모두 허정해야 함을 중시하였다. 지둔支遁(314-366)은 "어떻게 허정한 사이에, 고요한 지혜가 정신의 빼어남을 가리겠는가?"[283]라고 하였고, 혜원慧遠(334-416)도 "삼매三昧라고 하는 것은 무엇인가? 오로지 생각하고 고요히 생각한다는 것을 말한다. 생각이 전일하면 뜻이 한결같아 나뉘지 않고, 생각이 고요하면 기운이 허하여 정신이 밝아진다. 기가 허하면 지혜가 그 깨우침을 고요하게 하고 정신이 맑으면 맑지 않은 깊은 것이 없다. ……그러므로 이 정定에 들어온 자가 아득히 지식을 잃어버리면 인연한 바를 따라 거울을 이루며, 거울이 맑으면 안으로 비추고 서로 빛나 만 가지 형상이 생겨난다."[284]라고 하였다. 불교에서 주장하는 '공무적정空無寂靜(공空이고 무無인

자 합니다.'라고 묻자, 노담이 '너는 재계하여 네 마음을 씻어서 통하게 하고 네 정신을 씻어서 맑게 하고 네 지식을 쳐 없애라.'라고 말하였다.(孔子問老聃曰: 今日晏閑, 敢問至道. 老聃曰: 汝齋戒, 疏淪而心, 澡雪而精神, 掊擊而知.)"라고 한 것에서 비롯되었다.

283 「不眴菩薩贊」. "何以虛靜間, 恬智翳神穎."

284 「念佛三昧詩集序」. "夫稱三昧者何? 專思寂想之謂也. 思專則志一不分, 想寂則氣虛神朗, 氣虛則智恬其照, 神朗則無幽不徹. ……故令入斯定者, 昧然忘知, 卽所緣以成鑒, 鑒明則內照交映, 而萬象生焉."

고요함)'은 현실을 이탈한 유심주의적 종교 색채가 있지만, 그들은 '공정空靜'으로 심미 구상을 해야 정신이 전일하여 나뉘지 않고 마음이 밝아져서 능동적 주관이 작동할 수 있다고 보았다. 내심이 허정하여 온갖 사물에 환히 밝다면 만 가지 형상이 싹터서 생겨나게 할 수 있다.

당나라 시인 권덕여權德輿(761-818)는 "상인上人은 마음이 아득히 공무空無하고 자취가 문자에 부쳤기 때문에 말이 매우 평이하여 보통의 경계를 벗어나지 않은 듯하지만, 중생의 생각으로는 결국 이를 수가 없다. ……그러므로 그 얼굴을 보고 그 글을 보는 사람은 그 마음이 경계가 고요해지기를 기다리지 않아도 고요해지는 것을 안다."[285]라고 하면서, 그렇게 해야 비로소 "좋은 구를 고요히 얻을(靜得佳句)" 수 있다고 말하였다. 유우석劉禹錫(772-842)은 "욕망을 떠날 수 있으니 마음이 허하고, 허하여 만 가지 경계가 들어온다. ……정定으로 인하여 경계를 얻기 때문에 얽매임이 없이 맑고 지혜로 말미암아 말을 구사하기 때문에 순수하게 아름답다."[286]라고 하였다. 허정의 정신 경계가 없어서 온갖 주관적, 객관적 간섭을 벗어날 수 없다면 자신의 가슴속에 천태만상이 용솟음쳐 나타나게 할 수 없고 예술적인 상상 활동도 전개할 수 없다.

'허정虛靜'의 관조는 바로 대상을 체험하는 생명 정신이다. 문예 창작은 심미 체험과 뗄 수 없는 관계이며, 심미 체험과 '허정'의 관조 역시 매우 밀접한 관련이 있다. '허정'의 관조는 작자가 심미 대상을 체험하고 대상 내부의 심층적인 의미를 발현하는 데에 도움을 준다. 이 번잡한 세상에서 사물의 여러 속성은 사람과 심미 관계로 얽혀 있고 복잡다단한 이해관계로까

---

285 『全唐文』 권493, 權德輿, 「送靈澈上人廬山回歸沃州序」. "上人心冥空無, 跡寄文字, 故語甚夷易, 如不出常境, 而諸生思慮, 終不可至. ……故睹其容覽其詞者, 知其心不待境靜而靜."

286 劉禹錫, 「秋日過鴻擧法師寺院便送歸江陵并引」. "能離欲, 則方寸地虛, 虛而萬景入. ……因定而得境, 故翛然以淸, 由慧而遣詞, 故粹然以麗."

지 이어진다. 이러한 이해관계는 주체가 심미 관조와 심미 체험을 할 때 매우 큰 장애가 된다. 중국 고대의 작가들은 '물物'을 공리적 대상으로 보지 않고 사람과 대응하는 존재이며 생명 감정을 지닌 생명체로 간주하였다. 왕국유王國維(1877-1927)는 「문학소언文學小言」에서 "흉중이 텅 비어 어떤 사물도 없게 한 후에야 사물을 더욱 깊이 관조하고 그 사물을 더욱 적절히 체득한다."[287] 라고 하였다. 허정한 심리상태로 만물에 내재한 정신 취지를 체득해야만 비로소 '물物'의 공리적 겉치레를 열어젖혀서 그 내부 심층적 정신의 진수를 통찰할 수 있다. 사공도司空圖(837-908)는 "잠자코 소박하게 사니 오묘한 기틀이 은미隱微하다."[288]라고 말하면서, 청정淸靜하고 소담素淡한 마음이어야 비로소 신미神微한 경지에 들어갈 수 있고 삼라만상의 헤아리기 어려운 정신적 정운情韻과 생동하는 생명 율동을 파악할 수 있다고 보았다. 이른바 '허정'은 주체가 객관 대상을 느낄 때 반드시 마음속을 깨끗이 씻고 주체의 바람과 선입견을 떨쳐내고 공리를 뛰어넘고 잡념을 버려서 내심의 청정淸靜을 유지하는 것이다. 작자는 이러한 허정한 심령으로 그 대상의 생명 정신을 체득할 수 있다.

송대 이학가인 정호鄭顥(1032-1085)는 "한가로워 무슨 일이든 여유롭지 않은 게 없고, 잠이 깨니 동창에 해가 이미 붉도다. 만물을 고요히 살펴보니 모두 스스로 얻은 바가 있고, 사계절의 아름다운 흥취가 사람과 같구나."[289]라고 하였는데, 여기서 말한 '고요히 살펴봄(靜觀)'은 바로 허정이고 현람玄覽인 것이다. 주희朱熹도 역시 심미 구상과정 중의 허정 작용을 매우 중시하였다.

---

287 『海寧王靜安先生遺書』(台北: 台灣商務印書館, 1979년) 제4책, 「文學小言4」, 1802쪽. "胸中洞然無物, 而後觀物也深, 其體物也切."

288 『二十四詩品·沖淡』, 『中國歷代文論選』(郭紹虞 主編, 上海古籍出版社, 1982년) 제2책. "素處以默, 妙機其微."

289 「秋日偶成」. "閑來無事不從容, 睡覺東窓日已紅. 萬物靜觀皆自得, 四時佳興與人同."

지금 사람들이 일마다 잘하지 못하는 이유는 모르기 때문이다. 단지 하나의 시만 하더라도 온 세상 사람들이 목숨을 다하여 분주하게 짓지만 다만 한 사람도 시를 잘 짓는 사람은 없다. 그는 모르므로, 좋은 것은 잘하지 못하고 좋지 않은 것은 잘한다. 이것은 다만 마음이 뒤숭숭하고 허정하지 않기 때문이다. 허하지 않고 고요하지 않기 때문에 밝지 않고, 밝지 않기 때문에 모른다. 만약 허정하고 밝다면 일을 잘 알 것이다. 비록 백공의 기예라도 정묘하게 하는 것은 그의 마음이 허하고 이치가 밝기 때문에 하면 정묘한 것이다. 마음이 뒤숭숭한데 어떻게 볼 수 있겠는가?[290]

주희는 장인과 달인의 뛰어난 기술이 마음의 허정으로부터 시작되는 것처럼 시를 짓는 것도 마찬가지로 우선 허정한 마음 상태를 유지해야 좋은 시를 지을 수 있다고 여겼다.

현실의 본질을 깊이 파악하고 객관 사물의 내재적 규율을 명백히 인식하여 큰 곳으로부터 붓을 대어 개별적으로 사소한 말단의 묘사에 제한을 받지 않을 수 있어야 한다. 소식蘇軾(1036-1101)은 '공空(텅 빔)'과 '정靜(고요함)'의 관조가 창작에 도움이 된다는 점을 드러내면서, "시어詩語를 기막히게 잘 쓰려면, 의식을 공허하고 고요하게 하는 것에 싫증내지 않아야 한다. 고요하기에 세상의 온갖 움직임을 다 보고, 공허하기에 만 가지 경계를 받아들인다네."[291]라고 말하였다. 소식은 '공정空靜(텅 비면서도 고요함)', 즉 허정한 마음으로 사물을 대하는 관조를 요구하였다.[292] 이 시구詩句를 통해 소식蘇軾이 말한 '공空'이

---

290 『朱子語類』 권140. "今人所以事事做得不好者, 緣不識之故. 只如箇詩, 舉世之人盡命去奔做, 只是無一箇人做得成詩. 他是不識, 好底將做不好底, 不好底將做好底. 這箇只是心裏鬧不虛靜之故. 不虛不靜, 故不明, 不明故不識. 若虛靜而明, 便識好物事. 雖百工技藝做得精者, 也是他心虛理明, 所以做得來精. 心裏鬧, 如何見得?"

291 『蘇軾詩集』 제3책 권17, 〈送參寥師〉, 905-907쪽. "欲令詩語妙, 無厭空且靜. 靜故了群動, 空故納萬境."

'적멸寂滅(세계를 영원히 벗어남)'이 아니고 만경萬境을 포함한 것임을 증명한다. '정靜' 역시 나태하여 가만히 있는 것이 아니라 '동動'과 대비되어 이루어진 것이다. 허정은 만 가지 경계를 받아들일 수 있을 뿐 아니라 모든 움직임을 알 수 있으며, 객관적 현실 세계의 변화, 발전 및 그 내재적 규율을 인식할 수 있다. 이것은 예술가가 허정의 정신 상태에 들어간 후에 온 지혜를 문예 창작에 집중시킬 수 있기 때문이다. 이렇게 해야 온 정신을 집중하여 광범한 현실 생활의 정경과 형상에 대하여 여기에서 저기까지, 겉에서 속까지 사고 와 분석을 수행할 수 있는 것이다. 예술가는 우선 허정할 수 있어야 하고, 그리고 나서야 현실 생활 현상에 대하여 깊이 연구할 수 있다. 이렇게 해야 예술가는 사물의 표상으로부터 한 걸음 더 나아가 그 본질 속까지 깊이 들어 가서 포정庖丁이 소를 가르고, 윤편輪扁이 수레바퀴를 제작하고, 재경梓慶이 나무를 깎아 악기 틀을 만드는 것과 마찬가지로 대상에 대하여 지극히 깊은 이해가 있어야 사물의 본질과 규율을 형상적으로 표현할 수 있다.

허정한 정신 상태는 예술가의 창작 영감의 폭발을 촉진할 수 있다. 허정과

---

292 '虛'와 '靜', '空'과 '寂'은 서로 연관된다. 시간과 공간은 물질이 존재하는 기본 방식으로, 심령이 공간 방면에서 '去物我'하여 虛空에 도달하면서 '萬動皆息'하는 식의 寂止에도 이르러야 하는데, 이것이 바로 '虛靜'이다. 심령이 시간 방면에서 '息群動'하여 寂止에 도달하면서 '物我皆去'하는 식의 虛空에도 이르러야 하는데, 이것이 바로 '靜虛'이다. 이 때문에, 옛 사람들은 항상 '虛靜'과 '空寂'을 연관시켜 말하였는데, 이는 바로 이 두 가지가 상보적 관계임을 시사하는 것이다. 祁志祥의 논술에 근거하여 말하자면, 중국 고대의 '虛靜' 구상심태이론은 바로 세 가지 절차로 이루어진 과정이라고 보았다. 첫 번째 단계는 物我로 하여금 '虛'하고 '靜'하게 하는 것으로, 이는 '虛靜' 심태에 도달하는 방법이자 수단인 것이다. 두 번째 단계는 심령이 '虛'하고 '靜'해지는 것으로, 이는 空物我, 息群動한 후에 도달하는 심태 특징에 대한 묘사이며 구상이 생존할 수 있는 심태에 대한 요구이다. 세 번째 단계는 '虛'로 '有'를 숨기고 '靜'으로 '動'을 싣는 것으로, 이는 '虛靜' 심태에 대한 공능이자 지향해야 할 일종의 界說이다. 중국 고대의 '虛靜' 구상심태이론에서는 '無'와 '有', '動'과 '靜', '有限'과 '無限', '有形'과 '無形', '刹那'와 '永恆' 내지는 '客體'와 '主體' 등 상반된 변증정신을 포함하고 있다. 곰곰이 되새기고 깊이 성찰해야 할 사유이다. 『中國古代文學原理』(祁志祥, 上海: 學林出版社, 1993년), 77-80쪽 참조.

감흥 사이의 관계는 매우 밀접하고, 영감의 출현은 예술가가 일체의 욕망과 잡념의 간섭을 배제하고 생각을 가라앉히고 고요하게 하는 경지에 들어가야만 비로소 가능성이 있다. 허정은 감흥의 싹틈을 유발할 수 있다. 예술가는 결국 허정의 상태에서 '신여물유神與物遊'의 경지에 도달해서는 강렬한 영감이 일어나게 되는 것이다. 허정은 바로 영감이 폭발하기 직전의 상태라 하겠다. 그래서 교연皎然(720-?)은 다음과 같이 말하였다.

> 때때로 뜻이 고요하고 정신이 왕성하여 좋은 시구가 종횡으로 일어나서 막을 수 없는 듯하니 완연히 귀신이 돕는 것 같다. 그렇지 않다면, 먼저 정묘한 생각을 쌓아두었다가 정신이 왕성한 것에 따라 얻어지기 때문일 것이다.[293]

뜻이 고요한 다음에 정신이 왕성할 수 있고, 그 다음에 좋은 시구가 종횡으로 일어나 훨훨 날아 끊어지지 않는 것이다. 표면상으로 보면 이것은 마치 '귀신의 도움'인 것 같지만 실은 이것은 바로 허정이 가져다주는 필연적인 결과이다.

관조는 창작구상의 효모이다. 허정한 관조는 창작의 흥취를 끌어내어 신사神思로 들어가는 길을 열어 상상의 세계로 나가도록 한다. 주체의 정신이 하나로 응집되는 '허정'의 상태에서 모든 분란이 사라진다. 사유를 방해하는 요소들이 깨끗이 없어지자 주체의 심령이 온갖 것에 얽매이지 않고 자유한다. 허정을 통해 마음의 빗장을 활짝 열고 물아物我가 교감할 수 있다. 텅 빈 광주리가 온갖 물상을 담을 수 있고 확 트인 벌판에 온갖 심미적 이미지가 종횡으로 치달을 수 있고 넓디넓은 하늘 공간에 심미적 이미지가 천지를

---

293 『詩式』. "有時意靜神王, 佳句縱橫, 若不可遏, 宛如神助. 不然, 蓋由先積精思, 因神王而得乎!"

오르내리며 상상력이 발휘될 수 있다. 이를 통해 창작자는 찰나 가운데서 영원을 깨닫는다. 허정한 관조는 심미 구상의 기본 전제이다. 작자는 먼저 자신의 마음을 허정한 상태로 하여야 비로소 가장 아름다운 창조상태에 진입하여 그 마음과 손을 잊는 망아忘我의 상태를 유지할 수 있다.

무수한 실천을 통한 달인의 경지에 도달한 심리상태가 허정이고, 그러한 정신 상태를 관조라고 말할 수 있다. 서양의 관조가 다만 명상적인 측면만 강조했다면, 중국의 관조는 부단한 실천을 수반하며 이를 통해 창조된 달인의 경지를 가리킨다. 창작에 골몰하다가 잠시 휴식이나 산책, 목욕 등의 휴지기 또는 멍한 상태에서 번뜩이는 위대한 작품의 영감이 솟구쳐 일어난다고 기술하고 있다. 이는 바로 표현만 다를 뿐 중국의 부단한 실천을 통해 허정에 이르는 관조와 맞닿아 있다.

2. 상상

관조가 창작 정신의 기초라면 상상은 형상을 창조하는 사유 활동이다. 작자는 각종 생활 소재를 분석하고 가공하여 상상을 통해 새로운 문예 형상을 창조해낸다.

상상은 주체 감각과 객관 사물이 서로 작용하여 생성된 활동이다. 주체가 다르면 감각 역시 다를 수밖에 없기에 상상 활동에 있어 주체가 주요 변수이다. 상상은 주체의 선천적 기질, 활동 이력, 학습 환경 등의 요소에 따라 결정된다. 활동 이력과 학습 환경이 깊고 넓은 창작자일수록 뛰어난 상상력으로 객체를 표현할 수 있다. 상상 세계 속에 자아의 품격과 정취를 투과시켜 독자에게 객체를 심미적으로 더욱 깊이 인식하도록 한다.

작자가 구상할 때 만물을 관조하는 심리상태를 지녀야 할 뿐 아니라 자유
분방한 절대 자유의 심리상태를 유지해야 상상력이 살아난다. 중국 전통의
자유로운 심리상태의 특징을 한 마디로 개괄한다면 '유遊'라고 할 수 있다.

'신여물유神與物遊'는 중국 미학 속에 두루 담겨 있다. 장자는 '사물의 움직
임에 편승하여 마음을 자유로이 노닐게 한다.'[294]라는 말을 정식으로 제기하
였다.『장자莊子』를 펼쳐보면 '신여물유'와 관련 있는 글을 곳곳에서 찾아볼
수 있다.[295] 장자는 '신여물유'를 자신이 세상과 인생을 대하는 태도와 생활방
식으로 삼았다. 이로 말미암아 노장 철학의 모든 인생과 생활은 모두 심미로
바뀌었다. 노장 철학이 바로 미학이고 그들의 생활 태도가 바로 심미 태도인
것이다.

유가 학설이 윤리학에 기초를 두고 있기에 상상 방면에 대해 주목할 만한
언론이 없다. 하지만 유가 철학자들이 윤리교화나 도덕 수양의 길에서 심미
적 영역의 길로 들어설 때면 그들의 관점 역시 '신여물유'였다. 공자는 "(삶의
지향이 되는) 도리道理를 마음의 뜻으로 삼고 (모든 시선과 행동의 규범이 되는) 덕목德

294　『莊子集釋』, 內篇第四「人間世」, 160쪽. "乘物以遊心."

295　『莊子集釋』, 內篇第一「逍遙遊」, 17쪽. "천지 본연의 모습을 따르고 (흐리고 맑고 바람 불고
　　　　비 내리고 어둡고 밝은) 자연의 변화에 순응하여 무한의 세계에서 노닌다.(乘天地之正, 而御
　　　　六氣之辯, 以遊無窮.)"

　　　　『莊子集釋』, 內篇第六「大宗師」, 244쪽. "성인은 그 무엇도 빠져나갈 수 없는 경지에서
　　　　노닐며 만물을 있는 그대로 존재하게 하려 한다.(聖人將遊於物之所不得遯而皆存.)"

　　　　『莊子集釋』, 外篇第十一「在宥」, 394쪽. "천지사방에 드나들고 온 나라 안을 노닌다.(出入
　　　　六合, 遊乎九州.)"

　　　　『莊子集釋』, 外篇第二十一「田子方」, 712쪽. "나는 마음을 만물의 시초에서 노닌다네.(吾遊
　　　　心於物之初.)"

　　　　『莊子集釋』, 雜篇第三十三「天下」, 1098-1099쪽. "홀로 천지의 정신과 오가며 만물을 얕
　　　　보지 않는다. ……위로는 造物者와 노닐고 아래로는 生死를 도외시하고 始終을 모르는 超越
　　　　者들과 벗한다.(獨與天地精神往來而不敖倪於萬物. ……上與造物者遊, 而下與外死生無終始者爲
　　　　友.)"

目을 손에 쥐고 (인간의 척도인) 인애仁愛를 온몸에 걸쳐 입고 (사회생활의 기본인) 육예六藝(여섯 가지 기예: 예禮예법예규·악樂음악연주감상·사射스포츠애호·어御차량운전·서書 문서작성·수數계산수리)을 통해 인생을 헤엄치듯 즐긴다."[296]라고 말했었다. 여기 서 제기된 '예藝'는 예술이 아니라 기예를 지칭하지만 여섯 가지 기예 중 하나가 예술의 '음악(樂)'을 포함하고 있기 때문에 '유어예遊於藝'라는 표현 역 시 심미적으로 보아도 무방하다. 공자는 "사리에 통달한 지혜로운 자는 (어디 에도 막힘 없이 흐르는) 물을 좋아하고, 의리에 안주할 줄 아는 어진 자는 (꿈쩍하지 않고 서 있는) 산을 좋아한다."[297]라고 말하였다. 이는 '신여물유'라 표현하지 않았을 뿐이지 자신의 정신과 서로 응하는 사물의 정신과 교유交遊하는 것과 진배없다.

중국은 예로부터 상상의 작용을 중시해왔다. 양웅揚雄(B.C.53-A.D.18)은 "사마 상여司馬相如의 부賦는 인간세계에서 나온 것 같지 않다. 신령의 조화가 그렇 게 해준 것인가?"[298]라고 말하였다. 양웅이 말한 '신화神化(신령의 조화)'의 의미 가 상상과 연관성이 있다고 볼 때, 한대漢代부터 문인들은 상상이 문학창작 중에 일으키는 작용을 주목하였다는 것을 알 수 있다.

중국 고대 인식 세계에서 상상에 대한 언급은 추상적인 설명보다는 구체 적인 묘사에 치중하였다. 『역경易經·계사繫辭』에서 '상象'에 대한 해석은 상상 에 대한 인식이 포함되어 있다. 거기서 "상이란 본뜬 형상이다.(象也者, 像也)"라 고 한 것은 '역상易象'은 사람이 객관적인 사물의 형태를 상상하고 모방과

---

296 『論語·述而』, 『十三經注疏』 제8책, 60쪽. "志於道, 據於德, 依於仁, 遊於藝.."

297 『論語·雍也』, 『十三經注疏』 제8책, 54쪽. "子曰: 知者樂水, 仁者樂山." 이에 대해, 주석가들은 智者는 그 지혜를 자유로이 운영하여 세상을 다스리기를 즐기기에 물이 흘러 그칠 줄 모르 는 것과 같고 仁者는 산처럼 편안히 고정되어 있기를 즐기기에 자연히 움직이지 않고도 만물이 소생한다고 여겼다. '知者樂水'와 '人者樂山'의 주석 참고.

298 『西京雜記』(台北: 台灣商務印書館, 1979년) 권3. "長卿賦不似從人間來, 其神化所至耶."

상징을 더한 산물이라는 것을 설명한 것이다. 『한비자韓非子·해로解老』에는 노자老子의 '형상이 없는 형상, 물상이 없는 물상(無狀之狀, 無象之象)'을 해석할 때 상상이 사람의 사유 활동임을 명확하게 설명하였다.

> 사람이 살아있는 코끼리(象象)를 보는 일은 드물다. 그래서 죽은 코끼리의 뼈를 얻어 그 도안에 의거하여 살아있는 모습을 상상한다. 그래서 사람들이 마음속으로 생각하는 것을 모두 일러 '상象'이라 한다. 이제 비록 '도道'를 보고 들을 수가 없다고 하더라도, 성인이 그 드러난 공적을 잡아서 그 형을 살펴서 보여주기 때문에, '형상이 없는 형상, 물상이 없는 물상'이라 하는 것이다.[299]

한비자가 이 글에서 예술적 상상을 언급한 것은 아니지만 '상象'은 '마음속 생각(意想)'의 산물이고 '도'는 형상도 물상도 없지만 사람이 마음속으로 생각하는 과정을 통해 그 형상과 물상을 상상할 수 있다고 보았음을 알 수 있다. 이는 그가 이미 사람은 상상을 통해 본 적도 없는 사물을 창조하고 심지어는 현실 속에 존재하지 않는 것을 창조할 수 있다는 것을 설명해준다.

서양에서는 3세기경 필로스트라투스의 글에서 아폴로니우스의 의견을 제시하였다.

> 상상력은 모방보다 더 현명한 제작자이다. 왜냐하면 모방은 본 것만을 만들지만 상상력은 보지 않은 것이라도 실재하는 것들을 참조하여 만들어 내기 때문이다. (F. Pjilostratus, Life of Apollonius of Tyana, §19.)

---

299 『韓非子集解』, 『諸子集成』(北京: 中華書局, 1954-1993년) 제5책, 卷六「解老」제20, 108쪽. "人希見生象也. 而得死象之骨, 案其圖以想其生也. 故諸人之所以意想者, 皆謂之象也. 今道雖不可得聞見, 聖人執其見功以處見其形. 故曰 無狀之狀, 無物之象."

'상상의 대가'라고 추앙되었던 조각가 미켈란젤로는 자신의 소네트를 통해 창작이론을 펼쳤다. 그는 초기의 한 소네트에서 자기 '가슴속의 이미지'l'immagine del cor를 갖게 해준 에로스amor를 찬미한다. 사랑의 신이 그의 날개로 예술가를 들어 올리고 가슴 속에 불을 지펴주었다는 것이다. 예술이 신적 영감에 의한 창조적 상상력의 표현이라는 낭만주의 이론과 다를 바 없다. 상상이 창작의 중요한 불꽃이라 여겼던 미켈란젤로는 말년에 생각을 바꿔 다른 소네트에서 이렇게 노래한다. "나에게 예술을 우상화시키고 군주처럼 만들어놓은 그 다정한 상상력affettuosa sa fantasia이 얼마나 과오에 찬 것이었던가를 지금에 와서야 깨닫게 되었노라."라고 노래하였다.[300]

17세기 영국 문예이론에서 상상력은 기지와 같은 것이었다. 기지wit란 "거의 같지 않은 것들 사이에서 까다로운 닮음을 보는 능력"이라 정의되어 있다.[301] 서양에서는 시인의 좋은 상상력이란 언어적 기지, 기발한 발상, 신속한 재치와 같은 능력으로 보았음을 알 수 있다. 여기서 상상력, 즉 기지란 수사학, 변론술의 전통 속에서 이야기해왔던 발상력inventio과 같은 것이다. 비코 Vico, Giambattista(1668-1744)는 수사학의 발상이론에 근거하여, "멀리 떨어진 서로 다른 사물 사이를 결부시켜 주는 어떤 형태의 유사관계를 발견"하거나 "자기 발밑의 것을 뛰어넘어 멀리 떨어진 장소로부터 자신이 취급하고 있는 제재에 맞는 논거를 찾아내는" 능력을 '인게니움ingenium'[구상력]이라 불렀다. 이는 "서로 떨어져 있는 다른 것들을 하나로 결합시키는 능력"이자 "제 사물의 조화, 유용성, 적합성, 미와 추를 판별하는 능력"이기도 하다고 주장하였다.[302]

---

300 『이탈리아인 태고의 지혜』(G. Vico 저, 이원두 역, 동문선, 1996년), 91쪽.

301 『Literary Criticism』, William K. Wimsatt, Jr. & Cleanth Brooks, The University of Chicago Press, 1957년, 228쪽.

한비자가 살던 시대와 근접한 작품 속에서도 한비자의 생각과 유사한 상상에 대한 묘사를 찾아볼 수 있다. 『초사楚辭·원유遠遊』에서는 다음과 같이 말하였다.

> 푸른 구름 건너 두둥실 노닐다가
> 문득 옛 고향을 힐끗 엿보노라
> 하인은 내 마음이 슬퍼하는 줄 아는지
> 곁말도 되돌아보며 나가지 않네
> 옛일 그리며 또 상상하노니
> 길게 탄식하며 눈물을 훔쳐 닦네
> 널리 느릿느릿 떠서 하늘에 올라가려다가
> 잠시 뜻을 누르고 주저하는도다[303]

「원유遠遊」는 작자가 굴원屈原(B.C.340?-B.C.278?)인지는 명확하지 않지만 아무리 늦어도 전국시대 후기작품이라 추정하고 있다. 「원유」의 작자가 심미구상과정 중의 상상을 논한 것은 아니지만 '상상想象'으로 시인의 사유 활동의 상황을 설명하고 있는 것은 분명한 사실이다. 작자는 굴원이 비록 신선들과 함께 노닐고 천지를 두루 돌아다녀 이르지 않은 곳이 없지만 여전히 조국과 옛 친구를 그리워한다고 가정하고 있다. 그는 허공을 노닐면서 아래로 고국을 굽어보며 감정이 격동하여 상상의 나래를 펼쳐 조국에 대한 단초들을 추억으로 되살려내고 있다. 여기에서 예술가의 상상은 감정의 기복이 물결처럼 이어져 예전에 경험했던 일들과 상상 속의 상황을 생동감 있게 연결되면

---

302 『이탈리아인 태고의 지혜』, 91쪽.
303 『楚辭補注』, 「遠遊第五」(王逸), 172쪽. "涉青雲旦汎濫游兮, 忽臨睨夫舊鄕. 僕夫懷余心悲兮, 邊馬顧而不行. 思舊故旦想像兮, 長太息而掩涕. 汜容與而退擧兮, 聊抑志而自弭."

서 현실의 구체적 형상과 밀접한 관계로 맺어진다.

이러한 유사한 상황은 조식曹植(192-232)의 작품에서도 찾아볼 수 있다.

이에 낮은 곳을 뒤로 하고 높은 곳으로 올라가니, 낙신洛神의 행적은 사라
졌지만 그 정신은 머물렀네. 머릿속에 남은 감정으로 모습을 상상하며, 되
돌아보고 시름에 잠겼네. 신령한 몸이 다시 나타나기를 바라며, 가벼운 배
를 타고 거슬러 올라갔네. 긴 강물에 떠다니며 되돌아가는 것도 잊어버리
고, 생각은 면면히 이어져 그리움만 더하였네. 밤에도 불안하여 잠들지 못
하다가, 눈처럼 쌓인 서리에 젖은 채 새벽에 이르렀네. 마부에게 명하여
수레를 몰게 하여, 나 이제 동쪽 길로 돌아가려 하네. 곁말의 고삐를 다잡고
채찍을 들었건만, 슬픔이 맴돌면서 주저하며 떠나지를 못하는구나.[304]

조식은 여기에서 낙신洛神이 떠났지만 낙신의 정신은 남아 마음속으로 낙
신의 용모와 자태, 낙신과 만났던 잊을 수 없는 정경을 묘사하고 있다. 이것
은 시인이 상상으로 이루어낸 내용으로, 바로 예술 상상이라 하겠다. 그러나
시인과 낙신이 만나는 격동적인 감정이 일어나고서야 이러한 상상 활동이
발생할 것은 분명하다. 고대 중국 시인들에게 일어난 상상은 모두 구체적이
고 형상적이며 강렬한 감정적 격동을 수반한 사유 활동이었다. 이러한 것들
은 모두 예술적인 형상 사유와 상상 활동의 중요한 특징이다. 그러나 「원유」
의 작자와 「낙신부」의 조식은 상상 활동의 특징에 대해서 명확히 자각하고
있지는 못했던지라 이론적으로 개괄하지는 못하였다. 예술 상상에 대한 자각
적인 인식은 육조六朝 이후에야 비로소 시작된다.

---

304 『六臣注文選』上冊, 권19 「洛神賦」(曹植), 355쪽. "於是背下陵高, 足往神留. 遺情想象, 顧望懷
愁. 冀靈體之復形, 御輕舟而上泝. 浮長川而忘反, 思綿綿而增慕. 夜耿耿而不寐, 霑繁霜而至曙. 命
僕夫而就駕, 吾將歸乎東路. 攬騑轡以抗策, 悵盤桓而不能去."

위진남북조魏晉南北朝에 이르러, 문인들은 '신사神思(예술적 상상력)'를 마침내 상상의 전용 개념으로 사용하면서 정식으로 상상을 창작영역에 집어넣어 토론하기 시작하였다. '신사'는 중국 고대 문예이론 가운데 창작 사유 활동에 사용되었다. '신사'는 넓게는 문예 심미 사유의 전체 과정을 가리키지만, 좁게는 문예 심미 사유 과정 중의 상상 활동 및 그 특징을 가리킨다.

육기(261-303)는 「문부」에서 이전 사람들의 생각에 기초하여 마음과 정신을 사방 천지로 치달리게 하고 만 길 먼 곳까지 나가 놀게 하여 한순간에 고금의 철리哲理와 세상사 이치를 터득할 수 있어야 한다고 주장하였다.[305] 그는 급기야 "천지를 몸 안에 가두어 넣고, 만물을 붓끝에 묶어 놓네."[306]라고 언급하면서 작자의 몸과 마음이 고도로 집중된 상상 속으로 진입하면 천지 만물을 마음속에 담아둘 수 있어서 만물이 작자의 붓놀림에 놀아나게 되어 이때 비로소 창작이 극한 자유의 경지에 도달하게 된다고 여겼다. 그 후 동진東晉의 유명한 화가 고개지顧愷之(349?-410?)는 회화 예술의 구상은 예술가의 '천상묘득遷想妙得'의 결과라고 하였는데, 여기서 '천상'은 예술가가 자신의 기묘한 상상 내용을 구체적인 형상 속에 기탁하는 것을 가리키고, '묘득'이란 상상과 형상 두 가지가 천의무봉天衣無縫으로 융합한 것을 말한다. 따라서 '천상묘득'은 예술 상상의 내용을 모아서 구체적이고 생동하는 형상을 완성하는 것이다.

예술 영역에서 '신사神思'라는 개념은 남조南朝 유송劉宋시기 종병宗炳(375-443)의 「산수화서山水畵序」에 처음 보인다.

이에 한가롭게 거하며 기氣를 다스리고 술잔을 비우며 거문고를 올리고 그림을 펼쳐 그윽하게 마주 대하면, 앉아서 천지사방을 궁구할 수 있고

---

305 『文賦集釋』, 25쪽. "其始也, 皆收視反聽, 耽思傍訊, 精騖八極, 心遊萬仞."
306 『文賦集釋』, 43쪽. "籠天地於形內, 挫萬物於筆端"

하늘을 근심하는 무리들을 떠나지 않고 홀로 사람 없는 들판에 응할 수
있다. 산봉우리는 높아 험준하고 구름 낀 숲은 아득하게 펼쳐진다. 성현聖賢
은 먼 세대까지 비추고 만 가지 흥취가 그 신사神思(신령스러운 생각)와
합쳐지니 내가 또 무엇을 하겠는가? 정신을 펼칠 뿐이다. 정신이 (자유롭
게) 펼쳐지니 무엇이 이를 뛰어넘을 수 있겠는가?[307]

종병은 화가는 마땅히 "만 가지 흥취가 그 신사와 합쳐져야(萬趣融其神思)"
한다고 제기하였다. 종병은 감상자가 산수화의 이미지와 감응하여 체험하는
심미적 효과를 '창신暢神' 즉 '정신의 펼침'이라 표현한다. 종병은 산수라는
가시적, 물질적 형태가 있기 때문에 비로소 감응이 이루어져 '신사'와 융합할
수 있다고 말하였다. 여기서 말하는 '신사'는 일반적인 사유 활동과는 다르고
상상을 위주로 한 예술적 활동을 가리킨다. 이 용어는 훗날 유협이 『문심조
룡』의 하나의 편목으로 삼아 정식으로 '신사'를 창작의 중요한 개념으로 사
용하다가 당 이후로는 그렇게 광범하게 운용되지 않았으나 중국 고대의 문예
심미 구상 중 중요한 상상의 범주로 인식되었다. 문예 작품은 상상의 결정체
이다. 예술적 상상력이 없다면 역시 예술작품도 없다.

유협(465-522)은 육기, 고개지, 종병의 앞선 견해들을 계승하여 '신사神思'[308]
를 명확히 제시하였다. 유협은 「신사」 편에서 '신사'에 대한 정의를 내리고

---

307 『中國畵論類編』上卷, 「山水畵序」(宗炳), 583-584쪽. "於是閒居理氣, 拂觴鳴琴, 披圖幽對, 坐究
四荒, 不違天勵之藂, 獨應無人之野. 峰岫嶢嶷, 雲林森渺. 聖賢暎於絶代, 萬趣融其神思, 余復何爲
哉? 暢神而已, 神之所暢, 孰有先焉."

308 '神思'는 주술 구조로 이루어진 합성어로 보아 '정신 활동(精神的活動)'(趙仲邑, 『文心雕龍譯
注』 '神思'篇 題解, 漓江出版社, 1982년)이라 정의하기도 하고, 수식 구조로 이루어진 합성어
로 보아 '신묘한 사유(神妙之思)'(胡經之 主編, 『中國古典美學叢編』 중책, 제406 '神思' 提要,
北京: 中華書局, 1988년)라고 명명하기도 한다. 후자에 의거해보자면, '神思'는 예술 구상
과정 중에서 바람처럼 일어나는 영감 현상이라고 말할 수 있다.

구상의 시공 초월성, 형상성, 창조성, 예술 매개성 등의 특징과 '신사'를 배양하는 방법을 깊이 있게 논술하였다.

고인古人(『장자莊子·양왕讓王』에 보임)이 "몸은 해변을 거닐어도, 마음은 조정에 있네."라 말하였으니, '신사神思'를 이르는 말이라. 시문에 대한 구상은 심히 미묘하여 예측하기 어려운 것이다. 그 신사의 현상에 있어서 고요하게 깊이 골몰하면 그 생각은 천 년 전까지 이어지고 공간적인 측면에서 조용한 가운데 마음을 움직이면 만 리까지도 통하여 본다. 그리고 소리의 측면에서 작가가 음영吟詠하는 가운데 주옥珠玉과도 같은 미묘한 성조聲調가 나타나고 색채 생각이 통달하여 막힘이 없을 때, 바로 눈앞에 자연 색채의 변화가 펼쳐진다. 이것이 사유 활동의 정태이다. 상상력의 움직임은 미묘하여, 정신이 외적 사상事象과 서로 작용을 교환한다. 정신은 가슴속에 머무는데 지기志氣(사고력)가 정신의 중추를 통제하고 있으며, 외적 사상이 이목耳目에 연하는데 사령辭令(언어구사력)이 만물의 중추를 관리한다. 만물의 중추인 사령(언어구사력)이 통하면 곧 사물에 감춰진 모습이 없게 되고, 정신의 중추인 지기(사고력)가 막히면 정신에 숨기는 마음이 있을 것이다. 이 때문에 시문에 대한 구상을 연마함에 있어 허정虛靜함을 귀하게 여기니, 오장五臟을 소통시키고 정신을 맑게 하며, 학문을 쌓아서 지성을 축적하며, 이치를 헤아려서 재능을 풍부하게 하며, 견식을 연마하여 사물의 궁극적인 부분까지 비추어내고 숙달시켜서 문장을 짓는 것이다. 그런 연후에야 현해玄解의 요리사로 하여금 성률을 찾아 붓을 잡게 하고, 명장明匠의 독창적인 생각으로 의상意象을 엿보아 기교를 드러나게 하는 것이다. ……신사가 움직이기 시작하면 창작에 관한 만 갈래 생각이 다투어 일어나 모든 창작 기교가 모두 실행되지 못하면, 빚어지는 형상들 또한 모두가 형태가 없어, 산에 오르면 곧 산에 감정이 가득 차고 바다를 보면 곧 생각이 바다에 넘쳐

흘러, 내 재주의 많고 적음은 장차 풍운風雲(자연)과 더불어 달리는 것이다.[309]

유협은 '신사'가 움직이면 그 생각은 천 년 전까지 이어지고 그 투시력은 만 리까지도 내다본다고 여겼는데, 이것이 바로 상상의 신비한 힘이다. 창작자가 구상 활동에 들어가 상상력이 일단 발휘되기만 하면 시공의 제한을 초월하게 되고 심지어 상상으로 고정되지 않은 무형의 사물을 규범화하고 형상화하게 된다. 유협이 상상 과정 중에서 집중적으로 논술했던 것은 '신여물유神與物遊'였으며, 이는 창작 중 주로 상상을 통하여 구현한 물화物化였다. 상상은 '신여물유', 즉 물화物化와 관련이 있다. 이것은 서양의 상상 개념과는 완전히 구별되며, 서양이론 중에서 연관된 것을 찾자면 오히려 로베르트 피셔Robert Vischer(1847-1933)가 말한 '감정이입'(Einfühlung 즉 empathy)[310]과 상통한

309　『文心雕龍讀本』하편,「神思」제26, 3-4쪽. "古人云: '形在江海之上, 心存魏闕之下'; 神思之謂也. 文之思也, 其神遠矣. 故寂然凝慮, 思接千載; 悄焉動容, 視通萬里; 吟詠之間, 吐納珠玉之聲; 眉睫之前, 卷舒風雲之色; 其思理之致乎! 故思理爲妙, 神與物遊. 神居胸臆, 而志氣統其關鍵; 物沿耳目, 而辭令管其樞機. 樞機方通, 則物無隱貌; 關鍵將塞, 則神有遯心. 是以陶鈞文思, 貴在虛靜, 疏瀹五藏, 澡雪精神; 積學以儲寶, 酌理以富才, 硏閱以窮照, 馴致以繹辭. 然後使玄解之宰, 尋聲律而定墨; 獨照之匠, 闚意象而運斤. ……夫神思方運, 萬塗競萌, 規矩虛位, 刻鏤無形, 登山則情滿於山, 觀海則意溢於海, 我才之多少, 將與風雲而幷驅矣."

310　'감정이입(感情移入; Einfühlung; Empathy)'이라는 단어는 19세기 독일의 철학자 로베르트 피셔(Robert Vischer)가 자신의 박사논문(『On the Optical Sense of Form: A Contribution to Aesthetics』, 1873)에서 처음 사용한 신조어였다. 원래 로베르트 피셔는 이 단어를 인간 이외의 대상에 인간의 감정을 투사한다는 의미로 사용하였으나 테오도르 립스(Theodor Lipps, 1851-1914)가 이 감정이입을 우리가 타인의 자아를 알아차리는 방법을 설명하려는 하나의 시도로 또한 미적 감상의 본질을 설명하는 수단으로 사용함으로써 19세기 후반 심리학과 미학에서 동시에 주목받는 단어가 되었다. 립스는 이 감정이입을 '공감(Sympathie; Sympathy)'이라는 단어와 뚜렷이 구별하지 않고 사용하였으나 영어로 이 단어(Einfühlung)를 처음 번역한 1909년 미국의 심리학자 에드워드 티치너(Edward B. Titchener)는 독일어의 'Sympathie'와 동일한 단어인 'Sympathy'를 그대로 사용하기에는 의미가 다르다고 생각하여 역시 'Empathy'라는 신조어를 만들어 옮기게 되고 이 'Empathy'라는 단어는 심리학 분야에서 처음 사용된 이후 차츰 널리 영미 일반에 받아들여져 지금에 이르게 된다.

다. 심리학 범주에서 보자면, '신여물유'는 바로 심미적 감정이입이다. 감정이입은 일종의 사유 현상이며 예술창작 중의 은유, 의인, 상징 등의 예술 방법을 이끌어내는 심리학적 기초이다. 감정이입이란 심미 주체가 심미 과정 속에서 자신의 감정을 심미 대상으로 이입시켜 심미 대상으로 하여금 정감과 생명을 부여하는 심리활동이다. 『장자』에 이와 연관된 잘 알려진 글이 있다.

　　옛날에 장주莊周가 꿈에 나비가 되었는데, 훨훨 날아다니는 나비가 자기 뜻에 딱 맞다고 스스로 깨달았구나! 그래서 자기 자신이 장주라는 것을 알지 못했다. 그런데 갑자기 잠에서 깨어나 보니 확연히 장주였다. 장주가 꿈에서 나비가 된 것인지, 나비가 꿈에서 장주가 된 것인지를 알지 못했다. 장주와 나비 사이에 반드시 구별되는 부분이 있을 것이다. 이를 가리켜 '물화物化'라고 한다.[311]

이상섭의 『문학비평용어사전』(민음사, 1976)에서는 '공감'을 주로 인간끼리 무엇을 함께 느끼는 것으로, '감정이입'을 그 이입의 대상의 안으로 들어가서 느끼는 것으로 구분하여 '공감'을 이자적(二自的) 상태로 설명하는 반면 '감정이입'은 일자적(一自的) 상태로 설명하고 있다. '공감'(共感, sympathy)은 주로 인간끼리(또는 인격이 부여된 상상적인 행위자에게) 동류(同類)의식을 가지는 것을 뜻한다. 즉 <햄릿>을 보면서 내가 감정적으로 햄릿이 되는 것이 아니라, 그의 고민을 동정하고 불쌍히 여기는 제3자의 감정이 공감인 것이다. 감정이입이 결합시키는 것이라면 공감은 나란히 서게 하는 것이다. 그래서 공감은 다분히 지적이고 사상적인 것인 반면, 감정이입은 육체적이고 본능적이다. 작품의 전달을 위해 위의 두 가지는 다 필요한데, 감정이입에 역점을 두는 작가는 암시성이 강한 말을 골라 구체적이고 세밀한 묘사에 치중할 것이고, 공감에 역점을 두는 작가는 인간 본연의 성격을 부각시키려 할 것이다. 『미학적 인간 호모 에스테티쿠스』(예담출판사, 2009년)에서는 "서양의 감정이입(empathy)은 20세기 초에 예술에 대한 한 종류의 반응을 설명하기 위해 만들어졌고, 지금까지 정신분석 분야에서 '타인의 욕구, 열망, 좌절, 기쁨, 슬픔, 불안, 아픔, 심지어 배고픔을 마치 자신의 것인 양 느끼는 개인의 능력을 가리키는 말로 전용되어 왔다."(266쪽)고 기술되어 있다.

311　『莊子集釋』內篇第二「齊物論」, 112쪽. "昔者莊周夢爲胡蝶, 栩栩然胡蝶也. 自喩適志與! 不知周也. 俄然覺, 則蘧蘧然周也. 不知周之夢爲胡蝶與? 胡蝶之夢爲周與? 周與胡蝶則必有分矣. 此之謂物化."

장자와 혜자가 호수의 다리 위를 한가로이 거닐고 있었다. 장자가 "피라미가 한가로이 헤엄치고 있소. 이게 물고기의 즐거움이오."라고 말하자, 혜자가 "당신이 물고기가 아닌데 어떻게 물고기가 즐겁다는 것을 안다는 말이오?"라고 물었다. 이에 장자가 "당신은 내가 아닌데, 어떻게 내가 물고기가 즐겁다는 것을 알지 못한다는 것을 안다는 말이오?"라고 재차 묻자, 혜자가 "나는 당신이 아니니까 물론 당신을 알지 못하오. 당신은 물고기가 아니니까 물고기를 알지 못한다는 것이 확실하다는 말이오."라고 말하였다. 장자가 "자, 처음으로 돌아가 봅시다. 당신은 '당신이 어떻게 물고기가 즐겁다는 것을 안다는 말이오?'라고 했지만 그것은 이미 내가 안다는 것을 전제하에 그렇게 물은 것이오. 나도 호숫가에서 물고기가 즐겁다는 것을 알았던 것이오."라고 말하였다.[312]

첫 번째 '호접몽胡蝶夢' 이야기는 장자가 꿈에 나비가 되어 날아다니다가 깨어나니 즐겁게 날아다니던 나비인 내가 어리둥절하게도 자리에 누워 있는 장자인 내가 되어 있었다는 내용이다. 누가 참 나인가? 내가 꿈에 나비로 된 것인가? 나비가 꿈에 나로 된 것인가? 나와 나비는 분명히 구분이 되는데, 내가 주체인지 아니면 나비가 주체인지가 알 수 없는 것을 장자는 '물화物化'라고 정의하였다. 두 번째 '호량지변濠梁之辯' 이야기는 혜시惠施와 장자 사이의 논쟁을 담고 있다. 이 이야기에서 혜시는 물고기를 종種 단절적, 배타적 시각으로 바라본 데 비해 장자는 물고기를 종種 통합적, 포용적 시각으로 바라보고 있다. 종간 공감 능력이 한참 떨어졌던 혜시에 비해, 장자는 물아物

312　『莊子集釋』外篇第十七「秋水」, 606-607쪽. "莊子與惠子遊於濠梁之上. 莊子曰: '儵魚出遊從容, 是魚之樂也.' 惠子曰: '子非魚, 安知魚之樂?' 莊子曰: '子非我, 安知我不知魚之樂?' 惠子曰: '我非子, 固不知子矣; 子固非魚也, 子之不知魚之樂, 全矣!' 莊子曰: '請循其本. 子曰汝安知魚樂云者, 既已知吾知之而問我, 我知之濠上也.'"

我의 경계를 뛰어넘은 자신의 능력을 드러내고 있다. 여기에 기록된 '호접몽'과 '호량지변' 등은 바로 물아를 동일시하는 감정이입 현상이다. 사람이 사물로 동화되고 물아物我가 일체가 되는 경계는 바로 심미적 감정이입으로 가는 경계이다.[313]

소자현蕭子顯(487-535)은 『남제서南齊書·문학전론文學傳論』에서 "글 짓는 도는 '신사(예술적 상상력)'가 발휘되는 일이 일어나 무형무상無形無象함을 느끼고 불러내어 변화가 무궁무진하다. 5성의 음향을 모두 갖추어 말을 내면 문구가 달라지고, 만물의 정상情狀을 동등하게 하여 붓을 대면 형태가 달라진다."[314] 라고 하였다. '신사' 과정에서 가장 중요한 것은 '교묘한 생각(妙想)'의 단계인데, 그것은 상상 속에서 형상화된 것을 정련하고 개괄하여 현실보다 더 집약적이면서 더 생동적인 형상을 아름답게 창조해내야 하는 것이다. 이러한 예술 형상은 재능과 성격이 각기 다른 작가에 의해 갖가지 독특한 풍격을 지니게 되어 다채로워지고 변화가 무궁해진다.

당대의 유명한 서예가 손과정孫過庭(648-703)은 『서보書譜』에서 왕희지王羲之의 서체가 중요한 특징 중 하나가 글씨의 내용이 드러내는 각기 다른 감정에 따라 각기 다른 예술 상상력을 발휘하여 각기 다른 예술적 풍모風貌를 형성하였다고 지적하였다.

---

313   劉偉林, 「物化論」, 『華南師範大學學報(社會科學版)』 2000년 제1기, 73쪽.

314   中華書局本 二十四史 『南齊書』(蕭子顯 撰, 北京: 中華書局, 1997년), 권52 「列傳第三十三·文學傳論」, 907쪽. "屬文之道, 事出神思, 感召無象, 變化不窮. 俱五聲之音響, 而出言異句; 等萬物之情狀, 而下筆殊形."

왕희지, 상란첩喪亂帖(진적眞迹), 53×27cm(총 길이 390cm)

아마도 왕희지만이 옛날의 서법을 체득하고 지금의 서법이 능통한 것임이 틀림없다. 이것은 또한 바로 감정이 깊이 글씨와 조화된 것이다. 그래서 그의 서법을 임모臨摹하고 탁본拓本하는 사람들이 나날이 많아지게 되었고, 연구하고 익히는 사람이 해마다 불어났다. 왕희지 전후로 저명한 사람의 필적은 대부분 흩어지고 없어져서, 역대로 왕희지의 서법만이 홀로 전해졌으니 왕희지의 공적이 아니겠는가. 이제 왕희지의 서체만 후세에 전해진 이유에 대해서 몇 가지의 의견을 간략히 말하고자 한다. 예를 들어 「악의론」, 「황정경」, 「동방삭화찬」, 「태사잠」, 「난정집서」, 「고서문」 같은 것은 모두 세속에 전해지고 있는 것으로 해서楷書와 행서行書로 매우 뛰어난 작품들이다. 「악의론」을 썼을 때는 마음이 답답하여 울적한 것이 많았을 것이며, 「동방삭화찬」을 쓸 때는 마음이 진기하고 기이한 것을 느끼는 것이 많았을 것이고, 「황정경」을 쓸 때에는 도가의 허무한 논리에서 기쁨을 느꼈을 것이고, 「태사잠」을 쓸 때에는 세상을 종횡으로 의론하는 데에 대해 면전에서 정쟁하는 기개가 있었을 것이며, 난정蘭亭의 모임에서 감흥이 일어났을 때에 이르러서는 생각이 표일飄逸하고 정신이 초탈超脫하였을 것이고, 부모의

묘소에서 경계警戒의 서약을 할 때에는 마음이 무겁고 심경이 처참했을 것이다. 이른바 육기가 「문부」에서 '즐거운 일에 미치면 웃게 되고, 슬픈 일을 말할 때는 탄식을 하게 된다'라고 한 것이다. 백아伯牙가 거문고를 탈 때 아마도 흐르는 물결에 생각이 머물렀기에 화평하고 아름다운 연주를 할 수 있었고, 조식曹植은 글을 지을 때 저수雎水와 환수渙水의 아름다운 물결에 정신을 내달렸기 때문에 화려하고 아름다운 문장을 생각할 수 있었던 것이 아니겠는가? 비록 한번 보기만 해도 서법의 도리를 지니고 있음을 알 정도가 있을지라도 간혹 마음에 미혹된 것이 있으면 의논이 어긋나게 될 것이고, 억지로 이름을 붙여 자체字體로 삼으니 함께 익혀도 성취하는 데는 차이가 있게 된다. 이들의 마음은 내면에서 움직이면 말로 표현되는 것이라 『시경詩經』과 『초사楚辭』의 의미를 취하여 깨우쳤고, 따뜻한 양기陽氣가 사람의 마음을 펴지게 하고 서늘한 음기陰氣는 사람의 몸을 움추리게 하는 것이라 천지자연의 운행법칙에 근거하였다는 것을 어찌 알겠는가?[315]

손과정은 여기에서 왕희지의 서법 활동 중 일어나는 상상이 서법 작품의 내용으로부터 생겨나는 각기 다른 감정과 긴밀하게 연결되는 것이라고 지적했을 뿐만 아니라 이 점이 다른 문예활동과 완전히 일치한다고 설명하였다. 왕희지의 서체에는 작품에 담긴 감정적 특색을 담고 있는데다가 독특한 예술적 상상이 펼쳐져 있다. 당송唐宋 이전까지 유행한 문학 장르는 시였다. 시 중에도 주로 서정시가 90% 이상 차지하고 그 서정시의 작자가 대부분 문인

---

315 孫過庭, 『書譜』. "豈惟會古通今, 亦乃情深調合. 致使摹揚日廣, 研習歲滋, 先後著名, 多從散落, 曆代孤紹, 非其效歟? 試言其由, 略陳數意. 止如「樂毅論」, 「黃庭經」, 「東方朔畫贊」, 「太師箴」, 「蘭亭集序」, 「告誓文」, 斯並代俗所傳, 真行絕致者也. 寫樂毅則情多怫鬱, 書畫贊則意涉瑰奇, 黃庭經則怡懌虛無, 太師箴又縱橫爭折. 暨乎蘭亭興集, 思逸神超; 私門誡誓, 情拘志慘. 所謂涉樂方笑, 言哀已歎. 豈惟駐想流波, 將貽單爰之奏; 馳神雎渙, 方思藻繪之文. 雖其目擊道存, 尚或心迷義舛. 莫不強名為體, 共習分區. 豈知情動形言, 取會風騷之意; 陽舒陰慘, 本乎天地之心."

이었다는 점을 상기해볼 때, 고대 중국인들은 일찌감치 사람의 감정을 표현해야 한다는 점을 중시하였음을 알 수 있다.

중국 고대 문예이론은 서양처럼 모방과 영감 그리고 천부적인 재능을 보편적으로 강조하지는 않았다. 오히려 중국 고대 문예이론이 강조한 것은 바로 감정의 역할을 중시한 것인데, 이것이 서양과 눈에 띄게 다른 점이다. 서양 사람들이 감정의 작용을 중시한 것은 낭만주의와 독일의 고전미학이 흥기한 이후의 일이다. 중국은 예로부터 '언지言志'를 강조하면서도 항상 서정도 함께 강조하였다. 당나라 때 대표적인 서정시인 이상은李商隱은 글을 잘 짓는 데에는 '언지'가 가장 중요하다고 하면서도 사람은 오행五行의 가장 빼어난 기운을 타고났고 칠정七情의 움직임을 갖추고 있기에 반드시 길게 읊조리고 찬탄하면서 성령을 소통시켰을 것이라고 하였다.[316] '시언지'가 덕성을 강조했음에도 육조시기 시가가 발전함에 따라 감정 토로에 대한 역할을 더 중시하게 되었다고 말하는 것이 실제에 부합된다고 하겠다. 이후 '연정緣情'과 비슷한 말로 '연정체물緣情體物'과 '정지情志'라는 용어도 자주 사용되었다.[317] 이처럼 감정의 중요성을 강조한 것은 헤아릴 수도 없이 많으며 매우 오랫동안 문예이론에 중대한 영향을 끼쳤다. 이는 예술의 특징과 규율에 대해 날이 갈수록 분명하고 확실하게 인식했다는 증거이기도 하다. 여기에서 한 걸음 더 나아가 당시 사람들은 '문文'과 '정情'의 관계에서 어떤 것이 더 먼저인가에 대해 주목하였다. 예를 들어 『세설신어』에 "손자형孫子荊이 부인

---

316 李商隱, 「獻侍郎巨鹿公啓」. "屬辭之工, 言志爲最. ……人稟五行之秀, 備七情之動, 必有詠嘆, 以通性靈."

317 李昶, 「答徐陵書」. "문장은 감정을 서술하고 사물을 묘사하는 것이 아니면 雕蟲小伎일 따름이다.(文章……非緣情體物, 雕蟲小伎而已.)"
    葉夢得, 『石林詩話』. "감정을 서술하고 사물을 묘사하니, 절로 천연의 아름다움을 지니고 있다.(緣情體物, 自有天然工妙.)"
    范曄, 『後漢書·文苑傳贊』. "情志가 움직이니 문장이 존귀해진다.(情志旣動, 篇辭爲貴.)"

의 상기喪期를 마치고 시를 지어 왕무자王武子에게 보여주었더니 왕무자가 '문文이 정情에서 생기고 정情이 문文에서 생기는 줄 몰랐다. 이것을 읽고 나니 처연해져 부부의 중요성을 절실하게 느꼈다.'라고 말하였다."[318]라고 기재되어 있다. '문文이 정情에서 생겨난다'라고만 하지 않고 정情이 문文에서 생긴다고 하였으니 정情과 문文이 상보상생相補相生하는 것임을 간파하였다.

당대 유명한 서예 이론가 장회관張懷瓘(713-741)은 『서단書斷』에서 서예 예술의 상상 및 창조 과정을 다음과 같이 기술하였다.

그 처음이 어렴풋한 것은 아마도 동트는 것을 형상하는 것과 같이 희미함이 그 변화를 알지 못하기 때문이니, 범위는 형체가 없고 보아도 있는 곳이 없는 것 같다. 공허하고 막막함을 궁구하여 형상을 세우고, 만 가지 다른 것을 가지런히 하여 하나로 꿰어서, 어렴풋이 맞는 것을 합하고 지극한 정수를 호흡하여, 움직임을 풍격과 정신에서 취하고 호연지기를 완미하게 꾸미는 데서 기른다. 그 끝이 빛나는 것은 향기로운 먹물을 붓끝에 흐르게 하여 홀연히 날아올라 혁혁함을 빛내니, 혹 형체가 다르나 형세가 이어져 마치 한 쌍의 나무가 가지를 주고받는 것과 같다. 혹 구역이 나누어졌으나 기운이 움직여서 마치 두 우물의 샘이 통하는 것과 같이 나무 그늘은 서로 의지하고, 나루와 연못은 잠겨서 응한다. 떨어졌으나 끊어지지 않고 홀로 누에고치의 실을 끄는 것과 같다. 외로운 나뭇가지가 우뚝하니, 위태로운 산봉우리의 돌을 두려워한다. 용이 날고 봉황이 날아오르며 나는 듯 약탈하는 듯하다. 번개와 불빛이 번득이고, 흐드러지게 빛나는 것을 나누고 가른다. 한꺼번에 일으키면 마치 구름이 펼친 것 같고, 끌면 마치 별이 흐르는 것 같다. 붉은 불꽃과 푸른 연기가 순식간에 합하고 순식간에 흩어진다.

318 『世說新語·文學』. "孫子荊除婦服, 作詩以示王武子. 王曰: 未知文生于情, 情生於文. 覽之淒然, 增伉儷之重."

> 회오리바람이 불고 소나기가 내리며 우레가 떨쳐 일어나고 천둥소리가 격노하는 것과 같다. 아, 놀랍다. 진실로 당대를 놀라게 하고 뒷사람에게 법도가 될 만하다.[319]

붓을 처음 대려 할 때는 형을 어떻게 세워 하나로 꿸 것인지를 재단하며 상상 활동을 할 것이고 그 가운데 생각이 모여 서예의 형상을 창조하게 될 것이다. 그것은 자연의 조화에 합치되어야 하고 예술가의 감정과 풍모를 드러내야 한다. 그런 다음에 붓을 들어 구체적으로 쓰기에 들어갈 것이다. 그렇게 해야 서예 작품이 완성되었을 때 온갖 생동적이고 정미精美한 형상이 갖추어질 것이다.

장회관은 서예의 상징적인 형상 특징에 대하여 생생하게 묘사하고 있다. 우리 눈앞에 펼쳐져 나타나는 것은 한 편의 글씨가 아니라 한 폭의 형상이 선명하고 생동하는 그림이다. 이로부터 설사 서예와 같이 현실 상황과 상당히 멀리 떨어진 예술일지라도 상상의 결과는 역시 현실 상황을 상징하고 예술가의 감정을 체현하는 생기발랄한 예술 형상을 창조하기 위한 것이다. 중국의 예술 상상의 특징에 대한 논술은 서양처럼 체계적이고 이론적인 분석은 없지만, 예술 상상의 특징에 대한 생동적이고 구체적인 형상적 묘사는 오히려 많다. 중국의 예술 상상은 서양과는 관점이 다를 수밖에 없기에 서로 간의 비교를 통해 예술 상상의 특징을 더 깊이 인식할 수 있을 것이다.

---

319 張懷瓘, 『書斷』. “爾其初之微也, 蓋因象以曈曨, 眇不知其變化, 範圍無體, 應會無方, 考沖漠以立形, 齊萬殊而一貫, 合冥契, 吸至精, 資運動于風神, 頤浩然于潤色. 爾其終之彰也, 流芳液于筆端, 忽飛騰而光赫; 或體殊而勢接, 若雙樹之交葉; 或區分而氣運, 似兩井之通泉. 麻蔭相扶, 津澤潛應. 離而不絶, 曳獨繭之絲; 卓爾孤標, 竦危峰之石. 龍騰鳳翥, 若飛若驚, 電烻熚爗, 離披爛熳, 翕如雲布, 曳若星流, 朱焰綠烟, 乍合乍散, 飄風驟雨, 雷怒霆激. 呼吁可駭也! 信足以張皇當世, 軌範後人矣.”

오대五代의 유명한 화가 형호荊浩(910-950년 활동)는『필법기筆法記』에서 회화의 '여섯 가지의 요점(六要)'을 제기하였는데, 그 중의 하나가 심미 구상에 대한 언급이다. 그는 "생각이란 크고 중요한 점을 깎아서 파내고 생각을 집중하여 사물을 나타내는 것이다."[320]라고 하였다. 이는 예술 사유 과정 중에 온갖 경상景象 가운데서 자신이 표현하고자 하는 주제에 따라 예술적으로 개괄하여 현실의 본질과 규율을 반영해야 하고, 예술적 개괄이 필요하다면 상상을 통하여 형상을 엮어내야 한다는 말이다. 상상은 근본적으로 예술가의 감정을 제대로 전달하고 표현하기 위해서이며, 상상의 본질은 예술가의 감정을 충분히 드러내기 위해 가장 훌륭한 현실적 형상을 찾아내는 것이다.

'신여물유'의 활동으로 이루어진 정신 사유는 객관적 규율의 속박을 받지 않는 상상성, 허구성, 창조성을 갖추었기에 이미지의 누적과 정감의 경험에 의해 새롭고 독특한 이미지를 창출해낸다. 이때 상상은 허상을 규정하고 무형을 아로새겨 '무無'에서 '유有'를 만들어낸다. 이 때문에 옛사람들은 구상 주체인 창작자가 생각을 정련하는 데 애써야 한다고 말하였다.[321] 고심하여 사유한다는 것은 중국 창작자의 일관된 전통이 되었고 '신사'이론의 한 부분으로 융합되었다. 창작에 들어섰을 때, 고대 중국 예술가들이 상상 활동을 해야 했던 주된 목적은 자신의 감정을 표현하기 위해서였다. 그 감정을 어떻게 하면 남에게 제대로 표현할 수 있을까를 고심하면서 이것저것 상상하게 되었다. 서양에서 해왔던 문예 방면의 상상력은 외물에 대한 호기심과 지적

---

320 『筆法記』. "思者, 刪撥大要, 凝想形物."

321 皎然은『詩式』에서 "의경을 취하는 때는 모름지기 매우 험난하다.(取境之時, 須至難至險)"라고 하였고, 王昌齡은『詩格』에서 "미문을 짓는 이들은 항상 作意해야 한다. 天海의 밖에서 마음을 응집하고 元氣의 앞에서 생각하고 言詞를 교묘히 운용하고 意魂을 정련해야 한다.(凡屬文之人, 常須作意, 凝心天海之外, 用思元氣之前, 巧運言詞, 精煉意魄)"(『詩學指南』권3)라고 하였고, 姜夔는『白石道人詩說』에서 "시가 공교롭지 않은 까닭은 생각을 정련하지 않았기 때문일 뿐이다.(詩之不工, 只是不精思耳.)"(『歷代詩話』하책, 680쪽)라고 하였다.

갈구에서 비롯되었다면 중국의 상상 활동은 작가의 근원적인 마음과 감정을 표출하려는 데에서 출발하였다.

불학佛學이나 선학禪學은 더욱 이러하다. 선학禪學에서 그들이 추구했던 청정淸淨의 근원은 바로 '산하대지山河大地'의 가운데에 있다가 일단 묘오妙悟하면 바로 이 세상에 서서 저 세상에 이를 수 있다고 여겼다. 그래서 선승禪僧의 '오도성불悟道成佛'은 심미와 논하기에 적합하고 이 역시 바로 '신여물유神與物遊'인 것이다. 이러한 '신여물유' 관점은 소식에게도 영향을 미쳤다. 소식은 "예로부터 화가는 범속한 선비와는 달라, 놀라운 사유는 시처럼 나온 것이라. ……동남의 산수가 서로 손짓으로 부르고, 온갖 만상이 내 여의주에 들어온다네."[322]라고 말하였는데, 여기서 '놀라운 사유(妙想)'란 바로 시 창작과 회화 창작에서 반드시 갖추어야 할 상상력이라 하겠다. 그는 시와 그림이 본디 하나라고 여겼다. 양자는 여러모로 서로 통하는 창작 특징을 갖추고 있는데, 상상이 바로 시인이나 화가가 대상을 묘사할 때 공통적으로 사용하는 수법인 것이다. 소식이 언급한 '묘상妙想(놀라운 사유)'이 바로 상상이다.

소식은 "사물의 극치를 관조하면서 사물의 표면에서 자유로이 노닌다."[323]라고 하면서 지위나 재물 등의 물질적 욕망을 초월한 경지에 도달하여 인생과 자연의 참된 이치를 표출하였고, 곡절 많은 인생 역경 속에서도 "그 자신의 몸을 술에 의탁하여 한 번 취했다 하면 이해득실을 하나로 보고 길흉화복을 잊고 부귀빈천을 한 통속으로 보고 현명함과 어리석음을 똑같다고 여긴다. 만물과 동화되어 우주 자연의 조물주와 함께 노닌다."[324]라고 말하였다.

---

322 『蘇軾詩集』 제6책 권36, 〈次韻吳傳正枯木歌〉, 1962쪽. "古來畫師非俗士, 妙想實與詩同出. …… 東南山水相招呼, 萬象入我摩尼珠."

323 『蘇軾文集』 제5책 권66, 「書黃道輔品茶要錄後」, 2067쪽. "觀物之極, 而遊於物之表."

324 『蘇軾文集』 제2책 권11, 「醉白堂記」, 344쪽. "方其寓形於一醉也, 齊得喪, 忘禍福, 混貴賤, 等賢愚, 同乎萬物而與造物者遊."

이 글들에서 소식이 언급한 내용을 살펴보면 '신여물유'라는 직접적인 표현을 살짝 비틀어 똑같은 의미로 나타내고 있음을 알 수 있다.

정신이 만물과 교유交遊하는 상상은 반드시 창작자의 관찰, 체험이 선행되고 허정한 관조를 거쳤을 때 비로소 물화物化의 경지에 도달할 수 있다. '신여물유'의 상상은 '물아교융物我交融(대상과 주체가 서로 융합함)'과 직접 연계된다. 물화物化는 '신여물유'의 외연적 확충이다. 따라서 물화를 따로 떼어내 독자적으로 논할 수 없다. 게다가 창작의 전 과정에서 물화를 구상 방면으로만 논할 수 없다.[325] 창작자는 각고의 체험 수양과 허정한 관조를 통해 상상을 물화로 승화할 수 있는 토대를 마련하고는 실제 창작을 통해서 물화의 경지에 이른다. 이를 통해 작자는 문예 작품을 통하여 감상자에게 물화의 경지를 전할 수 있다. '신여물유神與物遊(정신이 만물과 더불어 노님)'의 상상은 '신유神遊(정신이 노님)'보다는 '여물與物(사물과 더불어 함)'에 더 주안점이 있다. 창작 구상 자체가 만물과 유리된다면 작가나 독자 누구에게도 아무런 가치가 없다. 중국 문예이론에서 말하는 상상은 서양에서 말하는 상상과는 근본적으로 다르다.

3. 영감

창작자에게는 종종 전혀 뜻하지 않게 시문의 구상이 용솟음치는 현상이 있다. 이러한 현상을 '영감'이라고 한다. 옛사람들은 이를 일반적으로 '감흥感興', '흥회興會', '천기天機', '묘오妙悟' 등의 다양한 용어로 지칭하였다. 이것들

---

325 張少康과 祁志祥은 物化를 구상단계의 하나로 논하고 있다. 하지만 物化는 구상과정뿐 아니라 창작과정, 감상과정에서 모두 다루어야 한다. 굳이 物化를 구상단계에서 논하려면 정신이 만물과 교유하는 상상 단계의 절정으로 이해해야 한다.

은 모두 작가가 객관 현실 중에서 우연히 창작 충동이 일어 시문의 구상이
용솟음치는 상황을 이끌어내는데, 바로 이때가 창작하기에 최고로 좋은 상태
인 것이다.

영감의 전제 조건은 '감물感物'인데, 『예기禮記·악기樂記』에서 처음 보인다.

> 무릇 노랫가락의 기원은 사람의 마음으로 말미암아 생겨난다. 사람의
> 마음이 움직이는 것은 외계 사물이 그렇게 만들기 때문이다. 마음이 외계
> 사물에 느껴 움직이면 소리로 드러나고 소리가 서로 호응하여 다양한 변화
> 를 생성한다. 이러한 변화가 일정한 음률과 음조를 갖추면, 이를 '노랫가락'
> 이라 일컫는다. 노랫가락을 나란히 안배하여 악기로 연주하고 거기다 그
> 위에 방패, 도끼, 꿩 깃털, 소 꼬리털을 잡고 춤추면, 이를 '(악기연주와 춤이
> 더해진) 음악'이라 일컫는다. 음악은 노랫가락으로 구성된 것으로, 노랫가
> 락의 근원은 사람의 마음이 외계 사물에 감명받은 데에 있다.[326]

이 글은 '감흥感興' 이론을 언급한 대표적인 글이다. 이 글에서 노래가 입에
서 흘러나오고 춤추는 문예활동이 일어나는 원인은 외계 사물에서 무언가
느낀 바가 있었기 때문이라고 기술하였다. 정감이 사물에 감명받아 마음을
움직이고 재차 소리로 형상화되어 음악이 만들어진다. 그래서 음악이 발생하
는 근본 원인은 '인심지감물人心之感物(사람의 마음이 외계 사물에 감명받음)'에 있다.

이른바 영감이란 창작과정 중의 '흥회興會' 작용을 가리킨다. '흥회'는 흥취
가 이른 때를 말한다. 문예 창작에 이를 적용하면, 흥취가 도래하여 의표意表
를 뛰어넘어 실컷 도취된 정신 상태라 말할 수 있다. 옛사람 중에는 비록

---

326 『禮記·樂記』, 『十三經注疏』 제5책, 662-663쪽. "凡音之起, 由人心生也, 人心之動, 物使之然也.
感於物而動, 故形於聲 ; 聲相應故生變 ; 變成方, 謂之音, 比音而樂之 ; 及干戚羽旄, 謂之樂. 樂者,
音之所由生也, 其本在人心之感於物也."

'흥회'로 작품을 논한 이가 있기도 했지만 그것은 사실 '창작 영감'을 가리킨다. '창작 영감'이란 미감이 도래할 때, 특히 미감이 최고조로 도래할 때의 정신 상태를 말한다. 결국 영감은 상상력이 최고로 발휘되는 시점에 종종 나타난다. 이때는 바로 구상 활동이 최고조에 도달한 때이며, 창작자는 이때 고도로 흥분된 상태에 놓인다. 영감은 우연히 용솟음치기 때문에 사전에 예측할 수 없고 늘 기약 없이 만나게 된다. 그래서 창작자는 영원히 그 존재를 장악할 수 없어 억지로 구하려 한다고 해서 구하는 것이 아닌, 다만 우연히 만나게 된다고 말할 수밖에 없다. 그러나 일단 때가 무르익으면 영감은 폭발하고 창작자는 그 흥에 못 이겨 붓을 들게 되는데, 이때 살아 숨 쉬는 걸작을 완성할 수 있다.

문예 창작은 이러한 특수한 정신 상태를 필요로 한다. 하지만 이는 결코 어떤 때라도 순리적으로 진행되는 것이 아니다. 육기는 「문부」에서 영감이 일어날 때의 정황에 대해 묘사하면서 이러한 우연적 계기에 찾아오는 강렬한 체험을 특별히 강조하였다.

감정에 응하여 깨달은 것과 통합과 막힘의 실마리는 다가오면 머물지 못하고 떠나가면 멈추지 않는다. 영감이 숨어버리는 것은 마치 빛이 사라지는 것과 같고, 그 떠나가는 것은 마치 메아리가 이는 듯하다. 뛰어나고 빼어난 천기天機가 발휘될 때, 어찌 분분히 일어나 다스려지지 않는가? 생각은 마음속에서 바람처럼 일고, 말은 입술에서 샘처럼 흘러나온다. 분연히 초목이 우거지듯 성대하고도 급히 몰아 달려 먼 지역까지 널리 퍼져나가니, 이는 오직 붓과 종이만이 흉내 낼 수 있는 바이다. 문사는 성대하여 눈에 넘치고 음운은 맑아서 귀에 가득 찬다. (하지만 그와는 반대로) 육정六情이 무디고 껄끄러워짐에 이르러, 뜻은 가버리고 정신만이 남는다. 그 멈춤은 마치 깡마른 나무 같고, 그 공허함은 마치 메마른 물 같다. 영혼을 보며 심오한 진리를 찾고, 정신을 가지런히 하여 자신을 구하노라. 그 이치는 가려져 더욱 깊이 숨고, 생각도 삐걱거리니 마치 억지로 끌어당기는 듯하다. 이런 까닭에, 어떤 경우에는 감정을 다하고도 후회를 많이 하고, 어떤 때엔 마음 끌리는 대로 했는데 오히려 허물이 적은 경우가 있다. 비록 이 물상이란 것이 나에게서 펼쳐지지만, 이는 내 능력이 미칠 수 있는 바가 아니다. 그런 까닭에 때때로 텅 빈 가슴을 어루만지며 나 자신을 한탄하니, 이는 내가 지금까지 영감의 통하고 막히는 이유를 깨닫지 못하였기 때문이다.[327]

영감이 빛과 메아리처럼 갑자기 왔다가는 것이라 창작자가 이를 제어한다는 것은 매우 어렵다. 영감은 그 순간 글로 표현해내지 못하면 사라져 버린다. 억지로 살려내려 하여도 다시 오지 않는다. 그래서 육기는 영감을 '천기天機'라 칭하였고 이를 무어라 풀이하기 어렵다고 말하였다. 우연한 계기로 떠오른 영감은 주객 간의 기막힌 교감에 의해 일어난다. 주객主客의 절묘한 교감은 무작위적無作爲的이며 변칙적이며 찰나에 벌어진다. 이렇게 촉발된 창작 충동은 자연히 한순간에 일어날 수밖에 없다.

영감은 사물에 감화된 작자의 마음이 객체 사물과 한 데 만나 생겨난다. 고대 중국인들의 영감에 대한 평론은 주로 작자가 창작하면서 깨달은 경험담이다. 옛사람들은 작자가 창작 중에 문사가 막히는 현상을 영감으로 풀어내어 사람들의 글쓰기를 지도하였다. 이는 서양에서 신통한 관념으로 영감을

---

327 『文賦集釋』, 168쪽. "若夫應感之會, 通塞之紀, 來不可遏, 去不可止. 藏若景滅, 行猶響起. 方天機之駿利, 夫何紛而不理. 思風發於胸臆, 言泉流於脣齒. 紛葳蕤以馺遝, 唯毫素之所擬. 文徽徽以溢目, 音泠泠而盈耳. 及其六情底滯, 志往神留, 兀若枯木, 豁若涸流, 覽營魂以探賾, 頓精爽而自求. 理翳翳而愈伏, 思軋軋其若抽. 是故或竭情而多悔, 或率意而寡尤. 雖玆物之在我, 非余力之所勠. 故時撫空懷而自惋, 吾未識夫開塞之所由也."

이해했던 것과는 판이하게 달랐다. 서양 문예이론에서는 영감을 창작자의 '천재' 조건에만 지나치게 치중했다. 그렇다보니 창작자의 유별난 조건에 대해서는 자세히 설명하면서도 객체와의 교감을 통한 사유로 영감이 발생한다는 논리를 편 것을 찾아보기가 어렵다.[328] 이렇게 중국과 서양의 영감은 그 시각차가 확연하다. 중국 문예이론의 '영감'설은 서양에 비해 작자의 구체적인 창작 실천에 더 치중한다.

영감의 문제는 육기 이후에 육조六朝에 널리 유행하였는데, 성률로 시의 우열을 평가했던 심약沈約(441-513)도 성률이 어떻게 조화되어 억양抑揚과 돈좌頓挫 등의 운율미를 이룰 것이냐에 대한 문제에 있어서 영감을 중심에 두었다. 그래서 심약은 "천기天機가 열리면 율려律呂가 저절로 조화되고 여섯 가지 감정이 정체되면 음률이 문득 어긋난다."[329]라고 하였다. 종영鍾嶸(467?-519?)도 『시품詩品·서序』에서 "기氣가 만물을 움직이고 만물은 사람을 감화시키는데, 이에 성정性情이 흔들려 춤과 노래로 표현된다."[330]라고 하였다. 사람의 마음은 만물의 감흥을 받는데, 여기서 만물이란 자연과 사회의 양면을 모두 포함한다. 이에 종영은 다음과 같이 말하였다.

초楚나라의 신하가 변방으로 쫓겨나고 한나라의 첩妾이 궁궐을 떠나는 내용에까지 이른다. 혹은 뼈는 북방의 들판에 제멋대로 나뒹굴고 혼백은 바람을 따라 이리저리 떠다닌다거나, 혹은 창을 등에 지고 수자리로 나가 있으니 변방에 살기가 등등하다거나, 변방의 나그네는 홑옷을 입고 과부의 방에는 눈물이 다하였다거나, 혹은 선비가 패옥을 풀고 조정을 떠나 한번

---

328 張晶, 「中國古典美學中的偶然論」, 『吉林大學社會科學學報』 1998년 제4기, 40쪽.
329 沈約, 「答陸厥書」. "天機啓則律呂自調, 六情滯則音律頓舛也."
330 鍾嶸, 『詩品·序』. "氣之動物, 物之感人, 故搖蕩性情, 形諸舞詠."

가더니 돌아올 줄 모른다거나, 여인이 아름다운 눈썹을 드날려 총애를 받더니만 다시 나라를 기울게 하기를 고대하였다는 등등의 내용도 있다. 무릇 이러한 내용들은 마음과 영혼을 감동시키니 시를 말하지 않으면 어찌 그 뜻을 펼칠 수 있겠고, 노래를 길게 부르는 것이 아니면 어찌 그 정을 내달리게 할 수 있겠는가?[331]

자연 물상을 제외하고도 시인이 느끼는 사회생활 중에서, 특히나 놀랍고도 감동적인 현실 상황 속에서도 더욱 강렬한 창작 충동을 낳을 수 있다. 감흥을 통해 영감이 일어나고 느낀 바가 깊을수록 영감도 더욱 짙어진다. 시인들이 영감이 무궁하고 작품이 풍성했던 까닭을 '강산의 도움(江山之助)'의 결과라고 하였는데, 그것은 바로 자연 경물이 예술가의 영감 작용을 유발했음을 시인한 말이다. 중국 고대 문예 창작의 성취가 높은 대가라면 대부분 그 자신 스스로 깊고 절실한 체험이 바탕에 내재되어 있었다. 그들의 풍부하고 충실한 현실 생활이 바로 문예 창작의 영감이 폭발하는 중요한 근원이었다.

유협(465-522)도 창작할 때 영감을 중시하였다. 특히 그는 영감을 어떻게 배양할 것인가 하는 문제에 대해 깊은 주의를 기울였다. 『문심조룡』 곳곳에서 영감에 대한 글귀를 찾아볼 수 있다. 「양기養氣」는 영감을 어떻게 배양할 것인가에 대해 고민한 글이고, 「신사神思」는 상상의 특징을 분석한 글이지만 상상 역시 영감을 벗어나 생각할 수 없기에 영감에 대해 언급하고 있다. 창작할 때 영감이 일지 않으면 상상의 나래는 펼쳐질 수 없다. 유협은 「신사」에서

---

331 鍾嶸, 『詩品·序』. "至于楚臣去境, 漢妾辭宮. 或骨橫朔野, 魂逐飛蓬. 或負戈外戍, 殺氣雄邊. 塞客衣單, 孀閨淚盡. 或士有解佩出朝, 一去忘反. 女有揚蛾入寵, 再盼傾國. 凡斯種種, 感蕩心靈, 非陳詩何以展其義? 非長歌何以騁其情?"

"마음을 허정하게 하고 학문에 힘써 기교를 터득하게 되면 애써 수고롭게 생각하지 않게 되고, 아름다운 이치를 내면에 간직하고 문장을 짓는 규범을 지니게 되면 감정을 수고롭게 할 필요가 없게 된다."[332]라고 언급하였다. 그는 「양기」에서 신사가 고조에 달해 일어나는 영감은 바로 사람의 신기神氣가 왕성하고 정력이 충만할 때에 비로소 생겨날 수 있고, 만약 정신이 지나치게 피로하고 정서가 저하되고 기력이 쇠퇴한 상태라면 영감은 일어날 수 없다고 보았다. 그래서 유협은 구상과정에서 영감의 경지에 접어들려면 반드시 기를 기르고 정신을 지켜야 한다고 주장하였다. 이른바 "미묘한 정신은 마땅히 잘 지켜야 하고, 평소의 기는 길러야 한다"[333]라고 한 말과 일치된다. 사람의 기는 정신의 구체적인 체현이다. 정신을 왕성하게 유지하려면 기를 잘 존양해야 가능하다. 유협은 「양기」에서 다음과 같이 말하였다.

> 옛날에 왕충王充이 저술하여 「양기養氣」를 지었다. 이것은 자신의 경험에 근거해 지은 것이니, 어찌 허황되게 만들었겠는가? 대개 이목구비와 같은 기관은 생명을 유지하는 역할이며, 심정이나 생각 그리고 말이나 글은 정신력의 작용이다. 정신 의식을 자연 그대로 맡겨 버리면 이치가 융화되어 감정이 통하나, 정신의 연찬이 과도해지면 신경이 피폐되어 기력이 약해진다. 이것은 성정의 규율이다.[334]

이 글에서 유협은 자연에 순응하고 억지로 지어서는 안 된다는 점을 강조

---

332 『文心雕龍讀本』下篇,「神思」제26, 4쪽. "養心秉術, 無務苦慮, 含章司契, 不必勞情也."
333 『文心雕龍讀本』下篇,「養氣」제42, 234쪽. "玄神宜寶, 素氣資養."
334 『文心雕龍讀本』下篇,「養氣」제42, 232쪽. "昔王充著述, 制養氣之篇, 驗己而作, 豈虛造哉? 夫耳目鼻口, 生之役也; 心慮言辭, 神之用也. 率志委和, 則理融而情暢; 鑽礪過分, 則神疲而氣衰; 此性情之數也."

하고 있다. 문예 창작은 자연에 순응하여 이치가 융화되어 감정이 통한다면 영감이 드러나는 묘수가 일어나게 된다. 구상이 자연에 순응하려면 결국 작자의 신지神志가 분명하여 허정虛靜한 상태를 갖추어야 하고 수많은 잡념을 털어내야 가능한 일이다. 그는 「양기」에서 다음과 같이 말하였다.

> 학업의 성과는 근면 성실에서 나오는 것으로, 옛날에는 소진蘇秦처럼 송곳을 가지고 넓적다리를 찌르며 자신을 독려했던 경우도 있었다. 문장이란 자연히 마음에 맺혀있는 것을 시원하게 떨쳐버리고자 하는 것이므로 태연 자약하게 감정을 발산하고 느긋하고 편안하게 창작 구상이 떠오르는 시기를 잘 포착해야 한다. 만약 정열을 지나치게 소모한다면 자연스러운 기운이 제대로 펼쳐지지 않아 원고를 들고 목숨을 재촉하게 되며 붓을 들고 생명을 상하게 된다. 이것이 어찌 성현께서 바라시던 것이겠으며 문장의 바른 도리이겠는가? ……그러므로 창작할 때 반드시 정신이 절제 있게 펼쳐질 수 있도록 심경을 청정하고 평화롭게 유지해야 하며, 기운을 조화롭고 막힘이 없도록 해야 한다. 마음이 어수선하면 즉시 생각을 멈추어 사색이 막히지 않도록 하며, 문장의 구상이 무르익으면 붓을 들어 감정을 서술하되 생각이 막혀 글이 써지지 않으면, 붓을 내려놓고 마음을 가라앉히고 잘 가다듬어야 한다. 아무런 구속도 없는 자유로운 마음으로 쌓인 피로를 씻고, 담소로 생기를 되찾아 피곤을 없애야 한다. 항상 편안하고 한가한 중에 창작 능력을 운용하며 필력을 드러내야 하며, 한가할 때에도 용기를 내어 창작에 종사해야 한다. 문장을 쓰기 시작하면 문장의 기세는 항상 새로 간 칼날처럼 예리하여 소를 잡을 때 조금도 머뭇거림 없이 뼈에서 살을 발라내듯 막힘이 없어야 한다. 기공氣功처럼 온전한 기술은 아니라 할지라도, 이는 문장의 기세를 보양, 즉 양기養氣하여 올바른 창작으로 이끄는 한 가지 방법이라고 할 수 있다.[335]

유협은 「양기」에서 창작은 학문 연구와는 다른 독특한 규율이 있다고 하면서 허정한 마음상태에서야 구상과 창작 정신이 샘처럼 솟아날 수 있다고 주장하였다. 이러한 자연의 본성을 어그러뜨리면 영감이 일지 않기 때문에 훌륭한 작품을 만들어낼 방법이 없다. 그는 정신 수양의 측면에서 영감을 배양해야 한다고 주장하면서 작자가 그 심기를 맑고 부드럽게 조절해서 가장 좋은 상태에 처해 있을 때야 비로소 영감이 폭발할 수 있다고 보았다. 중국은 예로부터 영감의 배양에 관해서 생활의 축적 등의 문제를 언급하기도 했지만 주로 정신·정서의 함양이라는 측면에 치중되어 있다. 이것은 중국 영감 이론의 중요한 특징이다. 현실 속 생활 경험의 축적은 본래 영감을 낳는 중요한 기초이지만 영감을 낳는 충분 조건은 결코 아니다. 한 예술가가 아무리 풍부한 생활 경험을 가지고 있더라도 심기를 통제할 수 없다면 영감을 낳을 수 없다.

이 외에도 소자현蕭子顯(489-537)은 "천기로부터 위임받아 사전史傳에서 그것을 살피고, 생각에 응하여 말 못할 감정이 나타나니 먼저 엮어서 모으지 말 것이다."[336]라고 하거나 "높은 곳에 올라 눈길을 끝까지 보내고 물에 이르러 돌아가는 사람을 배웅한다. ……이른 기러기와 첫 꾀꼬리 소리에 꽃이 피고 잎이 지니, 오는 것이 있으면 응하여 매번 어쩔 수 없네. ……그것이 스스로 오기를 기다리고 힘으로 엮지 않는다."[337]라고 하였다. 이를 통해 소자현이

---

335 『文心雕龍讀本』下篇, 「養氣」제42, 233-234쪽. "夫學業在勤, 故有錐股自厲; 至於文也, 則申寫鬱滯; 故宜從容率情, 優柔適會. 若銷鑠精膽, 蹙迫和氣, 秉牘以驅齡, 灑翰以伐性, 豈聖賢之素心, 會文之直理哉! ……是以吐納文藝, 務在節宣, 清和其心, 調暢其氣, 煩而卽舍, 勿使壅滯, 意得則舒懷以命筆, 理伏則投筆以卷懷, 逍遙以針勞, 談笑以藥倦, 常弄閑於才鋒, 賈餘於文勇, 使刃發如新, 湊理無滯, 雖非胎息之萬術, 斯亦節氣之一方也."

336 中華書局本 二十四史 『南齊書』(蕭子顯 撰, 北京: 中華書局, 1997년), 권52 「列傳第三十三·文學傳論」, 908쪽. "若夫委自天機, 參之史傳, 應思排來, 勿先構聚."

337 中華書局本 二十四史 『梁書』(姚思廉 撰, 北京: 中華書局, 1997년), 권35 「列傳第二十九·蕭子顯」,

'스스로 오는 것(自來)'를 강조하면서도 '객관 대상물을 통해 느낀(感物)' 결과임을 분명히 밝히고 있음을 알 수 있다. 안지추顏之推(531-597)는 문장은 "흥회를 겉으로 드러내고 성령을 발산하여 끌어내는"[338] 것이라고 주장하였다.

문예 창작은 반드시 영감의 충동을 기다려야 비로소 표현될 수 있고 절대로 억지로 생각하여 만들어서는 안 된다. 장회관張懷瓘(713-741)은 『서단書斷』에서 영감이 오지 않을 때의 어려움과 영감이 솟아 오를 때에 대해 다음과 같이 말하였다.

> 배우는 자는 법도와 모범을 살펴서 그 현묘함을 찾으니, 마음에서 헤아려 의탁하고 암암리에 눈에서 이룬다. 간혹 붓을 내려놓고서 비로소 생각할 때마다 둔하고 막히는 데에서 곤란해지고, 간혹 생각하지 않고 지을 때마다 벗어나고 소홀한 데에서 무너진다. 마음으로는 손에 전해줄 수 없고, 손으로는 마음으로부터 받을 수 없다. 비록 자기로부터 구할 수 있어도 끝내 아득하여 잡을 수 없으니 또한 괴이하다. 뜻은 신령함과 통하고 붓은 그윽함과 운용하기에 이르러, 정신은 장차 변화에 부합하고 변화는 끝이 없이 나온다.[339]

영감이 일지 않아 꽉 막힌 것처럼 더 나아가지 못하고 마음과 손이 따로 놀게 된다. 하지만 뜻과 붓이 하나가 되면 온갖 변화를 일으키고 막힘없이

512쪽. "登高目極, 臨水送歸. ……早雁初鸎, 開花落葉, 有來斯應, 每不能已也. ……須其自來, 不以力構."

338 『顏氏家訓注』(顏之推 撰, 趙曦明 註, 盧文弨 校補, 台北: 漢京文化事業有限公司, 1981년) 第四卷 「文章篇第九」, 191쪽. "文章之體, 標擧興會, 發引性靈."

339 張懷瓘, 『書斷·序』. "且其學者, 察彼規模, 采其玄妙, 技由心付, 暗以目成. 或筆下始思, 困于鈍滯, 或不思而制, 敗於脫略. 心不能授之于手, 手不能受之于心, 雖自己而可求, 終杳茫而無獲, 又可怪矣. 及乎意與靈通, 筆與冥運, 神將化合, 變出無方."

써 내려갈 수 있다.

문예 창작을 위한 영감이 솟구치는 것은 늘 자신이 경험했던 상황이나 명상이 자기 자신에게 몸소 깨달아 이해하게 하는 데에서 비롯된다. 예를 들어 『선화서보宣和書譜』에는 당나라 때 유명한 서예가 회소懷素(737-?)의 언급이 기록되어 있다.

처음엔 율법律法에 힘쓰다가 만년에 서예에 조예가 깊어졌는데, 뒤쫓아 본떠서 쉬지 않고 정진하니 닳아빠진 붓이 무덤을 이루었다. 어느 날 저녁 여름철의 구름이 바람을 따라가는 것을 보다가 문득 붓놀림을 깨닫고는 초서草書의 삼매三昧를 체득했다고 스스로 말하였다. 이 역시 그가 마음 씀이 분산되지 않고 정신을 집중하였음을 알 수 있다.[340]

회소는 이 글에서 여름 구름이 바람을 따라 움직이는 경치를 통해 풍부한 상상력이 일어났고 평소에 축적한 기본기 위에 번뜩이는 영감의 불꽃에 불을 지펴 예술작품을 만들어내었다. 그래서 그의 글씨가 놀라 달아나는 뱀과 같고 광풍을 동반한 소나기와 같았다고 한다.

『선화서보』에는 당나라 때 또 다른 유명한 서예가 장욱張旭(675-750?)의 말을 인용하였는데, "처음에는 짐꾼이 길을 다투는 것을 보다가 북과 피리 소리를 듣고는 붓놀림을 알았는데, 공손公孫 부인의 칼춤을 보게 된 연후에야 그 정신을 얻었다."라고 하였다. 이는 모두 무의식중에 어떤 현실적 객관 사물이나 현실에서 목격한 장면을 통해 촉발을 받아 영감이 일어났음을 말하고 있다.

---

340 『宣和書譜』. "初勵律法, 晚精意於翰墨, 追仿不輟, 禿筆成冢. 一夕, 觀夏雲隨風, 頓悟筆意, 自謂得草書三昧. 斯亦見其用志不分, 乃凝於神也."

당나라 때 법명이 편조금강遍照金剛인 일본인 구카이空海(774-835)가 쓴 『문경비부론文鏡秘府論·논문의論文意』에서 영감을 '경사境思'라는 용어로 설명하고 있다.

> 문장을 지으려면 다만 입의立意가 많아야 한다. 설사 여기저기 구멍을 뚫어 마음을 수고롭게 하고 지혜를 다한다고 하더라도 반드시 몸을 잊어버려야지 얽매여서는 안 된다. 생각이 만약 오지 않으면 반드시 정을 놓아두고 도리어 너그럽게 하여 경境이 생기게 해야 한다. 그런 다음에 경으로 그것을 비춰보면 생각이 곧 오고, 오면 글을 짓는다. 만약 그 경사境思가 오지 않으면 지어서는 안 된다.[341]

여기서 '경사'란 형상화한 경계와 서로 결합한 사유를 가리켜 말한 것으로, 실제로는 영감이 일 때의 사유 활동을 말한 것이다. 그는 형신形神의 얽매임에서 벗어나 자유로워야 영감이 일어나 글로 자연스럽게 넘쳐나게 된다고 보았다. 이것도 역시 그 마음을 허정하게 하여 양기養氣해야 한다는 의미와 일맥상통한다.

중국 시가의 오랜 역사를 살펴보면, 최고 걸작이라고 칭송 받는 작품 중에 시작詩作의 뜻을 먼저 세운 경우는 거의 없고 우연한 계기로 즉흥이 일어 창작된 작품이 매우 많다. 그 대표적인 예가 바로 도연명陶淵明의 "동쪽 울타리 아래서 국화꽃을 따다가 유유히 남산을 본다(探菊東籬下, 悠然見南山)"라는 가구佳句라 하겠다.

여기서 '의도를 갖고 바라보다'라는 '망望'자를 쓰지 않고 '무심하게 보다'

---

341 空海,『文鏡秘府論·論文意』. "夫作文章, 但多立意. 令左穿右穴, 苦心竭智, 必須忘身, 不可拘束. 思若不來, 即須放情卻寬之, 令境生. 然後以境照之, 思則便來, 來即作文. 如其境思不來, 不可作也."

라는 의미인 '견見'자를 쓴 것만 보아도, 도연명은 애초에 남산을 보려는 의도가 없었고 그저 눈을 뜨고 있을 뿐이었는데, 먼 곳의 남산이 저절로 그의 시야로 들어왔음을 알 수 있다. 소식은 도연명의 시를 "국화를 따다가 우연히 남산을 보았으니, 애초부터 아무 생각이 없었던 가운데 심경과 풍경이 일치했다. 이 때문에 좋았던 것이다."342라고 평하였는데, 이 뛰어난 시구詩句가 의도하지 않고 우연히 일어난 영감에 의해 탄생한 것이라고 분명히 지적하였다. 조보지晁補之(1053-1110) 역시 소식의 견해를 받아들여 "본래 국화꽃을 따다가 무의식적으로 산을 바라보았다. 때마침 고개 들다가 산을 보게 된 것이다. 그래서 무심히 감정을 잊은 것으로 그 의취意趣가 한적하고 고원하다. 이는 시어詩語를 정련精鍊하다가 구한 것이 아니다."343라고 말하였다.

작자의 감흥이 도래할 때 창작의 욕망은 특히 강렬하고 상상 역시 극도로 풍부해지며 무수한 생동적인 형상들이 분연히 일어나 시상이 용솟음쳐 어디에도 막힘없이 분출한다. 구상은 바로 이러한 상태에서 형성된다. 감흥이 왕성하게 일 때 이루어진 창작만이 한 호흡에 완성되어 조물주의 신묘神妙함까지 갖추게 된다.

송나라 때 곽약허郭若虛(11세기 후반 활동)가 1076년에 저술한 『도화견문지圖畵見聞志』에는 다음과 같은 이야기가 실려 있다.

당나라 개원開元 시기 배민裴旻 장군은 상중에 오도자吳道子에게 가서 동도東都인 낙양洛陽의 천궁사天宮寺에 몇 개의 벽에 귀신을 그려서 명계冥界의 도움을 받기를 청하였다. 오도자는 "나는 화필을 오래전에 놓았으니 만약

---

342 『蘇軾文集』 제5책 권67, 「書諸集改字」, 2099쪽. "採菊之次, 偶然見山, 初不用意, 而境與意會, 故可喜也."
343 『雞肋集』 권33. "本自採菊, 無意望山, 適擧首而見之, 故悠然忘情, 趣閑而意遠, 此未可於文字精粗間求之."

장군이 뜻이 있다면 나를 위하여 옷을 동여매고 한 곡의 칼춤을 추어 주시오. 그러면 갖가지 맹렬함을 따라서 유명幽冥에 통할 것입니다."라고 대답하였다. 배민은 이에 상복을 벗어버리고 보통 때의 복장을 하고 날 듯이 말을 달려 좌우로 돌았고, 칼을 던져 구름에 들어가서 높이가 수십 길이나 되었는데 번개 빛이 아래로 쏘는 것 같았다. 배민은 손을 당겨 칼집을 잡고 그것을 받아 칼이 칼집 속으로 뚫고 들어갔다. 구경하던 사람들 수천 명이 있었는데 놀라서 떨지 않는 이가 없었다. 오도자가 이에 붓을 당겨 벽에 그림을 그렸는데 문득 바람이 일어나니 천하의 장관이었다. 오도자의 평생 그림 중에 득의한 것이 이보다 나은 것이 없었다.[344]

　오도자는 그림을 그리려고 할 처음에는 자신에게 영감이 부족하여 창작충동을 불러일으킬 수 없다는 것을 느끼고 배민에게 칼춤 추기를 청하여 맹렬한 기운으로 자신의 창작 영감을 일으키려고 하였다. 배민의 칼춤은 이처럼 신묘하고 웅장하였기 때문에 오도자에게 강렬한 감동을 주었고 동시에 어떻게 귀신을 그려야 명계冥界의 도움을 받을 수 있는가에 있어서 그도 역시 시사를 받게 하여 그의 평생의 가장 뛰어난 작품을 창작해내었다. 이를 보건대 영감도 역시 자신이 묘사하려고 하는 생활 내용과 서로 유사한 생활 실체를 이해하는 것을 통하여 유발할 수 있다는 것을 알 수 있다. 예술가가 생활에 깊이 개입하는 과정에서 필연적으로 자신의 창작 영감을 불러일으킬 수 있다.

　소식은 "시를 짓는 것은 도망자를 뒤쫓듯, 좋은 경치 놓치면 되잡기 어려

344　郭若虛, 『圖畫見聞志』. "唐開元中, 將軍裴旻居喪, 詣吳道子請於東都天宮寺畫神鬼數壁, 以資冥助. 道子答曰: '吾畫筆久廢, 若將軍有意, 爲吾纏結, 舞劍一曲, 庶因猛勵, 以通幽冥!' 旻於是脱去縗服, 若常時裝束, 走馬如飛, 左旋右轉, 擲劍入雲, 高數十丈, 若電光下射. 旻引手執鞘承之, 劍透室而入. 觀者數千人, 無不驚慄. 道子於是援毫圖壁, 颯然風起, 爲天下之壯觀. 道子平生繪事, 得意無出於此."

운 법이다."[345]라고 말하였다. 소식은 산중에 지내는 친구를 만나고 돌아오다가 길가의 풍경에 몰입되어 강렬한 창작 충동이 일었고 '청경淸景'한 형상이 적지 않게 용솟음쳐서 집에 돌아오자마자 황급히 그것을 묘사해냈다. 일단 시흥詩興이 일었다 하면 황급히 서실로 달려가 붓을 휘둘러 글을 질풍같이 써 내려가 삐뚤어진 종이를 바로잡을 겨를도 없다. 이것이 바로 갑자기 촉발하여 쉽사리 사라지는 영감의 특징이다. 작가의 재능 역시 영감이 분출하여 번쩍 나타난 형상을 제때 놓치지 않고 정확하고도 생동감 있게 표현할 수 있느냐에 달려있다. 영감은 일촉즉발 갑자기 사라지는 특징을 갖는다. 그 원인은 바로 영감이 부지불식간에 이루어지기 때문이다. 영감은 잠재적 사유라서 주관적 의지에 작동하지 않고 두뇌 일부에 잠재하던 정보가 외계 사물의 우연한 촉발에 의해 새로운 신경과 연계된다. 창작 사유가 꽉 막힌 상태에서 영감이 마른하늘에 벼락 치듯 갑자기 촉발되는 것이다. 소식이 "사물의 기묘한 이치를 구하는 일은 바람을 매어두고 그림자를 붙들어 매는 것과 같다."[346]라고 한 말은 바로 이러한 영감을 설명한 것이다. 영감이 폭발할 때의 번뜩이는 현상은 마치 바람과 그림자처럼 홀연히 숨었다가 갑자기 나타난다. 진정한 달인만이 이를 포착할 수 있다.

형상을 제때 잘 포착하는 것이 문예 창작의 승패를 결정하는 관건이다. 뛰어난 창작자일수록 눈 깜짝할 사이에 왔다가 사라지는 생동적인 형상을 잘 포착한다. 소식은 「문여가화운당곡언죽기文與可畵篔谷偃竹記」에서 '가슴속에 완전히 정립한 대나무(胸中成竹)'를 체득해야 하고 영감이 일면 질풍같이 한치의 망설임도 없이 붓을 휘둘러야 한다고 말하였다.[347] 뛰어난 작자는

---

345 『蘇軾詩集』제2책 권7, 「臘日遊孤山訪惠勤惠思二僧」, 317-319쪽. "作詩火急追亡逋, 淸景一失後難摹."

346 『蘇軾文集』제4책 권49, 「與謝民師推官書」, 1418쪽. "求物之妙, 如繫風捕影."

대상물을 오랜 기간 관찰하고 함께하면서 그 물리를 완전히 체득한 상태에서 어느 순간 느닷없이 떠올랐다가 사라지는 예술 영감을 잘 포착했다. 여본중呂本中(1084-1145)은 이에 대해 비유적으로 설명하면서 "문득 깨달아 들어온 이치는 그간의 공부가 근면했는지 나태했는지에 달려있을 뿐이다."[348]라고 말하였다. 여본중이 언급한 '오입悟入(문득 깨달아 들어온 이치)'은 역시 영감과 같은 말이다. 작자가 오랜 학습을 통해 지식을 축적하고 문예 실천을 위한 축적물을 풍부히 쌓아 두어야 외계 경물에 쉽게 감화될 수 있다.

여본중은 장욱張旭이 공손公孫 부인의 검술 춤을 보다가 초서의 필법을 문득 깨달은 사례를 들면서 영감에 대한 원리를 다음과 같이 설명하였다.

장욱張旭이 공손 부인의 검술 춤사위를 보다가 필법을 문득 깨달았다. 장욱의 경우와 같이, 필법을 전념하면서 잠시도 마음속에서 잊은 적이 없었기에 우연히 그 방법을 터득하여 마침내 신묘神妙한 필치를 이루게 되었다. 가령 다른 이들이 검술 춤을 보았다면 무슨 영향인들 있었겠는가?[349]

여본중은 여기에서 영감의 본질적 특성에 관한 두 가지 요소를 주목하였다. 그 하나는, 영감은 작자를 '미광迷狂(어딘가에 푹 빠져 미침)' 상태로 끌고 간다는 것이다. 영감은 마치 이성을 잃고 잠재의식의 지배를 받는 것처럼 보이지만 작자가 정말 어딘가 홀려 미친 것은 아니다. 영감은 결코 무의식적으로 활동하는 것이 아니라 유의식의 사유 활동 중에 나타난 특수한 사유 상태이

---

347 주233) 참조.
348 呂本中, 「與曾吉甫論詩第一帖」, 『苕溪漁隱叢話』(胡仔 編, 台北: 長安出版社, 1978년) 전집 권49. "悟入之理, 正在工夫勤惰間耳."
349 呂本中, 「與曾吉甫論詩第一帖」, 『苕溪漁隱叢話』 전집 권49. "張長史見公孫大娘舞劍頓悟筆法, 如張者, 專意此事, 未嘗少忘胸中, 故能遇之有得, 遂造神妙. 使他人觀劍, 有何干涉?"

다. 이러한 '미광迷狂' 상태는 영감이 폭발한 후의 취한 듯 백치가 된 듯한 강렬한 충동뿐 아니라 그 앞서 작자가 창작 목표를 두고 오랜 기간 그 속에 빠져서 고심하다가 장욱이 초서의 필법을 찾았던 것처럼 한시도 잊지 않고 전념했던 상태까지 도달시켰다. 유레카Eureka는 거저 오는 법이 없다. 만약 이렇게 몰두하지 않았다면 어떻게 공손 부인의 검술 춤사위에서 필법의 이치를 깨달을 수 있었겠는가? 또 다른 하나는, 예술 활동의 구상에서 볼 때, 영감은 결코 창작의 시발점이 아니고 사유 과정 중에 나타난 일종의 특수한 상태에 불과하다는 것이다. 영감은 상응하는 사유 성과에 기초하여 건립된 것이고 하나의 사유 활동이 성숙했다는 표지이다. 옛사람들은 영감을 홀연히 왔다가 한순간 사라져 포착하기 어렵다고 해서 깨닫기 어려운 신비한 현상으로 치부하지 않았다. 영감은 작자가 오랜 생활 축적과 예술 실천 과정 중에 오랜 사유 끝에 한순간에 깨달아 느낀 사유가 비약한 현상인 것이다.

가슴 속 품은 회포가 사방으로 치달아 밖으로 토해내지 않을 수 없을 때 붓을 잡아야 한다. 창자가 말라비틀어지고 생각이 고갈되었음에도 고집스럽게 방 안에서 터무니없는 거짓을 꾸며내는 작태를 부려서는 안 된다. 영감이 결핍된 상태라면 힘든 고초일 수밖에 없다. 소식은 화가 곽충서郭忠恕(?-977)가 정경情景을 그릴 때를 묘사한 글에서 흥취가 일어 신이 난 영감의 작용을 다음과 같이 표현하였다.

> 곽충서郭忠恕는 자字가 서선恕先인데, 이름보다는 자字로 통했다. 낙양洛陽 사람이다. 어려서부터 글을 잘 지었고 사서史書와 소학小學에까지 미쳤고 구경九經에 통달하였다. ……특히 그림을 잘 그렸는데, 산수와 건축물에 뛰어났다. 그림을 구하는 사람이 있으면 반드시 화를 내고 가버렸지만, 흥이 나 그림을 그리면 자발적으로 그려주기도 하였다. 곽종의郭從義가 기하岐下

에 무관으로 있었을 때 곽충서를 맞이하여 산정山亭에서 머물게 하였는데,
흰 비단과 안료와 먹을 옆에 펼쳐두었다. 몇 달이 지나 홀연히 술에 취한
틈을 타서 비단 한 귀퉁이에 그림을 그렸는데, 멀리 보이는 산봉우리 몇
개였을 뿐이었다. 그런데도 곽종의는 이 그림을 보배로 여겼다.[350]

곽충서는 자유분방하면서도 절대로 억지 창작은 하지 않았다. 이는 소식
이 영감을 중시했던 주장과 일치한다.

영감은 우연히 생기면서도 절대로 그냥 이루어지는 것이 아니다. 시인이
객관 사물을 보다가 느낀 바가 있으려면 우선 그가 평소에 오랜 사유 활동
중에서 한 가지 문제에 대해 적극적으로 사고한다는 것이 전제가 되어야
한다. 이렇게 해야 심리적으로 외계 사물에 대해 관심과 주의를 기울일 수
있으며 일단 상응하는 객관 환경의 격발을 만나게 되면 감정이 기막히게
촉발하여 예술적 사유가 요동치게 된다. 영감은 외계 사물과의 자극에 의해
생겨나지만 외계 사물과의 연계로 인해 아무런 조건 없이 영감이라는 신의
선물이 그냥 작자에 떨어지는 것이 아니고 작자 스스로 오랫동안 어떤 사물
에 전심전력을 기울인 결과의 소산이다. 영감은 작자의 오랜 학습과 창작
체험에 바탕을 두고서 오랜 기간의 사유를 통해 생성된 현상이다. 영감은
창작 구상의 길을 밝혀주지만 구상 자체를 대체할 수는 없다. 영감은 실제로
주체와 객체가 교유하면서 촉발된 사유의 불꽃인 것이다. 영감은 정처 없이
홀연히 왔다가 예고 없이 사라진다. 우리는 영감이 도래하는 시간을 예측할
수 없고 어떤 상황에서 영감이 출현하는지도 시원하게 말할 수 없다. 다만

---

350 『蘇軾文集』 제2책 권21, 「郭忠恕畫贊並敍」, 612쪽. "忠恕字恕先, 以字行, 洛陽人. 少善屬文, 及
史書小學, 通九經. ……尤善畫, 妙於山水屋木. 有求者, 必怒而去. 意欲畫, 即自爲之. 郭從義鎭岐
下, 延止山亭, 設絹素粉墨於坐. 經數月, 忽乘醉就圖之一角, 作遠山數峰而已, 郭氏亦寶之."

특정한 주체가 서로 잘 들어맞는 객체와 우연히 만날 때 영감은 바로 이때 강림한다. 오랜 기간 마음을 다해 추구하기만 하면 영감은 분명 탄생할 수 있다. 영감은 필연성이 우연성 중에 구현된 것이라 하겠다. 다케우치 가오루 竹內薰(1960-)는 삶의 여유가 있어야 창조력이 생겨날 토양이 조성된다는 점에 주목하였고, 충분한 시간적 여유를 갖지 못하고 각종 잡무에 에너지를 뺏기게 될수록 창조력은 고갈될 수밖에 없는데, 그 이유는 바로 아이디어를 숙성시킬 수 있는 시간이 턱없이 부족해지기 때문이라고 보았다.[351]

소식은 영감에 대해 언급한 글이 많은데, 「화수기畫水記」에서도 촉蜀지방 사람 손지미孫知微가 산수山水를 그릴 때의 상태를 다음과 같이 평하였다.

> 처음엔, 손지미孫知微가 성도成都의 대자사大慈寺 수녕원壽寧院 벽 사방에 「호탄수석도湖灘水石圖」를 그리는 줄 알았는데 해를 넘기도록 붓조차 대지 않는 것이었다. 그러던 어느 날 별안간 절로 뛰어 들어온 그는 황급하게 필묵을 준비하더니 바람처럼 붓을 날려 잠깐 사이에 다 그려 완성하였다. 그 물의 형세는 마치 쏟아 붓는 듯 넘실넘실 물살에 집조차 무너지는 듯하였다.[352]

북송北宋시기 손지미가 성도의 대자사 수녕원 벽에 호숫가 물살에 부딪히는 수석水石을 그린 적이 있었다. 그가 그 당시 오랫동안 붓을 들지 못했던 까닭은 바로 창작 영감을 빚고 있을 때라 시기가 아직 무르익지 않았기 때문

---

351 『천재의 시간-고독을 다스린 몰입의 기록』(다케우치 가오루(竹內薰) 저, 홍성민 역, 뜨인돌 출판사, 2009년), 32-36쪽.
352 『蘇軾文集』제2책 권12, 「畫水記」, 408-409쪽. "始, (孫)知微欲於大慈寺壽寧院壁作湖灘水石四塔, 營度經歲, 終不肯下筆. 一日, 倉皇入寺, 索筆墨甚急, 奮袂如風, 須臾而成. 作輪瀉跳蹙之勢, 洶洶欲崩屋也."

이었다. 위대한 화가라 해도 1년 내내 작품을 만드는 것은 아니다. 아무런 결과도 내지 못하는 시기도 있다. 그렇다고 아무것도 하지 않고 허송세월하지는 않는다. 자신의 정신세계에 틀어박혀 끊임없이 무언가를 한다. 사람들은 흔히 외형적인 결과가 없으면 일하지 않는 것이라고 결론짓지만, 천재에게 그러한 휴식기는 최종성과로 이어지는 과정, 즉 마음의 여행인 것이다.[353] 집중에서 벗어난 여유 속 딴생각, 즉 현대 신경과학분야에서는 '디폴트 모드 네트워크default-mode network'라고 명명하는 무의식에서 영감이 떠오른다고 한다.[354]

손지미는 일단 영감이 일어나 흥취가 최고조에 이르렀을 때를 틈타 일필휘지로 뛰어난 걸작을 창작하였다. 그러나 감흥이 최고조로 이른 때는 항상 일정한 우연성을 담보한다. 그것은 결코 작자가 요구하면 그 즉시 오는 것이 아니다. 작자가 영감이 오기만을 간절히 바랄 때는 끝내 오지 않다가 한순간 무의식중에 갑자기 작자의 심경에서 표출된다. 늘 이런 상황을 마주한다. 영감은 문예 구상의 승패를 가름하는 중요한 잣대이다. 영감이 없이는 상상력은 최고조에 이를 수 없고 결국 평범한 상태로 끝나버릴 공산이 크다. 반대로 영감이 일찍 찾아온다면 작품은 순조롭게 마무리될 것이다.

353　『천재의 시간-고독을 다스린 몰입의 기록』, 112-113쪽.

354　『딴생각의 힘』(마이클 코벌리스 저, 강유리 역, 플루토, 2016년), 20-23쪽. "1970년대 스웨덴의 생리학자 다비드 H. 잉바르David H. Ingvar는 덴마크 과학자 닐스 A. 라센Niels A. Lassen과 함께 혈류에 방사성 물질을 주입하고 외부 모니터를 통해 뇌 속에서의 그 경로를 추적했다. 혈액은 신경활동이 활발한 지역으로 쏠리는데, 휴식상태에서는 전두부에서의 활동이 특히 활발해지는 것으로 나타났다. 잉바르는 이 현상이 '무지향적, 즉흥적, 의식적 정신작용'의 표현이라고 설명했다. 쉽게 말해, 딴생각을 한다는 뜻이다. ……쉬다고 여겨진 동안 활성화되는 뇌영역은 '디폴트 모드 네트워크default-mode network'라는 이름으로 알려지게 되었다. 2001년에 이 용어를 처음 만든 사람은 미국 세인트루이스 워싱턴대학의 신경과학자 마커스 라이클Marcus Raichle이다. 그는 내게 보낸 편지에서 '좋은 건지 나쁜 건지 모르겠지만, 놀랍게도 그것(디폴트 모드 네트워크)은 스스로 알아서 움직였다'고 적었다."

프랑크 베르츠바흐는 영적 명상을 수행하면 "우리의 개인적 삶과 관련된 중요한 통찰들과 우리가 오래전부터 추구해왔던 중요한 생각들, 의미 있는 깨달음들이 갑작스레 모습을 드러낸다. 우리는 이를 행복한 우연이자 사건으로, 창조적 순간들로, 또는 단순하게 창조적 자유의 순간들로 경험한다."고 하면서 "포용하라, 놓아버려라, 멈춰라, 행동하라!"라는 구호 아래 일단 일을 맡았다면 그 역시 진심으로 받아들여야 하며 그런 다음에는 그 과제를 다시 놓아버림으로써 아이디어들이 방해받지 않고 무의식중에 여물 수 있게 해야 한다고 주장하였다. 그렇게 할 때만 좋은 아이디어가 떠오를 수 있다. 멈춤 즉 준비와 집중, 내적인 휴식-은 습관적으로 따라가는 맹목적 과정으로부터 우리를 지켜준다. 마지막으로 우리는 아이디어를 구현하는 일을 실행할 수 있다.[355]

소식의 제자인 갈립방葛立方(?-1164)은 다음과 같이 말하였다.

> 예로부터 시에 공교工巧한 사람은 일찍이 흥이 없었던 적이 없다. 사물을 관찰하여 느낌이 있으면 흥이 있다.[356]

여기서 '흥'은 비록 '비흥比興'의 흥의 각도에서 말한 것이지만 영감이 일어난다는 뜻으로 보아도 무방하다. 고대 중국에서 영감을 '감흥感興'이니 '응감應感'이니 하는 말은 이것이 바로 사람의 마음에 느낀 바가 있는 결과라는 것을 설명하는 것이다. 사람이 마음으로 느끼게 되는 것은 사물이 그렇게 하도록 한 것이기 때문이다. 이것은 『예기·악기樂記』에서부터 일관된 정통적

---

355 『무엇이 삶을 예술로 만드는가』, 181-182쪽.
356 葛立方, 『韻語陽秋』, 『宋詩話全編』(吳文治 主編, 南京: 鳳凰出版社, 2006). "自古工詩者, 未嘗無興也. 觀物有感焉, 則有興."

인 관념이다. 음악이나 시를 막론하고 사람의 마음이 사물에 느끼는 바가
있어, 발하면 소리가 되고 문자로 표현하면 시가 된다고 본 것이다.

　갈립방은 영감에 대해 깊이 체득한 바를 다음과 같이 기술하고 있다.

　시에 생각이 있으면 느닷없이 만나서 막힐 것이 없다. 일 중에 무너진
것이 있다면 이를 잃은 것이다. 옛사람들이 '담사覃思(생각이 미치다)', '수
사垂思(생각이 드리우다)', '서사抒思(생각을 펴다)'라고 말하는 부류들이 모
두 생각이 도래한다는 것이고, 이른바 '난사亂思(생각이 어지럽다)', '탕사蕩
思(생각이 흐리다)'라는 것은 무너지기 쉬움을 말한 것이다. 정계鄭綮의 '시
사詩思'는 바람 불고 눈 오는 날 말을 타고서 파교灞橋 위를 거닐 때에 일어
난다고 하였다. 시를 구하려고 다닌 곳이 이 백 리를 넘지 않는다면 이른바
생각이란 것이 어찌 언제나 가까운 거리 내에서 발할 수 있으리오? 이전
사람들이 '시사'를 논할 때 대부분 고요하고 적막한 경지에서 생겨났고 의
지가 가는 바는 종종 세상 밖을 벗어났다. 진실로 이러할 수 있으려면 시의
경우에도 비슷할 것이다. 소설에 다음과 같은 글이 기재되어 있다. 사무일謝
無逸이 반대림潘大臨에게 "최근에 새로 지은 시가 있는가"라고 물었는데, 이
에 반대림이 "가을이 오니 나날이 '시사'가 일어 어제는 붓을 잡고 '성안에
비바람 소리가 가득하니 중양절이 가까웠구나'라는 시구를 쓰고 있는데
갑자기 세금을 독촉하러 온 사람 때문에 시흥이 깨졌소 문득 이 한 구절이
나마 보냅니다."라고 했다고 한다. 이 역시 생각은 어렵고 무너지는 것은
쉽다는 것을 알 수 있다.[357]

357　葛立方,『韻語陽秋』,『宋詩話全編』. "詩之有思, 卒然遇之而莫遏; 有物敗之, 則失之矣. 故昔人言
覃思, 垂思, 抒思之類, 皆欲其思之來, 而所謂亂思, 蕩思者, 言敗之者易也. 鄭綮詩思, 在灞橋風
雪中驢子上; 唐求詩所游歷不出二百里, 則所謂思者, 豈尋常咫尺之間所能發哉! 前輩論詩思多生於
杳冥寂寞之境, 而志意所如, 往往出乎埃壒之外. 苟能如是, 於詩亦庶幾矣. 小說載謝無逸問潘大臨
云: '近日曾作詩否?' 潘云: '秋來日日是詩思. 昨日捉筆得滿城風雨近重陽之句, 忽催租人至, 令人
意敗, 輒以此一句奉寄.' 亦可見思難而敗易也."

갈립방이 말한 '시사詩思'는 영감을 가리킨다. 그는 정계鄭綮의 '시사'는 아무 때나 일어나는 것이 아니고, 바람 불고 눈 오는 날 말을 타고서 파교灞橋 위를 거닐 때에 일어난다고 하였는데, 파교는 장안長安의 동쪽에 있고 옛사람들이 송별하던 이별의 장소였다. 이것은 바로 시 창작의 영감은 일정한 경계와 사물의 감화 아래에서 일어날 수 있음을 설명한 것이다. 동시에 갈립방은 '시사'의 발생에는 허정의 정신상태가 우선되어야 한다고 강조하였다. 이러한 조건이 갖추어진 뒤에야 영감이 솟아오르기에 예술가 자신도 억제하기 어렵다. 하지만 그마저도 너무나 쉽게 사라지는 속성을 지닌지라 외재적인 변수나 내재적인 감정이 일기만 해도 사라져 버린다.

우리가 영감을 표면적으로는 유의식 사유의 결과는 아니고 뜻밖에 이른 산물로 착각할 순 있지만 실질적으로는 사유의 축적이 담보된 상태에서 느슨해진 틈을 타고 생성된 산물로 봐야 옳다. 무의식적으로 일어난 영감의 배후에는 대량의 유의식의 사유가 내장되어 있으며 영감은 바로 의식이 무의식중에서 표현된 것에 불과하다. 작자가 오랫동안 심사숙고하지 않고서는 영감은 저절로 강림하지 않을 것이며 억지로 쥐어짠다고 나올 것도 아니다. 영감은 오랜 각고의 노력을 통해 물이 흐르면 개천이 흐르듯 절로 출현하는 것이다. 영감은 인위적 탐구의 퇴적물에서 쏟아진 자연적 부산물이다.

영감은 창조적 사유 중의 인식의 비약 현상으로, 우연성과 돌발성을 지닌다. 그러나 실제로는 우연성 중에 오히려 필연성을 내포하고 있다. 영감은 장기간에 걸친 유의식 사유과정 중의 간헐적 단계에서 항상 발생한다. 영감이란 실질적으로 장기간의 유의식 추구를 통하여 생각이 축적된 주체와 그에 상응하는 객체가 서로 촉발하면서 자연스럽게 생성된 '돈오頓悟(문득 깨달음)' 상태인 것이다. 이러한 심리상태에서 대뇌에 저장된 정보들이 외계 경물景物의 자극을 받아 신경계를 통해 관통하면서 가장 풍부한 자료들과 결합하여 새로운 자료를 창출하여 특별한 창조력을 잉태한다. 예술가는 반드시 형상이 번뜩이는 시기를 기민하게 파악하여 사실적으로 생동감 있게 묘사해야 한다. 이러한 경계를 발전시키고 확대시킬 수 있어야 비로소 예술적 매력이 듬뿍 지닌 작품을 창작해낼 수 있다.

제5장 창작 구현

    독서와 관찰, 습작 등의 수양을 이루고 허정, 관조, 상상 등의 구상과정을 거치고 나면 이미지 창조, 구성 안배, 문체 및 수사 등의 창작단계로 들어간다. 창작 작업으로 첫 단계가 중요한데 이를 완수하고 나면 창작이 무리 없이 완성될 수 있다. 다시 말해서 형상화 과정이라고 할 수 있다. 생활논리적 순차성에 맞게 표현하는 것을 '형상화'라고 말하고 거기에 필요한 기술을 '묘사'라고 한다. 스티브 킹은 창작을 구현할 때도 자기가 가진 최선의 능력을 발휘하기 위해 창작의 연장들을 골고루 갖춰놓고 그 연장통을 들고 다닐 수 있도록 팔심을 길러야 한다고 주장하였다. 그러면 설령 힘겨운 일이 생기더라도 김이 빠지지 않고, 냉큼 필요한 연장을 집어 들고 곧바로 일을 시작할 수 있기 때문이다. 자주 쓰는 연장들은 맨 위층에 넣어두어야 하며, 그중에서도 가장 많이 쓰는 연장은 글쓰기의 원료라고 할 수 있는 낱말들일 것이다.[358] 창작의 결과물이 영감 하나로 뚝딱하고 만들어지지 않는다. 이러한 연장을 잘 챙겨서 자신의 작품 세계에 발휘하느냐가 관건이 된다.

---

358 『유혹하는 글쓰기』, 137쪽.

창작은 작자가 자기의 미학적 이상에 따라 인간과 그 삶을 묘사하는 과정
이다. 작자가 생활 소재를 취사선택하고 평가하며 예술적으로 형상화하는
원칙, 그 전 과정에서 의거하는 형상 창조의 틀을 창작방법이라 한다.[359] 여기
서는 이 과정을 창작 구현이라고 명하고 이미지와 구성, 문체와 수사 등의
창작방법에 대해 논하고자 한다.

1. 이미지와 구성

‘의意’와 ‘상象’은 중국 고전 문예이론에서 이미지 창조에 대해 논의할 때면
늘 먼저 제기되는데, 『주역周易·계사繫辭』에 처음 보인다. 여기서 ‘상’은 ‘괘상
卦象’을 말한 것이고 ‘의’ 역시 점복占卜이나 철학적인 의미를 가리키는 것이
다. 진정한 의미에서 문예 미학의 이미지 이론 범주에 속한다고 말할 수 없다.
그러나 『주역』은 중국문화 학술사상의 근원으로서, 그 안에서 언급한 ‘의’와
‘상’의 문제가 후대 문예 미학의 이미지 이론에 막대한 영향을 미쳤고 중국
이미지 이론에 선도적인 공헌을 하였다.

무체無體 이전을 ‘도道’라 하고 유질有質 이후를 ‘기器’라 하며 음양陰陽이
조화조절造化調節하는 것을 ‘변變’이라 하고 그 변화를 추행推行하는 것을
‘통通’이라 하며 이러한 이치를 들어 천하 백성들에게 조치하는 것을 ‘사업
事業’이라 한다. 이런 까닭에 ‘상象’이란 성인이 천하의 깊은 이치를 드러내
고자 하는 목적이 있어 그 형용을 (역리易理에 근거하여 눈에 드러나는 형태
로) 괘상卦象에 모의한 것이다. 그 물상의 마땅한 본질을 본뜬 것이기에

---

359 『삶은 언제 예술이 되는가』(김형수, 아시아, 2015년), 173쪽.

이것을 '상象'이라 말한다.[360]

옛날 복희씨伏羲氏가 천하에서 왕노릇할 때, 우러러서는 하늘에서 천상
天象을 보았고 굽어서는 땅에서 지모地貌의 법을 보았고 새와 짐승의 무늬
와 땅의 마땅한 본질을 살펴보았다. 가까이로는 사람의 몸에서 취하고 멀
게는 자연 물상에서 취하였다. 그리하여 비로소 팔괘八卦를 만들어 신명神
明한 음양조화陰陽造化의 성질에 회통會通하고 천지만물의 정태情態를 유별
하였다.[361]

'역易'의 실질은 '상象'이다. '상'이란 (객관 사물에서 취한) '본뜬 형상'
이다.[362]

문자나 언어로는 마음속의 생각을 온전히 표현할 수 없다. 그래서 성인聖人
은 괘상卦象을 만들어 형상形象을 통해 문자나 언어가 표현해내지 못하는 심
층적 사상을 드러내었고, 64괘를 만들어 우주 만물의 복잡다단한 진위眞僞를
다 나타내고, 문사文辭를 더하여 전하고자 하는 의미를 다 표현하였다. 위에
서 언급한 '상象을 세워 생각을 다 전달한다(立象以盡意)'라는 말은 '상象'과 '의
意'의 관계를 설명한 것으로, 즉 성인의 사상을 다 드러내기 위해 형상을
세웠다는 것이다. 이 '상'은 '자연 물상自然 物象'이 아니고 '우의지상寓意之象'
이며 '의중지상意中之象'이다. 이 '상'은 말로 표현하지 못하는 것을 전할 수

---

360 『周易·繫辭上』, 『十三經注疏』 제1책, 158쪽. "形而上者, 謂之道; 形而下者, 謂之器; 化而裁之,
   謂之變; 推而行之, 謂之通; 擧而錯之天下之民, 謂之事業. 是故夫象, 聖人有以見天下之賾, 而擬諸
   其形容. 象其物宜, 是故謂之象."

361 『周易·繫辭下』, 『十三經注疏』 제1책, 166쪽. "古者包犧氏之王天下也, 仰則觀象於天, 俯則觀法
   於地, 觀鳥獸之文與地之宜, 近取諸身, 遠取諸物, 於是始作八卦, 以通神明之德, 以類萬物之情."

362 『周易·繫辭下』, 『十三經注疏』 제1책, 168쪽. "易者, 象也, 象也者, 像也."

있기에 작자의 말과 의중 및 감정에다가 급기야 정신까지도 다 전달할 수 있다. '입상立象'은 형상의 의미가 분명 있기에, 구체적 사물의 형상을 빌려 심층적인 철리哲理를 설명할 수 있었다. 이러한 점은 문예 형상과 일맥상통하는 점이다.

'상'은 우주만물을 모의模擬한 형상이다. 따라서 『주역』의 '상'은 성인이 천지 만물의 복잡한 변이變異 현상을 모의하고 형용하여 적절히 상징하였기에 '상'이라 칭한 것이다. 천지의 자연현상을 관찰하고 만물의 모습을 살펴서 팔괘八卦를 만들었다. 여기서 '상'이란 바로 만물의 형상을 가리키는 것으로, 형상성의 특징을 갖추었다. 유협劉勰이 『문심조룡文心雕龍·원도原道』에서 문文의 기원을 자연自然의 도道에 근거한다고 한 이론은 바로 「계사繫辭」에 기술된 관점의 계승과 발전이다.

『주역』의 괘상은 길흉吉凶을 추측하던 부호이다. 그러나 그 괘효사卦爻辭와 결합하여 뛰어난 상징적 의미를 이끌어내며, 팔괘八卦의 '상'이 지닌 사의辭義와 여덟 가지 자연현상(즉 천天·지地·뢰雷·풍風·수水·화火·산山·택澤)은 밀접하게 연관된다. 또한 팔괘는 기본적인 상징 의미에서 점차 많은 상징 의미를 나타낸다.

『주역』의 상징은 원시적 상징 표현에 속한다. 이러한 주관적 예술 사유를 통해 『시경詩經』의 '흥興'에 대한 초기 형태를 발견할 수 있다. 그래서 장학성章學誠은 "『주역』의 '상'은 『시경』의 '흥'이다."[363]라고 말하였다.

육기(222-280)도 『주역』과 왕필의 주장을 그대로 이어받아 다음과 같이 말하였다.

> 문의文意가 물상物象을 완벽하게 표현하지 못하고 문사文辭가 문의文意에

---

[363] 『文史通義·易敎下』. "易之象也, 詩之興也."

제대로 도달하지 못함을 항상 걱정하였다. 문장의 도에 대해 알기가 어려운
게 아니라 능하기가 어렵기 때문일 것이다.[364]

육기는 자신의 생각과 사상을 만들어가는 것보다 영근 생각을 글로 표현
하는 것이 얼마나 어려운지를 알았기에 늘 고심했다.

육기는 심미 구상 단계를 마치고 나면 전개될 것들이 무엇인지에 대해
다음과 같이 말하였다.

> (작품을 구상하고 난) 다음에, 문의文義를 가려 부류部類에 알맞게 배치하
> 고, 문사文辭를 살펴 반열班列에 적절히 따르게 한다네. 빛을 감싸고 있는
> 것은 모두 끌어당겨 두드리고, 소리를 품고 있는 것은 다 타본다네. 가지에
> 연유하여 잎을 떨치는 경우도 있고, 물결을 따라 원천源泉을 살피는 경우도
> 있네. 보이지 않는 숨은 이치를 기초하다가 눈에 드러나는 상황으로 나가는
> 경우도 있고, 쉬운 방법을 찾다가 어려운 도리를 얻는 경우도 있네. 호랑이
> 가 움직이자 들짐승들이 온순하게 복종하는 경우도 있고, 용이 나타나자
> 날짐승들이 흩어지는 경우도 있네. 별 탈 없이 타당하여 순조로이 펼쳐내는
> 경우도 있고, 울퉁불퉁 서로 어긋나 편안하지 않은 경우도 있네. 맑은 마음
> 을 가라앉혀 사고를 응결시키고, 갖가지 생각들을 교묘히 하여 말을 만드
> 네. 천지를 몸 안에 가두어 넣고, 만물을 붓끝에 묶어 놓네. 처음에는 마른
> 입술에서 머뭇거리지만, 끝내는 젖은 붓에서 흘러 떨어지네. 문리文理는 뿌
> 리를 떠받쳐 줄기를 세우며, 문사文辭는 가지를 드리워 무성한 열매를 맺는
> 다네. 진실로 감정과 모습은 차이가 없어서, 매번 변하지만 얼굴에 드러나
> 네. 즐거움에 닿으면 반드시 웃고, 슬픔을 말하니 벌써 탄식하노라. 네모난
> 목간을 잡고 술술 써 내려가는 경우도 있지만, 붓끝을 벼루에 담근 채 막막

---

364 『文賦集釋』, 1쪽. "恒患意不称物, 文不逮意, 蓋非知之難, 能之難也."

한 경우도 있구나.[365]

그는 작품 구상단계도 쉽지 않겠지만 구상 중에 잉태된 이미지를 어떻게 새겨 제대로 표현할 수 있느냐 하는 문제를 말하고 있다. 범엽范曄(398-445)도 「옥중에서 여러 조카들에게 보내는 편지」에서 다음과 같이 말하였다.

내가 늘 말하는 것처럼 문장은 정감과 작자 내심의 뜻을 기탁한 것이므로 응당 내심의 생각이나 정감을 주로 삼아야 하고, 문장으로는 내심의 생각이나 정감을 전달해야 한다. 내심의 생각이나 정감을 주로 삼으면 작자가 전달하려는 주된 취지는 반드시 드러나게 될 것이고, 문장으로 내심의 생각이나 정감을 전달하면 문장의 언어가 공허함에 이르지는 않을 것이다. 그렇게 한 후에야 비로소 저 향기로운 향기를 뿜어내게 되고, 저 종이나 경쇠 같은 아름다운 소리가 울려나게 되는 것이다. 문장 가운데 표현된 정감이나 흥취는 천 가지와 백 품목으로 다양하겠지만, 완곡하게 변화하여 일정한 이치가 있게 된다.[366]

범엽은 이 편지에서 '의意' 즉 '내심의 생각이나 정감'을 주로 삼아야 한다고 했다. 이 주장은 당시 형식주의로 흘러가던 문단의 "문사의 외형적인 아름다운 것을 위주로 삼던(以辭爲主)" 경향에 일침을 가하였다. 당시 형식주의자들

---

365 『文賦集釋』, 43쪽. "然後選義按部, 考辭就班, 抱景者咸叩, 懷響者畢彈. 或因枝以振葉, 或沿波而討源, 或本隱以之顯, 或求易而得難, 或虎變而獸擾, 或龍見而鳥瀾, 或妥帖而易施, 或岨峿而不安. 罄澄心以凝思, 眇衆慮而爲言, 籠天地於形內, 挫萬物於筆端. 始躑躅於燥吻, 終流離於濡翰, 理扶質以立幹, 文垂條而結繁, 信情貌之不差, 故每變而在顔 ; 思涉樂其必笑, 方言哀而已嘆. 或操觚以率爾, 或含毫而邈然."

366 『宋書』(沈約 撰, 北京: 中華書局, 1997년), 권69 「列傳第二十九·范曄」, 1830쪽에서 「獄中與諸甥姪書」 인용함. "常謂情志所託, 故當以意爲主, 以文傳意. 以意爲主, 則其旨必見; 以文傳意, 則其詞不流. 然後抽其芬芳, 振其金石耳. 此中情性旨趣, 千條百品, 屈曲有成理."

은 문장을 구상할 때 오로지 외형적인 아름다움만 몰두하였다. 전달하려는 정서와 주지主旨가 외형적인 수식과 성운聲韻에 이끌려가는 것이라 여겼기에 문사의 아름다움을 위해서는 표현하려는 내용을 조금의 망설임도 없이 바꾸어버리곤 하였다. 범엽은 이러한 당시 경향에 대해 글을 지을 때는 내심의 생각이나 정감을 주로 삼아야 한다고 주장했다. 여기서 말하는 '의意'는 작자가 글을 짓기 전에 갖고 있었던 내심의 생각이나 정감인데, 응당 작자가 표현하려던 객관 사물과 주관적인 정서도 포함되어 있는 것이다. 이것들은 작품의 본체가 되는 것이기에 외형적인 수식이나 성운 같은 것은 표현적인 수단에 불과하다. 작자가 구상할 때는 이 '의'의 의미를 확실하게 이해해서 때로는 '의'를 위해 문사와 운율을 선택하고 안배하여 형식적인 부분은 결국 '의'를 위해 이바지하도록 해야 한다는 것이다. 이것이 바로 육기가 「문부」에서 "문장의 화려한 수식은 각기 그 재주를 드러내 보이고 그 기교를 나타내며, 의미는 핵심을 잘 파악하였으므로 마치 빼어난 장인과 같다."[367]고 한 것이다. 범엽의 이러한 주장은 구상 측면에서 작품과 내용의 관계를 생동적이면서도 정곡을 찔러 설명한 것이다. 후에 유협劉勰이 『문심조룡文心雕龍·정채情采』에서 "사상과 정감을 위해 문장을 짓는다.(爲情造文)"라고 제창하면서 "문장을 위해 사상이나 정감을 날조해낸다.(爲文造情)"는 것을 강하게 반대한 것은 바로 범엽의 이러한 사상을 계승 발전시킨 것이다.

유협(465?-522?) 역시 대단한 구상을 해도 창작은 결코 쉬운 일이 아니라는 사실을 다음과 같이 말하였다.

바야흐로 붓을 잡으면 그 기가 문사로 나타나기 전에는 배倍가 되나,

---

367 『文賦集釋』, 71쪽. "辭程才以效伎, 意司契而爲匠."

취하여 그 문장이 완성되면 본래 마음에 품었던 바의 반밖에 나타나지 못한
다. 어찌 그러한가? 뜻은 허공에서 제멋대로 움직이므로 기이해지기가 쉽
고, 말은 실체를 나타내므로 기막히게 표현되기가 어려운 까닭이다. 때문에
의식은 사상에 좌우되고 언어는 의식에 의해 좌우된다. 이들이 서로 긴밀하
게 결합하면 틈 없이 완전하고, 소원하여지면 천 리만큼이나 멀어지게 되
어, 이치가 마음에 있으나 그것을 세상 끝에서 구하는 경우가 있고 그 뜻이
지척에 있으나 마음은 산하山河를 넘어서까지 떨어져 있는 경우가 있다.
이 때문에 마음을 허정하게 하고 학문에 힘써 기교를 터득하게 되면 애써
수고롭게 생각하지 않게 되고, 아름다운 이치를 내면에 간직하고 문장을
짓는 규범을 지니게 되면 정에 힘쓸 필요가 없게 된다.[368]

유협은 창작 구현을 위해 구체적인 방법을 적시하지는 않았지만 아름다운
이치를 내면에 품고 문장을 짓는 규범을 따른다면 힘들이지 않고 창작을
이룰 수 있다고 주장하였다. 그러나 유협은 그 역시도 쉽지 않다고 다음과
같이 토로하고 있다.

사람의 타고난 품성과 재주는 느리고 빠름에 따라 달리 나뉘고, 문장의
체제에 있어서도 크고 작음에 따라 공功을 달리 한다. 사마상여는 붓에 먹물
을 먹이고 착상하는 동안 붓끝이 썩어버렸고, 양웅은 작품을 완성한 후
피로에 지쳐 경몽驚夢을 꾸었고, 환담은 착상에 지쳐 병을 앓았고, 왕충은
사려思慮가 지나쳐 정기精氣가 감퇴되었으며, 장형張衡은 「이경부二京賦」를
연찬硏鑽하는데 십 년이나 걸렸으며, 좌사左思는 「삼도부三都賦」를 연마하는

---

368 『文心雕龍讀本』하편, 「神思」제26, 4쪽. "方其搦翰, 氣倍辭前, 暨乎篇成, 半折心始. 何則? 意翻
空而易奇, 言徵實而難巧也. 是以意援於思, 言援於意, 密則無際, 疏則千里. 或理在方寸而求之域
表, 或義在咫尺而思隔山河. 是以秉心養術, 無務苦慮, 含章司契, 不必勞情也."

데 십이 년이 걸렸다. 비록 그들의 작품이 장편이지만, 역시 사고가 완만하였기 때문이라 말할 수 있다. 회남왕淮南王 유안劉安은 조반朝飯 전에 「이소부離騷賦」를 완성하고, 매고枚皐는 조詔를 받기가 무섭게 부를 지어 올렸으며, 조식曹植은 목간木簡을 손에 들기만 하면 암송하듯 술술 써 내렸고, 왕찬王粲은 붓을 들기만 하면 오래전부터 구상한 것처럼 매듭을 지었으며, 완우阮瑀는 말 안장 위에서 편지를 썼고, 예형禰衡은 식사하면서 상주문上奏文을 다듬었다. 비록 이들의 작품이 단편이라고는 하나, 역시 사고가 민첩하였기 때문이라 말할 수 있다. 뛰어난 재주를 발하는 선비는 마음에 필요한 기술을 총괄하고 민첩함이 사려보다 앞서서 기회에 임해서는 제때 즉시 결단을 내린다. 깊이 생각하는 사람은 생각이 여러 갈래로 넘쳐 (작품을) 음미함은 의심보다 뒤여서 연구하고 사려하고 나서야 결정한다. 민첩한 고로 순식간에 공적을 이루고, 사려하고 의심한 고로 오랜 시간이 지나서야 공적을 이룬다. 작품 창작의 어렵고 쉬움이 비록 작가마다 다르지만, 모두 광범한 연마(학문 축적, 이치 짐작, 견식 연마, 숙달 연습)에 의지해야 한다. 학식이 비천한 사람이 공연히 시간을 끌고 재능이 결핍된 사람이 헛되이 빠르기만 한데도 공을 이루었다는 말을 나는 아직 들은 적이 없다. 이 때문에 문장에 임하여 생각을 운영함에 반드시 두 가지 어려움이 있다. 문리가 통하지 않게 되면 내용이 거칠고 빈약하게 되고, 문사에만 빠져들게 되면 내용이 상하고 혼란스럽게 된다. 그러기에 견식을 넓혀 가난을 채워주는 양식으로 삼고 일관된 사상으로 난치병을 구하는 약으로 삼아야 한다. 견식을 넓게 하여 논리로 일관할 수 있다면 사고 활동을 도와주게 된다.[369]

---

369 『文心雕龍讀本』하편, 「神思」제26, 4-5쪽. "人之稟才, 遲速異分, 文之制體, 大小殊功: 相如含筆而腐毫, 揚雄輟翰而驚夢, 桓譚疾感於苦思, 王充氣竭於思慮, 張衡研京以十年, 左思練都以一紀, 雖有巨文, 亦思之緩也. 淮南崇朝而賦騷, 枚皐應詔而成賦, 子建援牘如口誦, 仲宣擧筆似宿構, 阮瑀據案而制書, 禰衡當食而草奏, 雖有短篇, 亦思之速也. 若夫駿發之士, 心總要術, 敏在慮前, 應機立斷; 覃思之人, 情饒岐路, 鑒在疑後, 研慮方定. 機敏故造次成功, 慮疑故愈久而致績. 難易雖殊, 並資博練. 若學淺而空遲, 才疏而徒速, 以斯成器, 未之前聞. 是以臨篇綴慮, 必有二患: 理鬱者苦貧,

사람마다 천부적 기질이 다르고 살아온 인생 내력과 생활 여건이 다르기에 그에 따른 창작과정도 제각기 다를 수밖에 없다. 하지만 독서를 통한 학문 소양을 키우고 식견을 넓히고 창작 기술을 연마해야 하는 것은 다르지 않다. 결국 그 기초 위에 어떻게 해야 창작을 진정 이룰 수 있느냐에 대해서 견식을 넓히고 논리를 일관되게 하여 흔들리지 않도록 하는 것이 중요하다고 주장하였다.

유협은 『문심조룡』 중 「부회附會」와 「장구章句」에서 구성 안배에 대해 주로 언급하고 있다.

'부회'는 '부사회의附辭會義'의 준말로, 내용의 결합을 위해 말을 안배하고 문장의 의미를 모아 조리 있게 안배하는 구성 체계를 말한다. 이는 고대 중국인들이 말하는 '주제를 결정하고 한 편의 문장을 계획한다'라는 '명의모편命意謀篇'을 말하며, 오늘날 우리가 작품의 구성을 어떻게 해야 하느냐 하는 문제를 제기한다.

부회란 무엇인가? 부회는 한 편의 문학작품이 지니는 언어와 사고의 두 측면에 관한 총괄적이고 포괄적인 견해를 뜻한다. 작품의 요소들을 통일시키기 위해 가장 기초적인 원리를 마련하고, 포함할 것과 제외할 것을 결정함에 그 조건을 명확히 하며, 작품의 서로 이질적인 부분들을 조화시키는 것이 바로 부회다. 부회가 이 같은 방법으로 하나의 작품을 전체적으로 조직화하기 때문에, 작품이 아무리 다양한 요소들로 구성되어 있다고 할지라도 가장 적합한 기준을 벗어나지 않을 수 있는 것이다. 이는 건축에서 무엇보다 기초를 잘 다져야 하고 옷을 만들 때는 바느질을 아주 세밀하게 해야 함과 같다. 재능 있는 아이가 글쓰기 기술을 배우고자 할 때 가장

辭溺者傷亂 ; 然則博見爲饋貧之糧, 貫一爲拯亂之藥, 博而能一, 亦有助乎心力矣."

먼저 체제를 올바르게 해야 한다. 이는 반드시 감정과 사상을 신명으로, 사실과 뜻을 골격으로, 언어 표현을 근육조직 및 피부로, 언어의 음률을 목소리와 기운으로 삼아야 한다. 그런 연후에 채색을 베풀 듯 문장의 수사를 다듬고 조화로운 운율을 도모하여, 쓸 것은 쓰고 버릴 것은 버려서 가장 이상적인 상태에 이르게 한다. 이것이 부회附會를 통하여 생각을 엮는 영원한 방법이다.[370]

유협은 구성 안배할 때 내용이 형식을 결정한다는 원칙 아래에서, 작가는 문장 중의 여러 요소들의 전후 관계를 살펴 적당한 위치에 안배시켜야 한다고 주장하였다. 유협은 문장의 구성을 건축의 토대이고 바느질의 바늘과 실로 비유하여 문장은 목재와 기와만으론 집을 지을 수 없고 옷감만으로는 옷을 만들 수 없는 것처럼, 작자가 작품 창작과정에서 일정한 재료를 수집한 후 한 번쯤은 조직과 안배에 대해 깊이 생각하지 않고는 좋은 예술작품을 만들 수 없다는 점을 강조하였다. 구성이 좋아야 그 작품의 내용도 완전하게 구현될 수 있다.

일반적으로 문학작품 창작에는 나무에서와 같이 많은 가지가 있으며, 흐르는 물처럼 지류가 있다. 지류와 가지를 질서 있게 정리하기 위해서는 물의 근원지와 나무줄기의 함축된 의미를 따라야 한다. 마찬가지로 언어적 요소들과 사고를 질서 있게 하고 통일시키기 위해서는 하나의 포괄적인 원리가 있어야 하는 것이다. 이 같은 원리는 만 갈래의 서로 다른 사고들에

---

370 『文心雕龍讀本』 하편, 「附會」 제43, 243쪽. "何謂附會? 謂總文理, 統首尾, 定與奪, 合涯際, 彌綸一篇, 使雜而不越者也. 若築室之須基構, 裁衣之待縫緝矣. 夫才童學文, 宜正體製, 必以情志爲神明, 事義爲骨鯁, 辭采爲肌膚, 宮商爲聲氣; 然後品藻玄黃, 摛振金玉, 獻可替否, 以裁厥中. 斯綴思之恒數也."

일치점을 제공한다. 그래서 다양한 모든 사고는 제자리를 찾을 수 있고, 서로 다른 모든 언어 요소들도 혼란을 초래하지 않는다. 즉 나뭇가지의 얼마는 햇빛을 만나 그 모습을 드러낼 수 있게 되고, 그늘 속의 다른 나뭇가지들은 모습을 숨긴 채 남는다. 이 같은 방법으로 처음과 끝이 주도면밀해지고 안과 밖이 한 몸이 될 수 있다. 이것이 바로 부회, 즉 구성 안배하는 기술이다.[371]

유협은 구성의 안배를 위해 무수한 샛길을 하나로 귀착시키고 모든 생각을 하나의 결론으로 정리하고자 하였다. 오늘날의 관점에서 구성의 안배란 주제를 중심으로 긴밀하게 짜는 것을 말한다. 이는 다양한 내용을 풀어놓은 가운데에서 단일한 주제로 얽어매는 고차적인 통일이다. 구성의 안배는 넓은 시야를 가지고 전면을 볼 수 있어야 한다. 지엽적인 것에 신경을 쓰면 큰 것을 잃는다.

인물의 머리카락에 주의를 집중하는 화가는 초상 전체를 놓치기 쉽고, 너무 작은 목표물을 노리는 사수는 아주 큰 담도 맞추지 못할 수 있다. 정교하고 작은 것에 몰두하다 보면 자연적으로 전체의 일반적인 구조를 소홀히 다루기가 쉽다. 그러므로 우리는 한 자를 곧게 하기 위해서는 한 치를 기꺼이 굽히고, 한 길을 곧게 하기 위해서는 한 자를 굽혀야 한다. 다시 말해서 전체의 아름다움을 얻기 위해서는 부분적인 기교를 포기해야 한다는 것이다. 이것이 문학작품을 창작하는 과정에서 요구되는 일반적인 원리이다. 한 편의 글이 전개되는 방법에는 어떠한 제한도 없으며, 그 전개

---

371 『文心雕龍讀本』하편, 「附會」제43, 244쪽. "凡大體文章, 類多枝派, 整派者依源, 理枝者循幹. 是以附辭會義, 務總綱領, 驅萬塗於同歸, 貞百慮於一致; 使衆理雖繁, 而無倒置之乖; 羣言雖多, 而無棼絲之亂. 扶陽而出條, 順陰而藏跡, 首尾周密, 表裏一體: 此附會之術也."

에 따르는 작가의 의견들은 다소 혼란스럽기까지 하다. 다루는 것이 너무 간결하면 그 생각이 고립되기 쉽고, 다루는 것이 지나치게 광범위하면 그 언어가 기형적인 것이 되기 쉽다. 즉 너무 똑바르고 솔직하면 확실히 많은 실수를 범하게 되며, 반대로 지나치게 주저하는 것도 창작에 해가 된다는 것이다. 또한 사람들은 각자 타고난 재능이 다르며 생각하는 방법도 다르다. 어떤 사람들은 처음부터 끝까지 전체적으로 작품을 구상하고, 어떤 사람들은 조각조각을 덧붙여 가면서 조금씩 글을 써가기도 한다. 그러나 전면적인 구상을 하는 경우보다는 조금씩 덧붙이는 방법을 사용하는 경우가 더 많다. 만약 작가가 일반적인 원리를 견지하지 못한다면 그 언어는 혼란스러워질 것이고, 작자의 사고가 논리적으로 전개되지 않는다면 그 문체는 건조해지고 생명력을 잃게 될 것이다.[372]

유협은 구성 안배에 있어 주의해야 할 문제점을 지적하고 이를 바로잡는 구체적인 방법을 제시하였다. 구성 안배에서 저질러서는 안 되는 것으로 유협은 우선 문장을 통일할 수 있는 중심의 실종과 조금씩 모아서 단편을 쌓아 나가는 것을 들었다. 전자는 작품 전체를 통괄할 수 있는 주지를 잃어버린 경우이고, 후자는 한 구를 생각하고 한 구를 씀으로써 주제의 통일성을 잃는 경우이다. 문장의 요소들이 유기적이고 조화된 하나의 체계를 이루어야 한다. 만약 부분들을 서로 이것저것 긁어모아 놓으면 말의 격조는 반드시 어지러워질 것이다. 또한 글의 맥락이 통하지 않을 뿐 아니라 문장은 불완전한 것이 되고 말 것이다. 이러한 결합을 바로잡을 수 있는 방법으로, 유협은

---

372 『文心雕龍讀本』하편, 「附會」제43, 244쪽. "夫畫者謹髮而易貌, 射者儀毫而失牆, 銳精細巧, 必疏體統. 故宜詘寸以信尺, 枉尺以直尋, 棄偏善之巧, 學具美之績, 此命篇之經畧也. 夫文變無方, 意見浮雜, 約則義孤, 博則辭叛, 率故多尤, 需爲事賊. 且才分不同, 思緖各異, 或製首以通尾, 或尺接以寸附, 然通製者蓋寡, 接附者甚衆. 若統緖失宗, 辭味必亂; 義脈不流, 則偏枯文體."

문장 구성의 이치를 알아야만 질서 있는 글이 저절로 이루어진다고 보았다.

전체 구조적인 원리에 관해 깊은 인식을 가졌을 때 작가는 작품의 상이한 부분들을 조화롭게 결집시킬 수 있다. 이 조화로운 응집은 마치 나무의 아교질이나 돌에 붙어 있는 옥과 같이 자발적인 것이다. 마차를 끌고 질주하는 네 마리의 말은 각자 힘은 다르지만 여섯 가닥의 고삐가 거문고의 여섯 줄과 같이 작용하기 때문에, 그들은 수레바퀴 살들이 하나의 바퀴통에 모이는 것과 같이 완벽한 대형을 이루고 나란히 전진할 수 있다. 마찬가지로 문학 창작에 있어서도 이와 같은 조정 방법이 적용되어야 한다. 전진할 것인가 혹은 멈출 것인가 아니면 팽팽하게 잡을 것인가는 고삐를 잡은 양손의 움직임에 달려 있다. 한결같은 속도를 유지하기 위해서는 고삐를 조정하는 것이 필수적이다. 그러므로 문장의 구성 안배 조직화에 능숙한 작자의 손에서는 서로 이질적인 사고도 간과 쓸개의 관계와 같이 밀접하게 되는 반면에, 능숙하지 못한 작자의 손에서는 동질의 음조차도 호胡나라와 월越나라의 관계와 같이 아주 멀어지게 된다. 현존하는 작품을 고친다는 것은 작품을 새로 쓰는 것보다 더 어렵고, 이미 쓴 말을 바꾼다는 것은 문장을 새로 쓰는 것보다 더 어렵다. 이는 과거 작자들의 경험으로 여실히 증명된다.[373]

문장의 구성 이치를 인식하여야만 그 문장의 부분들이 자연스럽게 안배될 수 있다. 문장 구성의 이치라는 것은 부분과 부분, 부분과 전체, 그리고 안과 밖이 서로 얽혀 하나의 무늬를 이룬 것을 말한다. 그 지향점은 문장 전편의

---

373 『文心雕龍讀本』하편, 「附會」제43, 244-245쪽. "夫能玄識膢理, 然後節文自會, 如膠之粘木, 石之玉矣. 是以馴牡異力, 而六轡如琴; 並駕齊驅, 而一轂統輻; 馭文之法, 有似於此. 去留隨心, 修短在手, 齊其步驟, 總轡而已. 故善附者異旨如肝膽, 拙會者同音如胡越. 改章難於造篇, 易字艱於代句. 此已然之驗也."

주제와 사상을 나타내는 것이다. 그렇지 못하면 논리와 내용이 분명치 않고 문장의 뜻이 조화를 잃는다. 게다가 문장의 처음과 끝은 비록 똑같은 역할을 하는 것은 아니지만 서로 적절히 호응해야 한다. 처음과 끝이 하나로 이어지는 것이 바로 문장 구성의 최고 수준이라 말할 수 있다.

유협은 「장구」 편에서 구성 안배에 관한 세 가지 문제를 중점적으로 논의하였다. 그는 장구의 개념과 기능, 장구 안배의 원칙, 장구를 안배하는 것에 있어 주의해야 할 점 등을 다음과 같이 기술하였다.

창작할 때 사상과 감정을 안배할 때는 집이 있어야 하고, 말을 둘 때는 자리가 있어야 한다. 사상과 감정의 집을 '장章(단락)'이라 하고 말의 자리를 '구句(문구)'라고 한다. '단락'이란 것은 명확히 하는 것이고 '문구'라는 것은 경계를 나누는 것이다. 말의 경계를 나눈다는 것은 글자를 이어서 의미의 강역을 나누는 것이고 정情을 명확히 한다는 것은 뜻을 총괄하여 체體(표현양식)에 포괄시키는 것이다. 이 두 가지 '단락'과 '문구'는 범주가 서로 다르지만 길이 서로 통하는 것처럼 밀접한 관련이 있다. 사람이 말을 세울 때는 글자로 인해 문구가 생기고 문구가 쌓여 단락이 이루어지고 단락이 쌓여 한 편의 문장이 이루어진다. 한 편의 문장이 뚜렷하게 밝아지는 것은 단락에 하자가 없기 때문이고 단락이 밝고 아름다운 것은 문구에 티가 없기 때문이고 문구가 맑고 꽃다운 것은 글자에 망령된 것이 없기 때문이다. 뿌리가 흔들리면 가지와 잎도 따라 흔들리는 것처럼 하나의 기본원칙만 알면 만 가지를 다 알 수 있는 것이다.[374]

---

374 『文心雕龍讀本』 하편, 「章句」 제34, 119쪽. "夫設情有宅, 置言有位; 宅情曰章, 位言曰句. 故章者, 明也; 句者, 局也. 局言者, 聯字以分疆; 明情者, 總義以包體. 區畛相異, 而衢路交通矣. 夫人之立言, 因字而生句, 積句而爲章, 積章而成篇. 篇之彪炳, 章無疵也; 章之明靡, 句無玷也; 句之淸英, 字不妄也; 振本而末從, 知一而萬畢矣."

유협은 사상과 감정을 안배하는 것, 즉 문장 내용의 단위를 '장(단락)'으로, 말을 안배하는 단위를 '구(문구)'로 파악하였다. 장과 구는 서로 구별되지만 밀접한 관계에 있다. 상고시대의 장은 악장의 뜻을 가지고 있었다. 『설문』에서 말하기를 "음악은 하나의 장을 경계로 한다."라고 하였다. 즉 음악 연주에 있어 완결된 하나의 소단락을 장이라고 했던 것이다. 이는 오늘날 말하는 문장의 단락에 해당된다. 고대에서 구는 성음聲音의 정지 표시였다.

유협은 장구의 안배는 문장을 짓는 데 기초가 되는 것이라고 보았다. 글자를 연결시켜 문구를 만들고, 문구가 모여 단락을 이루고, 단락이 모여 문장 한 편을 이룬다고 하였다. 그리고 전편의 사상과 내용을 명백하게 드러내기 위해서는 각 단락에 결함이 없어야 하고, 한 단락이 선명하고 아름답게 묘사되기 위해서는 각 문구에 하자가 없어야 하며, 문구가 청신하고 분명하게 그려지기 위해서는 각 글자 하나하나가 모두 빈틈이 없어야 한다고 주장하였다. 결함이 없는 것, 흠이 없는 것, 빈틈이 없는 것, 다시 말해 훌륭함, 분명함, 청정함 등이 바로 장구가 요청하는 바며 장구 안배의 근본적인 원칙이다.

운문과 산문을 지음에는 편篇(작품의 크기)에 대소가 있고 장구를 합치고 나눔에 따라 어조에는 완급이 있다. (그러한 것들은) 내용의 변화에 따라 적합하게 하는 데는 정해진 준거가 있는 것이 아니다. 한 개의 구절은 여러 글자를 관장하고 있는데 서로 이어져 쓰임이 된다. 장은 하나의 의미를 총괄하고 있는데 반드시 뜻을 다 정리해야 체體(하나의 단락)가 이루어진다. 전달하려는 사상과 감정을 장악하려면 풀어주고 감아 들이고 해서 주제에 적합하도록 해야 한다. 비유하자면 춤을 출 때 모습이 빙글빙글 돌지만 일정한 위치가 있고, 노래할 때 소리가 아름답고 유장하지만 정해진 높낮이가 있는 것과 같다. 『시경』 시인들의 비유를 살펴보면 비록 단장취의 했지만 한 편에 있는 장과 구는 누에가 실을 뽑아내는 것처럼 처음부터 끝까지 체제에 있어서 반드시 물고기 비늘처럼 일정한 차례가 있다. 첫머리를 여는 말은 중간에 나올 내용의 맹아를 엿보이고 붓을 놓는 말[맺음말]은 앞 구의 취지와 호응을 이룬다. 그러므로 단어를 비단의 무늬처럼 엮어놓고 내용을 혈관처럼 관통시킬 수 있다면 꽃잎과 꽃받침이 서로 머금고 있는 것처럼 처음과 끝이 하나의 체제를 이루게 될 것이다. 만약 문사가 그 벗을 잃으면 [어떤 구절 안에 적절히 배합된 말이 없다면] 곧 나그네를 문밖에 친구도 없이 버려두는 것과 같고 사실을 기술해 감에 그 차례가 어그러지면 곧 불안하게 정처 없이 떠도는 것과 같다. 그러므로 구절을 지을 때는 뒤바뀌는 것을 꺼려해야 하고 장을 다듬을 때는 순서를 귀히 여긴다. 이런 것들은 진실로 사상과 감정을 전달할 때 반드시 요구되는 사항이고 운문과 산문에 있어 일치되는 점이다.[375]

　유협은 장구를 안배하는 원칙을 두 가지로 제시하고 있다. 첫째, 장구의 안배는 문장의 사상과 감정을 배합하는 것인데, 가는 사람을 배웅하고 오는 사람을 맞이하는 것과 같이 꼭 알맞아야 한다. 둘째, 문장에 있어서 사고의 맥락과 순서, 문장의 결구와 질서가 분명해야 한다. 이는 오늘날 문장론의 지침이 된다.

　유협은 장구를 안배함에 있어 주의해야 할 점을 세 가지로 말하였다. 첫째, 장구長句와 단구短句의 운용은 일정하게 정해져 있는 것이 아니기 때문에 정

---

[375] 『文心雕龍讀本』 하편, 「章句」 제34, 119-120쪽. "夫裁文匠筆, 篇有小大; 離章合句, 調有緩急; 隨變適會, 莫見定準. 句司數字, 待相接以爲用; 章總一義, 須意窮而成體. 其控引情理, 送迎際會, 譬舞容迴環, 而有綴兆之位; 歌聲靡曼, 而有抗墜之節也. 尋詩人擬喩, 雖斷章取義, 然章句在篇, 如繭之抽緒, 原始要終, 體必鱗次. 啓行之辭, 逆萌中篇之意; 絶筆之言, 追媵前句之旨; 故能外文綺交, 內義脈注, 跗萼相銜, 首尾一體. 若辭失其朋, 則羈旅而無友, 事乖其次, 則飄寓而不安. 是以搜句忌於顚倒, 裁章貴於順序, 斯固情趣之指歸, 文筆之同致也."

세의 변화에 따르면 된다. 즉 사상과 감정의 변화에 따라 구의 장단을 조정하면 된다는 견해다. 둘째, 작품의 중간에서 운을 바꿈으로써 문장의 기력에 조화를 가져오게 할 수 있다. 그는 장구의 안배에 관하여 논술하면서 문장의 음운을 아주 중시하고 있다. 작품 중에는 같은 운을 거의 쓰지 않는 경우도 있지만, 반대로 백 구에 걸쳐서 같은 운을 쓰는 경우도 있어서 운의 사용이 항상 같았던 것은 아니다. 따라서 운을 바꾸기를 주장하는 것은 정감의 기복, 변화에 따라 운을 바꾸는 것을 말한다. 그러나 이것은 아주 힘든 일이기에 절충하여 조화를 이루는 것이 좋다고 하였다. 셋째, 실사實辭 밖에서 허사虛辭의 도움을 얻는 것이다. 고대 문장에서 허사는 중요한 역할을 한다. 유협은 장구의 안배에 있어 주의해야 할 것은 바로 허사의 운용이라고 보았다. 이는 유협의 탁견이라 하지 않을 수 없다. 이후 많은 이론가들이 허사의 운용에 주의하게 되었다. 허사의 적절한 운용은 어구를 원활하게 하고 문장의 기운을 흐르게 하는 데 도움을 주었다.

이외에도 유협은 「장구」 편에서 작품 창작에 있어서 내용을 중시하면서 문장의 단락 안배와 언어 표현에 깊은 관심을 가졌다.

당나라 말기에 활동한 두목杜牧(803-852)은 육조 이래의 문예이론 중 '의재필선意在筆先', '이의위주以意爲主', '이문전의以文傳意'의 관점을 계승하여 발전시켰다.

문장을 지을 때는 의意로 주인을 삼고 기氣로 보좌관을 삼으며 사채辭彩와 장구章句로 병사를 삼는다. 주인은 강성한데 보좌관이 빈둥거리며 결돈적은 없고, 병사는 훌륭하지 않은데 부대가 잘 정비된 적도 없다. 이 네 가지는 주인이 지시하는 대로 따르니, 마치 새가 봉황을 따르고 물고기가 용을 따르고 군사들이 탕왕과 무왕을 따라 하늘로 솟구치기도 하고 물에 잠기기도 하면서 천하를 종횡무진하여 뜻대로 되지 않은 것이 없는 것과 같다. 만약에 뜻을 먼저 세우지 않고 단지 문채와 사구로만 앞뒤를 둘러싼 다면, 말을 할수록 이치는 더욱 어지럽게 될 것이다. 이는 저잣거리에 들어선 것처럼 사람들로 붐벼 누가 누군지도 모른 채 흩어지는 것과 같다. 그러므로 뜻이 뛰어난 글은 사채가 질박할수록 훌륭해지고 뜻이 뛰어나지 않은 글은 문사가 화려할수록 비루해진다. 뜻은 문사를 부릴 수 있지만, 문사는 뜻을 만들어낼 수 없기에 그런 것이다. 무릇 글을 짓는 요지는 이와 같다.[376]

여기에서 두목은 '입의立意' 즉 문장의 주지主旨를 가장 중요한 위치에 두고 '입의'의 중요성을 강조하였고, 문채와 사구 등 형식적인 부분은 종속적인 것으로 보았다. 아울러 주객이 전도되어 뜻이 먼저 세워지지 않으면 필연적으로 누가 누구인지 모르는 결과를 초래한다고 하였다. 특히 "뜻이 뛰어난 글은 사채가 질박할수록 훌륭해지고 뜻이 뛰어나지 않은 글은 문사가 화려할수록 비루해진다. 뜻은 문사를 부릴 수 있지만, 문사는 뜻을 만들어낼 수 없기에 그런 것이다."라는 말은 매우 탁월한 견해로, '입의'의 중요성과 '의意'와 '사辭', 형식과 내용의 관계를 지적해낸 말이다. 사채와 장구 등 형식적인 요소는 감관感官에 직접 호소하는 것으로 중요하긴 하지만 내용을 가장 잘 표현해냈을 때만 의미가 있는 것이다. 이것은 중국 역대 화론에서 강조했던 그림을 그리기 전에 먼저 뜻을 세운다는 전통적인 견해와 완전히 일치한다. 교연皎然도 "옛사람들은 말을 뒤에 두고 뜻을 앞에 두었다."[377]라고 하였는데,

---

376 杜牧, 『樊川文集』 권3, 「答莊充書」. "凡爲文以意爲主, 以氣爲輔, 以辭彩章句爲之兵衛, 未有主強盛而輔不飄逸者, 兵衛不華赫而莊整者. 四者高下, 圓折步驟, 隨主所指, 如鳥隨鳳, 魚隨龍, 師衆隨湯武, 騰天潛泉, 橫裂天下, 無不如意. 苟意不先立, 止以文彩辭句, 繞前捧後, 是言愈多而理愈亂, 如入闐闠, 紛紛然莫知其誰, 暮散而已. 是以意全勝者, 辭愈樸而文愈高, 意不勝者, 辭愈華而文愈鄙. 是意能遣辭, 辭不能成意, 大抵爲文之旨如此."

377 皎然, 『詩評』. "古人後於語, 先於意."

역시 '의'와 '사'의 관계를 개괄한 것이다.

소식은 이미지 창조를 잘하는 것이 무엇보다 중요하지만 그것을 어떻게 글로 또는 그림으로 완벽히 구현해내느냐가 정말 중요하다고 보았다. 그는 '도'를 중시하기는 했어도 자세히 살펴보면 '도'를 중시했다기보다 '의意'를 중시하였다. 소식이 말한 '달達'의 경계는 바로 작가의 '의'와 '문文'의 적합함 이요 내면(질質)과 외면(문文)의 상호 호응이다. 그는 문사를 통해 자기 생각을 전달할 것을 요구하면서 작자의 내면에 담긴 모든 이미지가 자연스럽게 밖으로 표현될 때 비로소 최고 작품이 된다고 여겼다. 작문의 요체는 '입의立意'가 최우선 과제이다. 그는 "뜻이 있어 말하고 뜻이 다해 말을 그치는 것, 이것이 천하의 지극한 말입니다."[378]라고 말하였고, "뜻이 세워지고 이치가 밝혀진다 면 굳이 역사적 사실을 끄집어내어 부가할 필요가 없다."[379]라고 하였다.

그보다 훨씬 앞서 선진시대에, 장자가 "세상 사람들이 도를 소중히 여기는 까닭은 책 때문이다. 책은 말을 늘어놓은 것에 불과하다. 하지만 말에는 소중 한 데가 있다. 말이 소중히 여겨지는 까닭은 뜻 때문이다. 뜻에는 가리키는 바가 있다. 뜻이 가리키는 것을 말로는 전할 수 없다. 세상 사람들은 이로 인하여 말을 소중히 여겨 책을 전수한다."[380]라고 말하였다. 그래서 장자張鎡 (1153-?)는 "소식이 글 쓸 때 의미를 담아내는 데에 뛰어났는데, 이 점에서는 일반 대중 위에 홀로 우뚝 서 있다고 하겠다. ……그 근원은 『장자』에서 나왔다."[381]라고 언급하였다. 소식은 말년에 제자 갈립방葛立方에게 작문의 법

---

378 『蘇軾文集』 제1책 권8, 「策總敍」, 225쪽. "有意而言, 意盡而言止者, 天下之至言也."
379 『蘇軾文集』 제5책 권69, 「跋先君與孫叔靜帖」, 2192쪽. "意立而理明, 不必覓事應副."
380 『莊子集釋』, 外篇 「天道」 第十三, 488쪽. "世之所貴道者, 書也. 書不過語, 語有貴也. 語之所貴者, 意也, 意有所隨. 意之所隨者, 不可以言傳也, 而世因貴言傳書."
381 『皇朝仕學規範』(『問辨牘』四庫全書本, 北京: 書目文獻出版社, 1988년) 권3에서 「潛溪詩眼」의 내용을 인용함. "老坡作文工於命意, 必超然獨立於衆人之上. ……其源出於『莊子』."

칙을 알려주면서 다음과 같이 말하였다.

담주僭州는 비록 수백 가구가 모인 마을이라 해도 마을 사람들이 필요로 하는 것들을 저잣거리에 나가 취하기에 충분하다. 그러나 그냥 얻을 수 없고 반드시 한 가지 물건으로 통섭한 후에야 자신을 위해 쓸 수 있다. 이른바 한 가지 물건이란 바로 '돈'이다. 글짓기 역시 마찬가지다. 천하의 일들이 경서經書, 제자백가서諸子百家書, 사서史書 속에 산재하지만 그냥 부릴 수 없고 반드시 한 가지 물건으로 통섭한 후에야 자신을 위해 쓸 수 있다. 이른바 한 가지 물건이란 바로 '뜻'이다. 돈이 없으면 원하는 물품을 취할 수 없듯이, 뜻이 없으면 기술하고자 하는 일을 명료하게 서술할 수 없다. 이것이 바로 글짓기의 요점이다.[382]

소식은 시장에서 물건을 살 때 사용하는 돈을 비유로 삼아 작문의 법칙 역시 경사經史를 관통할 수 있는 등가물等價物인 '의意'를 필요로 한다고 설명 하였다. 『청파잡지淸波雜誌』에 기재된 소식이 "글짓기는 우선 뜻이 있어야 한다. 그러하면 경서經書와 사서史書가 모두 나에 의해 쓰인다. 문장을 논함에 뜻을 위주로 한다."[383]라고 한 말과 그가 「주상선 그림에 씀書朱象先畫後」에서 "글을 통해 내 마음을 전달하고 그림을 통해 내 뜻을 이르게 할 따름이다."[384]

---

382 葛立方, 『韻語陽秋』 권3, 『歷代詩話』 하책. "僭州雖數百家之聚, 州人之所需, 取之市而足. 然不可徒得也, 必有一物以攝之, 然後爲己用. 所謂一物者, 錢是也, 作文亦然. 天下之事, 散在經·子·史中, 不徒使, 必得一物以攝之, 然後爲己用. 所謂一物者, 意是也. 不得錢不可取物, 不得意不可以明事. 此作文之要也."

383 『淸波雜志』, 『中國古代筆記小說大觀』(唐宋筆記叢刊本, 揚州: 江蘇廣陵古籍刻印社, 1995년) 권7, 15 「坡敎作文」. "東坡敎諸子作文, 或辭多而意寡, 或虛字多, 實字少, 皆批論之. 又有問作文之法, 坡云: '譬如城市間種種物有之, 欲致而爲我用. 有一物焉, 曰錢; 得錢, 則物皆爲我用. 作文先有意, 則經史皆爲我用.' 大抵論文以意爲主. 今視坡集誠然."

384 『蘇軾文集』 제5책 권70, 「書朱象先畫後」, 2211쪽. "文以達吾心, 畫以適吾意而已."

라고 한 말에 근거하면, 이 모두 '의意'가 창작의 첫 번째 요의要義라고 강조하고 있다. '의'는 바로 문장의 영혼이라 하겠다. 의미 전달 수단인 '사辭' 역시 당연히 도학가道學家들이 요구하는 '사'와 다르고 구양수歐陽脩가 "도가 뛰어나면 문식은 어렵지 않게 절로 이른다."[385]라고 한 요구와도 다르다. 여기에서 수단은 목적으로 상승하고 형식은 내용과 융합하기 때문에 '재도지구載道之具(도를 싣는 도구)'라고 간단히 치부할 수 있는 것이 아니다. 이를 통해 소식이 의미를 담아내는 문제에 대해 상당히 중시하였음을 알 수 있다.

소식은 '달의達意'를 주창하면서 "입과 손으로 명확히 전달하는(了然於口與手)" 것을 중시했기에 뛰어난 예술표현력을 요구했다. 그는 작품이 만물의 오묘함을 표현하려면 작자가 먼저 고도의 표현력을 갖춰야 한다고 여겼다. 이는 마음속에 명확히 새기는 것에 비해 더 높은 지향점을 요구한다. 왜냐하면 이는 작자가 고도의 심미적 감수 능력을 갖추어야 함을 요구할 뿐 아니라 뛰어난 예술표현력, 즉 숙련된 예술 언어의 운용 능력을 갖추어야 하기 때문이다. 하지만 이는 천만인 중에 하나 만나기 어려운 일이다. 소식의 입장에서, 입이 소리를 잊고 손이 붓을 잊는 경지에 도달하지 못한다면 시화詩畵를 창작한다는 것은 불가능하다. 이와 반대로, 만약 입을 열고도 소리를 잊고 손을 움직여도 붓을 잊을 정도의 경지에 이르게 된다면 손을 움직였다 하면 천연스러움을 갖추고 우스갯소리나 욕설이라도 문장이 될 것이다.[386]

사물의 이치를 알아 마음으로 이해하기도 천만인 중에 하나 만나기 어렵고, 사물의 이치를 알아 입과 손으로 분명하고도 생동감 있게 표현해내는 것은 더욱 어려운 일이다. 진정으로 '달의'할 수 있다면 창작의 최고 경지에

---

385 『歐陽修全集』, 『居士集』 권47, 「答吳充秀才書」, 322쪽. "道勝者文不難而自至."
386 『蘇軾文集』 제2책 권12, 「虔州崇慶禪院新經藏記」, 390쪽. "口不能忘聲, 則語言難於屬文, 手不能忘筆, 則字畫難於刻彫. 及其相忘之至也, 則形容心術, 酬酢萬物之變, 忽然而不自知也."

도달할 수 있다. 소식이 실제 창작에서 '달의'에 기반을 두었기에 마침내 '합목적성 형식미'를 드러낼 수 있었다.[387] 소식의 '달의'는 뜻 전달을 위주로 한다는 문예사상을 창작에 구현한 것이고 '사물의 기묘한 이치를 구하는 일'의 심미적 구체화인 것이다.

소식이 창작할 때 '의'를 위주로 할 것을 주장한 것은 육기가 "문의文意가 물상物象을 완벽하게 표현하지 못하고 문사文辭가 문의에 제대로 도달하지 못함을 항상 걱정하였다."[388]라는 사상을 더욱 발전시킨 것이다. 육기는 결코 '의'가 창작과정 중에서 어떠한 작용을 하는지를 명확히 설명하지 못했지만 소식은 오랜 창작 경험과 생활 체험, 물리 체득을 통해 육기의 개념상의 부족한 점을 보충하여 '의'를 통해 모든 문예를 통섭하고 '의'와 '물物'이 서로 잘 어울려야만 '문질빈빈'의 임무를 완수할 수 있다고 주장하였다.

2. 문체와 수사

중국 고대 문예 창작 활동 중에서 문예 작품의 언어 형식에 관한 문제는 항상 쟁론이 되어왔다. 예를 들면, 문장은 만연체가 좋은가 아니면 간결체가 좋은가? 심오한 것이 좋은가 아니면 천박한 것이 좋은가? 변려체가 좋은가 산문체가 좋은가? 화려한 것이 좋은가 질박한 것이 좋은가? 함축적인 것이

---

387 『中國古代文學原理』, 313-314쪽. '合目的'은 칸트 미학사상의 용어이다. 형식에 대비하여 말하면 내용은 목적이다. 형식이 내용을 기막히게 잘 표현하여 내용이 현실에 부합하게 될 경우, 이러한 형식이 바로 美를 이룬 형식이 된다. 서양 문학에서 말하는 '합목적성 형식미'는 형식이 내용에 정확히 부합하는 것으로, 바로 '逼眞'한 美를 가리키며, 이를 중국 문학에서는 '辭達'이라고 표현한다.
388 『文賦集釋』, 1쪽. "恆患意不稱物, 文不逮意."

좋은가 직설적인 것이 좋은가? 등이다. 이러한 문제들은 비록 형식미에 속한 것이지만 고대에 견식을 지닌 이론가들과 작자들의 관점에서는 내용을 떠나서 말할 수 없고 반드시 문사와 연관 지어 고찰하여야 하는 것이었다. 문사가 적절히 작자의 생각을 전달할 때 이러한 문사가 훌륭한 것이라 하겠다.

수사가 중요하다는 것은 누구나 다 아는 바이다. 수사가 결핍되면 문장이 건조해서 낯설게 하기가 불가능해지고 삶의 생동감이 죽어 버린다. 그러나 수사의 오용과 남용은 더 심각한 문제가 된다. 모든 사물에는 보편성이 있고 특수성이 있는데 이 둘을 교란시키는 데서 오용과 남용은 생겨난다. 건강을 위해서 약을 먹지만 그걸 오용하면 오히려 건강을 해치는 것과 같은 이치이다. 문학에서도 살아 생동하게 성격화시키기 위해 수사법을 사용하는데 오용, 남용하면 원관념과 보조관념이 교란되는 것이다. 모든 수사는 성격화를 위해 존재하는 것이기 때문에 궁극적으로 성격의 지배를 받을 수밖에 없다. 성격을 드러내는 데서 벗어나 수사만 현란한 걸 두고 곧잘 언어의 성찬이라고 비아냥대는 수가 있다. 굉장히 근사한 말이 퍼부어지는데 성격화는 잘 안 되는 경우인데, 바로 수사를 남용했기 때문에 생긴 일이다.[389]

문예 방면에서 수사는 골간은 아니지만 작품이 오랫동안 전해지는 중요한 요소이다. 공자는 이 점을 분명히 인식하였는데, 『좌전』에 다음과 같이 기재되어 있다.

공자가 "옛글에는 뜻을 지니고 있어 말하면 뜻을 이룰 수 있고 글로 적으면 말할 수 있는 것과 같다. 말하지 않으면 누가 그 뜻을 알리오? 말에 문채를 이루지 않으면 유통되어도 멀리 퍼지지 않는다."라고 말했다.[390]

---

389 『삶은 어떻게 예술이 되는가』, 172-176쪽.

390 『左傳·襄公25年』, 『十三經注疏』 제6책, 623쪽. "仲尼曰: '志有之, 言以足志, 文以足言, 不言誰

공자는 글이 후대까지 전승되려면 적절한 수사는 꼭 필요하다고 주장하였다. 공자는 또 "사령辭令이 전달되면 그뿐이다."[391]이라는 언급도 하였다. 의미이상의 말들을 천착하여 표현한 글과 의미를 충분히 표현하지 못한 글들은모두 아름답다고 할 수 없다. 훗날 유희재劉熙載(1813-1881) 역시 "문사의 근심은지나침과 미치지 못함을 벗어나지 않는다."[392]라고 말하였다.

공자는 "질박함이 문채로움보다 두드러지면 거칠게 되고, 문채로움이 질박함보다 두드러지면 형식적인 것이 된다. 문文과 질質이 잘 조화되어야 군자君子라고 할 수 있겠다."[393]라고 하여, 내용이 형식을 결정하고 형식은 내용에이바지해야 한다고 여겨서 양자가 완벽하게 결합하기를 주장하였다. 이상적인 군자를 적절히 표현한 '문질빈빈文質彬彬'은 미학적 기초가 되어 내용과형식을 겸비할 것을 주장한 이후의 문예이론은 거의 다 이로부터 파생되었으며 그 범주를 벗어나지 않았다. 하지만 그가 여전히 "말에 문사를 이루지않으면 유통되어도 멀리 퍼지지 않는다."라고 한 말로 비추어볼 때, 형식문제에 대해서도 소홀히 여기지 않았음을 알 수 있다. 언어는 내심을 표현하는 도구로서 수사적 측면을 소홀히 한다면 마음을 충분히 표현할 방법이없다. 공자가 비록 직접적으로 '문질文質'과 '언문言文'의 관계를 연계한 적은없지만, 그 의미의 맥락을 볼 때 일관성을 지니고 있다. 따라서 후대인들은

知其志, 言之無文, 行而不遠'."

391 『論語·衛靈公』, 『十三經注疏』 제8책, 141쪽. "子曰: '辭達而已矣.'" 여기서 말한 '사辭'는 '사령辭令'으로 언사言辭를 말하며 문사文辭를 지칭한 것은 아니다. 하지만 언사와 문사는 결코근본적으로 다른 것이 아니라 말로 내뱉은 것이냐 글로 써낸 것이냐가 다를 뿐이다. 다만'已'이라는 말은 '그치다(止也)'라는 뜻으로, 만족하여 멈춘다는 의미이니 그만두다(罷了)라고 해석된다. '-할 따름이다(而已矣)'라는 어기로 볼 때, "언사言辭는 의미를 전달하면 그뿐이다"라고 풀이되며, 더 이상의 어떤 요구나 어떤 아쉬움도 없이 만족한다는 것이다.

392 『藝槪』 권1, 「文槪」, 39쪽. "辭之患, 不外過與不及."

393 『論語·雍也』, 『十三經注疏』 제8책, 54쪽. "質勝文則野, 文勝質則史. 文質彬彬, 然後君子."

자연스레 '문질' 두 글자를 작품의 형식과 내용을 지칭하는 단어로 사용하였다. 다만 『논어』 속에 공자가 이러한 문제에 대해 언급한 말들을 종합해보면 그는 내용적인 측면을 더욱 중시했다. 자하子夏가 "'예쁜 웃음에 보조개가 예쁘며 아름다운 눈에 눈동자가 선명함이여! 그 바탕에 화장을 하는구나!'라고 하였는데, 무엇을 말한 것입니까?"라고 물었을 때, 공자는 "그림 그린 후에 흰 칠을 한다."라고 대답하였다.[394] 이로 볼 때, 그가 내용을 더욱 강조하였음을 알 수 있다. 그는 "덕이 있는 자는 반드시 훌륭한 말씀이 있지만, 말을 잘하는 자라 해서 반드시 덕이 있다고 단정할 수 없다."[395]라고 말하면서 언변이 유창한 사람의 인품에 대해 회의적인 생각을 가졌다. 이는 부염浮艷한 수사 기교를 강하게 반대한 것이라 할 수 있다. 그는 또한 "자주색이 붉은색을 탈취하는 것을 싫어하고, 정성鄭聲이 아악雅樂을 어지럽히는 것을 싫어하며, 말 잘하는 입이 나라를 뒤엎는 것을 싫어한다."[396]라고 말하여 부정적인 의견을 분명히 밝히면서 지나친 수사를 싫어하였다. 이 때문에, 그가 사람들에게 "문사에 신중해야 한다.(愼辭也)" 또는 "문사는 공교롭고자 한다.(辭欲巧)"[397]라고 훈계한 것이다. 만약 의미가 완벽히 표현되었는데도 수사에 공을 들인다면 이는 '교언巧言'에 불과할 따름이다. 공자는 "공교한 말은 덕을 어지럽힌다."[398]라고 말하였고, 『논어』에서도 "감언이설을 하고 얼굴빛을 꾸미며 지나치게 공손한 것을 좌구명左丘明은 부끄러워했는데 나 또한 이를 부끄럽게 생각한다."[399]라고 기재하고 있다. 게다가 그는 시를 읽을 때도 "시를 배우지

---

394 『論語·八佾』, 『十三經注疏』 제8책, 26-27쪽. "'巧笑倩兮, 美目盼兮, 素以爲絢兮.' 何謂也? …… 繪事後素."

395 『論語·憲問』, 『十三經注疏』 제8책, 123쪽. "有德者必有言, 有言者不必有德."

396 『論語·陽貨』, 『十三經注疏』 제8책, 157쪽. "惡紫之奪朱也, 惡鄭聲之亂雅樂也, 惡利口之覆家邦者."

397 『禮記·表記』, 『十三經注疏』 제5책, 920쪽.

398 『論語·衛靈公』, 『十三經注疏』 제8책, 140쪽. "巧言亂德."

않으면 더불어 말할 수 없다."[400]라고 하였고, "『시삼백詩三百』을 외우면서도 정치를 맡겼을 때는 제대로 해내지 못하고, 사방에 사신으로 나가 혼자서 처결하지 못한다면, 비록 많이 외운다 한들 어디에 쓰겠는가?"[401]라고 하였다. 그 의미는 배움에 실용성을 강조한 것으로 언어의 수사 기교를 학습할 것을 강조한 것은 아니다.

이상을 종합해볼 때, 공자가 '사달辭達'을 주장한 진정한 의미가 분명해진다. 『논어論語·위령공衛靈公』에서 "사령辭令이 전달되면 그뿐이다."라고 한 말은 공자가 내용을 중시하면서도 형식적인 수사 방면 '사辭'를 홀시하지 않았다는 것을 의미한다. 본인의 생각을 전달하려는 자는 '사辭'를 통해 자신의 정감과 사상을 표현하고 내용을 표현할 때 의미를 제대로 전달하는 데에 주안점을 두어야지 난삽하게 써서는 안 된다. 그는 화려한 수사에 대해 반대하고 더욱이 감정이나 의미를 전달하는 요구를 초과하는 지나친 수사 기교를 반대하는 취지에서 한 말이다. 이러한 해석이 기본적으로 공자의 본의에 부합한다. 이 때문에 공자의 '사달'은 후세 문인들의 눈에 질박한 문풍文風의 대명사였다.

공자가 이 말을 할 때는 그리 큰 의미를 담지 않았을 수 있지만 이로 인해 중요한 미학적 명제를 도출하게 된다. 즉, 문장(학술적 저술을 포함한 문장)과 일상 대화(제후諸侯와 응대하는 사령辭令)의 언어 문자가 어떻게 해야 아름다울 수 있느냐는 문제이다. 공자의 이 말이 아무런 앞뒤 맥락 없이 기재되어 후대에 두 가지 상반된 해석이 있게 되었다. 이 구의 진정한 의미가 무엇이냐는 쟁론은 꾸준히 이천년을 이어졌다. '경세치용經世致用'을 중시하는 경학가經學家와 정

---

399 『論語·公冶長』, 『十三經注疏』 제8책, 46쪽. "巧言、令色、足恭, 左丘明恥之, 丘亦恥之."
400 『論語·季氏』, 『十三經注疏』 제8책, 150쪽. "不學詩, 無以言."
401 "誦詩三百, 授之以政, 不達; 使之四方, 不能專對; 雖多, 亦奚以爲?"

치가政治家들은 이 말에 근거하여 문사文辭는 다만 의미만 전달하면 되고 수사 기교에 공을 들일 필요가 없다고 보았다. 예를 들면, 하안何晏(?-249)은『논어집해論語集解』에서 공안국孔安國(한무제漢武帝 때 활동)의 말을 인용하여 "말은 통하면 충분하다. 미사여구에 괴로워하지 않는다."[402]라고 하였다. 그러나 심미적 측면을 중시하던 문학가文學家들은 문사文辭로 의미를 제대로 전달한다는 것은 결코 쉬운 일이 아니며 상당한 문장 공부가 선행되어야 한다고 여겨서 공자孔子가 이 글에서 강조한 것은 바로 수사 기교의 중요성이라고 보았다. 그래서 그들은 "말은 통하면 그뿐이다.(辭達而已.)"라는 말과 "말에 문사를 이루지 않으면 유통되어도 멀리 퍼지지 않는다.(言之無文, 行而不遠.)"라는 말, 이 둘 간의 모순을 융합하려고 시도하였다.

언사言辭가 화자의 뜻을 과하게 표현하거나 미흡하게 표현하거나 모두 공자에게는 미흡했다. 공자는 언사에 관한 최고의 이상은 의미를 과불급過不及이 없이 표현해내야 하며 이러한 언사만이 가장 아름다운 언사라고 여겼다. 이 같은 점에서 『의례儀禮·빙례聘禮』 중의 "문사가 많으면 형식에 치우치고 문사가 적으면 의미가 전달되지 못한다."[403]라는 말은 공자의 생각을 제대로 담아낸 것이라 하겠다. 공자는 과불급過不及을 반대하는 철학적 기반에서 비롯되어 '문질빈빈'의 중용中庸을 실현한 사람됨을 추구하였다. 그가 중화지미中和之美의 사상을 숭상했다는 것은 결코 이상할 게 없다.

한대漢代는 경학經學이 극성한 시기인 동시에 사부辭賦가 발달한 시기이었다. 한무제漢武帝는 중앙집권을 공고히 하기 위하여 제자백가諸子百家를 물리치고 유가만을 숭상했다. 이로 인해 유가이 정치철학은 정통사상으로 확정되었고 유가의 전통적인 문학관 역시 자연스럽게 발전하게 되었다.

---

402 『論語·衛靈公』, 『十三經注疏』 제8책, 141쪽. "辭, 達則足矣, 不煩文豔之辭."
403 『儀禮·聘禮』, 『十三經注疏』 제4책, 285쪽. "辭多則史, 少則不達."

한대 경학을 대표하는 「시대서詩大序」라고도 불리는 「모시서毛詩序」는 『시경』 작품 중에서 첫 번째 실린 「관저關雎」편 앞에 붙어 있다. 그 내용 중에 육의六義가 등장한다.

> 시에는 '육의六義'가 있는데, 첫째는 '풍風', 둘째는 '부賦', 셋째는 '비比', 넷째는 '흥興', 다섯째는 '아雅', 여섯째는 '송頌'이다.[404]

이 글은 『시경』의 내용을 흡수하고 시가의 특징·내용·분류·표현 방법과 사회 작용 등을 상세히 설명한 선진先秦시대 유가시론儒家詩論의 총결산이라 볼 수 있다. 육의 중에서도 '부', '비', '흥'에 대해 주목할 필요가 있다.[405] '비'는 비유로 직유법直喩法에 따른 작시법作詩法을 말한다. '부'는 직서법直敍法으로 가장 평범한 것 같지만 서술의 순서나 용어의 선택 등에 있어 어떤 이미지들을 집결시키느냐에 따라 시의 묘미가 있는 것이라 특이성을 지닌 시법이다. '흥'에 관해서는 여러 가지 설이 있으나 결국 일종의 은유법隱喩法으로, 때로는 '비'와 혼동되기도 한다. 또 때로는 흥에 의해 지어진 시는 시인의 진의眞意를 파악하기 어려워 서로 다른 해설을 끌어내기도 한다. '비흥比興'

---

404 "故詩六義焉: 一曰風, 二曰賦, 三曰比, 四曰興, 五曰雅, 六曰頌." 「모시서」에서는 '육의六義' 가운데 '풍風', '아雅', '송頌'의 세 체제에 대해 상세한 설명을 하고 있으나, '부賦', '비比', '흥興'의 창작수법에 대해서는 자세한 설명을 하고 있지 않다.

405 육의를 엄격하게 삼체삼법三體三法으로 구분한 사람은 당대唐代 공영달孔穎達이다. 그는 "풍·아·송이란 것은 시편詩篇의 다른 체재이고 부·비·흥은 시문詩文의 다른 문사文辭이다. 대동소이大同小異한 것이 아닌 데도 함께 육의라 칭해진 까닭은 부·비·흥은 시에서 쓰이는 수사방식이고 풍·아·송은 시가 이루어낸 형태이기 때문이다. 세 가지 일을 비유하여 이 세 가지 일을 이루기에 함께 칭하여 뜻으로 삼은 것이지 별도로 편권篇卷이 따로 존재하는 것은 아니다(風雅頌者, 詩篇之異體. 賦比興者, 詩文之異辭耳. 大小不同, 而得幷爲六義者, 賦比興 是詩之所用, 風雅頌是詩之成形. 用比三事, 成此三事, 是故同稱爲義, 非別有篇卷也)."라고 하였다. 공영달의 육의에 관한 관점은 그대로 후대에도 보편적으로 받아들여졌다.

수법은 중국 시가의 전통적인 창작 방법으로 『시경』 중에 이미 광범위하게 운용되었다. 이러한 창작 방법은 문학작품에 풍부한 함축미를 갖추게 하여 작가 내면의 뜻을 기탁할 수 있게 하고 작품을 읽는 독자에게도 풍부한 연상 작용을 일으키게 하였다.

서한西漢 말엽의 양웅揚雄(B.C.53-A.D.18)은 처음에는 사부의 창작에 몰두했으나 말년에는 사상적으로 전환하여 유가의 관점에서 자신과 당시 유행하는 사부를 비판했으며 유가의 문학관을 전폭적으로 수용하였다.

어떤 이가 "선생께서는 어려서 부를 좋아했습니까?"라고 묻자, "그렇습니다. 어린이가 충서蟲書를 조각하고 각부刻符를 쓰며 노는 것과 같지요."라고 말하고서 조금 있다가 "장부壯夫는 하지 않습니다."라고 말하였다. 어떤이가 "부도 풍자할 수 있습니까?"라고 묻자, "풍자! 풍자할 수 있으면 그만이지요. (그러나) 풍자할 수 없을뿐더러 권하는 것을 면치 못할까 우린 걱정입니다."라고 말하였다.[406]

어떤 이가 "경차景差·당륵唐勒·송옥宋玉·매승枚乘의 부는 유익합니까?"라고 묻자, "반드시 즐거움의 도가 지나칠 겁니다."라고 말하였다. 또 "즐거움의 도가 지나치면 어떻습니까?"라고 묻자, "시인詩人의 부는 화려하되 법도가 있으나, 사인辭人의 부는 화려한 데다 도가 지나칩니다. 만약 공자의 문하에서 부를 사용했다면, 가의賈誼는 당堂에 오르고 사마상여司馬相如는 실室에 들어갔을 것입니다. 그러나 그 쓰지 않음을 어찌합니까?"라고 말하였다.[407]

---

406 『揚子法言』, 『諸子集成』 제7책, 「吾子」 卷第二, 4쪽. "或問: '吾子少而好賦?' 曰: '然. 童子雕蟲篆刻.' 俄而曰: '壯夫不爲也'. 或曰: '賦可以諷乎?' 曰: '諷乎! 諷則已; 不已, 吾恐不免於勸也'."

407 『揚子法言』, 『諸子集成』 제7책, 「吾子」 卷第二, 4쪽. "或問: '景差、唐勒、宋玉、枚乘之賦也益

어떤 이가 "여인에게는 색色이 있는데, 글에도 색이 있습니까?"라고 묻자, "있습니다. 여인은 분과 연지가 정숙함을 어지럽히는 것을 싫어하고, 글은 음사淫辭가 법도를 어지럽히는 것을 싫어합니다."라고 말하였다. ……
어떤 이가 "군자는 문사文辭를 귀중히 여깁니까?"라고 묻자, "군자는 사실을 귀중하다고 여깁니다. 사실이 문사보다 두드러지면 너무 강직해지고, 문사가 사실보다 두드러지면 부 작품처럼 화려하게만 됩니다. 하지만 사실과 문사가 제대로 비등해지면 유가의 경經처럼 법도가 되므로, 충분히 말할 만하고 꾸밀 만하니, 훌륭한 덕성의 아름다운 꾸밈이로다."라고 말하였다.[408]

"배를 버리고 큰 도랑을 건널 수 있는 자는 없습니다. 오경五經을 버리고 도를 이룰 수 있는 자 역시 없습니다. 항상 먹는 것을 버리고 다른 음식을 좋아하는 사람이 어찌 맛을 안다고 볼 수 있겠습니까? 위대한 성인聖人의 도를 버리고 제자諸子의 말을 좋아하는 사람이 어찌 도를 안다고 할 수 있겠습니까? 산의 좁은 길들을 모두 경유할 수는 없고 벽에 난 문을 모두 들어가 볼 수는 없는 법입니다."라고 말하였다. 다시 "어디로 경유하여 들어가야 합니까?"라고 묻자, "공자孔子입니다. 공자가 바로 그 문입니다."라고 대답하였다. "당신도 그 문이 있습니까?"라고 묻자, "문이라! 문이라! 나만 홀로 문이 없겠습니까?"라고 말하였다.[409]

平?' 曰: '必也淫.' '淫則奈何?' 曰: '詩人之賦麗以則, 辭人之賦麗以淫. 如孔氏之門用賦也, 則賈誼升堂, 相如入室矣; 如其不用何'?"

408 『揚子法言』, 『諸子集成』 제7책, 「吾子」卷第二, 5쪽. "或曰: '女有色, 書亦有色乎?' 曰: '有. 女惡華丹之亂窈窕也, 書惡淫辭之淈法度也'. ……或問: '君子尙辭乎?' 曰: '君子事之爲尙. 事勝辭則伉, 辭勝事則賦, 事辭稱則經, 足言足容, 德之藻矣.'"

409 『揚子法言』, 『諸子集成』 제7책, 「吾子」卷第二, 5쪽. "'舍舟航而濟乎瀆者, 末矣; 舍五經而濟乎道者, 末矣. 弃常珍而嗜乎異饌者, 惡覩其識味也? 委大聖而好乎諸子者, 惡覩其識道也? 山陉之蹊, 不可勝由矣; 向牆之戶, 不可勝入矣.' 曰: '惡由入?' 曰: '孔氏. 孔氏者, 戶也.' 曰: '子戶乎?' 曰: '戶哉, 戶哉, 吾獨有不戶者矣'?"

양웅은 사마상여司馬相如의 부에 영향을 받아 많은 부 작품을 창작하였지만 사부에 대한 평론에 있어서는 보수적인 입장을 고수하여 문학의 풍간諷諫 작용을 가장 최우선으로 여겼다. 이러한 문학관을 지녔던 양웅은 풍자나 교화 작용이 거의 없는 부 창작행위를 '조충전각雕蟲篆刻(어린이들의 장난거리)'이라고 폄하하였다. 그는 한부漢賦의 특징이 사물을 늘어놓거나 문사를 화사하게 꾸미는 것이기에, 작가가 풍유의 뜻을 담더라도 독자는 이를 깨닫지 못하고 장황하게 늘어놓은 수식어만을 감상할 수밖에 없다고 보았다. 그는 부라는 문체가 내용보다는 수식에 치우칠 수밖에 없어서 풍간에 도움이 되지 못하며, 정치·교육적 의의가 없어 오히려 통치자의 사치에나 도움 될 뿐이라는 것을 알았다. 그래서 그는 '조충전각'의 문자 유희를 그만 두었던 것이다.

양웅은 사마상여와 같은 길을 걸어 사부에 대해 깊이 체험했기에 그 결점을 지적해낼 수 있었고, 시인詩人의 부는 법도가 있으나 사인辭人의 부는 지나치다는 결론을 내릴 수 있었다. 사인의 부보다 시인詩人의 문사文辭가 화려하면서도 절제가 있어서 내용 전달이라는 수요에 부합한다는 것이다. 이러한 표준을 기초로 하여, 그는 굴원과 경차景差·당륵唐勒 등의 후대작가를 구별하여 서로 다르게 평가하였다. 양웅은 사체辭體의 아름다움을 부정하지는 않았기에, "여인에게 색色이 있듯이 글에도 색이 있다."라고 말하였다. 다만 '음사淫辭'가 법도를 어지럽히는 것을 문제로 삼았을 뿐이다.

사부에 대한 비판으로부터 그의 문학관은 더욱 발전했는데, "내용과 수사가 비등해진 것은 경서이다."라고 하여, '아름다우면서도 법도가 있는 것'이라고 경서를 정의하였다. 그는 "글짓기를 좋아하지만 공자에게서 구하지 않으면 글이 방자하여지고, 말하기를 좋아하나 공자에게서 구하지 않으면 대아大雅에 어긋난다."[410]라고 하였다. 이것이 내용과 형식에 대한 그의 주요한 주장이라 하겠다. 양웅은 "굉장한 문장은 규범이 없고 하고자 하는 대로 간

다."[411]라고 말하기도 하였지만 그의 실제 창작은 결코 그의 말대로 구현되지
는 못하였다. 그렇지만 양웅의 주장은 후에 유협劉勰(465경-532경)에게 영향을
미쳐 『문심조룡文心雕龍·종경宗經』에서 "문장은 화려하지만 지나치지 않는
다."[412]라는 말로 이어졌다.

양웅의 뒤를 이어, 왕충王充(27-100)은 문학의 내용과 형식이 조화를 이루어
야 한다고 주장하였다.

> 아래에 뿌리가 있으면 위에 꽃잎이 있고, 안에 열매의 핵이 있으면 밖에
> 껍질이 있다. 시문에 나타난 문묵文墨의 사설辭說은 선비의 꽃잎이며 껍질이
> 다. 진실이 가슴속에 있으면 문묵이 죽백竹帛에 나타나서 밖과 안이 서로
> 부합하고 뜻이 분발하여 붓이 종횡으로 움직인다. 그러므로 문식文飾이 드
> 러나고 실질實質이 드러난다.[413]

이것은 그가 말하는 진실성을 잘 표현해 줄 뿐 아니라 뿌리와 꽃잎, 열매의
핵과 껍질을 문장의 내용과 형식에 비유하여 문장의 내용과 형식이 조화되어
야 한다고 주장하면서도 내용을 좀 더 중시하였다. 이러한 주장은 다음과
같은 문장에서 더욱 확연히 드러난다.

> 열매를 기르는 자는 꽃을 육성하지 않고 행실을 살피는 자는 문사文辭를

---

410 『揚子法言』,『諸子集成』제7책,「吾子」卷第二, 6쪽. "好書而不要諸仲尼, 書肆也; 好說而不要諸
   仲尼, 說鈴也."
411 『太玄校釋』(揚雄 撰, 鄭萬耕 校釋, 北京: 北京師範大學出版社, 1989년) 권4. "宏文無範, 恣意往
   也."
412 『文心雕龍讀本』상책,「宗經」제3, 35쪽. "文麗而不淫."
413 『論衡集解』상책, 第十三卷「超奇」제39, 282쪽. "有根株於下, 有榮葉於上, 有實核於內, 有皮殼
   於外, 文墨辭說, 士之榮葉皮殼也. 實誠在胸臆, 文墨著竹帛, 外內表裏, 自相副稱, 意奮而筆縱, 故文
   見而實露也."

수식하지 않는다. 무성한 풀에는 떨어지는 꽃이 많고 무성한 수풀에는 마른 가지가 많다. 문장文章을 짓는 행위는 거짓(실상이 아닌 허상)을 드러내고자 함이니, 어찌 문장을 지어 실상實像을 무너뜨리는 점에 대해 책하지 않을 수 있겠는가?[414]

이 글을 통해 그가 내용을 형식보다 중요시했다는 점을 알 수 있다. 내용에 치중하면서 형식의 중요성에 대해서도 그는 다음과 같이 언급하고 있다.

사람은 문사가 있어야 실질이 이루어진다. ……『주역』에는 "성인聖人의 감정은 문사로 드러난다."라고 하였으니, 입을 열면 말이 되고 모아서 기록되면 문장이 된다. 문사가 세워지면 실정이 두루 밝아진다. ……사물이 무늬를 통해 표현되고 사람은 문장을 통해 기본을 이룬다.[415]

이를 통해 볼 때, 왕충은 형식이 없으면 내용은 드러날 수 없으며 완전한 실질은 아름다운 문사에 의해 표현되어야 한다고 주장하였음을 알 수 있다.

위진남북조魏晉南北朝 시기에 이르러, 육기陸機(261-303)는 『문부文賦』에서 "문체는 다양함이 있고 물상은 일정한 표준이 없다."[416]라고 하여 세상 만물이 각양각색이라 일정한 형상이 없다고 보았다.

육기는 수사에 정성을 쏟아 내용에만 쏠린 잘못된 병폐를 고치기 위해 문장의 내용과 형식을 일치시키고자 하였다.

---

414 『論衡集解』하책, 第三十卷「自紀」제85, 586쪽. "夫養實者不育華, 調行者不飾辭; 豊草多華英, 茂林多枯枝. 爲文欲顯白其爲, 安能令文而蕪譴毁."

415 『論衡集解』하책, 第二十八卷「書解」제82, 561쪽. "夫人有文, 質乃成. ……易曰: '聖人之情見乎辭', 出口爲言, 集札爲文, 文辭施設, 實情敷烈. ……物以文爲表, 人以文爲基."

416 『文賦集釋』, 71쪽. "體有萬殊, 物無一量."

　문사의 번잡함과 간략함을 재단하는 것과 문사의 위아래 위치의 형태는 의당함에 연유하여 변화에 딱 맞아야 하고 구석구석에 미정微情이 담겨 있어야 한다. 어떤 작품은 그 언어가 졸렬하나 그 비유는 기막히고, 어떤 작품은 문리는 질박하나 문사는 화려하다. 어떤 것은 옛것을 답습했어도 더욱 새롭고, 어떤 것은 탁류를 따랐으되 청류로 바뀌었다. 어떤 작품은 바라보면 반드시 살펴 고칠 수 있고, 어떤 작품은 갈고 다듬은 후에야 정교해진다. 비유컨대 춤추는 이는 박자에 맞추어 소매를 휘날리고, 노래하는 이는 거문고 가락에 맞추어 소리를 내는 것과 같다. 이는 대개 윤편輪扁이 말로 표현할 수 없었던 바요, 역시 아름다운 말이 정교해질 수 있는 바도 아니다. 일반적인 사어辭語의 조례條例와 문사의 운율은 진실로 내 마음이 이미 복용한 바이다. 오늘날 사람들이 자주 범하는 실수를 가려내어서 전현前賢들의 잘한 바를 깨달아야 한다. 비록 속 깊은 데서 솟아난 말이라도 졸렬한 사람들의 안목에 비웃음을 받는 경우가 있다. 저 문장에 경옥과 옥돌의 수사 기교가 펼쳐져 있고 넘쳐 나는 것은 마치 들판에 콩이 널려 있는 것과 같다. 풀무질하여 새로운 것을 무궁무진하게 창출해내듯 천지와 더불어 온 세상 만물을 함께 기른다. 비록 이 세상에 아지랑이 피어오르듯 번다하지만, 아! 내 두 손이 움켜쥐려 해도 채워지지 않는구나. 손에 휴대한 작은 병이 자주 비는 것을 걱정하고, 옛 훌륭한 문장이 이어지기 어려운 것을 아파하노라. 그래서 부족한 문장에서 절룩거리며 걷고, 평범한 소리만이라도 내어 곡曲을 이룬다. 항상 한恨을 남기며 글을 끝마치니 어찌 마음이 가득 차 스스로 만족하겠는가! 나 자신의 질장구 두드리는 속악俗樂에 가려지는 바 있을까 두려워하다가, 도리어 선현들의 옥경玉磬을 울리는 음악에 비웃음을 사는구나.[417]

417　『文賦集釋』, 150-156쪽. "若夫豐約之裁, 俯仰之形, 因宜適變, 曲有微情. 或言拙而喩巧. 或理朴而辭輕. 或襲故而彌新. 或沿濁而更淸. 或覽之而必察. 或硏之而後精. 譬猶舞者赴節以投袂, 歌者應絃而遣聲. 是蓋輪扁所不得言, 故亦非華說之所能精. 普辭條與文律, 良余膺之所服. 練世情之常尤, 識

육기는 구상과 표현방식의 운용미를 살려야 창신한 맛을 이룰 수 있다고 주장하면서도 그 길을 어떻게 어디로 간다고 단정할 수 없다고 말하였다. 이러한 문장의 변화에 확고하게 정해진 법은 없다는 것이다. 이 때문에 그가 "문사文辭로 표현되면서 문리文理도 드러난다."[418]라고 한 말은 항상 "문의文意가 물상物象을 완벽하게 표현하지 못하고 문사文辭가 문의에 제대로 도달하지 못한다."[419]라는 것을 우려하여 "의당함에 연유하여 변화에 딱 맞아야 한다."라는 견해의 발판이 되었다.

유협劉勰(465경-532경)은 성인聖人이 문자 저작을 통해 정치, 공적, 수신에 관한 것들을 드러내었기에 문자로 저술한 작품을 귀하게 여겨야 한다고 말하였다.

공자孔子의 저작은 얻어서 들을 수 있다고 했으니, 성인聖人의 마음이 그 문장 표현에 드러나 있다는 것이다. 옛날 임금들의 훌륭한 가르침은 옛 서적에 기록되어 있고, 공자의 풍모는 그의 가르치는 말에 가득하다. 그래서 멀리는 당요唐堯시대를 찬양하기를 찬란히 홍성하였다고 하였고, 가까이는 주나라를 칭찬하기를 풍성하여 따를만하다고 하였다. 이는 정치교화에서 문文을 귀하게 여긴 증거이다. 정鄭나라 간공簡公이 진陳나라를 침략하였을 때 공자는 자산子産이 조리 있는 표현으로 공을 세웠다고 하였고, 송宋나라에서 성대한 연회를 벌였을 때는 표현에 문채가 많았기 때문에 공자는 예禮로 기록하도록 했다. 이는 사업에서 문을 귀하게 여긴 증거이다. 공자는 자산을 칭찬하여 "말로 뜻을 충분히 전달하고 문채로 말을 훌륭히 수식했

前修之所淑. 雖濬發於巧心, 或受嗤於拙目. 彼瓊敷與玉藻, 若中原之有菽. 同橐籥之罔窮, 與天地乎並育. 雖紛藹於此世, 嗟不盈於予掬. 患挈缾之屢空, 病昌言之難屬. 故踸踔於短垣, 放庸音以足曲. 恒遺恨以終篇, 豈懷盈而自足. 懼蒙塵於叩缶, 顧取笑乎鳴玉."

418 『文賦集釋』, 71쪽. "辭達而理擧."
419 『文賦集釋』, 1쪽. "意不稱物, 文不逮意."

다."라고 했으며, 일반적으로 군자君子를 논하면서 "감정은 진실해야 하고
표현은 정교해야 한다."라고 했다. 이는 개인 수양에서 문을 귀하게 여긴
증거이다. 따라서 뜻은 분명하고 말에는 문채가 있어야 하며, 감정은 진실
하고 표현은 정교해야 하니, 이것이 바로 문장을 짓는 기본 원칙이다. [420]

유협은 여기서 성인聖人이 문자 저작을 중시한 예를 설명하면서 문장의
기본 원칙을 천명하였다. 유협이 말한 문장의 기본 원칙은 뜻이 분명하고
말이 문채文彩를 지녀야 하며 감정이 진실하고 표현이 정교해야 한다는 것
이다.

유협은 「용재鎔裁」에서 '명의命意(주제 설정)'와 '수사修辭'의 중요성을 강조하
여 다음과 같이 말하였다.

작가의 정리情理가 위상을 베풀면 문채文彩는 그 가운데에서 행해진다.
강건剛健하거나 우유優柔한 풍격으로 사상의 근간을 세우고, 변함과 통합으
로 시속을 추향趨向한다. 근본이 세워짐에 내용의 체재가 있게 되나 명의命
意(주제 설정)가 간혹 치우치고 길어지기도 하고, 시속을 따르는 데에는
일정한 공식은 없으나 문사가 간혹 번잡해지기도 한다. 창작의 관건이 맡은
바, 직분은 내용의 틀을 잡고 수사를 재단함에 있는데, 정리를 교정하고
문채를 바로잡는 것이다. 작품의 기본 사상을 규범 짓는 것을 '용鎔'이라고
하고, 부화浮華한 사조詞藻를 잘라내는 것을 '재裁'라고 한다. 재단하면 거친
것은 생겨나지 않고 사상의 틀을 잡으면 줄거리가 밝게 드러나니, 먹줄이

---

420 『文心雕龍讀本』상책, 「徵聖」제2, 19쪽. "夫作者曰聖, 述者曰明. 陶鑄性情, 功在上哲. 夫子文章,
可得而聞, 則聖人之情, 見乎辭矣. 先王聲敎, 布在方冊, 夫子風采, 溢於格言. 是以遠稱唐世, 則煥乎
爲盛; 近褒周代, 則郁哉可從. 此政化貴文之徵也. 鄭伯入陳, 以立辭爲功, 宋置折俎, 以多文擧禮.
此事蹟貴文之徵也. 褒美子産, 則云: '言以足志, 文以足言.' 泛論君子, 則云: '情欲信, 辭欲巧.' 此修
身貴文之徵也. 然則志足而言文, 情信而辭巧, 迺含章之玉牒, 秉文之金科矣."

길이를 살펴 그어지고, 도끼가 나무를 쪼개 깎는 것과 비유될 수 있다. 네 발가락을 가지고 있는 것이나 육손이는 천성에 있어 군더더기로 말미암은 것이고, 붙은 사마귀나 달린 혹은 실제로 형태에 있어 군더더기이다. 한 가지 생각이 두 길로 나온다면 이는 뜻에 있어 네 발가락이나 육손이이며, 사어辭語를 같게 하고 자구를 중복시킨다면 문장의 군더더기이다.[421]

'용재'는 금속을 제련하고 의복을 재단한다는 의미이지만 여기서는 문장 내용의 정련과 언어의 연마를 비유한다. 유협은 여기서 어떻게 문장의 주제를 설정해서 단련하고, 문장의 수사를 어떻게 마름질하는가 하는 문제를 중점적으로 기술하였다.

유협은 「모시서」의 육의 중 비흥 두 가지를 따로 떼어 이 두 가지가 표현방식이면서 시체詩體이기도 하다고 주장하였다.

'비'란 덧붙이는 것이고 '흥'이란 시문詩文을 일으키는 것이다. 이치理致를 덧붙인다고 함은 유사한 것을 적절하게 들어 사실을 가리키는 것이고, 정취情趣를 일으킨다고 함은 보잘것없는 것에 의지하여 말하고자 하는 바를 비유하는 것이다. 정취를 일으키니 흥체興體가 세워지고, 이치를 덧붙이니 비례比例가 생겨난다. '비'는 울분이 쌓여서 과격하고 절실하게 배척하여 말하는 것이고, '흥'은 비유를 돌려서 기탁하여 풍자하는 것이다. 때에 따른 뜻이 한결같지 않으니, 시인이 의도하는 바에는 두 가지 기교(비比·흥興)가 있다. '흥'으로 기탁하여 비유하는 것을 살펴보면, 완곡하면서도 문장을 이루니 칭한 이름은 작으나 취한 유사성은 크다. 물수리에 자웅雌雄의 구별이 있는

---

421 『文心雕龍讀本』 하책, 「鎔裁」 제32, 92쪽. "情理設位, 文採行乎其中. 剛柔以立本, 變通以趨時. 立本有體, 意或偏長; 趨時無方, 辭或繁雜. 蹊要所司, 職在鎔裁, 櫽括情理, 矯揉文采也. 規範本體謂之鎔, 剪截浮詞謂之裁. 裁則蕪穢不生, 鎔則綱領昭暢, 譬繩墨之審分, 斧斤之斲削矣. 駢拇枝指, 由侈於性; 附贅懸肬, 實侈於形. 二意兩出, 義之駢枝也; 同辭重句, 文之肬贅也."

고로 후비后妃가 덕이 있음을 비유하였고, 구욕새는 정조貞操가 한결같은 고로 부인夫人이 의리가 있음을 나타내었다. 의리는 그 정조를 취하여 구욕새에 비유되는 것을 꺼려하지 않았고, 덕德은 그 유별함을 귀히 여겨 물수리에 비유되는 것을 싫어하지 않았다. 밝히고자 하나 명확하지 않으니 주를 단 후에야 보인다. 또한 무엇을 '비'라 하는가? 사물을 묘사하여 뜻을 덧붙이고, 과장된 말로 사물에 적절히 부합시키는 것이다. 쇠나 주석으로 밝은 덕을 비유하고, 좋은 옥으로 어진 신하를 비유하고, 나방의 애벌레로 가르쳐 훈계함을 비유하고, 매미로 부르짖음을 비유하고, 빨지 않은 옷으로 근심스러움을 비유하고, 자리를 마는 것으로 지조가 굳은 것을 비유한다. 무릇 이 적절한 비유는 모두 '비'의 의미이다. "삼베옷이 눈과 같다."라는 것과 "두 필의 참말은 춤추는 듯하다."라는 데에 이르러서도, 이와 같은 비유는 모두 '비'의 종류이다. 초楚 양공襄公은 참언을 믿었으나 굴원屈原은 충렬忠烈하여 『시경』에 의거하여 『이소離騷』를 지었는데, 풍자함에 '비'와 '흥'을 겸비하였다. 한대漢代는 비록 융성하였지만 사인辭人들이 아첨하여 풍자의 길이 상실된 고로 '흥'의 뜻은 사라져 없어졌다. 이에 '부'와 '송'이 먼저 울린 고로 비체比體가 구름처럼 피어올라 성대해져 어지러이 뒤섞이니 옛 문장의 법도를 위배하게 되었다.[422]

그는 비체比體에 대해 유사한 비유를 적절히 들어 사실을 가리키는 것이라

---

[422] 『文心雕龍讀本』하책, 「比興」제36, 145-146쪽. "比者, 附也; 興者, 起也. 附理者切類以指事, 起情者依微以擬議. 起情故興體以立, 附理故比例以生. 比則蓄憤以斥言, 興則環譬以寄諷. 蓋隨時之義不一, 故詩人之志有二也. 觀夫興之託諭, 婉而成章, 稱名也小, 取類也大. 關雎有別, 故后妃方德; 尸鳩貞一, 故夫人象義. 義取其貞, 無從於夷禽; 德貴其別, 不嫌於鷙鳥; 明而未融, 故發注而後見也. 且何謂爲比? 蓋寫物以附意, 颺言以切事者也. 故'金錫'以喩明德, '珪璋'以譬秀民, '螟蛉'以類敎誨, '蜩螗'以寫號呼, '澣衣'以擬心憂, '席卷'以方志固, 凡斯切象, 皆比義也. 至如"麻衣如雪", "兩驂如舞", 若斯之類, 皆比類者也. 楚襄信讒, 而三閭忠烈, 依詩製騷, 諷兼比興. 炎漢雖盛, 而辭人夸毗, 詩刺道喪, 故興義銷亡. 於是賦頌先鳴, 故比體雲構, 紛紜雜遝, 倍舊章矣."

풀이하였고, 모씨가 전술傳述한 것에는 오직 흥체興體만 표기되어 있다는 점에 주목하여 "정취情趣를 일으키니 흥체興體가 세워졌다"라고 하였다. 이는 당唐 이전만 해도 『시경』의 육의가 여섯 가지 체재이면서 여섯 가지 시체였음을 말해준다.[423]

유협은 수사와 형식 기교를 하면서 그로 인한 부정적인 측면을 없애고 긍정적인 면을 강조하기 위해 '풍골'을 제시하였다.

> 문사를 연결함에 단아하고 정직하면 문골文骨이 이루어지며, 의기意氣가 활발하면 문풍文風이 생겨난다. 만약 사조辭藻가 매우 풍부하더라도 풍조風調와 골격骨格이 약하면, 사채辭采를 진작시키더라도 그 선명함을 잃고 성조를 부리더라도 힘이 없게 된다. 이 때문에 생각을 구상하며 문장의 편폭을 재단하고 자신이 지키는 기를 가득 채우는 데 힘써야 한다. 문골文骨이 강건剛健한데다가 문기文氣가 꽉 채워지면 찬란한 사채는 비로소 새로워진다. 그러므로 작가의 마음과 풍골風骨을 문장에 사용함은 맹금류의 새가 날개를 부림에 비유할 수 있다. 문골文骨에 단련된 자는 문사를 분석하는 데 반드시 정련하고, 문풍文風에 깊은 자는 정감을 서술하는 데 반드시 분명하다. 문장의 글자를 정련함에 아주 적절하여 바꾸기 어렵고 문장의 성률을 구성함에 엄정하여 막히지 않으니, 이것이 풍골의 힘이다. 만약 뜻이 궁핍하고 문사가 많아 번잡하고 조리가 없으면 문골이 없다는 징표이며, 사리가 주도면밀하지 않고 삭막하여 기가 없으면 문풍이 없다는 증거이다.[424]

---

423 민국 초기 장병린章炳麟(1868-1936)은 육의가 여섯 가지 체재임을 고증했고 고대에는 음악의 범주에 넣을 수 있느냐의 여부에 따라 풍·아·송은 음악의 범주에 넣을 수 있고 부·비·흥은 "관현악으로 탄주할 수 없고 소리 내어 노래 부를 수 없는(不被管弦, 不入聲樂)" 것이라 하였다.

424 『文心雕龍讀本』 하책, 「風骨」 제28, 35쪽. "結言端直, 則文骨成焉. 意氣駿爽, 則文風淸焉. 若豐藻克瞻, 風骨不飛, 則振采失鮮, 負聲無力. 是以綴慮裁篇, 務盈守氣. 剛健旣實, 輝光乃新. 其爲文用, 譬征鳥之使翼也. 故練於骨者, 析辭必精; 深乎風者, 述情必顯. 捶字堅而難移, 結響凝而不滯, 此風

작품이 어느 한쪽으로 치우쳐 편협하면 사람들에게 괴이한 생각이 들게 하고 감동을 줄 수 없는데, '풍風'이 없기 때문이다. 겉으로만 그럴 듯하고 속이 비어 있는 작품은 사람들에게 경박한 느낌을 줄 수 있는데, '골骨'이 없기 때문이다. '풍'이 있어야 사람을 감동시킬 수 있다. 하지만 여기에 '골'이 없다면 힘이 부족해지니 '골'이 뒤따라야 한다.

유협은 문식文飾, 즉 문사文辭의 중요성을 다음과 같이 말하였다.

　공자孔子가 과거의 성인聖人을 계승함에 이르러 오직 그만이 이전의 현철賢哲한 이들보다 뛰어나 육경六經을 정리하여 집대성하였으니, 그것은 마치 음악이 종경鐘磬소리로 시작하여 옥경玉磬소리로 떨쳐 끝내는 것과 같았다. 인간의 성정性情을 도야陶冶하고 사령辭令을 짜내었다. 그의 가르침은 마치 목탁 소리처럼 천 리의 먼 곳에도 응하였고 그의 학문적 업적은 마치 산해진미山海珍味가 차려진 잔치처럼 전해져 만세萬世의 먼 세상에도 울렸다. 그는 천지天地의 휘황찬란한 빛을 묘사하고 백성의 이목을 깨우쳐주었다. 이에 복희씨로부터 공자에 이르기까지 태고의 성인들은 경전을 창제하고 공자는 선현先賢의 유훈遺訓을 추술追述하였다. 이들 중에는 도심道心을 궁구하여 문장을 펼치지 않은 이가 없었으며 신리神理를 연구하여 교훈을 베풀지 않은 이가 없었다. 그들은 하도河圖와 낙서洛書로부터 그 형상을 취하고 기초蓍草와 귀갑龜甲에서 그 운수運數를 물었다. 천문天文을 보고서 각종 변수變數를 다 이해하고 인문人文을 살펴서 풍화風化를 이루었다. 그리고서야 비로소 천하를 다스릴 수 있었으며 상법常法을 더욱 종합하여 정리할 수 있었고 각종 사업事業을 발휘하여 문사文辭의 뜻을 선명히 빛나게 할 수 있었다. 이를 통하여 도는 성인에 의해서 문장으로 드러나고 성인은 문장으로 도를 밝힌다는 것을 알 수 있다. 그 이치는 신통방통하여 어디에나 다 통하고

骨之力也. 若瘠義肥辭, 繁雜失統, 則無骨之徵也; 思不環周, 索莫乏氣, 則無風之驗也."

막힘이 없으며 매일 사용하여도 부족함이 없다. 『역경』에서 "천하를 고동
쳐 움직이는 것은 문사에 존재한다."라고 하였는데, 문사가 천하를 고동칠
수 있는 까닭은 바로 자연섭리의 '문文'이기 때문이구나.[425]

유협은 '문이명도文以明道'라는 취지 아래 문사文辭의 중요성을 언급하면서
그 문사는 자연의 도를 갖추어야 함을 강조하였다. 유협이 활동했던 시대는
형식적인 측면만을 지나치게 중시하던 제량齊梁 시기였다. 당시 창작의 큰
흐름은 내용적인 측면은 홀시하고 형식적인 측면을 강조하였기에, 글을 쓸
때도 수사, 성률, 대우 등 형식적인 수식에만 관심을 가졌다. 이 같은 상황에
서 유협은 창작할 때 우주의 원리를 분명히 밝혀야 할 필요성을 인식하였다.
우주의 원리는 문장을 통해서 표현되며, 문장은 우주의 원리를 밝히는 데
사용된다. 유협은 문학과 우주 원리 사이의 밀접한 관계를 설명하고 있다.
그리고 우주의 원리를 밝힘으로써 내용을 갖춘 문장이 될 수 있다고 보았다.
유협이 우주의 원리라고 한 것은 자연의 섭리를 말하며 우주의 원리를 탐구
한다는 것은 자연의 섭리에 근본을 두고 작품을 창작한다는 의미이다. 수사,
성률, 대우 등 형식적인 문식을 할 때도 자연에 순응해야 한다는 말이다.
그는 자연을 벗어나 부자연스럽게 의도적으로 꾸미는 것은 올바르지 않다고
주장하면서 당시 잘못된 문예 풍조를 교정하기 위해 자연을 제창하였다.
유협은 「연자練字」에서 먼저 문자의 원류와 문장에 대한 문자의 영향을

---

425 『文心雕龍讀本』 상책, 「原道」제1, 3-4쪽. "至若夫子繼聖, 獨秀前哲, 鎔鈞六經, 必金聲而玉振;
雕琢情性, 組織辭令, 木鐸啓而千里應, 席珍流而萬世響, 寫天地之輝光, 曉生民之耳目矣. 爰自風
姓, 暨於孔氏, 玄聖創典, 素王述訓, 莫不原道心以敷章, 硏神理而設教, 取象乎河洛, 問數乎蓍龜,
觀天文以極變, 察人文以成化;然後能經緯區宇, 彌綸彝憲, 發揮事業, 彪炳辭義. 故知道沿聖以垂
文, 聖因文以明道, 旁通而無涯, 日用而不匱. 易曰: "鼓天下之動者存乎辭." 辭之所以能鼓天下者,
迺道之文也."

논술하고 이전부터 내려오던 학설에 대해 언급함과 동시에 문자 창제로 인해 천지를 감동하게 하고 귀신을 울게 했다고 표현하였다. 이어서 연자練字의 원칙과 피해야 할 네 가지 결점에 대해서 다음과 같이 논하였다.

『이아爾雅』는 공자孔子의 문도門徒들이 편찬한 것으로, 『시경』·『서경』 등 유가儒家의 경서經書를 해석하는 데 있어서의 핵심 서적이다. 『창힐편倉詰篇』은 이사李斯가 편찬한 것으로, 조서鳥書·주문籀文 등 고대 자체字體의 흔적이 남아있는 책이다. 『이아』는 훈고訓詁의 연원이고, 『창힐편』은 기이한 글자체들이 모여 있는 동산이다. 서로 다른 체제가 서로에게 자원資源이 되니, 마치 좌우 팔다리와 같다. 이전 것을 총괄하여 새로운 것을 안다면 글을 지을 수 있다. 자의字義는 시대의 변천에 따라 달리 해석되고 어떤 글자를 상용하거나 쓰지 않는 것도 시대마다 다르다. 자형字形에는 간단하고 복잡한 것이 있으며 자체字體가 달라짐에 따라 아름다운 것과 추한 것이 있게 된다. 마음이 말로 표현되는 데 있어서 소리에 기탁을 한다면, 말하고자 하는 것이 글자로 쓰이는 데 있어서는 글자의 형체에 의지하는 것이다. 읊조림에 있어서는 궁宮·상商 등의 음률音律로 엮어낼 줄 알아야 하는 것이고, 지면紙面에 글로 씀에 있어서는 자형字形에 의미가 드러나게 할 줄 알아야 한다. 이 때문에 글자들을 연결하여 한 편의 문장을 만들 때는 반드시 글자를 고르고 가려야 한다. 첫째로 괴이한 글자를 피하고, 둘째로 변邊이 동일한 글자들이 연결되는 것을 줄이고, 셋째로 동일한 글자가 중복되어 나오는 것을 제어하며, 넷째로 글자가 간단한 것과 복잡한 것을 조화롭게 써야 한다.[426]

---

426 『文心雕龍讀本』하책, 「練字」제39, 188쪽. "夫爾雅者, 孔徒之所纂, 而詩書之襟帶也; 倉頡者, 李斯之所輯, 而鳥籀之遺體也; 雅以淵源詁訓, 頡以苑囿奇文, 異體相資, 如左右肩股, 該舊而知新, 亦可以屬文. 若夫義訓古今, 興廢殊用, 字形單複, 妍媸異體, 心旣託聲於言, 言亦寄形於字, 諷誦則績在宮商, 臨文則能歸字形矣. 是以綴字屬篇, 必須揀擇: 一避詭異, 二省聯邊, 三權重出, 四調單複."

괴이한 글자라는 것은 자체字體가 흔치 않아 이상해 보이는 것을 말한다. 조타曹攄의 시에서 "어찌 유람하고 싶지 않겠는가, 마음이 편협하여 왁자지 껄하는 것을 싫어하기 때문이네."라고 읊은 것이 그것이다. 그 중 두 글자 '흉노呬呶(왁자지껄함)'가 괴이하여 아름다운 시편詩篇의 큰 허점이 돼버렸 으니, 이보다 더 지나친 것이라면 그 어찌 볼 수 있겠는가! 변邊이 동일한 글자들이 연결된다는 것은 글자의 반쪽이 동일한 자형으로 된 글자를 말하 는 것이다. 산천을 묘사할 때는 옛날이나 지금이나 모두 사용하여 나열하 나, 사실을 서술하는 문장에서 열거될 경우는 들쭉날쭉하여 흠이 된다. 만 약 어쩔 수 없는 상황이라면 세 글자까지는 연접해 사용할 수 있겠으나 세 글자 이상이 연접한다면 자전字典이라고 해야 할 것이다. 중복해 나온다 는 것은 동자同字가 서로 충돌하는 것을 말한다. 『시경』과 『이소』에는 중복 출현이 그 시대 조류潮流에 부합하는 것이었으나, 근래에는 동자同字 출현을 꺼리기 때문이다. 만약 중복되는 두 글자가 다 필요할 경우라면 서로 충돌 하게 하는 편이 낫다. 그러므로 글을 잘 쓰는 자라도 수만 편을 쓰는 것에는 여유롭지만 한 글자를 선택하는 것에는 어려움을 느끼는 법이니, 적당한 한 글자가 모자라서가 아니라 서로 중복을 피하는 것이 그만큼 어려워서이 다. 글자가 단순하고 복잡하다는 것은 자형字形이 통통한 것과 마른 것을 이른다. 마른 글자로만 구절을 엮어나가면 가늘면서 듬성듬성하여 그 행은 볼품없어 보이고, 통통한 글자로만 문장을 채워간다면 검은 묵선墨線이 빽 빽하여 그 편篇은 어두워 보인다. 자형을 조절하는 데 뛰어난 자는 통통하고 마른 것을 잘 섞어 사용하여 구슬이 꿰인 것과 같게 한다. 이상 네 가지 항목은 비록 문장마다 반드시 걸리는 문제는 아니나 글쓰기 체재體裁가 안 고 있는 문제가 아닐 수 없다. 만약 그러한 문제에 봉착했는데도 알아채지 못한다면 글자가 얼마나 중요한지를 터득하지 못한 것이다.[427]

---

427 『文心雕龍讀本』하책, 「練字」제39, 188쪽. "詭異者, 字體瓌怪者也. 曹攄詩稱: '豈不願斯遊, 褊心

유협은 여기에서 인간의 사상은 소리에 의해 언어로 성립되고, 언어는 일정한 형체를 통해 문자를 형성한다고 보았다. 언어 문자는 사상을 나타내는 하나의 수단이다. 음성, 언어, 문자 모두 인간의 사상을 전달한다. 사상·언어·문자의 삼자 관계에서 연자 문제를 논술하여 오늘날의 창작에서도 참고할 만하다. 유협의 주장 중에 눈여겨볼 것은 글 쓸 때 자형에 맞춰 문자를 운용하라고 한 것이다. 그는 「연자」에서 한자가 지닌 자형字形을 중심으로 자의字義와 자음字音을 함께 고려하여 글의 취지에 맞는 한자를 선택할 수 있도록 단련해야 한다고 주장하였다. 특히 자형字形이 갖는 이미지가 시대에 따라 아름답게도 추하게도 받아들여질 수 있음을 설명하고 시대의 한계를 뛰어넘어 보편적으로 받아들여질 수 있는 자형을 모색할 것을 제안하였다. 이는 단지 규범화된 문자를 쓰자는 것을 제안하는 데 그친 것이 아니라, 글쓰기는 문자의 규범화와 서로 연관이 있기에 다각도로 고려하여 한자를 선택해야 한다는 것이다. 어떤 글자를 선택하느냐에 따라, 특히 어떠한 자형으로 쓰이느냐에 따라 문체에 미치는 영향은 지대하다고 본 것이다. 이러한 논점은 육조六朝 시기의 서예에 대한 새로운 인식과 더불어 구체화된 것으로, 한자의 선의 이미지가 재인식되었다는 점은 주목할 부분이다. 유협은 「연자」를 끝맺으면서 "옛날 사관들이 의심스러워 빈칸으로 남겨둔 부분에 대해서 성인聖人 공자도 신중한 태도로 다루었다. 만일 글자 선택에 있어 문장의 정의正義에 의거하고 기발한 것을 버린다면 연자練字의 이치를 정확하게 이해했다고 말할 수 있다."[428]라고 한 점을 주목할 필요가 있다. 그가 주장한 연자練字의

惡呴呶.' 兩字詭異, 大疵美篇, 況乃過此, 其可觀乎! 聯邊者, 半字同文字者也. 狀貌山川, 古今咸用, 施於常文, 則齟齬爲瑕, 如不獲免, 可至三接, 三接之外, 其字林乎! 重出者, 同字相犯者也. 詩騷適會, 而近世忌同, 若兩字俱要, 則寧在相犯. 故善爲文者, 富於萬篇, 貧於一字, 一字非少, 相避爲難也. 單複者, 字形肥瘠者也. 瘠字累句, 則纖疎而行劣; 肥字積文, 則黯黕而篇闇, 善酌字者, 參伍單複, 磊落如珠矣. 凡此四條, 雖文不必有, 而體非不無. 若値而莫悟, 則非精解."

기본 원칙이란 문장 속 글자를 선택할 때 결국 내용의 충실과 옳음에 따라야 하며 형식의 기발함을 버려야 한다는 것이다.

당나라 초기 유지기劉知幾(661-721)는 뛰어난 서사 방식은 간략함을 위주로 한다고 주장하면서 문사의 번간繁簡과 편폭의 장단長短 논쟁에 대한 포문을 열었다.

서사敍事의 간략함은 그 부류로 두 가지가 있다. 하나는 문구를 간략히 하는 것이고 또 하나는 글자를 간략히 하는 것이다. 예를 들면, 『좌전左傳·문공文公 15년』에 송宋나라 화우華耦가 (노魯나라에) 맹약을 하러 와서 그 조상인 화독華督이 송나라에서 죄를 얻은 사실을 말하자 "우둔한 사람들은 영민하다고 여겼다"라고 말했다. 무릇 우둔한 자를 빌어 영민하다고 칭한 것은 현달賢達한 사람들에게는 비웃음을 받을 만하다는 것을 표명한 것이니, 이것이 문구를 간략히 한 것이다. 『춘추경春秋經』에서 "돌이 송宋나라에 떨어졌는데 다섯 개였다."라고 하였다. 무릇 들어보니 떨어지는 소리이고 살펴보니 돌이고 세어보니 다섯 개였다고 한 것이니, 한 글자를 덧붙이면 너무 자세해지고 한 글자를 빼면 너무 간략해진다. 알맞은 것을 구하여 간결하면서도 이치에 합당해지니, 이것이 글자를 간략히 한 것이다. 이러한 경우와 반대인 것이 있는데, 예를 들면 『공양전公羊傳·성공成公 2년』에서 "진晉나라 대부大夫 극극郤克은 애꾸눈이고 노魯나라 대부 계손행보季孫行父는 대머리이고, 위衛나라 대부 손량부孫良夫는 절뚝발이다. 제齊나라에서 절뚝발이를 사신으로 보내면 절뚝발이인 손량부에게 영접토록 하고 대머리를 사신으로 보내면 대머리인 계손행보에게 영접토록 하고 애꾸눈을 사신으로 보내면 애꾸눈인 극극에게 영접토록 했다."라고 하였다. 마땅히 '파자跛者' 이하의 문구를 빼버리고 단지 "제각각 그 비슷한 부류로 영접하게

---

428 『文心雕龍讀本』하책, 「練字」제39, 189쪽. "史之闕文, 聖人所慎, 若依義棄奇, 則可與正文字矣."

하다"라고 했어야 했다. 반드시 일에다가 재차 서술하게 되면 문사에 있어 남달리 낭비된 것이니, 이것이 문구를 번잡하게 한 것이다. 『한서漢書·장창전張蒼傳』에서 "나이가 들고 늙어 입안에 치아가 없다"라고 하였다. 이 한 문구 안에서 '년年'·'구중口中'을 뺐어야 좋았다. 무릇 이 여섯 자가 한 문구를 이룸에 있어서 세 자는 쓸데없이 덧붙인 것이니, 이것이 글자를 번잡하게 한 것이다. 이를 통해 문구를 간략히 하기는 쉬우나 글자를 간략히 하기는 어렵다는 것을 알 수 있다. 이 의미를 철저히 인식해야 비로소 사서史書를 말할 수 있다. 만약 문구가 다했으나 남음이 있고 글자가 모두 중복된다면 사서史書의 번잡함은 주로 여기에서 말미암는다.[429]

유지기가 말한 사서의 번간에 대한 문제 제기는 문예 전반에 걸쳐 파급되었다. 송대宋代 구양수歐陽脩(1007-1072)와 사강謝絳(약 994-1039) 그리고 윤수尹洙(약 1001-1047) 등이 송대宋代 사륙문四六文에 반대하여 문사의 간결함을 다투자 이 논쟁은 다시 고조되었다.[430] 그 후 간결함과 짧음을 숭상하는 풍조는 대세를 이루어 또 다른 폐단을 조장하였는데, 이는 문사의 간결함과 짧음으로 문장의 우열을 가늠하게 되었다는 데에 있다. 이러한 문제에 대해 왕약허王若虛(1174-1243)는 구양수 등의 간결함을 중시하는 편향성에 대해 "만약 문장을 가지고 말하자면 그 의당함에 따를 뿐이다. 어찌 이것만을 귀함으로 삼으려

429 『史通通釋』(劉知幾 著, 浦起龍 釋, 台北: 藝文印書館, 1978년), 권6 「敍事」제22, 156-157쪽. "敍事之省, 其流有二焉: 一曰省句, 二曰省字. 如『左傳』宋華耦來盟, 稱其先人得罪於宋, '魯人以爲敏'. 夫以鈍者稱敏, 則明賢達所嗤, 此爲省句也. 『春秋經』曰: '隕石於宋, 五.' 夫聞之隕, 視之石, 數之五, 加以一字太詳, 減其一字太略, 求諸折中, 簡要合理, 此爲省字也. 其有反於是者; 若『公羊』稱郄克眇, 季孫行父禿, 孫良夫跛, 齊使跛者逆跛者, 禿者逆禿者, 眇者逆眇者; 蓋宜除'跛者'已下句, 但云: 各以其類逆. 必事加再逆, 則於文殊費, 此爲煩句也. 『漢書·張蒼傳』云: '年老口中無齒.' 蓋於此一句之內, 去'年'及'口中'可矣. 夫此六文成句, 而三字妄加, 此爲煩字也. 然則省句爲易, 省字爲難. 洞識此心, 始可言史矣. 苟句盡餘臃, 字皆重複, 史之煩蕪, 職由於此."

430 『中國文學批評史』(羅根澤 著, 台北: 學海出版社, 1990), 651-653쪽.

하는가? 간결하기만 할 뿐이라면 그 폐단은 검루儉陋함에 빠져서 감상하기에 부족할 따름이다."[431]라고 말하면서 일침을 가했었다.

번다함은 더 이상 더 뺄 것이 없고 쓸데없이 덧붙인 말이 없는 것으로, 역시 아름다운 문사의 한 특징이어서 전혀 비난할 것이 못 된다. 간결함 또한 하나의 뜻도 잃지 않는다는 전제에서 아름다운 것이다. 만약 이러하지 않다면 감상할 가치가 없는 작품이 되는 것이다. "오리의 다리가 짧다고 그것을 늘리면 근심스럽고, 학의 다리가 길다고 그것을 자르면 슬프다."[432]라고 한 것과 같다. 원진元稹(779-831)의 「행궁行宮」시는 전체가 20자에 불과하나 그 이미지는 모두 다 드러내어서 독자들은 그 짧음을 싫어하지 않았고, 백거이白居易(772-846)의 「비파행琵琶行」은 장편의 시이지만 독자들은 그 긴 것을 싫어하지 않았다. 이것이 바로 "번다함과 간결함은 제각기 그 의당함이 있다.(繁簡各有其宜也.)"라고 한 것이다. 창작은 바로 이것을 구현하는 것이다. 소식의 문장 중에 길게는 근 만 자에 달하는 「신종황제께 올린 서신」[433]이 있는가 하면, 짧게는 겨우 86자로 이루어진 「승천사의 밤 나들이」[434]가 있다. 긴 것은 더 줄일 수 없고 짧은 것은 더 늘일 수 없다. 마땅히 가야할 곳까지 가고 멈추지 않을 수 없는 곳에서 멈춰야 한다.

당나라 육지陸贄(754-805)는 「봉천에서 사면서에 대해 논하는 주장」이라는 글에서 군주가 백성에게 주는 문장은 감동과 진정을 전달해야 한다는 수사에 대한 인식을 나타내었다.

---

431 王若虛 著, 『滹南詩話』. "若以文章正理論之, 亦惟適其宜而已, 豈專以是爲貴哉? 蓋簡而不已, 其弊將至於儉陋而不足觀也已."

432 『莊子集釋』, 外篇第八 「騈拇」, 317쪽. "鳧脛雖短, 續之則憂; 鶴脛雖長, 斷之則悲."

433 『蘇軾文集』 제2책 권25, 〈上神宗皇帝書〉, 729-742쪽.

434 『蘇軾文集』 제5책 권71, 〈記承天夜游〉, 2260쪽.

말로 백성을 감동시키려고 하면서 감정이 너무 얄팍하고 표현 또한 간절하지 못하면 그 누가 받아들이려고 하겠습니까? 전에 성탕成湯은 재난을 당하자 뽕밭에서 기도하며 스스로 머리털을 잘라 희생물로 삼았습니다. 옛사람이 이른바 머리를 자를 때는 피부까지 미치게 해야 하고 손톱을 자를 때는 살까지 파고들게 해야 한다고 한 말은 실로 정성이 지극하지 않으면 남이 감동하지 않으며 모두 덜어내지 않으면 새롭게 채울 수 없음을 두고 한 말입니다. 지금 이 사면의 글 역시 이와 같은 경우입니다. 과오를 뉘우치는 뜻이 깊지 않으면 안 되고 허물을 자책하는 말이 극진하지 않으면 안 되며, 불러 맞이함이 넓지 않으면 안 되고 은택이 크지 않으면 안 됩니다. 답답한 것을 풀어 줄 때는 가슴을 활짝 열지 않으면 안 되고 허물을 씻어줄 때는 흔적까지 모두 없애주지 않으면 안 됩니다. 그리하여 천하 사람이 들을 때 갑자기 확 변하여 깜깜한 어둠을 헤집고 환한 빛이 보이는 듯이 해줘야 합니다. 사람마다 바라는 것을 얻는다면 따르지 않을 이가 어디에 있겠습니까?[435]

『역경易經』에는 "성인이 백성을 감동시키면 천하가 화평하다"라고 기재되어 있다. 감동이란 정성이 마음에서 발동하여 사안에서 구체화되는 것인데, 간혹 남이 이해하지 못하므로 말로 설명합니다. 말은 반드시 마음을 살펴야 하며 마음은 반드시 사안에 부합되어야 합니다. 이 세 가지가 부합되어 각기 제자리에서 역할하고 그 근본이 지극한 정성에 있다면 바로 감동을 이끌어낼 수 있습니다. 사안을 어찌 상세히 다루지 않을 수 있으며, 표현에 어찌 힘쓰지 않을 수 있겠습니까? 어리석은 충정을 다 바치오며 엎드려 재가를 따르겠습니다.[436]

---

435 陸贄, 『陸贄集』, 「奉天論赦書事條狀」, 412쪽. "動人以言, 所感已淺, 言又不切, 人誰肯懷? 昔成湯 遇災禱於桑野, 躬自髡剔以爲犧牲. 古人所謂割髮宜及膚, 翦爪宜侵體, 良以誠不至者物不感, 損不 極者益不臻. 今玆德音, 亦類於是. 悔過之意不得不深, 引咎之辭不得不盡. 招延不可以不廣, 潤澤不 可以不弘, 宣暢鬱堙, 不可不洞開襟抱, 洗刷疵垢, 不可不盡去瘢痕, 使天下聞之, 廓然一變, 若披重 昏而睹朗曜, 人人得其所欲, 則何有不從者乎?"

육지는 사면서의 초고를 읽고 그 안에 절실하고 간절한 마음이 부족하다고 여겼고, 군주가 자신의 과오에 대한 진정성 있고 깊은 반성을 표현하여야 진정으로 백성의 마음을 움직일 수 있다는 생각을 피력하였다. 그는 군주가 백성에게 내리는 글은 백성을 감동시킬 수 있어야 하는데, 그러기 위해서는 진실한 감정이 담겨 있어야 한다고 여겼다. 마음에서 우러나오는 진정은 언어로 표현되는데, 언어로 표현된 내용이 사안에 절실하게 부합하여야 글을 읽는 상대방에게 진정을 전달하고 마음을 감동시킬 수 있는 것이다. 그는 문장의 성패를 오직 언어적인 표현과 기교에만 두지 않고 내용의 진정성까지도 중요시하였다. 그리고 말로 꾸며내고 수식하는 것에 그치는 것이 아니라 실제의 상황과 사안에 처하여 나오는 절실한 감정을 전달해야 감동을 줄 수 있다고 여겼다.

당나라 한유(768-824)는 「위지생에게 보낸 답장」에서 "문장이란 반드시 내면에 쌓인 것이 있어야 합니다. 그러므로 군자는 도덕의 수양과 학문의 연마에 성심誠心을 다하니, 이는 도덕의 수양과 학문의 연마를 잘하고 못한 것이 문장에 그대로 드러나서 가릴 수 없기 때문입니다. 뿌리가 깊으면 가지가 무성하고, 형체가 크면 소리가 우렁차며, 행동이 고결하면 말이 준엄하고, 마음이 순후醇厚하면 기운이 화평하며, 사리에 밝은 사람의 문장은 의심스러운 곳이 없고, 마음이 한가롭고 편안한 사람의 문장은 여유가 있습니다. 지체가 갖추어지지 않으면 온전한 사람이 될 수 없듯이, 문사가 부족하면 온전한 문장이 될 수 없습니다."[437]라고 말하였다. 그는 이렇게 기본적으로 문장이란

---

436 陸贄, 『陸贄集』, 「奉天論赦書事條狀」, 412쪽. "易曰: '聖人感人心而天下和平.' 夫感者, 誠發於心, 而形於事, 人或未諭, 而宣之以言, 言必顧心, 心必副事, 三者符合, 不相越踰, 本於至誠, 乃可求感. ……事何可不詳, 言何可不務? 罄輸愚懇, 伏聽聖裁."

437 韓愈, 「答尉遲生書」. "夫所謂文者, 必有諸其中, 是故君子愼其實, 實之美惡, 其發也不掩. 本深而末茂, 形大而聲宏, 行峻而言厲, 心醇而氣和. 昭晰者無疑, 優遊者有餘. 體不備不可以爲成人, 辭不足

반드시 내면에 쌓인 것이 있어야 한다는 점을 중심에 두고서 「이익에게 보낸
답장」에서 수사에 대한 자신의 견해를 드러내었다.

> 남보다 뛰어나서 세인들에게 칭송받기를 바라신다면 진실로 남보다 뛰
> 어나서 세인들에게 칭송받을 만합니다. 그런 게 아니라 옛날의 입언立言한
> 자에 이르기를 바라신다면 너무 빨리 성취하려고 바라지도 말며, 권세權勢
> 와 이록利祿에도 빠지지 마십시오. 나무를 심음에 그 뿌리를 잘 기르고 나서
> 야 그 열매가 실하기를 고대하는 것이고, 등을 밝힘에 그 기름을 더하고서
> 야 그 불빛이 밝기를 바라는 겁니다. 뿌리가 무성한 나무에 그 열매가 뒤따
> 라 여물고, 기름이 풍부한 등잔에 그 빛이 밝게 빛납니다. 그런 것처럼 어질
> 고 의로운 사람이어야 그 말이 온화하고 돈후하게 되기 마련입니다. 그러나
> 또한 어려움이 있으니, 그건 바로 제가 행한 바가 저 자신도 그것이 이르렀
> 는지 오히려 아직 이르지 않았는지를 모른다는 것에 있습니다.[438]
>
> '기氣'(학문의 수양 또는 문장의 기세)란 물과 같고, 말이란 물 위에 떠
> 있는 물체와 같습니다. 물이 광대하면 그 위에 떠 있는 물체는 크거나 작거
> 나 할 것 없이 모두 뜨게 마련입니다. '기'라 하는 것이 말과 더불어 함에
> 있어서도 이와 같아서, '기'가 성대하면 즉 말(문구)의 장단과 소리(성률)의
> 억양 등등의 지엽적인 부분들은 모두 마땅하게 됩니다. 비록 이러하다고는
> 하지만, 어찌 감히 나 스스로 최고의 경지에 근접했다고 생각이나 하겠습니
> 까? 비록 최고 경지에 근접했다고 하더라도, 그게 남에게 쓰인들 어찌 취할
> 수 있겠습니까? 비록 바라던 대로 남에게 쓰인다손 치더라도, 남에게 쓰이
> 기만을 고대하는 사람은 어찌 그릇과 닮았다 하지 않을 수 있겠습니까?

不可以爲成文."
438 韓愈, 「答李翊書」. "蘄勝於人而取於人, 則固勝於人而可取於人矣; 將蘄至於古之立言者, 則無望其
速成, 無誘於勢利. 養其根而竢其實, 加其膏而希其光, 根之茂者其實遂, 膏之沃者其光曄. 仁義之
人, 其言藹如也. 抑又有難者, 愈之所爲, 不自知其至猶未也."

쓰임과 버려짐이 남들 손에 속한 것을요. 군자君子는 즉 그러하지 않습니다. 따라서 군자는 마음을 둠에 원칙이 있고 자신을 움직임에 규범이 있기에, 쓰이면 세인들에게 그것을 베풀고, 버려지면 제자들에게 그것을 전하거나 글로 남겨 후세에 모범이 되도록 합니다. 이러하다면, 그것으로도 정말 충분히 즐길 만하시죠? 그리 충분히 즐길 만하지 않으신가요? 옛것에 뜻이 있는 자가 거의 없구나! 옛것에 뜻이 있으면 반드시 오늘날에는 버려지니, 나는 진실로 이점이 즐거워하면서도 슬퍼하는 바입니다. 그래서 그런 사람을 급히 서둘러 칭찬하는 것이고, (이게 바로) 그런 이들을 더욱 권면하게 하기 위해서입니다.[439]

한유는 훌륭한 문사 형식은 하나로 정의 내릴 수 없는 다양성을 지녔다고 보았다. 그의 이러한 생각은 공자의 "사령이 전달되면 그뿐(辭達而已)"이라는 논조에 대해 한 걸음 더 발전시키는 공헌을 하였다. 어떤 이가 한유에게 "문장은 쉬워야 합니까? 어려워야 합니까?(文宜易, 宜難?)"라고 묻자 그는 "어렵고 쉬움이 없이, 다만 (문사가 내용에) 적합하면 될 따름이다.(無難易, 惟其是爾.)"[440]라고

---

439 韓愈,「答李翊書」. "氣, 水也; 言, 浮物也. 水大而物之浮者大小畢浮. 氣之與言猶是也, 氣盛則言之短長與聲之高下者皆宜. 雖如是, 其敢自謂幾於成乎? 雖幾於成, 其用於人也奚取焉? 雖然, 待用於人者, 其肯於器邪, 用與舍屬諸人. 君子則不然. 處心有道, 行己有方; 用則施諸人, 舍則傳諸其徒, 垂諸文而爲後世法. 如是者, 其亦足樂乎? 其無足樂也? 有志乎古者希矣! 志乎古必遺乎今, 吾誠樂而悲之. 亟稱其人, 所以勸之."

440 『韓愈全集校注』,「答劉正夫書」. 여기서의 '是'자는 역대로 해석이 분분하다. 어떤 이는 '是非'의 '是'로 보아 정확하고 합리적인 내용을 가리킨다고 보았다. 劉熙載(1813-1881)는 "'是'자의 주석에는 두 가지가 있는데, 바르다는 것과 참되다는 것이다.('是'字註脚有二: 曰正, 曰眞.)"라고 여겨 내용적인 정확성뿐만 아니라 형식적인 합리성도 내포한다고 주장하였다. 문자 어원상으로 볼 때, '是'자의 古文 자형은 '昰'자인데, 『說文』에서는 이를 "'곧다'라는 뜻이다. '日'과 '正'으로 이루어져 있다.(直也, 從日正.)"라고 풀이하였다. "해가 똑바르다(日正)"라는 의미에서 '곧다'라는 의미가 되었고, 햇빛의 '곧음'에서 인신되어 도덕적인 의미인 '정직하다', '정확하다'라는 의미가 되었으며, 내용이 정확하다는 의미에서 형식이 합리적이라는 의미로 확대 해석되었다. "다만 적합하면 될 따름이다.(惟其是爾)"에서의 '是'는 바로 이를 의미한다. 그 주어 '其'는 바로 앞에서 언급한 '文', 즉 문장의 文辭를 가리킨다. 이외에

대답하였다. 왕우칭王禹偁(954-1001)은 이 말을 인용하여 "나는 금문今文도 스승 삼지 않고 고문古文도 스승 삼지 않고 난해한 글도 스승 삼지 않고 평이한 글도 스승 삼지 않고 번다한 글도 스승 삼지 않고 간소한 글도 스승 삼지 않는다. 다만 적합한 것을 스승 삼을 뿐이다."[441]라고 이해하였다. 한유가 "문사에는 쉽고 어려움도 없고 옛것과 오늘 것이 없으며 많고 적음도 없으니, 다만 (문사가 내용에) 적합하면 될 따름이다."[442]라고 한 시대정신은 바로 당시 문단의 사람들이 직면했던 문제에 대해 회답하여 제각기 한 쪽만 고수하거나 크고 작은 형식적 오류를 범하였던 사람들에게 처방을 내린 것으로, 그 의미가 더욱 명확해진다.

한유의 이러한 사상은 그가 '도道'와 '의意'를 구별하여 인식한 데서 출발하였다. '도道'는 유가儒家의 도道로서 천고불변의 보편적 도덕윤리 관념이고, '의意'는 구체적 사상으로서 한 편의 문장에 담긴 특정한 내용이다. 한유의 도통道統 관념은 매우 중요하지만 더욱 중시할 점은 그가 이것으로 문장의 내용을 대체하지는 않았다는 점이다.

한유의 창작과 결부하여 볼 때, 그의 산문은 이미 기험간심奇險艱深한 측면도 있고 평담천이平淡淺易한 측면도 있다. 그는 산구단행散句單行을 사용하면서도 변사여구駢辭儷句에도 부족함이 없었다. 그의 시 역시 완담婉淡한 소시小

도, 어떤 이들은 '是'를 판단동사로 풀이하였다. 이러한 언어 현상이 上古시대에 이미 출현하였고 中古시대 이후에는 더 자주 보인다.1 판단동사 '是'의 의미에서 내용상의 인가, 긍정, 적합 등의 의미로 인신되었다. 이를 앞의 질문에 대입하여 고찰해보자면, "다만 적합하면 될 따름이다.(惟其是爾)"라는 말은 "文辭가 내용에 적합하면 될 따름이다.(惟視文辭相稱於內容)"라고는 의미로 풀이된다. 역사적 고찰을 통해서도 이러한 논리를 인증할 수 있다.

441 『小畜集』(『徐公文集、河東先生集、小畜集』, (宋)徐鉉、柳開、王禹偁 等 撰, 台北: 台灣商務印書館, 1979년) 권18, 「答張扶書」. "吾不師今, 不師古, 不師難, 不師易, 不師多, 不師少, 惟師是爾." 이 글에서 王禹偁은 "如能遠師六經, 近師吏部, 使句之易道, 義之易曉."라고 하였는데, 韓愈가 말한 '是'는 바로 六經이라고 주장하였다.

442 『韓愈全集校注』, 「答劉正夫書」. "文無難易、古今、多少, 惟其是爾."

詩도 있고 대장對仗이 뛰어난 율시律詩도 있고 대우對偶를 중시하지 않고 구식
句式이 산행散行으로 이루어진 압운押韻이 자유로운 시편詩篇도 있다. 많은 사
람들은 이것이 바로 한유 사상 속에 서로 대립되는 기험奇險함과 평담平淡함
이 동시에 병존할 수 있던 까닭이라고 여겼다. 한 사람의 사상은 환형 구조를
지녀서 사유는 항상 일관적인 규율에 준수한다. 따라서 어느 하나를 긍정하
면서 그 반면을 긍정할 수 없다. 표면적으로 대립적인 양면이 반드시 더 심층
적인 측면에서 통일되어야 한다. 한유韓愈의 작품은 형식 측면에서 '기奇'와
'이易'의 두 가지 특징을 지니고 있는데, 이는 한유가 '기험'과 '평이'를 동시
에 추구했다는 것이 아니라 매 작품의 독특하고 구체적인 내용에 따라 추구
한 것이 달랐음을 알 수 있다. '기험'과 '평이'는 "어렵고 쉬움이 없이 다만
문사가 내용에 적합하면 될 따름이다."라는 하나의 꽃받침 속에서 핀 두 개의
아름다운 꽃송이라고 말할 수 있다. 구양수歐陽脩는 『육일시화六一詩話』평評에
서 "한유의 필력은 어디에 쓰더라도 부적절한 곳이 없으나, 일찍이 시를 문장
의 말단으로 보았다. 그래서 그의 시에서 '정이 많아 술을 품고 의지하니,
일이 한가해져야 시인이 된다.'라고 말했다. 그러나 담소하는 소재로 삼고
농담을 도와주며 사람들의 감정을 펴내고 만물의 모양을 서술하는 일은 모두
시에 담아 그 기묘함을 곡진히 다하고 있다."[443]라고 말하였는데, 이는 한유
시의 특징을 적절히 설명한 것이라 하겠다.

　중당中唐시대 문단은 두 가지 특징이 있었다. 하나는 원진元稹(779-831)과 백
거이白居易(772-846)가 신악부운동을 선도하여 현실주의 시문이론이 주도적 지
위를 차지하기 시작했지만 천이淺易함만 추구하고 형식적 기교를 배척하여
극단적으로 내용만 중시하고 문식을 홀시하는 경향이 있었고, 또 다른 하나

---

443 『歐陽修全集』하책, 「詩話」, 1040-1041쪽. "退之筆力, 無施不可, 而嘗以詩爲文章末事. 故其詩
　　曰: '多情懷酒伴, 餘事作詩人.'也. 然其資談笑, 助諧謔, 敍人情, 狀物態, 一寓於詩, 而曲盡其妙."

는 한유의 문인 이고李翱(772-841)가 당시에 여전히 유행하던 육조六朝와 당초唐
初의 형식주의 문풍에 대해 비판하는 주장이 있었다. 이고는 '창의創意'와 '조
언造言' 두 방면 모두 독자적인 특성이 있다고 주장하였다.

> 창의創意(의미 창조)와 조언造言(언어 창조)은 모두 스승을 통해 배우지
> 못합니다. 『춘추』를 읽을 때는 『시경』이 없었던 듯하고, 『시경』을 읽을
> 때는 『주역』이 없었던 듯하고, 『주역』을 읽을 때는 『서경』이 없었던 듯하
> 고, 굴원屈原과 장주莊周의 글을 읽을 때는 육경이 없었던 듯하였습니다.
> 그리하여 뜻이 깊어지니 의미가 멀리까지 가고 의미가 멀리까지 도달하니
> 이치가 판별되고 이치가 분명하게 판단되니 기질이 올곧고 기질이 올바르
> 게 서니 사어辭語가 풍성해지고 사어가 풍성해지니 문장이 뛰어나게 되었
> 습니다. 마치 항산恒山, 화산華山, 숭산嵩山, 형산衡山과 같은 산들이 모두 높
> 다는 점은 같으나 초목의 꽃들로 피어난 영화로움이 반드시 균일하지 않은
> 것처럼 말입니다. ……마치 잡다하게 놓여 있는 온갖 음식처럼 배를 불리는
> 점에서는 똑같으나 그 맛은 짜고 시고 쓰고 매워서 다 균등하지 않은 것처
> 럼 말입니다. 이는 배움을 통해 알게 된 것으로, 이것이 창의의 큰 요지입니
> 다.[444]

여기서 이고는 사물에 대하여 일반인들과는 다른 자기만의 독특한 견해가
있어야 할 뿐 아니라 뜻이 깊어야 의미가 멀리까지 도달할 수 있다고 주장하
였다. '뜻(의義)'과 '의미(의意)'의 함의는 작자마다 특성과 기풍이 다르므로 획

---

444 李翱 撰, 『李文公集』 권6, 「答朱載言書」; 『中國歷代文論選』 제2책, 165쪽. "創意造言, 皆不相師.
故其讀春秋也, 如未嘗有詩也; 其讀詩也, 如未嘗有易也; 其讀易也, 如未嘗有書也; 其讀屈原莊周
也, 如未嘗有六經也. 故義深則意遠, 意遠則理辯, 理辯則氣直, 氣直則辭盛, 辭盛則文工. 如山有恒
華嵩衡焉, 其同者高也, 其草木之榮, 不必均也. ……如百品之雜焉, 其同者飽於腹也, 其味鹹酸苦
辛, 不必均也. 此因學而知者也, 此創意之大歸也."

일적인 요구를 해서는 안 된다고 하였다. 이러한 의견은 뜻은 배우되 말은 배우지 않고 진부한 말을 제거하는 데 힘써야 한다는 한유의 관점을 계승하면서도 발전시킨 것이다.

조언造言을 하는 데 있어서도 난이難易(어려움과 평이함)와 우산偶散(대우對偶와 산구散句), 상이尙異(기이한 것을 숭상함)와 好理(이치를 좋아함) 중 어느 한쪽으로 치우치는 것에 반대하였고, 예술표현도 이러한 것들을 적절하게 처리할 것을 요구하였다.

> 문장에 대한 세상 사람들의 견해는 여섯 가지가 있습니다. 기이한 것을 숭상하는 사람은 사구辭句만 기험하면 된다고 생각하고 이치를 좋아하는 사람은 뜻만 잘 통하면 그만이라고 생각합니다. 당시의 유행에 빠진 사람은 대우를 이루어야 한다고 생각하고 유행을 탓하는 사람들은 대우를 이루어서는 안 된다고 생각합니다. 어려운 것을 좋아하는 사람은 심오해야지 평이해서는 안 된다고 생각하고 평이한 것을 좋아하는 사람은 통하기만 하면 되었지 어려워서는 안 된다고 합니다. 사람들은 모두 한 쪽으로만 치우쳐 무엇이 중요한지 알지 못합니다.[445]

이고는 어느 한쪽으로 치우친 문장의 예로 "이치는 옳으나 사장詞章은 아름답지 못한 것"[446]을 들었으며 모두 창의의 근본 취지에 부합하지 않는다고 했다. 이고는 옛사람들이 아름다움만을 추구하여 사장詞章이 마땅한지 아닌

---

445 李翺 撰, 『李文公集』 권6, 「答朱載言書」; 『中國歷代文論選』 제2책, 165쪽. "天下之語文章, 有六說焉: 其尚異者, 則曰文章辭句, 奇險而已; 其好理者, 則曰文章敍意, 苟通而已; 其溺於時者, 則曰文章必當對; 其病於時者, 則曰文章不當對; 其愛難者, 則曰文章宜深不當易; 其愛易者, 則曰文章宜通不當難. 此皆情有所偏, 滯而不流, 未識文章之所主也."

446 李翺 撰, 『李文公集』 권6, 「答朱載言書」; 『中國歷代文論選』 제2책, 165쪽. "其理往往有是者, 而詞章不能工之者有之矣."

지, 쉬운지 어려운지를 알지 못하였다고 하면서 어느 한쪽으로만 치우치는 것은 모두 문장의 근본을 모르기 때문이라고 하였다. 이고는 창의와 조언을 하는 데 있어서 혁신의 중요성을 아래와 같이 피력하였다.

> 육경 이후에 백가의 문사가 나왔는데 노담老聃, 열어구列禦寇, 장주莊周, 갈관鶡冠, 전양저田穰苴, 손무孫武, 굴원屈原, 송옥宋玉, 맹가孟軻, 오기吳起, 상앙商鞅, 묵적墨翟, 귀곡자鬼谷子, 순황荀況, 한비韓非, 이사李斯, 가의賈誼, 매승枚乘, 사마천司馬遷, 사마상여司馬相如, 유향劉向, 양웅揚雄은 모두 일가의 문장을 이룩하기에 족하며 사람들이 스승으로 삼는 작가들이다. 그러므로 뜻이 깊고 이치가 합당해도 사장詞章이 뛰어나지 않으면 문장을 이루지 못해 전해질 수 없음이 마땅하다. 문장, 이치, 뜻 세 가지가 다 갖춰져야 한 시대에 독립할 수 있으며 후대에 사라지지 않고 반드시 전해질 수 있다. 공자가 "문채가 없는 글은 멀리 가지 못한다."라고 하였고, 자공子貢도 "문이 질이고 질이 문이라 하면, 호표虎豹의 속가죽이 개나 양의 속가죽과 같아진다."라고 한 것은 이를 이르는 말이다. 육기는 "남이 나보다 좋은 말을 먼저 썼을까봐 두려워한다."라고 하였고, 한유韓愈는 "오직 진부한 말을 없애는 데에 힘쓴다."라고 하였다. 가령 웃는 모습을 서술할 때 '완이莞爾'라고 한 것은 『논어』의 말이고, '아아啞啞'라고 한 것은 『주역』의 말이다. '찬연粲然'이라 한 것은 『곡량전穀梁傳』의 말이고, '유이攸爾'라고 한 것은 반고班固 『한서』의 말이다. '천연囅然'이라고 한 것은 좌사左思의 말이다. 내가 다시 그대로 반복한다면 앞의 말과 무엇이 다르겠는가? 이것이 조언造言의 큰 요지이다.[447]

---

447 李翶 撰, 『李文公集』 권6, 「答朱載言書」; 『中國歷代文論選』 제2책, 165쪽. "六經之後, 百家之言興, 老聃列禦寇莊周鶡冠田穰苴孫武屈原宋玉孟軻吳起商鞅墨翟鬼穀子荀況韓非李斯賈誼枚乘司馬遷相如劉向揚雄, 皆足以自成一家之文, 學者之所師歸也. 故義雖深, 理雖當, 詞不工者不成文, 宜不能傳也. 文理義三者兼並, 乃能獨立於一時, 而不泯滅於後代, 能必傳也. 仲尼曰: "言之無文, 行之不遠." 子貢曰: "文猶質也, 質猶文也, 虎豹之鞹, 猶犬羊之鞹." 此之謂也. 陸機曰: "怵他人之我先." 韓退之曰: "唯陳言之務去." 假令述笑哂之狀曰莞爾, 則論語言之矣; 曰啞啞, 則易言之矣; 曰粲然,

이고는 언어의 혁신을 주장하면서도 기험함을 숭상하는 것에 반대하여 "특이한 것만 숭상하면 사구辭句가 기험해질 뿐"이라고 하였다. 그는 언어의 평이성을 주장하면서 사마천·반고와 같이 간결함을 숭상하는 문풍을 학습하였다.

이고는 도통 관념에 부합한다는 전제하에서 자신의 참신하고도 독창적인 '창의創意'를 요구하였다. 매 한 편의 문장에 담긴 '창의'는 같지 않고, 그가 요구했던 언어와 결구 등의 표현 형식 역시 제각기 서로 달랐다. 따라서 그는 형식 방면에서 옛것을 모방하지 않고 반드시 '창의'에 근거한 '조언造言'을 추구하였다. 그는 작자가 사물에 대해 자기만의 독특한 견해를 가져야 한다고 생각하였기에, 작자의 특징이나 풍격에 따른 독창적인 창의를 중시하였다. 그는 조언에 대해서도 당시에 만연했던 대구對句나 난이難易에 매달리는 것에 반대하면서 조언의 큰 취지 역시 독창에 있다고 보았다. 이는 더 말할 것도 없이 남이 사용한 말을 그대로 답습하지 않고 독창적인 문사를 사용해야 한다는 것이다. 이러한 생각은 멀게는 육기가 『문부』에서 자구 표절에 대해 반대한 것과 같고, 가깝게는 한유가 "진부한 말은 힘써 없애야 한다(陳語務去)"라는 주장에 적극적으로 찬성하면서 독창적인 문사를 주장한 것이다. 이는 분명 한유로부터 많은 부분을 그대로 이어받았음을 알 수 있다. 하지만 한유가 그 뜻을 본받지 그 문사를 본받지 않는다는 태도로 진부한 말을 제거하는 데 주력하여 괴기한 경향을 많이 나타냈던 것과 달리, 이고는 창의의 심원함을 우선하면서 조언을 주장한 터라 보다 자연스러운 공교함을 추구하여 한유에 비해 평이함을 견지할 수 있었다는 것이 한유와 다소 다른 점이다.

한유 이후 문학계 흐름이 성병聲病과 대우對偶에만 신경 쓴 작품을 뛰어나

則穀梁子言之矣; 曰攸爾, 則班固言之矣; 曰飄然, 則左思言之矣. 吾複言之, 與前文何以異也? 此造言之大歸也."

다고 여기고 전고典故를 즐겨 쓰면서 오대五代 문풍文風 역시 유미번미柔媚繁靡
(부드럽다 못해 아첨하고, 지나치게 번다함)를 최고로 삼는 풍조가 여전히 만연하였다.

　북송北宋 초기 창작 분야는 내용부터 형식까지 전면적인 반성과 탐색이
이루어진 시기였다. 북송 이래로 가장 먼저 '사辭'의 개념에 대하여 고민했던
이는 유개柳開(947-1000)와 왕우칭王禹偁(954-1001)이다. 유개는 공맹孔孟의 깃발
로 당시 문단의 부미浮靡한 문기文氣와 간삽艱澀(어렵고 껄끄러움)한 언사言辭를
바로잡고자 하였지만 언어·문자가 지닌 형식적 특성을 제대로 인식하지 못
하였기 때문에 이론적으로 편견에 치우칠 수밖에 없었고 특히 형식을 경시하
는 경향을 보이기도 하였다.[448] 왕우칭은 '도道'와 '사辭', 즉 '질質'과 '문文'의
문제에 대해 "문구를 쉽게 말하고 의미를 쉽게 밝힌다(易道易曉)"[449]라고 하는
초보적인 해결책을 제시하긴 했지만, 불행히도 정치적으로 세 번이나 귀양을
가는 불우한 처지에 있다 보니 구양수처럼 조정의 중신으로 후진 학자를
선발하고 문단을 영도하는 위치에 있지 못하여 그의 영향은 한계가 명확했
다. 당말오대唐末五代의 나쁜 문풍文風은 근본적으로 바꿀 수 없었다.

　그 이후 송나라엔 여러 고문가와 도학가들이 나타나 고문 운동과 성리학
의 풍조 속에 수사를 강렬히 배척하였다.

448　柳開, 『河東先生集』 권1, 「應責」. "古文者, 非在辭澀言苦, 使人難讀誦之 ; 在於古其理, 高其意,
　　　隨言短長, 應變作制, 同古人之行事, 是謂古文也. ……吾之道, 孔子、孟軻、揚雄、韓愈之道, 吾
　　　之文, 孔子、孟軻、揚雄、韓愈之文也."

449　王禹偁, 『小畜集』 권18, 「答張扶書」. "夫文, 傳道而明心也. 古聖人不得已而爲之也. 且人能一乎心
　　　至乎道, 修身則無咎, 事君則有立. 及其無位也, 懼乎心之所有, 不得明乎外, 道之所畜, 不得傳乎後,
　　　於是乎有言焉; 又懼乎言之易泯也, 於是乎有文焉. 信哉不得已而爲之也! 旣不得已而爲之, 又欲乎
　　　句之難道邪? 又欲乎義之難曉邪? 必不然也. ……近世爲古文之主者, 韓吏部而已. 吾觀吏部之文,
　　　未始句之難道也, 未始義之難曉也. ……故吏部曰: '吾不師今, 不師古, 不師難, 不師易, 不師多, 不
　　　師少, 惟師是爾.' ……如能遠師六經, 近師吏部, 使句之易道, 義之易曉, 又輔之以學, 助之以氣, 吾
　　　將見子以文顯於時也."

문文은 도道를 싣는 것이다. 수레바퀴와 끌채에 조각해도 사람이 사용하지 않으면 단지 장식일 뿐이다. 하물며 비어있는 수레의 경우에 있어서야! 문사文辭는 기예이고 도덕道德은 본질이다. 그 본질을 돈독히 하고 기예를 가진 자가 쓸 때, 아름다우면 사랑하게 되고 사랑하면 전수하게 된다. 현자賢者는 그것을 배워 이를 수 있는데, 이것이 가르침이 된다. 그러므로 '말에 문사를 이루지 않으면 유통되어도 멀리 퍼지지 않는다.'라고 말한 것이다. 그러나 현명하지 못한 자는 비록 부모 형제가 그에게 다가오고 스승이 권면한다 해도 배우지 않으며 억지로 강요해도 따르지 않는다. 도덕에 힘쓸 줄 모르고 단지 문사를 능사로 삼는 것은 기예일 따름이다. 아! 피폐된 지가 오래되었구나!^{450}

"문장을 짓는 것은 도를 해치는 것인가요?"라고 묻자, "해롭도다! 무릇 문장을 지을 땐 전념하지 않으면 뛰어나게 되지 못한다. 만일 전념하게 되면 뜻이 이것에 국한되게 되니, 또한 어찌 능히 천지와 함께 그 위대함을 같이 하겠는가? 『서경書經』에서 사물을 즐기다가 뜻을 잃는다고 하였는데, 문장을 짓는 것도 역시 사물을 즐기는 것이다. ……옛날의 배우는 자는 오로지 성정性情을 함양하는 데에 힘썼고 그 밖의 것은 배우지 않았다. 오늘날 문장을 지음에 오로지 장구章句를 다듬는 데에만 힘써 남의 이목을 즐겁게 한다. 남의 이목을 즐겁게 하는 데 힘쓸진대, 배우가 아니고 무엇이겠는가?"라고 말하였다. "옛날의 배우는 자는 문장을 지었나요?"라고 묻자, "사람들은 육경六經을 보고서 곧 성인聖人도 문장을 지었다고 여기는데, 이는 성인聖人이 단지 흉중에 쌓인 바를 펼쳐 발하여 저절로 문장을 이룬 것임을 모르고 하는 소리이다. 이것이 이른바 덕 있는 사람은 반드시 좋은 말이

---

450 『通書·文辭』. 四部備要本 『周子通書』, 6쪽. "文所以載道也, 輪轅飾而人弗庸, 徒飾也. 況虛車乎? 文辭, 藝也. 道德, 實也. 篤其實而藝者書之: 美則愛, 愛則傳焉, 賢者得以學而至之, 是爲教. 故曰: '言之無文, 行之不遠.' 然不賢者, 雖父兄臨之, 師保勉之, 不學也: 強之, 不從也. 不知務道德而第以文辭爲能者, 藝焉而已. 噫! 弊也久矣."

있게 마련이라는 것이다."라고 말하였다.[451]

　　옛날의 '문文'이라 일컫는 것은 바로 시詩·서書·예禮·악樂의 문화·학술이
며 오르내리고 나아가고 물러서는 행동의 꾸밈이요 악기연주·노래·궁중악
宮中樂·제악祭樂의 가락이었지, 오늘날의 '문文'이라 일컫는 것이 아니었다.
오늘날의 '문'이라 일컫는 것은 옛날의 '사辭(말이나 사장辭章)'입니다. 공자
孔子께서 "글은 통하면 그뿐이다."라고 말씀하셨는데, 말은 의사를 충분히
소통시키기만 하면 그 정도에서 그치고 화려한 수식이나 굉장한 변론에
힘쓰지 말라는 것임을 명확히 알 수 있습니다.[452]
　　줄곧 문장이란 예교禮敎와 치정治政을 하면 그뿐이라고 여겨왔습니다. 그
글이 책에 기록되어 사람들에게 전해지면, 그 (글의) 대체는 그렇게 귀결될
따름입니다. 그래서 '말에 수식이 없으면 행하여도 멀리 가지 못한다.'라
한 것은 한갓 문사文辭를 그만 둘 수 없음을 말한 것이지, 성인聖人이 문장
짓는 일의 본뜻을 말한 것은 아닙니다. ……또한 문장이라는 것은 세상에
보탬이 되도록 하는 데 힘쓰면 그만입니다. 문사文辭란 그릇에 장식된 조각
이나 그림과 같습니다. 실로 교묘하고 아름답게 하고 싶다면 반드시 쓰임에
맞게 할 필요가 없고, 실로 쓰임에 맞게 하고 싶다면 역시 반드시 교묘하고
아름답게 할 필요는 없는 것입니다. 요컨대, 쓰임에 맞는 것을 근본으로
하며 조각하고 그려 넣는 것을 장식으로 여기면 그만입니다. 쓰임에 맞지
않으면 그릇이라는 의미가 없어집니다. 장식하지 않으면 그 역시 그런가

451　(宋)程頤,「伊川先生語四」.『二程全書遺書』권18. "問: '作文害道否?' 曰: '害也! 凡爲文不專意則
　　不工, 若專意則志局於此, 又安能與天地同其大也? 書云: 玩物喪志, 爲文亦玩物也. ……古之學者,
　　惟務養情性, 其它則不學, 今爲文章, 專務章句, 悅人耳目, 旣務悅人, 非俳優何거?' 曰: '古之學者爲
　　文否?' 曰: '人見六經, 便以爲聖人亦作文, 不知聖人亦攄發胸中所蘊自成文耳, 所謂有德者必有言
　　也.'"
452　四部備要本『司馬文正集』(司馬光, 台北: 中華書局, 1966년) 권10「答孔司戶文仲書」, 2쪽. "古之
　　所爲文者, 乃詩書禮樂之文, 升降進退之容, 絃歌雅頌之聲, 非今之所謂文也. 今之所謂文者, 古之辭
　　也. 孔子曰: '辭達而已矣.' 明其足以通意, 斯止矣, 無事於華藻宏辯也."

하면 그렇지 않습니다. 그런데 장식하는 것도 역시 그만둘 수 없는 것이므로, 다만 장식이 앞서지 않게 한다면 가하다 하겠습니다.[453]

송대宋代의 도학가道學家와 사마광司馬光(1019-1086), 왕안석王安石(1021-1086) 등은 "의미를 전달하는 데에서 그친다.(止於達意)"라는 지나친 중질경문重質輕文의 편향성을 갖고 있었다. 그들의 주안점은 문예미학적 관점이 아니었다. 주돈이周敦頤(1017-1073)와 정이程頤(1033-1107) 같은 도학가들이 지녔던 관점은 도덕의 잣대였고 사마광과 왕안석 같은 정치가들의 주장은 일방적인 효용관점이었다.

소식은 공자의 정신을 이어받아 한유韓愈의 견해를 발전시켜 그만의 독특한 '달의達意'를 주장하였다. 게다가 장단長短과 강유剛柔가 그 마땅함을 유지하여 변화의 이치를 따른다는 장자의 사상을 흡수하였다.[454] 소식의 이러한 주장은 그의 「건수유괄에게 답한 한 수」, 「왕상에게 준 서신」, 「사민사 추관에게 준 서신」 등에서 자세히 살펴볼 수 있다.

공자께서는 "글은 뜻이 전달되면 그뿐이다."라고 말씀하셨습니다. 만물은 본디 이러한 이치가 있습니다. 이를 모를까 걱정하지만, 안다고 해도 입과 손으로 전달할 수 없음을 걱정합니다. 이른바 글이란 이러한 이치를

---

453 『王臨川文集附沈氏注』(王安石 撰, 楊家駱 主編, 台北: 鼎文書局, 1979년) 권77「上人書」, 489 쪽. "嘗謂文者, 禮敎治政云爾. 其書諸策而傳之人, 大體歸然而已. 而曰, '言之不文, 行之不遠'云者, 徒謂辭之不可以已也, 非聖人作文之本意也. ……且所謂文者, 務爲有補於世而已矣. 所謂辭者, 猶器之有刻鏤繪畫也. 誠使巧且華, 不必適用; 誠使適用, 亦不必巧且華. 要之以適用爲本, 以刻鏤繪畫爲之容而已. 不適用, 非所以爲器也. 不爲之容, 其亦若是乎否也. 然容亦未可已也, 勿先之其可也."

454 『莊子集釋』外篇第十四「天運」, 504쪽. "吾又奏之以陰陽之和, 燭之以日月之明; 其聲能短能長, 能柔能剛; 變化齊一, 不主故常; 在谷滿谷, 在阬滿阬; 塗卻守神, 以物爲量. 其聲揮綽, 其名高明. 是故鬼神守其幽, 日月星辰行其紀. 吾止之於有窮, 流之於無止. 予欲慮之而不能知也, 望之而不能見也, 逐之而不能及也."

전달할 수 있으면 될 따름입니다.[455]

전후로 보여주신 글들은 모두 옛 작가의 풍력風力이 있고 대체로 말하시
고자 한 뜻을 말씀하신 것이라 하겠습니다. 공자께서는 "글은 뜻이 전달되
면 그뿐이다."라고 말씀하셨습니다. 글은 뜻이 전달되는 데 이르면 거기서
멈추고 더 이상 보태어서는 안 됩니다.[456]

공자께서는 "말에 문식文飾이 없으면 행하여도 멀리 가지 못한다."라고
말씀하셨고, 또 "글은 뜻이 전달되면 그뿐이다."라고 말씀하셨습니다. 무릇
말은 뜻이 통하는 데서 그치면 마치 문채가 없을 것처럼 여겨지지만, 이는
결코 그렇지 않습니다. 사물의 기묘한 이치를 구하는 일은 바람을 매어두고
그림자를 붙들어 매는 것과 같아서 이러한 것들을 마음에 명확히 새길 수
있는 사람은 아마도 천만인 중에 한 사람 만나기도 어려울 것입니다. 하물
며 입과 손으로 명확히 전달하는 일이야 어떠하겠습니까? 이것을 일러 글
의 뜻이 전달되었다고 합니다. 글이 뜻을 전달할 수 있는 지경에 이르려면
문식은 아무리 써도 다 쓸 수 없습니다.[457]

이상의 세 편의 서신을 통해, 소식은 자신의 창작 경험을 총평하면서 남다
른 문예심미관으로 글 속에서 공자의 '사달辭達'설을 자신의 뛰어난 견식으로
이해하였다. 소식이 세 통의 서신에서 언급한 '달의達意'에는 세 가지 의미를

455 『蘇軾文集』 제4책 권59, 「答虔倅俞括一首」, 1793쪽. "孔子曰: "辭達而已矣." 物固有是理, 患不
知之, 知之患不能達之於口與手. 所謂文者, 能達是而已."
456 『蘇軾文集』 제4책 권49, 「與王庠書」, 1422쪽. "前後所示著述文字, 皆有古作者風力, 大略能道意
所欲言者. 孔子曰: "辭達而已矣". 辭至於達, 止矣, 不可以有加矣."
457 『蘇軾文集』 제4책 권49, 「與謝民師推官書」, 1418쪽. "孔子曰: "言之不文, 行而不遠". 又曰: "辭
達而已矣". 夫言止於達意, 即疑若不文, 是大不然. 求物之妙, 如繫風捕影, 能使是物了然於心者, 蓋
千萬人而不一遇也. 而況能使了然於口與手者乎？是之謂辭達. 辭至於能達, 則文不可勝用矣."

내포한다.[458] 첫째, '달의'가 작문의 기초이자 작문의 기본적 요건이란 점이
다. 둘째, '달의'는 우선 '심달心達'해서 마음속에 문장으로 표현하고자 하는
사물의 이치를 명확히 해야 하고 마음속이 분명해져야 '구달口達'할 수 있어
명쾌하게 말할 수 있고 그렇게 되어야 '수달手達'할 수 있어서 글로 감정과
이치를 표현해낼 수 있다. 셋째, '사달辭達'이 문사文辭만을 가리켜 말한 것이
아니라 사물과 감정과 이치 세 가지를 동시에 전달할 수 있어야 한다. 즉,
객관 사물을 확실하게 반영하고 작자의 주관적 감정을 제대로 표현하고 정확
한 사고 인식을 지녀야 한다는 것이다. 이것은 바로 소식이 글을 쓸 때 최고
로 요구했던 것이었다.[459] 어떤 학자들은 공자가 문장 창작에서 요구한 "수사
는 내용을 전달할 수 있으면 족하다"는 것을, 문자 배열의 매끄러움으로 오해
하였다. 이는 잘못 이해한 것이다. 공자의 요구는 단순한 문자 배열의 매끄러
움이 아니라 보다 높은 수준의 요구이다. 소식의 이러한 견해에 대해, 유약우
劉若愚(1926-1986)는 소식이 심미적 개념과 실용적 개념을 조화하고 형이상학
적 개념을 빌려 이 양자를 뛰어넘고자 하였다고 보았다.[460]

의미 전달이 문사의 목적이기에 '의'를 어떻게 표현하느냐가 바로 문사가
해야 할 역할이다. 최고 작품의 기준은 바로 '달의達意'를 해내느냐에 달려있
다. 진정한 '달達'의 경지에 이르려면 작자는 풍부한 생활 경험과 기민한 관찰
력에 의지해야 한다. "마음에 명확히 새기는 것(了然於心)"은 작가의 객관세계
에 대한 인식 능력을 가리키고, "입과 손으로 명확히 전달하는 것(了然於口與手)"

---

458 童健,「蘇軾散文'辭達'試論」,『武漢敎育學院學報』(제19권 제1기, 2000년 2월), 46-48쪽; 何玉
蘭,「蘇軾'辭達'說的創造性」,『樂山師範學院學報』(2000년 제4기), 34-35쪽.

459 徐季子,「東坡文談」,『寧波大學學報(人文科學版)』(제9권 제3기, 1996년), 12쪽.

460 劉若愚은 "蘇軾試圖和這兩者('言之不文, 行而不遠'、'辭達而已矣'), 而將'文'和'質'解釋爲捕捉事
物之微妙以及以文字加以表現的能力, 這種觀念是與文學的形上理論一致. 如此, 他調和了審美概
念和實用槪念, 而且, 藉着形上槪念超越了這兩者."라고 말하였다.『中國文學理論』(劉若愚, 台北:
聯經出版社, 1985-1998년), 274-275쪽.

은 인지된 객관 현상을 어떻게 문예 형상으로 표현하느냐 하는 문제이다. '외계 사물', '마음', '입과 손' 삼자의 통일이 바로 창작의 전체 과정이다. 소식은 글의 목적이 깊이 있는 이해를 통한 의미 전달에 있다고 보았다. 소식의 '달의'는 문의文意만 중시한 것이 아니고 문사文辭도 중시한 말이다. '문文'과 '의意'가 통일되어야 진정한 미학이 완성된다. '의'는 결코 입이나 손으로 손쉽게 표현해낼 수 있는 것이 아니고 외계 사물의 '물리物理'에 대한 깊이 있는 인식을 통해 가능한 일이다. 여기서 '이理(이치)'는 사물이 지닌 고유한 이치이고, '지知(지식)'는 '이'에 대한 주관적 반영, 즉 객관 사물의 형태 및 법칙에 대한 지식이고, '달達(의미 전달)'은 고도로 숙련된 문예 기교를 통해 주관적 '지'를 정확히 표현하고 '물物'의 본질을 깊이 있게 전달하는 것이다. 이 모든 과정을 귀결한 '달'은 객관 사물의 고유한 이치를 정확히 표현하기 위해 존재해야 한다. '사리事理'에서 '지식'으로 이어져 '의미 전달'에 이르고 '사리'로 귀착하는 것, 공자의 '사달'은 소식의 '달의'를 거쳐 객관적 '사리'에 도달한다.[461] 소식의 '달의'을 공자의 말씀에 대한 하나의 해설로만 보는 것도 불충분하고 왕우칭王禹偁의 '이도이효易道易曉(문구를 쉽게 말하고 의미를 쉽게 밝힘)'설[462]을 단순히 답습한 것이라고 보는 것 역시 불충분하다. 소식이 말한 '달의'의 심미적 함의가 다른 이들에 비해 매우 풍부할 뿐 아니라 그가 지닌 문예사상의 남다른 창조성을 더욱 잘 표현해낸 말이기 때문이다. '사달'은 내용적 측면에서 보자면 지나침과 부족함이 없는 것이며, 형식적 측면에서 본다면 언어가 지나치게 조잡하지도 화려하지도 않은 안성맞춤의 경지를 요구하는 것이다. 이러한 의미에서 본다면 '사달'은 내용과 형식에 대한 예술

---

461 『三蘇文藝思想』(曾棗莊, 台北: 學海出版社, 1995년), 28-29쪽.
462 『小畜集』 권18, 「答張扶書」. "吾不師今, 不師古, 不師難, 不師易, 不師多, 不師少, 惟師是爾. …… 如能遠師六經, 近師吏部, 使句之易道, 義之易曉."

적 표현이다.

소식이 수사를 통한 '달의'를 추구하였다면 이후 강서시파江西詩派의 황정견黃庭堅(1045-1105)은 수사 측면을 보다 중시하여 다음과 같이 말하였다.

> 유협이 「신사神思」에서 문장의 어려움에 대해 "뜻이 공중을 날 때는 기이하게 하긴 쉽지만, 말로 표현될 때는 공교롭게 하긴 어렵다."라고 논한 적이 있다. 이 말은 심약沈約·사조謝朓의 무리들이 유림의 영수일 때 기괴한 사어를 즐겨 썼기에 후에 유협이 이렇게 논한 것이다. 기괴한 언어를 즐겨 쓰는 것은 원래 문장에 있어서 병폐인데, 다만 문의 이치가 제대로 서 있게 되면, 문장은 논리적이고 언어가 순조롭게 되어 자연스레 뛰어난 문장이 된다. 두보의 기주夔州 이후의 시와 한유의 조주潮州에서 조정에 돌아온 이후의 문장을 보면, 어디에도 붙이거나 떼어낼 부분이 없이 자연스레 이루어졌다.[463]

이전까지는 두보의 만년에 해당하는 작품은 언어 조탁만을 일삼아서 장년기의 작품에 미치지 못한다고 평가되어왔다. 황정견은 여기서 두보의 만년의 작품에 해당하는 기주 이후의 시를, 언어 조탁의 묘를 다한 뛰어난 작품으로 평가하고 있다. 황정견의 두시에 대한 평가는 시어詩語 연마의 중요성을 강조한 강서시파의 시학관을 잘 보여준다고 할 수 있다.

이외에 '미美'와 '선善'의 관계에 있어서 유가는 사회의 윤리 도덕인 '선'과 함께 '미'도 대단히 중시하였기에 예술을 평가할 때 '선'과 '미'라는 두 요소를 기준으로 삼기도 하였다.

---

463 黃庭堅, 「與王觀復書」, "南陽劉勰嘗論文章之難云: '意翻空而易奇, 文徵實而難工.' 此語亦是沈謝輩爲儒林宗主時, 好作奇語, 故後生立論如此. 好作奇語, 自是文章病. 但當以理爲主, 理得而辭順, 文章自然出羣拔萃. 觀杜子美到夔州後詩, 韓退之自潮州還朝後文章, 皆不煩繩削而自合矣."

공자 선생님께서 「소악韶樂」을 "음률도 지극히 아름답고 노랫말도 지극히 좋구나."라고 평하셨으며, 「무악武樂」을 "음률은 지극히 아름답지만 노랫말은 지극히 좋은 경지에 도달하지는 못하였구나."라고 평하셨다.[464]

공자가 두 개의 악곡을 평가한 것에 대하여, 주희朱熹(1130-1200)는 『논어집주論語集註』에서 "미美란 소리와 모양이 성대한 것이고, 선善이란 미의 실제 내용을 말한다. ……그러나 순舜임금의 덕은 천성대로 한 것이다. 자신을 낮추고 사양함으로써 천하를 얻을 수 있었다. 무왕武王의 덕은 되찾은 것이다. 또한 정벌하고 주살하여 천하를 얻었다. 따라서 그 실제는 서로 다르다."[465]라고 하였다. 여기서 우리가 주의해야 할 것은 주희가 '미'를 '소리와 모양이 성대한' 외재적 표현이라 하고, '선'을 '미의 실제 내용' 자체라고 언급한 말이다. 공자가 선과 미를 구별하였기에 후대의 작가와 시인들이 문예에 있어서 무엇을 쓰고 어떻게 쓸 것인가의 구분을 이해하게 되었다는 점에서 그 의의가 크다. 즉 무엇을 쓸 것인가는 '선'의 문제이고, 어떻게 쓸 것인가는 '미'와 관계가 있다. 후에 순자荀子(B.C.313-B.C.238)는 『악기樂記』에서 보다 발전적인 '미선상락美善相樂'의 논점을 제시하였는데, 그 의미는 고대 로마 시인 호라티우스Horatius(B.C.65-B.C.8)가 주장한 '문학의 효용은 가르치며 즐거움을 주는 것이다'라는 말과 완전히 일치한다. 즉 유가는 당연히 '시교詩敎', '악교樂敎'가 필요한 것이며, 당연히 문예는 사회와 정치를 위해 봉사해야 하며, 당연히 "문학으로 도를 표현해야 한다(文以載道)"고 생각하였을 뿐만 아니라 문예가 직접적으로 '교敎'와 '도道'에 대해 설명하거나 명시하지 않고 이를 '악樂'에

---

464 『論語』「八佾」. "子謂韶, '盡美矣, 又盡善也.' 謂武, '盡美矣, 未盡善也'."
465 "美者聲容之勝, 善者美之實也. ……然舜之德, 性之也; 又以揖遜而有天下. 武王之德, 反之也; 又以征誅而得天下. 故其實有不同."

함축적으로 포괄시킬 수 있다는 것이다.

실제 창작활동에 임할 때면 문체와 수사에 대한 주안점이 시대환경과 작자의 문예 관점에 따라 다르기는 했지만 중화지미中和之美를 추구하기 위해 과불급過不及이 없는 작품을 쓰고자 하는 마음만은 한결같았다.

제6장 미학 경계

작자는 만족스러운 작품을 이루기 위해 끊임없이 독서와 관찰, 습작 등의 활동을 통해 작가 수양을 고양할 뿐 아니라 관조와 상상 그리고 영감 등의 구상 활동을 통해 작품의 구상 능력을 끌어올린다. 하지만 이런 기본적인 작가 수양이 담보된다고 하더라도 훌륭한 작품을 완성할 수 있을까? 어느 작자가 훌륭한 문예 관념을 지닌 데에다가 작가 수양을 꾸준히 해오면서 탁월한 구상 능력을 갖추었다고 해도 만약 실제 창작활동을 통해 그 자신의 내적 함양을 글이나 그림으로 제대로 묘사할 수 없다면 작품창작 이전의 모든 활동은 단지 헛된 수고에 불과할 것이다.

어떤 문인들은 주제를 설정하여 이미지를 창조하고 구성을 안배하고 난 후 형식에 골몰하여 번간繁簡의 표현 중 간결체가 나은지 만연체가 좋은지를 짐작하여 수사 기교를 더하여 작품을 완성하였다. 또 다른 문인들은 내용이 갖춰지면 형식은 절로 따라온다고 여겼다. 작품의 내용을 가지고 문예미학적 성취를 자연미, 사회미, 인간미 세 가지로 분류하기도 한다.[466] 하지만 '문질

---

466 『삶은 어떻게 예술이 되는가』, 139쪽.

빈빈'이라는 말처럼 내용과 형식을 나누어보는 것은 중국의 전통적인 관념이 아니다. 형식의 미美를 넘어 내용과 형식의 선善을 이룬 작품들을 칭할 때 자연스러움과 언외지의言外之意를 주로 언급하는 것에 주목하였다. 미학 경계를 더 나누거나 새로이 더 추가할 수도 있지만, 양분해서 보는 것이 중국 고전문예이론의 특징을 보다 명징하게 들여다볼 수 있는 안목을 줄 수 있다. 인위적인 창작이나 목적성을 지닌 창작은 자연미가 떨어질 수밖에 없다. 자연 그 자체가 놀라운 신비요 신묘함이다. 언외지의, 미외지미, 전신, 물화처럼 단선적이지 않은 작품, 볼 때마다 새로운 정감과 의미를 전달한다면 작품 볼 맛이 날 수 있다. 중국 고전 문예이론에서 작품의 최고경계를 살펴보면 크게 자연미와 함축미를 애호해왔기에 이렇게 양분하여 논술하고자 한다.

1. 자연미

작가는 실제 창작과정에서 어떠한 태도와 자세를 취할까? 이러한 질문은 문예이론의 중요한 관건이 된다.

작가가 창작활동에서 자연을 중시하는 것은 당연하다. 산문 장르 하나만 보아도 문리자연文理自然을 늘 숭상하였다. 하지만 실제 창작에서 자연스러움을 구현한다는 것은 또 다른 문제로 여간 어려운 일이 아니었다. 문자를 척독尺牘이나 죽간竹簡에 기록하던 선진先秦시기에는 간략하고 질박하게 기술할 수밖에 없었다. 그 제한된 상황 속에서 문자를 기록한다는 것은 더욱 어려웠을 것이다. 동한東漢 시기에 종이가 발명되기는 하였지만 제지 기술이 뛰어나지 못했기에 여전히 죽간에 의지하였고 위진남북조 시대에 이르러서야 점차 종이와 비단이 죽간의 자리를 대신하면서 문식文飾현상은 본격적으로 확산

되었고 변문騈文 형식도 뒤따라 유행하게 된다. 변문의 지나친 문식 현상은 당대唐代 한유韓愈·유종원柳宗元 등의 고문운동古文運動을 촉발하였지만 지나치게 삼대三代의 문장을 사법師法으로 삼다 보니 끝내 자연스러움을 이룰 수 없었다. 그 후, 송대宋代 구양수歐陽脩에 이르러서야 변문의 위세가 꺾이고 산문의 위치가 공고해졌다. 소식은 구양수의 문예정신을 계승하여 '수물부형隨物賦形'의 자연미를 이루었다.

자연미를 처음으로 강조한 것은 노자老子(B.C.571?-B.C.471?)와 장자莊子(B.C.369?-B.C.286)로 대표되는 도가道家의 자연관에서 비롯되었다.

노자는 '자연무위自然無爲'을 주장하였고, 문예 관념 역시 그 주장을 그대로 이어받았다. 예를 들어, "사람은 땅을 본받고 땅은 하늘을 본받고 하늘은 도道를 본받고 도는 자연自然을 본받는다."[467]라고 하였고, "온갖 업적과 사업이 이루어지자 백성들은 모두 나를 '자연自然'이라 일렀다"[468]라고 하였고, "들으려 하나 무미無味하여 들려지지 않는 '희希'를 자연이라 말한다."[469]라고 하였고, "명령하지 않고도 항상 절로 그러하다"[470]라고 하였고, "성인聖人은 무위無爲하였기에 무너지지 않았고, ……만물의 자연스러움을 도우면서 인위적인 행위를 감히 하지 않았다"[471]라고 하였다. 여기서 말하는 '자연'에 대해, 진고응陳鼓應(1935-)은 "객관적으로 존재하는 자연계를 가리키는 말이 아니라 강제적인 힘을 더하지 않은 자연방임自然放任의 상태를 가리킨다[472]라고 풀이하였다. '자연'은 현상 이전의 상태를 의미한다. 노자는 의도하지 않고

467　『老子·25章』:『王弼集校釋』, 65쪽. "人法地, 地法天, 天法道, 道法自然."
468　『老子·17章』:『王弼集校釋』, 41쪽. "功成事遂, 百姓皆謂我自然."
469　『老子·23章』:『王弼集校釋』, 57쪽. "希言自然."
470　『老子·51章』:『王弼集校釋』, 137쪽. "夫莫之命而常自然."
471　『老子·64章』:『王弼集校釋』, 166쪽. "是以聖人無爲, 故無敗; ……以輔萬物之自然, 而不敢爲."
472　『老子註譯及評介』(陳鼓應, 北京: 中華書局, 1984-1994년), 30쪽. "都不是指客觀存在的自然界, 乃是指一種不加强制力量而順任自然的狀態."

절로 그러한 자연을 강조하였다.

노자의 '도'의 관념을 이어받은 장자 역시 '자연'에 그 철학의 근본을 두었다. 나근택羅根澤(1900-1960)은 "자연주의 철학자 장자의 '도'에 대한 견해는 '자연에 맡기는' 것이고 '예藝'에 대한 견해 역시 '자연에 맡기는' 것이다"[473]라고 하면서 장자는 도를 논함에 우언寓言의 형식을 빌려 기예技藝적인 일로 잘 비유하였다고 하였다. 이에 덧붙여 나근택은 『장자·양생주養生主』에 기술된 '포정해우庖丁解牛'의 비유를 들어 장자가 기묘한 자연의 기술을 제시한 것은 양생養生의 방법을 설명한 것이지 문학이나 예술을 설명하기 위해 내놓은 것이 아니었지만, "후대의 자연문예론, 예를 들어 소식蘇軾이 「문설文說」에서 '마땅히 가야할 곳에 가고 멈추지 않으면 안 되는 곳에서 멈춘다.'라고 한 이론은 장자의 자연 학설에 영향을 받았다."[474]라고 하였다. 자연미를 중시하는 미학 경계 이론은 노장의 자연 철학에 힘입은 바 크며, 특히 "장단長短과 강유剛柔가 그 마땅함을 유지하여 변화의 이치를 따른다."[475]라는 장자의 사상을 흡수하였다.

왕충王充(27-97)은 시대에 따라 또는 작가의 개성에 따라 문학은 변화하여 발전한다는 점을 전제로 한부漢賦의 맹목적인 복고 풍조를 반대하고 자연 창작을 강조하였다.

---

473 羅根澤, 『中國文學批評史』, 66쪽. "莊子是自然主義的哲學家, 對於'道'的意見是'任自然', 對'藝'的意見也是'任自然'."

474 위의 책, 67쪽. "但後來的自然文藝論—如蘇軾的「文說」云: '行於所當行, 止於所不可止', 多少總受此說的影響."

475 『莊子集釋』外篇第十四「天運」, 504쪽. "吾又奏之以陰陽之和, 燭之以日月之明; 其聲能短能長, 能柔能剛, 變化齊一, 不主故常; 在谷滿谷, 在阬滿阬; 塗卻守神, 以物爲量. 其聲揮綽, 其名高明. 是故鬼神守其幽, 日月星辰行其紀. 吾止之於有窮, 流之於無止. 予欲慮之而不能知也, 望之而不能見也, 逐之而不能及也."

얼굴을 꾸며 억지로 비슷하게 하면 형形을 잃고, 말을 조정하여 비슷하게 하려고 힘쓰면 정情을 잃는다. 백 명의 아비에게서 난 자녀가 그 부모와 같지 않고 종류를 달리하여 태어나니 반드시 모습이 닮을 필요가 없고, 각자 하늘에서 받은 바로 스스로 아름답다고 여긴다. ……아름다운 색은 같은 바탕이 아니지만 모두 눈에 아름답고, 슬픈 음音은 같은 소리는 아니지만 모두 귀에 익숙하다. 술과 단술(감주)은 기氣가 다르지만 마시면 다 취하고, 백가지 곡식은 맛이 다르지만 먹으면 다 배부르다. 문장은 마땅히 전인前人과 합치되어야 한다고 말하는 것은, 순舜임금의 눈썹이 마땅히 요堯임금처럼 여덟 무늬로 되돌아가야 하며 우禹임금의 눈이 마땅히 순임금처럼 겹눈동자로 되돌아가야 한다고 말하는 억지와 같다.[476]

이것은 역사는 발전한다는 관점에서 모방과 퇴보를 반대하는 주장이다. 이 견해는 당시에는 분명 진보적인 주장이었다. 훗날 당唐나라 유지기劉知幾(661-721)가 『사통·모의摸擬』에서 제기한 논점은 이것을 계승하여 발전시킨 것이다.

대체로 작자들이 위魏나라 이전에는 삼사三史를 많이 본받았고, 진晉나라 이래로는 오경五經을 즐겨 배웠다. 사서史書의 글은 얕고 모방하기가 쉽지만, 경전經典의 글은 뜻이 깊고 모의하기가 어렵다. 이미 어렵고 쉬운 차이가 있으니 얻고 잃음 또한 달라진다. 겉모습은 달라도 마음이 같은 것(심동모이心同貌異)은 모의의 윗길 가는 것이고, 겉모습은 같지만 마음이 다른 것(모동심이貌同心異)은 모의의 아랫길이 된다. 그런데도 사람들은 모두 '모

476 『論衡集解』하책, 第三十卷「自紀」제85, 587쪽. "飾貌以彊類者失形, 調辭以務似者失情. 百夫之子, 不同父母; 殊類而生, 不必相似 ; 各以所稟, 自爲佳好. ……美色不同面, 皆佳於目; 悲音不共聲, 皆快於耳. 酒醴異氣, 飮之皆醉, 百穀殊味, 食之皆飽. 謂文當與前合, 是謂舜眉當復八采, 禹目當復重瞳."

동심이貌同心異'만을 좋아하고 '심동모이心同貌異'는 숭상치 아니하니 어찌 된 것일까? 안목이 밝지 않고 기호하는 것이 치우침이 많아 '사사似史'를 기뻐하며 '진사眞史'는 미워하기 때문이다.[477]

유지기는 여기에서 옛것을 배우는 방법을 두 가지로 제시한다. '모동심이 貌同心異'의 방법과 '심동모이心同貌異'의 방법이 그것이다. '모동심이貌同心異' 는 겉은 비슷하나 속은 다른 것이다. 옛 책에서 베껴와 말투를 흉내 내 겉모 습의 비슷함은 얻었지만 그 정신의 실질은 갖추지 못한 경우이다. '심동모이 心同貌異'는 그 전달코자 하는 알맹이는 같지만 겉보기에는 전혀 다른 것처럼 보이는 것이다. '모동심이'가 하급의 모방이라면, '심동모이'는 상급의 모방 이다. 뒷사람이 앞사람을 배우는 방법은 '심동心同'이어야지 '모동貌同'이어서 는 안 된다. 같기를 추구하면서도 똑같아서는 안 되며, 다름을 추구하되 실질 은 다르지 않아야 한다. 진정한 닮음이란 껍데기에 있지 않다. 껍데기는 전혀 다른데도 알맹이는 같은 그런 닮음이라야 한다.

지금의 말을 대신하여 옛말을 사용하는 것과 천편일률千篇一律적인 모방의 인습을 좋아하는 것은 문학영역 내에서는 일종의 복고復古 풍조이다. 한대 사람들은 동중서董仲舒의 "하늘이 불변하듯 도道 역시 불변한다(天不變, 道亦不 變)."라는 영향 아래 학술저작과 문학 작품들이 복고의 경향을 지니고 있었다. 이러한 상황에서 왕충王充은 자연 창작을 중시하는 주장과 모방을 반대하는 주장을 내세웠다.

노장의 자연 철학이 문예 미학에 전용된 계기를 찾자면 육기陸機(260-303)를

---

477 『史通通釋』內篇 卷八「摸擬」제28, 205쪽. "大抵作者自魏已前, 多效三史, 從晉已降, 喜學五經. 夫史才文淺而易摸, 經文意深而難擬, 旣難易有別, 故得失亦殊. 蓋貌異而心同者, 摸擬之上也; 貌同 而心異者, 摸擬之下也. 然人皆好貌同而心異, 不尙貌異而心同者何哉? 蓋鑑識不明, 嗜愛多僻; 悅 夫似史, 而憎夫眞史."

거론하지 않을 수 없다. 육기는『문부文賦』중에서 이미 "비록 규범이 되는 선 긋는 자와 원 그리는 곱자를 멀리하고 피한다 해도, 형태와 모양을 다 그려내기를 바란다."[478]라고 하고, 또 "그 물상物象 또한 여러 모양이듯, 그 체식體式 역시 자주 변한다."[479]라고 언급하였다.

그 후 유협劉勰(464?-520) 역시 다음과 같은 글에서 자연미를 강조하였다.

> 무엇을 하고자 하는 마음이 생겨나면 그것을 표현할 말이 확립되고 말이 확립되면 문장文章이 명확하게 된다. 이것이 바로 자연自然의 도인 것이다. 만물에 두루 미쳐 살펴보면 동식물에도 모두 무늬가 있다. 용과 봉황은 깃털의 화려함으로 상서로움을 드러내고 호랑이와 표범은 얼룩 문양으로 그 자태를 이룬다. 구름과 노을의 오색 찬연함은 화공畵工의 솜씨를 뛰어넘고, 풀과 나무의 아름다운 꽃들은 수놓는 사람의 솜씨를 필요치 않는다. 이 어찌 외부에서 꾸민 것이겠는가! 아마도 저절로 그러할 뿐일 것이다. 수풀에 바람이 통하여 울리는 소리는 그 음조가 마치 피리나 거문고 소리 같고 샘물이 바위에 떨어져 부딪치는 소리는 그 화음이 마치 경쇠와 종소리 같다. 그러므로 (사물의) 형체가 확립되면 무늬가 이루어지고 소리가 발하면 악곡樂曲이 생겨난다. 의식이 없는 사물마저도 무성한 문채文采를 띠고 있는데, 천지天地의 마음을 소유하고 있는 인간에게 문文이 없을 소냐?[480]

칠정七情을 하늘로부터 부여받은 사람은 사물과 호응하면 느낌이 있기

---

478 『文賦集釋』, 71쪽. "雖離方而遯員, 期窮形而盡相."
479 『文賦集釋』, 94쪽. "其爲物也多姿, 其爲體也屢遷."
480 『文心雕龍讀本』상책, 제1편「原道」, 2쪽. "心生而言立, 言立而文明, 自然之道也. 旁及萬品, 動植皆文: 龍鳳以藻繪呈瑞, 虎豹以炳蔚凝姿; 雲霞雕色, 有踰畵工之妙; 草木賁華, 無待錦匠之奇; 夫豈外飾, 蓋自然耳. 至於林籟結響, 調如竽瑟; 泉石激韻, 和若球鍠; 故形立則文成矣, 聲發則章生矣. 夫以無識之物, 鬱然有彩; 有心之器, 其無文歟?"

마련이다. 사물에 감응하여 자신의 포부를 읊으니 자연스럽지 않은 것이 없다.[481]

그는 창작행위 자체를 자연의 도라고 보았고 동식물의 문채文采나 인간의 창작표현이 모두 자연의 발로發露라고 여겼다. 용과 봉황의 화려한 문양, 범과 표범의 얼룩무늬, 구름과 노을의 아름다운 빛깔, 숲속에서 울려 퍼지는 바람 소리, 바위에 부딪히는 물소리와 함께 인간의 마음에서 격동하여 표현된 문채가 모두 자연의 문식이라고 보았다. 이에『문심조룡·물색物色』중에서 "신기神氣를 묘사하고 형모形貌를 그려내자 사물에 따라 변화유동變化流動한데다가, 수사적 문채文采를 엮고 운율적 소리를 부가하자 마음도 함께 맴돈다. ……사물을 체현하는 신묘함은 문사文辭로 표현하려는 실체에 적절하고도 긴밀하게 부가하였느냐에 그 공이 달려있다"[482]라고 하였다.

이러한 아름다움은 의심할 바 없이 객관 사물에 대한 예술 반영의 산물이며 예술 창작이 추구해야 할 목표라고 하겠다. 자연미가 결핍된 작품은 예술품이라 할 수 없으며 독자를 감화시킬 수도 없다. 게다가 육조六朝 회화이론가인 사혁謝赫(500?-535?)이 주장한 '육법六法'[483]론 중의 '부류에 따라 채색을 부여한다(隨類賦采)'라는 설과 당대唐代 서예이론가인 장회관張懷瓘(713?-741?)이 주장한 「서의書議」 중의 "일에 임해서는 마땅함을 법식으로 삼고 뜻을 쫓음에는 편함을 따라간다(臨事制宜, 從意適便)"라는 주장이 이어졌고, 전석田錫(940-1004)은 '文無常態(문장에는 항상된 규범은 없다)'[484]라는 관점을 내었다.

---

481 『文心雕龍讀本』 상책, 제6편 「明詩」, 83쪽. "人稟七情, 應物斯感, 感物吟志, 莫非自然."
482 『文心雕龍讀本』 하책, 제46편 「物色」, 302쪽. "寫氣圖貌, 旣隨物以宛轉, 屬采附聲, 亦與心而徘徊. ……體物爲妙, 功在密附."
483 『中國美學史資料選編』(台北: 光美書局, 1984년) 상책, 195쪽. "六法者何? 一氣韻生動是也, 二骨法用筆是也, 三應物象形是也, 四隨類賦彩是也, 五經營位置是也, 六傳移模寫是也."

자연 창작을 실제 작품에서 구현한 대표적인 시인은 바로 도연명陶淵明 (365-427)이다. 후대 문인들에게 가장 많이 추앙받는 작품 중의 하나가 바로 「음주飮酒」이다.

> 변두리에 오두막 짓고 사니
> 날 찾는 수레와 말의 시끄러운 소리 하나 없다
> 묻노라, 어찌 이럴 수 있는가
> 마음이 멀어지면 땅도 절로 멀어진다
> 동쪽 울타리 아래서 국화꽃 따다가
> 유유히 남산을 본다
> 산 기운은 석양에 아름답고
> 나는 새들도 서로 어울려 둥지로 돌아간다
> 이 속에 참뜻이 있으니
> 표현하려다가 어느새 말을 잊는다[485]

도연명은 그의 많은 작품 속에서 전원과 산수 자연의 풍광을 통해서 자신이 이상으로 생각한 세계를 표현하였다. 따라서 그의 시에는 언뜻 보면 지극히 평범한 전원생활, 자연의 밝은 경치, 구름과 안개 그리고 달빛이지만, 깊이 되새기면 혼탁한 세상에서 떨어져 있는 순박하고 자연스러운 정신 경계를

---

484 田錫, 『咸平集』(四庫全書珍本四集) 권2 「貽宋小着書」. "稟於天而工拙者, 性也; 感於物而馳騖者, 情也, 研繫辭之大旨, 極中庸之微言, 道者, 任運用而自然者也, 若使援毫之際, 屬思之時, 以情合於性, 以性合於道, 如天地生於道也, 萬物生於天地也; 隨其運用而得性, 任其方圓而寓理, 亦猶微風動水, 了無定文, 太虛浮雲, 莫有常態, 則文章之有聲氣也, 不亦宜哉!"

485 『陶淵明詩文彙評』(陶潛 撰, 楊家駱 主編, 台北: 世界書局, 1998년), 「飮酒(五)」, 151쪽. "結廬在人境, 而無車馬喧. 問君何能爾? 心遠地自偏. 采菊東籬下, 悠然見南山. 山氣日夕佳, 飛鳥相與還. 此中有眞意, 欲辨已忘言."

느낄 수 있다. 그리고 그 작품 속에서 발현된 꾸미지 않은 자연미는 더 높이 평가할 만하다.

중국의 오랜 기간 이어져 온 자연 미학은 송대 소순蘇洵의 '풍수상조風水相遭'에 직접적인 영향을 주었다.

형은 일찍이 물이 바람과 더불어 있는 것을 본 적이 있습니까? 태연히 흘러가고 조용히 머무르고 멈추었다가 소용돌이치며 말리고 깊으면서도 광대하고 가득 차면 위로 넘치는 것, 이것이 물입니다. 그러나 실상은 바람이 물을 일으킨 것입니다. 윙윙 허공에서 일어나 끊임없이 매일 사방으로 가고 그 형체 없는 것은 모든 만물을 움직이게 하고 그 멀리서 온 것은 회오리치고 이미 가버리면 그 자취가 존재하는 곳을 모르는 것, 이것이 바람입니다. 그러나 실상은 물이 바람을 드러낸 것입니다. 바람과 물은 서로 큰 호수에서 만나 비스듬히 물결 지어 흐르고 꿈틀꿈틀 잔물결 지며 편안하면 서로 밀다가도 노하면 서로 능멸합니다. ······순조로이 흐르던 강물이 대해大海의 해변에 이를 지경에 이르면 격류가 세차게 용솟음쳐 포효하듯 서로 부딪칩니다. 파도가 서로 교차하여 얽혀 텅 빈 곳에 내버려지고 무한한 곳에서 흔들리고 가로로 흘러 거슬러 꺾이고 솟아올라 소용돌이쳐 기울어지고 혼란스레 춤춥니다. ······그래서 바람이 물 위를 거니는 것을 '환渙'이라고 말하는 것입니다. 이 또한 천하의 지극한 문文(문장文章)입니다. 그러나 이 두 물상이 어찌 무늬를 억지로 구하였겠습니까! 아무런 의도 없이 서로 찾고 기약 없이 서로 만나서 물결이 자연스레 생겨난 것입니다. 이 물결이라 함은 물의 물결도 아니요 바람의 물결도 아닙니다. 두 물상이 물결을 만드는 능력을 갖춘 것이 아니고 어쩔 수 없이 물결을 만들게 된 것입니다. 두 물상이 서로 작동하여 물결이 그 사이에서 나오는 것입니다. 이것이 천하의 지극한 무늬가 되는 까닭입니다. 옥이 은은하게 아름답지 않은 것은 없으나 무늬가 될 수는 없고, 칼로 새기고 수놓은 것은 무늬가 되지 않는 것은 없으나 자연스럽다고 말할 수는 없습니다. 따라서 온 세상에 무형無形으로 무늬가 만들어지는 것은 오직 물과 바람뿐입니다.[486]

소순은 창작의 주객 관계를 바람과 물이 만나 물결을 이루는 자연현상으로 풀었다. 물은 작자 내심의 사상 감정 및 작자의 평상시 학문 도덕의 수양을 비유한 것이고, 바람은 외계 물상을 비유한 것이고, 물결은 이러한 사상 감정·수양상태와 외계 물상과의 기막힌 만남을 비유한 것이다. 물은 작자 자신만이 가진 주관적인 조건이며, 바람은 모든 사람이 만날 수 있는 객관적인 조건이다. 뛰어난 작품의 탄생은 작자의 내적 수양이 쌓이고 거기에 시의 적절하게 객관 물상을 접해야 가능하다. 일단 양자가 서로 만나면 문채文采는 절로 문리文理를 갖춘다. '풍수상조'는 내심의 사상 감정이 외물의 자극을 받아 자연스레 표출된 상태를 비유한 말이다.

작자는 바람과 물이 만나는 것처럼 자신도 억제하지 못하는 창작 충동이 있어야 천하의 지극한 문장을 지을 수 있다. 박옥璞玉처럼 내재미內在美가 있을지언정 밖으로 표출하지 못하거나 화려한 자수처럼 형식에만 치중하여 자연미를 잃고는 물과 바람이 어우러져 물결을 만들 듯 자연스런 문장을 이루어낼 수 없다. 사상과 학문적 수양에만 힘쓰면 흉중이 충실하게 되어

---

486 『嘉祐集』, 권14 「仲兄字文甫說」, 145쪽. "且兄嘗見夫水之與風乎. 油然而行, 淵然而留, 渟洄汪洋, 滿而上浮者, 是水也, 而風實起之. 蓬蓬然而發乎大空, 不終日而行乎四方, 蕩乎其無形, 飄乎其遠來, 旣往而不知其迹之所存者, 是風也, 而水實形之. 今夫風水之相遭乎大澤之陂也, 紆餘委蛇, 蜿蜒淪漣, 安而相推, 怒而相凌. ……汩乎順流至乎滄海之濱, 滂薄洶湧, 號怒相軋. 交橫綢繆, 放乎空虛, 掉乎無垠, 橫流逆折, 濆旋傾側. ……故曰, 風行水上, 渙, 此亦天下之至文也. 然而此二物者, 豈有求乎文哉. 無意乎相求, 不期而相遭, 而文生焉. 是其爲文也, 非水之文也, 非風之文也. 二物者, 非能爲文, 而不能不爲文也. 物之相使而文出於其間也. 故此天下之至文也. 今夫玉非不溫然美矣, 而不得以爲文, 刻鏤組繡非不文矣, 而不可與論乎自然. 故夫天下之無營而文生之者, 唯水與風而已."

이를 통해 훌륭한 작품을 써낼 수 있다고 호언하는 이가 있는가 하면, 기교에만 치중하여 이를 완전히 장악하면 훌륭한 문장을 만들 수 있다고 쉽게 생각하는 이가 있기도 하다. 소순은 이 두 가지 잘못된 경향을 창작의 기본적인 특징을 무시한 처사로 간주하였다.

소식蘇軾은 그 부친인 소순蘇洵에게서 많은 영향을 받았다. 그는 「남행전집서南行前集敍」에서 다음과 같이 말하고 있다.

옛날의 글쓰기란 글을 썼다 하면 공교工巧롭게 지을 수 있었던 것이 아니라 부득이하여 글을 쓴 것이라 공교롭지 않을 수 없었다. 산천에는 구름과 안개가 있고 초목에는 꽃과 열매가 있는 것처럼, 가득 꽉 차서 답답하게 막혀 있다가 밖으로 드러나기에 비록 드러내지 않으려 한들 어찌 그리 할 수 있었겠는가? 어려서부터 부친의 문장에 대한 견해를 듣고서 옛 성인聖人들은 부득이하여 글을 쓰게 되었다고 생각하였다. 그래서 저와 아우 소철蘇轍은 글 쓴 것이 매우 많으나 한 번도 글을 써야겠다는 생각을 감히 가져본 적이 없었다. 기해년己亥年에 부친을 모시고 호북湖北지방을 지나는데 선상에 별 탈이 없어서 바둑·장기를 두기도 하고 술도 마시었는데, 집안에서 맛보던 즐거움과는 사뭇 달랐다. 게다가 산천 경치의 수려함과 풍속의 질박함 그리고 현인군자賢人君子들의 유적들, 눈과 귀로 직접 접하는 모든 것들이 한데 섞이어 마음속에 와 닿아 절로 입을 통해 시詩로 발하였다.[487]

---

[487] 『蘇軾文集』 제1책, 권10 「南行前集敍」, 323쪽. 같은 글이 『經進東坡文集事略』 하책 권56의 922쪽에 「江行唱和集叙」로 기재되어 있다. "夫昔之爲文者, 非能爲之爲工, 乃不能不爲之爲工也. 山川之有雲霧, 草木之有華實, 充滿勃鬱, 而見於外, 夫雖欲無有, 其可得耶! 自少聞家君之論文, 以爲古之聖人有所不能自己而作者. 故軾與弟轍爲文至多, 而未嘗敢有作文之意. 己亥之歲, 侍行適楚, 舟中無事, 博奕飮酒, 非所以爲閨門之歡, 而山川之秀美, 風俗之朴陋, 賢人君子之遺跡, 與凡耳目之所接者, 雜然有觸於中, 而發於咏歎."

소식은 창작을 공교롭게 하려고 지은 것이 아니라 저절로 공교해졌다는 점에 주목하였다. 작자가 주동적으로 창작 의도를 가지고 각고의 노력을 기울여 지은 작품은 결국 억지로 지어 만든 문장이지 저절로 가슴속에서 우러나와 자신도 억제하지 못하여 지은 것이 아니다. 소식은 어찌하지 못하여 저술한 작품만이 자연스레 공교로워질 수 있다고 여겼다. 소식은 옛사람의 작품속 정감이 가슴속에 축적되어 억제하지 못하고 밖으로 표출한 것이라 하면서 창작의 '천공자연天工自然'을 주장하였다. 이러한 어찌하지 못하는 강렬한 창작 욕구는 한 편의 우수한 작품을 이루는 중요한 조건이다. 창작이란 이미 외물外物과 내심內心이 뒤섞여 감탄과 읊조림으로 토해낸 것이기에 진실한 성정性情이 드러나야만 사람의 마음을 감동시킬 수 있다.

소식은 그 부친 소순의 '풍수상조'를 이어받아 문예에 대해 논할 때 '수물부형隨物賦形'을 제출하여 물을 비유로 들어 설명하였다.

> 나의 문장은 끊임없이 솟아나는 샘물과 같아서 땅을 가리지 않고 모두 나와 평지에 차고 넘쳐서 하루에 천 리라도 어렵지 않게 흘러간다. 산과 바위와 더불어 굽이쳐 꺾임에 이르러 부딪히는 사물에 따라 그 모습을 부여하기에 제대로 알 수가 없다. 알 수 있는 바는 당연히 흘러야 할 곳을 항상 흐르다가 응당 멈추지 않을 수 없는 곳에서 항상 멈춘다는 것뿐이다. 그 밖의 것은 비록 나라 해도 알 수 없다.[488]

이 글에서 소식은 문장이 자연미를 갖추어야 함을 생동감 있게 기술하였

---

488 『蘇軾文集』 제5책, 권66 「自評文」, 2069쪽. 같은 글이 『經進東坡文集事略』 하책 권57의 947쪽에 「文說」로 기재되어 있다. "吾文如萬斛泉源, 不擇地皆可出, 在平地滔滔汩汩, 雖一日千里無難. 及其與山石曲折, 隨物賦形, 而不可知也. 所可知者, 常行於所當行, 常止於不可止, 如是而已矣. 其他雖吾亦不能知也."

다. 작자는 평상시에 풍부한 생활 체험을 통해 창작 소재를 축적하여 수시로 자기 생각을 끌어내어 작품 속에 자연스럽게 표현해야 한다. 이는 바로 "끊임없이 솟아나는 샘물과 같아서 땅을 가리지 않고 모두 나온다"라고 말한 것과 일치한다. 물의 형태를 따라 물의 형상을 부여하듯이 작품의 형식이 표현하는 내용에 따라 변한다. 필력筆力이 곡절曲折하여 어디인들 적당하지 않은 곳이 없어 감정과 생각을 온전히 표현할 수 있다. 이는 자연미를 추구하는 창작원칙에 정확히 부합한다. 마음속에 정한 창작 목적은 결코 고정된 격식이 있는 것이 아니라 완전히 자연적 심미 의식이 요구하는 대로 창작하는 것이며, 이를 통해 자유로이 써 내려가 사물에 따라 모양을 부여하는 것이다. 소식은 개인의 주관적 편견에 사로잡혀 객관 물체에 지나치게 공을 들여 조탁하거나 문장 법도의 틀에 억지로 끼워 맞추려는 태도를 반대하였다.

'자연'은 마치 무심히 지나가는 구름이나 바위에 굴절하여 흐르는 물처럼 규범에 얽매이지 않고 모든 인위적인 법도로부터 벗어나 저절로 그리할 수밖에 없는 법도를 창조해낸다. 학습과 수양의 오랜 축적과 문학적 상상력이 발흥한다면 마치 끝없는 샘물이 발원하여 지형을 가리지 않고 용솟음치며 흘러나올 것이다. 평지를 만나면 하늘과 땅을 덮듯이 일사천리로 흘러갈 것이며, 산과 암석을 만나면 구불구불 굽이쳐 흘러 어디로 갈 바를 모를 것이다. 다만 사방팔방으로 흘러넘쳐 제멋대로 흐르며 외물外物의 형세에 따라 그 모습을 이룬다는 사실만 알 수 있을 뿐이다. 물론 무어라 해도 문장은 결과적으로 객관 사물을 여실히 반영해야 한다. "당연히 흘러야 할 곳을 항상 흐르다가 응당 멈추지 않을 수 없는 곳에서 항상 멈춘다"라고 한 말은 평범한 듯하지만 오히려 대문장가의 글을 짓는 보감寶鑑이다. 자연 만물은 풍부하고 다채롭고 변화무궁하기에 이를 표현하는 예술작품 역시 자연에 따라 '수물부형隨物賦形'해야 할 것이다. 작가가 따르고자 한 바는 자연의 법칙이며 결단코 인위적인 주관적 억측이 아니다. 마땅히 '수물부형'하고 '행운유수行雲流水'하여 당연히 흘러야 할 곳을 흐르다가 응당 멈추지 않을 수 없는 곳에서 멈추도록 한다면 모든 창작은 자연적으로 이루어질 것이며 억지로 지어지지 않을 것이다.

소식은 손위孫位가 물을 그린 것을 논하면서 다음과 같이 표현하였다.

> 고금古今에 물을 그림에 있어서, 대부분 평탄하여 시야가 널리 미치게 그리거나 물결을 세밀한 주름처럼 그렸다. 그중 잘 된 그림은 파도의 기복起伏을 잘 그려낸 것에 불과했다. 사람으로 하여금 외양이 너무나 똑같아 손으로 그림을 더듬게 하여 그 기복이 움푹 들어갔다가 툭 튀어나왔다고 말할 정도에 이르면 지묘至妙한 수준이라고 여겼다. 그러나 그 품격品格은 단지 인쇄판형으로 찍어낸 그림과 약간의 차이를 두고서 공졸工拙함을 다투는 것일 뿐이다. 당唐 희종僖宗 광명廣明년간에 은일지사隱逸之士 손위孫位가 처음으로 새로운 이미지를 내어 빠르게 소용돌이치는 물살과 거대한 파도를 그려내고, 그 강물은 산·암석과 더불어 굽어 끊기고 대상물에 따라 형태를 드러내어 물의 변화 형상을 그렸으니, '신일神逸'이라 칭하게 되었다.[489]

손위孫位는 강남江南 화풍의 분방함과 종래 화풍의 사실적 묘사를 모두 갖추어 북송北宋 산수화의 기초를 이루었다고 평가받는 화가이다. 물은 가장 생동적이어서 애초부터 정해진 특징이 없다. 물은 고정된 형상이 없이 스스로 그 모습을 만들지 않고 다만 지세의 변화에 따라 제각기 다른 파도를

---

489 『蘇軾文集』제2책, 권12「畫水記」, 408쪽. 같은 글이 『經進東坡文集事略』하책 권60의 995쪽에「書蒲永昇畫後」로 기재되어 있다. "古今畫水, 多作平遠細皺, 其善者不過能爲波頭起伏. 使人至以手捫之, 謂有窪隆, 以爲至妙矣. 然其品格, 特與印板水紙爭工拙於毫釐間耳. 唐廣明中, 處士孫位始出新意, 畫奔湍巨浪, 與山石曲折, 隨物賦形, 畫水之變, 號稱神逸."

형성한다. '수물부형隨物賦形'할 수 있는 물은 '활수活水'라서 부딪히는 대상물에 따라 그 변화에 순응하여 굽이쳐 흐른다. 그 특징을 잃은 물은 기껏해야 평탄하여 시야가 널리 미치게 그리거나 물결을 세밀한 주름처럼 그린다거나 설사 우연하게도 파도의 기복起伏을 능히 그려낸다고 해도 결국 '사수死水'일 터이다. 끊임없이 흐르는 물을 그 모습대로 그려내려면 반드시 제각기 그 모습이 있어야 한다. 왜냐하면 물 자체는 줄곧 변화 속에 있기 때문이다.

'수물부형'은 반드시 표현하려는 형상을 그대로 닮아야 한다. 그 사물이 있다면 반드시 그 모양이 있을 것이다. 만약 모양이 사물과 같지 않다면 '수물부형'이라 말할 수 없다. '수물부형'은 기본적으로 '형사形似'를 벗어날 수 없다. 똑같은 바위라 해도 그 형상은 제각기 다르듯이 다른 사물을 똑같거나 비슷하게 묘사한다면 이는 보는 이로 하여금 싫증나게 할 것이 틀림없다. 같은 바위를 그린다고 해도 시각과 보는 시점에 따라 각기 그 모습은 달리 그려지기에 천편일률적으로 똑같이 그려서는 안 된다. 그리해서는 절대로 참될 수 없고 사람들의 애호를 얻을 수도 없다. 사물은 끊임없이 변화하기에 '수물부형'해야 하며, 그 변화에 따라 각기 다른 형태를 부여하여 그 변화 가운데에서 사물을 묘사해야 한다. 그것이 바로 활법活法인 것이다. 한 작가가 어떤 사람 혹은 한 필의 말을 어떤 정경 속에서 기막히게 묘사했다는 찬사를 받았다고 해서 시각과 장소를 불문하고 똑같이 묘사한다면 이는 실패작이 될 수밖에 없다. 사물은 시시각각 변하였는데 그 모습이 늘 그대로이니 말이다. 작자가 표현하는 물상에 대해 그 물리物理를 제대로 파악하지 못하는 상황은 바로 대상에 대한 인식 부족과 생활에 기초한 관찰 미숙에 기인한다.[490]

---

490 「소식 문론 속에 보이는 작가 수양론」(최재혁, 『중국문학이론』 제2집, 한국중국문학이론학회, 2003년 6월), 88-90쪽 참조.

'진실함'은 창작에 있어서 최고의 목표이다. 만약 비슷하지 않다면 비판을 받아야 마땅하다. 게다가 묘사한 모습이 사물과 전혀 다르면 제대로 구현한 것이 아니다. 모든 자연미의 근저에는 '진실함'·'사실성'이 잠존한다.

그가 얼마나 '수물부형'을 중시하였는지는 만년에 담주儋州를 떠나 북상하던 때에 지은 서신에서도 이 같은 주장을 하고 있는 것을 봐도 그러하다.

> 대략 흘러가는 구름과 흐르는 물처럼 처음엔 작정한 방향(고정된 형식)이 없는 듯했지만, 마땅히 가야할 곳에 항상 가고 응당 그치지 않을 수 없는 곳에서 항상 멈추니, 문리文理가 자연스러우며 자태姿態가 곳곳에서 드러납니다.[491]

창작은 대자연의 창조와 같이 어떠한 인위적인 조작에 의해서는 아니 되며 자연적 규율에 따라 '행운유수行雲流水' 표현처럼 구름 가듯 물 흐르듯 온갖 만상을 묘사함에 어떠한 장애도 있어서는 안 되며 한결같이 자연에 맡겨 인위적인 흔적이 없어야 한다. 이것이 바로 '천공天工'이다. '수물부형'하려면 우선적으로 사물의 소재를 확정하고 어떠한 사물이라도 시공간의 변화와 추이에 따라 한결같을 수 없다는 사실에 근거하여 묘사하려는 형상을 각기 다른 양태樣態로 그려내야 한다. 이러한 활법活法을 구현한 작품은 결과적으로 천태만상을 다 그려낼 수 있다.

자연미 숭상은 소식을 이어 황정견(1045-1105)으로 이어진다. 황정견은 이백李白의 시를 평할 때 "수미首尾를 가릴 것 없이 관례를 주로 삼지 않았다"[492]라

---

491 『蘇軾文集』제4책 권49 「與謝民師推官書」, 1418쪽. 같은 글이 『經進東坡文集事略』권46의 779-780쪽에 「答謝民師書」로 기재되어 있다. "大略如行雲流水, 初無定質, 但常行於所當行, 常止於所不可止, 文理自然, 姿態橫生."
492 『黃山谷詩集注』(黃庭堅 撰, 台北: 世界書局, 1975), 「題李白詩草後」. "無首無尾, 不主故常."

고 하였으며, 황정견의 제자인 범온范溫(약 1060-?) 역시 문장을 일러 "변체變體
는 떠다니는 구름과 흐르는 물처럼 애초에 정해진 특질 없이 정미精微함에서
나와 하늘이 만든 것에 다투니 형기形器로 구해서는 안 된다"[493]라고 하였다.

2. 함축미

중국 문인들이 중시하는 문예 미학의 또 다른 최고 경지는 언외지의言外之
意이다. 이는 '전신傳神'과 '물화物化'의 또 다른 표현이다. 이는 표현한 대상에
작가의 감정이 이입되어야 한다. 제대로 전달된다면 그것이 전신이고, 객관
대상과 주관 감정이 혼연일체가 된다면 그것이 물화인 것이다. 이러한 표면
적인 대상 표현 이면에 언외지의가 있어야 한다. 그것이 물씬 배어있는 작품
이 최고의 미학 경계에 도달한 것이다. 이는 하나의 대상에 담긴 의미가 하나
에 그치지 않는다면 작품에 함축미가 있다고 말할 수 있다.

'전신傳神' 이론은 본래 회화 이론에서 비롯되었다. 중국 고대의 문예에
관한 전통 관념은 '핍진逼眞'·'초물肖物'·'여화如畵' 등의 평어에서 알 수 있듯
이 '형사形似'만으로는 충분하지 않으며 반드시 '신사神似'까지도 표현하여야
한다. '신사神似'가 주된 목적이지만 '신사神似'는 '형사形似'를 완전히 벗어날
수 없고, 그와 반대로 '형사'를 이루지 못하면 '신사'는 거론할 여지도 없다.
'전신傳神'은 형상을 그리기 위한 최상의 목표이기에 여러 문예이론 가운데에
서도 회화영역에서는 일찌감치 '전신'의 중요성을 강조하였다.

이른바 '신神'이란 사람의 신태기질神態氣質만을 단순히 가리키는 것은 아

니다. '전신'의 개념은 매우 광범하여 딱히 무엇이라 단정하여 말할 수 없다. 이론가들은 '신神'을 최고의 심미 기준으로 삼아 작품을 품평하였고, 작가들 역시 이러한 경지에 도달하기 위해 끊임없이 노력하였다. '신神'의 미학사상과 결부되어 중국 역대 문예이론 중에는 '전신傳神'·'사신寫神'·'입신入神'·'신정神情'·'신기神氣'·'신운神韻'·'풍신風神'·'기운氣韻' 등의 학설들이 출현하였다.[494]

'신神'은 '형形'과 떼려야 뗄 수 없는 관계이다. '형사形似'의 실질은 바로 문예 창작 대상의 외형과 표상을 사실대로 묘사하는 것이고, '신사神似'의 실질은 바로 문예 창작 대상의 내재적 특징을 사실대로 묘사하는 것이다. 사물의 본질은 항상 일정한 현상을 통하여 드러난다. '신사'는 '형사'를 벗어날 수 없다. 눈에 보이는 현상이 사물의 본질을 완벽하게 꼭 반영한다고는 말할 수 없다. '형사'만 말하고 '신사'를 말하지 않는다면 사물의 본질을 제대로 묘사할 수 없다. '형사'를 제대로 구현하기도 쉬운 일이 아닌데 '신사'의 경지는 더더욱 어려운 일이다. '형사'만 가지고 문예의 우열을 가린다면 천박해지기 쉽고 '형사'의 기본을 벗어나 문예를 논한다는 것 역시 허망하기 그지없기에 이러한 문질빈빈文質彬彬하지 않은 작품을 하찮게 여겼다.

형신形神에 관한 논의는 도가道家 철학에서 처음 보인다. 장자莊子는 "도道를 잡으면 덕德이 온전하고, 덕德이 온전하면 형체가 온전하고, 형체가 온전하면 정신이 온전하다. 정신이 온전한 것이 성인聖人의 도道이다."[495]라고 말

---

494 이러한 개념들에 대한 해석은 회화 방면에서 말하자면 더욱 학설이 분분하다. 어떤 이들은 '積墨'을 神韻이라 여겼고, 어떤 이들은 '煙潤'을 神韻이라 여겼으며, 어떤 이들은 '絶滅煙火'·'色相俱空'을 神韻이라 여겼다. 또 어떤 이들은 "'神'이란 마음과 손이 모두 망각된 채 필묵에 함께 體化된 것이다.(神也者, 心手兩忘, 筆墨俱化)"라고 여겨서 "일체이면서 알 수 없는 것을 '神'이라 이른다(一切而不可知之謂神也)"라고 하였다.(『中國畫論類編』,兪劍華, 上海, 上海人民美術出版社, 1984년), 6쪽에 보임) 이러한 알쏭달쏭한 말은 사람들을 미혹시키기 쉬운데, 이는 중국인들에게서 특히 나타나는 전통적 심미관념으로 체득할 수밖에 없다.

하였다. 장자가 형形과 신神을 논하면서 문예이론의 화두를 자연스레 끄집어
냈다. '형形'과 '신神' 두 글자는 대립하면서도 상응하는 것으로, 이는 공교롭
게도 중국 회화의 근본 문제로 연계된다. 이는 중국 고대에 초상화를 '전신傳
神'·'사진寫眞'·'사신寫神'이라고 한 것과 같다. 장자莊子는 형이상학적인 '도道'
를 우주 만물의 근원으로 간주하고 형이하학적인 '물物'을 부정하였다. '도'는
무형無形으로 천지만물의 운행규율을 장악하고, '물物'은 유형有形으로 표상
의 형해形骸이다. 그는 삶을 쓸데없이 난 혹과 사마귀가 달린 것이라 여기고
죽음을 곪은 종기를 터뜨리고 등창을 떼어버리는 것에 비유하였다.[496] 이것
이 사람은 그 형해形骸를 도외시하고 그 물상에 얽매여서는 안 된다고 주장한
것이다. 그는 형신形神은 서로 분리될 수 있는 것이어서 "형체는 쇠잔해지지
만 정신은 온전해진다.(形殘而神全)"라고 주장하였으며, 이에 아름다움은 바로
'신神'에 있는 것이지 '형形'에 있지 않다고 보았다. 그래서 장자는 자연스러운
것을 숭상하고 인위적인 것을 반대하였다. 그의 이러한 기본적 생각에서 출
발한 '도道'와 '물物'의 관계는 바로 '신神'과 '형形'의 관계로 발전하여 '신神'을
중시하고 '형形'을 경시하는 지경까지 가게 되었다.

　이러한 철학적 기초에서 출발한 문예 관점은 서한西漢 회남자淮南王 유안劉
安의 『회남자淮南子』 중에서 한층 발전한다. 「원도훈原道訓」에서 "정신을 위주
로 하면 형체가 이에 따라 이롭고, 형체를 만들면 정신이 이에 따라 해롭다."[497]
라고 하였다. 이를 통해 형신形神의 관계에서 『회남자』 역시 '전신傳神'을 강
조하였음을 알 수 있다. 하지만 장자의 편파적인 주장보다는 『회남자』는 형

---

495 『莊子集釋』, 外篇第十二「天地」, 436쪽. "執道者德全, 德全者形全, 形全者神全. 神全者, 聖人之
　　道也."

496 『莊子集釋』, 內篇第六「大宗師」, 264-268쪽. "以生爲附贅縣疣, 以死爲決肬潰癰."

497 『淮南鴻烈集解』(漢·劉文典 撰, 馮逸、喬華 校點, 台北, 文史哲出版社, 1992년 再版), 권1「原道
　　訓」, 41쪽. "故以神爲主者, 形從而利 ; 以形爲製者, 神從而害."

신 양면을 어느 정도 중시하고 있다. 그는 '형形'의 존재를 부인하지 않고 '형形'을 '신神'의 종속적인 위치에 두었을 뿐이다. 예를 들어 「정신훈精神訓」에서는 "마음은 몸의 주인이고 정신은 마음의 보배이다."[498]라고 하였고, 「태족훈泰族訓」에서는 "몸을 다스리는 데에는 가장 좋은 것이 정신을 기르는 것이고 그 다음은 몸을 기르는 것이다."[499]라고 한 것과 같다. 그중에서도 주의해볼 것이 있다면 『회남자淮南子』에서는 이러한 철학 개념인 '전신傳神' 사상을 문예적 요구로 전환하였다는 점에 있다. 「열산훈說山訓」에서는 다음과 같이 말하였다.

> 서시西施의 얼굴을 그리면 아름답긴 하지만 좋아할 만한 것이 못되고 맹분孟賁의 눈을 그리면 대단하긴 하지만 두려워할 만한 것이 못되니, (그 까닭은) 형상을 주관하는 정신이 없기 때문이다.[500]

후세 사람들은 이 문장에 대해 "생기란 사람의 형체를 주관하는 것이다. 인물을 그려 나가면서 생기가 없으니, 형체를 주관하는 것이 없다고 말한 것이다."[501]라고 주注하였다. 여기서 언급한 '생기生氣'란 신태神態가 형체 밖으로 넘쳐난 상태를 뜻한다. 서시西施의 미모와 용사의 눈을 두드러지게 묘사해도 사람들을 기뻐하거나 두렵게 할 수 없다면 그건 겉만 그럴싸하게 그려낸 것에 불과하다. 형신形神이 모두 잘 갖추어져서 "정신은 형체의 쓰임이며 형체는 정신의 바탕이다."[502]라고 할 수 있을 때 "그림은 형상만 본떠서는 안

498 『淮南鴻烈集解』, 권7 「精神訓」, 226쪽. "故心者, 形之主也; 而神者, 心之寶也."
499 『淮南鴻烈集解』, 권20 「泰族訓」, 679쪽. "治身, 太上養神, 其次養形."
500 『淮南鴻烈集解』, 권16 「說山訓」, 540쪽. "畫西施之面, 美而不可說; 規孟賁之目, 大而不可畏; 君形者亡焉."
501 위와 같음. "生氣者, 人形之君. 規畫人形, 無有生氣, 故曰君形亡."

되고 형신形神이 모두 있어야 한다. 시는 그림 밖에 있지 않고 그림 속의 정태를 써야 한다."[503]라는 목적에 도달할 수 있다. 단순한 묘사로도 외형적인 아름다움과 대단함은 이룰 수 있을지 모르나 신태神態는 단순한 형사形似의 방법으로는 전달하기 어렵다. 감상자가 작품을 통해 기뻐할 수 있고 두려워할 수 있을 정도의 반응을 보일 수 있어야 한다. 이러한 반응은 작자가 단순히 물상을 묘사하는 것만으로는 이룰 수 없고 작자가 제재를 완벽하게 파악하여 사물에 잠재된 원리를 파악해야 가능하다. 서시西施의 외모를 아름답게 그리거나 맹분孟賁의 눈을 크게 그린다고 하더라도 기뻐하고 두려워할 만할 정도의 신태神態 묘사를 소홀히 한다면 결국 '실신失神'한 작품이라는 평가를 받을 것이 뻔하다.

『회남자』는 한대漢代의 형사를 중시하는 회화풍조[504] 아래에서 형체 밖의 것을 주목한 것은 나름의 의미가 있지만 이는 서막에 불과하다. 형신形神의 관계를 진정으로 자각한 시기는 위진魏晉 때의 고개지顧愷之(약 346-약 407)에서 시작된다.

고개지顧愷之는 회화 분야에서 형신形神의 결합과 정신을 전할 것을 주장하

---

502 『中國畫論類編』, 6쪽. "神者形之用, 形者神之質."

503 『焚書』(李贄 撰)「詩畵」. "畫不徒寫形, 正要形神在; 詩不在畫外, 正寫畫中態."

504 漢武帝 시기는 "온갖 사상학술을 몰아내고 유가의 학술을 홀로 추존한다.(罷黜百家, 獨尊儒術)"라는 기치를 높이 세운 때였다. 따라서 문예 사상도 유가 사상의 영향 아래서 발전하였다. 당시 창작 활동의 주류는 '形似'에 편중되어 있었다. 沈約이 『宋書 · 謝靈運傳論』에서 "司馬相如는 형사의 언어를 기막히게 지었다(相如工爲形似之言)"라고 말한 데에서 알 수 있듯이, 문학을 주도하는 환경이 어떠했는지를 이를 통해 미루어 짐작할 수 있다. 회화 방면에서도 이러한 경향은 마찬가지여서 '형체와 실질을 고스란히 남겨 표현하는 것(存形寫實)'에 치중하였다. 회화를 실용적인 측면으로만 보았던 당시로서는, 인물을 그린 그림은 공덕을 기리기 위함이었으며 자연산수를 그린 그림은 지리적 상황을 나타내기 위함이었다. 그래서 魏晉의 畫論이 일어나기 전에는 전통적인 회화가 추구했던 바는 다만 실질적인 모습을 제대로 표현했으면 그만이었다. 이와 관련하여 더욱 심도 있는 견해는 鄭毓瑜이 지은 『六朝藝術理論中之審美觀研究』(台灣大學 中國文學研究所 박사학위논문, 1990년)를 참고할 만하다.

였다. 그는 "손을 모아 조아리고 눈으로 보는 생생한 사람 앞에 마주 대하고 있는 이가 없는 경우가 없다. 형체로 정신을 그리는데 그 실제로 마주 대하고 있는 것을 헛되이 하면 생기를 포착하는 작용이 어긋나게 되고 정신을 전하는 뜻을 잃는다."[505]라고 말하였다. 실제 대상을 묘사할 때 형상으로 정신을 그려야 한다면 어떻게 해야 대상의 정신을 관찰할 수 있을까? 고개지는 "생각을 옮겨서 묘를 얻는다.(천상묘득遷想妙得)"라고 대답하였다. 이는 화가와 묘사 대상, 즉 주객의 관계를 설정했다는 데 주목할 필요가 있다. 화가는 그림을 그리기 전에 묘사할 대상을 관찰하고 연구하여 대상을 깊이 이해하고 체득해야 하는데, 이것이 바로 '생각을 옮기는 것(遷想)'이다. 그리고 화가는 대상의 정신적인 특징을 점차 이해하고 파악하는 가운데 이를 분석하고 정련精鍊하는 과정을 거쳐 예술적인 구상을 획득해야 하는데, 이것이 바로 '묘를 얻는 것(妙得)'이다. 이 일련의 과정이 곧 사유활동을 형상화하는 과정이다. 일설에 의하면 고개지가 인물화를 그리면서 몇 년째 눈을 그리지 않자 그 연고를 누군가가 물었는데, 그는 "인물의 팔다리의 미추美醜는 본래 인물을 그리는 묘법과는 아무런 상관이 없다. 정신을 전하여 얼굴을 그리는 것은 바로 이 눈에 있다."[506]라고 대답하였다고 한다. 고개지는 여기서 두 가지 '신神'에 대한 개념을 제출하고 있다. 그 하나는 '이형사신以形寫神'으로, 형체를 통해 정신을 표현한다는 것이다. 이는 즉 형체가 기초이고 정신은 표현의 중점이라는 것이다. 그 다른 하나는 정신을 묘사하는 묘처가 바로 '여기 눈(阿堵)'에 있다는 것으로 '전신傳神'의 요점을 잡으려면 사지를 묘사하는 데 시간을 지

---

505 『歷代名畫記』, 권5; 『中國美學史資料選編』 上冊, 180쪽. "凡生人亡有手揖眼視而前亡所對者, 以形寫神而空其實對, 荃生之用乖, 傳神之趣失矣."

506 『世說新語』(南朝宋·劉義慶 撰, 梁·劉孝標 注, 北京: 中華書局, 1999년) 下冊, 「巧藝」第21. "四體姸蚩, 本無關於妙處, 傳神寫照, 正在阿堵中."

나치게 소비할 필요가 없다는 것이다.

고개지 이후, 남제南齊의 사혁謝赫(약 500-약 535)은 『고화품록古畵品錄』의 서문에서 '육법六法'론을 제출하였다.

> 그림을 품평한다는 것은 그림의 우열을 가른다는 것일 테다. 그림은 옳은 일은 권면하고 악한 일은 경계하는 바를 밝히고 나라의 흥망성쇠를 드러내지 않은 것이 없다. 천여 년 동안의 역사가 그림을 펼치면 다 볼 수 있다. 그림에는 여섯 가지 요법이 있지만 이 모두를 완전히 이해하는 사람이 드물다. 예로부터 지금에 이르기까지 화가들은 제각기 그 여섯 가지 요법 중에 한 가지에만 뛰어났다. 여섯 가지 요법이란 무엇인가? 첫째, '기운생동氣韻生動(내면의 기를 생동감 있게 표현하는 것)'이다. 둘째, '골법용필骨法用筆(운필運筆에 골력骨力을 드러내는 것)'이다. 셋째, '응물상형應物象形(사물의 속성을 완전히 파악하여 그 이미지를 형상화하는 것)'이다. 넷째, '수류부채隨類賦彩(종류별로 같은 부류의 색채와 수식을 입히는 것)'이다. 다섯째, '경영위치經營位置(적절하게 배치하는 화면의 운용)'이다. 여섯째, '전이모사傳移模寫(대상을 있는 그대로 재현해내는 것)'이다. 오직 육탐미陸探微와 위협衛協만이 이 여섯 가지 요법을 모두 갖추었을 뿐이다.[507]

사혁이 이 글에서 주장한 '육법'은 그림의 창작원리와 품평기준을 가리킨다. 그 첫 번째 요소인 '기운생동氣韻生動'의 기본 함의가 바로 '전신傳神'이다.[508] 예술은 가시적인 외형을 닮게 그리는 모방이나 흉내 내는 형사形似적

---

507 "夫畵品者, 蓋眾畵之優劣也. 圖繪者, 莫不明勸戒、著升沉, 千載寂寥, 披圖可鑒. 雖畵有六法, 罕能盡該. 而自古及今, 各善一節. 六法者何? 一、氣韻生動是也, 二、骨法用筆是也, 三、應物象形是也, 四、隨類賦彩是也, 五、經營位置是也, 六、傳移模寫是也. 唯陸探微、衛協備該之矣."

508 元나라 楊維楨은 "그림의 고하를 논하는 자 중에는 형상을 전하는 것도 있고 정신을 전하는 것도 있다. 정신을 전한다는 것은 바로 '氣韻生動'이다.(故論畵之高下者, 有傳形, 有傳神; 傳神

인 측면보다 비가시적인 형신形神을 겸비한 내면세계 혹은 정신세계인 신사神似를 담아내야 한다. 이 '육법'은 사혁이 갑자기 만들어 낸 것이 아닐 것이며 그 당시까지 발달해 온 회화 및 이론을 그가 체계화하였다고 보는 것이 타당할 것이다. 이는 중국의 회화가 새로운 단계에 진입하였음을 의미한다.

사혁 이후로, 당대唐代 장언원張彦遠(815-875)은 안연지顔延之(384-456)의 견해를 빌려 그림이 의미하는 세 가지 요소를 언급하였는데, 그 세 가지로 삼라만상의 이치를 그린 괘상卦象, 세상 지식을 그린 문자, 형태를 그린 회화를 들고 있다.[509] 회화의 개념을 형태를 그리는 것이라 한 것은 회화가 이치를 그린 괘상이나 지식을 그린 문자처럼 의미를 표기한 기호나 언어와 구분한 것이다. 장언원은 괘상과 언어와는 다른 회화의 위상을 명확히 정립한 후 형신形神에 관한 견해를 다음과 같이 밝히고 있다.

옛 그림 중에는 그 형사形似를 버리고 그 골기骨氣를 중시하여 형사의 밖에서 그 그림을 구하고자 하였다. 이는 세속 사람들과 함께 말하기 어렵다. 하지만 오늘날 그림은 설령 형사를 얻었더라도 기운이 살아 있지 않다. 만약 기운氣韻으로 그 그림을 구할 수 있다면 형사는 그 사이에 있을 것이다. ……사물의 형상을 그리고자 하면 반드시 형사에 뜻을 두어야 하지만, 형사는 모름지기 그 사물의 골기까지 온전히 표현하여야 한다. 골기를 표현하는 것과 형상을 닮게 그리는 것은 대개 화가의 마음속에 뜻을 세우는

者, 氣韻生動是也)"라고 말하였다. 그의 풀이는 정확한 표현이라 하겠다. 謝赫은 '神韻氣力'와 '精微謹細'를 대구로 삼았는데, 이는 바로 形神 두 방면에서부터 시작하여야 함을 말한 것이다.

509 『歷代名畫記』, 「敍畫之源流」 "그림은 세 가지 의미를 담고 있다. 첫째는 우주의 이치를 그리는 것으로 『역경』의 괘상이 바로 그것이다. 둘째는 지식을 그리는 것으로 문자학이 바로 그것이다. 셋째는 형태를 그리는 것으로 회화가 바로 그것이다. (圖載之意有三: 一日圖理, 卦象是也; 二日圖識, 字學是也; 三日圖形, 繪畫是也.)"

것에 근본하여 붓을 사용하는 것이다. 이 때문에 그림을 잘 그리는 사람은 대부분 글씨도 잘 쓴다. ……예로부터 그림을 잘 그리는 사람은 사대부나 명문가의 자제, 세속을 떠난 선비 및 인품이 높은 사람이 아닌 이가 없었다. 그들은 신묘한 재능을 일세一世에 떨쳤고 그 작품은 천 년을 전해졌다. 그림이라는 것은 범부나 비천한 자가 잘 그릴 수 있는 것이 아니다.[510]

장언원은 지나치게 형사를 추구하다 보면 기운을 쉽게 잃고 기운을 얻으면 바로 형신形神을 겸비한다고 여겼다. 사물을 닮게 그린다는 것은 형태를 본뜬 것으로 형사를 구현한 것이다. 하지만 형사의 방법은 단지 사물의 외양적 형태의 모방만을 추구하는 것이 전혀 아니다. 이는 닮게 그리는 것(형사形似)만으로는 기가 생동하는 바의 생명력 있는 형태를 구현할 수 없고, 기운氣韻으로 그림을 추구한 상태라야 비로소 죽은 형태가 아닌 살아 있는 예술 형상을 구현할 수 있다. 하지만 기를 통해 형사를 벗어난 정신을 추구한 이미지는 다시 형태를 통해 실재화될 수밖에 없다. 이치를 반영하는 괘상이나 지식을 전달하는 문자보다 형태로 표현된 회화가 보다 더 자유로운 심사를 표현할 수 있다. 어찌 보면 형사를 통한 심미성의 기저에는 본래 대상과의 닮음만을 추구하는 것에서 벗어나고자 하는 의도가 내포되어 있는지도 모른다. 장언원이 말하는 형태란 수증기와 뜨거운 공기처럼 이 세상의 보이지 않는 상태象態를 기운氣韻의 작용으로 반영한 것이며 이러한 형태는 형신의 의미 가치를 부여받는다. 정신이 관계하는 이미지의 실재가 형태인 것이다.

예술의 형상화 추구는 일정한 수준에 이르면 표면적인 형사에 만족하지

---

510 『歷代名畵記』,「論畵六法」;『中國美學史資料選編』上冊, 315쪽. "古之畵或能移其形似而尙其骨氣, 以形似之外求其畵, 此難可與俗人道也. 今之畵縱得形似而氣韻不生, 以氣韻求其畵, 則形似在其間矣. ……夫象物必在於形似, 形似須全其骨氣, 骨氣形似皆本於立意而歸乎用筆, 故工畵者多善書. ……自古善畵者, 莫匪衣冠貴冑·逸士高人, 振妙一時, 傳芳千祀, 非閭閻鄙賤之所能爲也."

않고 더 높은 수준에 오르려 한다. 이는 어떤 예술에나 발견되는 공통된 경향이다. 전신을 추구한다는 것은 은유隱喩적 사유의 표현방식이고 함축미의 발현이라 말할 수 있다. 이는 형상 묘사와 형상 사유의 기초 아래에서 세워질 수 있는 것으로, 중국의 사대부 문화에서 보이는 특징이다. 당대唐代 이전에 중국의 그림은 인물화가 다수를 점유하였다. 이 시기에 육탐미陸探微와 고개지가 뛰어난 화가로 이름을 떨치었다는 데에 주목한 동서업童書業(1908-1968)은 이 시기를 인물화만이 진정한 그림이었다고 말할 정도였다.[511]

'전신'·'신운'·'기운생동' 등의 개념이 육조六朝 시기에 처음 보이는 건 결코 우연이 아니다. 그 시기 예술적 특징이 바로 정교政敎에서 오락성으로 바뀌던 때였다. 그래서 노신魯迅(1881-1936)은 이 시기를 예술을 위한 예술을 하던 시대라고 하여 문학의 자각 시기라 여겼다.[512] 또한 불교의 유입으로 인하여 불상은 회화의 주요한 제재가 되었고, 철학 방면에 있어서도 불교의 형신에 대한 논변은 회화에도 커다란 영향을 미쳤고 특히 인물화의 '전신'을 강조하는 데에 미친 영향이 지대하다. 당시 인물의 풍골風骨을 숭상하던 풍조는 회화에도 그대로 파급되었다. 유협은 『문심조룡·은수隱秀』에서 "은미한 것이란 문장 밖으로 드러나지 않은 함축성을 말하며, 현저한 것이란 문장 가운데 유독 빼어난 문구를 말한다."[513]라고 하였는데, 여기서 '은隱'이란 함축적이고 은미하며 뜻이 풍부하여 그 뜻이 문장 안의 뜻과 서로 의탁하고 또 문장 밖에까지 퍼져 독자에게 무한한 연상과 흥미를 유발하는 것을 가리키고, '수秀'라는 것은 생생한 묘사와 빼어난 아름다움을 갖춘 묘구妙句를 가리킨다. 따라서 '수秀'에서 중시되는 것은 언어가 사물을 눈앞에 펼친 듯 묘사해

---

511 『中國繪畫史』(童書業 著, 上海: 上海人民美術出版社, 1962년), 9쪽.
512 『魏晉風度及文章與藥及酒之關係』(魯迅, 北京: 人民文學出版社, 1978년), 4쪽.
513 『文心雕龍讀本』下篇, 「隱秀」제40, 202쪽. "隱也者, 文外之重旨者也; 秀也者, 篇中獨拔者也."

내는 기능이고 '은隱'에서 중요한 것은 언외지의와 문장 밖으로 은밀한 맛을 추구하는 함축미이다. 이 두 가지는 일정한 대응 관계를 이루면서 작품 안에서 통일을 이루는 것이다.

당대唐代 시인 두보杜甫(712-770)는 강남江南을 노닐 때 270년 전의 화가 고개지가 그린 강녕江寧 와관사瓦棺寺의 벽화를 보고서 "고개지가 그린 금속여래의 영정, 그 신묘함을 유독 잊지 못하겠네.(虎頭金粟影, 神妙獨難忘)"[514]라는 찬탄을 금치 못하였다고 한다. 이것이 바로 '전신'을 중시하여 작품을 평가한 말이다. 이처럼 두보는 회화나 서예 방면에서 높은 예술적 경지에 도달한 작품들을 찬미하였는데, 풍소정馮紹正의 매 그림을 "실제와 흡사하다.(粉墨形似間)"라고 하여 '형사'를 언급하면서도 "빠르기는 천리마를 이길 수 있고, 기백은 만 명의 장수와 견줄 만하다.(疾禁千里馬, 氣敵萬人將.)"라고 하여 전신을 강조하였다.[515] 두보는 회화에서 시작된 '전신'을 시로 승화하고자 하였음을 여러 시구에서 살펴볼 수 있다.

시가 이루어지니 정신이 있음을 알겠네.(詩成覺有神.)[516]

---

514 『杜詩詳註』(唐·杜甫 撰, 淸·仇兆鰲 注, 北京: 中華書局, 1985년), 제2책 권6, 「送許八拾遺歸江寧覲省. 甫昔時嘗客遊此縣, 於許生處乞瓦棺寺維摩圖樣, 志諸篇末」, 457쪽. "詔許辭中禁, 慈顔赴北堂. 聖朝新孝理, 祖席倍輝光. 內帛擎偏重, 宮衣着更香. 淮陰淸夜驛, 京口渡江航. 竹引趨庭曙, 山添扇枕凉. 十年過父老, 幾日賽城隍. 看畫曾飢渴, 追蹤恨森茫. 虎頭金粟影, 神妙獨難忘."

515 杜甫, 「楊監又出畫鷹十二扇」. "近時馮紹正, 能畫鷔鳥樣. 明公出此圖, 無乃傳其狀. 殊姿各獨立, 淸絶心有向. 疾禁千里馬, 氣敵萬人將. 憶昔驪山宮, 冬移含元仗. 天寒大羽獵, 此物神俱王. 當時無凡材, 百中皆用壯. 粉墨形似間, 識者一惆悵. 幹戈少暇日, 眞骨老崖嶂. 爲君除狡兔, 會是翻韝上."

516 杜甫, 「獨酌成詩」. "등불의 불꽃에 어찌 그리 반가웠던가! 푸른 술 마시려고 그랬나 보네. 취한 중에 나그네 신세 무던히 여기고, 시가 이루어지니 신이 있음을 알겠네. 난리가 아직도 눈앞에 있으니, 유술로 어찌 이 한 몸 도모할 수 있으랴. 괴롭게도 작은 벼슬에 묶여 있으니, 고개 숙여 야인에게 부끄러울 따름.(燈花何太喜, 酒綠正相親. 醉裡從爲客, 詩成覺有神. 兵戈猶在眼, 儒術豈謀身. 苦被微官縛, 低頭愧野人.)"

시흥이 일어나면 신이 없을 수 없네.(詩興不無神.)[517]

붓을 휘둘러 아름다운 문구가 생겨나니, 편마다 신이 있는 듯하다.(揮翰綺 繡揚, 篇什若有神.)[518]

두보는 여기에서 뛰어난 작품이 되려면 훌륭한 기교를 가져야 한다거나 신들린 듯한 문구를 창출해야 한다고 볼 수도 있으나, 회화에서 추구하는 전신을 이어받아 시 속에도 '신神'이나 '시흥詩興'이 있어야 한다는 점을 인식 하고 있었음을 확인할 수 있다.

창작의 미학 방면에서 함축미를 언급할 때 사공도司空圖(837-908)를 빼놓을 수 없다. 그는 '상외象外'와 '미외지미味外之味' 등의 중요한 이론들을 제기하였 다. 사공도는 시가 창작은 '상象'과 '경景'을 갖추어야 할 뿐 아니라, '상'과 '경'을 직접적으로 묘사하는 것에서 그치지 말고 그보다 더욱 심원한 것을

---

517 杜甫,「寄張十二山人彪」. "獨臥嵩陽客, 三違潁水春. 艱難隨老母, 慘澹向時人. 謝氏尋山屐, 陶公漉 酒巾. 墓兒彌宇宙, 此物在風塵. 歷下辭姜被, 關西得孟鄰. 早通交契密, 晚接道流新. 靜者心多妙, 先生藝絶倫. 草書何太苦, 詩興不無神. 曹植休前輩, 張芝更後身. 數篇吟可老, 一字買堪貧. 將恐曾 防寇, 深潛託所親. 寧聞倚門夕, 盡力浠飡晨. 疏懶爲名誤, 驅馳喪我眞. 索居猶寂寞, 相逼益悲辛. 流轉依邊徼, 逢迎念席珍. 時來故舊少, 亂後別離頻. 世祖修高廟, 文公賞從臣. 商山猶入楚, 源水不 離秦. 存想靑龍祕, 騎行白鹿馴. 耕巖非谷口, 結草即河濱. 肘後符應驗, 囊中藥未陳. 旅懷殊不愜, 良覿渺無因. 自古皆悲恨, 浮生有屈伸. 此邦今尙武, 何處且依仁. 鼓角凌天籟, 關山信月輪. 官場羅 鎮磧, 賊火近洮岷. 蕭索論兵地, 蒼茫鬥將辰. 大軍多處所, 餘孽尙紛綸. 高興知籠鳥, 斯文起獲麟. 窮秋正搖落, 回首望鬆筠."
518 杜甫,「贈太子太師汝陽郡王璡」. "汝陽讓帝子, 眉宇眞天人. 虯鬚似太宗, 色映塞外春. 往者開元中, 主恩視遇頻. 出入獨非時, 禮異見群臣. 愛其謹潔極, 倍此骨肉親. 從容聽朝後, 或在風雪晨. 忽思格 猛獸, 苑囿騰淸塵. 羽旗動若一, 萬馬肅駪駪. 詔王來射雁, 拜命已挺身. 箭出飛鞚內, 上又回翠麟. 翻然紫塞翮, 下拂明月輪. 胡人雖獲多, 天笑不爲新. 王每中一物, 手自與金銀. 袖中諫獵書, 扣馬久 上陳. 竟無銜橛虞, 聖聰矧多仁. 官免供給費, 水有在藻鱗. 匪唯帝老大, 皆是王忠勤. 晚年務置醴, 門引申白賓. 道大容無能, 永懷侍芳茵. 好學尙貞烈, 義形必沾巾. 揮翰綺繡揚, 篇什若有神. 川廣不 可溯, 墓久狐兔鄰. 宛彼漢中郡, 文雅見天倫. 何以開我悲, 泛舟俱遠津. 溫溫昔風味, 少壯已書紳. 舊遊易磨滅, 哀謝增酸辛."

묘사해야 한다고 주장하였다. 이른바 '상 밖의 상이고, 경 밖의 경(象外之象, 景外之景)'[519]이며, "상을 초월하여 신묘하고 초탈한 경계를 얻는다."[520]라고 말한 것이다. 그는 '상외지상象外之象' 외에도 '운韻'과 '미味'에 대한 견해를 피력하기도 했는데, "천근하면서도 경박하지 않고 심원하면서도 다 표현해 버리지 않은 후에야 운외지치韻外之致를 말할 수 있다."[521]라고 한 것이다. 여기서 말한 '운외지치'는 시가 창작에 있어서 묘사한 실체보다 더 생동감 있고 더 심원한 무엇인가를 갖추어야 한다는 것이다. 이는 곧 '신운神韻'을 지칭하는 말이며, '신운'의 중점이 바로 '전신'이다. 그는 '미味'에 대하여 다음과 같이 말하였다.

> 장강長江 오령五嶺 이남의 사람들은 대부분 시고 짠 맛을 좋아하는데 식초 같은 것은 시지 않은 게 아니지만 그저 시큼하다고만 하고, 소금 같은 것은 짜지 않은 게 아니지만 그저 짜다고만 한다. 중원 지역 사람들은 굶주려 황급히 주워 먹는 자일지라도 시고 짠 맛 외에 순미한 맛이 결여되어 있음을 안다.[522]

사공도는 여기서 시의 '완전한 아름다움'의 표준을 제시하면서 '미외지미味外之味'를 알아야 한다고 주장하였다. 그는 24가지 시품 중에 「함축含蓄」을 들어 "한 글자 덧붙이지 않아도 풍류를 다 얻었다.(不著一字, 盡得風流.)"라고 기술하기도 하였다. 사공도의 이러한 주장들은 표현만 각기 다를 뿐 이들이 의미

---

519 司空圖, 『司空表聖文集』 권3, 「與極浦書」.

520 司空圖, 『二十四詩品』, 「雄渾」. "超以象外, 得其環中."

521 司空圖, 『司空表聖文集』 권2, 「與李生論詩書」. "近而不浮, 遠而不盡, 然後可以言韻外之致."

522 司空圖, 『司空表聖文集』 권2, 「與李生論詩書」. "江嶺之南, 凡足資於適口者, 若醯非不酸也, 止於酸而已; 若鹺非不鹹也, 止於鹹而已. 中華之人所以充饑而遽輟者, 知其鹹酸之外, 醇美者有所乏耳."

왕유王維, <복생수경도伏生授經圖>, 견본설색絹本設
色, 25.4×44.7cm, 일본 오사카시립미술관 소장

하는 바는 모두 같다.

당송唐宋시기는 회화가 번창하던 시대였다. 당시 저명한 화가들은 모두 '전신'을 주장하여 여러 회화이론 서적, 『역대명화기歷代名畫記』·『필법기筆法記』·『도화견문지圖畫見聞志』·『선화화보宣和畫譜』 등에서 한결같이 '전신'을 중시하였다. 왕유王維가 그린 「복생수경도伏生授經圖」는 한 선비가 책상에 기대어 책을 편 모습을 그렸는데, 그 표정엔 생활의 어려움 속에서도 평화로움과 여유로움을 드러내어 정신이 형체에 융화되어 있다. 이 시기 '전신'의 운용범위는 인물제재뿐 아니라 기타 제재에까지 확대되었다. 당대唐代 '산수제일山水第一'이라 칭해졌던 이사훈李思訓(650?-716)이 당현종唐玄宗의 담 벽에 그림을 그렸는데, 현종玄宗은 이사훈에게 "경이 담장 벽에 그린 그림은 밤에 물소리가 들리니 정신과 통한 뛰어난 화가로다.(卿所畫掩障, 夜聞水聲, 通神之佳手也)"라고 하였다고 한다. 오도자吳道子(685-758)가 선주宣州 백림사柏林寺에 그린 「강해분등도江海奔騰圖」는 보는 사람에게 물소리를 듣는 듯한 환각을 일으켰다고 한다. 이때 '전신' 이론은 인물화에서 다른 영역으로까지 확대되었다. 그 후 북송北宋 동유董逌(약 1126년 전후로 활동함)는 "물에는 제각기 신명이 있다.(物各有神明)"라는 견해를 제출하여 '전신' 이론을 다른 영역에까지 파급될 수 있는 이론적 근거를 제공하여 '전신'은 산수화와 화조화花鳥畫 영역까지 파급되었다.

춘추春秋시대부터 양한兩漢시대에 이르기까지는 형사를 중시하였다. 한비자韓非子가 그림을 논하면서 개나 말을 그리기는 어렵지만 귀신을 그리기는 쉽다는 논조[523]를 통해 형사를 중시하였음을 알 수 있다. 한비자의 이론은 상당히 오랜 기간 위세를 떨쳤다. 동진東晉 고개지顧愷之가 '전신' 이론을 제출한 이후로, 신사가 비로소 중시되기 시작하였다. 남북조南北朝에서 수당隋唐에 이르는 시기는 장구령張九齡이 "뜻은 전신을 얻었고, 붓은 형상에 뛰어났네."[524]라고 한 말처럼, 형신形神을 함께 중시한 때였다. 송대宋代에 이르러서는, 오대五代 서촉西蜀 황전黃筌(903-968) 화풍의 궁정화원을 계속 이어받아 형사를 신사보다 더 중시하였다. 문인화가들이 신사를 형사보다 더 중시하면서 신사는 그림을 평하는 주요한 표준이 되었다.[525] 이는 고대 회화이론의 일대 변혁이라 말할 수 있다. 구양수歐陽脩는 한비자의 관점에 대해, "그림을 잘 설명하는 사람들은 대부분 귀신을 그리면 공적을 이루기 쉽다고 말한다. 왜냐하면 그림을 그릴 때 형사가 어렵기 때문이다. 사람이 귀신을 알아볼 수는 없으나 그 음산한 위풍과 참담함에 이르러 그 변화는 상식을 뛰어넘어 기괴하기가 정말 대단하여 사람에게 이러한 그림을 보였다하면 바로 깜짝 놀라 혼절할 정도이다. 하지만 천천히 시선을 고정하여 살펴보면 천태만상은 오히려 필치가 간단하고도 의도하는 바가 충족되더라. 이를 어찌 어렵다 하겠는가!"[526]라고 비판하였다. 그는 「반차도盤車圖」 시詩에서도 "옛 그림은 의경을 그렸지 형체를 그리지 않았고 매요신梅堯臣의 시는 물상을 읊음에 감정을 숨기지 않았다. 형체를 잊고 의경을 얻는다는 진리를 아는 이가 드무니, 시를

---

523 『韓非子校釋』(陳啓天 著, 台北: 台灣商務印書館, 1969-1994년), 「外儲說左上」, 488쪽. "客有爲齊王畫者, 齊王問曰: '畫孰最難者 ?' 曰: '犬馬最難.' '孰最易者 ?' 曰: '鬼魅最易.' 夫犬馬、人所知也, 旦暮罄於前, 不可不類之, 故難. 鬼魅、無形者, 不罄於前, 故易之也."

524 張九齡, 『曲江張先生文集』권17, 「宋使君寫眞圖贊並序」. "意得神傳, 筆精形似."

525 『中國古代繪畫理論發展史』, 79쪽.

526 『六一題跋』(北京: 中華書局, 1985년). "善言畫者, 多云: 鬼神易爲功. 以爲畫以形似爲難, 鬼神人不見也. 然至其陰威慘澹, 變化超騰, 而窮奇極怪, 使人見輒驚絶, 及徐而定視, 則千狀萬態, 筆簡而意足, 是不亦爲難哉!"

보는 것이 그림을 보는 것과 같다는 것만 못하다."[527]라고 하였다. 구양수는 "의경意境을 그리지 형체를 그리지 않는다.(畫意不畫形)"라는 주장을 명확히 드러내면서 의경을 그릴 것을 강조하였다. 그는 망형득의忘形得意한 작품, 즉 신사를 중시한 작품을 감상할 수 있는 이가 거의 없음을 개탄하였다. 실제로 당시 대부분의 사람들이 이러한 관점에 찬동하였다. 심괄沈括(1031-1095)도 일찍이 이 시를 인용하면서 "진정 그림을 알아보았다.(眞爲識畫也)"[528]라고 말하였다.

'전신' 이론을 기반으로 한 '형신겸비形神兼備'의 미학 사상은 바로 고개지로부터 시작된 것이고 이후 많은 이론가들이 이를 더욱 발전시켰다. 소식도 바로 그중의 한 사람이었다. 소식은 장욱張旭의 초서체草書體를 빌려 '형신겸비'의 원리를 설명하였다.

> 장욱張旭의 초서草書는 제멋대로 내려써서 점과 획을 생략한 곳이 있으나 그 의태意態가 자족하여 신일神逸이라 불렸다. 오늘날 초서草書에 능하다고 일컬어지는 사람 중에도 해서楷書·행서行書에는 능통하지 못한 이가 있다고 하니, 그것은 크게 잘못된 일이다. 해서楷書에서 행서行書가 생겨나고 행서行書에서 초서草書가 생겨난다. (인간의 보행단계로) 비유를 들자면 해서는 서 있는 것이며 행서는 걷는 것이요 초서는 달리는 것이라 하겠다. 따라서 서고 걸을 수는 없지만 달릴 수 있다는 사람이란 있을 수 없는 일이다. 지금 장안長安에 장욱張旭이 해서로 쓴 「낭관석주기郎官石柱記」가 있는데, 작자는 간박簡朴하면서도 고고高古하여 육조六朝시대 진晉·송宋 사람과 같다. 안진경顔眞卿의 글씨는 웅장하고 우수해서 홀로 뛰어난데다가 옛 서법書法

---

527 『歐陽修全集』, 『居士集』 권6, 「盤車圖」, 43쪽. "古畫畫意不畫形, 梅詩詠物無隱情. 忘形得意知者 寡, 不若見詩如見畫."

528 근래 畫論을 연구하는 일부 연구자들 중에는 形似를 경시한 문제를 언급할 때 蘇軾을 첫 번째 주창자라고 잘못 언급하지만 실제로 이런 주장을 처음 한 사람은 歐陽修였다. 자세한 내용은 『中國古代繪畫理論發展史』 81쪽 참고.

을 한 번 변화시켰으니, 마치 두보杜甫의 시와 같다고 하겠다. 그의 격조格調
와 필력筆力은 하늘에서 떨어진 듯 한漢·위魏·진晉·송宋 이래의 풍류를 다
포용하고 있어 뒷날 사람들은 거의 다시 손을 대기 어렵다. 유공권柳公權의
서체는 본디 안진경顔眞卿에서 비롯되었으나 스스로 새로운 의경意境을 창
출해낼 수 있었다. 한 글자가 백금의 가치가 있다고 하는 말은 전혀 헛말이
아니다.[529]

소식은 장욱의 초서가 전통적인 해서와 행서를 완전히 몸에 익힌 후에
비로소 완성할 수 있었다고 하여, 서체에 있어서도 이를 바탕으로 창의성을
발휘하여 자기 나름의 신사의 경지에 도달한 것이라 주장하였다. 초서와 해
서·행서는 모두 한뿌리에서 나온 것이고, 행서가 해서에서, 초서가 행서에서
나온 것이라 한 것은 바로 어떠한 일이든 순서가 있음을 말한 것이다. 어떠한
일이든 순서를 밟아 나가는 사이에 그것이 몸에 배고 그 바탕 위에 개인의
창의력이 발휘될 수 있다. 안진경은 옛날의 서법을 익히고서 그 익힌 것을
자신의 개성으로 변화를 주었기 때문에 유명해졌다. 장욱의 서체도 전대前代
의 것들을 체득하고 거기에 그만의 개성을 표현하였기에 뛰어나다는 평가를
받았다. 이것은 바로 옛 전통이라 할 수 있는 형사의 정석定石을 이어받으면
서도 작가 자신이 표현하고자 하는 작가의 개성, 즉 신사의 파격破格이 함께
어우러질 때 비로소 훌륭한 작품으로 칭송받을 수 있다는 점을 시사한다.
나만의 창의가 이전의 전통과 융화되어 하나의 작품이 완성되면 다양한 해석

『蘇軾文集』제5책, 권69「書唐氏六家書後」, 2206-2207쪽. "張長史草書, 頹然天放, 略有點畫處,
而意態自足, 號稱神逸. 今世稱善草書者或不能眞·行, 此大妄也. 眞生行, 行生草, 眞如立, 行如行,
草如走, 未有未能行立而能走者也. 今長安猶有長史眞書「郞官石柱記」, 作者簡遠, 如晉·宋間人.
顔魯公書雄秀獨出, 一變古法, 如杜子美詩, 格力天縱, 奄有漢·魏·晉·宋以來風流, 後之作者, 殆
難復措手. 柳少師書, 本出於顔, 而能自出新意, 一字百金, 非虛語也."

과 때와 장소에 따라 의미가 다변하니 함축미의 극치에 도달하게 된다.
소식은 이와 비슷한 생각을 적절한 비유를 들어 다음과 같이 말하고 있다.

> 양·돼지고기로 훌륭한 음식을 만들기 위해 다섯 가지 조미료로 잘 배합
> 하고, 차조·쌀로 술을 빚기 위해 누룩으로 만드는 것은 세상이 다 같은
> 이치이다. 같은 재료에 똑같이 물과 불을 사용하여 그 차고 덥고 건조하고
> 습한 징조가 한결같은데도 두 사람이 그것을 만들면 맛이 있고 없는 차등이
> 생긴다. 어찌 훌륭한 맛이 방법으로 취할 수 없는 것이겠는가? 그래서 옛
> 비방을 지녔던 자들은 방법을 버린 적이 없었다. 훌륭한 맛을 낼 수 있었던
> 자는 방법으로 정밀함을 얻었고 그렇지 못한 이들은 방법을 따라 그 대략을
> 얻었다. 그 만들어진 방법은 하나이나 맛있는 것이 있기도 하고 없기도
> 하니 정밀한지 추잡한지가 이에 드러난다. 사람들은 그 판이한 두 가지를
> 보고는 방법 밖에서 정밀함을 찾고 이전의 발자취를 버리고 미묘함을 추적
> 하면서 "나는 술과 음식을 맛있게 하는 비법을 안다"라고 말한다. 그러나
> 그 변별됨과 동등함을 생략한 채 그 방법마저 내버리고선 맛내는 비결은
> 여기에 있지 않다고 생각하여 아예 일일이 제 마음대로 음식을 만든다면
> 남들이 먹고 토하지 않을 것이 거의 없을 것이다.[530]

이처럼 정확한 조리 방식 안에서 묘미를 찾아내듯이, 형사의 바탕 위에
신사는 더욱 빛을 발한다. 이러한 논조 하에서 소식은 형사만을 담아낸 작품
을 깎아내렸다.

---

530 『蘇軾文集』 제2책, 권12 「鹽官大悲閣記」, 386-387쪽. "羊豕以爲羞, 五味以爲和, 秫稻以爲酒,
麴糵以作之, 天下之所同也. 其材同, 其水火之齊均, 其寒煖燥濕之候一也, 而二人爲之, 則美惡不
齊. 豈其所以美者, 不可以數取歟? 然古之爲方者, 未嘗遺數也. 能者卽數以得妙, 不能者循數以得
其畧. 其出一也, 有能有不能, 而精粗見焉. 人見其二也, 則求精於數外, 而棄迹以逐妙, 曰, 我知酒食
之所以美. 而畧其分齊, 捨其度數, 以爲不在是也, 而一以意造, 則其不爲人之所嘔棄者寡矣."

　　그림을 형사로만 논한다면, 그 견식은 아이와 가까울 터이다. 시를 짓는 데 반드시 이러한 시여야 한다면, 이는 정말 시를 아는 사람이 아니리라. 시와 그림은 본디 하나로 통하는 규율이 있으니, 바로 천공天工(자연스런 아름다움)과 청신淸新함이라. 변란邊鸞이 그린 공작은 살아있는 듯하고 조창趙昌이 그린 꽃은 작가의 정신을 전하는 듯하다. 어찌 이 두 폭의 그림이 청담淸淡하면서도 정교함을 머금을 수 있었을까. 누가 하나의 붉은 점으로 가이없는 봄을 부치었다고 말했던가.[531]

　　소식은 이 글에서 그림을 논할 때 형사만을 말하는 것은 어린아이와 같은 유치한 생각이라고 단정하면서, 틀에 구속되어 시를 쓴다면 이는 시를 제대로 터득한 것이 아니라고 주장한 것처럼 보일 수 있다. 하지만 소식의 의중을 파악한 자라면 위 시구의 의미가 그림을 그릴 때 형사해서는 안 되고 시도 그 시식詩式과는 멀어야 한다는 말이 아님을 충분히 알 수 있다. 소식은 한위육조漢魏六朝시대 이래로 내려온 '이형전신以形傳神'의 미학 사상을 계승하여 형상뿐만 아니라 정신까지도 그려내야 한다고 주장한 것이다. 그래서 왕약허王若虛(1174-1243)가 "형사의 밖에서 묘미를 논한다 해서 그 형사를 잊어버리는 것은 아니고, 틀에 얽매이지 않는다고 해서 그 요체要諦가 그 틀을 잃지 않는 데에 있다."[532]라고 말한 것이다. 형사의 기초 위에서 신사를 추구해야 하고 틀을 파악하는 전제 아래에서 깊이 파헤치고 넓게 발할 수 있어야 한다. 소식은 문장 가운데 시화詩畫를 막론하고 형사와 신사의 문제를 거론하여 '전신'

531　『蘇軾詩集』제5책, 권29「書鄢陵王主簿所畫折枝二首(之一)」, 1525-1526쪽. "論畫以形似, 見與兒童鄰. 賦詩必此詩, 定非知詩人. 詩畫本一律, 天工與淸新. 邊鸞雀寫生, 趙昌花傳神. 何如此兩幅, 疎淡含精勻. 誰言一點紅, 解寄無邊春."

532　『滹南遺老集附詩集』(金·王若虛, 台北: 新文豐出版社, 1984년) 권39, 「詩話」, 249쪽. "論妙在形似之外, 而非遺其形似; 不窘於題, 而要不失其題."

을 최고로 치고 '형사'를 그 다음이라 여겼다. 그는 "예로부터 화가는 일반 서생이 아니다. 물상을 묘사한다는 점에 있어서는 시인과 같다."[533]라고 말하면서 시회詩畫가 서로 공통점이 있다면 대상을 묘사하는 방법에 있어서 모두 전신傳神과 우의寓意를 중시한다는 점이라고 여겼다. 그는 "왕유王維의 시를 음미하면 시 속에 그림이 있고, 왕유의 그림을 살펴보면 그림 속에 시가 있다."[534]라고 하였고, "두보杜甫의 시는 그림으로 그려내지 못하고, 한간韓幹의 그림은 시로 나타내지 못한다."[535]라고도 하였다. 창작의 최고 경계에 도달한 작품은 그림이면 그림, 시면 시였지 그 누구도 달리 흉내 낼 수 없다.

이에 소식은 다음과 같이 말하였다.

벽에 문동文同이 그린 죽석화竹石畫가 있는데, 그 뿌리와 줄기와 마디와 잎 등이 그 이치에 이르지 않은 것이 없으니 세상의 화공이 능할 수 있는 것이 아니다. 문동이 대나무를 그린 것을 논하자면 형태에 있어서는 잃어서는 안 되고 그 이치는 더욱 알아야 마땅하다. 삶과 죽음, 새 것과 오래된 것, 연기와 구름, 바람과 비 등은 반드시 참모습을 곡진히 표현해야 하고, 하늘의 조화에 합치되고 사람의 뜻에 만족을 주어야 한다. 이렇게 형체와 이치가 모두 온전한 연후에 그림을 안다고 말할 수 있다. 그래서 뛰어난 재주와 명확한 이치가 아니면 변론할 수 없다.[536]

---

533 『蘇軾詩集』제1책, 권6「歐陽少師令賦所蓄石屛」, 277-278쪽. "古來畫師非俗士, 摹寫物象略與詩人同."

534 『蘇軾文集』제5책, 권70「書摩詰藍田烟雨圖」, 2209쪽. "味摩詰之詩, 詩中有畫. 觀摩詰之畫, 畫中有詩."

535 『蘇軾詩集』제8책, 권48「韓幹馬」, 2630쪽. "少陵翰墨無形畫, 韓幹丹靑不語詩."

536 『六硏齋筆記三筆』(明·李日華 撰, 筆記小說大觀叢書, 台北: 新興出版社, 1985년) 권1; 『蘇軾年譜』(孔凡禮 撰, 北京: 中華書局, 1998년) 中冊, 546쪽 재인용. "壁有與可所畫竹石, 其根莖脈縷, 牙角節葉, 無不臻理, 非世之工人所能者. 與可論畫竹木, 於形旣不可失, 而理更當知, 生死、新老、煙雲、風雨, 必曲盡眞態, 合於天造, 厭於人意, 而形理兩全, 然後可言曉畫, 故非達才明理, 不能辨論

소식은 형사를 부정한 것이 아니라 신사를 더 강조한 것에 불과하다. 신사의 경계에 도달하려면 사물의 표면적인 것에 얽매여서는 안 되고 사물의 심층적인 의미에 깊이 들어가야만 그 자연적인 이치와 특징을 드러낼 수 있다. 소식은 눈에 보이는 것에만 치중하여 제대로 그 대상의 정신을 표현하지 못해서 결국 형사에 그친 작품을 지적하고자 하는 데 있었지, 형사를 강조하지 않은 것이 아니다.

그는 정신을 전하려면 반드시 객관 사물에 내재되어 있는 '이치(이理)'를 묘사해내야 한다고 보았다. 여기서 말하는 '이理'는 추상적 개념인 '이理'가 아니라 인정물리人情物理의 '이理'를 가리키는데, 이는 즉 사물 내부의 본질과 규율이다.[537] 소식이 「정인원화기淨因院畫記」에서 말한 '상형常形'과 '상리常理'는 바로 형사와 신사의 문제로부터 비롯된 것이다. 객관 사물의 '형形'은 어떤 것은 '상常'이 있지만 어떤 것은 '상常'이 없다. '상형常形'이 있는 사물에 대해 말하자면 그린 그림이 실물과 비슷한지 아닌지를 한 번 보면 바로 알 수 있다. 하지만 '상형'이 없는 사물에 대해 말하자면 형상의 표준이 없기에 비슷한지 아닌지 식별하기란 여간 어려운 일이 아니다. 그러나 객관 사물에 내재된 '상리常理'를 표현한다는 것은 한층 까다로운 문제이어서 "비록 그림을 아는 자라 해도 모르는 바가 있다.(雖曉畫者有不知)"라고 말하면서 결코 모든 화가가 표현해낼 수 있는 것이 아님을 역설하였다. 소식은 문동이 그린 대나무 그림을 예로 들어 그 대나무의 이치를 얻어야만 비로소 그 정신을 그려낼 수 있다고 설명하였다. 정신을 전하여 그려내는 일은 "하늘의 조화에 합치되고 사람들의 뜻에 만족을 준다.(合於天造, 厭於人意)"[538]라고 하여서 다만 그 형체를

也."

537 『中國古代文學創作論』, 182-183쪽.
538 『蘇軾文集』 제2책 권11, 「淨因院畫記」, 367쪽. "나는 일찍이 그림을 논한 적이 있는데 인물

곡진히 표현하였다면 이는 다만 '형사'에 그칠 뿐이다. 반드시 '상리'를 그려
내야만 비로소 정신을 전한 수작이 될 수 있다.

소식은 「전신기傳神記」중에서 '전신' 이론에 대해 좀 더 심도 있게 논의하
고 있다.

> 전신의 어려움은 눈에 있다. 고개지는 "모습을 전하고 그림자를 그리는
> 것은 모두 여기에 있다."라고 말하였다. 그 다음은 광대뼈와 뺨에 있다. 내
> 가 일찍이 등불 아래에서 볼 그림자를 돌아보고 아무개에게 그것을 벽에
> 본뜨도록 하였는데 눈과 눈썹을 그리지 않았지만 보는 사람들이 모두 웃으
> 며 그것이 나임을 알았다. 눈과 광대뼈, 그리고 뺨이 비슷하면 나머지는
> 비슷하지 않을 게 없다. 눈썹이나 코, 입과 같은 것은 대체로 더하기도 하고
> 덜기도 하면서 비슷하게 할 수 있는 것이다. 전신과 관상은 하나의 도이다.
> 그 사람의 천연함을 얻고자 하면 마땅히 여러 사람 속에서 그 행동거지를

금수 궁실 기용은 모두 형상이 있고, 산석 죽목 수파 운연은 비록 상형은 없으나 상리가
있다. 상형을 잃게 되면 사람들이 다 알게 되지만 상리가 부당함은 비록 그림을 잘 아는
자라도 빨리 모르는 경우가 있다. 그러므로 무릇 세상을 속여서 명성을 취하는 자는 반드시
형상이 없는 것에 의탁하는 자가 된다. 비록 그러하지만 상형을 잃으면 잃은 것에만 그치게
되고 그 전체가 병이 되게 하지는 않지만 만약 상리가 부당하게 되면 그림을 망치게 된다.
그 형상이 무상하기 때문에 그 이치를 삼가지 않으면 안 된다. 세속의 공인들은 혹 그 형상
을 곡진하게 그려낼 수 있으나 그 이치에 이르러서는 뛰어난 식견을 지닌 자가 아니고서는
능히 처리하지 못할 것이다. 문동이 그려내고 있는 대나무 돌 고목은 진실로 그 이치를
터득하였다고 말할 만하다. 이와 같이 태어나서 이와 같이 죽고 이와 같이 휘감아 오르다가
마르고, 이와 같이 무성한 숲을 이루고 뿌리와 줄기 잎과 마디 이와 뿔의 맥락처럼 천변
만화하여 시작부터 서로 뒤엉킨 듯하면서도 각기 그 자리에 맞게 하늘의 조화에 합치되고
사람들의 뜻에 만족을 주니 거기에 다다른 자가 함축시킨 바가 아니겠는가?(余嘗論畫, 以爲
人禽宮室器用皆有常形. 至於山石竹木, 水波煙雲, 雖無常形, 而有常理. 常形之失, 人皆知之. 常理
之不當, 雖曉畫者有不知. 故凡可以欺世而取名者, 必託於無常形者也. 雖然, 常形之失, 止於所失,
而不能病其全, 若常理之不當, 則擧廢之矣. 以其形之無常, 是以其理不可不謹也. 世之工人, 或能曲
盡其形, 而至於其理, 非高人逸才不能辨. 與可之於竹石枯木, 眞可謂得其理者矣. 如是而生, 如是而
死, 如是而攀拳瘠蹙, 如是而條達暢茂根莖節葉, 牙角脈縷, 千變萬化, 未始相襲, 而各當其處. 合於
天造, 厭於人意. 蓋達士之所寓也歟.)"

은밀히 관찰해야 하는 법이다. 요즈음은 그림의 대상 인물에게 의관을 갖추고 앉아서 한 곳만 바라보게 해놓고 그 사람이 용모를 단정히 하고 꼿꼿이 앉아 있게끔 하니 어찌 그 천연함을 볼 수 있겠는가? 사람은 그 특징이 담겨 있는 곳이 각각 있으니 어떤 사람은 눈썹과 눈에 있고 어떤 사람은 코와 입에 있다. 고개지가 "뺨 위에 털 세 개를 더 그렸더니 정채精彩가 더욱 뛰어남을 느꼈다."고 말했는데, 곧 이 사람의 특징은 대개 수염과 뺨 사이에 있었던 것이다.[539]

소식은 그림을 그릴 때 신사를 중시하였다. 그는 전신의 기법을 체득하기 위하여 세 가지 방면에서 노력해야 한다고 주장하였다. 우선 사람의 신체 중 전신을 가장 잘 나타낼 수 있는 부분은 뺨이며 특히 눈이라 보았다. 그래서 눈을 그릴 때 가장 집중해야 한다고 하였으며, "눈과 광대뼈, 그리고 뺨이 비슷하면 나머지는 비슷하지 않을 게 없다."라고 하였다. 이는 화룡점정畵龍點睛과 일맥상통한다. 다음으로는, 대상 인물의 행동거지를 면밀히 관찰하여 그 천성을 담아내어야 한다는 것이다. '신神'이란 사람의 신태神態와 신정神情을 가리킨다. 억지로 꾸며낸 것은 '신神'이 아니다. 마지막으로는, 사람마다 지닌 남다른 특징을 파악해야만 정신을 온전히 드러낼 수 있다는 것이다. 비록 사람들이 눈과 광대뼈와 뺨으로 가장 잘 정신을 전할 수 있다고 해도 사람마다 그 특징을 담아내는 곳이 제각기 있다는 사실을 간과해서는 안 된다. 따라서 사람마다 똑같이 표현할 것이 아니라 각자의 개성이 드러나는

---

539 『蘇軾文集』제2책, 권12 「傳神記」, 401쪽. 이 문장의 내용과 똑같은 문장이 「書陳懷立傳神」(『蘇軾文集』 제5책 권70, 2215쪽)에도 보인다. "傳神之難在目. 顧虎頭云: '傳形寫影, 都在阿覩中.' 其次在顴頰. 吾嘗於燈下顧自見頰影, 使人就壁摹之, 不作眉目, 見者皆失笑, 知其爲吾也. 目與顴頰似, 餘無不似者. 眉與鼻口, 可以增減取似也. 傳神與相一道, 欲得其人之天, 法當於衆中陰察之. 今乃使人具衣冠坐, 注視一物, 彼方斂容自持, 豈復見其天乎! 凡人意思各有所在, 或在眉目, 或在鼻口. 虎頭云: '頰上加三毛, 覺精採殊勝.' 則此人意思蓋在須頰間也."

부분을 제대로 묘사해야 한다. 이를 통해 소식이 그림을 그릴 때 천연天然의
심태心態를 얼마나 중시했는지를 알 수 있다. 소식은 고개지顧愷之가 배해裴楷
의 초상을 그릴 때 뺨 위에 털 세 개를 더한 것에 착안하여 예술가가 사물의
형상 중에서 사물의 본질적 특징을 선명히 드러낼 수 있어야 한다는 점을
중시하였다. 생동적인 묘사가 사물의 본질적 특징을 간명하게 표현할 수 있
다. 이렇게 해야 '형상을 통해 정신을 그려낸다(以形寫神)'할 수 있겠다. 게다가
예술가가 사물의 전형적인 특징을 잘 드러내려면 반드시 그 특징을 담아내는
독특한 부분을 포착하여야 한다. 모든 인물이 천편일률적으로 똑같을 수 없
듯이 각자가 지닌 독특한 특징을 반영할 때 특히 더 닮았다고 느낄 수 있다.
그 특징이 되는 부분을 찾아야 비로소 형사를 한바탕에 정신까지 표현해낼
수 있다. 인물화를 그릴 때처럼 우주만물의 어떤 물상에도 그 특징을 지닌
부분이 있다. 뛰어난 예술가가 되기 위해서는 그 독특한 부분까지 담아낸
형사 특징을 잘 찾아낼 수 있어야 한다. 이렇게 해야 비로소 창작 대상의
심태를 독자의 눈앞에 제대로 드러낼 수 있다. 즉, 창작 대상의 본질적 특징
을 장악하여 형사의 작품을 구현하려면 반드시 깊이 있는 관찰과 연구가
수반되어야 한다.[540] 외래 모습을 그대로 그려놓아도 그 안에 정신을 담아야
하고 작가의 뜻을 기탁할 수 있어야 하고 그것이 진정 함축미가 있는 작품으
로 칭송받을 수 있다.

세상의 모든 일은 진행되어가면서 의미가 차츰 명확해진다. 모호함이 사
라지는 것이다. 예술작품도 표면적으로는 처음엔 모호했던 내용이 차차 분명
해지지만 모호함이 여전히 존재한다. 예술작품이 아닌 모든 것은 이해되고
분명해지면 이것으로 끝난다. 그래서 그것을 알고 나면 다 된 것이다. 그러나

---

540 『中國古代文學創作論』, 190-191쪽.

예술작품에서는 내용이 차차 분명해져도 의미가 확실해지지 않는다. 일반 텍스트와 달리 또 하나의 메커니즘이 작동해서 의미가 오히려 모호해지는 것이다. 처음에는 의미가 거의 없이 작았지만, 작품 마지막에 가면 그 의미가 아주 커져서 자기 삶과 세상을 자꾸 돌아보게 만드는 것이다. 끝났지만 끝나지 않는 예술의 오묘한 오픈 엔딩은 의미가 모호해지고 커진다. 결론이 뚜렷하게 나면 내용은 분명해지지만, 더 이상 생각할 거리가 사라지고 그 상황에서는 의미 생산도 중단된다. 그러나 진정한 예술작품은 오랫동안, 때로는 평생토록 계속 의미를 생산하면서 긴 여운을 남긴다.[541] 이것이 바로 지금도 위대한 시인과 작가의 고전을 읽는 것이다. 동일한 내용 속에서도 독자마다 다양한 의미를 도출해내는 것이 바로 언외지의의 발현이고 함축미의 경지에 도달한 것이다.

소식, <고목괴석도古木怪石圖>, 26.5×50.5cm

　문인들은 그림을 그릴 때 종종 일종의 필묵 유희라 여겨 흥취에 따라 그려낼 뿐 전혀 화법에 구속되지 않는다. 어떤 화가는 도장에 문자를 새기는 행위를 도취한 후에야 하였다고 한다. 여기서 말하는 도취함이란 술에 취한다는

---

541 『예술수업』, 294-297쪽.

의미이기보다는 자연에 대한 도취상태라 하겠다. 이른바 구양수가 "취옹의 뜻은 술에 있는 것이 아니라 산수 자연 사이에 있다."[542]라고 말한 것과 같은 이치이다. 문인 화가들은 대부분 감정에 쉽게 얽매였기에 "도취되었다 하면 흥취가 일었다가도 ……잠깐 사이에 바람처럼 지나가 버리기도 한다"[543]라고 한 것이다. 붓 가는 대로 마음 내키는 대로 그리는 행위가 우연적인 발로에 의한 것인가 하면 절대 그렇지 않다. 이는 화가가 평상시에 만물의 온갖 정태와 동태를 자세히 관찰하여 절로 얻은 결과이다. 소식이 그린 <고목괴석도권 古木怪石圖卷>[544]은 붓놀림이 두리뭉실하고 울퉁불퉁하여 마치 울분이 쌓여 평안하지 않은 느낌을 전달해준다. 그 자신이 이 작품에 대해 '돌에 자신의 정신을 전하였다.(與石傳神)'라고 한 것처럼, 그림을 보는 사람이라면 화가가 자아의 인격을 그 돌에 담아 그려내었다는 사실을 알 수 있다. 이는 자연의 경물景物에 자신의 가슴속 응어리를 담아낸 놀라운 기교이다.

화가가 필묵을 부리는 과정 중에서 추구한 것은 예술 심미 경계와 정신 초탈 상태이다. 즉흥적이면서 마음대로 하는 행위는 문인예술의 창작 특징이다. 그중에 걸출한 것은 종종 '정신이 그 손을 빈다(神假其手)'라는 칭송을 듣기도 한다. 그러나 이렇게 한순간에 마음을 그려낸 작품의 배후에는 오랜 수련과 물상에 대한 조금도 얽매이지 못하는 관조와 깨달음이 존재한다.[545] 작가

---

542 『歐陽修全集』, 『居士集』 권40, 「醉翁亭記」, 276쪽. "醉翁之意不在酒, 在乎山水之間也"

543 『中國畫論類編』, 188쪽. "醉輒興發……頃刻颯颯可了"

544 『蘇軾題畫文學硏究』(衣若芬, 台北: 文津出版社, 1999년), 139쪽.

545 이러한 수련과 깨달음은 마치 莊周의 '胡蝶夢' 고사처럼 나비가 나인지 내가 나비인지 物我가 하나가 된 상태와 같다. 南宋의 화가들이 풀벌레를 그리면서 "내가 풀벌레인지 풀벌레가 나인지 모르겠다(不知我爲草蟲, 草蟲爲我)"라고 말하기도 하였다. 이는 老子가 "도가 사물이 되는 것은 눈 깜빡이는 순간이다.(道之爲物, 惟恍惟惚)"라고 말한 것과 일치한다. 이로 말미암아 齊白石은 그림 그리는 대상에 대하여 "묘법은 비슷함과 비슷하지 않음 사이에 있다(妙在似與不似之間)"라는 이론을 이끌어내었다.

는 장기간의 문예 수양을 거쳐 '안중지죽眼中之竹'을 '흉중지죽胸中之竹'으로 품었다가 책상에 임할 때 '흉중지죽胸中之竹'은 난중영탈囊中穎脫하듯 붓끝에 표현되어 '지상지죽紙上之竹'으로 종이 위에 드러난다. 이것은 영적인 순간이 고도로 발휘된 것이다. 마음 가는 대로 붓을 놀려 순간적으로 얻어진 결과는 장기간의 수련 과정이 쌓여야 가능한 일이다. 자유로이 그려낸 것임에도 불구하고 기막히게 표현한 경지에 이르기도 하지만 작가가 마음속에 떠오른 생각을 손으로 그려낸다는 것은 결코 쉬운 일이 아니다. 장자莊子는 오랜 수련 과정이 거치고서야 비로소 "정신으로 대하지 눈으로 보지 않고, 감각에 의해 움직이는 지각능력이 멈추고 신욕神欲(손이 가는 대로 내버려두어도 무심히 체득한 경지)이 행해진다."[546]라고 말하였다. 이러한 경지에 도달하면 작가의 손과 마음의 거리가 전혀 없게 되고 기술로부터 비롯된 제약도 절로 사라진다. 이는 마치 포정庖丁이 소를 가르는 것처럼 "두께가 없는 것으로 틈 속에 넣는 것이어서 여유로움은 그 칼날이 노넒에 반드시 여유가 있는 것이다."[547]라고 한 말과 같다. 이러한 경지는 마음의 상태를 표준으로 삼아 창작상의 우연한 감흥이나 흥취로 발휘되는 기막힌 필연이다. 이 경지에서 심령의 제약이나 구속은 완전히 사라진다. 화가는 이때에 충만한 자신감으로 필묵을 자유로이 운용하여 붓을 내려 그리니 천연의 아름다움을 작품에 듬뿍 담아낼 수 있다.

---

546 『莊子集釋』, 內篇第三 「養生主」, 119쪽. "以神遇不以目視, 官知止而神慾行."
547 위와 같음. "恢恢乎其於遊刃, 必有餘地矣."

제7장 이론 비평

훌륭한 예술작품을 창조하기 위해 염두에 두어야 할 것에 대해 시대별로 무엇을 고민하였는지를 역사적으로 조망하는 것은 필요하다. 시대마다 문예이론의 전모를 꿰뚫고 있는 문인들이 나타나 동시대나 전시대의 문예활동에 대해 종합적으로 기술하기도 하고 작가와 작품에 대한 감평을 서술하였다. 본장에서는 시대 평론이나 작가 비평 등과 관련 있는 글들을 종합적으로 다루고자 한다.

유협은 『문심조룡·시서時序』에서 "가요의 문리文理는 세상과 함께 추이하여 바람이 위에서 움직이면 물결이 아래에서 일어난다."라고 말하였다. 문예 창작과 시대의 관계를 잘 정리한 말이다. 차상원은 중국문학이론의 발전과정을 세 단계로 나누었다.[548] 첫 번째 시기인 문학 관념의 발전기는 선진先秦, 양한兩漢, 위진남북조魏晉南北朝 기간으로, 문학에 대한 인식이 주로 형식 방면에서 접근하여 점차 확정된 시기이다. 두 번째 시기인 문학 관념의 복고기는 수당오대隋唐五代와 북송北宋 기간으로, 문학에 대한 인식이 내용 방면에서

---

548 『중국고전문학평론사』(차상원, 서울: 범학사, 1979년), 9-10쪽 참조.

인식하였으나 형식과 내용이 상반상성相反相成하던 시기이다. 세 번째 시기인 문학 관념의 완성기는 남송금원南宋金元, 명대明代, 청대淸代 기간으로, 문학예술 전반에 걸쳐 체계를 잡고 분파와 격론을 거치면서 집대성된 시기이다. 중국고전문예이론의 범위를 인쇄술이 활발해지기 전인 북송 시기까지로 보았기에, 이론 개관에서는 발전기와 복고기까지 주요한 이론과 주장들을 정리하고, 비평 총술에서는 한 시대의 문예사조에 대한 평론과 작가에 대한 평가, 및 작품에 대한 감평 등에 관한 비평들을 모아 논술하고자 한다.[549]

l. 이론 개관

중국에서 문자로 기록된 역사의 시작은 상조商朝부터이며, 문자로 기록된 문학의 시작 역시 상商 이후부터이다. 문예이론은 창작 경험과 작품의 축적이 있어야 그 바탕에서 이루어지는 것이므로 중국 문예이론의 역사도 당연히 상나라 이후부터 시작된다고 보아야 한다. 이 같은 논리의 연장선으로 볼 때 중국에서 최초로 문예이론이나 비평이 시작되었을 때는 이미 중국 문학예술이 상당한 수준에까지 발전하였다는 것을 반증한다. 이 초창기 단계에서 문예에 관한 언급은 모두 단편적이며 대부분 주로 제자諸子의 철학 논저 가운데에 여기저기 산재해 보일 뿐이고, 전문적으로 문학예술을 논술한 문장 저

---

549 이론개관 부분은 『중국문학비평사』(周動初 외 저, 중국학연구회 고대문학분과 역, 이론과실천, 1992), 『중국고전문학이론비평사』(이병한·이영주 저, 한국방송통신대학출판부, 1994), 『중국의 산수화』(마이클 설리반 저, 김기주 역, 문예출판사, 1992), 『중국역대서론』(곽노봉 선주, 동문선, 2000), 『중국회화이론사』(葛路 저, 강관식 역, 돌베개, 2010), 『중국미학사』(張法 저, 신정근 외 2인 역, 성균관대학교출판부, 2019) 등을 참고하고, 비평총술 부분은 『중국 고전 시학의 이해』(이병한 편저, 문학과지성사, 1993), 『중국고전문학이론』(최재혁 편저, 도서출판 역락, 2005) 등을 주로 참고하였다.

술은 아직 나오지 않았다.

『시경詩經』에 수록된 시들은 주周나라 초기부터 춘추春秋 중기까지 걸쳐져 지어졌다고 하지만, 『시경』이전에 나온 문예이론에 관한 기록은 아직 없다. 『상서尙書·요전堯典』에 "시는 마음의 뜻을 말한 것이고 노래는 그 시어詩語를 길게 읊조린 것이고 5성聲은 길게 읊조린 노래에 기탁된 것이고 12율律은 5성에 화합하는 것이다."[550]라는 말이 있으나 그 당시의 이론인지에 대해서는 의심스럽다. 『시경』속의 일부 시에는 작자가 시를 쓰는 계기나 목적에 대하여 언급한 것이 있는데 직접 또는 간접적으로 시가의 사회작용과도 관련이 되며, 이러한 내용들을 바로 중국 고대 문예이론의 시발이라고 할 수 있다.

주나라 때의 학술문화는 이미 상당히 높은 수준에까지 발달되어 있었다. 공자孔子가 엮었다는 육경六經도 대부분 주나라 때에 제작된 것이며, 『시경』도 모두 주나라 때의 시이다. 시가 창작의 발전에 따라 서주西周에서 동주東周, 춘추春秋시대에 이르는 사이에 사람들의 시가 작용에 대한 인식이 점차 형성되기 시작하였다. "시는 개인의 정감을 표현하여 전하는 것", "시는 다른 사람 혹은 외부의 사물에 대한 찬미나 풍자의 뜻을 나타내는 것", "채시採詩를 통하여 사람들의 사상 감정이나 민정 풍속 또는 시정時政의 득실 등을 알아볼 수 있다."라고 한 말들이 바로 그 예이다. 이러한 인식은 그 후 '언지言志'·'미자美刺'·'관풍觀風' 등의 시가이론으로 발전하였다.

춘추전국春秋戰國시대는 사회가 급격히 변화하는 시기였으며, 많은 사상가들이 출현하여 학술사상 방면에서는 이전에 없었던 백가쟁명百家爭鳴의 국면을 형성하였다. 제자백가諸子百家의 언론 중에는 문학예술과 관련된 내용도 적지 않았다. 이 내용이 완전한 체계를 갖춘 문예이론의 성격을 지닌 것은

---

550 『今文尙書考證』(皮錫瑞, 北京: 中華書局, 1998년), 82-84쪽. "詩言志, 歌永言, 聲依永, 律和聲."

아니었으나 후세의 문예이론비평에 큰 영향을 끼쳤다. 이 시기에 사람들이 사용한 '문학文學'이라는 말은 내용이 비교적 넓었다. 이른바 '문文' 또는 '문학文學'은 문화학술文化學術의 총칭으로서 『시詩』·『서書』·『예禮』·『악樂』 등의 저술이 모두 그 속에 포괄되며 그중에서 순수한 문예 작품은 극히 일부분에 지나지 않는다.

유가儒家의 창시자인 공자는 '문학文學'을 매우 중시하였다. 공자는 '문학'을 학습하는 일은 개인의 도덕 수양을 높이고 사회활동을 함에 있어서 필수적인 조건이라고 여겼다. 그는 『시삼백詩三百』의 내용을 '사무사思無邪'로 개괄하였으며, 표현형식 면에서는 '질박質朴함'과 '문채文采로움'이 함께 어울리는 '문질빈빈文質彬彬'을 주장하였다. 그리고 또 시가에는 '흥興·관觀·군群·원怨'과 '사부事父·사군事君'의 작용이 있으며, 시를 배우면 조수초목鳥獸草木의 이름도 많이 알게 된다고 지적하였다. 맹자孟子는 시가의 감상이나 문학예술 수련과 관련하여 '이의역지以意逆志'·'지인논세知人論世'·'지언양기知言養氣'를 주장하였다. 순자荀子는 문학의 내용과 작용에 대하여 '명도明道'·'징성徵聖'·'종경宗經' 등의 표준을 제시하였다. 순자와 공자 후학들에 의하여 엮어진 『예기禮記·악기樂記』에서는 한결같이 시가와 음악을 함께 논하고, 그것이 반영하고 있는 사회에 대한 인식 및 시의 사회교화 작용을 중시하였다. 공자·맹자·순자는 모두 '문학'·'언사言辭'·'시詩'·'악樂'의 사회적 효능을 중시하였고, 또 문학예술에는 반드시 '교화敎化' 효능이 수반되어야 한다고 주장하였다. 유가의 이러한 문예관은 그 후 중국 문예이론사상의 주류를 형성하면서 지대한 영향을 끼쳤다.

묵가墨家의 창시자인 묵자墨子는 사대부로 갖춰야 할 학문을 몸에 익혀 '문학文學'과 '언사言辭'를 매우 중시하고 '문학'과 '언사'가 실용과 부합되어야 한다고 주장하였다. 그러나 일반 사대부들의 허례허식과 이로 인한 백성들의 고통과 수고에 불만을 품고 문채文采를 반대하면서 '비악非樂(음악을 비난함)'을 내세우기도 하였다.

도가道家의 주요인물인 노자老子와 장자莊子는 학술문화에 대하여 기본적으로 부정적인 태도를 가졌다. 그들은 문학文學·언사言辭·문채文采·음악音樂 등을 반대하고, "배우면 배울수록 도道와는 멀어진다."[551], "진실한 자는 말로 꾸며대지 아니하며, 말로 꾸며대는 자는 진실하지 못하다."[552] 등의 주장을 내세웠다. '자연自然'을 숭상하는 도가의 논리는 후대 문예이론의 자연미를 주장하고 지나친 꾸밈새를 반대하는 중요 근거가 되었다. 『장자莊子』에 나오는 우언寓言 이야기는 원래 그의 철학사상을 밝히기 위하여 쓰였지만, 그중 일부 이야기는 숙달된 재주를 몸에 지니려면 오랜 기간의 실천과 정신집중이 필요함을 역설한 것이었다. 이러한 원리는 문예이론에까지 파급되어 후세 문론가文論家들에 의하여 체험을 중시하는 논거로 제시되기도 하였다.

법가法家의 집대성자 한비자韓非子는 묵가墨家의 '중질경문重質輕文(본질을 중시하고 문식을 경시함)'의 주장에 동조할 뿐 아니라 상앙商鞅의 학설을 받아들여 '문학'과 '언사'가 모두 허황虛荒함과 부화浮華함에 치우쳐 실용적이지 아니하니 이를 아예 근절시켜야 한다는 극단론까지 펴기도 하였다.

선진先秦 시기는 회화이론이 무에서 유에 이르는 단초를 제공한 맹아기였고 그 당시 회화를 언급한 이들은 작가가 아니라 철학자들과 사상가들이었다. 그들의 저서가 회화예술에 대하여 언급한 것은 대부분 자신의 학술적 관점을 천명하기 위한 것이었으며 본의는 전문적으로 회화 문제를 탐구하는 데 있지 않았다. 제자들이 회화에 대해 논한 것은 단편적인 말에 불과하고 비교적 간략하며 계통적인 이론 형태를 이루고 있지 않다. 그러나 예술의

---

551   『老子道德經注·48章』. 『王弼集校釋』, 127-128쪽. "爲學日益, 爲道日損."
552   『老子道德經注·81章』. 『王弼集校釋』, 192쪽. "善者不辯, 辯者不善."

근본적인 문제들, 가령 예술의 효용, 예술과 생활의 관계, 예술창작의 법칙, 예술창작에 종사하는 정신상태 등과 같은 근본적인 문제를 제시하고 있다.

유가 학술의 근본인 공자가 문예의 사회적 효용가치를 중시해왔기에, 회화에 대해서도 사회적 공리성을 강조하였다. 조식曹植은 "귀감과 경계를 담고 있는 것이 그림이다.(存乎鑑戒者圖畵也.)"⁵⁵³라고 말하였으며, 장언원張彦遠은 "그림은 백성을 교화시키고 인륜에 도움을 주고 우주의 신비한 변화를 궁구하고 천지자연의 그윽하게 미묘한 진리를 측량할 수 있도록 한다."⁵⁵⁴라고 말하였다. 한漢나라 이래로 유가 사상의 영향을 받은 사람이라면 회화의 작용을 말할 때 공자의 관점을 계승하지 않은 이가 없었다.

도가道家 사상가 장자莊子의 심미관은 윤리와 도덕을 중시하고 예술의 교육 작용을 중시한 유가의 심미관과는 달랐다. "자연을 따른다(任自然)"는 장자의 주장이 창작에 반영된 것이 곧 세속적인 사고와 회화 법칙의 구속을 받지 않는다는 것이다. 장자에는 이와 관련된 우언이 있다.

송원군宋元君이 장차 그림을 그리게 하였을 때 많은 화공畵工들이 다 이르렀다. 그들은 명령을 받자 절하고 일어나 곧 붓을 빨고 먹을 갈았다. 화공들이 어쩌나 많은지 집에 들어오지 못하고 밖에 있는 사람이 절반이나 되었

---

553 『全三國文』 권17; 曹植, 『曹子建集』 권9 「畵說」. "그림을 감상하는 사람으로서 삼황오제의 초상을 보고 공경함을 느끼지 않는 이는 없다. 반면 하夏·상商·주周 삼대三代 말기 폭군들의 초상을 보고는 모두 비분하고 원통하지 않는 이가 없고, 임금의 지위를 찬탈한 신하나 자제의 초상을 보면 이를 갈며 치를 떨지 않는 이가 없다. 하지만 고상하고 재주가 뛰어난 사람의 초상을 보면 배고픔을 잊지 않는 이가 없고, 충성심이 대단하여 나라를 위해 죽은 사람의 초상을 보면 머리를 들어 우러러보지 않는 이가 없다. ……이로써 그림을 감상하는 자가 두어야 할 것이 무엇인지 잘 알 수 있다.(觀畵者, 見三皇五帝, 莫不仰戴; 見三季暴主, 莫不悲惋; 見簒臣賊嗣, 莫不切齒; 見高節妙士, 莫不忘食; 見忠節死難, 莫不抗首; 見(忠臣孝子)放臣斥子, 莫不嘆息; 見淫夫妬婦, 莫不側目; 見令如順后, 莫不嘉貴. 是知存乎(鑒者何如也)鑑戒者, 圖畵也.)"
554 『歷代名畵記·敍畵之源流』. "夫畵者, 成敎化, 助人倫, 窮神變, 測幽微."

다. 어느 한 화공이 뒤늦게 도착하고도 천천히 걸으며 서둘지 않고 명령을
받자 절하고는 그대로 서 있지 않고 그대로 방으로 들어가 버렸다. 송원군
이 사람을 시켜 그를 살펴보게 하니, 그는 옷을 풀고 두 다리를 쭉 편 채
벌거숭이로 있었다. 이 보고를 받고는 송원군이 "됐다! 이 사람이 참된 화공
이다."라고 말했다.[555]

"옷을 풀고 두 다리를 쭉 펴다(해의방박解衣磅礴)"라는 말은 정신이 해탈되고
마음에 긴장이 없어야만 비로소 그림을 잘 그릴 수 있다는 것을 지적하고
있는데, 예술가가 창작할 때 마땅히 지녀야 하는 정신상태를 천명한 것이다.

선진先秦 때까지의 문예이론은 아직도 철학과 사학의 테두리 속에 머물면
서 미분화 상태에 있었다. 철학가들이 철학 문제를 논술한다거나 또는 사학
가들이 역사상의 문학가나 문예현상에 대한 평론을 펼칠 때 그들의 문예에
대한 견해를 피력하는 경우가 있었을 뿐이다. 기본적으로 독립된 영역으로서
의 문예이론은 아직 형성되지 못한 상태였다.

선진 때에는 '문文' 또는 '문학文學'이 문화 학술의 총칭이었고 그 개념적
외연도 매우 광범하였다. 양한兩漢 때에 이르러 문학에 대한 인식의 발전에
따라 '문학文學'과 '문장文章'의 의미가 구별되기 시작하여 사장詞章의 아름다
움을 따지는 작품을 '문장文章'이라 일컫고, 학술적 의의만을 지니는 글을
'문학文學'이라 불렀다. 그러나 '문장'은 여전히 잡문학雜文學의 개념을 지니고
있어서 문학작품의 성격이 아닌 문체까지도 포괄하고 있었다.

진시황秦始皇은 여섯 나라를 멸망시킨 뒤에 가혹한 형정刑政을 시행하고

---

555 『莊子集釋』外篇第二十一「田子方」, 719쪽. "宋元君將畫圖, 衆史皆至, 受揖而立; 舐筆和墨, 在外
者半. 有一史後至者, 儃儃然不趨, 受揖不立, 因之舍. 公使人視之, 則解衣般礡臝. 君曰: '可矣, 是眞
畫者也'."

법가의 학설로 사상을 통제하여 백가쟁명百家爭鳴의 국면을 끝냈다. 그러나 진秦나라는 겨우 14년 유지되었을 뿐이었다. 그 후, 한漢나라 초기의 통치자 들은 진나라가 멸망한 원인을 분석하고 이를 교훈으로 삼아 세금과 부역을 경감시켰고 백성들에게 휴양休養을 취할 수 있도록 정책을 펴나갔다. 그리고 학술사상 면에서는 엄격한 제한을 가하지 않는 상태에서 황로黃老사상이 성 행하였다. 한나라 초기의 사부辭賦와 유안劉安·사마담司馬談의 이론저술 중에 이러한 분위기가 드러난다. 이들보다 약간 뒤인 사마천司馬遷도 그러한 정신 을 계승하였다.

『회남자淮南子』는 여러 잡가雜家들의 저술내용을 종합한 것이지만 요지가 『노자老子』에 가까운 편이고, 사마천司馬遷은 그의 아버지 사마담司馬談의 관 점을 계승하여 육가六家의 요지를 논술함에 있어 도가道家를 존숭하여 황로黃 老가 주도적 지위를 차지한다. 이러한 상황 아래에서 당시의 문학예술도 큰 제약을 거의 받지 아니하였으므로, 『회남자』에서 음악을 논함에 있어 변혁 을 중시하고 계승을 중시하지 않았으며, 정감의 표현과 전달을 중시하였지 인정의 유도誘導를 중요시하지 않았다. 사마천도 '발분저서發憤著書'학설을 제 기하여 유가 경전과는 다르게 자신의 마음에서 우러난 것을 읊은 『이소離騷』 를 높이 평가하였다.

무제武帝때부터 선제宣帝에 이르는 사이는 내부적으로 한漢나라의 국기國基 가 공고해지고 대외적으로는 한나라의 세력이 크게 떨쳤던 시기이다. 이러한 시기에 무제가 동중서董仲舒의 건의를 받아들여 "유학만을 존숭하며 기타 학 술을 내치는(獨尊儒學, 罷出百家)"556 정책을 채택한 이후로 제왕의 공덕을 가송하

---

556 「董仲舒傳」에는 "推明孔氏, 抑黜百家."라고 기재되어 있고 「武帝紀贊」에는 "罷黜百家, 表章六 經"이라고 기재되어 있다. "罷黜百家, 獨尊儒術"이라는 말은 清末民初의 저명한 사상가 易白 沙(1886-1921)가 1916년 『新青年』잡지에 발표한 「孔子平議」라는 글에서 처음 언급되었다.

고 형식을 추구하는 부賦가 날로 성행하고 유가의 사상언론이 주도적 위치를 차지하였다. 특히 동중서는 금문경학今文經學을 개창하여 천인감응설天人感應 說을 중심으로 천자天子가 바로 하늘의 의지를 대리하므로 천자의 의지를 존중하는 것은 곧 하늘의 의지를 존중하는 것이란 논리를 펴기도 하였다. 이에 금문경학은 참위讖緯사상과 결합되어 당시의 통치이념이 되었다. 이때 고문학가古文學家인 양웅揚雄·환담桓譚·왕충王充·장형張衡 등은 모두 참위讖緯 사상에 반대하고 나섰으며, 그들의 이론에는 미신적인 부분이 많이 사라졌 다. 특히 왕충은 금문경학과 참위사상에 강력히 반발하였고 문학의 진실성을 강조하였다.

외척세력과 환관宦官의 발호 및 지방농민들의 동요로 조정의 힘이 약화됨 에 따라 그동안 통치이념으로 표방되어 오던 참위사상도 그 권위를 상실한 다. 영제靈帝가 태학太學 밖에 따로 홍도문학鴻都門學을 세우고 사부辭賦·소설 小說·회화繪畫·서법書法 등을 장려함에 따라 문예는 경학經學과 같은 비중으로 다루어졌으며, 정현鄭玄이 금고문학今古文學을 섞어 '정학鄭學'을 수립함에 이 르러 금고문今古文의 경학經學논쟁도 끝이 났다. 이때부터 사상계도 점차 경학 經學의 굴레를 벗어나게 되고, 창작활동도 활발해졌다.

전한前漢 시대 유안은 『회남자』에서 그림 속 서시西施의 얼굴과 맹분孟賁의 눈에 '군형君形(요체가 되는 형상, 즉 인물이나 사물의 정신 또는 본질)'이 있어야 함[557]을 제시하여 신사神似를 강조하였다. 이를 통해 형사形似를 중시한 한비자의 관 점에 비하여 심미능력이 제고되었음을 알 수 있다. 유안은 회화에 대한 주요 한 견해를 다음과 같이 드러냈다.

---

557 『淮南鴻烈集解』, 권16 「說山訓」, 540쪽. "畫西施之面, 美而不可說; 規孟賁之目, 大而不可畏; 君 形者亡焉."

밝은 달빛에서는 멀리 바라볼 수 있어도 잔글씨를 쓸 수 없으며, 안개 자욱한 아침에는 잔글씨를 쓸 수 있어도 멀리 바라볼 수 없다. 심상을 벗어 나면 그림 그리는 사람은 터럭 하나에 힘쓰다가 그 모습을 잃는다. 활 쏘는 사람은 작은 것을 겨누다가 큰 것을 버린다.[558]

『회남자』에서 제기한 "터럭에 힘쓰다가 모습을 잃는다.(僅毛失貌)"라는 이론 은 회화의 전체 형상과 세부 형상 간의 관계에 대해 언급한 것으로, 중시할만 한 예술 법칙이다.

양한兩漢 때에는 『시경』에 대한 연구, 사부辭賦의 창작 문제에 대한 논쟁, 그리고 굴원屈原 및 기타 작품에 대한 논의 등이 문학 이론의 중심을 이루었 다. 이는 창작 경험과 작품의 축적을 바탕으로 점차 예술 자각의 시대로 접어 들고 있음을 증명하는 것이다.

첫째, 양한兩漢 때에는 '독존유술獨尊儒術'의 문화정책과 경학經學의 흥성으 로 『시경』에 대한 연구가 매우 중시되었다. 『한서漢書·예문지藝文志』의 기록 에 의하면 당시 시詩를 논설하는 계통으로 육가六家(노魯·제齊·한韓·모毛 사가四家 외에 제齊의 후씨后氏와 손씨孫氏가 추가됨)에 416권이나 되어 그 수가 적지 않았다. 이에 당시에는 '시경학詩經學'이 형성될 정도였다. 그러나 한유漢儒들이 시를 논한 내용을 후인들은 '미美'와 '자刺' 두 가지로 개괄하는 것이 일반적이었다. 이러한 견해는 특히 「시대서詩大序」와 정현鄭玄의 「시보서詩譜序」에 잘 나타 나 있다. 이들의 대부분은 시를 경학으로 다루어 금문학파今文學派는 장구章句 를 중시하고 고문학파古文學派는 훈고訓詁를 중시하였으며, 순수하게 문학적 인 각도에서 『시경』을 다룬 사람은 많지 않았다. 한漢나라 때에 『시경』연구

---

558 『淮南鴻烈集解』, 권17 「說林訓」, 565-566쪽. "明月之光, 可以遠望, 而不可以細書; 甚霧之朝, 可 以細書, 而不可以遠望尋常之外. 畫者謹毛而失貌, 射者儀小而遺大."

에 대하여 중대한 영향을 끼친 것은 「시대서」이다. 「시대서」는 그전에 개진된 시의 서정抒情, 언지言志의 학설과 풍화風化·미자美刺의 원칙 및 '왕도王道'의 성쇠盛衰와 시가 발전 간의 관계 그리고 시의 '육의六義'학설 등을 개괄하여 후세의 문예이론에 커다란 영향을 끼쳤다.

둘째, 사부辭賦는 『초사楚辭』를 기초로 하여 발전한 새로운 문체이다. 초기의 사부는 여전히 서정抒情을 위주로 하였으나 점차 『초사』의 전통에서 멀어져갔다. 이러한 현상에 대하여 『시경』을 기준으로 삼아 사부에 대하여 평가한 것이 한漢나라 때 문학 이론의 일반적인 현상이었다. 사마상여司馬相如·양웅揚雄의 사부는 그 속에 본래 풍간諷諫의 뜻을 담으려 했었으나 기대했던 만큼의 효과를 거두지 못하였다. 한漢나라 때 정통문학의 대표격인 대부大賦는 한결같이 임금의 업적을 기리고 태평세월을 노래하는 내용이었고, 대부분의 사부가辭賦家들도 그저 아첨을 일삼는 어용문인御用文人으로 전락하고 말았다. 일부 안목이 있는 문학가들은 이러한 경향에 대하여 심한 불만을 나타내었으며, 양웅揚雄 자신도 말년에 사부辭賦를 '조충소기雕蟲小技'로 규정하고 대장부가 할 짓이 못 된다고까지 멸시하였다. 그러나 반고班固는 「양도부兩都賦」 서문에서 한부漢賦에 대하여 이를 긍정적으로 받아들이면서 "어떤 이는 민정을 토로함으로써 풍유諷諭를 말하고 어떤 이는 임금의 덕을 밝혀 충효를 다하여 온화한 용모로 칭찬함이 후세에 다다르니 또한 아송雅頌에 버금간다. ……삼대三代의 문풍文風처럼 빛나는도다."[559]라고까지 칭찬하기도 하였다.

셋째, 『초사』는 『시경』에 이어 출현한 남방 문학의 소중한 유산이다. 한漢나라를 세운 유방劉邦 자신이 초楚지방 출신이었고 한나라 초기의 몇몇 통치자들도 모두 『초사』를 좋아하였으므로 한나라 때에는 『초사』에 대한 연구가

---

559 『六臣注文選』上册, 권1『兩都賦·序』(班固), 24쪽. "或以抒下情而通諷諭, 或以宣上德而盡忠孝, 雍容揄揚, 著於後嗣, 抑亦雅頌之亞也. ……炳焉與三代同風"

매우 성행하였다. 그러나 『초사』의 예술 풍격이나 창작 방법이 모두 『시경』
과는 달랐으므로 『초사』에 대한 평가도 사람에 따라 달랐다. 서한西漢 초기의
유안劉安과 사마천司馬遷은 굴원屈原의 『이소』에 대하여 이를 높이 평가하였
다. 그러나 동한東漢의 반고班固는 유가적 입장에서 굴원의 인품이나 그의
작품을 대폭 낮게 평가하였다. 양웅揚雄은 『초사』에 대하여는 이를 높이 평가
하면서도 역시 유가적 입장에서 굴원의 인품을 비난하였다. 왕일王逸도 반고
의 견해에는 동의하지 않았으나 '독존유학獨尊儒學'의 분위기 속에서 역시 어
쩔 수 없이 육경六經을 끌어대어 『이소』의 가치를 높이려 하였다. 그러나
『이소』의 진정한 문학적 성취는 바로 경의經義에 얽매이지 않고 독창적인
언어와 형상 수법으로 그 자체의 열정을 묘사해낸 데에 있었다.

　동한東漢 때의 사상가이자 문론가文論家였던 왕충王充(27-100?)은 서한西漢 이
래의 참위讖緯사상의 미신적 경향에 대하여 강력히 비판하였다. 그는 공자를
성인聖人으로 존숭하면서도 공맹학설孔孟學說 중의 오류에 대하여는 거침없
는 비판을 제기하였다. 왕충의 학설은 기본적으로 유가에 속하나 도가의 사
상도 흡수하였다. 왕충이 저술한 『논형論衡』의 종지는 '선악을 가리고(定善惡)'
'옳고 그름을 판정하며 진실 여부를 가리며(定是非, 辨然否)' '허망함을 배척하는
것(疾虛妄)'이었다.[560] 그는 회화가 그 시대의 생활을 반영해야 한다고 제창하고
고대를 높이고 현재를 낮추며 미신을 선양하는 데 반대하였다. 이를 통해
왕충은 예술과 현실의 관계에 대하여 한층 진보적으로 인식하였음을 알 수

---

560 『論衡集解』하책, 第二十九卷 「對作」제84, 575쪽. "『논형』을 지은 까닭은 많은 글이 흥성하
　였지만 모두 진실을 잃었고 허망한 말이 진미眞美함을 능가하였기 때문이다. 허망虛妄한
　말이 축출되지 않으면 화려한 문장은 그치지 않게 되고, 화려한 문장이 절제 없이 쏟아지면
　알찬 사실이 쓰이지 않는다. 그래서 『논형』이란 것은 말의 가볍고 무거움을 가리고 진실과
　거짓을 판가름하는 올바름을 세우는 것이지 구차히 문사를 꾸며 기이한 볼거리를 만들고자
　한 것이 아니다.(論衡之造也, 起衆書並失實, 虛妄之言勝眞美也. 故虛妄之語不黜, 則華文不見息.
　華文放流, 則實事不見用. 故論衡者, 所以銓輕重之言, 立眞僞之平, 非苟調文飾辭爲奇偉之觀也.)"

있다. 제자諸子들이 그림을 논한 단계에서도 비록 여러 종류의 예술 특징 및 예술분류의 원칙과 같은 몇몇 이론 문제에 대하여 이따금 언급하기는 하였어도 예술에 대해 정확히 이해하지는 못하였다. 왕충 역시 그림을 보는 사람들이 그림에서는 단지 인물의 모습만 보고 그 말과 행동을 볼 수 없다고 하여 회화의 효용은 문자에 의한 저술보다 못하다는 잘못된 결론을 내렸다. 그리고 그는 신화와 '허망虛妄'의 한계를 명확히 구분하지 못하였다.

『논형』중에는 문학에 관한 견해도 포함이 되어 있는데, 그의 주장은 후세의 문론가들에게 많은 영향을 끼쳤다. 왕충은 특히 문학의 진실성을 강조하였으며, 문학가의 지위와 문학작품의 가치를 논하였고, 문학의 내용과 형식의 관계에 있어서 '질문병중質文幷重'을 주장하였다. 왕충은 언어의 구어화口語化를 강조하고 현실과 유리된 언어의 사용을 반대하였다. 이는 그가 내용과 형식의 통일을 주장하고, 창작에 있어서 모의模擬와 복고復古를 반대한 것과도 관련이 있다.

왕충의 시대는 문학이 철학이나 사학의 범주에서 분리되어 나오기 전이어서 엄격한 의미에서의 '문학文學'은 아직 그 개념조차 정립되지 못한 상태였다. 그러므로 『논형』중에서 그가 사용하고 있는 '문文' 역시 그 함의가 매우 넓으며, 그가 평의評議의 대상으로 삼은 책들도 그 내용이나 성격이 다양하였다. 왕충의 언론 중에는 전적으로 문학을 논한 것은 아니나 문학에 있어야 할 보편적 원리와 관련된 것이 많다.

동한 중기 채륜蔡倫(50?-121?)이 종이를 발명한 후, 종이는 종전의 죽간과 목편을 대체하면서 글씨가 예술로 승화되었다. 한漢나라 말기 채옹蔡邕(133-192)은 글씨 쓰는 것에 대하여 다음과 같이 논하였다.

글씨를 쓴다는 것은 한가하고 자유로운 일이다. 글씨를 쓰려면 먼저 마음속에 쌓인 것을 풀고 느끼는 대로 하고 싶은 대로 해야 한다. 그런 후에야 글씨를 써야 한다. 만약 사무 압박에 얽매이고 있다면 중산中山 토끼털로 만든 훌륭한 붓으로도 좋은 글씨를 써낼 수 없다. 글씨는 먼저 조용히 앉아 고요하게 생각한 후에 마음껏 뜻에 따라 써야 하며 말이 입 밖으로 나와서는 안 되고 심기를 고르게 하고 정신을 집중하여야 한다. 마치 황제皇帝를 대면하듯 하면 잘되지 않는 것이 없다. 서체를 만들 때는 마음이 그 글씨의 형상으로 들어가야 한다. 마치 앉은 듯, 걸어가는 듯, 날아가는 듯, 움직이는 듯, 가는 듯, 오는 듯, 누운 듯, 일어난 듯, 근심스러운 듯, 기쁜 듯, 벌레가 나뭇잎을 갉아 먹는 듯, 예리한 칼과 긴 창처럼, 강한 활과 굳센 화살처럼, 물과 불처럼, 구름과 안개처럼, 해와 달처럼, 종횡으로 자연의 형상을 담아 내어야 글씨라 말할 수 있다.[561]

이는 바로 장자의 "옷을 풀고 두 다리를 쭉 펴다(해의방박解衣磅礴)"라는 이론을 구체화시킨 것이다. 유가와 도가는 천인합일天人合一의 철학사상이 근저에 깔려 있다보니 도예道藝가 하나라고 보는 공통점이 있는데, 유가와 도가 모두 『주역』의 영향을 받았다. 제자諸子들의 문예에 대한 견해는 황무지를 개척한 선구자적 작용을 하였다.

중국 서예는 한자를 변화시켜 정감 의식을 표현하는 형식으로 만들어진 예술이다. 상형으로부터 발전한 한자는 서양 문자와는 서로 다른 공간의 단위로 형성되었다. 중국의 한자는 서로 다른 자모를 섞어서 만든 서양의 문자와는 달리 한 글자에 하나의 고정된 공간을 가지고 있다. 하나의 글자가 하나

---

561 『佩文齋書畫譜』(孫岳頒 編), 권5 「筆論」(蔡邕). "書者, 散也. 欲書先散懷抱, 任情恣性, 然後書之. 若迫於事, 雖中山兔毫, 不能佳也. 夫書, 先黙坐靜思, 隨意所適, 言不出口, 氣不盈息, 沉密神彩, 如對至尊, 則無不善矣, 爲書之體, 須入其形, 若坐, 若行, 若飛若動, 若往若來, 若臥若起, 若愁若喜, 若蟲食木葉, 若利劍長戈, 若强弓硬矢, 若水火, 若雲霧, 若日月, 縱橫有可象者, 方得謂之書矣."

의 몸체를 이루면서, 변화가 풍부한 공간 단위를 이루며 표현력이 매우 강한 예술의 매개체가 되었다. 전각도 따지고 보면 서예와 일맥상통한다. 서예의 도구가 종이와 붓이라면, 전각은 인장석과 조각도로 만든 차이가 있을 뿐이다. 서예의 미란 형체를 초월하여 묘사하는 필획을 자유롭게 전개하고, 그것을 하나씩 서로 섞어서 하나의 형체인 문자를 구성하여 종이 위에 펴낸다. 고대 중국인들은 이러한 서예 미학을 통해 음악이나 무용과 마찬가지로 정감을 펴내고 뜻을 드러내었다.

중국 서예는 흑백을 서로 사이에 두고 선의 결구로 표현하면서 자아의 인격체를 완성하였다. 이는 당시 문인들의 정신문화를 가장 두드러지게 표현하는 예술로 승화되었다. 문인들의 정신문화는 중국 고대 예술문화에서 통치자적인 자리를 점유하고 있었기에, 서예도 중국 고대 예술정신의 가장 전형적인 것이 되었다. 서예는 추상과 구상의 결합이며 그 선은 반드시 문자 형체의 구조에 의지하기 때문에, 서예는 문자의 형태를 조합한 것이다. 문자의 결구도 서예 창작의 객관성에 기반을 둔다고 볼 수 있다.

동한 말엽, 정치의 부패와 사회의 혼란으로 지금까지의 경학사상에 의한 통치이념이 무너지고, 위魏나라 초기에는 '독존유술獨尊儒術'의 사상 통제도 약화되어 유儒·도道·명名·법法을 중심으로 한 제자백가諸子百家의 학문이 다시 활기를 띠기 시작하였다. 또한 이 무렵에는 시국의 혼란과 관련되어 노장老莊사상의 발전과 함께 현학玄學이 크게 유행하였으며 뒤를 이어 불교佛敎철학도 도입되어, 사상논쟁이 자유롭게 개진되었다. 한漢나라 말기 이래 청의淸議가 유행하였는데 위魏나라 때에는 구품중정제九品中正制가 설립되어 사회적으로 인물품평人物品評의 풍조가 더욱 성행하였다.

양한兩漢 때에는 사회경제의 발전에 따라 문예 창작을 전업으로 하는 문인

들이 많이 출현하기도 했지만 남조 유송劉宋시기 범엽范曄(398-445)의 『후한서
後漢書』에 처음으로 「문원전文苑傳」을 별도로 만들어 동한東漢의 많은 작가들
을 한데 모아 '유림儒林'과 구별하였다. 송宋 문제文帝 때에는 유학儒學·현학玄
學·사학史學의 삼관三館 외에 문학관文學館을 따로 설립하였고, 송宋 명제明帝 때
에는 총명관總明觀을 세워 유儒·도道·문文·사史·음양陰陽의 5부部로 나누어 전
문적으로 문학을 연구하는 기구를 두기도 하였다.

또한 한漢나라 때부터 종이가 발명되어 문인들이 글을 쓰기가 편해지고
작품도 그만큼 쉽게 유포되면서 위진남북조 문단에도 건안문학建安文學·정시
문학正始文學·태강문학太康文學·원가문학元嘉文學·영명문학永明文學·제량문학齊
梁文學 등 시대적 특징을 나타내는 활동이 전개된다. 현언시玄言詩·전원시田園
詩·산수시山水詩·궁체시宮體詩 등 제재와 격식을 달리하는 작품 유형이 형성되
었으며, 왕찬王粲·유정劉楨 등 업하문인鄴下文人들과 조씨부자曹氏父子간의 내왕
을 중심으로 한 건안칠자建安七子, 육기陸機·반악潘岳 등과 가밀賈謐과의 내왕을
중심으로 한 이십사우二十四友, 심약沈約·사조謝朓 등과 경릉왕竟陵王과의 내왕
을 중심으로 한 경릉팔우竟陵八友 등 문인들의 동호인 활동도 활발하였다. 이와
같은 사회 분위기와 제도의 시행 및 문단의 동향은 그 자체가 이미 위진남북
조魏晉南北朝 때의 문예이론이 발전할 수 있는 긍정적인 요인들이었다.

당시 여러 가지 문체가 이미 거의 다 갖추어진 가운데 특히 시부詩賦의
창작이 번성하였지만, 많은 문인들이 정치적 박해로 인하여 현실을 그대로
들추어내지 못하였고 그들의 작품 내용은 보편적으로 공허함을 면치 못하였
다. 그러나 위진남북조魏晉南北朝 때의 문인들은 문사의 조탁과 표현기교면에
관심을 많이 갖고 문학과 언어 문자의 특성 등에 대하여 폭넓게 이해하였고
이를 바탕으로 다양하게 문체文體와 문풍文風을 구별하였다. 이에 따라 문예
이론도 성숙기에 접어들어 많은 논문이 발표되었고, 『문심조룡文心雕龍』·『시

品詩品』등과 같은 전문적인 문예이론서가 나와 문학예술의 본질과 규율에 대한 연구, 작가·작품에 대한 평가와 분석 등이 행해졌다. 위진남북조 때의 문학이론을 네 가지로 집약해보면 창작론, 풍격론, 문체론, 성률론으로 정리할 수 있다.

첫째, 「시대서」에서 '부賦'·'비比'·'흥興'으로 시법詩法을 논하기는 하였으나 구체적인 창작논의가 진행되지 않았고, 위진남북조 때에 이르러 육기는 그의 「문부」에서 창작론의 핵심이라 할 수 있는 예술적 구상에 관하여 이론을 폈고, 유협이 엮은 『문심조룡』의 하편은 주로 창작론과 관련된 내용들로 채워져 있다.

둘째, 작가의 개성과 작품의 풍격에 관하여는 양한兩漢 때까지만 하여도 아직 구체적으로 논급한 사람이 없었다. 그러나 조비는 『전론·논문』에서 '문기론文氣論'을 내세워 작가의 개성을 작품의 풍격을 결정하는 요인으로 보았으며, 유협도 『문심조룡·체성體性』에서 작품의 풍격을 '전아典雅'·'원오遠奧'·'정약精約'·'현부顯附'·'번욕繁縟'·'장려壯麗'·'신기新奇'·'경미輕靡' 8종으로 나누고 이러한 풍격 형성의 요인으로 작가의 '재才'·'기氣'·'학學'·'습習' 등을 들기도 하였다.

셋째, 한나라 때에 이르면 단편적인 문장이나마 많이 지어졌고 문장의 여러 가지 체재도 대체로 갖추어졌다. 위진魏晉 이후에는 총집總集의 편찬 작업이 성행하였는데 문체 분류의 필요에 따라 문체론이 발전하였다. 조비는 『전론·논문』에서 사과팔체四科八體를 열거하였고, 육기는 「문부」에서 열 가지로 분류하기도 하였다. 그 뒤로 분류가 점차 세분화되어 소통蕭統의 『문선文選』에서는 38류類로 나누었고, 유협의 『문심조룡』은 「명시明詩」편 이하의 20편이 모두 문체를 논하는 내용인데 그 자목子目이 33류類에 달하였다.

넷째, 음운학音韻學 연구의 발전에 따라 이를 시문詩文의 음률미音律美 구성에 적용하기 위한 성률론이 개진되었는데, 이는 위진남북조 문학이론의 새로운 영역이라고도 할 수 있다. 성률론의 발달에 따라 성병聲病에 얽매이고 사상 감정의 표현을 속박하며 자연미를 해치는 등 일부 부작용도 생겨났으나, 작가가 어음語音의 규율을 파악하여 더욱 아름다운 문학 형식을 추구해 들어갔으며, 당唐의 근체시近體詩 발생의 기초를 구축하는 등 긍정적인 기능을 발휘하기도 하였다.

위진남북조 때의 문예 논쟁은 전기와 후기의 두 단계로 나누어 생각할 수 있다. 전기에는 주로 숭고崇古와 반숭고反崇古의 논쟁이 계속되었다. 숭고파崇古派의 대표적 인물은 지우摯虞이고, 반숭고파反崇古派의 대표적 인물은 갈홍葛洪이다. 숭고파의 문론 내용이 오늘날 그대로 전해지지 않아 그 전모를 살펴볼 수 없으나 지우摯虞의 『문장유별론文章流別論』의 숭고적 경향은 매우 뚜렷하다. 갈홍葛洪은 『포박자抱朴子』에서 한나라 이래의 '귀고천금貴古賤今(옛 것을 귀히 여기고 오늘 것을 천히 여김)'의 태도를 적극적으로 비판하였는데, 그의 논조를 통하여 당시 숭고파의 세력이 만만치 않았음을 알 수 있다. 진晉나라 때에 형식주의 문풍이 이미 상당히 두드러져 있었으나 그때까지만 해도 아직 일반 이론가들의 충분한 주의를 끌지 못하였고, 전반기의 진보적인 이론가들은 주로 '귀고천금貴古賤今'·'모의를 중시하고 창신을 경시하는(重謨擬, 輕創新)' 입장을 취한 보수적 유학자들의 문풍에 대한 공격으로 일관하였다.

유송劉宋시기 이후로 점차 화려한 형식주의를 추구하고 진실과 현실 생활을 외면하는 문풍이 싹트고 제량齊梁시기 때에 이르러서는 더욱 극성하여 일반시민들도 궁체시宮體詩를 쓰는 것이 보편화되었다. 이에 문학 논쟁도 마침내 형식주의와 반형식주의의 문제로 귀착이 되었다. 이때 배자야裴子野를 중심으로 하는 일파는 한유漢儒로의 복고주의적 입장에서 형식주의를 반대하였고,[562] 소강蕭綱을 중심으로 하는 일파는 정성情性을 바탕으로 신변新變을 주장하면서 문학의 형식미를 추구하여 일종의 향염문학香艶文學의 경향으로 흘렀다. 한편 유협劉勰·소통蕭統·종영鍾嶸을 중심으로 한 일파는 중도적인 입장에서 형식주의와 복고주의를 다함께 반대하면서 남조南朝 문론의 주류를 형성하였다. 그러나 이들의 입장도 한결같지 않아 유협은 종경宗經을 내세워 보수적인 입장에 섰고, 소통은 사채辭采를 중시하여 진보적인 경향에 가까웠다.

선진先秦시기 때부터 위진남북조에 이르기까지 문학관념은 3단계로 발전하였다. 선진先秦 때에는 '문학文學'으로 통칭하던 것을 양한兩漢 때에 이르러서는 '문文'과 '학學'으로 구별하였고, 남조南朝 때에 이르러서는 다시 그 성질과 형식에 따라 이를 '유儒'·'학學'·'문文'·'필筆'의 네 가지로 구별하였다. 이러한 명목의 분화를 통하여 우리는 중국의 문학 관념이 혼잡함으로부터 점차 분명함으로, 그리고 문학 자체가 부용적附庸的인 지위에서 독립된 지위로 발전해왔음을 알 수 있다.

앞서 언급한 대로 유송劉宋시기 때의 범엽范曄은 『후한서後漢書』에서 「문원전文苑傳」을 독립시키고 '문장文章' 또는 '문학文學'이란 말을 사용하였고, 양梁나라 때의 소자현蕭子顯은 『남제서南齊書』에 「문학전文學傳」을 따로 두고 '문장文章'이란 말을 사용하였다. 이들이 사용한 '문장文章'이나 '문학文學'이란 말은 사실상 오늘날 우리가 사용하는 '문학文學'이란 말의 뜻과 별 차이가 없다. 양梁 원제元帝 소역蕭繹은 『금루자金樓子·입언立言』편에서 고인지학古人之學으로 '유儒'와 '문文'을 지적하고, 금인지학今人之學으로 '유儒'·'학學'·'문文'·'필筆'을 지적하였다.[563] 양梁 유협劉勰은 『문심조룡·총술總術』편에서 당

---

562 裴子野, 『雕蟲論』. "옛날에 四始·六義가 한데 묶여 시가 되었다. 사방의 풍속을 형용하기도 하거니와 군자의 뜻을 드러내기도 하고 좋은 것을 권하고 나쁜 것을 징계하니, 王化는 바로 시에 근본한다. 후대의 시인들은 생각이 말단에 있어 번잡하게 화려하고 지나치게 꾸며 스스로 통했다고 여겼다.(古者四始六藝, 總而爲詩, 旣形四方之風, 且彰君子之志, 勸美懲惡, 王化本焉. 後之作者, 思存枝葉, 繁華蘊藻, 用以自通.)"

시의 '문文'과 '필筆'의 구별에 관한 여러 사람의 학설을 종합하여 "운韻이 있는 글을 '문文'이라 하고, 운韻이 없는 글을 '필筆'이라 한다(有韻者文也, 無韻者筆也)."라고 하였다. 결국 이는 성질과 형식에 따른 문체의 차이를 통해 구분한 것으로, '문文'은 시부류詩賦類의 작품으로 후대의 이른바 문학작품과 같은 성격의 것으로 실제 사무와는 관련이 없는 것이고, '필筆'은 조詔·책策·장章·주奏 등 관공서의 공문이나 사무응용에 쓰이는 글과 같은 양식의 것들이다. 이밖에도 '사辭'와 '필筆', 또는 '시詩'와 '필筆' 등의 구별도 있었으나 결국 '사辭'나 '시詩'는 '문文'과 '필筆'에서의 '문文'의 개념으로 사용된 것에 불과하다.

위진남북조시기는 전 시대를 계승 발전하면서 후 시대를 새롭게 변화시킨 전환기로, 이 시기의 회화이론 역시 그러한 발전과 변화라는 특징을 고스란히 갖고 있다. 이 시기의 회화이론이 풍부한 성취를 이룰 수 있었던 데에는 당시의 사회 조건 및 회화창작의 번영과 밀접한 관계가 있었다. 위진남북조는 민족 간의 모순이 복잡하게 뒤얽힌 시대로 전쟁이 아니면 찬탈이 계속되던 때였다. 사상계는 유가로 통일된 한대漢代와 같은 상황이 아니었으며, 유가, 도가, 불가 삼가三家의 사상이 각각 그 영향을 미쳤다. 그리하여 사람들은 사회나 예술에 대한 문제에 관하여 독립적으로 사고할 수 있었고 자신의

---

563 蕭繹, 知不足齋本 『金樓子』 卷四 「立言」. "古人들의 배움에는 두 가지가 있으나, 오늘날 사람들의 배움에는 네 가지가 있다. 이전에는 공자의 문하생들이 서로 스승의 가르침을 배워 받아 성인의 經에 통달한 것을 '儒'라 하였고, 屈原·宋玉·枚乘·司馬相如의 무리들은 사부에 그치는 즉 '文'이라 하였다. 하지만 오늘날의 학술서적 중에는 諸子書와 史書에까지 널리 궁구하지만 그 일을 알기만 할 뿐 그 일이 그러할 수밖에 없는 이치에는 통달하지 못한 것이 있기에, '學'이라 한다. 또한 閣纂처럼 시를 짓는 것을 익히지 않거나 張竦처럼 장표章表와 주문奏文을 잘 짓는 경우에 이르러서는, 이러한 부류들을 대개 '필筆'이라고 한다. 風謠를 옳으며 애달픈 그리움을 떨치지 못해 글로 표현한 것을 '文(文章)'이라고 한다.(古人之學者有二, 今人之學者有四. 夫子門徒, 轉相師受, 通聖人之經者, 謂之儒. 屈原·宋玉·枚乘·長卿之徒, 止於辭賦, 則謂之文. 今之儒, 博窮子史, 但能識其事, 不能通其理者, 謂之學. 至如不便爲詩如閣纂, 善爲章奏如伯松, 若此之流, 汎謂之筆, 吟詠風謠, 流連哀思者, 謂之文.)"

견해를 독립적으로 표현할 수 있었다. 사상계의 활발한 상황은 '백가쟁명'하던 춘추전국시대에 버금갈 정도였다. 위진남북조시기 문학예술의 발흥은 우연한 현상이 아니다. 가령 당시 사회생활을 반영한 인물화의 경우 소재가 이미 역사상의 문왕文王, 무왕武王, 주공周公, 공자 등과 같은 성현을 칭송하는 것에 국한되지 않았다. 활달하고 은둔적이며 맑고 고상한 각양각색의 그 당시 걸출한 인물들이 문예에 있어서 묘사의 영역 안으로 들어왔다. 간략한 글로 깊은 의미를 담아낸 『세설신어』는 문학 방면의 걸작이라 할 수 있는데, 이 속에 등장하는 도량이 비범하고 긴 옷에 큰 띠를 두른 '죽림칠현竹林七賢' 등의 기인들도 회화의 제재가 되기 시작하였다. 이는 한대에서는 볼 수 없었던 일이다. 예술표현의 측면에서 보면 일반적으로 간략하던 것에서 정세한 것으로 비약하여 진보적인 전환이 이루어졌다. 그전에는 사람들의 심미 의식과 표현 기교에 한계가 있었기 때문에 산천의 경치는 회화에서 오랫동안 부속적인 지위에 놓였으나 동진과 남조 무렵에 독립적인 산수화가 출현하여 회화의 새로운 국면이 열렸다. 인물화와 산수화의 작가는 대체로 문화적 수양이 있는 화가들이었기 때문에 타인과 자신의 창작 경험을 이론화하여 글을 쓸 수 있는 조건이 갖추어졌다. 이때부터 제자들이 그림에 대하여 논하던 단계에서 화가, 서예가, 문필가가 회화를 논하는 단계로 변화되었다.

비록 제자諸子들이 그림을 논한 단계에서도 여러 종류의 예술 사이의 구별과 연관 문제에 관하여 언급하기는 하였지만 그 대답이 부정확한 것이었다. 서진의 문학가 육기陸機(261-303)는 조비의 『전론·논문』의 뒤를 이어 『문부』 중에서 문체의 특징을 자세히 분석하였다. 그는 문장과 회화에 대해서도 다음과 같이 언급하였다.

그림의 흥기는 『시경』의 아송雅頌에 비견되는 것이고 대업의 아름다움을

찬미하는 것이다. 물상을 드러내는 데는 말보다 큰 것이 없고 형태를 담아
내는 데는 그림보다 나은 것이 없다.[564]

육기는 육조시대 이전 사람들의 문장과 회화에 대한 모호한 구별에 대해,
문장은 물상을 드러내고 회화는 형태를 담아내는 것이라고 분명하게 설명하
였다. 이렇게 위진남북조에 이르러서는 문인들뿐 아니라 화가들까지도 그림
을 논하게 되면서 회화이론을 발전시켰다. 그들은 제자들에 비해 회화에 대하
여 풍부한 지식과 경험을 가졌기 때문에 그 견해가 깊이 있고 구체적이었다.

위진남북조의 화가, 서예가, 문필가들이 예술의 이론 문제를 탐구하는 데
있어서도 간략하던 것에서 정세한 것으로 진보하였다. 회화작품 창작의 발전
에 따라 이전엔 언급되지 않았던 문제들에서 새로운 과제가 제시되고 새로운
범주가 개척되었다. 연구와 분석의 계통성과 독립성 및 예술창작의 미묘한
부분에 대한 인식은 모두 선진제자先秦諸子들이 결코 이룩하기 어려운 것이었
다. 이 시기에 전대를 계승하여 미래를 열어준 의의와 시대를 가르는 성취는
매우 컸다. 동진東晉 고개지顧愷之(345?-406?)와 남제南齊 사혁謝赫(500?-535?) 및
남진南陳 요최姚最(535-602)는 모두 괄목할 만한 공헌을 하였다.

고개지는 화가가 회화를 논한 최초의 인물이다. 전신傳神이론을 중심으로
하는 그의 이론은 회화에 있어서 여러 가지 표현 문제를 언급하고 있다. 분산
된 채 정리가 되어 있지 않은 그의 글을 보면 체계가 없는 것처럼 보이지만
실제로는 글들이 잘 연계된 계통적인 이론이다. 한대 이전의 인물화는 일반
적으로 고졸古拙하고 간략簡略했는데, 동진 이후 정세精細한 것으로 바뀌었다.
사혁謝赫은 위진 사람들의 작품을 평하면서 다음과 같이 말하였다.

---

564 陸機, 「叙畵之源流」, 『歷代名畵記』(張彥遠 著, 조송식 역, 서울: 시공사, 2008년) 상편. "丹靑
之興, 比雅頌之述作, 美大業之馨香. 宣物莫大於言, 存形莫善於畵."

고대 그림은 간략했으나 위협衛協(3세기 말-4세기 초)에 이르러 정미해
지기 시작했다. 육법 가운데 대체로 모두 잘했다. 비록 형상 묘사의 교묘함
을 갖추었다고 말할 수는 없지만, 오히려 자못 호방한 장기壯氣가 있다. 군
웅群雄들을 능가했으며, 공전空前의 절묘한 작품을 이루어냈다.[565]

이를 통해 회화가 간략한 것에서 정세한 것으로 발전한 것이 모두 진대에
시작되었음을 알 수 있다. 간략함과 정세함의 주요한 차이는 형사와 전신에
있다. 전신을 중시한 고개지의 이론은 인물화가 형상과 정신을 겸비하는 방
향으로 발전하도록 하였고 회화 수준의 향상과 예술심미관의 확립에 큰 공헌
을 하였다. 사혁은 바로 고개지의 전신론을 이어받아 육법六法을 제시하였다.
육법 즉, 여섯 가지 회화비평의 기준은 남제南齊 시기 중국화의 창작법칙에
대한 총결과 개괄이다. 그중 기운생동氣韻生動과 골법용필骨法用筆은 중국화의
창작과 평가의 측면에서 볼 때 특수한 지위를 점한다. 이를 통해 중국화의
영혼과 예술 형식미를 이루었다.

이밖에 중국의 산수화가 또한 이 시기에 나타났는데, 유송劉宋의 종병宗炳
(375-443)과 왕미王微(415-453)는 자연미를 표현하는 산수화 이론의 새로운 영역
을 개척하였다.

눈에 응하고 마음으로 회통會通하는 것을 이치라고 한 까닭은 산수의
모습이 비슷하여 교묘하게 잘 묘사하면 눈 역시 똑같이 응하고 마음 역시
완벽하게 회통할 것이기에 눈에 응하고 마음으로 회통하여 산수의 정신과
감응하니 그림을 보는 사람의 정신이 초월하여 이치를 얻기 때문이다. 비록
다시 그윽한 산 바위를 헛되이 구한다 한들 그 그림에 무엇을 더 보태겠는

---

565 『古畫品錄及其他三種』(謝赫 等撰, 王雲五 主編, 上海: 商務印書館, 1936년), 2쪽. "占[古]畫之略,
至協始精. 六法之中, 迨爲兼善. 雖不說備形妙, 頗得壯氣. 陵跨群雄, 曠代絕筆."

가? 정신은 본래 한계가 없는 것이라 산수의 형태에 깃들고 비슷하게 잘
묘사한 모습에 감응하면 이치가 산수 그림 속으로 들어온다. 진정 오묘하게
산수 그림을 묘사할 수 있다면 진실로 다 이룬 것이다. 이에 한가롭게 거하
며 기를 다스리고 술잔을 비우며 거문고를 울리고 산수 그림을 펼쳐놓고
그윽하게 마주 대하면, 앉은 채로 천지사방을 궁구할 수 있고 하늘의 위엄
을 어기지 않고도 홀로 아무도 없는 들판에 응할 수 있다. 산봉우리는 높이
솟아 험준하고 구름 낀 숲은 아득하게 펼쳐진다. 그 옛날 성현은 먼 세대까
지 비추고 온갖 풍취가 그 신령스러운 생각과 융화된다. 내가 다시 무엇을
하겠는가? 정신을 펼칠 뿐이다. 정신이 자유롭게 펼쳐지니 그 누가 이보다
앞설 수 있으랴!566

가을 구름을 바라보면 정신이 자유로워 날아갈 듯하고, 봄바람을 마주하
면 생각이 호탕해진다. 비록 금석 악기에서 얻는 음악의 즐거움이 있고
진귀한 보물이 있다고 할지라도, 어찌 산수를 보는 즐거움에 견주겠는가?
그림을 펼쳐보고 글씨 첩을 살펴보니, 그 본받은 바가 자연 풍광과 달랐다.
푸른 숲은 바람을 일으키고 맑은 물은 계곡을 씻어내린다. 아! 이것이 어찌
다만 손끝에서 나온 결과일 뿐이겠는가? 또한 신명이 내렸기 때문이다.
이것이 그림의 정취이다.567

종병과 왕미는 자연 풍광에 대한 자신의 체험과 깨달음에 근거하여 인간
에 대한 자연미의 영향은 '정신을 펼치는(暢神)' 작용이라고 제시하였다. 종병

---

566 宗炳,「畵山水序」,『中國畵論類編(上卷)』, 583-584쪽. "夫以應目會心爲理者, 類之成巧, 則目亦
同應, 心亦俱會. 應會感神, 神超理得, 雖復虛求幽巖, 何以加焉? 又神本亡端, 栖形感類, 理入影跡,
誠能妙寫, 亦誠盡矣. 於是閑居理氣, 拂觴鳴琴, 披圖幽對, 坐究四荒, 不違天勵之叢, 獨應無人之野.
峰岫嶢嶷, 雲林森渺, 聖賢映於絶代, 萬趣融其神思, 余復何爲哉? 暢神而已. 神之所暢, 孰有先焉!"

567 王微,「敍畵」. "望秋雲神飛揚, 臨春風思浩蕩, 雖有金石之樂, 珪璋之琛, 豈能髣髴之哉! 披圖按牒,
效異山海. 綠林揚風, 白水激澗. 嗚呼! 豈獨運諸指掌, 亦以神明之降之. 此畵之情也."

이 '정신을 펼친다'라는 표현은 왕미가 '신명이 내렸다'라는 말과 일맥상통한다. 그들의 심미관은 춘추전국시대 이래 '덕을 비유하던(比德)' 한계를 벗어나고, 자연의 심미대상의 범위를 확대시켰으며 산천의 미가 인간 정신을 격발시키는 광범위한 영향력에 대하여 언급하였다. 이때부터 자연미와 인간의 관계는 주로 '정신을 펼친다'라는 것과 '덕을 비유한다'라는 두 가지 측면으로 표현되었다.

'심사조화心師造化', '천상묘득遷想妙得', 형사形似와 신사神似, '이형사신以形寫神', 그리고 '기운생동氣韻生動'을 첫째로 뽑은 '육법六法' 등의 이론은 고대 문예 창작에 커다란 영향을 미쳤다.

수隋나라는 30년 왕조로서 존립한 시간이 매우 짧고, 오대五代는 정치·사회적으로 특히 혼란이 심하여 문예이론사상 특기할 만한 사항이 별로 없다. 그러나 수隋는 남북조南北朝에서 당唐으로 넘어오는 과도기였다는 점에서, 그리고 오대五代는 당唐에서 송宋으로 넘어가는 과도기였다는 점에서 당唐의 문학예술과 함께 논술하는 것이 편리하다. 당唐에서 남북문화의 통일을 꾀한 기운도 따지고 보면 수隋의 정치적 통일에 기반을 두고 있기에 당唐에서 처음 시작된 것이라고 말할 수 없다. 당唐의 고문운동古文運動의 경우에도 북주北周의 우문태宇文泰·소작蘇綽 등이 이미 그러한 주장을 내세웠었고, 수隋 문제文帝가 당시 문장이 지나치게 화려함을 경계하여 조명詔命으로 실질의 추구를 명하였으며, 이악李諤이 육조六朝의 부미浮靡한 문풍의 폐단을 바로잡아야 한다고 주문奏文을 올렸던 것도 모두 같은 맥락에서 파악되어야 한다.

당唐 때에는 국력의 증강에 따라 문학예술도 전반적으로 번영하였다. 특히 당초唐初부터 문학을 애호하는 제왕이 많았고 시부詩賦로 인재를 뽑는 과거제도科擧制度가 시행되어 문학으로 관계官界 진출의 길이 트였으므로, 이를 수련

하는 사람도 많아졌고 창작과 비평에 관한 언론도 그만큼 활발하게 전개되었
다. 진자앙陳子昻(661-702) 같은 사람은 남조南朝의 패망이 당시의 화미華美한
문풍과도 관련이 된다는 역사적 안목에서 복고주의적 문학혁신론을 개진하
기도 하였다.[568] 당唐나라 때에는 진보적 시론이 발전하고 제량齊梁 때의 부염
浮艷한 시풍詩風을 반대하여 시의 '풍골風骨'을 강조하면서도 시의 '흥상興象'
을 중시하였다.

　성당盛唐 때에는 예술규율을 주요 내용으로 하는 시가 이론이 전면적으로
발전하였다. 이백李白이 진자앙陳子昻의 뒤를 이어 복고를 주장하면서도 의흥
意興과 청신자연淸新自然의 미를 중시하는 등 새로운 취향을 나타내었다. 은번
殷璠은 『하악영령집河岳英靈集』에서 상건常建·맹호연孟浩然 등 여러 시인들의
작품을 평하면서 '성률聲律'·'기골氣骨'·'흥상興象'의 겸비와 문질文質의 조화
를 주장하였다.[569] 여기서 '흥興' 또는 '흥상興象'이라 함은 전원田園·산수시山

568　陳子昻,「與東方左史虯修竹篇序」. "문장의 道가 폐해진지 오 백 년이 되었습니다. 漢·魏의 風
　　　骨은 晉·宋간에는 전해지지 않았지만 문헌 가운데 징험할 만한 것이 있습니다. 제가 일찍이
　　　틈을 내어 齊·梁간의 詩를 살펴본 적이 있었는데, 文彩의 화려함은 다투어 번다하였으나
　　　문장의 興趣가 모두 끊어져 매번 길게 탄식했습니다. 옛 사람들의 문장을 생각컨대, 항상
　　　오늘날의 문장이 쇠락하고 퇴폐해져 風雅가 일어나지 않게 될까 두려워 마음이 불안해집니
　　　다.(文章道弊五百年矣. 漢、魏風骨, 晉宋莫傳, 然而文獻有可徵者. 僕嘗暇時觀齊、梁間詩, 彩麗
　　　競繁, 而興寄都絶. 每以永歎. 思古人常恐逶迤頹靡, 風雅不作, 以耿耿也.)"
569　殷璠,「河嶽英靈集序」. "조비·유정의 시는 直致(꾸미지 아니하고 곧바로 드러낸 정취)가 많
　　　고, 사어에 평측의 조화로운 대구가 적어서 어떤 것은 다섯 자가 모두 측운이고 어떤 것은
　　　열 자가 다 평운이더라도 뛰어난 가치가 끝까지 존재한다. 그러나 지식이 얕고 천박한 무리
　　　들은 질박하다고 탓하고서 서로 모범으로 삼은 것을 부끄러워했다. 그래서 이단(자기가
　　　신봉하는 이외의 도)을 공격하고 망령되이 천착하니, 이치는 부족하고 말은 항상 남음이
　　　있어서 興象이 전혀 없고 다만 가볍고 고운 것만 귀히 여겼다. 비록 이러한 시문이 책 상자
　　　에 가득 차 있다 해도 장차 어디에 쓰겠는가? 蘇梁시대로부터 수식함이 더욱 많아졌고,
　　　唐 高祖 武德 초에 잔물결은 아직도 남아 있었다. 貞觀 말에 목표로 하는 품격이 점차 높아져
　　　景雲 중에 심원한 가락이 상당히 통하였다. 開元 15년 후 聲調와 風骨이 비로소 갖추어졌는
　　　데, 실은 주상께서 화려함을 싫어하시고 소박함을 좋아하시며 거짓을 떠나 진실을 따랐기
　　　때문에 천하의 詞人들로 하여금 일제히 古文을 존중케 하여 고른 風雅가 있게 하였고 다시

水詩 등에 나타나는 일종의 그윽한 정취라고 할 수 있다.

두보는 여러 사람의 장점을 고루 취하면서도 시와 사회현실과의 관계를 중시하였다. 두보는 '겸취중장兼取衆長(여러 장점을 함께 취할 것)'을 주장하여 육조六朝 이후의 작가에 대하여 반드시 구체적으로 분석해야 한다고 인식하고 일률적으로 배척하는 태도를 경계하였다.

중당中唐 때에 이르러서는 시론詩論에 있어 다음과 같은 두 가지 경향이 나타났다.

시의 경계를 취할 때는 모름지기 험난한 지경까지 가야 비로소 뛰어난 시구를 드러낼 수 있다. 시를 다 지은 후에 드러나는 그 모습과 기세를 통해 등한시하는 듯 한데 생각지도 않게 얻는다는 것을 살펴볼 수 있다면, 이 사람이 고수이다. 때때로 속마음이 고요해지고 정신이 왕성해져서 좋은 구절이 종횡으로 마구 넘쳐나 마치 막을 수 없는 지경이라면 완연히 신의 도움과 같다 할 것이다. 그렇지 않다면, 아마도 정밀한 사색이 먼저 축적되었다가 정신이 왕성해지면서 얻어진 것이 아니겠는가?[570]

시를 짓는 의도는 어째서인가? 육의六義가 서로 펼쳐지는구나. 풍아風雅와 비흥比興 이외에는 공허한 문장을 지은 적이 없다네. 그대의 「학선學仙」 시를 읽어보면 방탕한 임금을 풍자할 만하고, 그대의 「동공董公」 시를 읽어보면 탐욕하고 포악한 신하를 일깨울 만하며, 그대의 「상녀商女」 시를 읽어

오늘을 열게 하였다.(至如曹、劉、詩多直致, 語少切對, 或五字並側, 或十字俱平, 而逸價終存. 然挈瓶膚受之流, 貴古人不辨宮商, 詞句質素, 恥相師範. 於是攻乎異端, 妄爲穿鑿, 理則不足, 言常有餘, 都無興象, 但貴輕豔. 雖滿篋笥, 將何用之? 自蘇氏以還, 尤增矯飾. 武德初, 微波尙在. 貞觀末, 標格漸高. 景雲中, 頗通遠調. 開元十五年後, 聲律風骨始備矣. 實由主上惡華好樸, 去僞從眞, 使海內詞人, 翕然尊古, 有周風雅, 再闡今日.)"

570 皎然, 『詩式』卷1. "取境之時, 須至難至險, 始見奇句. 成篇之後, 觀其氣貌, 有似等閒, 而不思而得, 此高手也. 有時意靜神王, 佳句縱橫, 若不可遏, 宛如神助. 不然, 蓋由先積精思, 因神王而得乎?"

보면 사나운 아낙을 감화할 만하고, 그대의 「근제勤齊」 시를 읽어보면 경박한 남자를 돈독하게 권할 만하네. 위로는 교화에 보탬이 될 만하니 시를 펼치면 온 백성을 구제하고, 아래로는 성정을 다스릴 만하니 거둬들이면 일신一身을 착하게 지키네.[571]

　먼저 교연皎然이 쓴 글은 은번殷璠의 뒤를 이어 예술규율의 탐구를 위주로 한 심미적 경향을 강조한 것이다. 교연은 『시식詩式』에서 시를 논함에 있어 사상 내용보다도 표현 기교를 더 중시하였다. 그는 시어가 인위적인 단련과 정을 거쳐 자연스러움에 이르러야 한다고 여겼고 표현의 함축성과 '문외지지文外之旨'를 중시하였다. 교연은 사령운謝靈運의 시를 찬양하면서 반면에 진자앙陳子昂의 작품에 대해선 불만을 나타냈다. 고중무高仲武도 『중흥한기집中興閒氣集』을 엮으면서 시가의 청아완려淸雅婉麗를 강조하였는데 대체로 교연과 궤를 같이하였다. 뒤이어 언급한 백거이白居易가 지은 시는 두보杜甫·원결元結의 계통을 이어 사회현실의 반영을 위주로 한 공리적 경향을 강조한 것이다. 백거이의 친구인 원진元稹도 백거이와 마찬가지로 풍유시를 중시하였다. 원진은 특히 두보를 존중하고 그의 독창성을 높이 샀는데, 그가 풍유시와 신악부新樂府를 지음에 있어 두보의 영향이 컸던 것으로 보인다.

　사공도司空圖는 만당晩唐 시론가 중의 대표적 인물이며 당唐 때의 심미주의적 시론의 집대성자이기도 하다. 그의 『시품詩品』은 운문韻文으로 쓰인 시가 철학이라고 할 수 있다. 그가 『시품』에서 제시한 시가의 24풍격은 그 후 중국시 풍격을 구분하는 중요한 기준이 되었다. 사공도는 시가의 운미韻味와

571　白居易集箋校(朱金城 箋校, 上海古籍出版社, 1988년) 제1책, 권제1 諷諭1, 「讀張籍古樂府」, 5-7쪽. "爲詩意如何? 六義互鋪陳, 風雅比興外, 未嘗著空文. 讀君學仙詩, 可誘放佚君; 讀君董公詩, 可誨貪暴臣; 讀君商女詩, 可感悍婦仁; 讀君勤齊詩, 可勸薄夫敦. 上可裨敎化, 舒之濟萬民; 下可理情性, 卷之善一身."

예술기교를 매우 중시하였으며, 창작할 때 '운외지치韻外之致'와 '미외지지味外之旨'를 강조하였다.

중국의 고전 산문은 춘추전국春秋戰國 때에 성숙이 되었으나 서한西漢 이전까지는 '고문古文'이라는 개념이 아직 없었다. 그러다가 동한東漢 이후에 언言·문文이 점차 분리되기 시작하여, 육조六朝 때의 변려문駢體文에 이르러서는 한어漢語·한자漢字의 형식미의 발견이나 운용이라는 면에서는 일부 긍정적인 성과가 없지 않았으나, 서면어書面語와 구어口語 사이의 거리가 현격히 멀어져서 개혁의 필요성이 절실해졌다. 그리하여 서위西魏 말기·북주北周 초기의 우문태宇文泰와 소작蘇綽에 이르러서는 자각적인 문체개혁운동이 전개되어 선진先秦 전적典籍의 문체를 모방하여 글을 쓰려 하였다.

그러나 수당隋唐 때에 이르러 유학儒學의 부흥, 연정기미緣情綺靡에만 흐른 육조문풍六朝文風에 대한 반성, 새로운 문인계층의 등장 등 여러 요인들이 복합적으로 작용하여 비로소 본격적인 고문운동古文運動이 전개되었다. 수당오대隋唐五代의 고문운동은 대체로 3단계로 나누어 진행되었다. 수隋와 당唐의 전기는 고문운동의 온양醞釀시기로, 이때에는 산문의 본질과 작용이 특히 강조되어 사상가와 문학가들이 문장을 통한 명도明道·종경宗經을 기대하였고, 정치가와 역사들은 문장을 통한 제세화민濟世化民(세상 구제와 백성 교화)을 강조하였다.

> 방현령房玄齡이 역사를 물으니 선생께서 "옛날의 역사는 도리를 이야기한 것이고, 오늘날의 역사는 문장을 드러낸 것이다."라고 말씀하셨다. 다시 문장에 대해 물으니, 선생께서 "옛날의 문장은 간략하면서도 말하고자 하는 바를 다 전달하였다면, 오늘날의 문장은 번다하기만 했지 실제론 꽉 막혀 있다."라고 말씀하셨다.[572]

국가는 수천 년의 시기에 응하고 수많은 제왕의 공업을 넓혀야 합니다. 천지가 조용하고 음양이 순조로워 바야흐로 정도正道를 격양시키고 백성들을 크게 감싸려 하며, 성인이 아닌 자의 글을 물리치고 헤아릴 수 없는 논리를 제거하여야 목동도 머리를 조아려 황모皇謨를 깊이 생각하고 나무꾼도 눈을 깨끗이 비비고 왕도王道를 이야기하고자 합니다. 하지만 큰집을 높이는 것은 하나의 나무를 재료로 해서 할 수 있는 일이 아니며, 나쁜 습속을 바로잡는 것은 하루의 방비로 할 수 있는 일이 아닙니다. 여러 개의 나무가 버텨주어야 힘이 다할 수 있고, 진실이 장구해야 거짓이 사라질 수 있음은 자연의 이치입니다. 제후가 조정의 위임을 받아 법을 만드는 권력을 장악하지만 춤과 노래의 인간미가 두터운지 박정한지 또는 그 좋아하고 숭상하는 바가 나쁜지 옳은지에 이르러서는 마땅히 깊이 유념해야 합니다.[573]

첫 번째 문장에서 왕통王通은 '문文'과 '도道'의 문제를 제기하였고, 두 번째 문장에서 왕발王勃은 문장에 '왕도王道'사상을 담을 것을 주장하였다. 그 뒤로 노장용盧藏用은 '귀도歸道'를 주장하였다. 부가모富嘉謨와 오소미吳少微는 모두 경전經典에 근본을 두고 글을 써야 한다고 주장하였고, 소영사蕭穎士와 이화李華는 '종경宗經'·'체도體道'·'상간尙簡'의 학설을 내세웠다. 위징魏徵·영호덕분令狐德棻 및 장열張說 등은 역시 문장을 제세화민濟世化民과 서민들의 의사표시의 수단으로 간주하였다.[574] 그 뒤에 원결元結은 '구세권속救世勸俗'의 글을 제

---

572 王通, 『中說·事君篇』. "房玄齡問史, 子曰: 古之史者辯道, 今之史也耀文. 問文, 子曰: 古之文也約以達, 今之文也繁以塞."

573 王勃, 「上吏部裴侍郎啓」. "國家應千載之期, 恢百王之業, 天地靜黙, 陰陽順序, 方欲激揚正道, 大庇生人, 黜非聖之書, 除不稽之論, 牧童頓顙思進皇謨, 樵夫拭目願談王道. 崇大廈者非一木之材, 匡弊俗者非一日之衛, 衆持則力盡, 眞長則僞銷, 自然之數也. 君候受朝廷之寄, 掌鎔範之權, 至於舞詠澆淳, 好尙邪正, 宜深以爲念也."

574 令狐德棻, 『周書·王褒庾信傳論』. "兩儀定位, 日月揚暉, 天文彰矣; 八卦以陳, 書契有作, 人文詳矣.

창하였고, 최원한崔元翰은 '문사로 왕정을 도울(以文事助王政)' 것을 주장하였다. 이들은 일반적으로 복고를 주장하지는 않고, 문장의 형식으로 '문질겸취文質兼取'와 '짐작고금斟酌古今'을 요구하였다. 이 일파에 속하면서도 그 관점이 진보적이었던 인물로 유지기劉知幾가 있다.

『춘추春秋』 삼전三傳의 설법은 이미 『상서尙書』를 따르지 아니하고 양한兩漢의 사구詞句 역시 『전국책戰國策』과 상당히 달랐다. (이를 통해) 민풍民風이 여러 차례 바뀌고 시대가 달라졌음을 충분히 징험할 수 있겠다. 그러나 후대의 작자들은 모두 깊은 식견도 없이 당대의 구어를 적어서 사실대로 써낼 수 있는 경우는 아주 드물었고 옛사람을 좇아 흉내 내어 그의 박식함을 드러내는 데에만 열중하였다. ……요즈음 돈황燉煌 사람 장태소張太素와 중산中山 사람 낭여령郞餘令은 모두 저술가로 불려지며 사재史才가 있다고 자부했다. 낭여령은 『효령전孝德傳』을 짓고 장태소는 『수후략隋後略』을 지었다. 오늘날의 말을 기록한 바가 전부 옛날 언사言詞를 따라 모방하였다. 만약 언어를 선택해 쓸 경우 고대를 본받을 수 있으면 쓰고 그것이 어려운 경우에는 생략하여 취하지 않았다. 그가 버린 것을 생각해 볼 때 완전한 기록이라고 할 수 있겠는가? ……무릇 천지는 장구하고 풍속이 정해진 바가 없고, 후대 사람들이 오늘날을 보는 것은 역시 지금의 우리가 옛날을 살펴보는 것과 같은 것이다. 그런데도 글을 쓰는 사람들은 지금 쓰는 말을 쓰기를 두려워하고 고인의 말을 흉내 내기에 용감하다. 어찌 미혹되지 않겠는가?[575]

若乃『墳』、『索』所紀, 莫得而云; 「典」、「謨」以降, 遺風可述. 是以曲阜多才多藝, 鑒二代以正其本; 闕里性與天道, 修六經以維其末. 故能範圍天地, 綱紀人倫. 窮神知化, 稱首於千古; 經邦緯俗, 藏用於百代. 至矣哉! 斯固聖人之述作也."

[575] 劉知幾, 『史通·言語』. "夫三傳之說, 旣不習於『尙書』, 兩漢之詞, 又多違於『戰策』, 足以驗氓俗之遞改, 知歲時之不同. 而後來作者, 通無遠識, 記其當世口語, 罕能從實而書, 方復追效昔人, 示其稽

이상의 글을 통해, 유지기는 그 시대에 보기 드물 정도의 강한 어조로 언문일치言文—致를 주장하였다.

중당中唐 때에 이르러 고문운동은 절정에 이르렀고, 고문이론도 성숙단계에 접어들었다. 중당 때 처음으로 '정도합일情道合—'·'이정달도以情達道'의 이론체계를 전개하였던 사람은 유면柳冕이었는데, 한유의 '불평즉명不平則鳴'과 유종원의 '감격분비感激憤悱'는 바로 유면의 이론을 계승 발전시킨 것이다. 한유韓愈 일파는 유학부흥儒學復興을 위한 사상운동으로 방향을 잡아나갔고, 유종원柳宗元 일파는 고문古文을 정치 개혁의 '제세지구濟世之具'로 인식하였다. 사상의 진보성이란 점에서 볼 때 한유는 유종원에 미치지 못하나, 사회에 끼친 영향면에서 볼 때 유종원은 한유를 따르지 못한다. 후에 유종원은 이단異端으로 몰렸으나 한유의 도道에 관한 주장은 고문가들의 규범으로 받아들여졌다. 특히 한유의「답이익서答李翊書」와 유종원의「답위중립론사도서答韋中立論師道書」는 중당中唐 때의 고문 예술이론의 총결산이라 할 만하다.

만당晩唐 오대五代는 이미 고문운동의 말기로서 황보식皇甫湜·손초孫樵 등은 기괴奇怪함을 숭상하고, 문예이론에서도 기로에 접어들어 일정한 지향이 없었다.

당과 오대의 회화이론은 위진남북조 회화이론을 계승 발전하였는데, 탐구한 문제의 범위가 더욱 광범위해지고 연구가 더욱 깊고 자세해졌으며 아울러 예술의 창작법칙과 창작기교의 문제에 중점을 두었다. 당대는 시가, 회화 영역에서 이백李白(701-762), 두보杜甫(712-770), 오도자吳道子(?-792) 등의 걸출한 인물들이 등장하여 문학예술의 성취가 대단했고 그 영향 또한 컸다.

당대의 번영을 누린 사회현실과 개방적이고 진보적인 정치적, 문화적 정

古. ……近有燉煌張太素·中山郎餘令, 並稱述者, 自負史才. 郎著『孝德傳』, 張著『隋後略』, 凡所撰今語, 皆依倣舊辭, 若選言可以效古而書, 其難類者, 則忽而不取, 料其所棄, 可勝紀哉? ……夫天地長久, 風俗無恒, 後之視今, 亦猶今之視昔. 而作者皆怯書今語, 勇效昔言, 不其惑乎?"

책은 문예가 발달할 수 있는 길을 열어주었다. 회화의 체재와 내용이 확대되고 형식과 풍격이 다양화되었다. 인물화는 한위육조漢魏六朝시대의 성현이나 공신, 의사, 열녀 등을 그리던 좁은 범위를 벗어나 세속적인 생활의 여러 측면을 그리는 것으로 바뀌었다. 부녀자들의 생활을 반영하는 작품의 경우 과거의 절개 있는 여인이나 열녀 같은 소재는 어느덧 사라지고 그 대신 부녀자들의 기마騎馬나 가무歌舞, 노동 장면 등의 묘사로 대체되었다. 불교사상을 선전하는 벽화에도 세속화된 표현이 나타나 어느 정도 현실 사회생활의 모습을 간접적으로 반영하였다. 자연미를 재현하는 산수화와 화조화는 성당盛唐(713-765) 시기부터 인물화와 함께 발달하였다.

당대의 화론은 기본적으로 획기적인 변화는 없었고 한위육조에 비해 부문화되고 자세해졌다. 당대는 문론에 있어서도 시의 대우對偶와 시율詩律 등의 기교에 대해 상세히 다루었고, 화론도 예술의 기교를 보다 심도 있게 탐구하였다. 문론과 화론의 이러한 공통된 특징은 문예 창작의 성숙기에 드러나는 징표이다. 당과 오대의 대표적인 화론은 장언원張彦遠(847경-874경)과 형호荊浩(9세기 말-10세기 초)의 저서이다. 장언원의 『역대명화기歷代名畫記』는 역사와 이론 연구를 집대성한 것이다. 그는 회화의 기원, 회화의 효용, 회화의 평가 기준, 회화의 계승성, 회화의 시대적 특징과 지역적 특징에서부터 회화의 예술적 표현 등에 이르기까지 모두 체계적으로 논하였다. 특히 예술의 표현 문제에 있어서 그는 고개지, 육탐미陸探微, 장승요張僧繇, 오도자 4대 화가의 용필用筆의 기교에 대한 분석을 통하여 서예와 회화의 용필의 차이점과 공통점, 뜻이 붓보다 먼저 있어야 한다는 것(意在筆先), 그림이 다해도 뜻은 남아 있다는 것(畫盡意在), 그리고 기법의 발생 문제 등을 제기하였다.

산수화, 특히 수묵산수화 분야에서 걸출했던 장조張璪(8세기 중-8세기 말)는 "밖으로는 자연을 배우고 안으로는 마음의 근원에서 얻는다(外師造化, 中得心源)."

라는 이론을 제시하였다. 그 후 오대의 형호가 『필법기筆法記』에서 제시한 '육요六要'와 '이병二病' 등도 중국 고대 산수화론에 골격을 세워주었다. 형호의 산수화론은 이전 사람들이 미처 언급하지 못했던 견해를 제시하였는데, 하나는 '경景'이고 또 하나는 '묵墨'이다. 경이란, 화가는 자연 경물의 정수를 선택하여 취해야(搜妙) 할 뿐만 아니라 계절의 변화에 근거하여(時因) 그림을 묘사해야 한다는 것을 가리킨다. 묵이란 곧 묵법墨法이니, 이는 사혁의 골법용필 이후 새롭게 창조된 하나의 법이다.

> 그림이란 무언가를 그리는 것이다. 사물의 형상을 헤아려 그 참모습[진眞]을 얻는 것이다. 사물의 외형은 그 사물의 외형을 취한 것이고, 사물의 실제는 그 실제를 취해야 하니 외형을 실제로 여기면 안 된다. 방법을 모르면 비록 외형을 비슷하게 그리는 것은 가능하지만 사물의 참모습을 그리기에는 부족하다.[576]

'시서화詩書畫'라는 세 가지 예술의 관계에 있어서, 서예와 회화는 더 밀접한 관계가 있어서 '서화동원書畵同源(서예와 회화의 근원이 같음)' 또는 '서화용필동법書畵用筆同法(서예와 회화의 붓 쓰는 법도가 같음)'이라는 말이 있을 정도이다. 이 둘의 관계에 있어서 서예는 회화에 많은 영향을 주었다. 고대문화가 발전해온 과정을 살펴볼 때 서예와 회화의 근원은 같지만 상형성이 강했던 고대 문자가 변형되고 발전하면서 상형적 성분이 탈색되었는데, 이때부터 점차 서예는 회화 영역에서 나와 독자성을 가지게 되었다. 하지만 서예의 심미의식은 그대로 남아 회화에 상당한 영향을 주었다. 중국 고대 회화는 서예

---

576 荊浩, 『筆法記』, 『중국고대화론유편』(兪劍華 저, 김대원 역, 서울: 소명, 2010년), 제4편 산수 1, 129-145쪽. "畫者, 畵也. 度物象而取其眞. 物之華, 取其華; 物之實, 取其實. 不可執華爲實. 若不知術, 苟似可也; 圖眞, 不可及也."

학습을 강조하면서 외형적인 형식으로 서정을 표현하려는 기능을 강조하였다. 이러한 영향은 회화에서 용필 방면을 크게 중시하면서 두드러지기 시작했다. 회화 이론에서 서화의 용필은 서예의 필법으로 그림을 그려야 한다는 것을 의미한다.

장언원張彦遠은 기맥이 서로 연결되는 '일필서一筆書'와 '일필화一筆畫'의 일치성과 서예의 용필을 그림에 도입시키는 두 가지의 예를 들어서 서화書畫의 용필이 동일한 필법임을 논증하였다. 뒤에 많은 회화 이론가들이 더욱 직접적으로 서예의 필법으로 그림을 그려야 한다는 것을 강조하였다. 이렇게 서예의 용필을 강조하는 것은 단지 일종의 기교만 빌리는 것이 아니라, 서예의 서정과 정감을 표현하는 예술의 본질을 실질적으로 회화에 침투시키기 위해서였다. 중국의 서예는 한자의 형체로 전달의 매개체를 삼고 문자의 선을 구성하는 것으로 중요한 표현의 수단으로 삼고 있다. 그렇기 때문에 서예는 객관적인 사물의 외재적인 형상을 묘사하는 것이 아니라, 용필用筆과 결체結體, 포국布局 등을 운용하여 선의 형식(예술의 외재적인 형식)을 창조하여 직접적으로 몽롱하면서도 광활한 어떤 정감의 경지를 표현하는 것이다. 옛사람은 일찍이 서예의 형식과 사람의 정감에 대하여, 바탕은 다르나 같은 구성을 가지고 있는 심미적 대응 관계가 있다고 보았다. 서예가는 작품은 우주의 구조를 표현하여 생명 형식의 심미 감수를 느끼게 하였다. 동시에 기복과 변화의 정감을 표현하면서 끊임없이 용필의 규율을 탐색하였다.

중국 전통 회화는 재현 기능이 강한 색채를 강조하지 않고 표현 기능이 강한 선을 강조하였다. 훗날 중국화는 점차 발전하여 채색을 버리고 단순히 수묵으로만 그림을 그려 수묵화가 마침내 가장 전형적인 중국 회화의 양식이 되었다. 중국 고대 회화는 선의 조형적인 기능을 강조하면서도 선 자체에 정감을 표현하는 데 힘썼다. 용필을 중시한 서예의 심미 의식은 중국 회화에서 선의 기법을 발전시키는 유리한 조건이 되었다.

송대宋代에는 사회 경제가 한층 발전하고 과학기술 방면에서도 화약, 나침판, 인쇄술 등 중요한 발명품들이 출현하였다. 특히 방직업, 도자기 제조업, 제련업, 조선업 같은 수공업 및 상업이 크게 발전하였다.

송나라는 번진할거藩鎭割據와 농민봉기에 의해 당나라가 멸망하였던 역사적 사실을 거울삼아 군사, 정치, 재정 등을 모두 중앙정부로 회수하여 중앙집권제를 강화하였다. 동시에 사상적으로도 통일 강화에 적극 상응하여 군권, 신권神權, 족권族權, 부권夫權 등의 유가 강령을 더욱 강조하였다. 이에 도통道統과 정통正統사상이 보편적으로 강조되었다. 그러나 도통을 강조한 목적은 치통治統에 있었기에, 말 그대로 통치권을 강화하는 데 중점이 있었다. 역대 제왕 중 가장 강력한 통치권을 이룩하였던 청나라 강희제康熙帝는 도통을 강조할 때 "도통이 여기에 있고, 치통 또한 여기에 있다"[577]라고 하였는데, 청 왕조뿐만 아니라 송 왕조 역시 그러하였다. 이러한 시대적 요구가 송대 이학이 출현하는 계기가 되었다.

송나라의 문학은 내용 없이 부염하고 화려하기만 했던 당말오대唐末五代의 문풍과 시풍에 비해 그 정도가 더욱 심각하였다. 새로운 봉건통일왕조와 경제 발전의 필요에 직면하여 북송 초중기에 또 한 차례 시문 혁신 운동이 일어나, 당말오대로부터 송초 서곤체西崑體에 이르기까지의 부염한 문풍에 반대하였다. 산문에서는 한유와 유종원을 계승하고 시가에서는 이백과 두보의 우수한 전통을 계승하여, 문학의 사회적 역할에 적극적인 관심을 가질 것을 강조하였다. 그러나 송대의 고문운동은 당대의 고문운동이 그러하였듯

---

577 『淸實錄』, 康熙16년 12월 庚戌上論. "道統在是, 治統亦在是矣."

이 고문운동가들 간에 차이를 보였다. 예컨대 유개劉開, 석개石介, 목수穆修 등은 도통에 치중한 반면, 이구李覯, 왕안석王安石 등은 정치와 위급한 시국을 구하고 세상 사람들을 구제하는 데 관심을 보였다. 당시 문단 혁신의 영수였던 구양수歐陽脩는 비록 도통의 제창에 앞장섰지만 도와 현실과의 연관성도 매우 중시하여, 작가는 적극적으로 현실에 관심을 가져야 하고 문장은 시국의 병폐를 겨냥해야지 공허한 말을 해서는 안 된다고 하였다.[578] 이는 사실상 문학이 현실 사회를 위해 쓰여야 할 것을 요구한 것이다. 소식은 송대에 가장 영향력 있는 작자 가운데 하나였다. 비록 사상이 복잡하여 주희로부터 '두 단락마다 의론이 있다'라는 평가를 받긴 했지만, 나라에 유익한 문장을 써야 한다고 주장했으며 문학 자체의 특징 또한 중시하였다. 그러나 송대 이학가들은 신심성명身心性命의 도통으로 모든 것을 배척하고 문예마저 배척했다. 주희의 경우 날카롭고 가치 있는 문예 창작 견해를 제시하였지만, 사상체계는 유심주의에 속했다. 그들은 지나치게 이학을 중시하였기 때문에 문학의 특징과 규율을 홀시하거나 배척하여 문예를 이학으로 대체하기도 했다.

송대 고문운동의 특징은 기험함을 숭상하였던 황보식皇甫湜과 손초孫樵 및 만당 송초 일부 작가들의 문풍을 반대하는 데 있었다. 그들은 평이한 산문을 숭상하였을 뿐만 아니라, 이론적으로 이러한 문풍을 적극적으로 창도하였다. 예를 들어 유개는 고문은 언어를 어렵게 꾸미거나 다른 사람이 읽기 어렵고 암송하기 힘들게 만드는 것이 아니라고 하였고[579], 왕우칭王禹偁은 말하기 어려운 구문과 이해하기 어려운 뜻[580]을 쓰는 것에 반대하였다. 구양수는 문장은 반드시 자연스러움에서 나와야 한다고 하였고, 소식은 문리文理의 자연스

---

578 歐陽脩, 「與黃敎書論文章書」. "中於時病, 而不爲空言."
579 劉開, 「應責」. "古文者, 非在辭澀言苦, 使人難讀誦之."
580 王禹偁, 「答張扶書」. "句之難道, 義之難曉."

러움을 강조하였다. 이러한 이론들은 송대의 평이하고 이해하기 쉬운 문풍을 형성하는 데 중요한 역할을 하였다.

시가 혁신 운동에 있어서 만당오대의 부염한 시풍을 가장 먼저 반대한 사람은 문장으로 천하의 명망을 얻은 왕우칭이다. 그는 이백, 두보, 백거이의 시가 전통을 계승할 것을 요구했지만, 그 당시에는 결코 큰 영향력을 발휘하지 못했다. 이 시기에 형성된 서곤체는 비록 이상은李商隱을 학습할 것을 표방하였지만, 음절과 문채를 모방하는 데만 전념하여 형식은 화려하고 아름다웠으나 내용은 대부분 공허하였다. 소순흠蘇舜欽과 매요신梅堯臣은 당시 문풍을 반대하였다. 소순흠은 문장은 세상을 놀라게 하고 대중들을 고취시키며 과오를 바로잡아야 한다고 하였고,[581] 매요신은 이백과 두보, 백거이의 시가 전통을 계승할 것을 제창하였다. 목적의식을 가지고 비흥을 기탁할 것을 요구한 그들의 주장은 시가 혁신에 공헌하였다. 훗날 구양수, 왕안석, 소식 등의 노력을 거쳐 시의 내용과 사회적 역할을 중시하는 사상은 비로소 송대 시단의 주류가 되었다.

북송 후기에는 황정견을 영수로 삼은 강서시파가 시단의 주류를 이루었다. 남도南渡하기 전에는 시문가를 말할 때면 반드시 소식과 황정견을 언급했다는 말이 있을 정도로 그 영향력이 대단했다.[582] 황정견의 시는 예술적으로 굳세고 독특한 풍격을 형성하였는데, 내용상으로는 유가의 강령과 선가禪家의 학설을 선양한 것이 많았고 형식적으로는 수사와 전고를 깊이 헤아려 변화를 이루려는 관점이 뚜렷하였다. 하지만 이러한 예술관을 창작의 보편적인 규율과 법칙으로 삼아 제창한데다가 베끼는 경향이 너무 심해서 좋지 않은 영향을 끼쳤다. 남송 시기에는 정도의 차이가 있을 뿐 작가들이 대부분

---

581 蘇舜欽, 「上孫沖建議書」. "驚時鼓衆" "救失"
582 胡次焱, 『梅巖文集』 권7 「跋輶軒唱和詩集」. "南渡前說詩文家必曰蘇黃."

강서시파의 영향을 받았다. 다만 일부 애국주의 사상을 지닌 진보적인 지식인들만이 이민족의 침략에 저항하고 조국을 보위하는 시대적 요구를 글로 나타내기 위해, 어느 정도 강서시파 문예이론의 속박에서 벗어났다. 한편 한유의 '이문위시以文爲詩'의 특징은 시가의 산문화와 의론화를 조장하였다. 그의 시풍은 송 이후의 시가 발전에 큰 영향을 끼쳤으며 시가 이론에도 반영되었다.

'의상意象'에 대한 담론은 『장자』와 『주역』에서 비롯되어 위진현학으로 이어졌고 당나라 『태평광기』 중 「장훤張萱」 부분에서 의意가 상象에 남아돈다[583]고 서술하면서 의意와 상象의 논의가 계속 이어졌다. 만당오대 시기 『금침시격金鍼詩格』에서는 "내의內意는 그 이치를 다해야 하고, 외의外意는 그 모습을 다해야 한다. 내외의 의意가 함축적이어야 비로소 시격詩格에 든다."[584]라고 하기도 하였다.

사詞는 민간에서 생겨난 예술 양식으로 만당오대 문인들 사이에 성행하다가 송대를 대표하는 장르가 되었다. 초기의 사는 남녀의 애정을 주로 그렸기 때문에, 당시 사람들은 사가 시의 존엄함에는 미치지 못한다고 생각했다. 게다가 오랜 정통사상의 영향으로 인해 문인들은 일반적으로 시를 중시하고 사를 경시하였다. 다만 사람들이 시로 감정을 표현할 수 없다고 느꼈을 때만 비로소 사를 통해 읊었다. 사는 점차 대중적으로 유행하면서 일부 대작가들의 노력을 거쳐 높은 수준에 도달하였으며, 이론도 점차 발전하였다.

송사의 풍격과 내용은 기본적으로 두 방향으로 발전했다. 하나는 현실의

---

583 『太平廣記』卷第二百十三 畫四. "唐張萱, 京兆人. 嘗畫貴公子鞍馬屏幃宮苑子女等, 名冠於時. 善起草, 點簇位置. 亭台竹樹, 花鳥僕使, 皆極其態. 畫<長門怨>, 約詞慮思, 曲盡其旨. 即金井梧桐秋葉黃也. 粉本畫<貴公子夜遊圖>、<宮中七夕乞巧圖>、<望月圖>, 皆綃上幽閒多思, 意逾於象. 其畫子女, 周昉之難倫也. 貴公子鞍馬等, 妙品上."(出『畫斷』)

584 『金鍼詩格』. "內意欲盡其理, 外意欲盡其象, 內外含蓄, 方入詩格."

모순을 사실적으로 반영한 호방파이고, 다른 하나는 개인의 슬픔과 원망을 묘사하고 향락 생활을 위주로 한 완약파이다. 전자의 대표적인 작가로는 범중엄范仲淹(989-1052), 왕안석王安石(1021-1086), 소식蘇軾(1037-1101), 신기질辛棄疾(1140-1207) 등이 있고, 후자의 대표적인 작가로는 유영柳永(984?-1053?), 주방언周邦彦(1057-1121), 강기姜夔(1154-1221) 등이 있다. 두 가지 서로 다른 풍격의 사는 송대에 모두 괄목할 만한 성취를 이루었으며, 각각의 특징과 장점을 지녔다. 이 두 파의 서로 다른 사풍은 당시의 문학이론비평에도 반영되었다. 완약파에는 이청조李淸照(1084-1155)의 사론이 있고, 호방파에는 장뢰張耒(1054-1114), 호인胡寅(1098-1156) 등의 사론이 있다. 소식은 사풍을 혁신한 동시에 '이문위시以文爲詩(문장을 짓는 식으로 시를 씀)'의 작법으로 사를 창작했다. 이청조는 소식의 '이문위시'하는 방식으로 사를 짓는 것에 대해 비판하면서 시는 사와 다르다고 주장하였다.

　송대 시화는 구양수의 『육일시화六一詩話』를 필두로 큰 발전을 이루었으며 시가 및 작가를 평론하는 중요한 형식이 되었다. 송대에는 선禪에 대한 담론이 유행하면서 '이선유시以禪喩詩(선禪으로 시를 비유함)'와 '이선설시以禪說詩(선禪으로 시를 설명함)'의 풍조가 시론에 반영되었다. 이러한 분위기는 강서시파江西詩派뿐 아니라 엄우嚴羽(1192?-1243)에 이르기까지 모두 그러했다. 송대 시화는 시가가 발전하는 국면에서 드러난 좋지 않은 경향을 비판한 데에 그 의의가 있다. 엄우는 "오늘날 여러 시인들은 기이하고 독특하게 사물을 이해하여 마침내 문자로 시를 짓고, 재학才學으로 시를 짓고, 의론으로 시를 짓는다"[585], "남조 시인들은 문사를 숭상하여 이理가 부족하였고, 오늘날 시인들은 이理를 숭상하여 의흥意興이 부족하다"[586]라고 날카롭게 비판하였을 뿐만 아니라,

---

별재別材, 별취別趣설과 같은 시가 창작의 규율, 특징 등에 관한 이론도 제기하였다. 게다가 엄우는 교연皎然, 사공도司空圖 등의 시론을 총결하여 흥취興趣, 입신入神에 관한 견해, 시의 전체적인 통일미, 글자를 억지로 짜 맞추어서는 안 된다고 주장하였다.

송대 시화 가운데 특히 주목할 만한 것은 범온范溫(1100년 전후활동)의 운韻에 관한 견해이다. 운에 대한 담론은 진晉나라 때부터 시작되었지만, 당나라에 이르도록 운을 논한 사람이 적었을 뿐만 아니라 운의 함의조차 정확히 짚어내지 못했다. 엄우도 『창랑시화』에서 신운을 언급했지만 범온만큼 이론이 정치精緻하지 못했다. 범온은 운의 함의를 상세하게 밝혔을 뿐만 아니라, 시운詩韻, 서운書韻의 차이점 및 공통점을 논하여 진나라에서 시작된 화운畵韻에 대한 담론에서 시운詩韻에 대한 담론으로 확대하여 깊이 있게 논증하였다. 그리하여 각종 예술이 지닌 운의 공통된 특징은 바로 '생어유여生於有餘'라고 지적했는데, 이는 '남아도는 울림이 있다'라는 의미이다. 또한 '식견의 고묘함'과 '현상을 초월하여 마음으로 이해하는 것'이 운에서 중요하다는 것을 강조하였다. 범온의 영향으로 북송 말년에는 운으로 여인의 아름다움이나 사물의 아름다움 등을 칭하기도 하였다.[587]

송대는 중국 고대 회화이론 발전과정에서 문인예술심미관이 확립된 대전환기이다. 송대 이후 문인화의 예술풍조가 매우 거세었는데, 이는 원·명·청대 문인화 발전의 방향과 면모를 결정하였고 근현대까지 영향을 미치었다.

---

586 『滄浪詩話·詩評』. "南朝人尙詞而病于理, 本朝人尙理而病于意興."

587 『管錐編』 제4책, 1361-1362쪽; 『管錐編增訂』, 104-105쪽. "吾國首拈'韻'以通論書畵詩文者, 北宋范溫其人也.……蓋生於有餘, 請爲子畢其說. 自三代秦漢, 非聲不言韻; 捨聲言韻, 自晉人始; 唐人言韻者, 亦不多見, 惟論書畵者頗及之. 至近代先達, 始推尊之以爲極致; 凡事旣盡其美, 必有其韻, 韻苟不勝, 亦亡其美. 夫立一言於千載之下, 考諸載籍而不繆, 出於百善而不愧, 發明古人鬱塞之長, 度越世間聞見之陋, 其爲有[?能]包括衆妙、經緯萬善者矣."

문인화란 작가가 문인이냐 아니냐로 판별하기보다는 예술심미관의 측면에서 구분해야 마땅하다. 문인예술심미관을 갖고 있던 혜숭惠崇(965?-1017)과 같은 승려 화가와 양해梁楷(1140-1210) 같은 소수의 화원 화가들도 모두 문인화에 속한다. 문인의 심미 정취를 표현한 것이라면 사의화寫意畫(대상의 표현보다 작가의 주관적 심의 표현을 중시하는 그림)이든 공필화工筆畫(대상을 정세하게 묘사하는 그림)이든 모두 문인화이다.

송대 문인화의 단초를 연 사람은 구양수, 소식, 황정견 등이다. 그들의 심미관을 정리하면 여섯 가지로 살펴볼 수 있다.

첫째, 신사를 중시하였다. "형사로 그림을 논하는 것은 그 견해가 아이들과 다름이 없다.(論畫以形似, 見與兒童鄰)"라는 소식의 말처럼, 신사를 중시하는가 아니면 형사를 중시하는가는 송대의 문인화와 원체화院體畫를 구분하는 주요한 기준 중 하나였다.

두 번째는 '일격逸格'을 맨 위에 놓았다. 당대부터 내려온 회화비평의 기준은 '신神', '묘妙', '능能', '일逸'이었는데, 송대의 황휴복黃休復은 '일격'을 첫 번째에 올려놓았다. '일격'의 그림은 예술표현이 자유롭고 법도에 얽매이지 않으며 의취意趣가 비범한데, 법도를 숭상하는 원체화와 확연히 다르다.

세 번째로 '시적 정취가 담긴 그림의 의취(시정화의詩情畫意)'를 제창하였다. 이는 시구로 그림의 제재로 단순히 삼기보다는 의경意境을 중시하는 것을 말한다.

네 번째로 사물을 빌려 감정을 표현하였다. 문인화가들은 사물을 통해 감정을 표현하는 것을 그림 그리는 주요한 목적으로 삼았다. 가슴 속의 울적함이나 일기逸氣 등과 같은 감정을 모두 자연물을 통해 표현하였다. '사군자 그림'의 성행은 문인이 사물을 빌려 감정을 표현하는 것과 무관하지 않다.

다섯 번째로 평담平淡함과 천진함을 추구하면서도 광괴狂怪함과 기험奇險

함을 추구하였다. 풍경이 웅장하고 크며 용필이 기이하고 날카로운 형호, 관동關同, 범관范寬의 산수화를 칭찬하면서도, 풍경이 평담하고 천진하여 용 필이 자유롭고 빼어난 동원董源의 산수화를 칭찬하였다.

계산행려도溪山行旅圖, 범관范寬, 송 인 종 천성연간(1023-1032), 비단에 수 묵담채, 206.3×103.3cm, 台北 故宮 博物院

한림중정도寒林重汀圖, 동원董源, 오대五代시대(약 950 년), 비단에 수묵담채, 116.5×181.5cm, 日本 黑川古 文化研究所

여섯 번째로 화가의 수양을 중시하였다. 창작자의 수양을 중시했던 오랜 전통은 화가에게도 그대로 적용되었다. 황정견 같은 사람들은 작가의 생활, 예술, 문학 세 가지 측면의 수양을 매우 강조하였다.

송대의 회화이론에 대한 전문적인 저작 중에서 동시대나 후대에 큰 영향을 미친 것은 곽약허郭若虛(11세기 중후반경 활동)의 『도화견문지圖畵見聞志』와 곽희郭熙(11세기 초-11세기 말)의 『임천고치林泉高致』이다. 이밖에도 심괄沈括(1031-1095), 구양수歐陽修(1007-1072), 소식蘇軾(1036-1101), 황정견黃庭堅(1045-1105), 미불米芾(1051-1107), 이공린李公麟(1049-1106) 같은 이들의 예술심미관은 후대 문인화에 매우 큰 영향을 주었다.

서양은 창작 도구가 펜과 붓으로 이원화되어 분명하게 구별되었던 것에 비해, 중국은 붓으로 단일화되어 있었다. 붓을 사용하는 서예의 공간적 심미 의식은 중국 회화의 공간 창조에도 그대로 영향을 주었다. 한자는 매 한 글자가 하나의 고정된 공간을 차지하고 있는 것처럼, 중국 고대 회화에서도 바로 이러한 공간적인 심미 의식이 자리 잡고 있었다. 회화가 서예의 붓놀림(용필用筆)을 중시하는 경향을 그대로 따랐는데, 이는 중국 서예의 심미적 성격이 회화에 침투한 결과이다. 서예는 가장 전형적인 문인 예술을 대표한다. 문인화는 결국 선비의 기운인 '사기士氣'가 담긴 서법書法이 화법畵法 가운데 용해된 결과라고 말할 수 있다. 서예 필법으로 그림을 그려 '사기'를 담는 일은 예술가가 세속을 뛰어넘어 고결한 흉금과 해박한 지식의 수양을 갖추고 있어야만 가능한 일이다. 서예 미학은 인품을 중시하여 글씨가 그 사람과 같다는 '서여기인書與其人'이라고 하거나 인정人情이 바로 서정書情이라는 '인정즉서정人情卽書情'이라는 사상을 강조하였다. 이는 고스란히 고대 회화에도 영향을 미쳤으며, 다른 예술에도 그대로 접목되어 전통 예술의 비판과 감상에 있어서 하나의 중요한 심미적 기준이 되었다. 도덕적 인품은 학문과 수양, 즉 '학양學養'과 연관을 갖는다. 이는 중국 고전 문예이론의 가장 큰 특징이기도 하다. 서예 이론 역시 학양을 매우 강조한다. 창작 주체는 자신의 학양 수준에 따라 서예의 필법을 운용하여 회화에 적용하였다. 서예를 그림에 용해한다는 것은 단지 기법을 빌리는 것뿐만 아니라, 문인화에서 중시하는 학양의 심미 표준을 실현하려는 데에 있기 때문이다.

문인화가 '간략함(간簡)'과 '담백함(담淡)'을 숭상하는 점도 서예의 예술적 표현과 심미 이상과 맥을 같이 한다. 송나라 이래로 문인 화가들은 '뜻을 중시하고 말을 버리는(득의망언得意忘言)' 예술정신을 강조하였다. 그들은 간결하고 담담한 경지를 이루기 위하여 서예의 필법을 그림 가운데에 융합시키고자 하였다. 서예는 붓이 지면에 닿는 마찰과 붓놀림의 속도로 만들어진 예술로, 간결한 경지의 극치를 추구한다. 짧은 순간에 영원을 담고자 하고 좁은 지면에 우주를 담고자 했다.

서예의 이러한 형식미의 규율은 회화 미학에 많은 영향을 주었다. 화가들이 서예의 농담濃淡, 소밀疏密, 기정敧正 등의 형식미의 요소로 회화창작에 사용하였다. 서예의 농담과 소밀은 대나무를 그릴 때의 농담과 소밀을 적절히 배치하여 독특한 예술의 경지를 표현하였다. 이외에도 회화 미학에 상당한 영향을 주었던 서예 이론은 바로 '의재필선意在筆先(뜻이 붓보다 앞서 있음)'이다. 회화 미학에서는 '의재필선'과 '흉유성죽胸有成竹'이라는 것을 매우 강조하면서 주도면밀한 예술의 구상을 진행하였다. 송대 문인들은 '흉유성죽'이라는 설로 형상을 설명하였으며 구체적으로 '의재필선'이 되어야 한다는 주장을 강조하였다.

2. 비평 총술

작품이 나와야 그것들이 모여 한 시대의 문학과 예술의 기조를 이룬다. 한 시대의 문풍을 조망하게 되면 이에 대한 평가나 비평이 뒤이어 생겨난다.

문학 관념을 자각하기 시작하고 비평이 태동하던 위진시기부터 시대의 문풍을 바라보는 글을 만날 수 있다.

조비曹丕는 『전론·논문』에서 작가들이 제삼자의 작품을 평할 때 취하는 태도에 대해 다음과 같이 말하였다.

> 문인들이 서로 깔보는 것은 예로부터 그러했다. 부의傳毅는 반고班固와 글재주에 있어서 막상막하였으나, 반고는 부의를 작게 여겼으니, 그의 동생인 반초班超에게 보내는 글에서, "부의는 글을 잘 지어 난대령사蘭臺令史가 되었지만, 글을 지음에 자신을 억제하지 못한다."라고 하였다. 일반적으로 사람들은 자신을 뽐내어 드러내기는 잘하지만, 문장은 하나의 체재가 아니기에 모두 잘 갖추기란 어려운 법이다. 이 때문에 각기 자신이 잘하는 것으로 남이 자신에 미치지 못하는 것을 경시한다. 그래서 속담에 이르기를, "집안에 헤진 빗자루가 있으면 천금이 나가는 줄로 안다."라고 했던 것이다. 이것이 바로 자신을 보지 못하는 병폐이다. ……보통 사람들은 먼 것을 귀하게 여기고 가까운 것을 천하게 여기며, 허명虛名을 숭상하면서 실질實質을 등 진다. 또한 자신을 보는 데는 어둡고 자신을 현명하다고 생각하는 것이 병폐이다.[588]

조비는 '문인상경文人相輕(문인들이 서로 경시함)'의 태도와 '귀고천금貴古賤今(옛 것을 귀히 여기고 오늘 것을 천시함)'사상을 작가나 작품을 비평할 때 지양해야 할 것이라고 주장하였다. 조비는 이 두 가지 잘못된 태도를 지적하였다.

---

588 『四部叢刊』 影宋本 六臣注『文選』 卷五十二. "文人相輕, 自古而然. 傳毅之於班固, 伯仲之間耳, 而固小之, 與弟超書曰: "武仲以能屬文爲蘭臺令史, 下筆不能自休." 夫人善於自見, 而文非一體, 鮮能備善, 是以各以所長, 相輕所短. 里語曰: "家有弊帚, 享之千金." 斯不自見之患也. ……常人貴遠賤近, 向聲背實, 又患闇於自見, 謂己爲賢."

'귀고천금'이란 "먼 것을 귀하게 여기고 가까운 것을 천하게 여기며, 허명 虛名을 숭상하면서 실질實質을 등진다."라는 관점이다. 이는 조비의 독창적인 의견은 아니다. 서한西漢의 환담桓譚(B.C.24-A.D.56)이 이미 양웅의 『태현경太玄 經』을 칭찬할 때 "세상 사람들이 모두 옛것을 존중하고 오늘 것을 낮게 여기 고 들은 바를 귀히 여기고 본 바를 천히 여기니, 경시할 일이다."[589]라고 말한 적이 있었고, 동한東漢 왕충도 "일을 기술하는 자는 옛것을 높이 여기고 오늘 것을 하찮게 여기며 들은 바를 귀히 여기고 본 바를 천히 여기기를 좋아한 다."[590]라고 말했었다. 조비는 환담과 왕충의 관점을 계승한 것이다.

주목할 점은 '문인상경文人相輕(문인들이 서로 깔보는 짓)'에 대한 지적인데, 이는 조비의 독창적인 이론이다. 이는 자신을 보는 데는 어두워 자신이 최고라고 여기는 데에서 비롯되어 자신이 잘하는 것으로 남이 못하는 것을 경시하는 태도라고 하겠다. 이렇듯 '문인상경'하는 경향은 예로부터 있었지만 올바른 비평태도라고 말할 수 없다. 조비는 다른 문기와 문체의 인식에 근거하여 개별 작가와 작품은 장단점이 있을 수밖에 없기 때문에, '문인상경'하는 태도 로는 정확한 비평을 만들어낼 수 없다고 판단하였다.

'문인상경'은 작가나 작품을 비평할 때 유의해야 하는 것이다. '문인상경' 의 비평태도는 한대에 반고가 부의傅毅를 경시한 옛 사실로부터 조비가 생활 하던 시대에도 문인들간에 서로의 작품에 대해 정확한 인식을 할 수 없게 하는 근본적인 원인이었다.

위진魏晉시대에는 인물을 품평하는 풍조가 유행하면서 자연스레 구체적인 작가와 작품을 평론하게 되었다. 조비는 「여양덕조서與揚德祖書」에서 "사람마 다 스스로 영사靈蛇의 구슬을 가졌다고 하고 집집마다 형산荊山의 옥을 품고

---

589 桓譚, 『新論·閔友』. "世咸尊古卑今, 貴所聞賤所見也, 故輕易之."
590 王充, 『論衡·齊世』. "述事者好高古而下今, 貴所聞而賤所見."

있다고 일렀다."[591]라고 한 것을 보아도, 위진시대에 작가 자신이 자신을 고아
高雅하다 여겨 항상 자신의 장점으로 다른 사람의 단점을 경시한 풍조가 성행
하였음을 알 수 있다.

'문인상경'이란 잘못된 비평태도는 평자가 주관적으로 생각하기 쉬워 작
가와 작품을 객관적으로 판단할 수 없게 한다. 문장은 각종 풍격·내용·예술
특징 등에 따라 다양한 장르가 있고 작가마다 그 장르에 대한 기호가 달라
모든 장르를 다 잘할 수 없다. 작가는 "기를 끌어들임이 균일하지 않고 글쓰
기의 능숙함과 서투름은 타고난다."[592]라고 하였다. 작가의 재능과 성격 등이
제각기 다르듯, 그 창작물의 풍격도 서로 같지 않다. 문학비평 중 자신의
장점으로 다른 사람의 단점을 경시하는 태도는 반드시 탈피해야 하며 그렇지
않으면 작품의 진정한 가치에 대해 정확한 인식을 담보할 수 없다. 조비는
'문인상경'의 경향을 극복하기 위해서 작가의 서로 다른 기질과 재능, 문학작
품의 객관적 사실들을 인식하면서 "자신을 살펴 다른 사람을 헤아린다(審己以
度人)."라는 견해를 내세웠다.

조비가 처음 이를 제기한 후로, 후세 비평가들도 이를 주목하였다. 유협劉
勰은 『문심조룡文心雕龍·지음知音』에서 "천 개의 곡조를 다룬 뒤에야 비로소
그 소리를 알게 되고, 천 자루의 칼을 보고 난 뒤에야 칼이라는 기물을 알게
된다."라고 하면서, "문장의 실정을 알아보기 위해서는 먼저 여섯 가지 평가
기준을 표방해야 한다. 첫째로 체제와 풍격 세운 것을 살펴야 하고, 둘째로
문사의 배치를 살펴야 하고, 셋째로 전통의 계승과 변혁을 살펴야 하고, 넷째
로 표현수법이 정아正雅한지 기이奇異한지를 살펴야 하고, 다섯째로 사류事類
(옛것을 인용하여 현재의 문장에 운용함)를 살펴야 하고, 여섯째로 문장의 성률聲律을

---

591   曹丕, 「與揚德祖書」. "人人自謂握靈蛇之珠, 家家自謂抱荊山之玉."
592   『四部叢刊』影宋本 六臣注『文選』卷五十二. "引氣不齊, 巧拙有素."

살펴야 한다."라는 비평 방법을 제시하였다.[593] 이는 바로 조비의 주장을 한층 발전시킨 것이다.

육기陸機(261-303)가 당시 태강太康문학의 문풍을 다음과 같이 평하였다.

그 물상 또한 여러 모양이듯, 그 체식體式 역시 자주 변하네. 사리事理를 체득함에 공교로움을 높이 사고, 말을 운용함에 아름다움을 귀하게 여기네. 음성이 번갈아 교대함에 이르러 마치 수놓은 오색五色이 서로 조화하는 듯 하네. 비록 (강물이) 가고 멈추는 것은 일정함이 없지만, 그 과정에는 본디 기괴한 형세를 만나기에 불안하여 편하기 어렵다네. 진실로 변화에 통달하고 그 순서를 깨닫는 것은 바로 흐르는 물길을 개간하여 원천에 들이는 것이라네. 만약 기회를 잃고 뒤로한다면 항상 그 끝만을 잡고 머리에 이으려 할 것이네. 이러면 천지의 질서를 어그러뜨리는 고로 때가 끼어 선명하지 않게 되네.[594]

---

593 『文心雕龍讀本』 下篇, 「知音」 제48, 352쪽. "천 개의 곡조를 다룬 뒤에야 비로소 그 소리를 알게 되고, 천 자루의 칼을 보고 난 뒤에야 칼이라는 기물을 알게 된다. 그러므로 원만하게 관조된 심상은 먼저 많은 작품을 읽는 데 힘써야 한다. 높은 산을 봄으로써 작은 구릉(丘陵)의 모습을 형상화하고, 푸른 파도를 헤아려 봐야 작은 물 흐름을 알게 된다. 작품의 평가에 사심을 없애고, 개인의 애증에 치우치지 않아야 한다. 그런 후에야 저울처럼 공평하게 처리하고, 거울처럼 문장을 분석할 수 있을 것이다. 이 때문에 문장의 실정을 알아보기 위해서는 먼저 여섯 가지 평가 기준을 표방해야 한다. 첫째로 체제와 풍격 세운 것을 살펴야 하고, 둘째로 문사의 배치를 살펴야 하고, 셋째로 전통의 계승과 변혁을 살펴야 하고, 넷째로 표현 수법이 정아正雅한지 기이奇異한지를 살펴야 하고, 다섯째로 사류事類(옛것을 인용하여 현재의 문장에 사용)의 운용을 살펴야 하고, 여섯째로 문장의 성률을 살펴야 한다. 이러한 방법이 이미 형성되면 문장의 우열도 드러날 것이다.(凡操千曲而後曉聲, 觀千劍而後識器; 故圓照之象, 務先博觀. 閱喬岳以形培塿, 酌滄波以喻畎澮, 無私於輕重, 偏於憎愛, 然後能平理若岳, 照辭如鏡矣. 是以將閱文情, 先標六觀: 一觀位體, 二觀置辭, 三觀通變, 四觀奇正, 五觀事義, 六觀宮商, 斯術既形, 則優劣見矣.)"

594 陸機, 『四部叢刊』 影宋本 六臣注『文選』 卷十七 「文賦」. "其爲物也多姿, 其爲體也屢遷. 其會意也尙巧, 其遣言也貴妍. 暨音聲之迭代, 若五色之相宣. 雖逝止之無常, 固崎錡而難便. 苟達變而識次, 猶開流以納泉. 如失機而後會, 恒操末以續顚, 謬玄黃之秩序, 故淟涊而不鮮."

육기는 서진 시기 최고의 문인으로 태강문학을 대표했다. 사마씨司馬氏가 정권을 탈취한 후부터 정국이 불안해지고 문인들은 수차례에 걸쳐 살해당했다. 이로부터 현학이 홍기하고 문학은 형식을 중시하는 경향을 띠었다. 육기의『문부』는 당시 문인들이 기교를 중시하던 상황에서 생겨난 작품이다. 좋은 문장을 쓰는 방법은 다양하기에, 옛 문인의 경험과 자기 경험을 총괄하여 모색해야만 좋은 문장을 만들어낼 수 있다.

심약沈約(441-513)은『송서·사령운전론』에서 문학에 나타난 두 가지 문제에 대해 자신의 의견을 다음과 같이 주장하였다.

백성들은 천지의 신령함을 품고 오행五行의 덕을 지니고 있다. 강직剛直하고 유약柔弱한 인간의 성격이 번갈아 쓰이면서 기쁨과 노여움이 칠정七情으로 나누어 나타난다. 감정이 마음속에서 움직이면 노래가 밖으로 표출되는데, 이는 즉 육의六義가 근거하는 바이며 사시四始가 연계하는 바이다. 위아래 사람들이 노래 부르니 수많은『시경』의 시들이 이루어졌다. 비록 순舜임금·우禹임금 이전의 남겨진 글들을 볼 수 없을지라도 기氣를 지니고 신령스러움을 품은 이치는 아마도 다를 것이 없을 것이다. 그렇다면, 노래가 시작된 것은 마땅히 태고적 생민生民시기로부터 비롯되었음이 틀림없다. 주나라 왕실이 이미 쇠하게 되자, 풍류가 더욱 드러났다. 굴원·송옥宋玉이 선두에서 맑은 원천源泉을 인도하고 가의賈誼·사마상여가 뒤에서 아름다운 향기를 일으켜 진작시키니, 아름다운 문사가 종정鐘鼎과 비석碑石을 빛나게 하고 고상한 뜻이 구천九天을 덮어 버렸다. 이때부터 감정이 더욱 넓어졌다. 왕포王褒·유향劉向·양웅揚雄·반고班固·최인崔駰·채옹蔡邕의 무리들은 궤적을 달리하여 함께 달려 서로 번갈아 가며 사법師法이 되었다. 비록 깨끗한 문사와 아름다운 곡조가 때로 편구篇句에서 발하더라도 잡다한 음과 혼탁한 기가 진실로 또한 많았다. 장형張衡의 칠언七言으로 쓴「사수시四愁詩」

는 문채文采가 환히 빛나고 문사文辭가 감정에 의해 변하니, 그 뛰어난 노래와 높은 발자취는 오랫동안 그를 계승할 사람이 없었다. 후한後漢 말 건안建安시기에 이르러 조씨曹氏가 나라를 세우고, 위魏 무제武帝 조조曹操, 위魏 문제文帝 조비曹丕 그리고 진사왕陳思王 조식曹植 등은 모두 화려한 문사를 쌓아서, 비로소 감정에 의거하여 문사를 조직하고 문사를 사용하여 내용을 윤식潤飾하였다.[595]

한漢나라 때부터 위魏나라에 이르기까지 400여 년 동안 사인辭人과 재능 있는 자의 문체가 세 차례 바뀌었다. 사마상여는 형태를 가장 잘 묘사할 수 있는 언사를 훌륭하게 잘 썼으며, 반고는 감정과 이치를 서술하는 데에 뛰어났고, 조식과 왕찬은 각자의 기질을 통해 풍격을 이루었다. 이들은 모두 제 나름의 아름다움을 표현하여 독보적으로 당시를 투영하였다. 이 때문에 한 시대의 선비들은 제각기 서로 흠모하여 익혔다. 그 풍류의 시작된 바를 발본색원拔本塞源하여 찾아보면 풍아風雅와 이소離騷를 함께 본받지 않은 작품이 없었다. 하지만 다만 기이한 정情만을 즐겨 좋아하였기에 내용과 형식이 서로 어그러졌다. 진晉 혜제惠帝 때에 이르러, 반악과 육기가 특히 뛰어났는데, 그들의 율격律格은 반고·가의의 작품과 다르고 그들의 체식體式도 조식과 왕찬의 작품과는 일변一變하여 변모되었다. 그래서 화려한 뜻은 밤하늘의 별처럼 조밀하였고 번다한 문식文飾은 비단으로 온통 합해놓은 듯했다. 하지만 한대漢代 양효왕梁孝王 유무劉武가 평대平臺를 축조하고 여러 사부가辭賦家들을 초대해 사작辭作하게 하여 뛰어난 울림을 계승하고

---

595 沈約, 中華書局本 二十四史『宋書』卷六十七「謝靈運傳論」. "民稟天地之靈, 含五常之德. 剛柔迭用, 喜慍分情. 夫志動於中, 則歌詠外發；六義所因, 四始攸繫；升降謳謠, 紛披風什. 雖虞夏以前, 遺文不靚, 稟氣懷靈, 理無或異. 然則歌詠所興, 宜自生民始也. 周室旣衰, 風流彌著. 屈平宋玉導淸源於前, 賈誼相如振芳塵於後, 英辭潤金石, 高義薄雲天, 自玆以降, 情志愈廣. 王褒劉向揚班崔蔡之徒, 異軌同奔, 遞相師祖. 雖淸辭麗曲, 時發乎篇；而蕪音累氣, 固亦多矣. 若夫平子艶發, 文以情變, 絶唱高蹤, 久無嗣響. 至於建安, 曹氏基命, 二祖陳王, 咸蓄盛藻, 甫乃以情緯文, 以文被質."

위문제 조비가 오질吳質·완우阮瑀 등과 남피南皮를 유람할 때 지은 고아한
운율을 채집하였다. 그래서 옛 사람이 남긴 풍도風道와 전인이 남긴 사업事
業이 동진東晉에까지 다다랐다. 동진 중흥시기에 노장老莊학풍이 유독 떨쳐
배움은 노자의 학술을 궁구하였고 온갖 만물을 두루 알려는 지식은 『장자·
내편』에서 머물렀다. 게다가 문사를 다듬는 데에 심혈을 기울여 서로 앞서
려 내달렸으니 뜻은 여기서 다하였다. 진晉 원제元帝에서 안제安帝에 이르기
까지 백여 년을 거치면서 비록 소리를 잇고 사어辭語를 연결하며 작품이
연속적으로 출현하여 파도가 계속 연잇고 구름이 겹겹이 쌓였지만, 그 당시
작품에 쓰인 말은 노자의 철학이었고 작품에 의탁한 의미는 장자의 철학이
아니었던 것이 없었다. 힘차고 화려한 언사言辭는 여기서 들리지 않게 되었
을 따름이다. 은중문殷仲文은 손작孫綽과 허순許詢의 노장지풍老莊之風을 비로
소 개혁하고, 사곤謝混은 태원太元시기의 노장지기老莊之氣를 크게 변화시켰
다. 그리하여 송대宋代에 이르러 안연지顔淵之와 사령운謝靈運이 명성을 드날
렸는데, 사령운의 흥회興會는 세상 사람들에게 표준으로 떠받들어졌고 안연
지의 체재는 분명하고 정밀해졌다. 이 두 사람은 모두 전대의 빼어난 이들
과 전통적인 궤적을 따라 나란히 달리고 후세 사람들에게 모범을 드리웠
다.[596]

첫 번째 제기한 것은 '정情'과 '문文'의 관계인데, 이것은 제齊·량梁시대의
이론가들의 공통적인 화두였다. 첫 번째 문제에 관해서 심약은 '정情'·'문文'

---

596 沈約, 中華書局本 二十四史 『宋書』 卷六十七 「謝靈運傳論」. "自漢至魏, 四百餘年, 辭人才子, 文
    體三變. 相如巧爲形似之言, 班固長於情理之說, 子建仲宣以氣質爲體, 並標能擅美, 獨映當時, 是以
    一世之士, 各相慕習. 源其颺流所始, 莫不同祖風騷; 徒以賞好異情, 故意製相詭. 降及元康, 潘陸特
    秀, 律異班賈, 體變曹王, 縟旨星稠, 繁文綺合, 綴平台之逸響, 採南皮之高韻. 遺風餘烈, 事極江右.
    有晉中興, 玄風獨振, 爲學窮於桂下, 博物止乎七篇, 馳騁文辭, 義殫乎此. 自建武暨乎義熙, 歷載將
    百, 雖綴響聯辭, 波屬雲委, 莫不寄言上德, 託意玄珠, 遒麗之辭, 無聞焉爾. 仲文始革孫許之風, 叔源
    大變太元之氣. 爰逮宋氏, 顏謝騰聲, 靈運之興會標奉, 延年之體裁明密, 并方軌前秀, 垂範後昆."

이 서로 번갈아 가며 쓰인다는 논점을 제기했다. 처음에는 '육의六義'와 '사시四始'를 언급했으나 그것의 풍화風化와 풍자諷刺 등의 효능에 대해서는 언급하지 않았다. 문장 중에 특별히 "장형張衡은 문채文采가 환히 빛나고 문사文辭가 감정에 의해 변했다."라 하고, 진사왕陳思王 조식曹植의 "감정에 의거하여 문사를 조직하고 문사를 사용하여 내용을 윤식潤飾하였다."라고 지적하고, 시가 창작은 감정을 근본으로 하여 문사를 조직해야 함과 문사를 사용하여 감정을 꾸며야 함을 설명하고 있다. 그러나 심약의 취지는 문사와 형식 방면에 편중되어 있다. 그는 조씨曹氏 삼부자三父子가 "모두 화려한 문사를 쌓았다."라고 하고 반악潘岳·육기陸機는 "화려한 뜻은 밤하늘의 별처럼 조밀하였고 번다한 문식文飾은 비단으로 온통 합해놓은 듯했다."라고 하며 안연지顏延之는 "체재는 분명하고 정밀하다."라고 찬양하였다. 그러나 동진東晉시대의 현언시玄言詩의 작가를 경시하는 까닭은 "작품에 쓰인 말은 노자의 철학이었고 작품에 의탁한 의미는 장자의 철학이었다."라는 추상적인 이론만 가득하고 "힘차고 화려한 언사言辭는 여기서 들리지 않게 되었을 따름이다."라는 밋밋한 형식미로 일관했기 때문이다.

심약은 이어서 성률론을 제기한다.

옷자락을 땅에 펼치고 앉아 무릎을 맞대고 마음을 터놓고 담론하며 옛사람들의 시문을 따져본다면, 공교工巧하고 졸박拙樸한 수법에 대해 말할 만한 것이 있다. 무릇 오색이 서로 베풀어지고 팔음八音이 어울려 조화로운 것은 자연의 색조와 율려律呂가 제각기 사물에 적합한 바를 얻음으로 말미암아 오음五音이 서로 변화하고 소리의 높낮이가 서로 조절되게 해야 한다. 이는 마치 앞에 청음清音이 있으면 뒤에는 반드시 탁음濁音이 있어야 하는 것과 같다. 즉 오언시의 한 구 다섯 자字 속에 음운音韻이 모두 다르고 두 구절

중에 평측平仄이 모두 달라야 한다. 이 뜻을 현묘玄妙하게 통달해야만 비로소 '문文'이라 말할 수 있겠다. 선인들의 빼어난 작품에 이르러 고절高絶한 문구文句를 외고 두루 감상함에 이르렀다. 즉, 조식曹植「우증정의왕찬시又增丁儀王粲詩」의 "종군하던 이들 함곡관을 넘어, 말 달려 장안을 지날 적에(從軍度函谷, 驅馬過西京)", 왕찬王粲「칠애시七哀詩」의 "남쪽으로 패릉霸陵 높은 곳에 올라, 고개 돌려 장안을 바라본다(南登霸陵岸, 回首望長安)", 손초孫楚「정서관속송어척양후작시征西官屬送於陟陽候作詩」의 "새벽 바람이 이별의 갈대 길에 불어오고, 빗방울 떨어져 가을의 누런 풀잎 뒤덮네(晨風飄岐路, 零雨被秋草)", 왕찬王瓚「잡시雜詩」의 "북풍이 가을 풀을 뒤흔들 때엔, 변경의 말들도 귀향할 마음 먹네(朔風動秋草, 邊馬有歸心)" 등이다. 이것들은 모두 (내용상에 있어서) 마음속 감정을 직접 거론한 것이지 전통적 시詩의 사실史實에 의거한 것이 아니었으며, (형식상에 있어서) 진정 음조音調를 운율韻律에 맞추었으니 그 취용取用함이 전인의 방법을 뛰어넘었다. 굴원의 『이소』이래로 이러한 비법은 찾아볼 수가 없었다. 고명한 언사와 오묘한 문구에 이르러 그 음운이 자연적으로 이루어지니, 모두 이치와 암암리에 부합하였는데 이는 생각해서 도달할 수 있는 것이 아니었다. 장형張衡·채옹蔡邕·조식曹植·왕찬王粲은 일찍이 그러한 도리를 먼저 깨달은 적이 없었고 반악潘岳·육기陸機·사령운謝靈運·안연지顔延之는 그 거리가 더욱 멀었다. 세상에 음音을 아는 자라면 그것을 가지고 체득하였기에 이 말이 그릇되지 않음을 알 것이다. 만약 잘못된 점이 있다면 후세의 명철한 사람을 기다릴 것이다.[597]

---

597 沈約, 中華書局本 二十四史『宋書』卷六十七「謝靈運傳論」. "若夫敷衽論心, 商榷前藻, 工拙之數, 如有可言. 夫五色相宣, 八音協暢, 由乎玄黃律呂, 各適物宜, 欲使宮羽相變, 低昂互節, 若前有浮聲, 則後須切響. 一簡之內, 音韻盡殊; 兩句之中, 輕重悉異, 妙達此旨, 始可言文. 至於先士茂製, 諷高歷賞, 子建函京之作, 仲宣灞岸之篇, 子荊零雨之章, 正長朔風之句, 並直舉胸情, 非傍詩史, 正以音律調韻, 取高前式. 自騷人以來, 此祕未覩. 至於高言妙句, 音韻天成, 皆闇與理合, 匪由思至. 張蔡曹王, 曾無先覺; 潘陸謝顔, 去之彌遠. 世之知音者, 有以得之, 知此言之非謬. 如曰不然, 請待來哲."

두 번째 언급한 것은 '성聲'과 '율律'에 대한 문제인데, 이것은 심약이 자긍하고 있는 탁견이다. 두 번째 문제에 대해서 작가는 성률론聲律論을 제기했다. "오음五音이 서로 변화하고 소리의 높낮이가 서로 조절되게 해야 한다. 이는 마치 앞에 청음淸音이 있으면 뒤에는 반드시 탁음濁音이 있어야 하는 것과 같다. 즉 오언시의 한 구 다섯 자字 속에 음운音韻이 모두 다르고 두 구절 중에 평측平仄이 모두 달라야 한다."라고 하였는데, 이는 바로 심약이 말하고자 하는 팔병설八病說의 요지이다. 음률音律에 대해 인식한 심약은 "굴원의 『이소』이래로 이러한 비법은 찾아볼 수 없었다."라고 자랑하였다. 한자의 단음독체單音獨體의 특징 때문에 '높낮이가 서로 따르다.(高下相須)' '소리의 높낮이가 서로 조절되다(低昻互節)' 등이 편하여, 육기의 『문부』중에서 "음성이 바뀌어 변함은 마치 수놓은 오색이 서로 조화를 이룸과 같다.(曁音聲之迭代, 若五色之相宣.)"라는 원칙을 세웠다. 진晉·송宋이래로 산문과 시가는 날이 갈수록 변려騈儷해지면서 사람들에게 점점 음률音律문제에 주의하게 하였다. 송宋나라 때 범엽范曄은 "오음의 높낮이를 구별하고 청탁음을 식별하니, ……말에 모두 실증이 있다."[598]라고 말하였다. 이것은 문학방면의 성률론을 밝힌 것이다. 다시 문자방면에서부터 중국의 음운학이 삼국시대에 이미 흥기하여 손염孫炎이 『이아음의爾雅音義』를 지어 초보적으로 반절反切을 창작했고, 이등李登이 『성류聲類』를 지어 궁상각치우宮商角徵羽로 음을 나누었다. 그러나 문학범위 내에서 그때에는 사성四聲의 학설이 없었다. 영명永明 시기에 이르러 사성설四聲說이 제기되어, 어떤 이는 당시 불경전독佛經轉讀(경문을 다 읽지 아니하고 요긴한 곳만 추려 읽음)과 범문병음梵文並音의 영향을 받았다고 말했다. 심약은 전인前人의 성운聲韻연구 성과를 이용하여 문학적인 각도에서부터 정식으로

---

598 『宋書』(沈約 撰, 北京: 中華書局, 1997년), 권69 「列傳第二十九·范曄」, 1830쪽에서 「獄中與諸甥侄書」 인용함. "性別宮商, 識淸濁, ……言之皆有實證"

사성四聲의 명칭을 확립했다. 영명永明시인의 제창 아래 시가의 음절미音節美
는 가장 중요한 지위가 되었다. 시인들은 운율의 점차적인 형성을 위해 오언
고체시五言古體詩가 율시律詩로 바뀌는 과정을 거쳤다. 당대唐代에 이르러 율시
의 형식은 모든 사람이 존중하여 따랐다. 영명永明 성률론聲律論의 출현은 시
가 발전에 대해 역사적인 의의가 있다. 그러나 다른 방면으로 보면 양진兩晉
이래로 사조辭藻의 조탁雕琢하는 풍기는 날로 심각해졌고 게다가 엄격한 성병
聲病을 추구하여 이러한 퇴속頹俗한 풍조를 조장했다. 종영의 『시품·서』에서
그것을 "문식은 꺼리는 것이 많아 그 진미眞美를 상하게 한다.(文多拘忌, 傷其眞美)"
라고 비평하였다. 심약은 시가에 있어서 성률의 기능을 "이 뜻을 현묘玄妙하
게 통달해야만 비로소 '문文'이라 말할 수 있겠다.(妙達此旨, 始可言文)"라는 정도로
과장하였기에, 본론 중에 이전 작자에 대해서는 성률聲律로 중심을 삼는 비평
을 관철시켰다. 그는 한편으로는 왕포王褒·유향劉向·양웅揚雄·반고班固·최인
崔駰·채옹蔡邕의 무리를 비난하여 "비록 깨끗한 문사와 아름다운 곡조가 때때
로 편구篇句에서 발하더라도 잡다한 음과 혼탁한 기가 진실로 또한 많았다.(雖
淸辭麗曲, 時發乎篇, 而蕪音累氣, 固亦多義)"라고 하고, 한편으로는 "선인들의 빼어난 작품
에 이르러 고절高絶한 문구文句를 외고 두루 감상함에 이르렀다. 즉 조식曹植,
왕찬王粲, 손초孫楚, 왕찬王瓚 등의 작품들이 모두 (내용상에 있어서) 마음속 감정
을 직접 거론한 것이지 전통적 시詩의 사실史實에 의거한 것이 아니었으며,
(형식상에 있어서) 진정 음조音調를 운율韻律에 맞추었으니 그 취용取用함이 전인
의 방법을 뛰어넘었다."라고 찬양했다. 작품에 대한 포폄褒貶의 기준은 모두
성률로 삼았다.

  유협劉勰(약 465~약 532)은 『문심조룡·통변通變』에서 문학창작에 있어서 전통
의 계승과 변화 혁신이 필요하다고 여겼다. 시부詩賦나 서기書記 등 각양각색
의 문학 양식에 따라 기본 창작원리는 고정되어 변함이 없을지라도 동일한

문학 양식 안에서도 작품마다 문사文辭나 기력氣力 등에 의해 표현 방법은
끊임없이 발전하고 변화할 수 있다. 일정한 규격이 있는 문학 양식은 옛사람
들의 작품을 거울삼아야 하지만 작품의 표현 방법은 시대와 작가에 따라
서로 달라야 한다. 전통의 계승과 변화 혁신의 방법을 환히 꿰뚫어야 제대로
된 작품을 창작할 수 있다. 유협은 과거의 전통을 계승하되 근대가 아닌 고대
의 전통을 거울삼아 계승하여야 한다고 보았다.

문장을 논하는 공식은 초목에 비유되는데, 뿌리는 흙에 묻혀 있어 본성
은 같으나 (가지와 잎의) 냄새와 맛이 태양의 쬐임의 양에 따라 품성이
달라진다. 이로 인하여 구대九代의 시가들은 뜻이 합치되어도 문사는 달랐
다. 황제黃帝 때에는 단죽가斷竹歌를 노래했는데 질박함의 극치이다. 당요唐
堯시대에는 재사가載蜡歌를 노래하니, 황제시대보다 확대되었다. 우순虞舜시
대에는 경운가卿雲歌를 노래하니, 당요 때보다 문아하였다. 하夏나라 때는
조장가雕牆歌를 노래했는데 우순 때보다 번다해졌다. 상주商周시대의 시편詩
篇들은 하나라 때보다 화려해졌다. 뜻을 쓰고 때를 서술하니, 그 법칙이
하나였다. 초楚나라의 『이소』는 『시경』을 모방하였고 한漢나라의 부賦와
송頌은 초사楚辭에 영향을 받아 쓰였다. 위魏의 편제篇製는 한나라의 풍격을
돌아보아 사모하였고, 진晉의 수사기교는 위魏나라의 문체를 바라보았다.
헤아려 논하건대, 황제黃帝와 당요唐堯시대는 순수하고 질박하며 우순虞舜과
하夏나라 시대는 질박하면서 명료하고 상주商周시대는 화려하면서 청아하
며 초한楚漢시대는 사치스럽고 농염하였으며 위진魏晉시대의 것은 천박하
고 화려하게 꾸미더니 송초宋初에는 변질되어 새로웠다. 질박한 것으로부터
변질된 것에 이르기까지 가까워질수록 문장미가 싱거워지니, 왜 그러한가?
지금 것을 다투고 옛것을 멀리하니, 문장의 감염력이 약해지고 문장의 기세
가 쇠해졌기 때문이다.[599]

황제黃帝 시대부터 주周대에 이르기까지 시가의 발전상황을 보면 모두 이전 시대를 계승하면서도 변화 혁신시킨 부분이 있어서 창작의 법칙에 합치하였지만, 그 후 초楚나라, 한漢나라, 위魏나라, 진晉나라 작품들은 모두 직전 시대, 즉 근대의 작품만을 답습하여 좋지 않은 창작 경향이 나타났다. 그 결과 구대九代의 각 시대별 문학 풍격은 애초에는 순후淳厚·질박質朴에서 전아典雅·화려華麗한 경향으로 상향 발전되었으니, 주周나라 때의 『시경』에 이르러 최고로 발전하였다. 그러나 『초사』·한부漢賦 이후로 문학풍조는 확연히 바뀌어 '과장誇張·부염富艷', '부천浮淺·기려綺麗', '궤탄詭誕·신기新奇'한 경향으로 계속 하향 퇴보하였다. 퇴보의 원인은 "경금소고競今疎古(근대의 것만 다투어 모방하고 고대를 계승하는 것에는 소홀함)"에 있었다. 문학은 부단히 변화하므로 시대 조류에 순응하여 대담하게 창조하여야만 비로소 발전할 수 있지만, 오로지 새로운 것만을 좇고 계승의 측면을 소홀히 하면 폐단이 생겨난다고 생각하였다. 유협은 고대를 계승하려면 「종경宗經」, 곧 경서經書를 근본으로 삼아 이를 학습하여야 한다고 보았다.

지금 재능이 뛰어난 선비들은 뜻을 새겨 문장을 배움에 대부분 한漢나라 작품을 간략히 하고 송대宋代의 문집을 모범으로 삼으니 비록 고금古今의 작품들을 두루 살필지라도 가까운 것에 붙고 먼 것에 소원하게 된다. 푸른 색은 쪽 풀에서 생겨났고 진홍색은 꼭두서니 풀에서 생겨났는데, 비록 본래의 색을 뛰어넘었다 해도 다시 변화할 수는 없다. 환군산桓君山이 "내가 신

---

599 『文心雕龍讀本』하책, 「通變」제29, 49쪽. "論文之方, 譬諸草木, 根幹麗土而同性, 臭味晞陽而異品矣. 是以九代詠歌, 志合文別. 黃歌'斷竹', 質之至也; 唐歌'載蜡', 則廣於黃世; 虞歌'卿雲', 則文於唐時; 夏歌'雕牆', 縟於虞代; 商周篇什, 麗於夏年. 至於序志述時, 其揆一也. 暨楚之騷文, 矩式周人; 漢之賦頌, 影寫楚世; 魏之篇製, 顧慕漢風; 晉之辭章, 瞻望魏采. 榷而論之, 則黃唐淳而質, 虞夏質而辨, 商周麗而雅, 楚漢侈而豔, 魏晉淺而綺, 宋初訛而新. 從質及訛, 彌近彌澹, 何則? 競今疎古, 風末氣衰也."

진의 아름다운 문장을 보았는데, 아름답지만 취할 만한 것이 없다. 유향·양
웅의 언사를 살펴봄에 이르면, 번번이 얻는 것이 있다."라고 했는데, 이것이
그 증명이다. 고로 푸른색을 누이고 진홍색을 빨면 반드시 쪽빛과 꼭두서니
풀색으로 돌아간다. 잘못된 것을 바로잡고 얕은 것을 뒤집으려면 돌아가
경서의 가르침을 종으로 삼아야 한다. 이에 질박과 문식의 사이를 참작하고
전아와 통속의 경계를 바로잡아야만 가히 '통변通變'을 말할 수 있다. 소리
와 모양을 과장하는 것은 한漢나라 초에 이미 극에 다다랐는데 이때로부터
순환하고 서로 이어져 비록 높이 날아 바퀴자국을 벗어나려 하나 끝내는
바구니 안으로 들어간다. 매승枚乘이 「칠발七發」에서 "동해를 널리 바라보
면 푸른 하늘이 연이었다."라고 했고, 사마상여가 「상림부上林賦」에서 "보면
끝이 없고 살피어도 끝이 없는데, 해는 동쪽 호수에서 나고 서쪽 못으로
들어간다."라고 했으며, 양웅은 「우렵부羽獵賦」에서 "해와 달은 뜨고 지고
하늘과 땅이 합쳐진다."라고 했다. 마융馬融은 「광성부廣成頌」에서 "하늘과
땅은 이어져 진실로 끝이 없는데 해는 동쪽에서 나고 달은 서쪽 호수에서
난다."라고 했고, 장형은 「서경부西京賦」에서 "해와 달이 뜨고 지는 곳은
부상扶桑과 몽범濛汜 같다."라고 했다. 이것들은 모두 광활한 모습을 과장하
여 나타낸 것인데, 다섯 작가가 한결같았다. 많은 작품이 이처럼 비슷한
유에 있어서 서로 답습하지 않은 것이 없다. 하지만 인습과 창신을 교차시
키니, 이것이 통변의 기술이다.[600]

---

600 『文心雕龍讀本』하책, 「通變」제29, 50쪽. "今才穎之士, 刻意學文, 多略漢篇, 師範宋集, 雖古今
備閱, 然近附而遠疎矣. 夫青生於藍, 絳生於蒨, 雖踰本色, 不能復化. 桓君山云: '予見新進麗文, 美
而無採; 及見劉、揚言辭, 常輒有得'; 此其驗也. 故練青濯絳, 必歸藍蒨; 矯訛翻淺, 還宗經誥. 斯斟
酌乎質文之間, 而櫽括乎雅俗之際, 可與言通變矣. 夫誇張聲貌, 則漢初已極, 自茲厥後, 循環相因,
雖軒翥出轍, 而終入籠內. 枚乘『七發』云: '通望兮東海, 虹洞兮蒼天.' 相如『上林』云: '視之無端, 察
之無涯, 日出東沼, 入乎西陂.' 揚雄『羽獵』云: '出入日月, 天與地杳.' 馬融『廣成』云: '天地虹洞,
固無端涯, 大明出東, 月生西陂.' 張衡『西京』云: '日月於乎出入, 象扶桑與濛汜.' 此並廣寓極狀, 而
五家如一. 諸如此類, 莫不相循, 參伍因革, 通變之數也."

그는 자신과 동시대 문단의 창작 경향인 궤탄詭誕·신기新奇, 즉 허황하고 천박한 문학 풍조를 바로잡으려면 무엇보다 경서를 으뜸으로 계승할 필요가 있다고 보았다. 결국 '종경'의 주장은 봉건사회의 인의·도덕을 향해 복고復古하려 한 것이 아니라 당시의 폐단을 바로잡으려는 방법으로 제시된 것이며, 나아가 변화와 혁신을 위한 것이라고 할 수 있다. 그는 이어서 '질質'과 '문文', '아雅'와 '속俗'의 중간에 서서 어느 것이 좋은지를 헤아려 보는 것이 곧 '통변通變'의 이치를 아는 사람의 자세라고 하였다.

한대漢代 사부辭賦 작가 다섯 사람, 곧 매승枚乘·사마상여司馬相如·마융馬融·양웅揚雄·장형張衡 등은 표현 방법에 있어서 서로 답습하고 계승하였는데, 그 결과 과장하여 비유하고 묘사를 극도로 하는 공통적인 창작 경향을 보였다. 그런데 '통변'의 진정한 방법은 '참오인혁參伍因革(계승과 혁신을 종횡으로 뒤섞음)'하는 방법이니 일방적인 답습으로는 안 된다. '참오인혁'하는 길만이 문학 발전을 위한 정확한 방법이다. 유협은 '참오인혁'이 곧 '통변지수通變之數(통변의 방법)'이라고 보았던 것이니, '참오인혁'은 「통변」 편 전체의 가장 핵심이 된다.

유협은 『문심조룡·비흥』에서 '비흥'의 관점으로 다음과 같이 평하였다.

초楚 양공襄公은 참언을 믿었으나 굴원屈原은 충렬忠烈하여 『시경』에 의거하여 『이소離騷』를 지었는데, 풍자함에 '비'와 '흥'을 겸비하였다. 한대漢代는 비록 융성하였지만 사인辭人들이 아첨하여 풍자의 길이 상실된 고로 '흥'의 뜻은 사라져 없어졌다. 이에 '부'와 '송'이 먼저 울린 고로 비체比體가 구름처럼 피어올라 성대해져 어지러이 뒤섞이니 옛 문장의 법도를 위배하게 되었다. ……(송옥宋玉의 「고당부高唐賦」, 매승枚乘의 「토원부菟園賦」, 가의賈誼의 「복조부鵩鳥賦」, 왕포王褒의 「통소부洞簫賦」, 마융馬融의 「장적부長

笛賦」, 장형張衡의 「남도부南都賦」에서 쓰인) 이와 같은 비유 방식은 사부辭賦가 우선시하는 것이어서, 나날이 '비'를 사용하고 점차 '흥'을 잊어 작은 것을 익히느라 큰 것을 잃어버렸으니, 문장文章이 주나라 때보다 시들게 된 까닭이다. 양웅揚雄과 반고班固의 무리와 조식曹植과 유정劉楨 이후에 이르러서는, 산천山川을 형용하고 자연경물自然景物을 그림자처럼 그리는 데 있어 '비'의 뜻을 짜고 모아서 그 화려함을 펴지 않은 것이 없어 감탄하며 듣고 다시 돌아보게 하였으니, 이것에 도움을 받아 공적을 드러냈다.[601]

굴원이 지은 「이소」는 『시경』의 정신을 계승하여 지은 것이라 그 풍유의 수법들은 '비'와 '흥'을 함께 사용한 것들이다. 한대에 들어와 문학창작이 활성화되었어도 사부가 아첨하는 말로 가득 차서 『시경』의 풍자정신이 상실되어 버리고 결국 흥의 수법도 사라지고 말았다. 이후의 사부 작가들은 언제나 '비'만을 사용하고 '흥'에 대해서는 잊어버리게 되었다. 한나라의 문학이 주나라의 문학에 미치지 못하는 이유가 바로 여기에 있다고 보았다. 이후에 등장하는 작가들도 '비'의 수법에만 의지하였는데, 위에 언급한 양웅, 반고, 조식, 유정 등은 비의 수법만 가지고도 사람들의 이목을 끌 정도로 대단한 작품을 만들었다고 평하였다.

유협은 창작자의 인품과 생활 경험은 그대로 작품의 문체, 풍격, 스타일로 나타날 수밖에 없어서 작가마다 체질과 혈기에 따라 작품의 풍격과 스타일도 수반된다고 여겼다.

---

601 『文心雕龍讀本』하책, 「比興」제36, 145-146쪽. "楚襄信讒, 而三閭忠烈, 依詩製騷, 諷兼比興. 炎漢雖盛, 而辭賦夸毗, 諷刺道喪, 故興義銷亡. 於是賦頌失鳴, 故比體雲構, 紛紜雜逐, 倍舊章矣. ……若斯之類, 辭賦所先, 日用乎比, 月忘乎興, 習小而棄大, 所以文謝於周人也. 至於揚班之倫, 曹劉以下, 圖狀山川, 影寫雲物, 莫不織綜比義, 以敷其華, 驚聽回視, 資此効績."

팔체八體는 자주 바뀌며 공은 배움으로 이룬다. 재능은 그 안에 있고 혈기로부터 비롯된다. '기'는 이것으로 뜻을 충실히 하고 '지志'는 이것으로 언어를 결정하여 뛰어나게 운치 있는 작품을 토해내는데, 성정性情과 관계되지 않는 것이 없다. 가의賈誼는 걸출하여 문사가 깨끗하고 체식體式이 맑았다. 사마상여는 오만방자하고 황당무계하여 문리가 사치스럽고 문사가 풍부했다. 양웅은 침착하고 조용하여 뜻이 은밀하고 깊은 맛이 있다. 반고는 우아하고 아름다워 체제가 치밀하고 사상이 아름다우며, 장형張衡은 깊게 통달하여 사고가 주도면밀하고 사조가 빽빽하다. 왕찬王粲은 조급하고 다투기를 좋아하여 빼어나게 두드러졌고 재능이 있으며 과단성이 있었다. 유정劉楨은 기가 편협되어 언어가 장엄하고 감정이 기발하여 놀랄 만하다. 완적阮籍은 구속되지 않고 자유분방하여 소리가 뛰어나고 가락이 심원하며, 혜강嵇康은 영특하고 호협하여 흥취가 높고 문채가 준열하다. 반악潘岳은 가볍고 민첩하여 필봉이 날카롭고 운율이 유창하며, 육기陸機는 긍지가 있고 장중하여 감정이 번다하고 문사가 은미하다. 비슷한 유를 접해서 유추해 보면 표리가 반드시 부절처럼 들어맞으니 어찌 자연의 영구불변한 자질과 재기의 대체적인 정형이 아니겠는가?[602]

유협은 창작자의 사회 체험과 창작 결실이 작품의 문체나 풍격 형성에 결정적으로 작용한다고 말하지는 않았다. 그는 타고난 천부적 재기와 후천적인 학습을 동시에 거론하면서 창작자의 성향이나 기질이 창작의 문체나 풍격으로 바로 이어진다는 사실을 실존 작가들을 통해 증명하였다.

---

602 『文心雕龍讀本』하책, 「체성」제27, 22쪽. "若夫八體屢遷, 功以學成; 才力居中, 肇自血氣; 氣以實志, 志以定言, 吐納英華, 莫非情性. 是以賈生俊發, 故文潔而體淸; 長卿傲誕, 故理侈而辭溢; 子雲沈寂, 故志隱而味深; 子政簡易, 故趣昭而事博; 孟堅雅懿, 故裁密而思靡; 平子淹通, 故慮周而藻密; 仲宣躁銳, 故穎出而才果; 公幹氣褊, 故言壯而情駭; 嗣宗俶儻, 故響逸而調遠; 叔夜儁俠, 故興高而采烈; 安仁輕敏, 故鋒發而韻流; 士衡矜重, 故情繁而辭隱; 觸類以推, 表裏必符. 豈非自然之恒資, 才氣之大略哉!"

종영鍾嶸(약 468-518)은 「시품서詩品序」에서 오언시 작가와 작품에 대해 다음과 같이 평하였다.

옛날 「남풍南風」의 가사와 「경운卿雲」의 송가는 그 뜻이 심원하다. 하夏나라 노래에서는 "답답하여라, 이 내 마음"이라 하였고, 『이소』에서는 "내 이름은 정칙正則이라 한다."라고 하였다. 비록 시체詩體가 아직 완전하지 않으나 오언시五言詩의 기원이라 하겠다. 한漢나라 이릉李陵에 이르러 비로소 오언시의 체재가 나타난다. 고시古詩는 지어진 지 아득히 멀어 그 당시를 잘 알기는 어렵지만 그 문체들을 짐작해보건대 본디 한나라 때 만들어진 것이지 주周나라 말기의 노래는 아니다. 왕포王褒·양웅揚雄·매승枚乘·사마상여司馬相如 등의 시인으로부터 화려한 사부詞賦로 뛰어남을 다투더니 감정을 읊은 작품은 점차 들리지 않게 되었다. 이릉에서 반첩여班婕妤에 이르기까지 약 백 년의 기간이 흘렀으나 여시인女詩人이 있었고 이릉 한 사람만이 있을 뿐이었다. (『시경』의 정신을 계승한) 시인詩人의 기풍은 홀연 결핍되어 사라졌다. 동경東京 즉 낙양洛陽으로 천도한 후한後漢 이백여 년 동안 오로지 반고의 「영사詠史」시만이 질박하여 꾸밈이 없었다. 그 후 동한東漢 헌제獻帝 건안建安(196-219) 시기에 이르러, 조씨曹氏 부자는 이런 문장을 유독 좋아하여 조식과 조비가 번성시켜 문단文壇의 중심이 되었고 유정劉楨과 왕찬王粲은 그 날개가 되어 보좌하였다. 이에 버금가는 이들 중에는 용과 봉황에 의지하듯 조씨 부자에 의탁하여 제 발로 그 무리에 딸린 수레로 찾아든 이가 아마도 백여 명에 이르리라 여겨진다. 찬란한 성대함이 그때 크게 갖추어졌다. 그 후로는 점점 쇠약해져 진晉나라에 이르렀다. 진晉 무제武帝 태강太康(280-289) 시기에는 삼장三張(장재張載·장협張協·장항張亢)과 이륙二陸(육기陸機·육운陸雲)과 양반兩潘(반악潘岳·반니潘尼)과 일좌一左(좌사左思)가 드세게 부흥하여 건안의 성대함을 계승하여 풍류風流가 완전히 다 사라지

지는 않았으니, 이 또한 문장의 중흥기라 하겠다. 진晉 회제懷帝 영가永嘉
(307-312) 시기에는 황로黃老사상을 귀히 여겨 차츰 허담虛談을 숭상하더니,
그때의 시가에 이치가 그 언사를 뛰어넘어 싱거워 맛이 없었다. 동진東晉에
이르러 건안의 잔물결이 여전히 전해지긴 했지만 손작孫綽·허순許詢·환위桓
偉·유우庾友·유온庾蘊 등의 현언시玄言詩는 모두 평이하고도 전아해져 『도덕
론道德論』 같았으니, 건안풍골建安風骨이 다하였다. 이들보다 앞서 곽박郭璞
은 뛰어난 재능을 발휘하여 (「유선시遊仙詩」를 지어) 시의 체재를 변화하고
창조시켰고 유곤劉琨은 청강清剛한 기세에 기대어 시의 미려함을 도왔다.
그러나 중과부적衆寡不敵으로 당시의 시풍詩風을 움직일 수는 없었다. 진晉
안제安帝 의희義熙(405-418) 시기에 이르러 사곤謝混이 산수시山水詩로 화려
하게 전대의 시풍을 계승하여 일어났다. 송宋 문제文帝 원가元嘉(424-452)
시기에 이르러서는 사령운謝靈運이 나타나 뛰어난 재능과 성대한 사장詞章
으로 풍부하고도 화려한 시를 지어 누구도 따라오기 어려웠으니 진실로
이미 유곤劉琨과 곽박郭璞을 뛰어넘고 반악潘岳과 좌사左思를 압도했다. 이러
한 까닭에 조식을 건안의 호걸로 삼고 유정과 왕찬을 그 보좌로 삼았으며,
육기를 태강의 영웅으로 삼고 반악과 장협을 그 보좌로 삼았으며, 사령운을
원가의 웅자雄者로 삼고 안연지顔延之를 그 보좌로 삼았음을 알 수 있다.
이들은 모두 오언시의 우두머리들이었으며 문사文詞로 일세一世를 누렸던
인물들이었다.[603]

---

603 鍾嶸, 「詩品序」. "昔「南風」之詞, 「卿雲」之頌, 厥義夐矣. 夏歌曰'鬱陶乎予心', 楚謠曰'名余曰正
則', 雖詩體未全, 然是五言之濫觴也. 逮漢李陵, 始著五言之目矣. 古詩眇邈, 人世難詳, 推其文體,
固是炎漢之製, 非衰周之倡也. 自王·揚·枚·馬之徒, 詞賦競爽, 而吟詠靡聞. 從李都尉迄班婕妤,
將百年間, 有婦人焉, 一人而已. 詩人之風, 頓已缺喪. 東京二百載中, 惟有班固「詠史」, 質木無文.
降及建安, 曹公父子, 篤好斯文; 平原兄弟, 鬱爲文棟; 劉楨·王粲, 爲其羽翼. 次有攀龍託鳳, 自致
于屬車者, 蓋將百計. 彬彬之盛, 大備于時矣! 爾後陵遲衰微, 迄于有晉. 太康中, 三張·二陸·兩
潘·一左, 勃爾復興, 踵武前王, 風流未沫, 亦文章之中興也. 永嘉時, 貴黃老, 稍尙虛談, 于時篇什,
理過其辭, 淡乎寡味. 爰及江表, 微波尙傳, 孫綽·許詢·桓·庾諸公詩, 皆平典似「道德論」, 建安
風力盡矣. 先是郭景純用儁上之才, 變創其體; 劉越石仗清剛之氣, 贊成厥美. 然彼衆我寡, 未能動

오언시의 작가와 작품에 대해 평가한 『시품』은 한漢나라에서 양梁나라에 이르기까지 백여 명의 시인들을 상·중·하 삼품三品으로 등급을 매긴 다음 그 사람에 대해 간단히 비평하고 그 문학의 연원을 밝히고 있다. 이 작자들에 대한 등급 결정과 비평 등에 대한 문제가 있기도 하지만, 『시품』은 그 당시의 형식적이고 귀족적인 시풍을 반대하고 인간의 진실한 감정과 성정을 바탕으로 지은 시를 높이 평가한 점은 높이 살만하다. 그는 위진 이래의 진실성이 결여된 현언시玄言詩를 반대하며 건안풍골建安風骨을 주장하였다.

양梁나라 때 배자야裴子野(469-530)는 「조충론雕蟲論」에서 남조南朝 문단에 대해 다음과 같이 평하였다.

옛날에 사시四始·육의六義가 한데 묶여 시가 되었다. 사방의 풍속을 형용하기도 하거니와 군자의 뜻을 드러내기도 하고 좋은 것을 권하고 나쁜 것을 징계하니, 왕화王化는 바로 시에 근본한다. 후대의 시인들은 생각이 말단에 있어 번잡하게 화려하고 지나치게 꾸며 스스로 통했다고 여겼다. 예를 들어 슬픔을 억누르고 풍간하면서 화려한 향기를 풍긴 것에는 초사가 그 시조가 되고, 화려하고 낭만적이면서 온화하게 한 것에는 사마상여가 그 음을 이어받았다. 이로부터 소리를 따르고 그림자를 좇는 이들은 올바른 길을 버리고 근거하는 바가 없었다. 부賦·시詩·가歌·송頌이 책 백 권과 수레 다섯 량만큼 되지만, 채옹蔡邕은 부賦작가들을 배우와 같다고 하였고 양웅揚雄은 애들이나 하는 짓이라고 후회했다. 성인이 나타나지 않았다면 아雅·정鄭을 누가 나누었으리오? 오언시로 일가를 이룬 자는 소무와 이릉으로부터 시작되었고, 조식과 유정은 그 오언시의 내용을 뛰어나게 하였고, 반악과 육기는

俗. 逮義熙中, 謝益壽斐然繼作. 元嘉中, 有謝靈運, 才高詞盛, 富豔難蹤, 固已含跨劉、郭, 淩轢潘、左. 故知陳思爲建安之傑, 公幹、仲宣爲輔; 陸機爲太康之英, 安仁、景陽爲輔; 謝客爲元嘉之雄, 顏延年爲輔; 斯皆五言之冠冕, 文詞之命世也."

오언의 수사적인 측면을 견고하게 했다. 이에 동진東晉시대에 이르러서는 저 안연지와 사령운을 칭하지만 그들은 형식을 지나치게 중시하여 허리띠와 수건에까지 수를 놓아 묘당廟堂에서 취할 것이 없었다. 송宋나라 초기 문제文帝 원가元嘉년간에 이르러 대부분 경經과 사史라 여겼고, 송宋 효무제孝武帝 대명大明년간에 유가의 문장을 진실로 좋아하였다. 높은 재능과 뛰어난 운치는 전대의 현인들에는 미치지 못하지만 파도의 흐름이 서로 숭상하여 한층 더 두터워졌다.[604]

배자야는 「조충론」에서 남조南朝 문단에 부미浮靡한 풍조가 일어나게 된 원인을 제왕帝王의 기호嗜好 때문이라고 생각하였고, 순수한 창작 동기에서 지어진 문장이 아니기에 형식만을 갖춘 문장이 나타나게 되었다는 견해를 내세웠다. 배자야의 문학사상은 매우 보수적이어서 당시 형식을 지나치게 치중한 문풍文風을 달갑게 여기지 않았다. 유가 정통 문학사상에 입각한 배자야의 비평 관점은 당시 보수파의 입장을 대표한다. 배자야는 이 글에서 문학의 사회·정치적 의의를 강조한다. 먼저 『시경』을 시작으로 작품에서 사상과 내용이 중요하다는 점을 밝혔다. 그리고서 초사와 부 이래의 발전 과정을 두 가지로 나누어 기술하고 있다. 먼저 사부의 방면에는 슬프고도 향기로운 초楚·소騷가 있고 오언시 방면에는 소무蘇武와 이릉李陵, 그리고 건안풍골建安風骨의 조식과 유정이 있는데, 이들은 모두 『시경』 전통을 계승한 갈래이다. 그리고 또 다른 갈래로 사마상여 이래의 사부는 너무 화려함만을 좇아 『시경』

---

604 裴子野, 「雕蟲論」. "古者四始六藝, 總而爲詩, 旣形四方之風, 且彰君子之志, 勸美懲惡, 王化本焉. 後之作者, 思存枝葉, 繁華蘊藻, 用以自通. 若排惻芳芬, 楚騷爲之祖, 靡漫容與, 相如扣其音. 由是隨聲逐影之儔, 棄指歸而無執. 賦詩歌頌, 百帙五車, 蔡邕等之俳優, 揚雄悔爲童子. 聖人不作, 雅鄭誰分. 其五言爲家, 則蘇、李自出, 曹、劉偉其風力, 潘、陸固其枝葉. 爰及江左, 稱彼顏、謝, 箴繡鞶帨, 無取廟堂. 宋初迄於元嘉, 多爲經史, 大明之代, 實好斯文. 高才逸韻, 頗謝前哲, 波流相尙, 滋有篤焉."

의 뜻을 버려 올바를 수 없었으며, 반악·육기 이하의 오언시는 모두 화려하게 다듬는 것을 공으로 삼았고, 유송劉宋 이후에는 육의六義의 준칙을 잃어버렸다고 여겼다.

『문선』은 양梁나라 소명태자昭明太子 소통蕭統의 주도로 527년에서 529년 사이에 편찬된 문장 선집이다. 중국 남북조 시대는 문학예술의 자각기로 불리워질 정도로 다양한 문학작품 선집과 문학비평서가 나왔다. 그중에서 가장 중요한 저작물이 바로 『문선』이다. 많은 학자들이 『문선』의 '문'은 서양의 문학작품과 유사한 개념이라고 보았다. 서양 문학의 개념에 비추어 중국 문학의 발전과정을 바라보는 입장은 서양과 대등한 중국 문학의 자각 의식을 강조하는 측면에서는 유용하지만, 그것이 중국 문학의 실제적인 면모와 얼마나 부합하는지는 여전히 논란거리로 남아있다. 예컨대 『문선』의 선록選錄 기준을 '수사에 뛰어난 문장(能文)'이라고 했을 때 이는 문학 형식 또는 문학 수사의 측면에서 '아름다운 문장'을 가리키는 경향이 강하여 서양에서 문학의 특징으로 거론되는 허구 또는 상상력의 자각과는 거의 무관하다고 할 수 있을 정도이다. 혹은 지금까지 가장 일반적인 『문선』의 선록 기준으로 제시되는 '깊은 생각(沈思)'와 '아름다운 문장(翰藻)'를 예시해보더라도 사정은 그렇게 달라 보이지 않는다. 깊은 생각에서 우러나온 내용을 아름다운 문장으로 써낸다고 할 때, 여기에도 문학의 형상 사유나 상상력에 대한 자각은 느껴지지 않기 때문이다. 실제도 당대唐代에 『문선』이 지식인의 필독서로 중시 받을 때도 서양에서와 같은 문학작품으로서의 가치보다는 사륙변려문四六騈儷文으로서의 실용적인 가치를 존중한 경향이 강하였고, 송대宋代에는 더더욱 과거시험 대비 모범 문장 교범으로 가치를 더욱 존중하였다. 따라서 중당中唐과 북송北宋의 고문운동가들은 『문선』 계열 변문의 수사적 경향에 대대적인 비판을 가하면서, 한대漢代 이전의 꾸밈없고 질박한 고문古文의 전통을 회복하자고 강력하게 주장하였다. 이는 『문선』에서 배제된 경經, 사史, 자子의 옛 글쓰기 전통을 회복하자는 말이다. 그렇다면 경, 사, 자의 문장이 배제되었다고 해서 『문선』의 '문'이 서양에서 말하는 문학의 본질과 일치한다고 할 수 있을지에 대해서는 논의의 여지가 여전하다. 하지만 『문선』이 수사에 뛰어난 문장을 선록 기준으로 삼아 편찬된 책이라는 사실에 대해서는 이견이 없다. 이러한 선록 기준에 따르면 경전이나 역사 또는 사상 부문의 문장이 포함되기가 어려웠기 때문에 자연스럽게 서양 문학의 개념과 합치되는 글이 실리게 되어 일정 정도 서양 문학작품의 함의와 일치하게 된다. 그럼에도 불구하고 『문선』에 실린 「모시서」나 「상서서」 또는 상소문 등이 문학작품으로 다룰 수 있느냐에 대해서는 여전히 전문적인 논의의 대상일 수 있다.[605]

문학과 기타 학술 저작 간의 구별에 대해서는 소통이 편찬한 『문선』과 그 서언에서 한 단계 발전된 인식을 보여주고 있다. 『문선·서』에서 소통은 저작이 간략한 것에서 복잡한 것으로 발전하는 사회·역사적 원인에 대해 다음과 같이 논술하였다.

상고上古시대를 살펴보면, 어렴풋이 현풍玄風(심오하고 순박한 민풍)이 보였다. 겨울에는 토굴을 파 살고 여름에는 나무를 모아 둥우리에 살고 짐승을 털이 붙은 채로 먹고 피를 마시던 시대에는 세상은 소박하고 사람의 생각은 꾸밈이 없었는데, 이때에는 문자가 만들어지지 않았다. 복희씨伏羲氏가 천하를 다스림에 이르러, 비로소 팔괘를 그리고 문자를 만들었으며 새끼 줄을 이용해 사건을 기록하게 되었다. 이로 인하여 서적이 생겨났다. 『역경·분괘賁卦·단사象辭』에서 "하늘의 문文(일월성신日月星辰)을 보고서 시간

---

605 『문선역주1』(김영문 외 4인 옮김, 소명출판, 2010), 5-6쪽 참조.

의 변이를 살피고, 인간의 문文(시서예악詩書禮樂 등의 문화)을 보고서 천하를 교화하였다."라고 하였다. 문자의 시대적 의의는 매우 오래되었구나! 바큇살이 없는 질박한 추륜椎輪이 천자가 타고 다녔던 대로大輅의 시초라고 하지만, 어찌 화려한 대로에 질박한 추륜의 바탕을 찾아볼 수 있겠는가? 얼음이 어는 것은 물이 모여 이루어지지만, 쌓인 물엔 얼음의 차가움이 없다. 무엇 때문인가? 이는 아마도 그 일을 뒤따라 문사를 증가하고 그 본질을 변화시켜 더욱 심하게 하였기 때문일 것이다. 사물은 본래 이러함이 있는데 문장도 이와 같다.[606]

객관 사물이 간략한 것에서 복잡한 데로 발전하듯이 문학 역시 동일한 과정을 거친다. 문학의 발전은 장르마다 성질이 다르므로 마땅히 구별되어야 한다. 『문선』에 수록된 작품 목록 역시 그의 이러한 관점을 명확하게 나타내 준다. 서언에서는 선문의 기준과 이유에 대해 근거를 제시하였다. 즉 공자 같은 성인이 지은 저작은 일월처럼 높이 걸려있어 잘라서 마름질할 수 없기에 수록하지 않았다고 그 이유를 설명하였다. 또 노장의 작품이나 관자管子·맹자孟子의 작품은 모두 입의立意를 중시하였지 글을 잘 짓는 것을 중시한 것이 아니므로 이 책에 수록하지 않았다고 밝혔다. 이밖에 충신현인忠臣賢人의 일도 취하지 않았으며 기전체 혹은 편년체 같은 역사서 같은 것도 시비를 포폄褒貶하고 연대별로 사건을 기록한 것이므로 일반 문장과 성격이 다르므로 수록하지 않았다고 했다. 한편 아름다운 문사를 모아놓은 찬贊과 론論, 화려한 문채를 엇섞어 배열한 서序와 술述은 그 내용이 깊은 구상에서 우러나

---

606 蕭統, 『文選·序』. "式觀元始, 眇覿玄風; 冬穴夏巢之時, 茹毛飲血之世, 世質民淳, 斯文未作. 逮乎伏羲氏之王天下也, 始畫八卦, 造書契, 以代結繩之政, 由是文籍生焉. 『易』曰: "觀乎天文, 以察時變; 觀乎人文, 以化成天下." 文之時義, 遠矣哉! 若夫椎輪爲大輅之始, 大輅寧有椎輪之質? 增冰爲積水所成, 積水曾微增冰之凜. 何哉? 蓋踵其事而增華, 變其本而加厲; 物既有之, 文亦宜然."

오고 뜻은 아름다운 문장을 지향하고 있기에 일반 시문과 함께 수록하였다고 밝혔다.

다시 말해 그가 경전, 제자백가서와 역사서를 수록하지 않은 이유는 모두 뜻만 중시하고 글을 잘 쓰는지에 대해선 문제 삼지 않았기 때문이라는 것이다. 이와 달리 후대 작품들은 뜻을 중시하면서도 문장이 아름답다는 것이다. 즉 그 근본적인 특징은 바로 내용이 깊은 구상에서 나오고, 아름다운 문장을 지향한다는 것이다. '사'는 바로 작품에서 묘사하고 있는 대상으로 작품에서 표현하고 있는 것은 반드시 깊은 구상을 거쳐 경전·제자백가서·역사서와는 다른 언어의 아름다운 특징을 표현해야 한다는 것이다. 이것은 소통이 문학 작품과 기타 저작을 구분하고 감별하는 기준이었다. 그는 이러한 기준에 근거하여 경전·제자백가서와 역사서를 『문선』에서 제외하였다. 이것은 문학과 기타 학술서적을 구분해내려는 새로운 노력과 시도였다. 그리하여 『문선』에서는 경전·제자백가서·역사서는 싣지 않았지만 변체騈體로 쓰인 육조의 응용문應用文[607]은 수록하였다. 이는 문학에 대한 인식이 결국 역사적 한계성을 가질 수밖에 없음을 보여준 사례이며 후대 많은 사람들의 비난과 비평을 불러일으켰다. 그러나 문학과 경전·제자백가서·역사서를 구분하려는 시도는 긍정적인 의미를 지니며 문학에 대한 인식은 조비의 『전론·논문』에 비해 한 걸음 더 발전하였다고 하겠다.

위징魏徵(580-643)은 『수서隋書·문학전서文學傳序』에서 남조南朝 문학에 대해서 다음과 같이 평하였다.

607　令, 敎, 文, 詔, 表, 狀, 書, 彈事, 奏記, 符命, 箴, 銘, 誄, 哀, 碑文, 墓志, 行狀 등의 실용문은 거의 빠지지 않고 포함되어 있다.

시의 의미는 천박하고 번다하며 문사는 은미하고 화려하다. 시어는 경박하고 기험한 것을 숭상하고 감정은 애달픈 정서가 많다. 계찰季札은 노나라 조정에서 시 연주를 듣고 품평을 한 적이 있는데, 그의 품평에 비추어 보면 남북조문학 역시 망국의 소리라고 할 수 있다.[608]

초당의 사학자들 가운데 육조六朝 문학을 숭배하였던 방현령房玄齡만 제외하면, 대부분의 학자들 즉 위징, 영호덕분令狐德棻, 이백약李百藥, 요사렴姚思廉, 이연수李延壽 등은 모두 육조의 문풍을 배척하였다.

왕발王勃(649-676)은 「상이부배시랑계上吏部裴侍郎啓」에서 육조六朝 문단에 대해 다음과 같이 평하였다.

문장의 도는 예로부터 칭하기 어렵답니다. 성인은 문장을 통해 세상 물정을 소통시켜 천하의 공업功業을 이루고, 군자는 문장을 통해 일가一家의 학설을 내어 자신의 포부를 드러냅니다. 정도正道를 버리고 가르침을 위배한다면 맹자孟子는 행하지 않았고, 백 번 권장하고 한 번 풍자한다면 양웅揚雄이 부끄러워하던 바였습니다. 만약 대의를 명확히 분별하고 말세를 바로잡을 수 있고 세속의 변화가 글을 빌어 흥하게 하거나 나라가 글을 통해 중시되는 것이 아니라면 옛사람들은 한 번도 마음속에 담아둔 적이 없었습니다. '미언대의微言大義'가 이미 단절되자, 유가儒家의 전범적인 문장은 떨치지 못하였습니다. 굴원屈原과 송옥宋玉은 앞에서 물줄기를 트고 매승枚乘과 사마상여司馬相如는 뒤에서 음풍淫風을 퍼뜨렸습니다. 임금을 말하는 자는 궁실宮室과 원유苑囿를 가지고 웅대하다고 하고 풍류를 즐긴 명사名士를 서술한 자는 과음·주정·교만·사치함을 가지고 경지에 이르렀다고 하였습

---

608 『隋書·文學傳序』. "其意淺而繁, 其文匿而彩, 詞尙輕險, 情多哀思, 格以延陵之聽, 蓋亦亡國之音乎."

니다. 그래서 위魏 문제文帝 조비曹丕가 문장을 중용하였으되 중원中原은 쇠하였고 송宋 무제武帝가 문장을 귀하게 여겼으되 강동江東이 어지럽게 되었습니다. 비록 심약沈約과 사조謝朓가 다투어 달렸으나 단지 제齊·량梁의 위기를 먼저 알려주는 조짐에 불과하였고 서릉徐陵과 유신庾信도 치달았으나 주진周陳의 화를 면할 수는 없었습니다. 이에 그 문장의 도를 아는 자는 혀를 말고는 말하지 않았고 그 폐단을 아는 자는 옷을 털고 곧장 떠나 버렸습니다. 『잠부潛夫』·『창언昌言』의 논은 지어지긴 했으되 때때로 거스름이 있었고 주공周公·공자孔子의 가르침이 남아 있긴 했으되 대대로 행하여지지 않았으니, 천하의 문文이 무너지지 않은 것이 없었습니다.[609]

왕발은 문장의 효능이 세상 물정을 소통시켜 천하의 공업을 이루고 세상에 대한 포부를 드러내고자 하는 데 있음을 전제하고 이러한 정신이 한대부터 점차 미약해져 육조에 이르면 완전히 무너졌음을 통탄하였다.

진자앙陳子昂(661-702)은 「여동방좌사규수죽편서與東方左史虯修竹篇序」에서 건안풍골建安風骨에 대해 다음과 같이 평하였다.

문장의 도가 폐하여진 지 오 백 년이 되었습니다. 한漢·위魏의 풍골風骨은 진晉·송宋간에는 전해지지 않았지만 문헌 가운데 징험徵驗할 만한 것이 있습니다. 제가 일찍이 틈을 내어 제齊·량梁간의 시를 살펴본 적이 있었는데, 문채文彩의 화려함은 다투어 번다하였으나 문장의 흥취興趣가 모두 끊어져

---

609 王勃, 「上吏部裴侍郎啓」. "夫文章之道, 自古稱難. 聖人以開物成務, 君子以立言見志. 遺雅背訓, 孟子不爲; 勸百諷一, 揚雄所恥. 苟非可以甄明大義, 矯正末流, 俗化資以興衰, 家國繇其輕重, 古人未嘗留心也. 自微言旣絶, 斯文不振, 屈宋導澆源於前, 枚馬張淫風於後; 談人主者以宮室苑囿爲雄, 敍名流者以沈酗矯奢爲達. 故魏文用之而中國衰, 宋武貴之而江東亂; 雖沈謝爭騖, 適先兆齊梁之危; 徐庾亦馳, 不能免周陳之禍. 於是識其道者卷舌而不言, 明其弊者拂衣而徑逝. 『潛夫』, 『昌言』之論, 作之而有逆於時; 周公孔氏之敎, 存之而不行於代, 天下之文靡不壞矣."

매번 길게 탄식했었습니다. 옛사람들의 문장을 생각건대, 항상 오늘날의 문장이 쇠락하고 퇴폐해져 풍아風雅가 일어나지 않게 될까 두려워 마음이 불안해집니다. 일전에 해삼解三의 집에서 어르신의 「영고동편詠孤桐篇」을 보았는데, 문장의 골격이 건실하고 기세가 날아오르며 시의 음절에 높낮이가 있고 멈추고 바뀜이 있었으며 감정에 기복이 있었고 또한 작품의 광채가 밝고 깨끗한데다가 금석金石 악기 소리마저 있었습니다. 마침내 마음을 씻고 살펴보니, 마음에 맺힌 응어리가 모두 발휘되어 있었습니다. 뜻밖에 정시正始의 음音을 어르신의 문장에서 다시 보게 되니, 건안建安의 작가들이 서로 보며 웃을 만하게 되었습니다.[610]

중국 고대 시가의 역사 가운데, 위진남북조魏晉南北朝의 문인들은 그 작품이 형식에 편중되어 있고 내용은 공허하며 현실에서 유리된 좋지 않은 경향이 있어, 『시경』과 한악부漢樂府의 전통 정신에 위배되고 건안建安에서 정시正始에 이르는 동안에 보였던 작가들의 창작 궤도에서 벗어나 있었다. 제齊·량梁 시기의 이론가 유협과 종영이 이러한 시풍에 반대하여 노력을 기울였으나 그들의 진보적 이론은 당시에는 주목 받지 못했다. 초당사걸初唐四傑이 시가 창작과 이론 방면에서 초보적 혁신이 있었으나, 자각적으로 명확한 문학 주장을 제기한 것은 마땅히 진자앙陳子昂부터라고 해야 할 것이다. 진자앙은 육조六朝에서 초당初唐에 이르는 음려淫麗한 문풍을 강력하게 비판하면서 시계詩界에 혁신적인 강령을 제기하였다. 진자앙은 세 가지 문제, '도道'·'풍골風骨'·'흥기興寄'의 문제를 제기한다.

---

610 陳子昂, 「與東方左史虬修竹篇序」. "文章道弊五百年矣. 漢、魏風骨, 晉、宋莫傳, 然而文獻有可徵者. 僕嘗暇時觀齊、梁間詩, 彩麗競繁, 而興寄都絶, 每以永歎. 思古人常恐逶迤頹靡, 風雅不作, 以耿耿也. 一昨於解三處見明公『詠孤桐篇』, 骨氣端翔, 音情頓挫, 光英朗練, 有金石聲. 遂用洗心飾視, 發揮幽鬱. 不圖正始之音, 復覩於玆, 可使建安作者相視而笑."

"문장의 도가 폐하여진 지 오 백 년이 되었다"라는 데에서 '도'는 문장 자체의 특수한 본질 혹은 고유한 규율을 가리킨다. 중국 고대 문학 이론 발전 과정 중 순자에서 양웅에 이르기까지 말한 '명도明道'·'도'는 사상체계를 가리키는 것이며 이때 '문文'은 순수한 도구·형식이 된다. 이는 곧 고도의 추상적 개념으로, 문학 자체의 특수한 본질과 규율을 가리키지 않는다. 진자앙에 이르러서야 도가 문학의 특수한 본질이나 규율을 가리키게 되었다. 즉, 문학 자체가 갖는 객관적이고 특수한 본질과 규율이 오 백 년 동안 무너졌다는 것이다. 이는 전통적 유가적 문도관文道觀을 깨뜨린 것이며 도가의 현학적 문도관도 깨뜨린 것이다.

진자앙은 문학을 특수한 본질과 규율을 지닌 객관 사물로 삼고 고찰하였으며 이러한 특수성이 풍골風骨과 흥기興寄에 표현된다고 생각하였다. 그는 풍골을 하나의 이론 개념으로 파악하였는데, 통일되고 완정한 이론 개념으로서의 풍골은 문학작품이 창조한 예술미의 본질적 특징을 가리키며 혹은 문학작품이 창조한 특정한 본질을 갖춘 예술미를 말하는 것이다. 그는 풍골을 우수한 문예적 특징으로 삼았으며 '한위풍골漢魏風骨'은 한위漢魏문학이 창조한 특수한 시대 풍격을 갖춘 예술미를 지칭하며, 진자앙은 이를 이상적 모범으로 삼았다. 진자앙이 정통 유가의 문학관을 무너뜨린 것은 종경宗經·징성徵聖을 이야기하지 않고 오로지 '한위풍골'을 표준으로 삼았다는 데에 있다. 단순히 정교政敎 작용을 강조하지 않고 문학의 특질인 예술미에 중점을 두었던 것이다. 그의 문학 관념상의 진보와 문학의 본질, 규율에 대한 인식이 깊었음을 알 수 있다.

'흥취'에 대하여 진자앙은 이를 창작 방법 곧, 시가 예술이 사회 정치 생활을 개괄해내고 인간의 사상 감정을 표현해내는 방법으로 삼았다. 그의 작품들 가운데서 언급되는 '흥興'의 용법은 두 종류인데, 하나는 객관적 사회·정치 내용을 모아 녹여 시인의 사상 감정으로 변화시키는 것으로 언어 문자 형식의 전 과정을 사용하는 것이다. 그가 말하는 '흥'에 대한 두 번째 개념은 주관적 정흥情興을 가리키는 것으로 자연 경물이나 사회 사물이 시인의 주관 가운데서 그의 내심의 사상 감정을 불러일으키고 강하게 진동시키는 것이다. 따라서 정흥情興이 생겨나는 것으로부터 정흥情興의 물화物化에 이르기까지 가 모두 '흥취'이다. 진자앙이 흥취를 말할 때는 전자의 개념을 특별히 강조 하였으니, 그가 제량齊梁의 시를 문장의 흥취興趣가 모두 끊어졌다고 비판한 것은 내용의 공허함을 지적한 것이다. 진자앙은 시의 풍골·흥취를 강조하고 육조의 문풍을 비판하면서 시계詩界 혁신을 추진시켰고 유협·종영의 문학사 상과 창작이론을 계승·발전시켜 당대 시문 혁신에 새로운 길을 개척하였다.

은번殷璠(약 713-약 762) 역시 「하악영령집서河嶽英靈集序」에서 형식보다 흥취 가 있어야 한다고 주장하였다.

조비·유정의 시는 직치直致(꾸미지 아니하고 곧바로 드러낸 정취)가 많 고, 사어에 평측의 조화로운 대구가 적어서 어떤 것은 다섯 자가 모두 측운 이고 어떤 것은 열 자가 다 평운이더라도 뛰어난 가치가 끝까지 존재한다. 그러나 지식이 얕고 천박한 무리들은 질박하다고 탓하고서 서로 모범으로 삼는 것을 부끄러워했다. 그래서 이단(자기가 신봉하는 이외의 도)을 공격 하고 망령되이 천착하니, 이치는 부족하고 말은 항상 남음이 있어서 홍상興 象이 전혀 없고 다만 가볍고 고운 것만 귀히 여겼다. 비록 이러한 시문이 책 상자에 가득 차 있다고 해도 장차 어디에 쓰겠는가? 소량蘇梁시대로부터 수식함이 더욱 많아졌고, 당唐 고조高祖 무덕武德 초에 잔물결은 아직도 남아 있었다. 정관貞觀 말에 목표로 하는 품격이 점차 높아져 경운景雲 중에 심원 한 가락이 상당히 통하였다. 개원開元 15년 후 성조聲調와 풍골風骨이 비로소 갖추어졌는데, 실은 주상께서 화려함을 싫어하시고 소박함을 좋아하시며 거짓을 떠나 진실을 따랐기 때문에 천하의 사인詞人들로 하여금 일제히 고문古文을 존중케 하여 고른 풍아風雅가 있게 하였고 다시 오늘을 열게 하였다.[611]

은번은 조비와 유정의 작품은 형식미를 따지면 좋은 작품이 아니지만 정취를 숨김없이 드러낸 점에 있어서는 흥취가 있다고 보았다. 당나라 개원 연간에 이르러 육조의 지나친 형식주의를 몰아내고 성조와 풍골이 겸비되었다고 주장하였다.

두보杜甫(712-770)는 「희위육절구戲爲六絶句」에서 육조六朝 이후의 시인들에 대해 다음과 같이 평하였다.

유신庾信의 문장文章은 나이가 들어 더욱 성숙해져서 구름을 뛰어넘는 듯한 강건한 필체에 시의詩意도 종횡무진縱橫無盡하다. 오늘날 사람들은 그가 남긴 작품들을 비웃지만 그것은 유신이 후인後人을 두려워한 것을 깨닫지 못한 소치라네.

초당사걸初唐四傑(왕발王勃·양형楊炯·노조린盧照隣·낙빈왕駱賓王)의 당시 문체를, (요즘 사람들은) 그 문장을 경박하다며 비웃음이 지금까지도 그치지 않네. 그러나 그대들의 육신肉身과 명성名聲이 모두 소멸한다고 하더라도 장강長江과 황하黃河의 물줄기는 영원히 흐를지어다.

설사 "초당사걸의 글재주가 풍소風騷에 가까운 한漢·위魏보다 못하다."라고 할지라도, 용문龍文·호척虎脊은 모두 군자들의 준마인지라, 들판을 거치

---

611 殷璠, 「河嶽英靈集序」. "至如曹、劉, 詩多直致, 語少切對, 或五字並側, 或十字俱平, 而逸價終存. 然挈瓶膚受之流, 責古人不辨宮商, 詞句質素, 恥相師範. 於是攻乎異端, 妄爲穿鑿, 理則不足, 言常有餘, 都無興象, 但貴輕豔. 雖滿篋笥, 將何用之? 自蘇氏以還, 尤增矯飾. 武德初, 微波尙在. 貞觀末, 標格漸高. 景雲中, 頗通遠調. 開元十五年後, 聲律風骨始備矣. 實由主上惡華好樸, 去僞從眞, 使海內詞人, 翕然尊古, 有周風雅, 再闡今日."

고 도읍을 넘어 그대들에게 보이리라.

재력才力은 응당 앞의 몇 사람들을 넘어서기 어려우니 누가 지금 군웅群雄들 가운데에 뛰어난가? 혹 난초나 능소화 위의 물총새는 볼 수 있지만 푸른 바다 가운데 고래를 잡아 올리지는 못하는구나.

지금 사람들을 박대하지 않고 옛사람을 사랑하며, 맑고 아름다운 문장은 반드시 가까이하리라. 삼가 굴원·송옥의 기풍을 끌어당겨 마땅히 나란히 달려야 하지만 수사적 기교만 추구하는 제齊·량梁의 후진後塵이 될까 두렵다.

전현前賢들에 미치지 못함은 더욱 의심할 바 없으나 서로 번갈아 선인을 모방하니 다시 선인을 앞설 자 누구인가? 거짓된 문체를 특별히 가리어 잘라버려 풍아風雅를 가까이하면, 갈수록 더욱 스승 많아지리니 바로 그대 스승이라네.[612]

두보의 이 문장은 최초로 시를 논한 절구이다. 앞의 3수는 실제 작가의 평론을 거쳐 문제를 제기하였고, 뒤의 3수는 시론의 요지를 나타냈다. 당대 시가 이론의 발전은 장기적인 반복과정이었다. 진자앙과 이백으로부터 '복고'의 주장을 제기한 이후에 시가 발전의 방향을 명확히 하였다.

두보는 여러 장점을 함께 취할 것을 주장하여 육조 이후의 작가에 대하여 반드시 구체적으로 분석해야 한다고 인식하고 일률적으로 배척하는 태도를 취하지 않았다. 이 시는 유신庾信을 예로 들어 문장을 논할 때는 마땅히 그 사람의 일생을 관찰해야 하고 '건필능운健筆凌雲'의 장점을 홀시하지 않아야

---

612 杜甫,「戲爲六絶句」. "庾信文章老更成, 凌雲健筆意縱橫. 今人嗤點流傳賦, 不覺前賢畏後生. 王、楊、盧、駱當時體, 輕薄爲文哂未休. 爾曹身與名俱滅, 不廢江河萬古流. 縱使"盧、王操翰墨, 劣於漢、魏近風騷. 龍文虎脊皆君馭, 歷塊過都見爾曹. 才力應難跨數公, 凡今誰是出群雄? 或看翡翠蘭苕上, 未掣鯨魚碧海中. 不薄今人愛古人, 淸詞麗句必爲隣. 竊攀屈、宋宜方駕, 恐與齊、梁作後塵. 未及前賢更勿疑, 遞相祖述復先誰? 別裁僞體親風雅, 轉益多師是汝師."

함을 지적하였다. 초당사걸을 예로 들어 작가를 평가할 때도 당시의 역사적 조건과 유리될 수 없음을 설명하였다. 이러한 인식 아래에서 그는 전인의 창작 경험을 널리 흡수하자고 주장하면서도 '별재위체別裁偽體(거짓 문체를 분별하여 제거해야 함)'의 비판 정신을 잊지 않았다. 그는 '청사여구淸詞麗句(청려한 사구)'의 기교를 취하였으나 '섬약소교纖弱小巧(자잘한 기교)'의 풍격은 반대하였다. 그는 반드시 위로는 굴원·송옥宋玉을 끌어당기고 스스로 위대한 시를 만들어 푸른 바다의 고래와 같은 웅장하고 아름다운 의경意境을 창출해야 한다고 인식했다. 또 예술의 수양을 넓고 깊은 기초 위에 건설해야 비로소 완미한 형식으로 충실한 내용을 표현할 수 있고 현실을 반영하는 시에 접근할 수 있다고 지적하였다.

두보의 시가 이론은 결코 진자앙·이백과 그 후의 백거이白居易와는 달리, 시대를 구하고 병폐를 구하기 위하여 뚜렷하게 한 가지 방면을 강조하고 있다. 그는 창작을 통해 사상성과 예술성의 통일에 도달하였고 그가 시를 논할 때도 마찬가지였다. 다만 시 형식으로 시론을 펴다 보니 언사는 간결하나 뜻은 오묘해졌을 따름이다. 이외에도, 두보의 시 중에는 예藝를 이야기하고 문文을 논한 것이 많다.

맹자는 "자신의 마음을 알아야 본성을 이해하게 되고, 본성을 이해해야 하늘의 뜻을 알 수 있다."[613]라고 대답한다. 유가에서 시가를 중시한 이유는 개인적으로는 수신과 양성에 필요했기 때문이다. 백거이白居易(772-846)는 사회적으로 "시무時務와 정치를 잘 살피고", "인정을 피력하기" 위한 것이라고 말했다.[614] 유가에서는 '시가 – 인심 – 통치'라는 연계성을 중시하였는데, 이는 '언지言志'의 시가가 인간의 심령을 선량하게 만들고, 선량해진 심령이 사회

---

613 『孟子』, 「盡心上」. "盡其心者知其性, 知其性則知天."
614 白居易, 「與元九書」. "補察時政", "泄道人情"

의 풍속과 습관을 순결하게 만든다는 의미이다. 이러한 유가의 시학 정신을
이어받은 백거이는 『여원구서與元九書』에서 "문장은 시대와 부합하여야 짓
고, 시가는 사실에 부합하여야 쓴다."[615]라는 점을 강조하였다. 그는 북풍한설
北風寒雪과 화초花草를 묘사하더라도 『시경』의 '육의六義'나 예의규범에도 부
합해야 한다고 주장하면서 사조謝朓와 포조鮑照에 대해 다음과 같이 강하게
비판하였다.

> "노을이 흩어져 아름다운 비단이 되고, 맑은 강은 흰 명주 같구나.", "떨
> 어진 꽃이 이슬보다 먼저 시들고, 날아간 잎사귀는 잠깐 사이에 바람 타고
> 사라지네."와 같은 작품은 아름답기는 하지만 나는 이 작품들이 나타내려
> 는 것이 무엇인지 모르겠다. 이는 내가 말한 풍설화초風雪花草만을 희롱한
> 것이다. 이에 육의가 모두 사라졌다.[616]

이 글에서 백거이는 유가의 시학 정신을 전형적으로 잘 설명하였다. 유가
는 순수한 시를 위한 시작 활동을 엄격히 규제하는 반면에, 시와 사회, 시와
정치의 관계를 강조하면서 적극적으로 세상일에 개입하였다.

소식은 「서황자사시집후書黃子思詩集後」에서 서체書體와 시풍詩風에 대해 다
음과 같이 평하였다.

> 나는 일찍이 서예를 논하면서 종요鍾繇와 왕희지王羲之의 공덕을 일컬어
> 조용하고 한가하며 간결하고 심원하기에 그 묘미가 필법筆法 밖에 존재한
> 다고 말하였다. 당唐의 안진경顔眞卿과 유공권柳公權에 이르러 비로소 고금古

---

615 白居易, 「與元九書」. "文章合爲時而著, 詩歌合爲事而作."
616 白居易, 「與元九書」. "餘霞散成綺, 澄江淨如練', '歸花先委露, 別葉乍辭風'之什, 麗則麗矣, 吾不
　　 知其所諷焉. 故僕所謂嘲風雪、弄花草而已. 於時六義盡去矣."

今의 필법筆法을 모아 모두 드러내놓았고 서체書體의 변화를 극진히 하여 천하가 하나 되어 모두 종사宗師로 삼았다. 그러나 종요鍾繇와 왕희지王羲之의 필법이 가장 정미하다. 시에 이르러서도 또한 그러하다. 소무蘇武와 이릉李陵의 시는 절로 이루어지고 조식과 유정劉楨의 시는 스스로 체득하였으며 도연명陶淵明과 사령운謝靈運의 시는 초연超然하여 이들 모두 또한 지극한 것들이라 하겠다. 그리고 이백李白과 두보杜甫는 빼어나고 뛰어난 절세의 자태로 백대百代를 뛰어넘어 고금의 시인들을 모두 내세울 바 없게 하였다. 그러나 위魏・진晉 이래로 고상하고 세속을 뛰어넘는 시풍이 거의 쇠락하지는 않았다. 이백과 두보 이후에 시인들은 계속해서 작품을 썼고 비록 그 사이에 심원한 운치가 있다고 하더라도 재능이 자신의 뜻을 전달하기에는 미치지 못했다. 단지 위응물韋應物과 유종원柳宗元만이 간결하고 고풍스러움에서 섬세하고 풍성함을 드러내고 담박함에서 지극한 뜻을 기탁하였으니 다른 사람들은 미칠 바가 아니었다. 당말唐末의 사공도司空圖는 기구한 병란의 시기에 살았으나 시문이 고아하고 오히려 태평성대의 유풍遺風이 있어 시를 논하여 말하였다. "매화나무 열매는 실 뿐이고 소금은 짤 뿐이다. 음식에는 소금과 매실이 없으면 안 되지만 그 아름다움은 항상 짜고 신 것 밖에 존재한다." 아마도 시 가운데 문자의 외양에서 얻을 수 있던 것을 24운으로 나열하면서 당시에 그 묘미를 알지 못함을 한스러워 했을 것이다. 나는 그 말을 여러 번 반복하며 슬퍼하였다.[617]

---

617 『蘇軾文集』 제5책, 권67 「書黃子思詩集後」, 2124쪽. "予嘗論書, 以謂鍾、王之迹, 蕭散簡遠, 妙在筆畫之外. 至唐顔、柳, 始集古今筆法而盡發之, 極書之變, 天下翕然以爲宗師. 而鍾、王之法益微. 至於詩亦然. 蘇、李之天成, 曹、劉之自得, 陶、謝之超然, 蓋亦至矣. 而李太白、杜子美以英瑋絶世之勢, 凌跨百代, 古今詩人盡廢 ; 然魏晉以來, 高風絶塵, 亦少衰矣. 李、杜之後, 詩人繼作, 雖間有遠韻, 而才不逮意. 獨韋應物, 柳宗元發纖穠於簡古, 寄至味於澹泊, 非餘者所及也. 唐末司空圖岐嶇兵亂之間, 而詩文高雅, 猶有承平之遺風. 其論詩曰: "梅止於酸, 鹽止於鹹, 飮食不可無鹽梅, 而其美常在鹽酸之外." 蓋自列其詩之有得於文字之表者二十四韻, 恨當時不識其妙, 予三復其言而悲之."

비록 소식 역시 이백과 두보 이후의 시인들에게는 간혹 눈에 띄는 수작이
보이긴 했지만 대다수 "재능이 그 의중을 제대로 표현하지 못한다.(才不逮意)"
라고 평하였다. 이로 볼 때, 그 역시 시인 심중의 '의意'와 그 예술성과가
다를 수 있고 심지어는 많은 차이가 있기도 하다는 것을 이해하고 있었다.
작자는 의중을 직접 표현하지 않고 형상 속에 기탁하여 문예 형상의 은유를
이용하여 언어로는 설명하기 어려운 도리를 곡진하게 다 드러내면서도 문의
를 지나친 언사로 다 드러내는 폐단을 막을 수 있었다. 그래서 창작은 풍부한
함의를 지면에 다 드러낼 필요가 없다. 다만 독자는 자기만의 유도 방식으로
작가의 창작 의도에 접근하여 작품에 기탁된 의미에서 더욱 풍부한 연상
활동을 진행할 수 있다. 만약 창작 그 자체가 소금과 매실이라면 비평이나
감상은 소금과 매실 밖에 존재하는 맛을 맛볼 수 있어야 우수한 작품으로
평해질 수 있다. 사공도의 관점과 마찬가지로 소식 역시 이 점을 감지하였다.
감상자는 문예 작품에 개입하여 작자의 작품 면모나 의도를 뛰어넘기도 하기
때문이다.

황정견黃庭堅(1045-1105)은 옛것을 본받아야 근본을 양성하고 배양할 수 있
다고 보았기에, 이를 통해 문장을 배우고 익혀 올바른 길에 들어설 수 있다고
여겼다. 그는 시를 지을 때뿐만 아니라 부를 지을 때도 마찬가지라고 하면서
다음과 같이 말하였다.

> 부를 지음에 있어서 송옥, 가의, 사마상여, 양웅을 스승으로 삼아야 하며,
> 그 발걸음을 본받아야만 고풍이 있게 된다. ……옛사람들이 일해냄에 있어
> 서 그 당시 무리에게만 지나치게 구하지 않고 반드시 전인들의 뛰어난 것을
> 필요로 한다.[618]

---

618 『宋詩話全編』(吳文治 主編, 江蘇古籍出版社, 1998) 제2책, 1161-1162쪽. "然作賦須要以宋玉、

황정견은 '법고창신法古創新(옛것을 본받아 새것을 창조함)'이라는 정신에 기반하여 점철성금點鐵成金과 환골탈태換骨奪胎를 주장하였다.

> 문장을 쓰면서 자기 말을 만드는 것이 가장 어렵다. 두보가 시를 지을 때나 한유가 글을 쓸 때 한 글자 한 글자 출처가 없는 것이 없었는데도 후대 사람들의 공부가 많지 않아 한유와 두보가 이 같은 구절들을 자기가 쓴 것으로 알고 있을 뿐이다. 옛날에 문장을 잘 쓴 사람들은 만물을 용광로처럼 녹여낼 수 있었으므로 비록 옛사람이 했던 말을 자기 글에 인용하면서도 마치 한 알의 영단(을 쓰는 것)처럼 쇠를 녹여 금을 만들어낼 수 있었다.[619]

황정견은 옛사람들의 문장에서 고루 취하여 자기 자신의 문학적 영역을 넓혔으며, 그것을 바탕으로 자신의 작품에 새롭게 변형시켜서 새로운 의미를 잉태함으로써 옛사람의 문장을 이어받았다는 굴레에서 벗어나려고 노력하였다. 법고창신의 정신은 중국 고전 문예이론의 근간이 되어 오늘날까지도 면면히 이어지고 있다.

賈誼、相如、子雲爲師, 略依倣其步驟, 乃有古風. ……蓋古人於能事不獨求誇時輩, 須要於前輩中擅場爾."

619 『宋詩話全編』 제2책, 944쪽; 『山谷正集』(黃庭堅 撰, 四川大學古籍整理研究所 編, 綫裝書局: 北京, 2004) 제2책, 卷19「答洪駒父書(之二)」, 474쪽. "自作語最難, 老杜作詩, 退之作文, 無一字無來處, 蓋後人讀書少, 故謂韓杜自作此語耳. 古之能爲文章者, 眞能陶冶萬物, 雖取古人之陳言入於翰墨, 如靈丹一粒, 點鐵成金也."

제8장 **결론**

본 연구는 '중국 고전 문예이론'이라는 제하에 중국문예이론의 전통에 기반을 두고 중국의 전통 창작자가 문예 작품을 완성해가는 일련의 과정을 순차적으로 살펴보았다.

중국의 전통적인 문예 연구는 창작 후에 이루어지는 감상비평보다는 창작 전에 선행해야 하는 창작이론이 많다. 따라서 본 연구는 문예비평이라는 이름보다는 문예이론이라는 이름을 붙였다.

중국고전문예이론의 시기를 재단할 때 두 가지 태도를 가지고 고전시기를 구획하였다. 먼저 아속雅俗의 구분에 의한 구획인데, 시문詩文을 중심으로 한 아문학雅文學 이론을 중국고전의 정통으로 보고 본서에서는 소설小說과 희곡戲曲 등의 속문학俗文學 이론은 배제하였다. 그 다음으로 염두에 둔 점은 남송에 이르러 인쇄술의 발달로 인하여 서적이 대량으로 쏟아지면서 텍스트와 작자를 대하는 관점이 크게 변했는데, 그 시점을 분기점으로 삼았다.

송대의 혁신적인 인쇄술의 등장으로 구전과 설화인의 매개에서 벗어난 대중문화가 꽃피우기 시작되었고 이에 발맞춰 소설과 희곡의 문학이론이 새로이 대두되었다. 인쇄술과 함께 급속도로 파급된 속문학의 문학이론은 전통적 고전문학이론의 궤를 함께 하면서도 색다른 면모를 지닐 수밖에 없다. 이에 문학예술은 인쇄술이 활성화되기 전인 송대까지는 왕과 귀족들만의 전유물이었고 이에 관한 이론 역시 그들만의 심미 잣대였다. 문자기록은 인쇄술 등장 이전까지만 해도 저자의 정체보다는 텍스트의 사회교화적 내용이 중요시되었다. 지식은 개인이 독점할 수 있는 소유가 아니라 인류가 보편적으로 공유하는 진리로 간주되었다. 그러한 텍스트가 인쇄술이 발달하면서 작품은 사고팔 수 있는 지식 상품이 되어버렸다. 본 연구 주제 상의 고전은 바로 시대적으로는 송대까지, 신분대상이나 문화예술 향유층으로는 문인사대부로 국한한다는 의미로 사용하였다. 좀 더 구체적으로 재단하면, 북송 때까지를 중국고전문예이론의 시기로 잡았다. 남송이후로 가면 인쇄술의 보급이 더욱 보편화되면서 문인사회 중심의 학술문예계의 판도가 바뀌기 시작하여 아문학에서 속문학으로 급속하게 전이되었다. 게다가 인쇄술의 발달은 기억을 통한 재생이 아닌 서적을 통한 통찰이 가능하게 되면서 시문 창작뿐 아니라 개인 시화詩話 등의 저술이 본격적으로 많아지기 시작했다. 하지만 그렇다고 해서 무 자르듯 북송시기로 재단하기보다는 중국정통주의를 고수한 이론이고 중국고전문예이론을 분석하고 고찰하는 데 도움이 되는 것이라면 인용하기를 마다하지 않았다.

또한 문학이 아닌 문예라고 명명한 까닭은 정통 시문학뿐 아니라 문인사대부들이 향유한 회화와 서예분야까지 아우르기 위해서이다. 인류 문화태동이 애초부터 노래와 가락, 그리고 춤이 하나였고 동양이 시문서화詩文書畵를 하나로 보았던 환경 아래에서, 중국 문인들의 시론, 문론, 서법론, 화론은 실제로 '이름은 다르나 실체는 같다(異名同實)'라고 말해도 손색이 없다. 서양은 글은 펜으로, 그림은 붓으로 써서 표현도구조차도 구별했지만 중국은 붓으로 글과 그림을 다 표현했기에 글과 그림을 하나로 보았다. 문예이론을 '시론',

'문론', '서법론', '화론' 등으로 단정 짓는 것은 매우 위험한 발상이다. 따라서 시문서화詩文書畫를 구분하기보다는 시문서화의 전 문예영역에 걸쳐 언급된 문예에 관한 견해를 총괄하여 보아야만 중국고전문예이론의 줄기를 제대로 탐색할 수 있다.

중국에서는 오랜 기간 문예이론이 체계화되지 못하였고, 그에 따른 거시적이고 전체적인 조망보다는 개별 이론을 소개하고 분석하는 정도에 그치는 경우가 많았다. 게다가 근대화과정 속에서 쏟아지는 서양문물에 의해 동양적 자정능력은 상실되었고 그 고유한 특성마저 망실되었다.

본 연구는 '중국 고전 문예이론'이라는 제하에 중국의 전통적인 문학예술에 관한 견해들을 망라하여 '발분저서發憤著書', '흉유성죽胸有成竹'식의 한자식 용어를 전면에 내세워 기술하지 않고 문예이론의 개념 범주, 작가 수양, 심미 구상, 창작 구현, 미학 경계, 이론 비평 등의 체계적인 논술을 통해 중국 고전 문예이론을 살펴보았다. 근래에 출간된 관련 저서와 역서들은 중국 고전 문예이론을 저술하는 데 많은 도움을 주었고, 기존 연구서들을 통해 중국 문예이론의 연구방법을 재해석하여 중국 고전 문예이론을 체계적으로 살펴보았다. 본 연구는 총8장으로 나누어 논술하였다.

제1장 서론에서는 중국 고전문예이론을 기술하기 전에 고전문예이론의 범위를 재단하고 본 연구의 목적과 방법에 대해 기술하고 중국 고전 문예이론의 연구방향과 취지를 간략히 설명하였다.

제2장 '중국문예이론의 범주'에서는 '문예전반의 범주 특성', '심미대상의 구조·유형 범주', '문예창작의 동인 범주'로 나누어 중국고전문학예술분야에 등장하는 수많은 개념과 용어들을 범주화하여 중국고전문예이론을 보다 잘

이해할 수 있었다. 이 장은 중국문예이론의 총론이기에, 앞으로 중국 고전 문예이론의 작가수양론, 심미구상론, 창작구현론, 미학경계론, 이론비평 등을 논술하는 데 근간이 된다.

먼저, '문예전반의 범주 특성'에서는 도道라는 '정체성', 음양으로 대표되는 '대칭성', 조화롭게 화합하는 '중화성'을 중심으로 논술하였다.

서양의 고전 문예이론이 대부분 형식논리와 분자론적 영향을 받아 어느한 범주에 대하여 정확한 규정을 내리려 하는 데 반하여, 중국의 고전 문예이론은 비록 세밀한 정의를 쉽게 내리려 하지는 않으나 창작을 하나의 유기체내지는 정체整體로 보고 그 전체적인 면에서의 통일성과 조화를 추구하였다. 서양인은 부분을 잘 관찰하고 동양인은 전체를 잘 조망한다는 말도 이와연관이 깊다. 서양은 미시적인 측면에서 세부적으로 발전한 데 비해, 중국은 거시적인 측면에서 총체적으로 통일미를 추구하였다. 그 다음으로는, 중국고전 문예이론 중의 많은 범주는 대칭적 개념이 많다. 음陰과 양陽, 천天과지地, 문文과 도道, 심心과 물物, 고古와 금今, 정情과 리理, 정情과 경景, 형形과신神, 허虛와 실實, 강剛과 유柔, 정情과 채采, 기奇와 정正 등과 같이 논리체계가대칭으로 전체를 총괄하는 것을 살펴볼 수 있다. 철학적 관념과 민족의 문화심리 상태는 문예창작에도 영향을 미쳐서, 회화에서는 여백의 작용을 중요시하였고, 음악에서는 유성보다는 무성의 작용을 중요시하였으며, 시가에서는함축含蓄과 담백淡泊, 적은 것으로 많은 것을 개괄하는 것, 말은 유한하나 그의미는 무궁한 것을 중요시하였다. 시가 창작의 이러한 경향이 문예이론에반영되면서 필연적으로 허실虛實, 번간繁簡, 농담濃淡, 은수隱秀 등과 관계된문제를 추구하게 되었다. 마지막으로는, 서양의 정반의 변증법적 논리가 대세였던 서양과는 달리, 중국에서는 대칭 속에서 상생하려 했던 조화를 강조하였다. 지중해 해안선 중심으로 대립과 투쟁을 강조하는 서양의 문화와 달리, 농업경제 기반의 중국에서는 일찍부터 철학에서 '화和'를 강조하였다. 서양은 상업 경제 사회이기에 상인이 사회의 지배자가 되었다. 상인은 무엇보다도 상업 회계에 사용되는 숫자를 중요하게 생각하였고, 그 다음에 구체적 물건을 중요하게 생각하였다. 그들은 추상적 숫자를 통해 구체적 물건을 파악했던 것이다. 이런 방식으로 그들은 숫자와 논리적 추리를 발전시켰다. 그들의 추상적 사유방식은 분석과 사변을 풍부하게 만들었다. 중국인들은 황하 유역에서의 경작을 생활의 가장 중요한 수단으로 삼았기에 절대 다수가 농업에 종사하였다. 따라서 수확의 좋고 나쁨은 그들 생활 형편과 깊은 연관이 있다. 토지에 대한 애착, 이 토지 위에서 노동하고 있는 사람에 대한 애착은 어떻게 자연을 보호하고, 어떻게 훌륭하게 농민을 조직하느냐가 모든 사상가들이 공동적으로 고민한 핵심 문제였다. 장기간에 걸쳐 중국은 사람을 사농공상士農工商 4등급으로 나누었다. '농'은 토지에서 농사를 짓는 농민, '사'는 토지의 소유자다. 이들은 생산자이자 생산물의 소유자로 '무無'에서 '유有'를 창출하기 때문에 가장 존경을 받았다. 따라서 고대 중국에는 '상농上農(농업을 중시하는)' 사상이 줄곧 존재하였다. 전통적인 유가와 도가 모두 만물이 서로 대립하고 충돌하는 것이 아니라, 완전히 같지는 않지만 서로 다른 사물이 서로 보완하고 도우며 다양한 조화와 통일을 이룬다고 인식하였다. 유가와 도가의 문예 관념은 확실히 대립되는 측면이 분명히 있다. 유가 사상이 현세적, 현실적, 적극적, 사회적이라면, 도가 사상은 탈속적, 초현실적, 소극적, 개인적이다. 유가의 문학관은 일정한 제한성을 가지고 있으며, 도가의 시학관은 속박 받는 것을 절대 받아들이지 않는다. 양자는 상반되면서도 서로 도우며 중국 문예미학의 특색을 형성하였다. 유가와 도가는 모두 '화합'을 주장한다. '화합'은 유가와 도가의 교차점이다.

심미대상의 구조·유형 범주에서는 구조범주와 유형범주를 함께 기술하였다. 심미 대상의 구조 범주는 두 가지 부류, 즉 위진魏晉 명사들의 인물 품평, 위진 현학玄學과 당대唐代 불교사상의 철학사유에서 비롯되었다. 첫 번째 구조 범주는 위진 명사들에게서 비롯된 인물 품평이다. 그들의 구조 범주는 인체 구조를 본보기로 삼았는데, 정신(신神)·골격(골骨)·근육피부(육肉) 등 셋으로 귀결된다. 두 번째 구조 범주는 철학사유로부터 비롯된 형식론이다. 위진 현학에서 제기한 의미(의意), 표상(물物), 언어(언言)의 관계에 대한 문제이며,『주역』과 불교에 바탕을 둔 의미, 형상, 경계 3층 구조이다. 구조로 보면 의미·표상·언어 이론은 정신·골격·근육피부 이론과 유사하다. 의미·표상·언어 이론의 범주를 정신·골격·근육피부의 층위에 그대로 배열할 수 있다. 위진 시대에는 예술 구조를 인체 구조에 견주었고, 당 제국 이후로는 의경 이론을 통해 인체 이론을 돌이켜보게 되자, 인체 이론 자체도 심미적 상승 작용이 일어났다. 의경 이론이 인체 이론과 융합할 수 있기 때문에 전반적인 심미 대상의 구조 이론도 하나로 합체되었다.

심미 대상의 유형은 다른 범주 계열을 형성하여 복잡함에서 간단함으로, 간단함에서 복잡함으로 이르는 구조를 드러냈다. 그것은 중국문화에서 수數의 규칙을 배경으로 하고 정체 기능을 방식으로 하여 자신의 유형을 전개한다. 2분법 유형은 종영鍾嶸이『시품詩品』에서 안연지顏延之의 시를 평한 말로, 색깔을 칠하고 금박을 입힌 '착채루금錯采鏤金'과 물에서 피어난 연꽃과 같은 '부용출수芙蓉出水'가 그 예이다. 이 두 가지 유형 중 하나는 유가의 미인데, 유가는 문식文飾을 중시한다. 다른 하나는 도가의 미인데, 도가는 자연을 숭상한다. 4분법 유형은 조비의『전론·논문』에서 언급된 주의奏議, 서론書論, 명뢰銘誄, 시부詩賦로 문체를 구분한 것에서 비롯되었다. 여기서 아정(아雅), 이치(리理), 실리(실實), 화려(려麗)라는 네 가지 유형이 나왔다. 8분법 유형은 유협의『문심조룡·체성』에 나오는 팔체가 있다. 여덟 가지 종류에는 둘씩 서로 상대되는 네 가지 조합이 있다. 두 가지 조합은 분명히 양대 종류로 나눌 수 있다. 우아함, 분명함, 복잡함, 장대함 등 네 가지는 양陽에 속한다. 기발함, 심오함, 간결함, 가벼움 네 가지는 음陰에 속한다. 이는 『주역』의 분류 방식과 흡사하다. 『주역』은 팔괘로 여덟 가지의 기본 물질을 대표한다. 우주 만물은 바로 이 여덟 가지 기본 유형이 진화해온 결과이다. 8괘와 64괘, 그리고 384효는 우주 만물을 상징한다. 8괘도 둘씩 서로 짝하여 4조로 이루어지고, 다시 정련하여 음양 2효로 수렴된다. 이후 사공도는 『시품』에서 24분법으로 설명했다. 심미 대상의 구조와 유형은 모두 중국 우주관, 즉 기-음양-오행이 그 배경과 토대이다. 가장 핵심적인 범주를 살펴보면 양강·음유의 유형 또는 정신·골격·근육피부의 구조를 총체적으로 파악한 것이다. 심미 대상의 구조는 같지만 유형은 같지 않다. 유형에 대한 파악은 구조 위에 세워진 것이다. 동일한 구조의 심미 대상에 대해 더욱 세밀하게 유형과 풍격을 파악하려면 대상의 각 층위에서 나타나는 특징을 자세히 분석해야 한다. 고대 사회를 총체적으로 논의하면 사회는 등급 사회이므로 심미 유형에도 등급 구분이 있다. 문화 철학에는 총체적 지향이 있다. 이 때문에 심미 유형의 등급 구분에도 총체적인 경향이 있다. 이것은 특별히 양강·음유로부터 반영된다. 유협의 팔체는 아정雅正을 제일로 치고 양강을 중시한다면, 사공도의 24시품은 웅혼함을 제일로 치고 여전히 양강을 중시한다. 문화에서 양은 하늘이 되고, 음은 땅이 되고, 군주는 양이고 신하는 음이기 때문이다. 심미 유형은 우주의 도를 반영해야 한다. 심미 대상의 유형 구분은 높고 낮음의 등급 평가와 좋고 나쁨의 가치 평가를 포함한다. 좋은 범주 등급은 『시품』에서 상품, 중품, 하품으로 나눈다. 북송 시대 미술평론가인 황휴복黃休復(954-1017)은 『익주명화록益州名畵錄』에서 네 가지 품격으로 우열을 나누었다. 네 가지 품격은 능격能格, 묘격妙格, 신격神格, 일격逸格을 가리킨다. 능격은 그리고자 하는 대상의 모습이 그림에 온전히 표현되어 있는 것이고, 묘격은 온전한 형상과 더불어 작가의 성품·마음·표현의도가 전해지는 것을 의미한다. 신격은 대상의 형상과 작가의 정신을 모두 갖추었으되 그 경지가 높은 작품이라고 파악하였다. 일격은 붓질이 간략해도 형태는 갖추어지며 자연스레 얻은지라 흉내 내거나 본뜰 수 없으며 유법有法을 넘어 예상 밖에서 나오는 걸작이라고 보았다. 그림으로 평하자면 좋은 작품은 능격에서 출발하여, 그 위에 묘격, 그 위에 신격, 그 위에 일격이 있는 것이다. 일격은 능격·묘격·신격과 같이 대상을 정밀하게 표현하는 차원을 벗어나 능격의 간략함 속에 형상과 자연스러움을 갖추면서도 본뜰 수 없는 경지에 오른 그림이다. 서양에서는 예술작품을 평할 때 자연미, 사회미, 인간미가 담겨 있는 작품을 높이 산다. 중국도 이 점에 있어서만큼은 다르지 않지만 그와 관련된 예술특성을 뽑아내어 범주화하여 용어로 발전시켰다는 점이 독특하다.

은번은 정신, 기질, 감정에서 비롯되어 창작이 이루어진다고 보았는데, 이를 토대로 중국의 전통적인 창작 동인 범주를 도덕교화(의지意志), 울분격발(분기憤氣), 정신수양(성정性情)로 나누어 기술하였다. 문예창작의 동력은 유가적 정치교화, 굴원의 울분격발, 도가적, 불교적, 도학가풍의 성정수양 등에서 나왔다고 할 수 있다. 이것들은 주체 심미 심리의 움직임에서 달라져 구별된다. 즉 유가의 포부나 지향을 말하는 의지, 굴원의 분노를 쏟아내는 울분, 도가와 선종, 도학가풍의 정감을 펼치는 성정 등이 그것이다. 의지, 울분, 성정은 중국 고전문예이론의 창작 동인범주로 볼 수 있다. 유가의 전통에는 '흥興'이 있고, 도가 전통에는 만나는 '우遇'가 있고, 불교의 전통에는 '연緣'이 있고, 굴원의 「이소」 전통에는 밖으로 드러내는 '발發'이 있고, 민간 전통에는 내가 느끼는 '감感'이 있다. 이들 범주가 모두 창작 사유가 생겨나는 그 순간을 말한다. 이러한 범주들은 그 유래와 기원이 있다고 하더라도 그것을 사용한 뒤에 결코 어떤 학파나 어떤 유파의 표지 없이 서로 통용할 수 있다.

문예창작의 동인 범주를 세 가지로 분류하여 정리하면서 다음과 같은 사실을 알 수 있다. 도덕교화(의지意志)는 목적성, 즉 의도하는 바가 있을 때 창작한다는 점에 주목한 것이다. 일반 대중과 국가사회를 위해 자신의 포부를 드러내어 세상 사람 아니 최고위 권력자에게 보이기 위해 창작했다는 것이다. 울분격발(분기憤氣)은 불만과 불평이 생겨 감정을 드러낼 때 창작한다는 점을 주목한 것이다. 상대에게 내 마음을 알아주기를 바라며 자신과 관계있는 자에게 보이기 위해 창작했다는 것이다. 정신수양(성정性情)은 개인의 정신수양과 인격도야를 위해 창작한다는 점에 주목한 것이다. 자신의 수양을 고즈넉이 펼칠 때 진정한 자기 자신을 위해 창작했다는 것이다.

제3장 '작가 수양'에서는 '독서 학습', '관찰 탐구', '습작 체험' 등으로 나누어 중국 고전 문예이론의 작가 수양을 살펴보았다. 중국에서는 이 세 가지 조건들이 충족될 때에야 비로소 완벽한 작품을 만들 수 있다고 생각하였다. 작자가 이러한 수양 과정을 제대로 거쳐야 그 창작역량이 용솟음쳐 훌륭한 작품을 지을 수 있기 때문이다. 또한 이를 통해 만들어진 작품은 역으로 작자의 창작역량에도 영향을 미쳐서 창작 자체가 역으로 수양 효과를 가져다줄 수도 있다.

작자는 독서 학습 과정을 통하여 내적 수양을 쌓고 관찰 탐구 과정을 통하여 외적 수양을 이룰 수 있다. 만물을 관찰하면 지식이 풍부해지고 고적을 깊이 연구하면 간접 경험을 쌓을 수 있고 선인의 풍부한 수사와 마음 씀을 얻을 수 있다. 예로부터 중국 문예이론가들은 작품을 평할 때면 작자의 인품이 이러하니 그 작품의 풍격 또한 당연히 이러하더라는 말을 즐겨 해왔다. 작자의 인품이 작품에 그대로 반영된다는 논리이다. 문예 창작 그 자체가 작자와 불가분의 관계란 점을 인식한다면 수양은 창작의 가장 기본적인 초석이다. 작가 수양은 창작의 선행요건으로서 소재의 상징 비유와 작품 구상에 못지않게 중요한 것이다. 여기에 더하여 창작자가 본인의 생각과 이상을 글이나 그림으로 구현하려면 습작 훈련이 필요하다. 창작 능력을 발휘할 수 있는 길은 바로 수년에 걸친 끊임없는 습작 체험이다. 많은 서적 속에 담겨있는 풍부한 언어구사를 활용하여 자신의 어휘력을 키워서 적절한 수사법을 동원해 시문詩文으로 자신의 생각을 나타낼 수 있다면 이보다 더 좋을 것이 있겠나 싶다. 손재주가 부족해서 자신의 생각이나 이상을 구현할 수 없다면 부질없고 가치 없는 것이 된다. 실제로 창작결과물과 머릿속 이상을 합일하는 유일한 방법은 바로 손으로 구현하는 솜씨로 결판난다. 문예창작은 결국 솜씨에서 나온다. 이러한 수양을 거쳐 만든 작품이라야 읽는 독자를 더욱 쉽게 감화시킬 수 있다.

글을 지을 때 문과 도가 합일되어야 하고 그 작품을 읽으면 절로 도를 밝혀야 한다. 문장文章은 설명적이거나 학술적인 작품이 아니라 반영적이고 문예적인 창작이다. 고문古文이 이 상황에 이르면 재도載道적인 부수적 지위에서 벗어날 뿐만 아니라 명도明道의 명분을 빌려 문文의 지위를 한 층 더 높일 수 있다. 경세치용 사조는 문인들의 사회 책임감과 역사의식을 더욱 고취시켜 문인들의 사유 방식과 문학 관념에 커다란 변화를 불러일으켰다. 예술작품을 통한 사회인식에 있어서, 서양은 사회문제와 부조리를 지적하고 노출하는 데에서 그치지만, 중국은 거기서 그치지 않고 답을 찾고 해법을 제시한다.

서양이론과 달리, 중국에서 작가론은 작자 개인의 생애를 조망하는 방법에서 그치지 않고 작가수양방면에까지 언급한다. 이는 작가의 인품이 곧 작품의 풍격이 된다는 전통적 문학 관념이 개입된 결과이다. 중국문예이론 중의 '재才'에는 '학식學識'의 능력을 포함하는데, 이것이 바로 서양의 '천재'론 과 다른 점이다. 중국문예이론에서 문예는 감정과 포부를 표현하는 것이 주 목적이다. 여기서 감정과 포부는 도덕규범과 반드시 부합하여야 한다. 작자 는 도덕수양을 최우선에 두었고 문장이 천하에 떨치려면 평범치 않은 식견이 있어야 했다. 이는 자연스레 작품보다 작자를 중시한다.

문예창작과 현실의 관계를 설명할 때 크게 모방설摹倣說과 표현설表現說로 양분할 수 있다. 서양 고전문예이론은 대상·객체Object에 초점을 맞춘 모방설 을 위주로 하는 데 비해, 중국 고전문예이론은 주체·자아Subject에 초점을 맞춘 표현론을 주로 하고 있고, 이론전개에 있어서도 창작의 주체에 중점을 두고 있으며, 특히 작자의 사상 수양과 도덕 품질 내지는 정신상태 등에 대하 여 규범적인 준칙과 요구를 제시한다. 중국 고전문예이론이 작가론을 중심으 로 한 주체적 성격을 띠고 있음을 쉽게 알 수 있다.

작가 수양을 제대로 거친 작자는 본격적인 창작활동이전에 구상단계를 거친다. 그래서 제4장 '심미 구상'에서는 세 단계로 나누어 중국 고전 문예이 론의 심미구상과정을 탐구하였다.

구상이란 창작자가 작품을 만드는 과정에서 내용과 형식 두 방면으로 진 행하는 총체적 사유 활동을 가리킨다. 어떠한 창작자라도 일상생활에서 소재 를 채택하고 주도면밀한 사고를 거쳐 표현할 내용을 결정하고 내용에 따라 표현할 형식을 재차 결정하여 창작의 실제 효과에 이르러야 한다. 여기서는 관조, 상상, 영감으로 나누어 심미구상을 고찰하였다. 관조란 허정虛靜한 마 음으로 세상을 마주하는 것으로, 달이 사심 없이 만물을 비추는 것과 같다. 창작에 앞서, 관조는 주관적 생각이 난립하는 것을 배제한다. 관조는 바로 구상의 첫 단계로서 모든 구상과정에서 빠뜨려서는 안 되는 것이다. 허정虛靜

한 마음으로 세상을 관조할 수 있을 때 창작자는 만물과 교유交遊하는 상상 단계에 진입할 수 있다. 여기서 말하는 '상상'은 '신사神思'를 가리키지만 지나친 공상이나 황당무계한 생각까지를 포함하지 않는다. '신여물유神與物遊'의 상상은 서양에서 말하는 공상의 의미가 내포된 상상 개념과 다르다. 중국 고대의 상상은 주객主客의 교유交遊을 중시하고 그 교유의 목적은 서정, 즉 감정을 표현하기 위함이다. 그리고 창작구상 중의 '영감'은 매우 중요한 가치를 지닌다. 어떠한 작품이라도 영감 없이 억지로 만든다면 자연스러움이 전혀 없게 되고 심지어 예술적 감흥을 완전히 상실하게 된다. 수양훈련이든 습작연습이든 오랜 실천과 체험 가운데 예기치 않은 감흥을 만나 영감이 촉발된다.

　심미 구상은 허정을 통한 관조 단계, 서정을 위한 상상 단계, 흥회로 인한 영감 단계를 거친다. 이를 통해, 창작자는 물아일체의 심리상태에 이르게 되어 '물화지경物化之境'의 작품을 구현시킬 수 있다. 구상과정 속의 관조, 상상, 영감은 순차적으로 이루어지기도 하지만 동시다발적으로 터지기도 한다. 하지만 그 중 어느 하나라도 빠져서는 훌륭한 문예작품을 기대하기란 어렵다. 또한 '물物'을 빼놓고는 세 가지 구상과정 속의 관조, 상상, 영감 그 어느 것도 설명할 방법이 없다. 구상 자체가 외계 사물에 기반을 두고 있다는 말이다. 창작구상이 구체적이고 현실적인 것에 기반을 두지 않으면 무용하다. 관조, 상상, 영감 등은 모두 외계 물상과 항상 관계한다.

　이러한 심미구상의 목적은 결국 자신의 감정을 제대로 표현하기 위함이다. 단지 호기심에서 출발하거나 지혜 갈구가 최우선이 아니었다. 서양에서 정신적 관조와 상상에 의지하여 심미구상을 했던 것과는 달리, 중국 심미구상은 심적인 정신 수양은 기본이고 이외에도 육체적 훈련 또는 연습이 수반되었다는 점이다. 작자는 부단한 실천 연습을 통해 무념무상 상태에서 판단하지 않고 고민도 하지 않은 채 창조해내는 달인의 경지에 도달하였다. 중국의 문예이론이 서양과 일치되는 견해가 있기도 하다. 즉, 몰입과 집중이 결여된 상황, 미궁에 빠진 상태에서 잠시 동안의 일탈(목욕, 산책, 여행 등)이 정신적 휴지기를 작자에게 부여해줌으로써 예기치 않게 찾아오는 솟구치는 영감에 대해서는 동서양이 공통적으로 주목하였다.

독서 학습과 관찰 탐구, 습작 체험 등의 작가수양을 이루고 허정, 관조, 상상 등의 심미 구상 단계를 거치고 나면 이미지를 창조하고 구성을 안배하고 나서 문체를 결정하고 수사 기교를 더하는 본격적인 창작 단계로 들어간다. 창작이 본격적으로 시작되는 첫 단계이기에 매우 중요한 단계라 하겠고, 이를 완수하고 나면 창작 결과물이 무리 없이 완성될 수 있다. 한 작자가 훌륭한 문예관을 갖고 작가 수양을 두루 거치고 탁월한 심미 구상을 거쳤다고 하더라도, 실제 창작에서 제대로 표현해내지 못한다면 이전의 모든 노력은 헛된 수고에 불과하다. 창작을 구현할 때에도 자기가 가진 최선의 능력을 발휘하기 위해 창작의 연장들을 골고루 갖춰놓고 그 연장통을 들고 다닐 수 있도록 팔심을 길러야 한다. 그러면 설령 힘겨운 일이 생기더라도 김이 빠지지 않고, 냉큼 필요한 연장을 집어 들고 곧바로 일을 시작할 수 있기 때문이다. 자주 쓰는 연장들은 맨 위층에 넣어두어야 하며, 그중에서도 가장 많이 쓰는 연장은 글쓰기의 원료라고 할 수 있는 낱말들일 것이다. 창작의 결과물이 영감 하나로 뚝딱하고 만들어지는 것이 아니다. 이러한 연장을 잘 챙겨서 자신의 작품 세계에 발휘하느냐가 관건이 된다. 제5장 창작 구현에서는 이미지와 구성, 문체와 수사 등의 창작방법과 주장들을 정리하였다.

서양에서는 시가와 산문조차도 구별하려는 태도를 가진 데에 비해, 중국에서 보이는 특성 중 하나는 바로 '모든 문체는 두루 통합(諸體兼通)'이다. 문체

의 다양성을 인정하면서 상호간에 밀접한 관련이 있다는 것으로, 이는 시문
서화詩文書畫는 결국 하나로 귀결된다는 말과도 일맥상통한다. 결국 중국에서
시론詩論이란 문론文論이라 해도 별반 그 작가의 이론을 규정함에 큰 제약이
뒤따르지 않는다. 서양에서는 찾아볼 수 없는 논의임에 분명하다.

　중국에서 일반적으로 '문文'이란 '문장文章'을 가리키며 포괄적인 문예의
형식, 즉 시문서화詩文書畫로 대변되는 '문예작품'을 지칭한다. 하지만 '문文'
은 문학이라고 표현하기보다는 포괄적인 의미에서의 문화학술이라고 해야
타당하다. 다시 말해서 문자저작작품의 총체인 것이다. 서양은 예술이냐 문
학이냐에 따라 붓을 잡으면 화가painter가 되고 펜을 잡으면 작가writer가 되었
다. 하지만 중국은 붓으로 글도 쓰고 그림도 그렸기에 이들이 모두 문인文人
이었다. 문인들은 붓을 잡아 지면에 써나가면 그것만으로도 서예이고 그림이
었을 테니, 그들의 눈에는 총천연색 화폭이 펼쳐졌을 것이다. 그러한 한자
자형의 형상성은 「상림부上林賦」의 여름 장관을 표현한 대목[620]만 떠올려도
그냥 수목으로 빼곡히 가득 찬 장관이 눈앞에 펼쳐진다. 거기에 등장하는
나무 '木(목)' 자형의 한자들 행렬 사이로 눈길을 따라가다 보면, 어느 언어문
자로도 구현할 수 없는 한자의 형상성을 경험한다. 수목원 안으로 걸어가다

620　司馬相如, 『文選』 권8, 「上林賦」; 『문선역주2』, 78-81쪽. "이에 여름에 익는 노귤과 황감,
　　유자, 작은 귤, 비파, 좀대추, 감, 산배, 능금, 후박, 고욤, 양매, 앵도, 포도, 산앵도, 욱리,
　　담담, 여지 등의 나무가 후궁에 나열되어 심겨있고 북쪽동산에 죽 배열되어 있습니다. 과일
　　나무가 구릉에 뻗어있고 평원에까지 내려가 있는데, 푸른 잎을 날리며 자색 줄기를 흔들면
　　서, 초본식물은 붉은 꽃을 피우고 목본식물은 빨간 꽃을 드리우고서, 화려하고 다양한 빛깔
　　로 광대한 들판을 빛내고 있습니다. 또한 사과나무, 상수리나무, 종사시나무, 자작나무, 단풍
　　나무, 은행나무, 황로나무, 유락나무, 야자나무, 빈랑나무, 종려나무, 박달나무, 목란나무,
　　예장나무, 동청나무가 있는데, 높이가 천 길에 달하고 크기가 여러 사람이 함께 이어서 껴안
　　을 정도이며, 꽃과 가지는 곧게 뻗쳐 자라고 과실과 잎사귀는 크고 무성합니다.(於是乎盧橘
　　夏熟, 黃甘橙榛; 枇杷橪柿, 樗棗厚朴; 樗棗楊梅, 櫻桃蒲陶; 隱夫薁棣, 荅遝離支; 羅乎後宮, 列乎北
　　園; 貤丘陵, 下平原; 揚翠葉, 扤紫莖; 發紅華, 垂朱榮; 煌煌扈扈, 照曜鉅野. 沙棠櫟櫧, 華楓枰櫨;
　　留落胥邪, 仁頻並閭, 欃檀木蘭, 豫章女貞. 長千仞, 大連抱; 夸條直暢, 實葉葰楙.)"

보면 무슨 나무인지는 몰라도 빼곡히 들어찬 삼림 속에 내가 자리하고 있다는 느낌을 갖는데, 이 작품의 여름 장관 대목에서 목격하는 한자는 그 의미를 찾으려 하지 않아도 절로 와 닿는 녹음 짙은 나무숲으로 독자의 마음을 내달리게 한다.

창작 구현을 통해 작품이 탄생할 때 작가정신이 그 안에 담긴다. 제6장에서는 최고작품의 미학 경계로 설정하여 자연미와 함축미 두 가지로 나누어 기술하였다.

문예 작품은 자연미를 지녀야 한다. 자연미는 절대로 자연주의 사조에서 말하는 자연이 아니고 예술적 가공과 단련을 거친 후에 도달할 수 있는 '천공'의 자연미를 말한다. 언어는 의미를 전달하기에는 부족한 도구이기 때문에 작가는 언어를 운용할 때 적지 않은 어려움을 겪는다. 예부터 사람들은 '언부진의言不盡意(말로는 의중을 다 드러내지 못함)'라는 말을 해왔듯이 문예 작품 속에 '언외지의言外之意'를 발현하는 일은 대단히 중요한 일이다. 게다가 문예 작품은 물아일체를 구현해야 한다. 함축미는 중국문예이론에서 전신傳神과 물화物化로 표현되었던 것들을 동서양의 예술이론에서 언급되는 감정이입이라는 관점에서 폭넓은 의미를 갖는다는 취지에서 함축미로 정리하였다. 이는 작자의 생각을 적나라하게 다 드러내는 것이 아니라 독자에게 상상력의 여지를 남겨 두어 형상의 함의를 풍부하게 하는 것이다. 작자는 응축된 언어를 사용하여 함축미를 만들어내어 독자들에게 그 의향 너머까지도 도달할 수 있게 한다.

제7장 이론 비평에서는 시대, 작가, 작품에 관한 주장들을 인위적으로 잘라 기술하기보다는 중국 고전 문예이론의 이론 비평 부분을 조감하기 용이하

도록 정리하였다. 여기서는 이론 개관, 비평 총술로 양분하여 정리하였다. 이론 개관 부분에서는 문예 창작에 대한 원론적인 이론들을 선진시기부터 북송 때까지 자료들을 요약하였고, 비평 총술 부분에서는 시대와 작가, 작품에 대한 비평들을 역시 시대순으로 논술하였다. 흡족할 정도는 아니지만 통시적으로 중국 고전문예이론을 훑어볼 수 있었다.

본 연구는 중국문예이론의 전통을 오늘날의 의미로 되새기는 과정 속에 있으며 서양이론의 얼개를 어떻게 하면 중국문예이론의 전통과 연계시키느냐에 고심하였고, 서양문예이론과 중국문예이론의 차이를 어떻게 극복하여 공존하게 하느냐에 골몰하였다. 이러한 난제들이 해결되면 더 성숙한 토론이 순리적으로 진전될 수 있을 것이다. 중국문예이론의 다의성을 계승하면서 서양문예이론의 명확성으로 모호한 부분을 메울 수 있어야 한다. 이것이 바로 현대적 의미의 '법고창신法古創新'이며 '통변通變'이다.

참고문헌

周敦頤 撰, 四部備要本 『周子通書』, 台北: 中華書局, 1966.

丁幅保 編, 『淸詩話』, 台北: 明倫出版社, 1971.

朱　熹, 『朱子語類』, 台北: 台灣商務印書館, 1973.

張彦遠 撰, 毛晉 訂, 『歷代名畫記』, 台北: 台灣商務印書館, 1975.

蘇　洵 撰, 『嘉祐集』, 台北: 臺灣商務印書館, 1977.

王士禎 等, 『師友詩傳錄』, 『淸詩話』, 上海古籍出版社, 1978.

胡　仔 編, 『苕溪漁隱叢話』, 台北: 長安出版社, 1978.

郎　曄 選註, 龐石帚 校訂, 『經進東坡文集事略』, 홍콩: 中華書局, 1979.

揚　雄, 『西京雜記』, 台北: 台灣商務印書館, 1979.

王國維, 『海寧王靜安先生遺書』, 台北: 台灣商務印書館, 1979.

葛立方, 『韻語陽秋』, 『歷代詩話』, 北京: 中華書局, 1981.

何文煥 輯, 『歷代詩話』, 北京: 中華書局, 1981.

趙仲邑, 『文心雕龍譯注』, 漓江出版社, 1982.

左丘明 撰, 韋昭 注, 『國語』, 台北: 漢京文化事業有限公司, 1983.

洪興祖 撰, 『楚辭補注』, 台北: 漢京文化事業有限公司, 1983.

朱謙之, 『老子校釋』, 北京: 中華書局, 1984.

白居易 撰, 『白居易集』, 台北: 漢京文化事業有限公司, 1984.

蘇　軾, 『蘇氏易傳』, 北京: 中華書局, 1985.

謝　榛, 『四溟詩話』, 北京: 中華書局, 1985.

蘇文擢 詮評, 『說詩晬語詮評』, 台北: 文史哲出版社, 1985.

劉熙載 撰, 王國安 標點, 『藝概』, 台北: 漢京文化事業公司, 1985.

道　宣 撰, 『廣弘明集』, 台北: 新文豐出版, 1986.

章學誠 撰, 葉瑛 校注, 『文史通義校注』, 臺北: 漢京文化事業有限公司, 1986.

張少康 集譯, 『文賦集釋』, 台北: 漢京文化事業公司, 1987.

馬其昶 校注, 『韓昌黎文集校注』, 上海古籍出版社, 1987.

蕭 統 編, 『六臣注文選』, 北京: 中華書局, 1987.

朱金城 箋校, 『白居易集箋校』, 上海古籍出版社, 1988.

司馬遷 撰, 瀧川資言 考證, 『史記會注考證』, 台北: 天工書局, 1989.

董 誥 外 撰, 『全唐文』, 上海古籍出版社, 1990.

陳宏天·高秀芳 校點, 『蘇轍集』, 北京: 中華書局, 1990.

王 充 撰, 劉盼遂 集解, 『論衡集解』, 台北: 世界書局, 1990.

郭慶藩 集釋, 『莊子集釋』, 台北: 貫雅文化事業公司, 1991.

邵伯溫, 『聞見錄』, 傷害古籍出版社, 1991.

劉 勰 著, 王更生 注譯, 『文心雕龍讀本』, 台北: 文史哲出版社, 1991.

馮逸·喬華 校點, 『淮南鴻烈集解』, 台北: 文史哲出版社, 1992.

樓宇烈 校釋, 『王弼集校釋』, 台北: 華正書局, 1992.

王先謙 撰, 『荀子集解』, 北京: 中華書局, 1992.

王文誥 輯註, 孔凡禮 校點, 『蘇軾詩集』, 北京: 中華書局, 1982-1992.

孔凡禮 校點, 『蘇軾文集』, 北京: 中華書局, 1986-1992.

歐陽脩, 『歐陽脩全集』, 北京: 中國書店, 1986-1992.

中華書局編輯部, 『諸子集成』, 北京: 中華書局, 1954-1993.

屈守元·常思春, 『韓愈全集校注』, 成都: 四川大學出版社, 1996.

阮 元 校監, 『十三經注疏』, 台北: 藝文印書館, 1997.

中華書局 編輯部, 『二十四史』, 北京: 中華書局, 1997.

羅大經 撰, 王瑞來 校點, 『鶴林玉露』, 北京: 中華書局, 1983-1997.

皮錫瑞, 『今文尚書考證』, 北京: 中華書局, 1998.

柳宗元 撰, 楊家駱 主編, 『柳河東全集』, 台北: 世界書局, 1999.

王 弼 外 著, 『老子四種』, 台北: 大安出版社, 1999.

劉義慶 著, 劉孝標 注, 余嘉錫 箋疏, 『世說新語箋疏』, 上海古籍出版社, 1993-1996.

劉義慶 撰, 劉孝標 注, 『世說新語』, 北京: 中華書局, 1999.

朱自淸 著, 『詩言志辨』, 開明書店, 1947.

차상원, 『中國古典文學評論史』, 서울: 汎學圖書, 1979.

北京大學 哲學系 美學教硏室 編, 『中國美學史資料選編』, 北京: 中華書局, 1980.

葛 路, 『中國古代繪畫理論發展史』, 上海人民美術出版社, 1982.

郭紹虞 主編,『中國歷代文論選』, 上海古籍出版社, 1984.

朱任生,『古文法纂要』, 台北: 臺灣商務印書館, 1984.

趙則誠 外,『中國古代文學理論詞典』, 吉林文史出版社, 1985.

馮友蘭,『中國哲學簡史』, 北京大學出版社, 1985.

成復旺 外,『中國文學理論史』, 北京: 北京出版社, 1987.

曾祖蔭,『中國古代文藝美學範疇』, 台北: 文津出版社, 1987.

胡經之 主編,『中國古典美學叢編』, 北京: 中華書局, 1988.

中國古典文學研究會 主編,『文心雕龍綜論』, 台北: 臺灣學生書局, 1988.

敏　澤 著,『中國美學思想史』, 濟南: 齊魯書社, 1989.

郭紹虞,『中國文學批評史』, 台北: 文史哲出版社, 1990.

勞思光,『新編中國哲學史』, 台北: 三民書局, 1990.

羅根澤,『中國文學批評史』, 台北: 學海出版社, 1990.

徐復觀 저, 권덕주 외 17인 역,『중국예술정신』, 동문선, 1990.

錢鍾書,『管錐編』, 台北: 書林出版有限公司, 1990.

張少康,『中國古代文學創作論』, 台北: 文史哲出版社, 1991.

唐君毅,『中國哲學原論-原性篇』, 台北: 台灣學生書局, 1991.

馮友蘭,『中國哲學史新編』, 台北: 藍燈文化事業公司, 1991.

徐復觀,『中國藝術精神』, 台北: 臺灣學生書局, 1966-1992.

敏　澤,『中國文學理論批評史』, 吉林教育出版社, 1993.

王世德,『儒道佛美學的融合—蘇軾文藝美學思想研究』, 重慶: 重慶出版社, 1993.

祁志祥,『中國古代文學原理』, 上海: 學林出版社, 1993.

朱光潛,『朱光潛全集』, 合肥: 安徽教育出版社, 1993.

葛　路 저, 강관식 역,『중국회화이론사』, 서울: 미진사, 1993.

이병한 편저,『중국 고전 시학의 이해』, 서울: 문학과지성사, 1993.

郭紹虞,『中國文學批評史』, 台北: 五南圖書出版有限公司, 1994.

이병한·이영주,『中國古典文學理論批評史』, 서울: 한국방송통신대학출판부, 1994.

마이클 설리반(Michael Sullivan) 저, 김기주 역,『중국의 산수화』, 서울: 문예출판사, 1994.

木　齋,『蘇東坡研究』, 桂林: 廣西師範大學出版社, 1998.

孔凡禮,『蘇軾年譜』, 北京: 中華書局, 1998.

汪涌豪,『範疇論』, 上海: 復旦大學出版社, 1999.

黃 熙,『原人論』, 上海: 復旦大學出版社, 2000.
劉明今,『方法論』, 上海: 復旦大學出版社, 2000.
張少康 저, 이홍진 역,『中國古典文學創作論』, 서울: 법인문화사, 2000.
곽노봉,『중국역대서론』, 서울: 동문선, 2000.
팽철호 저,『중국고전문학 풍격론』, 서울: 사람과 책, 2001.
스티브 킹 저, 김진준 역,『유혹하는 글쓰기』, 서울: 김영사, 2002.
오에 겐자부로 저, 노영희·명진숙 역,『소설의 방법』, 서울: 도서출판 소화, 2003.
리처드 니스벳 저, 최인철 역,『생각의 지도』, 서울: 김영사, 2004.
트와일라 타프 지음, 노진선 옮김,『천재들의 창조적 습관』, 문예출판사, 2005.
葉 朗,『中國美學史大綱』, 上海: 上海人民出版社, 2007.
『역대명화기』, 張彥遠 저, 조송식 역, 서울: 시공사, 2008.
엘렌 디사나야케 저, 김한영 역,『미학적 인간 호모 에스테티쿠스』, 서울: 예담출판사, 2009.
안희진,『소동파에게 시를 묻다』, 서울: 청동거울, 2009.
葛 路 저, 강관식 역,『중국회화이론사』, 파주: 돌베개, 2010.
오수형 역해,『한유산문선』, 서울대학교출판문화원, 2010.
兪劍貨 편, 김대원 역,『중국고대화론유편』, 서울: 소명출판, 2010.
魯 迅,『魯迅自編文集』, 北京聯合出版公司, 2014.
童慶炳 저, 배득렬 역,『중국고전문학이론의이해』, 충북대학교출판부, 2014.
김형수,『삶은 어떻게 예술이 되는가』, 서울: 아시아, 2015.
김형수,『삶은 언제 예술이 되는가』, 서울: 아시아, 2015.
오종우,『예술수업』, 도서출판 어크로스, 2015.
김형석,『백년을 살아보니』, 서울: 알피스페이스, 2016.
프랑크 베르츠바흐 저, 정지인 역,『무엇이 삶을 예술로 만드는가』, 불광출판사, 2016.
이연식,『예술가의 나이듦에 대하여』, 서울: 플루토, 2018.
張 法 저, 신정근 외 2인 역,『중국미학사』, 성균관대학교출판부, 2019.
朱自淸 저, 이욱진 역,『시언지변』, 서울: 한국학술정보, 2020.

鄭文倩,『蘇軾藝術思想研究』, 國立台灣大學 中國文學研究所 碩士論文, 1991년 12월.
崔在赫,『蘇軾文藝理論研究』, 國立政治大學中文研究所 博士論文, 2003년 7월.

張　健, 「蘇軾的文學批評研究」, 『文史哲學報』(國立台灣大學文學院), 제22기, 1973년
　　　6월, 171-262쪽.

張　晶, 「中國古典美學中的偶然論」, 『吉林大學社會科學學報』, 1998년 제4기, 39-46
　　　쪽.

曾子魯, 「簡述蘇軾的韓歐古文成就的繼承與發展」, 『江西師範大學學報(哲學社會科學
　　　版)』, 제32권 제2기, 1999년 5월, 64-69쪽.

劉偉林, 「物化論」, 『華南師範大學學報(社會科學版)』, 2000년 제1기, 69-73쪽.

鄧艷斌, 「簡論蘇軾的文藝創作觀」, 『郴州師範高等專科學校學報』 제24권 제3기,
　　　2003년 6월, 35-38쪽.

찾아보기

/ ㄱ /

갈립방葛立方　131, 264, 265

갈홍葛洪　398

감물感物　245

감정이입　233

감흥感興　244, 245

강서시파江西詩派　334

개념　27

건안풍골建安風骨　445, 452

건필능운健筆凌雲　457

겸취중장兼取衆長　407

경금소고競今疎古　438

경사境思　255

계사繫辭　225, 270

고개지顧愷之　74, 230, 358, 368, 377, 402

고문운동古文運動　405, 409, 416

고화품록古畵品錄　213

공령空靈　64

공무적정空無寂靜　217

공안국孔安國　296

공영달孔穎達　103, 106, 119

공자孔子　57, 83, 108, 141, 148, 211, 224, 293, 335, 384

공정空靜　217, 220

공필화工筆畫　422

곽소우郭紹虞　189

곽약허郭若虛　256

곽충서郭忠恕　260

곽희郭熙　168

관윤자關尹子　89

관저關雎　105

관조　205

관풍觀風　383

교연皎然　67, 88, 222, 287, 408

구루승조痀僂承蜩　40

구상　204

구양수歐陽脩　126, 164, 193, 290, 322, 379, 417

구카이空海　255

군형君形 389

굴원屈原 120

굴원열전屈原列傳 123

궁이후공窮而後工 128

권덕여權德輿 218

귀고천금貴古賤今 398, 426

금침시격金鍼詩格 419

기운생동氣韻生動 360

기지(wit) 227

/ ㄴ /

나근택羅根澤 340

낙이불음, 애이불상樂而不淫, 哀而不傷 106

노담老聃 58

노신魯迅 153, 363

노자老子 33, 184, 207, 339, 385

논형論衡 111

/ ㄷ /

다니자키 준이치로谷崎潤一郎 191

다케우치 가오루竹内薫 262

달생達生 208

달의達意 290, 330

대숭戴嵩 172

도연명陶淵明 255, 345

독존유술獨尊儒術 390

돈오頓悟 266

동서업童書業 363

동유董逌 367

동중서董仲舒 342, 388

두목杜牧 286

두보杜甫 75, 171, 334, 364, 373, 407, 456

득심응수得心應手 79

득의망상得意忘象 84, 86

득의망언得意忘言 36, 425

디폴트 모드 네트워크default-mode network 263

딥 워크 214

/ ㄹ /

로베르트 피셔Robert Vischer 233

/ ㅁ /

마크 트웨인Mark Twain 214

망형득의忘形得意 369

매요신梅堯臣 418

맹자孟子 142, 149, 384, 458

명의모편命意謀篇 278

모시서毛詩序 109, 297

몽테뉴Montaigne 214

묘사 269

묘상妙想 243

묘오妙悟 244

무위이치無爲而治 62

묵자墨子 97, 384

문기론文氣論 397

문기설文氣說 139

문동文同 177, 373

문사통의文史通義 153

문선 447

문심조룡文心雕龍 396

문원전文苑傳 396

문이명도文以明道 96

문이재도文以載道 96

문인상경文人相輕 426, 428

문인화 425

문장文章 387, 399

문장유별론文章流別論 398

문질빈빈文質彬彬 52, 293, 384

문학文學 384, 387, 399

문학전文學傳 399

물색物色 344

물아교융物我交融 244

물화物化 179, 233, 234, 235, 244, 354, 455

미광迷狂 259

미선상락美善相樂 335

미외지미味外之味 365

미자美刺 383

미켈란젤로Michelangelo 182, 227

/ ㅂ /

박관博觀 202

박관약취博觀約取 161

발분저서發憤著書 122, 388

배자야裵子野 398, 445

백거이白居易 96, 193, 322, 408, 458

버트런드 러셀Bertrand Russell 136

범엽范曄 81, 82, 274, 396, 435

범온范溫 354, 421

범주 27

법고창신法古創新 462

법언法言 111

법장法藏 79

별재위체別裁僞體 458

부용출수芙蓉出水 90

부회附會 70, 278

불평즉명不平則鳴 125

비코Vico 227

비흥比興 107, 297, 306, 440

빙례聘禮 296

/ ㅅ /

사공도司空圖 88, 219, 365, 408

사달辭達 295, 331

사마광司馬光 330

사마상여司馬相如 212

사마천司馬遷 109, 122, 388

사무사思無邪 41, 100, 384

사부辭賦 391, 440

사서위락寫書爲樂 133

사성四聲 436

사의화寫意畫 422

사혁謝赫 213, 344, 360, 402

삼매三昧 217

삼불후三不朽 116

삼준三準 87

삼표법三表法 97

삼현三玄 83

상리常理 177, 374

상상력 227

상상想象 228

상서尙書 98

상외象外 81, 82, 88, 365

상외지상象外之象 366

상우尙友 152

상형常形 177, 374

생어유여生於有餘 421

서경잡기西京雜記 212

서곤체 418

서복관徐復觀 36

서예 395

서화동원書畫同源 414

섭섭葉燮 141

성률론聲律論 435

성병聲病 398

세설신어世說新語 184, 239

소강蕭綱 398

소순蘇洵 158, 200, 346

소순흠蘇舜欽 418

소식蘇軾 76, 113, 159, 170, 174, 188, 220, 243, 257, 261, 288, 330, 349, 369, 372, 379, 459

소역蕭繹 399

소옹邵雍 136

소자현蕭子顯 236, 252

소철蘇轍 146

소통蕭統 399, 447

손과정孫過庭 236

손위孫位 351

손지미孫知微 262

쇼펜하우어Schopenhauer 84

수물부형隨物賦形 349, 352

수월경화水月鏡花 43

순자荀子 110, 211, 384

스티브 킹Stephen King 134, 269

승조僧肇 79

시경詩經 383, 390

시교詩教 106, 119, 335

시대서詩大序 102, 297

시사詩思 266

시서時序 381

시식詩式 408

시언지詩言志 46, 96, 98

시품詩品 90, 94, 396

시품서詩品序 443

시흥詩興 365

신사神似 75, 179

신사神思 87, 230, 231, 242, 249

신여물유神與物遊 87, 205, 224, 233, 242

신운설神韻說 71

신운神韻 75, 366

신화神化 79, 210, 225

신회神會 34

심괄沈括 369

심덕잠沈德潛 180

심약沈約 248, 430

심재心齋 211

/ ㅇ /

아리스토텔레스Aristotle 32

아악雅樂 106

악기樂記 212, 245, 264, 384

안씨가훈顔氏家訓 71

안자晏子 56

안지추顔之推 253

양기養氣 147, 249, 252

양웅揚雄 110, 195, 225, 298

언부진의言不盡意 36, 85

언외지의言外之意 36, 179, 354

언지言志 383, 458

엄우嚴羽 420

여본중呂本中 259

여씨춘추呂氏春秋 101

역대명화기歷代名畵記 413

역상易象 225

역원길易元吉 174

연자練字 310

연정緣情 239

영감 244, 247, 253, 258, 262, 266

영오靈悟 34

오도悟道 34

오도자吳道子 256

오상五常 62

오언시 443

오에 겐자부로大江健三郎 204

오입悟入 259

온유돈후溫柔敦厚 63, 106

왕국유王國維 219

왕미王微 403

왕발王勃 410, 451

왕안석王安石 194, 330

왕약허王若虛 315, 372

왕우칭王禹偁 321, 333, 417

왕유王維 91, 373

왕창령王昌齡 87

왕충王充 111, 114, 301, 392, 427

왕통王通 117, 410

왕필王弼 79, 84, 184

왕희지王羲之 214

요내姚鼐 90, 93

요전堯典 383

용재속필容齋續筆 194

용재鎔裁 87, 305

우의寓意 373

운어양추韻語陽秋 131

운외지치韻外之致 366

원유遠遊 228

원진元稹 322

원효元曉 58

위진현학魏晉玄學 86

위징魏徵 450

유개柳開 327, 417

유면柳冕 412

유안劉安 124, 388

유어예遊於藝 225

유우석劉禹錫 218

유종원柳宗元 96, 131, 157, 199, 412

유지기劉知幾 314, 341, 411

유협劉勰 87, 108, 112, 144, 154, 196, 201,
        214, 231, 249, 275, 284, 301, 304,
        310, 343, 399

유희재劉熙載 141, 293

육기陸機 80, 116, 154, 214, 230, 246,
        272, 291, 302, 342, 401, 429

육법六法 344, 360, 403

육예六藝 225

육의六義 297

육지陸贄 88, 316

육탐미陸探微 74

윤색 192

윤편착륜輪扁斲輪 188

은번殷璠 96, 406, 455

은수隱秀 363

음주飮酒 345

의경意境 369, 422

의상意象 419

의재필선意在筆先 286, 425

이고李翶 44, 323

이공린李公麟 167

이도이효易道易曉 333

이문위시以文爲詩 419, 420

이백李白 406

이사훈李思訓 367

이상은李商隱 239

이소離騷 120

이의역지以意逆志 149

이치李廌 71

이형사신以形寫神 359

이형전신以形傳神 372

이화위귀以和爲貴 29

익주명화록益州名畵錄 94

일격逸格 95, 422

입상진의立象盡意 83

입의立意 287

/ ㅈ /

자연무위自然無爲 339

장구章句 278, 283

장구령張九齡 368

장승요張僧繇 74

장언원張彦遠 76, 361, 386, 413, 415

장욱張旭 254, 259, 369

장자莊子 33, 36, 60, 77, 186, 211, 224,
        288, 340, 355, 380, 385, 386

장자張鎡 288

장조張璪 166, 413

장학성章學誠 153, 272

장회관張懷瓘 74, 240, 253, 344

재경위거梓慶爲鐻 181

전부詮賦 112

전석田錫 344

전신傳神 354, 356, 364, 375, 402

전종서錢鍾書 71, 86

점철성금點鐵成金 462

정교政敎 102

정성鄭聲 106

정이程頤 330

정현鄭玄 389

정호鄭顥 219

제물론齊物論 80

제세화민濟世化民 409

조보지晁補之 256

조비曹丕 90, 115, 139, 143, 427

조식曹植 192, 229, 386

조언造言 323

조충론雕蟲論 445

조충전각雕蟲篆刻 113, 300

조화造化 167

종경宗經 438

종병宗炳 230, 403

종영鍾嶸 90, 248

좌전 292

주돈이周敦頤 330

주문휼간主文譎諫 107

주방周昉 75

주역 83, 148

주자청朱自淸 152

주희朱熹 107, 219, 335

중화 67

중화지미中和之美 105, 108, 296

지둔支遁 217

지언양기知言養氣 143

지우摯虞 398

지음知音 201, 428

지인논세知人論世 124, 151

진고응陳鼓應 339

진자앙陳子昂 406, 452

진직궁陳直躬 174

/ ㅊ /

차상원 381

착채루금錯采鏤金 90

참오인혁參伍因革 440

참위讖緯 389

창신暢神 231

창의創意 323

창조성 186, 191, 207

채륜蔡倫 393

채옹蔡邕 393

천공天工 353, 372

천기天機 244, 247, 248

천도天道 33

천상묘득遷想妙得 230, 359

청의淸議 395

청정淸淨 243

청파잡지淸波雜誌 289

체성體性 91, 397

체험 183

초기超奇　114

초사　391

총술總術　399

/ ㅋ /

카를 융Carl Gustav Jung　214

카타르시스katharsis　134

칼 뉴포트Cal Newport　214

/ ㅌ /

태사공자서太史公自序　122

통변通變　436

퇴고推敲　195

트와일라 타프Twyla Tharp　186

/ ㅍ /

팔병설八病說　435

포박자抱朴子　71, 398

포정해우庖丁解牛　38, 181, 210, 340

풍간諷諫　107

풍골風骨　70, 308, 453

풍수상조風水相遭　346

풍우란馮友蘭　66

프랑크 베르츠바흐Frank Berzbach　207,
　264

플라톤Plato　30

필법기筆法記　414

/ ㅎ /

하상공河上公　184

하안何晏　296

학양學養　424

한간韓幹　76, 167, 373

한비자韓非子　226, 385

한유韓愈　96, 125, 141, 146, 156, 197, 318,
　412

함축含蓄　64, 107, 366

해로解老　226

해의방박解衣磅礴　394

행운유수行雲流水　353

허일이정虛壹而靜　211

허정虛靜　205, 207, 218

헤겔Georg Wilhelm Friedrich Hegel　31

현람玄覽　215

형상사유形象思惟　216

형상화　269

형신겸비形神兼備　369

형호荊浩　242, 413

혜시惠施　235

혜원慧遠　217

호라티우스　335

호량지변濠梁之辯　235

호연지기浩然之氣　142

호접몽胡蝶夢　235

홍매洪邁　194

화이부동和而不同　58

화합　55, 60, 63

환골탈태換骨奪胎 462

환담桓譚 427

황로黃老 388

황전黃筌 172

황정견 334, 353, 418, 461

황휴복黃休復 94, 422

회남자淮南子 356, 389

회소懷素 254

회화 424

홍관군원 105

흥기興寄 453

흥회興會 244, 245

흥興·관觀·군群·원怨 384

희위육절구戱爲六絶句 456

저자 | **최재혁**崔在赫(Choi, Jaehyuk)

1966년 경기도 의정부 출생
한양대학교 중어중문학과 졸업
한양대학교 대학원 중국문학 석사
臺灣 國立政治大學 中國文學研究所 문학박사

경력

강릉대, 서강대, 연세대, 영남대, 한양대 강사
우송대학교 초빙교수
백석예술대학교 글로벌문화콘텐츠학부 부교수

논저

『蘇洵散文硏究』(한양대 석사논문, 1994), 『蘇軾文藝理論硏究』(臺灣 國立政治大學 박사논문, 2003)
『실용한자와 기초한문』(한양대 출판부, 2005), 『중국고전문학이론』(역락, 2005), 『한자가 보인다』(학고방, 2009), 『소식문예이론』(소명출판, 2015) 등 저서 출간
「蘇洵의 문학관 고찰」(2003), 「四庫全書 嘉祐集 試校」(2004), 「주역 상징 고찰」(2004), 「소식 문예 감상의 세 가지 척도」(2006), 「소식 문예 효용성 연구」(2007), 「소식 작가수양이론의 구체화과정 연구」(2008), 「소식 문예창작이론의 구상과정 연구」(2010), 「소식 문도 관념의 완성과정 연구」(2011), 「소식 문예사상의 대일통 완성과정 연구」(2012), 「고려 문인들의 소식문예이론 수용 고찰」(2014), 「조선 문인들의 소식문예이론 수용 고찰」(2016), 「이인로와 이규보의 소식 시문 수용양태 연구」(2021) 등 논문 발표

중국고전문예이론

초판 1쇄 인쇄 2023년 2월 17일
초판 1쇄 발행 2023년 2월 24일

지 은 이 최재혁
펴 낸 이 이대현

편   집 이태곤 권분옥 임애정 강윤경
디 자 인 안혜진 최선주 이경진
마 케 팅 박태훈

펴 낸 곳 도서출판 역락
주   소 서울시 서초구 동광로 46길 6-6(반포4동 문창빌딩 2F)
전   화 02-3409-2060(편집부), 2058(영업부)
팩   스 02-3409-2059
등   록 1999년 4월 19일 제303-2002-000014호
이 메 일 youkrack@hanmail.net
역락홈페이지 http://www.youkrackbooks.com

ISBN 979-11-6742-525-6 93820